观乎人文，意义之美。

文学×思想
译丛

文学×思想
译丛

主编 张辉 张沛

讽喻

一种象征模式理论

Allegory

The Theory of a Symbolic Mode

〔美〕安格斯·弗莱彻 著

李茜 译

商务印书馆
The Commercial Press
创于1897

纪　念

安格斯·萨默维尔·弗莱彻（Angus Somerville Fletcher）

南希·埃里克森（Nancy Erickson）

译丛总序

"文学与思想译丛"这个名称，或许首先会让我们想到《思想录》一开篇，帕斯卡尔对"几何学精神"与"敏感性精神"所做的细致区分。但在做出这一二分的同时，他又特别指出相互之间不可回避的关联："几何学家只要能有良好的洞见力，就都会是敏感的"，而"敏感的精神若能把自己的洞见力运用到自己不熟悉的几何学原则上去，也会成为几何学家的"。(《思想录》，何兆武译，商务印书馆，1995 年，第 3—4 页。)

历史的事实其实早就告诉我们，文学与思想的关联，从来就不是随意而偶然的遇合，而应该是一种"天作之合"。

柏拉图一生的写作，使用的大都是戏剧文体——对话录，而不是如今哲学教授们被规定使用的文体——论文；"德国现代戏剧之父"莱辛既写作了剧作《智者纳坦》，也是对话录《恩斯特与法尔克》和格言体作品《论人类的教育》的作者；卢梭以小说《爱弥儿》《新爱洛伊丝》名世，也以《社会契约论》《论人类不平等的起源》而成为备受关注的现代政治哲学家。我们也不该忘记，思想如刀锋一样尖利的维特根斯坦，在他的哲学中讨论了那么多文学与哲学的对话关系；而桑塔亚纳（George Santayana）干脆写了一本书，题目即为《三个哲学诗人：卢克莱修、但丁和歌德》；甚至亚当·斯密也不仅仅写作了著名的《国富论》，还对文学修辞情有独钟。又比如，穆齐尔（Robert Musil）是小说家，却主张"随笔主义"；尼采是哲学家，但格外关注文体。

毋庸置疑，这些伟大的作者，无不自如地超越了学科与文体的规定性，高高地站在现代学科分际所形成的种种限制之上。他们用诗的语言言说哲学乃至形而上学，以此捍卫思想与情感的缜密与精微；他们又以理论语言的明晰性和确定性，为我们理解所有诗与文学作品提供了富于各自特色的路线图和指南针。他们的诗中有哲学，他们的哲学中也有诗。同样地，在中国语境中，孔子的"仁学"必须置于这位圣者与学生对话的上下文中来理解；《孟子》《庄子》这些思想史的文本，事实上也都主要由一系列的故事组成。在这样的上下文中，当我们再次提到韩愈、欧阳修、鲁迅等人的名字，文学与思想的有机联系这一命题，就更增加了丰富的层面。

不必罗列太多个案。在现代中国学术史上，可以置于最典型、最杰出成果之列的，或许应数王国维的《红楼梦评论》和鲁迅的《摩罗诗力说》。《红楼梦评论》，不仅在跨文化的意义上彰显了小说文体从边缘走向中心的重要性，而且创造性地将《红楼梦》这部中国文学的伟大经典与叔本华的唯意志论哲学联系了起来，将文学（诗）与思想联系了起来。小说，在静庵先生的心目中不仅不"小"，不仅不只是"引车卖浆者之流"街谈巷议的"小道"，而且也对人生与生命意义做出了严肃提问甚至解答。现在看来，仅仅看到《红楼梦评论》乃是一则以西方思想解释中国文学经典的典范之作显然是不够的。它无疑启发我们进一步思考文学与更根本的存在问题以及真理问题的内在联系。

而《摩罗诗力说》，也不仅仅是对外国文学史的一般介绍和研究，不仅仅提供了比较文学法国学派意义上的"事实联系"。通读全文，我们不难发现，鲁迅先生相对忽视了尼采、拜伦、雪莱等人哲学家和诗人的身份区别，而更加重视的是他们对"时代精神"的尖锐批判和对现代性的深刻质疑。他所真正关注的，是如何通过召唤"神思宗"，从摩罗诗人那里汲取文学营养、获得精神共鸣，从而达到再造"精神界之战士"之目的。文学史，在鲁迅先生那里，因而既有其独立存在的价值，也实际上构成了精神史本身。

我们策划这套"文学与思想译丛"主要基于以下两个考虑。首先以拿来主义，激活对中国传统的再理解。这不只与"文史哲不分家"这一一般说法相关；更重要的是，在中国的语境中，我们应该格外重视"诗（文学）"与"经"的联系，而《诗经》本身就是经的一个重要组成部分。正如刘勰在《文心雕龙》中所揭示的那样，《诗》既有区别于《易》《书》《春秋》和《礼》而主

"言志"的"殊致"："摘《风》裁'兴'，藻辞谲喻，温柔在诵，故最附深衷矣"；同时，《诗》也与其他经典一样具有"象天地，效鬼神，参物序，制人纪，洞性灵之奥区，极文章之骨髓"的大"德"，足以与天地并生，也与"道"不可分离（参《宗经》《原道》二篇）。

这样说，在一个学科日益分化、精细化的现代学术语境中，自然也有另外一层意思。提倡文学与思想的贯通性研究，固然并不排除以一定的科学方法和理论进行文学研究，但我们更应该明确反对将文学置于"真空"之下，使其失去应该有的元气。比喻而言，知道水是"H_2O"固然值得高兴，但我们显然不能停止于此，不能忘记在文学的意义上，水更意味着"逝者如斯夫，不舍昼夜"，意味着"弱水三千，我只取一瓢饮"，也意味着"春江潮水连海平，海上明月共潮生"……总之，之所以要将文学与思想联系起来，与其说我们更关注的是文学与英语意义上"idea"、"thought"或"concept"的关联，不如说，我们更关注的是文学与"intellectual"、"intellectual history"的渗透与交融关系，以及文学与德语意义上"Geist（精神）"、"Geistesgeschichte（精神史）"乃至"Zeitgeist（时代精神）"的不可分割性。这里的"思想"，或如有学者所言，乃是罗伯特·穆齐尔意义上"在爱之中的思想（thinking in love）"，既"包含着逻辑思考，也是一种文学、宗教和日常教诲中的理解能力"；既与"思（mind）"有关，也更与"心（heart）"与"情（feeling）"涵容。

而之所以在 intellectual 的意义上理解"思想"，当然既包含着对学科分际的反思，也在很大程度上，是对过于实证化或过于物质化（所谓重视知识生产）的文学研究乃至人文研究的某种反悖。因为，无论如何，文学研究所最为关注的，乃是"所罗门王曾经祈求上帝赐予"的"一颗智慧的心（un cœur intelligent）"（芬基尔克劳语）。

是的，文学与思想的贯通研究，既不应该只寻求"智慧"，也不应该只片面地徒有"空心"，而应该祈求"智慧的心"。

译丛主编 2020 年 7 月再改于京西学思堂，时在庚子疫中

目　录

插图表

做一个陌生人并不可耻，做一个流亡者也不令人讨厌。雨对大地来说是陌生的，河流对海洋来说是陌生的，朱庇特对埃及来说是陌生的，太阳对我们所有人来说是陌生的。灵魂之于肉体是陌生的，正如白天之于夜莺，室内之于燕子，天空之于伽尼米德，大象之于罗马，凤凰之于印度；这些东西，最让我们高兴，而它们又最陌生，离我们最远。

　　——《忧郁的剖析》（*The Anatomy of Melancholy*）

一则私人前言

哈罗德·布鲁姆

1951年9月，我颇为阴郁地游荡在耶鲁研究生礼堂的休息室。 在纽黑文度过的不愉快的几周使我不由思考，在一个似乎相当有敌意的环境中，我到底能坚持多久。在将近六十年前，一个我这样性情和背景的学生，不太可能愉快地待在耶鲁英文系。我留下来了，在这里教了五十五年书，而且始终没有归属感。

那天我走进休息室，听到了对巴托克（Bela Bartok）《钢琴奏鸣曲》的生动演绎，这使我高兴起来。我坐下来，倾听它的激越华丽，演奏的人额前有撮黄头发，正在钢琴后面上下飘飞。巴托克乐曲终了，我走过去将自己介绍给了安格斯·弗莱彻，说了些我是个二十一岁的英文系研究生之类的话。在我们一生友谊开始的时刻，孤独感减退了。

弗莱彻支撑着我在耶鲁的第一年。他毕业之后去了哈佛继续研究生学业，在那里瑞恰慈（I. A. Richards）指导了他的研究，后来就有了这部《讽喻：一种象征模式理论》。弗莱彻和我通过邮件和互访保持着交流，后来则是通过阅读彼此的作品。事后看来，我把自己视作他的学生。作为一个务实的批评家，我需要一个在诗性智慧上的宽怀向导，而在弗莱彻那里，我找到了罕有的无所不包的学识，一种真正的文艺复兴式的视界。

xiv   他为《讽喻》写的新后记使我原本会加在这里的观察显得冗余。我转而用这篇简短的前言表达我的感受，他在专著和论文中所不断获得的批评成就，《讽喻》正是其丰厚的基底。在他的首部著作《讽喻》之后，弗莱彻的作品中影响我最深的是《心灵的色彩：文学中关于思维的猜想》（*Colors of the Mind: Conjectures on Thinking in Literature*，1991）。令人惊讶的是，我们对于认知中的修辞仍然所知甚少，尤其是在诗歌中，在借助隐喻进行思考方面，威廉·布莱克（William Blake）和艾米丽·狄金森（Emily Dickinson）仅次于莎士比亚。许多重要的批评家帮助了我们理解认知性修辞，包括肯尼斯·伯克（Kenneth Burke）、威廉·燕卜荪（William Empson）、纳托尔（A. D. Nuttall）、安·班费尔德（Ann Banfield）以及莎隆·卡梅伦（Sharon Cameron）。弗莱彻对我的工作帮助最多，因为他最为关注的是对于思想的再现及其图像学（iconography）。莎士比亚，这位角色以及语言的至高创造者，必然会成为弗莱彻的范例：

          思想（thought）被理解为涵盖了比哲学家所许可的范围

更宽广的、种类繁多的心智活动。它包含感觉、所有种类的认知、判断、沉思、分析、综合以及对于内在状态的高度喻象式（figurated）的再现，就像是一个诗人在拟人化一种激情的时候。这些心智活动与其他活动一样，不会被某些哲学家认为是思想。

这导向了一个精彩的要旨：

> 在一个像莎士比亚这样的作者的意义上谈及溪流和瀑布的诗性喻象，似乎就会出现这样的假设，即思想就是任何可以被付诸语言的东西，以某种方式（somehow）。

这个"以某种方式"就是弗莱彻着意探索的目标。我自己并不知道还有任何像莎士比亚一样的诗人。他的头脑、精神、内心都如此阔大，以至于他赋予了亚里士多德的"发现"（anagnorisis）一种完全崭新的含义。他的相认（recognition）场景迫使我重新意识到欧文·巴菲尔德（Owen Barfield）的洞见，即我们所希望唤起的自身之中的情感原本就在莎士比亚的思想中。

弗莱彻则暗示，相认也许是诗性思维的核心方式。华莱士·史 xv 蒂文斯（Wallace Stevens），复杂的迂回大师，他所道出的不如说是在头脑中逃避思想所发出的嗡鸣。萦绕在史蒂文斯的诗歌中的更多于史蒂文斯这个人的是惠特曼，在《自我之歌》（*Song of*

Myself）中，他请来了他自己的灵魂。

> 和我在草地游荡，松开你的喉咙
> 我不想要言语，或者音乐，或者韵律，不要习俗和教导，
> 即使最好我也不要，
> 我只喜爱安静，你压低声音的嗡鸣。

人的哭泣在惠特曼和史蒂文斯的诗中很相似，都经常减退为一种思想的无言嗡鸣。莎士比亚那种遗漏的技巧形成了美国式的崇高，示意丰富却又曲折地回避。我们很难将惠特曼形容为缄默，但他实在太过狡猾：

> 你会不会在我已离去之前说话？你会不会
> 在已经太迟的时候证实？

没有人比弗莱彻在分析他所定义的"惠特曼式表达"时说得更好：

> 为了正确地阅读惠特曼，我们必须长久保持不及物状态，就像他所使用的大部分中动语态的动词，他所使用的关于知觉、感觉和认知的动词。
> 在动词被锁进预测之前，他希望去强化纯粹动词的表达。惠特曼最喜爱也是最富有成效的表达来自现在分词。

沃尔特·惠特曼最为纯熟的力量不就是对迂回的表达吗？史蒂文斯从惠特曼那里学来了"同样的复杂迂回"。当歌唱和吟诵那些死亡和时日当中的事物时，这两位过路人都暗示出了一种思想的诗歌。

弗莱彻喜爱这两位诗人，并将他们与阿什伯利（John Ashbery） xvi 联系起来，他是他们当之无愧的遗产受益人，弗莱彻也极为精彩地表达了他对于惠特曼的理解：

> 我们需要想象由一种短语节奏产生出的韵律，起伏的韵律。这一波动及其分词形式并不是事物，它们是思想的虚拟行动体，就像回忆形成的波动一样。惠特曼创作的方式是将表达中的所有单元、无论它们包含多少原因和条件从句，吸收（assimilate）进分词中、短语中。整部《草叶集》，你会注意到一种对于诗性论证的抗拒，这要求在局部维度上控制预期，同时伴随它们向着下一个序列的预期延伸，直至以一种逻辑的方式抵达清楚的结论。

在史蒂文斯和在阿什伯利那里也是一样，但丁式的诗性论证被"隐喻的逻辑"所取代，这是另一位处于美国浪漫主义传统中的伟大诗人哈特·克兰（Hart Crane）的说法。安格斯·弗莱彻，六十年来都是我在批评上的关键向导，发明了这一应该被称为转化诗学的批评方法。转化（transumption）是一种比喻，它取消了先前的隐喻，将诗人对于迟来的焦虑用一种前所未有的直率进行

替代。批评家同样担心他们会太晚抵达故事。俄耳甫斯式的秘教
主义者弗莱彻激起了找到走出迷宫之路的希望，直到我们抵达这
处起点，在此处，沃尔特·惠特曼看到了他的景色。

致　谢

在哈佛大学，本书得益于伟大的理论家I. A. 瑞恰慈的启发和指导，具体写作的细节方面则受到了鲁本·布劳尔（Ruben Brower）的启发。在康奈尔大学，我与我的朋友、杰出的斯宾塞学者卡尔文·爱德华兹（Calvin Edwards）进行了多次愉快的交谈，这使我对讽喻传统有了更清晰的认识。这些年来，我从其他朋友那里学到了很多东西，尤其是戈登·特斯基（Gordon Teskey）、小哈里·伯格（Harry Berger Jr.）和肯尼斯·格罗斯（Kenneth Gross），他们都写过关于文艺复兴时期文学和艺术的优秀研究。我自己的书在很大程度上要归功于哈佛大学出版社的人文编辑林赛·沃特斯（Lindsay Waters），而现在，这一版本的《讽喻》则要归功于普林斯顿大学出版社的工作人员。最重要的是，我很高兴能记录下我的妻子米歇尔·斯科瑟姆-弗莱彻（Michelle Scissom-Fletcher）给我的源源不断的思想上的鼓励。

引　言

1　　从最早的时期直至现代，讽喻（allegory）这一千变万化的手法都在西方文学中无处不在。对于它，还没有全面的历史研究，这项工作也不可能在一卷书中完成，而我的目的也非填补这一空缺，哪怕只是一部分。相反，期望于进入这一模式的核心，我勾勒出的是一种理论上的、大体上非历史的有关其文学元素的分析。

　　一部关于讽喻的完整历史研究需要对变化中的文学惯例进行无数细微观察，而其理论探讨则需取道相反方向，保持对普遍层面的关注。比之处理像"讽刺作品"（satire）、"悲剧"（tragedy）或者"喜剧"（comedy）这样的类别，我们需要考量的是更为丰富广阔的材料。只有最宽泛的观念才能包容如此多不同样式的文学作品，比如说像"反讽"（irony）或者"摹仿"（mimesis）这类模式概念（modal concepts）。考虑到所涉及的范围，任何狭义的、专有的既成定义都将不会有太大用处，无论它看起来有多么可取；这种表面的精确，对目前这一主题的研究者也许甚至是一种误导。因此，我试图去平衡普遍理论和简单论断的不同诉求，接着便是旨在构建一种讽喻模型的初步描述。在这一批评理论的初期构思阶段，我以进行理论化探讨的心态去询问：哪些类型的角色可以被称作讽喻式的主角，他们通常做什么样的事情，他们有怎样的行为风格，哪一类图像经常被用来描绘他们的行为和性格。简而言之，我所询问的是，什么是讽喻式虚构叙事的模式。

　　用最简单的话说，讽喻言在此而意在彼。它破坏了我们对语言通常的期待，即我们的语词"意味着它们所道出的"。当我们断言Y这个人有X这种特质，那么Y就确实是我们的论断所描述的那样（或至少我们假定如此）；但是讽喻的表达方式会使得Y拥有另一些东西（*allos*），这与公开而直接的陈述所告诉读者的绝不一样[1]。若将之推到极致，这种反讽用法将会颠覆语言自身，将一

1　Allegory来自*allos*（其他）加上*agoreuein*（**他人＋公开言说，在集会或市场上言说**）。*Agoreuein*有公众的、公开的、宣告式言谈的含义。这一含义被前缀allos所颠倒。因而讽喻也经常被叫作"倒转"（inversion）。比如在Thomas Elyot所著、Thomas Cooper编撰的*Bibliotheca Eliotae: Eliotes Dictionarie*（London，1559）中有："讽喻（*Allegoria*）：一种叫作倒转的描绘，此处的文字为一物，而其句子或意义为另一物"；Edward Phillips，*The New World of English Words*（4th ed., London, 1678）："讽喻（Allegory）：倒转或变化；——在修辞中它是一种神秘说法，它表达了一些与字面意义不同的东西。"有时*inversio*一词会在"翻译"（translation）这一原有意义上使用，不过拉丁词*translatio*却是对应于希腊语的隐喻*metaphor*。关于作为一种解经手法的翻译，见R.M.Grant，*The Letter and*

切变为某种奥威尔（Orwell）笔下的新语（newspeak）[2]。在这个

---

the Spirit （London, 1957）, 34; Jules Pépin, *Mythe et allégorie* （Paris, 1958）, 87—88, 可以发现，普鲁塔克是第一个使用"讽喻"（allegory）一词的批评家，他没有使用希腊语中更古老的对应词*hyponoia*，同样他也第一个使用了动词"讽喻化"（to allegorize）。动词*agoreuein*的政治暗示需要被一直强调，只要审查还在使得言谈以迂回的、反讽的方式出现。

2 修昔底德《伯罗奔尼撒战争史》（Rex Warner译, Penguin ed., 1954）的第三卷第六章提供了西方历史中关于新语的第一个重要讨论。在描述科基拉革命的时候，修昔底德呈现出"由于贪欲和野心所引起的对权力的追求"，这创造出一个语言自身已经腐坏的新的语言氛围；就如同借助描述瘟疫，这场瘟疫成为关于在这场伯罗奔尼撒战争中发生的所有病症的提喻，或者也可能是转喻。这就是大谎言（Big Lie，来自德语große Lüge，这一表达与希特勒相关，他在《我的奋斗》中宣称一个谎言如果足够巨大，就无人敢于质疑其成立。后被戈培尔广泛用于宣传中，来"揭露"盟国对德国的"抹黑"。——译者注）的登场。"这样，一个城邦接着一个城邦发生了革命……常用词句的含义不得不加以改变，而采用现在所赋予它们的意义。过去被认为是不顾一切的鲁莽之举，现在被认为是一个忠诚的同盟者所必备的勇气；谨慎周到的等待时机，被看作懦弱的代名词；中庸之道被视为缺乏男儿气概的表现；一个人能从各方面考虑问题，就表示他是一个在行动上拙劣无能的人。疯狂的暴虐变成了男儿气概的标志；要阴谋搞诡计变成了合法自卫的手段……这些党派组织的目的不是为了享受现行宪法的利益，而是决意要推翻现行宪法；这些党派的成员彼此间的信任，不是有赖于任何信仰的约束力，而是因为他们是作恶的同伙。反对派的合理的建议，执政党不会宽容地予以接受，反而对它加以猜疑和防范。"（*Pelopnnesian War*, 209）（译文引自徐松岩译《伯罗奔尼撒战争史》上卷，上海人民出版社，2017年，309—310页。——译者注）因为修昔底德的半虚构表达呈现了希腊城邦国家的意识形态，这一段为我们提供了一种关于政治革命的理论；他的观点与奥威尔在《政治与英语语言》（"Politics and the English Language"）这篇文章中的观点一致。以一种对于个体语词和表达方式中所具有的真理式价值的几乎宗教式的信赖，奥威尔提出

意义上我们可以看到，讽喻是如何恰当地被看作一种模式：它是　3
一种对我们的言语进行编码的基础程序。正是因为它是一种极端
的语言程序，它可以出现在任何类型的任何作品里，其中的许多
还远远达不到令人困惑的双重性，而这就使得奥威尔描述的新语
成了一种如此有效的洗脑工具。

　　一种讽喻的表达模式描绘出了相当多文学种类的特征：骑士
或流浪汉罗曼司文学以及它们的现代对应物"西部文学"（the
Western）、乌托邦政治讽刺作品（utopian political satires）、准哲
学辨析（quasi-philosophical anatomies）、箴言诗（epigrammatic）
形式的人身攻击、各种类型的田园诗（pastorals）、天启异象书写
（apocalyptic visions）、包含最高（summas）真伪教谕的百科全
书式史诗、旨在宣扬社会变革的自然主义揭露小说（muckraking
novels）、描述想象旅行的作品——比如琉善的《真实故事》
（*The True History*）、斯威夫特的《格列佛游记》（*Gulliver's
Travels*）、凡尔纳的《地心游记》（*A Journey to the Center of
the Earth*），或者亨利·米肖（Henri Michaux）的《伟大的加
拉邦吉之旅》（*Voyage en Grande Garabagne*）、侦探小说（既

　　"目前［第二次世界大战末］的政治混乱与语言的败坏相连……而一个人
也许可以通过从词尾开始带来一些改善"。他在《向加泰罗尼亚致敬》
（"Homage to Catalonia"）中指责媒体造成了动词的这种败坏。

　　Newspeak，新语，奥威尔在《一九八四》中设想的新人工语言，这一
语言基于英语，只不过大量的语法和词汇被简化、取代和取消。相对"新
语"，原有的英语则被称为"旧语"（Oldspeak）。——译者注

包括讲究的"谁是罪犯"类型〔whodunit〕也包括硬汉派的哈米特—钱德勒风格）、童话故事（它们中的很多是"警诫故事"）[3]、论辩诗歌比如中世纪无名作者的《猫头鹰与夜莺》（*The Owl and the Nightingale*）和叶芝的《自我与灵魂的对话》（*Dialogue of*

4 *Self and Soul*），还有比如里尔的阿兰（Alain de Lille）的《自然的哀叹》（*De Planctu Naturae*）和艾伦·金斯伯格（Allen Ginsberg）的《嚎叫》（*Howl*）（这样的并置看起来也许并不协调）这一类的怨诗。所有这些以及将一种文类偶尔与其他文类混同的更多类型，也许可以定义为讽喻式的或部分讽喻式的作品；这里的主要含义是，在文本展开时，它们往往意图表达出比所说出的更多的东西。没有理由认为讽喻不可以完全用散文写成，或者不可以完全使用诗体，又或者不可以是两者的结合，就像在典型的辨析文学《哲学的慰藉》（*Consolation of Philosophy*）中那样[4]。同样没有理由认为讽喻必须是叙述式的，它也可以用在戏剧里，无论是在古代（如《被缚的普罗米修斯》）、中世纪（如道德剧〔moralities〕）、文艺复兴（如西班牙圣体节戏剧〔*autos*

---

3   见Karel Čapek, "Towards a Theory of Fairy Tales", *In Praise of Newspapers*, tr. M. and R. Weatherall（New York, 1951），49—89。

4   "波爱修斯的《哲学的慰藉》，以其对话形式、诗体穿插和弥漫着的深思熟虑的反讽语调，成为一种纯粹的辨析文学，这一事实对于理解其广泛影响力至关重要。"（Northrop Frye, *Anatomy of Criticism: Four Essay*〔Princeton, 1957〕, 312）见弗莱在308—314页对这一文类的普遍探讨。

sacramentales〕[5]和假面剧〔masques〕），还是在现代（如尤内斯库或者贝克特的超现实戏剧，布莱希特的史诗剧）。在戏剧和叙事文学之外，抒情诗也可以用来呈现"扩展的隐喻"，比如某些意象派诗歌（如庞德的《莎草纸》〔*Papyrus*〕）[6]、史蒂文斯的《观看黑鸟的十三种方式》〔*Thirteen Ways of Looking at a Blackbird*〕[7]），以及更为人熟知的玄学派诗歌的巧思，最为显著的就是表达上的过度（比如克利夫兰风格〔Clevelandism〕）。

对于理论作者而言，这种多样性既是优势也是挑战，因为他会被很多不同的读者查验，这些读者都有各自独特的兴趣领域，他们中的很多还熟知那些理论家只有粗浅认识的文类。我们经常　5
会将讽喻理论应用到那些读来娱乐的作品中，比如西部小说、科幻小说中的幻想旅程，由虚构的"案件"构成的情节剧等等，所有这些都是更为庄严的古老传统的直系后裔。读者也许并不会经常意识到这些作品（主要是小说）至少在部分程度上是讽喻的。

5　关于卡尔德隆的*autos*，见Frye, *Anatomy*, 282—284；也可见A. L. Constandse, *Le Baroque espagnol et Calderón de la Barca*（Amsterdam, 1951），passim; A. A. Parker, The *Allegorical Drama of Calderón*（London, 1943）；Ernst Curtius, *European Literature and the Latin Middle Ages*, tr. W. R. Trask（New York, 1953），205, 244. Edwin Honig自己对卡尔德隆有特殊兴趣，见他的文章 "Calderón's Strange Mercy Play", *Massachusetts Review*, III（Autumn, 1961），80—107；以及他的翻译和为*Four Plays*（New York, 1961）所写序言。

6　收于Erza Pound, *Personae*（New York, 1926），112。

7　Wallace Stevens, *Collected Poems*（New York, 1954），92—95.

我们可以想见，在中世纪，为了打动听众，牧师的训诫不会采用
一段直白、抽象而无趣的开场白，也许甚至都不会特别有象征意
味[8]。不过如果听众们愿意的话，他们可以在从教堂回家后有条有
理地沉思一段寓言中潜藏的意义，而且毫无疑问，在瘟疫和暴乱
的年头他们确实是这样做的。中世纪的讽喻从讲道坛上被人知悉，
而现代读者接触到的是其世俗的、但也相当普及的形式。现代小
说和侦探故事里的解密仍然蕴含双重意义，其对于情节完整性的
重要意义并不下于道德训诫（moralitas）对于牧师寓言的意义。

　　宗教寓言中更为古老的图像化语言则需要相当多的阐释[9]，因

8　见 G. R. Owst, *Literature and Pulpit in Medieval England*（Cambridge,
　　1933）, chs. i, iv—vii. 对于圣书（Holy Writ）的阐释总是通过"生动的插
　　图、鲜活的轶事、朴实的肖像、风趣而刻薄的讽刺"不断焕发生机。正如
　　《约瑟夫·安德鲁斯》和《项狄传》所体现的，讽刺，后来被用于针对任
　　何乃至所有布道的纯粹常规出版物。在多恩（Donne）的布道中，解经成为
　　一种结构上的手法，为的是戏剧性的有时甚至是雄辩性的言词有所推进。

9　除了秘语固有的形式晦涩，现代和中世纪语境间还存在着历史的鸿沟。见
　　James Hastings, *Encyclopedia of Religion and Ethics*（New York, 1961）, I,
　　327b："讽喻几乎总是相对的，它不是一种绝对的概念，它同事物的实际
　　情况毫无关系，在很大程度上，它源于保留某些想法的自然愿望，而这一
　　想法随着年岁渐长会被认为是神圣的。" 同样还有 Roger Hinks, *Myth and
　　Allegory in Ancient Art*（London, 1939）, 16—17："讽喻的标志是，其戏
　　剧人物（dramatis personae）都是些抽象概念；他们没有各自的存在或者
　　传奇，比如神话中的人物享有的待遇；常见的是他们出于特定目的被创造
　　出来适应某个特定情境。"这一情境消失之后，象征就失去了它的意义。
　　关于基督徒式和斐洛式（Philonic）的解经，见 R. P. C. Hanson, *Allegory
　　and Event*（London, 1959）, 它的核心主题是奥利金（Origen）；Grant,
　　The Letter and the Spirit; H. A. Wolfson, *The Philosophy of the Church*

为它们的世界距离我们如此遥远，这可以解释为什么对我们来说，　　6
中世纪讽喻作品看起来有如此明显的讽喻性，而现代的讽喻作品
（如果我如此扩展范围是正确的话）则不太会被读作寓言。变化
的因素实则是对新旧图像志的熟悉程度[10]。一个二十一世纪的读
者，即使并没有真正接触过侦探和谋杀犯，他也能从"私人角度"
去理解这个（侦探故事中的）世界，并以类似的方式理解其他固
有类型。但是对于中世纪宗教象征，则缺乏类似这样的熟悉程度，
因此现代读者会认为他读来娱乐的作品和牧师讲道肯定属于不同
类别的东西。但是侦探故事需要解密，这就使之成为最古老讽喻
类型里的一员，即秘语（*aenigma*）[11]。赞恩·格雷（Zane Grey）
的西部小说则有不同的亲缘：与讽喻式的谜语不同，其表层文本

Fathers（Cambridge, Mass., 1956）; Wolfson, *Philo*（Cambridge, Mass., 1947）; Pépin, *Mythe et allégorie*; Jean Daniélou, *Philon d'Alexandre*（Paris, 1958）。以上列举的是对我有所助益的文本，这个主题的研究当然相当广泛。

10　关于"图像志"（iconography）这一术语，见Erwin Panofsky, "Iconography and Iconology: An Introduction to the Study of Renaissance Art", in *Meaning in the Visual Arts*（New York, 1955），初次发表于*Studies in Iconology: Humanistic Themes in the Art of the Renaissance*（New York, 1939）。

11　见W. H. Auden, "The Guity Vicarage: Notes on the Detective Story, by an Addict", in *The Critical Performance*, ed. S. E. Hyman（New York, 1956）: "对于惊悚题材的兴趣就是善与恶之间、我们（Us）与他们（Them）之间在伦理的和论辩上的冲突。研究凶手的兴趣就是在无罪的大多数眼中对那些有罪之人痛苦经历的观察。对于侦探故事的兴趣则是无罪与有罪的辩证法。"（302）奥登有意带上了一丝轻微的嘲讽腔调。

才是主题意义的承载者，即那些庄重的、富有戏剧感的描述。西部风光在格雷小说中的意义远不止是一块嵌进去的背景板。它是一种"道德化的风景"（*paysage moralisé*）[12]，格雷的英雄们就是在与这块布景挂毯或协调一致或激烈对抗的氛围里行动[13]。此外，牛仔英雄与强盗恶棍间的冲突，就像在探案惊险类型作品中那样，被按照善与恶的二元对立进行描绘，这是西方文学从最初的时期就确立的一个标志性模式特点。在这一类常见的、流行的、朴素的小说类型中，我们有能力去确定是否有任何特定讽喻理论是适用的。而那些对于我们所喜爱的罗曼司文学成立的理论，无论它是什么，对于传统中那些更为重要的文本甚至只会显现出更为强大的解释力量；比如说对于《仙后》（*The Faerie Queene*）和《天路历程》（*The Pilgrim's Progress*）而言。

12　奥登为他的一首重要诗作起名为*Paysage Moralisé*, in *The Collected Poetry of W. H. Auden*（New York, 1945），47—48。关于这首诗的讨论参见J. W. Beach, *Obsessive Images: Symbolism in Poetry of the 1930s and 1040s*（Minneapolis, 1960），104—113。

13　"苦泉沙漠全是石头和被炙烤的泥土，热度保持到了秋天。接下来的每一天都变得更干、更热、更严酷……保罗也快崩溃了。他意识到了这一点，但无法抑制这地方、这时间以及似乎迫在眉睫的到达某种可怕顶点的压倒一切的力量……贝尔蒙特同样在谋划什么。他那深沉阴郁的思想就像是在荒原上孕育出来的。过去几个星期发生的微妙的、几乎难以察觉的变化现在明显地显现了出来，贝尔蒙特正处于巨大的压力之下，他没有想到会发生这样的灾祸。他对那瓶酒的贪婪、欲望和爱意，似乎已与那不断渗入的苦泉融为了一体。"（*Black Mesa*, ch.ix）

　　《黑山坪》（*Black Mesa*）为格雷的一部西部小说。——译者注。

　　这里也需要提及一下反对意见，即并不是所有罗曼司文学都必须是讽喻式的。读者会说，一个好的冒险故事并不需要植入第二重意义来变得意味深长而又能娱乐大众。但是这个反对意见并未触及讽喻的真正标准。讽喻的核心在于它并不**需要**被解经式阅读，它通常所具有的文学水准使其本身就具有足够的意义。但是在某种程度上，这种文学的表层暗示着某种特殊的意图的双重性，它可以，如同它实际上所是，既可以不需要阐释，又可以在阐释的作用下变得更加丰富和有趣。即使是最精雕细刻的寓言，如果天真地或者粗疏地阅读的话，看到的也只不过是些故事；但是对我们的探讨有意义的是一种让其自身指向第二重阅读的结构，更进一步说，一种被赋予了第二重意义后与其初始意义一起变得更为强有力的东西。

　　但无论如何，我们应该避免这种观念，即对于被正确地归为讽喻体裁的作品，所有人都应该认识到其双重意义。至少，讽喻　8 的一个分支，反讽式秘语[14]，就服务于政治或社会需要，这是考虑到执政当局（如在一个警察国家）会注意不到"伊索式语言"

14　Henry Peacham, *The Garden of Eloquence*（London, 1593; reprinted Gainesville, Fla. 1954）："秘语（Aenigma）：讽喻的一种，区别只在于晦涩程度；秘语是一句或者一组语句，它藏在暗处，意义很难被发现。"（27）这一描述也经常被等同于谜语（*riddle*），如George Puttenham, *The Arte of English Poesie*, ed. Gladys Willcock and Alice Walker（London, 1589; reprinted cambridge, 1936）："当我们以谜语（*Enigma*）的方式说话时，我们就再度掩盖在隐蔽晦暗的语言中，此时意义很难被发现，但是部分人可以解读出来。"见下文，第七章中关于讽喻的政治用途的讨论。

（Aesop-language）的第二重意义[15]。但是确实有人可以理解到那重意义，而一旦理解，隐藏在原初意义之下的终极意图就会带来更为强烈的感受。也许天真的读者看不到在一部赞恩·格雷小说的表层行动之下所隐藏的色情讽喻，但是在探讨讽喻本身时，我们不应过多考虑天真读者。我们讨论的是老练的读者以及他们会在阅读文学时**带入**什么。另一方面，承认故事可以通过紧凑的情节、动作以及惊奇来打动读者也不会带来什么损失。但这类故事其实要比预想中罕见得多。更为常见的，是去发现虚饰的行动下所铺设的道德化意图。最后，无论你是认为存在着一种纯粹的故事讲述，还是认为任何一种虚构都仅仅是由程度不一的抽象主题结构（亚里士多德所说的"思想"［*dianoia*］）构成，核心问题都是，在讨论文学时，我们通常都必须准备好在几乎任何一部作品中去分辨出哪怕是最低程度的讽喻。正如诺斯罗普·弗莱（Northrop Frye）所注意到的，从评论的角度看，所有文学作品或多或少都是讽喻的，不过也从来没有发现一种"纯粹的

9 讽喻"[16]。因此，从边界区域举证并无害处。即使是《神曲》，

15　见Alan Paton, "The South African Treason Trial", *Atlantic Monthly*, CCV
　　（Jan. 1960）；以及更有普遍性的研究，E. S. Hobsbawn, *Social Bandits
　　and Primitive Rebels*（Glencoe, I11, 1959），ch. ix, "Ritual in Social
　　Movements"。

16　关于这条评论的戏剧性证明，尤其是当推至极端时，没有比某些戏仿作
　　品能更好地证实其必定是讽喻性的。比如，西奥多·斯宾塞（Theodore
　　Spencer）对《九月有三十天》（"Thirty Days Hath September", *New
　　Republic*, Dec. 6, 1943）的"新批评"解读。斯宾塞表明，新批评虽然在理

论上攻击讽喻，但通过有意识地过度解读文本，其仍然在实践中运用这一模式。

在一场由《教会时代》（*Church Times*）举办的古怪而严肃的阐释比赛中，一些参赛作品同样引人思索。比赛名为"隐秘的意义"（Hidden Meaning），而解读都基于贝阿特丽丝·波特（Beatrix Potter）的儿童故事。我将部分或全文列出其中五个戏仿。

关于贝阿特丽丝·波特的《小镇老鼠约翰尼的故事》（*Tale of Johnny Town Mouse*）："两位主人公都听天由命，都在半心半意地试探对方，显示出这是一个对于组织性的社会挫败感的敏锐研究，关于受到强大而强迫性力量支配的小人物。想想里面的篮子……小人物可以选择的只是从一种挫败模式转向另一种：他投票（*votes*）进入——这里我们也许会注意到，篮子'去了乡下'；之后他成了这一决定的囚徒，无法参与事件的塑造，直到下一个送给他篮子的随意决定到来……"

贝阿特丽丝·波特的另一个关于杰瑞米·费希尔（Jeremy Fisher）的儿童寓言，被认为是"一个非常神秘的讽喻，它被简化为最简单的术语，融于反对物质依赖的吸引人的小册子中。它的主导性主题是有着身体元素的强迫症，而对于弗洛伊德来说，这对于回忆起胚胎环境十分重要"。

关于《杰瑞米·费希尔的故事》（*The Tale of Jeremy Fisher*）甚至还有更为学术的解读："它悲哀地反映出在现代学术界，这个作品真正的人类学意义不应得到广泛承认。对于那些习惯于叙述中言外之音的人来说，这显然是对鱼王（Fisher King）神话的又一次重述，鱼王的牺牲和随后的重生使得另一块荒原恢复了肥沃；牺牲和更新的进程在这里被表现为摄食和反刍。""在构成文本结构的典故和文化参照的密集网络中，即使是参加最后晚餐（一种几乎不加掩饰的植物性仪典）的名字也具有深刻的象征意义。'艾萨克·牛顿爵士'将神话置于其时空连续体的恰当语境中；而艾尔德曼·托勒密乌龟先生（Mr. Alderman Ptolemy Tortoise）对沙拉的偏爱，显示出同古埃及丰产仪式的清晰关联。""认真的学生最好去查阅Ludwig Schwartz-Metterklume教授最近出版的《厌世情绪与波特女士》（*Der Weltschmerz und die Frau Potter*, Leipzig: 1905）……"

关于《水鸭杰米玛的故事》（*The Tale of Jemima Puddle-Duck*）："《水

虽然大部分读者都会认定它为最杰出的西方讽喻作品范例，但
在柯勒律治（S. T. Coleridge）眼中，近来也由奥尔巴赫（Erich
10　Auerbach）呈现出的，它只是一部准讽喻作品[17]。考虑到这样一个

鸭杰米玛的故事》的焦点是木棚，正如所有心理学家都知道的那样，这是
普遍被接受的邪恶迷恋的象征。女作家用娴熟的笔触奠定了背景，那可怕
的木棚几乎立刻开始施展它的魅力。文本中虽然没有直接提到报春花之路
（Primrose Path），却微妙地在那高超的插图中有所暗示。女主角不知不觉
加快了步伐，从一开始的一摇一摆，再一路小跑，后来突然参加打斗。这
是真正的洞察力。"　"动态角度已经足够。而从静态角度看，通往木棚的
路是用同样的手法处理的。藏在木棚旁边的是狐狸（欺诈，邪恶不变的随
从），而隐藏狐狸的则是美丽的狐皮手套。正如诗人所言，'噢，虚假有
着多么美好的外貌！'。"

　　关于《彼得兔的故事》（*The Tale of Peter Rabbit*）："这个令人心酸
的讽喻点出了青春期的悲剧性困境。少年从安全的童年（地下洞穴）出来，
在沉闷的体面与神秘的禁区之间选择，无法无天的埃尔拉多（El Dorado）
就是麦格雷戈先生的花园！"　"波特小姐用精彩的笔触概括了她的主角落
入犯罪的境地，这是在他挤过大门的时候。一开始，奖赏来得很容易，吃
生菜的少年摆脱了他的束缚（外套和鞋子），直到他直面他最大的仇敌，
毁灭他父亲的凶手和整个部族的敌人。"　"气氛发生了戏剧性的改变。致
命的花园，容易进入，却难以逃脱。这一虐待狂的潜流更早的时候就在那
恶意的'做成馅饼'中有所暗示，而在耙子、筛子和等在那里的猫带来的
恐惧中，就更为明显了。"　"当然不是轻松读物，但这本冷酷无情的书可
以推荐给21岁以上的读者。"

17　Coleridge, *Miscellaneous Criticism*, ed. T. M. Raysor（London, 1936），151：
　　"《神曲》是一种系统的关于道德、政治和神学的真理，它带有专断的个
　　人呈现。在我看来，这并非是讽喻式的。我甚至不觉得地狱里的惩罚具有
　　严格的讽喻性这一点让人信服。我更愿意认为它们在但丁的思想中是准讽
　　喻式的，或者以类比的方式伪装成纯粹的讽喻。"《杂评》中散布着对于
　　讽喻特性的评论，不仅仅谈论了像是班扬、但丁和斯宾塞这样的重要讽喻

重要例子，你不禁要怀疑处于边界的情况是否可以成为常态。

除了文学所涉范畴，也许还需提及某些领域的批评意见，　11
因为它们指明了我们必须面对的主要问题：当语言被喻象式
（figurative）使用时，我们在心理层面和语言层面都随之变得不
确定。如今，对喻象式语言的理解并没有最终定论。两位主要批
评家，威廉·燕卜苏和肯尼斯·伯克笔下那种曲折微妙都暗示着
这一问题很难以简单的公式作答，尤其对于言语在心理上的特征，
我们还所知有限[18]。像是"主旨"（tenor）和"手法"（vehicle）
这样的术语也许是有用的，但也只是标签而已[19]。瑞恰慈新近关
注的交流理论和科技教育学并未使他自己革命性的隐喻观念高出
太多，相比于他在《实用批评》（*Practical Criticism*）和《修

作者，也涉及了像是拉伯雷、斯特恩和笛福这样归属不清晰的作者。柯勒
律治的"准讽喻"解读被埃里希·奥尔巴赫所巩固，见*Dante: Poet of the
Secular World*, tr. Ralph Manheim（Chicago, 1961）。

18　燕卜苏会将讽喻放在《含混的七种类型》（*Seven Types of Ambiguity*,
London, 1930; reprinted New York, 1955）的第三个类型中。肯尼斯·伯
克关于讽喻的探讨主要集中在其政治用途上，例如《动机的修辞学》（*A
Rhetoric of Motives*, New York, 1955）里题为"秩序"（Order）的第三部
分。跟燕卜苏一样，伯克感兴趣的是作为一种复制社会和政治内部张力方
式的"象征性行动"。

19　"主旨"和"手法"是瑞恰慈在一篇演讲里提及的，见《修辞的哲学》
（London, 1936）。参见他最近的著作*Speculative Instruments*（Chicago,
1955），涉及比如说他对于教学法、交流问题（例如翻译）的兴趣。又
见Max Black关于瑞恰慈术语的研究：*Models and Metaphors: Studies in
Language and Philosophy*（Ithaca, 1962）, ch. iii, "Metaphor"。

辞的哲学》（*The Philosophy of Rhetoric*）中早就达到的高度。
另有一部重要论著对修辞研究做出了细致的历史分析，即罗斯蒙
德·图夫（Rosemond Tuve）的《伊丽莎白时代与玄学派意象》
（*Elizabethan and Metaphysical Imagery*），但是除了某些作为
参照的现代诗人，图夫基本还是停留于关注一个孤立时期，即
文艺复兴[20]。诺斯罗普·弗莱在他的《可怕的对称》（*Fearful
Symmetry*）一书中展现出了也许是有记录以来最为精彩的讽喻
12 式解读实践，但是关于其特定进程，我认为他的理论观点并未
在其即使更为出色的《批评的解剖》（*Anatomy Criticism*）一
书中有显著提高[21]。在这里，弗莱将讽喻看作主题式"对位"
（counterpoint）的一种类型，它频繁在罗曼司文学中出现，而且
任何主题内容突出的文学作品很可能都隐含了讽喻技法发挥的作
用[22]。考虑到对这一术语的理解如此宽泛，要是没有埃德温·霍
尼格（Edwin Honig）在其综合性论述《隐蔽的技法》（*Dark*

20　图夫女士的"开战理由"（*casus belli*）就是二十世纪批评中对于多恩、德
　　莱顿和赫伯特这些诗人所用的修辞技巧的误解。她的主要研究对象"文艺
　　复兴诗学"所展现的是伊丽莎白时期和詹姆士一世时期的理论和实践。

21　弗莱谈讽喻：*Fearful Symmetry: A Study of William Blake*（Princeton,
　　1947），115—117，及最后一章"The Valley of Vision"；*Anatomy of
　　Criticism*, 89—92; "The Typology of Paradise Regained", *Modern Philology*,
　　LIII, 227—238; "Notes for a Commentary on Milton", *The Divine Vision*,
　　ed. V. de Sola Pinto（London, 1957）。

22　Frye, *Anatomy*, 90. 对于整体范畴的讽喻的总结，见该书89—92页，它令人
　　惊叹的紧凑，这一批评也许因而有失偏颇。

Conceit）中为这一探讨设立主要架构[23]，理论本身也许还会停留在一个印象式的阶段。据我所知，这是现代探讨这个主题的一部先驱式著作。我个人对它的不同意见只属于细节问题，至于那些更大范围的不同，比起个人的判断，我更愿意将之留给更客观的比较。在《隐蔽的技法》一书形成阶段，我曾有幸参加霍尼格先生就讽喻这一主题所做的一些讲座，它们无疑潜移默化地影响了我。在我看来，霍尼格的书首要关注的是讽喻的创造（creative）层面。霍尼格希望展现讽喻如何形成，又有哪些从外而来（from without）的文化上的决定因素。除去从心理分析理论讨论讽喻的那一章，我自己的路径会更少涉及源流而更多考量形式。我并不 13
太关注个别作者或者个别时期中某些特定讽喻会如何呈现给老练的读者，也不太注重它们怎样形成。在这个意义上我的论述会与《隐蔽的技法》相当不同。

　　不过仍然有必要在修辞意义上分析讽喻的具象特性，如果

---

23 见Honig, *Dark Conceit: The Making of Allegory*（Evanston, 1959）。还有我尚未查阅到的Abraham Bezankis, "An Introduction to the Problems of Allegory in Literary Criticism"（Ph. D. dissertation, University of Michigan, 1955）。在更为简明的普遍性论述里，可参见"The Allegorical Method", in Rex Warner, *The Cult of Power*（London, 1946）; Edward Bloom, "The Allegorical Principle", *Journal of English Literary History*（ELH）, XVIII（1951）, 163—190。 C. S. Lewis在*The Allegory of Love*（Oxford, 1936）中用了一章讨论这一普遍性的主题（44—111）。刘易斯自己也是许多寓言故事的作者，如*That Hideous Strength, Perelandra, Out of the Silent Planet, The Screwtape Letters, The Chronicles of Narcion*。

我们能建构一种理论去穿越历史上的条条框框，就可以避免某些特殊的历史疑云；其中第一个就是关于"讽喻"与"象征"（symbol）的区别。这个令人不快的争议始于歌德对这两个概念所做的区分，它已经在批评视野中拥有相当份额[24]。该问题有其历史缘由，因为它牵涉到浪漫主义的心灵观念，尤其是关于"想象力"（imagination）。任何一种关于讽喻文学发展的全面的历史研究也许都要涉及关于想象的心理学。若是参考歌德对于浮士德传说演进性的态度，那他所关注的讽喻/象征区分自有其专门的价值；不过，此类现代批评理论的起点即使有其历史关照，更多也是让我们去重新思考，我们应该采用何种方式去向今天的文学专业学生描述讽喻文学。正如艾布拉姆斯（M. H. Abrams）在《镜与灯》（*The Mirror and the Lamp*）中很好地描述过的那样，我们二十世纪的批评家都成长在一种心理层面的批评理论渐趋成熟的氛围之下[25]。我们生活在一个关注心理学和心理分析的时代，而

14

---

24 见René Wellek, *A History of Modern Criticism*（New Haven, 1955），I, 200;
    Honig, *Dark Conceit*, 39—50. Goethe, *Maximen*, as tr. by Wellek（I, 211）：
    "诗人是为了普遍而关注具体、还是在具体中寻求普遍，这中间有很大区
    别。从第一种过程中诞生了讽喻，具体只是作为普遍的例证；而第二种过
    程才是真正的诗之本性：它表达的是某些具体的东西，而无需虑及普遍或
    者将其指出。
        "真正的象征主义里，具体呈现出了更为普遍的东西，但并非作为梦或
    者象征，而是作为对难以把握之物更为活生生地瞬间揭示。"

25 由于心理学向着格式塔、行为主义和心理分析理论发展，"想象力"的概
    念被很多复杂化的动因所覆盖。瑞恰慈是一位跟随柯勒律治的重要理论作
    者，而艾布拉姆斯的《镜与灯》则主要是历史化的。

　　我们也需要时不时回到这种关照的初期阶段，在那里也许可以找到一个对我们的探索更有益同时也更有风险的起点。对于十九世纪批评的历史更为细心些，也许可以避免一些令人遗憾的过分简化，比如当我们轻率地谈论像是"浪漫主义想象"或者法国诗人的"象征主义"（*symbolisme*）这类概念的时候。"象征"这个词尤其已经成为误用的标志，当它被用来表示"好的"（"象征的"）诗同"坏的"（"讽喻的"）诗相对时，它便被赋予了一种错误的评价功能，而且这也给本就困难重重的区分又罩上了一层迷雾。

　　与之类似，对于这种水平测量式批评语言的拒绝也可以用来反对近来通过贬低讽喻而赞扬"神话"（myth）的趋势。只不过，一个评论家也许会说《城堡》《审判》或者《变形记》是"神话式的"，但在接下来的解读中，他们也许会运用某些弗洛伊德式象征将之完完全全作为一种讽喻来处理。"神话批评"（myth criticism）的基础是寻求居于故事核心的某些特定的反复出现的原型模式（比如说屠龙神话），但对于那些并不以原型（archetypes）概念进行思考的批评家来说，它们所呈现的是一种更为复杂的面貌[26]。原型模式构建了一种形式，它表达出了在男女　15

26　见 W. K. Wimsatt and Cleanth Brooks, *Literary Criticism: A Short History*（New York, 1957）。韦勒克在即将刊行的《现代文学批评史》（*A History of Modern Criticism*）第二卷续编中将有关于"神话批评"的专门一章。这些批评家所受的影响主要来自卡尔·荣格（Carl Jung），对他的原型理论的总结可见于Jolande Jacobi, *Complex/Archetype/Symbol*, tr. Ralph Manheim

主角的行动里所蕴藏的、居于心灵最深处的意义。很有可能，在所有类型的故事讲述中都存在着此类不可化约的模式[27]。但在"神话批评"中却出现了一种古怪的发展。原本只是谈论原型的持平描述，却成为一种价值评判，只有那些拥有清晰可辨的原型的作品才值得给予好评。当一个批评家使用"神话式"这样的用语去形容卡夫卡或者福克纳时，我们需要搞清楚的是，这是不是一种隐蔽的赞美。它虽然看上去是描述式的，实际上往往带着价值评判。当"神话"这个术语被如此使用时，它似乎继承的是在关于讽喻与象征的古老争论中，那位"象征"所处的地位。它固然有

（New York, 1959）。荣格的重要研究可参见：Jung, "The Archetypes of the Collective Unconscious", *Collected Works*, IX（New York, 1952—1961）; "The Paradigm of the Unicorn", 同书 XII; with Karl Kerenyi, *Essays on a Science of Mythology*, tr. R. F. C. Hull（New York, 1949）。另有 Erich Neumann, *The Great Mother: An Analysis of the Archetype*（New York, 1955）, and *The Origins and History of Consciousness*（New York, 1954）; Joseph Campbell, *The Hero with a Thousand Faces*（New York, 1949）。这些作品都离开文学批评走向了人类学。它们倾向于破坏文学的界限，但是对讽喻和神话研究有着极大的启发意义。心理分析意味不那么明显、重心更为清晰地落在文学上的研究有Maud Bodkin, *Archetypal Patterns in Poetry: Psychological Studies of Imagination*（London, 1934; repented New York, 1958）。

27　关于神话类型，见*Myth: A Symposium*, ed. T. A. Seboek（Bloomington, 1958）, 来自Claude Lévi-Strauss, Lord Raglan, Stanley Edgar Hyman, and Stith Thompson的章节。也可见Lord Raglan的先驱性作品*The Hero*（London, 1936; reprinted New York, 1956）; 以及Vladimir Propp, *The Morphology of the Folktale*, ed. Svatava Pirkova-Jacobson, tr. Laurence Scott（Bloomington, 1958）。后者是俄国"形式主义"文学批评的经典之作。

其在文化人类学上的意义，但这也仅仅是在引申义上变得更丰富。那些曾居于特定时空中的孕育性的时刻，若以歌德式的"象征"标准，如今也许会被普遍化为一种假定的"集体无意识"的显现。在"神话"降临批评舞台之前，我们真的应该倒回去一步。

对于讽喻实践的分析，柯勒律治是一个自然而然的起点，毕竟他处于这一将问题搅得如此模糊的争论的中心。

对于柯勒律治来说，讽喻的定义是一个重要问题，因为这使他得以在"有机形式"和"机械形式"（organic and mechanic form）[28]之间再次做出区分，同时还提供了来自想象力与理性逻辑

28　Coleridge, "Lectures on Shakespeare", "Recapitulation, and Summary of the Characteristics of Shakespeare's Dramas".见S. T. Coleridge, *Essays and Lectures on Shakespeare and Some Other Old Poets and Dramatists* （Everyman ed. London, 1907）, 46："当我们将一种前定的形式施加给任何给定的原料，这一形式就是机械的，它并不必须从原料本身的特性中生发出来；而是就像一堆湿黏土，我们可以随心所欲赋予其形状，它在干燥之后就会保持这一形状。相反，有机形式是与生俱来的；它在发展的时候赋形，产生于自身内在，而它发展的完善也同样是它外在形式的完善。生命为何，形式也如何。"柯勒律治关于机械形式的观点也隐含在关于预象（*figura*）和图章（*impresa*）的理论中。见Erich Auerbach, "Figura", *Scenes from the Drama of European Literature: Six Essays*（New York, 1959）, 13："跟所有并没有确切术语观念，并不专精于哲学的拉丁作者一样，瓦罗（Varro）在互换使用预象（*figura*）和形式（*forma*）时，所秉持的只是普遍意义的形式观念。严格来说，*forma*的意思是'模塑'（mold），法语里的moule，而它与*figura*被联系在一起，就在于这是一种可以制造可塑形态的中空形式（form）。"关于*impresa*，见Mario Praz, *Studies in Seventeenth Century Imagery*（London, 1939）, I, ch. i, "Emblem, Device, Epigram, Conceit"，以及附录"Emblems and Devices in Literature"。

16 能力之间折中关系的文学作品的例证[29]。这样的折中并不能成就最
   高层次的艺术，但是它正好是我们称之为讽喻的那种主题和图像
   的混合所需要的。柯勒律治在他对象征和讽喻所做的区分中，也
   是在他给讽喻下的定义中，含蓄地表达了对讽喻的批评。首先来
   看一下他所做的区分：

       能够更好地将象征与讽喻区分开的，莫过于这个定义，
   即它自身总是它所要代表的整体的一部分。"一张帆过来了"
   （其实是一艘船）——这是一种象征表达。当我们说起一些
   勇敢士兵时，所用的"看看我们的雄狮！"就是讽喻式的。
17 对于本文主题而言最重要的是这一点，后者（讽喻）只能被
   有意识地表达出来，而前者（象征）则很有可能是在象征的
   构建中，无意识地出现在作者思想中的普遍真理；而它也通
   过产生于自身的思想来证明自身，就好像堂·吉诃德产生自

---

29 "讽喻现在只是将抽象观念用图画式的语言翻译出来，其本身不过是对感
    知到的客体的抽象；它的主心骨甚至比它幽灵般的代理人更无价值，两者
    都虚浮薄弱，而前者并无形态可以呈现。另一方面，象征……的特点是一
    种在个别之中透亮的特殊性，或者说是在特殊中的普遍性，又或者是在普
    遍之中的宇宙；总的来说，它是穿透以及处于时间之中的透亮的永恒。
    它总是分有着可以去理解的现实；同时，作为所代表之物的统一体，它
    本身就是其活生生的一部分，这就清晰地阐明了整体。而另一种只不过是
    空洞的回声，它幻想专断地连接起事物的幻影，比起在透明湖泊之中所看
    到的山坡上的果园或者山间的牧场，它并没有更多的美，却有更多的朦
    胧。"（Coleridge, *The Statesman's Manual*, ed. W. G. T. Shedd［New York,
    1875］, 437—438.）

塞万提斯完全清醒的头脑中，而并不是通过外在观察或者历史研究。象征写作优于讽喻的地方，在于它并不假定任何感知力的分离，它就是在掌控所有。[30]

通过将象征定义为提喻，柯勒律治设想出了某种象征的"神秘参与"（participation mystique），这一观念也被象征化了[31]。象

30　*Misc. Crit.*, 29. 柯勒律治在这里应和了歌德的格言："真正的象征意味着个别代表了更为普遍的东西，但不是作为一场梦或幽灵，而是作为神秘莫测之物的鲜活而即时的显现。"（引自Wellek, *History*, I, 211）柯勒律治对讽喻与象征的区分也跟歌德类似："讽喻将现象变为概念（concept），将概念变为图像（image），但在这样的方式下，概念仍然是有限的，它完全被保守在图像中并通过其表达。（然而象征）将现象变为思想（idea）、思想又成为总体的图像（Image），以这样的方式，观念总是可以保持无尽鲜活，并且在图像中不可触及，即使用所有的语言加以表达，它仍处于无法表达中。"此处给出的最后一点即是说，讽喻是某种可译的行话，而象征是不被地方限制所困的普遍语言。按照歌德的观点，人们将无法"翻译"十字架，因为这一象征自身就是超越语言的。

31　这一如今多多少少被人类学家所质疑的术语来自列维－布留尔（Lévy-Bruhl），参见他的*L'Ame primitive*（Paris, 1927），以及*Les Fonctions mentales dans les sociétés inférieures*（Paris, 1910）。Johan Huizinga, *The Waning of the Middle Ages*, tr, F. Hopman（New York, 1954），205："所有中世纪意义上的现实主义都导向了一种人格化（anthropomorphism）。它把一个实际存在归结为某一观念，人们总想目睹活生生的观念，这种效果只能通过拟人来达到。由此产生出讽喻，这不同于象征。象征表达某两概念间的某种神秘联系，而讽喻赋予关于此种联系的观念以可见的形式。象征是思想的深层功能，讽喻则是肤浅的一种。它有助于象征意识表达自身；但同时，它辅以具象来活现观念，这就增加了一些危险。象征的力量很容易在讽喻中丧失掉。因此，讽喻本身从一开始就意味着标准程式、表层投射和具体化。"（译文引自《中世纪的衰落》，约翰·赫伊津哈著，

征还更为直接地参与进了感知这艘船的活动中。在象征活动中，
18 心灵直接感知到事物的理性秩序，这是通过一种"自发异象"
（unmediated vision）[32]，而无需对来自物质世界的现象进行任何
逻辑推断；而正如柯勒律治所注意到的，讽喻却总想着要先去划
定逻辑秩序，继而将之用于某个合适的现象，它总是预先设定理
念体系，然后再图解它们。后一种柏拉图式的理念—图像（idea-
image）关系，只有当一个人意识到了其构想中的理念的哲学位置
时，它才能存在。一个人并不是非得在构建这样的理念体系时才
意识到自己的个人动机，但在将体系连接成一个整体时，个体确
实需要对它们的相互关系拥有自觉的、高度组织化的观点。柯勒
律治对象征过程的潜意识特性的强调，让人忍不住对他的观点进
行弗洛伊德式的再阐释[33]。但即使没有真的将象征看作一种弗洛
伊德意义上的潜意识（*Unconscious*）表达（即等同于梦境中的象
征），我们也可以思索柯勒律治关于"感知力的分离"（disjunction
of the faculties）的观点，因为讽喻中确实清晰地存在着意义的
分离。讽喻显然拥有两重或多重意义，理解它们也需要至少两种

刘军等译，中国美术学院出版社，1997年，213页。部分字词有改动。——
译者注）

32 见 Geoffrey Hartman, *The Unmediated Vision: An Interpretation of Wordsworth*, Hopkins, Rilke and Valéry（New Haven, 1954）。

33 艾布拉姆斯展现过作为弗洛伊德惊人前兆的哈兹里特（Hazlitt）和基布尔（John Keble）。他引用了哈兹里特："通过具体化并转化为有形，想象力给予了对于隐晦而纠缠不休的对某种意愿的渴望以一种明显的安慰。"（*Mirror and the Lamp*, 143）

思维态势。比如说，一个人若是亲眼见过由伊尼戈·琼斯（Inigo Jones）所装饰的宫廷面具，这个人无疑也会将相当多的注意力花费在那些仅仅属于戏剧的装饰品的地方，去关注那些服装、布景、舞蹈、音乐等之类，而从这一类感官世界转向理念世界则必然与第二重的思维关系紧密。不过柯勒律治的理论也就到此为止了，现代的思考最终会取代它。现代心理学不会在柯勒律治所用术语的意义上提出这一问题，即在所有讽喻中都存在的意义的双重性是否必然来自理性（reason）与想象（imagination）的分裂。

　　不过，柯勒律治定义讽喻的方式使得一种复合思考路径成为可能，即通过严谨地借助心理学和修辞学理论，达到对于作品的表层及其心理效果与意义的双重观照。　　　　　　　　　19

> 那么我们也许可以给讽喻式写作下一个可靠的定义，它使用带有动作和相应伴随物的一整套行动体和图像，这就传达出——虽然是在伪装当中——道德性质或者思维中的概念本身并不是感官的对象，或者还有其他的图像、行动体、动作、机缘或者环境，于是呈现给眼睛或者想象的每一处都不尽相同，然而相似性却被暗示给思维；这是相互联系的，各个部分结合起来形成了一个连贯的整体。[34]

34　Coleridge, *Misc. Crit.*, 30. 我注意到关于这一定义有两段陈述，其中一条如上所引，而对于讽喻中前定的机械式效果，另一条的描述有失准确，因为它弄反了思维和想象的功能（"与想象力相似，但也与理解力不同"）。

即使每一处术语都会被完整解说，有时候甚至是被重新定义，接下来每一章的讨论仍会致力于这个定义中的一个主要元素。第一章探讨的是叙事与戏剧的核心关注，即它们的行动体（agents），它们所呈现的活动中的人。第二章关注讽喻的文本方面，它所编织出的图像（images）表层。在这两章和接下来的章节中使用的术语有多样化的渊源。作为灵体的行动体（agent as daemon）这一观念来自比较宗教学和基督教历史的研究[35]。（弗莱在他的近作《批评的解剖》中谈及了灵力行动体［daemonic agency］。[36]）用来描述讽喻式图像的"宇宙"（*kosmos*）观念并非取自科学史，而是来自古代修辞学；我尽力复原这一原初的而且非常有助益的含义。这个术语还未被大量用于实际的批评中，不过它可以架设一座连通人类学（比如米尔恰·伊利亚德［Mircea Eliade］）与批评理论（比如新批评或者像是罗斯蒙德·图夫所做的历史类研究）的桥梁。第三章从仪式的角度讨论了行动，仪式（ritual）这个概念主要在比较宗教学或者另一个相

20

35　关于笛福那种难以置信的灵力风格，见Coleridge, *Misc. Crit.*, 194。柯勒律治将《巨人传》和《项狄传》都看作部分是——如果并不主要是——讽喻式的作品。（"所有拉伯雷的重要人物都带有魔法幻影般的讽喻，而巴努吉尤甚。"）他在某些叙事作品中看到了朝向更少讽喻的趋势，这正是因为它们的行动体变得"更为强有力的个人化"。"《天路历程》经常使人感觉到，里面的角色是使用昵称的真实的人。"（*Misc. Crit.*, 33）

36　见Frye, *Anatomy*, 147—150, on "demonic imagery"。弗莱使用的是魔力（demonic）一词的标准含义，即晚期基督教意义上的"恶魔的"（diabolic）。我更倾向于用一种中性定义来涵盖其天使一面的力量。

当不同的来源即心理分析中得到确立。这两种关于仪式的观点是相关的，也都会被采纳。另外，仪式作为一个表示"象征性行动"（symbolic action）的术语也已由肯尼斯·伯克的批评研究确立。鉴于所有故事都是通过可能性或者必然性整合起来，而依据因果系统的某些类型，第四章处理了这一问题，这便是借助弗雷泽关于接触和交感巫术（contagious and sympathetic magic）的人类学概念来理解讽喻里构成事件基础的因果次序。最后，为了描述柯勒律治称之为"伪装"（disguise）的主题上的双重性，第五章会调用心理分析中的矛盾感（ambivalence）概念。不过为了更轻松地接近这一概念，我会将"感知力的分离"同心灵中的矛盾冲突联系起来，而按照席勒和康德的看法，这一冲突内在于崇高感中。第六章使用了心理分析理论去呈现讽喻的心理基础。第七章开始讨论美学价值这一根本问题，也提出了这一模式的局限和长处。它呈现出讽喻作者们是如何灵活地在一个本质上严格受控的意图中伸缩自如，他们又是如何借助反讽与离题评论减轻了单纯仪式的重负，而这样我们也许才可以得到一种"好"的文学。

　　我所用来进行描述的术语也许暗示着讽喻与宗教仪式，和象征主义密切相关。这并不偶然。正如刘易斯（C. S. Lewis）所指出的，"对于普通读者而言，似乎无论什么样的讽喻作品看起来都非常接近天主教，这个现象值得探讨"[37]。这项探讨确实就是我　21

37　*Allegory of Love*, 322. 我接下来所讨论的就是为什么会有如此现象，这是由于讽喻使得在天主教虔诚信仰中已经出现得足够频繁的行为过多出现：

的目标之一。即使不采用心理分析的视角，你也能看出刘易斯论点的正确；不过心理分析可以给予强有力的支持，我们可以用它去呈现在讽喻形式和所谓的强迫性仪式（compulsive ritual）之间的紧密相似性[38]，而这些仪式反过来也可以类比为宗教仪式。在宗教、文学和心理分析所观察到的现象间可以发现各种各样的类比，所有这些类比都指向关于讽喻的最古老的观念，即这是一种人对于神启信息的重建、一种显现出来的超验语言，而它所试图维持的疏远则是为了保存被恰当地隐藏起来的神性[39]。不过，为了达成这一传统结论，非形而上的论证取向似乎才是最好的原初路径，这也是我所跟从的路径。在这一主题上我决意远离形而上学。我同样也会远离《圣经》解经学的历史和理论，用一位朋友的话

　　"当天主教义变坏时，它成为与世界一样古老和广阔的事关护身符、圣地和神职职位的宗教（religio）。"（Lewis, *Allegory*, 323）

38　见下文，第六章各处。

39　在显现神圣的过程中担当中介的是圣灵，进行指引的好的灵体和进行误导的坏的灵体——见于Sir Thomas Browne, *Religio Medici*, ed. J. J. Denonain（Cambridge, 1955）, sec. 31, 42：　"我确实认为，许多归之于我们自身发现的神秘事件其实是圣灵好意的显现；因为这些天堂中高贵的精华对于他们在地上的同伴有着友好的关照；因而我相信，许多奇能异士关于国家、王权和私产毁灭所做的预言，其实就是来自善良天使的仁慈预示，那些漫不经心的询问，其实却是机遇和天性造就的结果。"　关于神启的学说，也见R. P. C. Hanson, *Allegory and Event*（London, 1959）, ch. vii; also, H. W. Robinson, *Inspiration and Revelation in the Old Testament*（Oxford, 1946）, 160—198; John Skinner, *Prophecy and Religion: Studies in the Life of Jeremiah*（1922; reprinted Cambridge, 1961）, ch. X。

说："《圣经》解经学的目的和出发点，就在于从历史学和神学上为《圣经》作为已经显现的上帝之言辩护，换句话说，这项考量并不切近目前研究的范围。"这也并不是说，传统上对《旧约》先知书和《启示录》的解读与对于像是《神曲》《农夫皮尔 22斯》（*Piers Plowman*）或者《仙后》[40]这类诗歌的研究不相关。实际上，我关于价值和功能的结论将会详述那些天启式、异象式的时刻，有时那些"仅仅是讽喻"的东西会从中形成。不过，读者们也许会问它形成得有多频繁。当一个讽喻成为纯粹异象式的，比如说《天路历程》中所呈现给我们的"天国之城"（Heavenly City），它是出现在为了抵达这一目的而进行的斗争**之后**。而在这一最终异象（final vision）出现之前的阶段，似乎在性质上与其非常不同：最后出现的才是得救（liberation）的时刻。之前的所有是一连串的艰苦劳作，并且经常以主角受制于必然命运的形式出现。"灵魂之战"（*psychomachia*）及其进程是这一斗争在叙事上的图像。它们就是主角为了最终得救进行的战斗、经历的旅途。如果在路途当中出现了暂时的得救，那也不过是最终胜利的先兆。

40　赫德主教试图在批评中为斯宾塞的"哥特"形式辩护，他也是《预言研究导论，关于基督教会，尤关于罗马教廷，十二篇布道》（*An Introduction to the Study of the Prophecies concerning the Christian Church, and, in Particular, concerning the Church of Papal Rome*, in *Twelve Sermons*, 2d. ed., London, 1772）的作者。这一系列布道不仅仅提出了关于真正的预言所植根的神学基础，在第四到第六篇中，还给出了关于"预言风格"的描述。正如在他的斯宾塞批评中，赫德主教也是某种浪漫主义理论家，因为他提到应该准许像是布莱克、扬（Young）和雪莱这样的作者。

如果诗人想要呈现恶魔的胜利，他会在善恶问题上采用一种完全反讽的态度；而如果这个主角是一个乔纳森·怀尔德*，他也走在朝向天启的路途上，但他会走向死亡而不是新生。

考虑到讽喻也是一种非形而上的句法工具，无论走向天启与否，它也可以用来表达敌对权威之间的冲突，就好像在政治高压的时代我们也许会使用"伊索式语言"来规避对于不同政见的审查。在任何一种讽喻的核心都可以发现这种权威间的斗争。一种原则对抗另一种相对原则：就像这一模式中常见的政治宣传职能、常规的讽刺职能以及说教职能。这一模式的本质是等级体系，不仅可以归结到传统图像的使用中以"感应"（correspondences）进行的系统编排，更进一步的还是因为所有的等级体系都隐含着一种关于指挥、关于命令（order）的链条（这里的order是其第二层意义，也就是当我们说"将军命令［ordered］他的军官去指挥他们的下属［subordinates］"时候的意思）。等级制从来不是一个简单的给予人们自身"合适位置"的体系，它走得更远，它还告诉人们他们的合法权力是什么。任何一种等级制势必会引发清晰尖锐的对于这些权力的情感反应。我们因而得以从一种动态的观点去描述这一模式。讽喻常被视为一种沉闷的体系，而它更多呈现为象征性的力量争斗。如果这些体系经常都是坚硬的、肌肉发达的结构，那接下来它们便会卷入权力冲突。如果它们是抽象

---

*   Jonathan Wild是十八世纪英国伦敦的一个著名罪犯，菲尔丁有一部以他为主
        角的长篇小说。——译者注

的、尖锐的、机械式的并且远离日常生活，那有时候这也许就是真实所需的回答。当一个人被拉入日常生活程式化的沉闷，以致忘却所有更高的渴望，作家或许会用一种怪诞的、抽象的漫画笔触来呈现这种行为。通过这样的方式，他就可能会激发一种具有普遍性的自我批评，而这种方式又是很合理的。

无论是讽刺批评，还是天启式的、向着一个无限时空的逃遁，二者都朝向更高的人性目标。在这两种情况下，讽喻都服务于主要的社会和精神需要。当我们将教育（说教风格）与娱乐（谜语或浪漫风格）功能加入进去，就得到了一种我们必须加以尊敬的象征主义形态。讽喻，就像我试图定义的那样，看起来是一种多面现象。它的总体目的能够容纳很多细微变体。我试图在呈现这些总体目的的同时不去损害那些细微之处。接下来进行的就是一场描绘之旅，我已经记录了一份活动日志，或者对于每日事件的速写。对于描绘完整的讽喻地图而言，这些记录未必完全有用，但是我希望，它们对于其他新旧学术著作仍可以成为一份有益的补充。

1

灵力行动体

24   在柯勒律治眼中，讽喻似乎总是叙述体或者戏剧体，因而总是存在"行动体"（agents）。在多数情况下，这确实可以看作最好的假设，尤其当我们谈论篇幅较长的作品时。不过在大多数图章诗（emblematic poems）当中，往往并没有太多动作发生[1]。当诗人描

---

1   见Rosemary Freeman, *English Emblem Books*（London, 1948）。以及Erwin Panofsky, *Meaning in the Visual Arts*, ch. i, "Iconography and Ichonology: An Introduction to the Study of Renaissance Art"; and ch. iv, "*Titian's Allegory of Prudence*: A Postscript"。最后是Emile Durkheim, *The Elementary Forms of the Religious Life*, tr. J. W. Swain（Glencoe, I11., 1947）, Bk. II, ch. i, "The Totem as Name and as Emblem", ch.vii, "The Origin of the Notion of Emblem"。潘诺夫斯基在论及丢勒时曾如此定义图章（emblem）："图像（image）拒绝仅仅作为事物之表现被接受，而是要求作为概念之工具被阐释。一般来说，只有将它们纳入'氛围'（atmosphere）尽可能丰富的作品中，大多数现代批评家才能容忍它们，说到底也就是没有进行详尽理解而草草'接受'（就像是丢勒的版画《忧郁》[*Melencolia I*]的情

绘出一位拿着天平的女性，我们会叫她"正义"（Justice）；对于 25
一个拿着弓箭的蒙眼孩童，我们则称之为"爱情"（Love）；但
这些动作所提示的，也不过是在传递关于公正平衡和情欲依恋的常
规固有观念。它们并无太多余裕去呈现价值间的比较权衡，或者激
情的迅猛突袭。即便如此，行动的余音依然存在，虽然它更常见于
诗人阐述事件实际次序的故事（fable）中。除非这位诗人是一个纯
粹的图像讽喻作者（emblematist），他才更有可能让自己的作品变
得复杂，于是正义如何衡量价值就成为一个包含若干时刻的进程，
而恋人之间的痴心迷恋也有了一个逐渐卷入的发展历程。诗人所制
作的就是斯宾塞所说的"对一切事物令人愉悦的分析"[2]，随着这

况）。"（*Albrecht Dürer*［Princeton, 1948］，173）。潘诺夫斯基在另一
处给出了对于图章更为详尽的描述，它部分地属于（1）符号［symbol］，
（2）谜题［puzzle］，（3）箴言［apothegm］，（4）谚语［proverb］，
不过图章同它们最关键的区别在于它是（1）具体而非普遍的，（2）不太
复杂的，（3）视觉而非字面的，（4）要求博学多识、不属于寻常知识。
见*Meaning in the Visual Arts*, 148。

2　斯宾塞在"Letter to Raleigh"中清晰阐述了他的这一"分析"与历史学家的
编年史方法之间的区别："一个历史诗人（我们或许应该叫他史诗诗人）
的方法与一个史料编撰者的方法是不同的。对于史料编撰者来说，关于事
件的描述有序地依照它们所发生的时间次序；但是诗人可以突入中途，在
他最牵挂的地方，追索过去发生的事情、预示将要发生的事情，以做到对
于一切事物的令人愉悦的分析。"见Spenser, *Faerie Queene*, ed. J. C. Smith
（Oxford, 1909），II, 486。诗歌可以容许时间上的极大自由度，甚至可以
沉迷于预言。柯勒律治对此评价道："《仙后》中所有具体的空间或者时
间都有着奇妙的独立性和真正的想象力的缺失。它并不处在历史或者地理
的领域中，它无视所有人为的边界、所有物质的屏障；它确确实实处于
仙境———一种内心空间。"（*Misc. Crit.*, 36）从行动的视角来看，拟声修

一分析的进行，行动经由承担它的行动体展现出来。

拟人化与话题影射

　　这里所说的行动体有两种类型：一种被用以表现抽象概念，另一种则以真实的历史人物出现。前者会是我们的首要关注对象，因为它们对于讽喻模式非常关键，而且相比于表现当代或历史人物的行动体，它们更棘手，重要性也更持久（因为话题性更低）。拟人化的抽象概念可能是最明显的讽喻行动体，无论是一场"灵魂之战"[3]里的德行（virtues）与恶行（vices）、中世

　　辞（*Prosopopoeia*）确实是无时间性的。见George Puttenham, *The Arte of English Poesie*, 239, and Peacham, *Garden*, 136关于行动中所使用的拟人化抽象，比如*prosopopoeia*。

3　Thomas Warton, "Of Spencer's Allegorical Character" (*Observations on The Fairy Queen of Spenser*, 2d ed., 1762, sec. 10), in *Spenser's Critics*, ed. William Mueller (Syracuse, 1959), 60: "我们应记得在这个时代，讽喻被作为公共炫示与景观的主体和基础，它以超出前代的宏伟被展示。德行与恶行被它们各自的图像类型区分开来，它们常常被拟人化并由真正的演员表现出来。这些形象承担了装饰所谓'游行展演'（PAGEAUNTS）的很大一部分，这是公共娱乐的一种主要类型，展演并不局限于私人场合或者只是在舞台上，在隆重的公共庆祝场合，或是任何重大事件的庆典上，它们都会频繁出现。"见Jacob Burckhardt, *The Civilization of the Renaissance in Italy*, ed. B. Nelson and N. Trinkhaus, (New York, 1958), 给出了对这类游行展演十分生动的描述；另见Gabriel Mourey, *Le Livre des fêtes françaises* (Paris, 1930), 以插图呈现了游行里的设备装置；还可见Jean Jacquot, ed., *Les Fêtes de la Renaissance* (Paris, 1956)。

纪罗曼司中的骑士理想，还是浪漫史诗中的魔力行动体（magic 26 agencies）[4]。不管这些抽象理念来自什么领域，这些行动体都赋予了知性概念以某种形式的生命；它们也许并不能真的在我们眼前创造出真实人物，但它们确实创造了人格化的外表[5]。这种人格 27

4　赫德主教在 *Letters on Chivalry and Romance*（1762）里赞扬了塔索的《被解放的耶路撒冷》（*Jerusalem Delivered*），因为它呈现了一个"拥有魔力与魅惑的世界"，并且使用了斯宾塞那样的"哥特式"行为规范。关于塔索笔下的魔力事件，见C. M. Bowra, *From Virgil to Milton*（London, 1948），139ff.，尤其163页和171页。Thomas Warton将魅惑与讽喻作为浪漫史诗的元素；比如，他认为"阿里奥斯托的处理就包含讽喻和魅惑，以及由骑士、巨人、法师和虚构生物组成的浪漫征途"。见Warton, "Of the Plan and Conduct of the *Fairy Queen*"（1762），in *Spenser's Critics*, ed. Mueller（Syracuse, 1959），45。

5　见I. A. Richards, *Practical Criticism*（New York, 1956），190—192, and Pt. III, ch. ii, *passim*，关于隐喻和拟人的关系。关于万物有灵论和"神话式人格化"，参见E. B. Tylor, *Origins of Culture*（1871, reprinted New York, 1958），I, 287。

　　Freud, *Totem and Taboo*, in *Basic Writings*（Mod. Lib. ed., New York, 1938），857："在前面已经讨论过的情形中，投射之目的是调解情感上的冲突；而且，它也同样地被应用于大量的导致神经症的心理状态中。但是，投射被创设出来并非仅仅出于心理防卫之目的；在没有冲突的场合它也依然会发生。内在知觉向外部世界的投射是一种原始的心理机制。例如，我们的感性知觉是主观的，因此，正常情况下，它在决定我们对外部世界所采取的形式方面起着一种非常大的作用。在其性质还没有被充分确立起来的条件下，情感和理智过程的内在知觉也可以像感性知觉一样向外投射；它们就是这样被用来建构外部世界的，虽然按理说它们应该保持为内在世界的一部分。这可能与这种事实有着某些内在的关联性，即注意（力）的功能最初不仅仅指向内部世界而且指向从外部世界流入的刺激物；而此功能关于'内在心理过程'的唯一信息就来自愉快及不愉快的情感中。只有化过程也有其逆向形式，即诗人使用格式化的方法处理真实的人，使他们成为行走的理念。就像在但丁的作品中，当历史人物参与进时间的神意构造过程当中时，这就是预象（figura）或者预表（typology）[6]。

　　在典型的"纯粹"讽喻文学，比如说像《凤凰和斑鸠》这样的诗歌中，我们可以读到以下诗行：

　　当抽象思维的语言得以发展，也就是说，只有当言语描述的感性残余与内在的（心理）过程联结起来，这种内在心理过程才能够逐渐变得为人所知。在此之前，由于内在知觉向外部世界的投射，原始人已形成了一种关于外部世界的图景；而我们现在则要利用我们那已被强化的意识知觉，将其译回到心理学的语言中去。"见Strachey译本，Standard ed.，XIII。（中译文引自《图腾与禁忌》，赵立玮译，上海人民出版社，2005年，82—83页。——译者注）

6　奥尔巴赫的经典论文"Figura"，重印收于Scenes from the Drama of European Literature，11—76页。书中也收录了他的训诂分析论文"St. Francis of Assisi in Dante's 'Commedia'"，79—100页。严格来说，预象（figura）不同于讽喻，因为它基于一种独特的、非讽喻的历史观。"在预象阐释（figural interpretation）中，一件事物代表着另一件事物，正因为它表现和指代了其他东西，预象阐释在最宽泛的意义上是'讽喻的'。但是它与已知大部分讽喻形式不同的地方在于，其符号及其指代具有历史性。"（Scenes，54）这一区分同样可见于R. P. C. Hanson，Allegory and Event，7，此处预象（figura）与另一常见术语"预表"（typology）同义。

　　typology是一个拥有多条义项的术语，在不同学科中有其具体含义，比如它也可以指历史语言学中对于语言的分类研究。此处所用是其在《圣经》解经学上的意义。在基督教神学中，旧约中的人物和事件往往被阐释为对新约的预示，故称"预表"。——译者注

　　　　　物性仿佛已失去规矩，

　　　　　本身竟可以并非本身，

　　　　　形体相合又各自有名，

　　　　　两者既分为二又合为一。

　　　　　理智本身也无能为力，

　　　　　它明明看到合一的分离，

　　　　　二者全不知谁是自己，

　　　　　这单一体原又是复合体。

　　　　　它不禁叫道：多奇怪，　　　　　　　　　　　　　28

　　　　　这到底是二还是一！

　　　　　这情景如果长存下去，

　　　　　理智将变作爱情的奴才。[7]

　　在这整个诗节当中，莎士比亚让属性（property）、本性

---

[7]　我参考的文本来自重印本的 *The Phoenix and Turtle: By William Shakespeare,*
John Marston, George Chapman, Ben Jonson, and Others, ed. Bernard
Newdigate（Oxford, 1937）。这一重印本给出了一个对于莎士比亚诗歌性质
定位的清晰图景：它只是若干记忆碎片中的一个，而且它是从自身与其他
碎片的相互作用中衍生出了光彩。"秘语"（*aenigma*）始终存在。

　　中译文引自《莎士比亚全集》卷六，朱生豪译，人民文学出版社，1994
年，724页。朱译property为"物性"，调整为"属性"；nature在朱的译文
中为"本身"，调整为"本性"。——译者注

（nature）、理智（reason）、分离（division）和爱（love）这
些观念发生了一定程度上的逻辑相互作用。即使并没有被赋予人
性，这些观念也部分地人性化了，可以说，它们在一个动态系统
中运行[8]。它们都以某种方式彼此修正。根据"属性"的概念，两
位恋人应该保持截然不同的自我，但是"属性"在其中一方死亡
后，却遭受了几乎是真正的死别带来的痛苦；在"带回"（taken
aback）的意义上，这种表达使人惊惧，类似的还有"穿着黑色的
丧服"（dressed in the death-shroud）的双关意义。在这两种情形
中，通常属于哲学抽象的"属性"概念被赋予了原本缺乏的独特
表达，即感觉。不过它和诗中的其他"理念"（Ideas）都在一个
复杂的推演系统中相互关联，每一个又都保存了与任何人格化肖
像画不相容的尖锐的自身特点。这些理念所保有的哲学上的区分

29

8　见Betrand Bronson, "Personification Reconsidered", ELH, XIV（1947），
　　163—177; R. W. Frank, "The Art of Reading Medieval Personification
　　Allegory", ELH, XX（1953），237—250; C. F. Chapin, *Personification in
　　Eighteenth-Century English Poetry*（New York, 1955）。讽喻式抽象的理
　　论笼罩在评论者无力理解抽象过程**动态**意义的阴云中。因为使用了"人格
　　化的抽象"，讽喻一般被认为是"抽象的"。但讽喻式抽象不仅仅是为哲
　　学术语赋予生命，它要更为深广。这是一种怀特海（Whitehead）意义上的
　　抽象，他认为抽象过程是"对于真实之局部的遗漏"。在抑制与其主体及
　　客体相关的条件这一局部的意义上，它是抽象的。比如说，关于正义的讽
　　喻会忽略那些使得一种无压制的、宽容的正义难以实现的偶然事件；它也
　　会忽略那些在关注人性细节的摹仿模式中以及在高度浓缩的形式即神话模
　　式中所不会忽略的东西。讽喻中的"抽象过程"还有"被抽象的行为"这
　　一含义，这里的行为缺乏全面的参与度和兴奋感。讽喻中经常弥漫着一种
　　"抽象的空气"。

度（它们看上去并不惧怕相互接触）几乎同它们展现出来的互动活跃程度成反比[9]。这一悖论恰恰在于，使"属性"有所增益的失去（gainful loss）正是依靠每一个理念彼此之间的严格分离。这就意味着简单化与复杂化的运动相伴同行。整体效果虽然属于推演与体系中的一员，在某个特定时刻出现的具体效果却来自一种离散的特殊性：理念们被呈现出来，一个接一个，就像它们是可以进行最微妙精细描绘的实体存在一样。读者会强烈意识到这些观念彼此间的边界。这与在摹仿式戏剧的角色身上得到的与普遍人性相连的感觉毫无共同之处。我们也会看到，普遍人性的缺乏虽然并不总是讽喻文学的特性——可以朗格兰（Langland）讽刺诗中的"七宗罪"为证——但比起它的对立面，这种缺乏还是更频繁。

尽管《凤凰和斑鸠》中的观念很复杂，它们仍是根据自己的功用被严格限定在诗歌整体的推演结构中。在马维尔（Marvell）《爱的定义》（*Definiton of Love*）的下述诗行中，也有类似的拆分一个复杂观念的方式：

9　"理念并不分有感觉经验中的可变可消逝之物，而是要超越它们、在 '光荣孤立'中登上王座。"Richard Kroner在他的*Speculation in Pre-Christian Philosophy*（Philadelphia, 1956）中论及柏拉图理论。另可参见一个更少被引证、但可能更正确的观点，G. M. A. Grube, *Plato's Thought*（London, 1935; reprinted Boston, 1958），41："而异邦人明确指出，理念无法在与其他理念完全隔离的情况下存在。我们已经在《斐多》中看到，具体之物可以同时参与进一些理念中。那么现在该问的问题就是关于理念自身：它们可以在何种程度上相互混合？" 这是从一种形而上角度看待讽喻所提出的关键问题。

我的爱生来罕有

因它以奇异高贵为标的；

它诞生自绝望

与不可能的交配。

30   单是宽宏大量的绝望

就足以向我展现事物的神圣，

在这里衰弱的希望永不会飞翔

只能徒劳地拍打俗丽的羽翼。

在此处对柏拉图《会饮》的重写中，绝望似乎恰好与其正常性质相悖，它的"宽宏大量"（magnanimity）显得反讽而自相矛盾。这也许暗示着一种对叙述者心灵状态的人格化，因为人类心灵状态本就是复杂混合的[10]。不过，讽喻上的紧密关系仍存在于

---

10   参见 Johan Huizinga, *The Waning of the Middle Ages*, 114："在《玫瑰传奇》（*Roman de la Rose*）中，性的主题又一次被置于性爱诗的中心，但被象征物和神秘的气氛所掩蔽，并穿着神圣的外衣。不可能想象有比这更为审慎的对基督教的违抗。爱情的梦想表现得精巧而多情。丰富的寓言（allegory）满足了中世纪人的想象。这些典型的形象对于表达更为精妙的情感是必不可少的。性爱的术语若要被理解，就不能离开这些适宜的傀儡。人们使用'危险''罪恶之口'等等这样的形象，来表现科学心理学的规定术语。主题富于情感特征，避免了冗长和迂腐。"（译文引自《中世纪的衰落》，赫伊津哈著，刘军、舒炜等译，中国美术学院出版社，1997年，114—115页。——译者注）

绝望（Despair）和不可能（Impossibility）之间，在后面的诗中，还会存在于两者与命定（Fate）这个概念之间。这种效果仅仅从辩证分析迈出了一步，而这一步依靠反讽达成；不过除开运用此类反讽时天然的微妙，这类拟人当中几乎没有什么东西关乎人物性格，即使在讽刺漫画家那里也许"个性"（personality）就是如此呈现的。考虑到玄学派诗人更有可能在一个逻辑系统内部去强调某些关系，他也可能是在将读者的注意力从摹仿标准下引开；读者也许根本不会去问，在行动中呈现思想观念是否显得奇怪。当然，现代读者确实会在遇到拟人手法时提出这样的问题；它们中的大部分都带有灵力和超自然成分，这里所蕴含的是十八世纪讽喻体颂歌的主要技巧。我们也许并不欣赏"时辰那玫瑰色的酥胸"（rosybosom'd Hours）、"沉思的清醒之眼"（Contemplation's sober eye）、"欢乐的希望"（Gay Hope）、"黑色的不幸"（black Misfortune）和"心灵的贪婪/变色的愤怒，苍白的恐惧/以及鬼鬼祟祟尾随的羞耻"（The vultures of the mind, / Distainful Anger, pallid Fear, / And Shame that skulks behind）这类表达。托马斯·格雷（Thomas Grey）宏伟风格里的这种如画感（picturesque）似乎缺乏了某种反讽视角，其结果就是显得几乎宏大得古怪。31

　　这样的拟人化的行动体当然是为了表现思想观念而非真实人物，它们无法像一位年轻作者的第一部小说里的角色那样，被追溯至特定的"人物原型"身上。这一点很容易被误解，其实讽喻行动体是**足够真实**的，无论它们的指涉有多么理想化，也无论它们会表现得多么"不像我们自己"。但它们拥有某种也许可以称之为"充分的再现能力"的东西。比如，尝试下这桩烦难而不一定有用的事，去确定以下哪一个最真实：《冬天的故事》（*The Winter's Tale*）里赫米温妮（Hermione）的雕像，从第一幕到第三幕间我们对于"真实的"赫米温妮的想法，或者是当雕像被赋予生命后那个复活的赫米温妮。这里涉及相当多的哲学问题：什么构成了真实？是表现的精确度吗？那又是什么构成了精确？什么又是表现？这类发问关系到莎士比亚戏剧所提出的本体论问题，但它们无法定义戏剧本身所属的类型。对于我在文学理论上的意图来说，这类问题多少显得太极端也太哲学了[11]。这里的关键在于，我们不应该不假思索地假定讽喻式拟人"不真实"。

典型的拟人化行动体只会在与其他相似行动体为伴时"行动"，这种组合将各个作品限定在某个或某一系列特定问题中。观念之间高度受控的相互作用要求对每一观念的边界做出相应定义。"于是声名（Fame）讲述着传说，而胜利（Victory）徘徊于常规或者停留于基准；但声名与胜利都无法做到更多。"[12]《凤凰

---

11 这一问题已被完整讨论过：H. A. Myers, *Systematic Pluralism*（Ithaca, 1961），48，125—129。

12 来自塞缪尔·约翰逊对弥尔顿笔下罪与死的讨论，见 "The Life of Milton"，*Works*, ed. Arthur Murphy（New York, 1843），II, 44. 此处约翰逊抨击了埃斯库罗斯，他认为人格化观念间的相互交流荒诞不经："我无法有哪怕一瞬间的相信，我也无法维持哪怕一瞬间的兴趣和紧张。"韦勒克总结了这种约翰逊式的偏见：对约翰逊来说，"所有拥有活跃行动体的讽喻都很荒谬：他们只被允许仅仅作为具象化的话语、作为合意的教诲工具而存在，就比如约翰逊自己在《漫步者》（*Rambler*）和《懒惰者》（*Idler*）中的大量沉闷创作"（*History of Modern Criticism*, I, 82）。

和斑鸠》里，每一种有故事的鸟都有其含义，当每一只进入葬礼行列时，这一意义就被传达给我们，同时在审视下离开。如此强大的对"信息"的控制也许会被看作一种对意义的收紧、压缩和分解。即使当讽喻体裁变得更加自然主义，也就是当它溶入新闻记录式的语言，它仍将概念严格控制在一种讽刺漫画的形式当中。典型例子就是十八世纪滑稽剧（burlesque）中的人物形象以及狄更斯作品中的次要角色[13]；而指明其意义狭窄性的事实就是这些角色的狭义概念已经成为俗语：Malapropism代表一种用语上的古怪，Pecksniffery代表伪善，Micawberism代表好吃懒做（ne'er-do-well）带来的贫穷。虽然说讽刺漫画是通过对**真实**性格的夸张表达来使人开心，它所转化为抽象的仍是那些被认为真实的地方[14]；这就好比果戈理通过将鼻子实实在在地从一个人的脸上移走，他才将文官的鼻子转化成了一种关于鼻子的观念[15]。一个讽刺漫画作者在描绘

13　见菲尔丁为《约瑟夫·安德鲁斯》所作序言。也可见柯勒律治讨论"幽默"（humour）的性质，*Misc. Crit.*, 118："在被庸俗地嘲笑的那些荒谬之处，都进行了微妙的拟人化，有些还是象征的。显然动物们的喜剧故事就会带来不完美和笨拙的效果：理解力（*understanding*）对讽喻感到满意，然而感受力（*senses*）并不会。" 在柯勒律治对讽喻的定义中，类似这样的将其与审美效果分离尤其受到了强调。

14　讽刺漫画（*Caricature*），来自*caricare*，意为"超载"（to overload）。这使人想起弗洛伊德的术语，"多重决定"（overdetermined）。讽刺漫画也可以被定义为一种富有幽默感的风格化。

15　在果戈理这里，鼻子成了故事《鼻子》的主要行动体，而在这个意义上，外套也成了《外套》的主要行动体。在《项狄传》中，关于鼻子的话语在一个更有宇宙意义的幅度上承担了类似功能，因为它同时伴随着关于其

33 他的角色时，会大刀阔斧地删减任何使角色复杂化的特点从而更多
地获得生动感，而如果需要删减到完全剔除的程度，那么，就像果
戈理以及其他人的例子所显示的，这位漫画家也会愿意迈出这一大
步。就像我所描述的那样，我认为讽刺漫画从本质上说是讽喻式
的，因为它依据单一而显著的特点，努力谋求角色的简化，而这一
被孤立出来的特点就是每一行动体的图像"意义"。

对于拟人这种斧凿痕迹更明显的手法来说成立的东西，对讽
喻化主角也同样成立，后者立刻就可以成为一个更为可信的行动
体。在中世纪，用表现奥德修斯、埃涅阿斯和赫拉克勒斯来传达
基督教知识与王权理念的做法十分风行，但不能由此得出结论，
认为这一意义深度中隐含着人物性格塑造及其全部变化[16]。埃涅阿
斯是一心一意这种"类型"的人，出于这个原因他特别受中世纪
解经欢迎。他的行为目的明确，使其很适合单线阐释；它们的意

他身体部位的图像、伴随着关于堡垒和桥梁的想象，它们隐含着性无能
这一问题，而这恰恰是此书核心。（斯特恩在这里追随了拉伯雷，II, ch.
Xv.）在柯勒律治关于斯特恩的讨论中，他着重提到了比例失调，以及在
某些"幽默"当中被过度彰显的荒唐感。他当然也意识到了关于性无能的
话题："不过，诙谐的作者们，尤其是斯特恩，会乐意以一事无成或者直
接的矛盾作结。"（*Misc. Crit.*, 118）

16 见Jean Seznec, *The Survival of The Pagan Gods*, tr. Barbara Sessions（New
York, 1953）ch. iii, *passim*。关于赫拉克勒斯作为基督教化形象的讨论，
亦可见Curtius, *European Literature*, 170—175, 203—207；Marcel Simon,
Hercule et le Christianisme（Paris, 1955）；关于他出现在文艺复兴时期英
国戏剧中的情况，见E. M. With, *The Herculean Hero in Marlowe, Chapman,
Shakespeare and Dryden*（New York, 1962）。

义也许对不同的读者存在差异，但始终不会偏离这一指引性的观念，即，埃涅阿斯是一个承载着前定命数的行动体[17]。

不过，当作者想要看到一个道德价值更为复杂的世界时，我们可能要问，那么主角会受到多大限制。但丁的自我形象、他的维吉尔、他的贝阿特丽丝都只有一重含义吗？《仙后》中的任一 34 主角都被限定在某个单一德行中吗？班扬的基督徒是否性格单一？这些无疑都被纳入了复杂的形象中，这就意味着讽喻文学中可以拥有非常人性的行动体。在某种意义上，尤其是在班扬的情况中，重要的讽喻主角就有着种种人性的弱点和力量。他们可能会经历很多艰难险阻，在其中会有各式各样的试探发生。但此类英雄的性质，与《凤凰和斑鸠》这样一首完整诗歌的性质是否有不同？在那首诗中，整体是一个包含相互关联概念的复杂系统，而它们中的每一个都被限定在自身之中。换句话说，对于讽喻主角来说，生活具有可拆分的性质[18]，每有事件发生，一个全新的、

17　"不过，如果《埃涅阿斯纪》还拥有一部民族史诗的特征，这是因为维吉尔认识到，铸就一种文明需要有比结果更多的东西，那便是组织性……埃涅阿斯由此成为古代的朝圣者之父，他的追随者构成了古代世界的'五月花号'团体；同时新英格兰圣徒王国在希腊—罗马世界的对应便是帝国的组织化社会。"（C. N. Cochrane, *Christianity and Classical Culture: A Study of Thought and Action from Augustus to Augustine* [New York, 1957], 64—65）。关于埃涅阿斯与赫拉克勒斯的关系，见R. W. Cruttwell, *Virgil's Mind at Work*（Oxford, 1946），ch. vi.

18　"一次完成一件事"并不意味着，**作为行动体之系统组织**的故事情节没有趣味性。就像是马赛克，所有单一步骤的总和也可以极为复杂。库尔提乌

分离的主角的特性就被揭示出来，几乎表现得好像与前面的事件、与其他捆绑在一起的特性都毫无关联。讽喻主角并不特别像一个活生生的人，而是其他从属个性的生成者，这些也是他自身的不同侧面。

概念化主角：生成次要角色

体系中的复杂化角色可以生成非常多的其他角色，他们以一种推演式的方式对抗或协同他。我之所以说"生成"（generate），是因为在但丁、斯宾塞和班扬的作品中，主角们似乎创造了关于他们的世界。他们很像是那些在现实生活中进行"投射"的人，那些人会将一些虚构的个性归到那些他们遇到的和一起生活的人身上。通过分析这些投射，我们能明白这些高度富于想象力的投射机制是如何在思维中运行的。出于同样的理由，如果读者想要勾勒斯宾塞的人物红十字骑士（Redcrosse），他可以列出红十字

35　骑士所经历的一系列冒险和试炼，这并不全是为了从看到红十字骑士在每种情况下**如何**反应而获得乐趣，而是为了确确实实地看

斯就如此为埃涅阿斯辩护："不可能将埃涅阿斯看作一个没有生气的角色。但是《埃涅阿斯纪》的宏伟主题并不关于埃涅阿斯，而是关于罗马的命运。而在这部充斥历史与命运指向的诗篇中，嵌入了一段前往地底世界的旅途（第六卷），这将我们提升至超越世间所有，这也成为诗中最美之处。它对于后世的影响极为重大，但丁的《神曲》便是有赖于此。"
（*European Literature*, 174）

到主角的哪些方面已被诗人展现出来。红十字骑士想象出了山斯弗（Sansfoi）和他的兄弟们；谷阳［自律］爵士（Sir Guyon）想象出了迈蒙（Mammon）和他的洞穴；卡利道埃［礼节］爵士（Sir Calidore）想象出了吼叫野兽（Blatant Beast）——这些次要角色，这些在讽喻作品中数量最多的行动体，在此意义上也许是被主要角色所生成，而最优质的主角自然是那些最能生成出次要角色（也就是他自己的不同侧面）的人，他们也成为主角借之一点一点展现自身的方式。这一生成性功能也解释了像圣安东尼（St. Anthony）这样的苦行者被用作讽喻主题频繁出现在绘画与文学中的原因[19]。苦行的生活方式会诱发关于灵体的异象（vision），这些都是需求、欲望以及仇恨的投射。从心理学上讲，这是一种对圣徒的有根有据的刻画，因为苦行的状态及其在身体上的衰弱足以诱发极为多样而丰富的幻想[20]。另一种天然适

19　这一传统的源头：St. Athanasius, *Life of St. Anthony, tr.* Robert T. Meyer（Westminster, Md., 1950）。

20　诚如刘易斯所言："试探（temptation）是讽喻的天然主题。" 基督教苦行主义的一个主要目的是让信徒从"激情的暴政"中解脱出来，关于这一点可见Jean Daniélou, *Platonisme et théologie mystique*（Paris, 1944），76ff.。关于被象征性呈现为动物、野兽和这一类事物的激情，见该书78页："［贵格利（指Gregory of Nyssa，尼撒的贵格利。——译者注）的《摩西传》（*Life of Moses*）运用了御者的形象来表明高等的、好的激情，它同样也使用了柏拉图关于骏马的意象来代表低等的、坏的激情。］我们需要关注第二种类别。如果灵魂要达到淡然（apatheia）状态，这就是它必须去对抗的东西。我们应该研究的，是贵格利为我们描述激情世界，也即这个满是致命罪恶的世界时所使用的不同象征。这些形象属于五个类别：激情

合讽喻的主角就是旅人，因为在旅途当中他可以合情合理地被带

36 入数不清的新状况当中，在此之中他自身的新面向就很有可能

显露出来[21]。但丁的旅途在一个层面上是其自身作为"普通人"

（Everyman）的折射，斯威夫特的格列佛却遇见了不止另一个而

是另百个的自我（alter ego）；非常典型的是，当他说"我也曾

是一种投射"的时候，我们便了解到他自身也在这些他者的自我

当中[22]。班扬的基督徒总是在极端而持续的焦虑中受煎熬，这让

我们想起班扬在自己的故事《丰盛的恩典》（*Grace Abounding*

首先被呈现为动物的生活并被象征化为不同的野兽；……然后它们被看作
让心智（*nous*）受奴役的暴君；第三种情况下它们被想象为某种污垢：淤
泥、锈蚀等等；最后它们被呈现为躁动与幻象。以上每一个都对立于一个
相反层面，即淡然相对于兽性。"（自译）（自译指原书作者翻译了这段
法文引文。——译者注）与圣安东尼所受试探相关的这些野兽只能通过苦行
达到的"淡然"来摧毁，不过显然他的试探也有必要创造出这类特定的
怪兽。试探创造出了一套怪诞的象征性词汇，这些词汇类似于中世纪动物
志（Bestiaries）中所用的。

21 马约雷·尼科尔森（Marjorie Nicolson）的《月球之旅》（*Voyages to
the Moon,* New York, 1960）里描述的旅程主要就是象征化的知性探索。
几何学也为培根提供了展现知识发现进程的另一种类似隐喻，即侵入
（invasion）；*Advancement of Learning,* ch. xiii："跟鸟占相似，我们只是
在自身心智当中丈量国土，我们并不知道如何侵入它们。"

22 这里讲的"投射"（projector）并不是在弗洛伊德意义上，但与这一现代意
义类似的情况引人注目。斯威夫特将乌托邦构想看作心灵的投射，尤其是
作为在一个可变性被拒斥的自然当中的"精神的机械运作"。他的嘲讽之
作《一份最谦逊的提议》（*A Modest Proposal*）戏剧化地展示了魔力启发
下的典型"投射"，并呈现出这种念头的强迫性程度。

to the Chief of Sinners）中所记录下的，在他自己精神绝望与焦虑的时刻中出现的幻想。对班扬这个具体的人而言真实的东西，对他所创造的人物来说也一样真实；这同样适用于梅尔维尔和霍桑、卡夫卡和奥威尔的主角们，作者们的焦虑同作品的表层氛围十分切近。焦虑当然并不是讽喻的必要组成，但它就像是邓西嫩（Dunsinane）的森林，为讽喻式抽象出现在主角眼前提供了最肥沃的土壤*。

作为主角对立面出现的次要角色会因此获得一种拥有人物个性的外在形态，即使只是在表面上；而除此之外，我们还会看到次要角色出现在帮助主角的位置，比如侍从桑丘·潘扎[23]，比如《仙后》第一卷中的矮人（Dwarf）、第二卷中的帕尔默

---

* 出自《麦克白》中女巫的预言："没有人能战胜伟大的麦克白，除非勃南的森林向邓西嫩高山移动。"——译者注

23 而弗兰茨·卡夫卡在《关于桑丘·潘扎的真相》（"The Truth about Sancho Panza", in *Parables*, tr. Willa and Edwin Muir, New York, 1947）中写道："桑丘·潘扎——他倒是从来没有为此吹嘘过——由于长年累月从晚上到深夜与许多游侠小说和绿林故事为伴，竟然能够把他的魔鬼——他后来为他取名堂·吉诃德——的注意力从他的身上转移掉，魔鬼因而毫无顾忌地在外头做了许多疯狂的事，不过因为缺乏一个预定的对象——这对象原该是桑丘·潘扎——他的狂妄行为并未伤害到什么人。而桑丘·潘扎这个自由人，或许是出于责任感，超然地追随着他的步伐，从中得到了巨大又有益处的乐趣，直至生命终了了。"（译文引自《［桑丘·潘沙］》，出自《卡夫卡小说全集·卷三·中短篇小说》，谢莹莹译，人民文学出版社，2003年，265页，有适量改动。——译者注）

37 （Palmer）和第五卷中的塔卢斯（Talus）[24]。在这里，人物个性的
分割过程同样重要。通过从复合角色中分离出一些片断，作者能
够将它们作为纯粹的、孤立的拟人化观念处理，而结果就是它们
也让自己更好地服务于体系和"连续性"这一整体目标。在像是
塔卢斯这类次要角色身上，这种分离显示得格外清楚。塔卢斯是
暴力的施行者，他为阿西高［公正］（Artegall）做事，这样阿西
高就不必因为动用法律的强制力而弄脏自己的手。显然，粗鲁的
暴力并不直接属于阿西高自身功能的一部分，也与斯宾塞呈现的
内心柔软的格雷爵士（Lord Grey）的形象不沾边，它是斯宾塞对
于这种令人不快的并不宽厚的性格特征所进行的诗性掌控。比起
将怒火和野蛮的复仇适配给作品里的同题英雄，诗人显然认为像
塔卢斯这样一个人物会更好掌控。更进一步地，诗人也控制了意
义的走向，或者是他想要他的主角去承载的意义。但这一过程的
结果却是，诗人使得这位英雄丧失了真实的人性特征。

主题式行动中的灵力收缩

依照意义不断收缩这一标准，我们可以识别出行动体的图
像显著性，而这个标准需要被转化为更精确的术语。意义的狭
窄、紧缩和单一并不是自身清楚明晰的句法观念，初看之下也

24　参见B. E. C. Davis, *Edmund Spenser: A Critical Study*（Cambridge, 1933），
　　122—126。

并不是点明了讽喻行动体的合适术语[25]。为了找到一个合适的术语，我们需要从一种大约是心理学的路径去分析"收缩的意义"（constricted meaning）。主角要么是一种抽象观念的人格化，要么是一种代表性类型（总的来说也差不多是一回事），而在任何一种情况下，那些被理解为一种窄化的图像志含义的部分之所以能够被我们读者知晓，则是通过这一主角的个性行动方式，而这些行动在种类上是极为有限的。我们必须回到讽喻主角的行为本身来寻求答案。我们会发现，主角遵照的是那些（尽管并不科学）被认为灵体（daemon）附身的人的行为模式[26]。这个观念也许难以接受，但这只是因为在如今的普遍观念中，灵体是某种野蛮、脏乱、兽性、庞大、恶魔式的生物[27]，不过，在古代神话和宗教中，

38

25　"预象"（*figura*）和"范式"（*paradeigma*）这类术语暗示着抽象梗概、概貌或者风格化面具。轮廓（profile）与外观（façade）似乎也是相关概念。

26　德莱顿（Drayton）在他的《英雄书简》（*Heroical Epistles*）序言中，给予了他的英雄们以半神即守护神（*daimonai*）的地位："不过英勇是对半神（Demigods）的恰当理解，比如关于赫拉克勒斯和埃涅阿斯，他们的父母据说一为天神、一为凡人，但凭借心灵伟大、趋近诸神，他们也发生了转化。因为孕育自属天的魔体（Incubus）并不意味着其他，而只在于拥有远超地上衰弱众人的伟大强健的精神。在这个意义上，奥维德（作为他的模仿者，我部分表明了这一点）确实也描绘了英勇。" 见"To the Reader"，*Works*, ed. J. W. Hebel（Oxford, 1931），II, 130。

27　假面剧中的滑稽过场戏（anti-masque）是表现这些富有画面感的畸形生物的恰当场所，在其中它们是更高等的天使的陪衬角色。因此培根在他的《论假面剧与凯旋式》（*Of Masques and Triumphs*）中写道："滑稽过场戏不可太长，它们通常是由小丑、羊人、狒狒、野人、老人、野兽、小妖

却有很多温和良善的灵体，也就是善灵（*eudaimoniai*）。在极好

39　和极坏的灵体之间存在着善与恶的所有中间阶段[28]，所以也并不缺
乏适用于任何甚至所有讽喻类型的范式，至少，在道德和精神状
态的领域内。

　　在我的定义中，灵体共享了讽喻行动体的这个主要特点，即

精、女巫、黑人、侏儒、土耳其人、小仙女、乡下人、丘比特、可动的雕
像以及这一类事物组成。若是把天使放入过场戏中则喜剧效果不够，而那
些极其丑陋的东西，像是魔鬼、巨人，从另一个层面上说也不适合。"培
根还要求在用于比武竞技的双轮马车上涂画"珍奇野兽：比如狮子、熊、
骆驼等"。此类讽喻也许会造成问题。Canon Raven提到，詹姆斯一世曾
决定向他的廷臣们传讲"一则采用演出形式的警示布道。伊索曾讲述过百
兽之王如何作为法官和行刑者对待熊这样一个不服管教的臣民。在伦敦塔
的兽栏中，有一头摩洛哥苏丹送给国王的健壮狮子，这里同时还有一头曾
在南华克（Southwark）冲破熊坑逃出且咬死了一名儿童的熊。詹姆斯命
令在绿塔（Tower Green）以法庭的样式建造一个笼子，环绕在外的是他
自己的王座以及他那些麻烦贵族们的座位。场景搭好了，狮子被安置在法
官座上，然后熊被准许进入被告席。但这时伊索被证明不太可靠：狮子呜
咽着逃到笼子一角，而这头熊日常所见皆为獒犬，它认为没有理由挑起争
端；于是，这场构想中的王道展示变成了一出滑稽剧"（*Natural Religion
and Christian Theology*［Cambridge, 1953］, I, 56）。关于詹姆斯国王的
兽栏，参见J. E. Egerton, "King James's Beasts", *History Today*, XII（June
1962）, 405—415。

28　普鲁塔克在《论神谕的终结》一文中谈道："灵体的家族是神与人的中
介，在以某种形式结合之后形成了一个两者共存的社会。"（Pluratch,
"On the Cessation of Oracles", sec. x, in *Morals*, tr. C. W. King, London,
1903）由于神谕被认为是由灵体激发和表达的（通过他们的代理人祭
司），普鲁塔克的这篇文章关注的完全是灵力启发的学说。这篇论文也收
于勒布古典丛书（Loeb Classics）的《普鲁塔克全集》。

它们将功能分隔开来。如果我们在现实生活中遇到一个讽喻角色，我们也许会说他执迷于单一的想法，会说他完全一根筋；或者会说他的生活严格按照某种范式设定，从不允许自己改变。他可能看上去像是被某种隐蔽的、私密的力量所驱使[29]，或者从另一个角度来看，也许他无法掌握自身命运，而似乎是被某种外在的力量、某种自我之外的存在所支配。

　　我们可以看一下道德讽喻的例子。道德讽喻关心的首先是德行，有人会认为德行是一种良好的习惯，也有人认为它们超越了相对力量间的差异。理解德行也许已经不用考虑*virtus*（意大利语*virtù*）的原始含义，即"男子气概"或"力量"[30]。不过如果　40

29　"当灵力的特性在**某些人**身上处于完全支配地位，它就会显露出其最可怕的形式。这些人并非总是最引人注目的，无论是在精神修养还是本来的才能上，他们中也罕有值得推崇的好心肠。［注：他们只是有灵的（*numious*）而非**神圣**的人。］但是一股难以置信的力量从他们身上涌现，他们把难以置信的强力施行于万事万物上，不，也许甚至是在每一种元素上。而谁可以说清楚如此影响力能扩展到多远的地步？"（Goethe, *Dichtung und Wahrheit*，转引自Rudolph Otto, *The Idea of the Holy*, tr. J. W. Harvey［New York, 1958］，152页；另可见122页。）

30　"灵力（daemonic）这一特征可归因于某些力量明确的运行，它们可强可弱，可以异常惊人或相当琐碎，可以来自灵魂也可以来自'非灵魂'（non-soul）的作为。这些质地只能通过独特的感受元素、一种'不同寻常'的感受暗示出来……它的确切内容无法被概念化的定义，而只能通过心灵回应那些我们称为'震颤'的东西来指明。"（Otto, *The Idea of the Holy*, 118）带着这一敬畏与恐惧的感受，波爱修斯问道："财富原本是有价值的吗？或者是源于你自己和其他人的本性？黄金本身或者积累起来的金钱的威力，哪一种更有价值？"初看上去，《哲学的慰藉》谈及贪婪

道德讽喻指的是使用叙述体或戏剧体演绎的德行与恶行的斗争的
话，它就不可避免地会成为敌对力量之间的斗争。通过将灵力与
讽喻行动体等同看待，我认为我们应该就能够解释德行在基督教
意义上的概念"纯洁"（purity）与它原本的异教含义"力量"
（strength）之间的关系。我们应该还能够很容易地描述非基督教
的讽喻。

灵体：善与恶的能动力量

灵力这一观念的复杂性，在于它诞生自不同的宗教文化
中[31]。在普遍的基督教观念里，灵体是长着角拿着干草叉的恶魔

的腐化时显得完全务实，但其更深切的关注逐渐清晰显露出来，它关注所
有者的自由，一种逃离灵力控制的自由。权势由财富所赋予，而财富成为
一种灵力行动体，即财神（Mammon）。关于灵力作为神秘力量源泉，见
Nilsson, *Greek Piety*, 103—110, "Power"。我们的词汇中，"艺术名家"
（virtuoso）保留了这一古老含义，而且它还使人联想到"敬畏感"（*awe-
inspiring*）和"崇高感"（*sublime*），参见Otto, *Idea*, 150—151。

31 关于恶魔学（daemonology）发展最为丰富的评述之一来自Ralph Cudworth
的*The True Intellectual System of the Universe*（1678），在其1845年于
伦敦重印的版本中，增添了注释及Dr. J. L. Mosheim的专题论文，由John
Harrison译出。在剑桥的柏拉图主义者当中有一场关于什么是"无形物
质"（incorporeal substances）的极为重要的争论，而灵体恰恰填补了这
个位置，这自然就延伸了关于恶魔学的讨论和注解，尤其可参见I, 114—
119, II, 324ff.。Cudworth将毕达哥拉斯式的灵体称为"高于人的存在，通
常被希腊人叫作魔鬼（demons），而斐洛（Philo of Alexandria，又称Philo
Judaeus）告诉我们，这个词就跟犹太人所谓的天使（angels）是一个意思，

（devil），但这属于最简化的模板，是在灵体和堕落天使间画了 41
等号。不过，这个等式也显示出灵体的元素与天使的元素紧密相
连，它还显示出，在希伯来宗教神话中与在希腊神话中一样，灵
体既可以是善的也可以是恶的精灵（spirits）。

据此，这些词汇，即魔鬼与天使，在希罗克勒斯（Hierocles）、辛普里丘
（Simplicius）和其他晚期异教作者那里，有时候不加区分地使用，有时候
用作同义词。即，这些魔鬼或天使并不是纯粹的、抽象的、无形的物质，
也并不是缺乏与任何物质的活力连结；它们其实是由某些无形、某些有形
的物质结合在一起构成的……'它们当中有高等的也有低等的部分，高
等的部分就是那些无形物质，而低等的部分就是形体'"（342—343）。
Mosheim认为Cudworth"明白而坦诚地赞同那些倾向于昔日柏拉图主义
者的人，他们认定所有鬼（genii）与魔（demons）都被赋予了自然的身
体"（fn., 345）。关于Cudworth的立场，参见Basil Willey, *The Seventeenth
Century Background*（1934; reprinted New York, 1953），ch. Viii。

　　在某种程度上，基督教采取融合的态度，它包容了恶魔学。例如，霍布
斯在他的《利维坦》中以一篇论述总结了"灵力"（daemonic），他谴责希
腊人和早期教父鼓励迷信："人们在救主的时代以前，由于普遍沾染了希
腊人的魔鬼学而被一种看法迷惑了，认为人的灵魂是和躯体不同的实体；
因此，当躯体死后，每一个人的灵魂，不论是好人的还是坏人的，都由于
本身的本质而必然会在某一个地方存在，根本不承认这一点之中有任何上
帝的超自然赐予存在。教会的博士长期以来就怀疑，这些灵魂在复活时和
躯体重新结合以前究竟在什么地方居住。曾经有一个时期假定他们躺在丘
坛之下，但后来罗马教会发现给他们造出炼狱这个地方更有利；根据现在
另一些教会的说法，这炼狱已经被摧毁了。"（*Leviathan*, XLIV, quoted by
Willey, 110—111）。在此基础上，讽喻叙述的经典位置就是在炼狱，而《神
曲》中最明显直白的讽喻部分就是其《炼狱篇》。

　　《利维坦》译文引自黎思复、黎廷弼译本，商务印书馆，1986年，499
页。——译者注

　　在词源学上，魔鬼（demon）这个词来自 δαίομαι
（daiomai），意思是分发或者分离。魔鬼就是一种分发者，
它经常分发运气。拉克坦提乌斯（Lactantius）援引柏拉图的
观点，认为魔鬼一词也许来自 δαήμονας（daēmonas），指
的是有技艺、受过教育；据他所说，这是因为"文法学者认
为，从他们拥有技艺与知识来看，魔鬼曾位列诸神（gods）
当中"。历史上，魔鬼一词显然有其宗教上和精神上的含义，
并且涉及另一重世界。在古代异教那里，魔鬼这个概念会在
三重意义上被使用，包括：诸神、中介物、与中介物没有任
何直接联系的死者魂灵。这三个含义会在之后被扩展成为错
综复杂的意义迷宫[32]。

42　　按我的观点，这里面最有趣的是其第二重意义。灵体作为部

32　见Schneweis, *Angels and Demons*, 82—83。Langton同意这一传统的词源学
　　观点（*Essentials*, 84），但他在我的论证所需要的方向上进一步限定了这一
　　术语，即，在灵力（the daemonic）和修饰（the ornamental）之间存在着密
　　切的关系："*daimon*的词源是相当不确定的。一般来说它源于词根*daio*，
　　意思是'分离''分成部分''分发'。因此按照一些学者的理解，它表示
　　着神（God）作为分派者（Alotter）或分发者（Distributor），他为地上之
　　人分配命运。不过Welcker指出'分离'（to divide）同样也是'安排'
　　（to order）和'获知'（to know），并提出这个词也许还意味着'知晓
　　之神'（He who knows），这个含义对于希腊人来说尤其适用。Ramsay注
　　意到Fick认为这个词源自词根*das*，'教授'（to teach），并将它等同于梵
　　语的*dasmant*（智慧）；不过Paul-Wissowa还是认为其词源难作定论。"这
　　个词也常被大致等同于*theos*（神）。

分为人、部分为神的中介物，在异教徒和古代基督徒那里都被视
作人类的保卫者[33]。每一个人都有其保卫天使指引，这种情况下
它是一位守护神（*daimon*）；最著名的例子就是苏格拉底的守护　43

33　关于作为中介物的灵体，见A. D. Nock, *Conversion: The Old and the New in Religion from Alexander the Great to Augustine of Hippo*（London, 1933），222—224。Nock注意到灵体不带有任何"邪恶的色调"。在古代和文艺复兴时期都很常见的一个例证，就来自《会饮》中对爱若斯（Eros）的描述，此篇中的第俄提玛（Diotima）说："［他是一个］大精灵，所有精灵都居于神和会死的中间。""精灵有什么能力呢？"我说。［她回答：］"把人们的祈求和献祭传译和转达给神们，把神们的旨令和对献祭的酬报传译和转达给人们；居于两者之间，精灵正好填充间隔，于是，整体自身自己就连成一气了。这样一来，精灵就感发了所有涉及献祭、祭仪、谶语和种种算卦、施法的占卜术和司祭术……这样的精灵有不少，而且多种多样，爱若斯不过是其中之一。"（弗兰茨·卡夫卡在他的寓言故事《信使》［Couriers］里反讽式地重写了这则神话。）（译文引自《柏拉图的〈会饮〉》，刘小枫译，华夏出版社，2003年，74—76页。——译者注）
　　中介功能同样出现在文艺复兴时期的新柏拉图主义想象中："从菲奇诺（Ficino）数不清的恶魔学论述中可以得出以下的大致概括。魔鬼主要可看作类似于行星，虽然同样也有超天体的和元素的情况。根据地位，他们拥有灵魂和以太式或气体式的身体；这些身体同自然之于人类灵魂的情况是一样的。行星态的魔鬼就好比是没有尘世肉体的人，生活在天空的领域中；他们承担着传递天体影响力的功能；他们可以既作为灵魂（soul），也作为精神（spirit），既对人的精神也对他自己的灵魂起作用。新柏拉图主义的恶魔等级符合基督教的天使位阶。［注：当然，这些论述的起点是伪狄奥尼修斯，但是将狄奥尼修斯式的天使位阶体系分布放置在天体之间似乎始自但丁。］一个守护天使跟一个常见的行星态魔鬼没什么两样。当然也有坏的魔鬼，地位更低，身体也是气态的，它们扰乱人的精神和想象力。"（D. P. Walker, *Spiritual and Demonic Magic from Ficino to Campanella*［London, 1958］, 46）

神，即那个同他说话的"声音"（voices）[34]。这个声音不仅向苏格拉底指明正确的道路，更令他遵行美德，而他从未偏离其命令。灵力的"建议"便是这样一种权威，你无法自愿去违背，甚至可能从未去质疑你的守护神。这一声音是不能被质疑的，或者它就像神谕（考虑到灵体也被赋予了揭示神的意志的任务）[35]，拥有

34　见Soury, *Démonologie*, ch. viii, "Le Démon de Socrate"。人们将这类"声音"同喧闹鬼（*poltergeist*）及巫术相联，但在古代，神谕在施行中全部都是"声音"。莎士比亚在《科利奥兰纳斯》（*Coriolanus*）中多次利用这一点，通过民众给予讲坛的"声音"，他将一场庆典戏剧化了。在《暴风雨》的语境下，灵力的话语被呈现得更为直接。

35　普鲁塔克《论神谕的终结》，sec. xiii："我们既不应去听人们说什么神谕并不是来自神灵的启示，什么那些典礼和野蛮的仪式诸神也不会留心；另一方面，我们也不应幻想神灵上下穿梭，一直在这里帮我们做这做那。正确和恰当的是，我们应将这些工作归于代理者（*agents*），如其所是，作为诸神的仆从和司理；我们应相信灵体引领着神圣仪式和秘仪的参与者，而其他的灵体则是狂妄自大的罪人的惩罚者。"

　　另可参见*Paradise Regained*, I, 406—464，关于基督诞生时异教神谕的终结。这些神谕被视作与异教魔鬼或者与恶魔相关，而基督的无罪降生终止了它们准确地预言未来。前定论的一个面向即是预测，魔法使用了很多手段包括神谕来达到这一目的。比如算命者使用的塔罗牌，在现代诗歌中，艾略特将其复兴为一种独特的魔力手段，让我们感觉索索斯垂斯夫人（Mme. Sosostris）是一个带着塔罗牌的邪恶妇人；艾略特继而将这些卡牌人格化，让它们成为他的象征戏剧中的演员。（出自艾略特长诗《荒原》——译者注）塔罗牌是真正的图像象征的绝佳范例，它们既是动态的，同样也有其标准含义。关于塔罗牌，可见Grillot de Givry, *A Pictorial Anthology of Witchcraft, Magic, and Alchemy*, tr. J. C. Locke（New Hyde Park, 1958），Bk. II, ch. viii, "Cartomancy and the Tarot"。Charles Williams在他的长篇小说*The Greater Trumps*（New York, 1950）中也使用了塔罗象征。

值得被尊重和崇拜的无上完美。它有力量去支配人的生命，直至
最精微的细节。罗马宗教在次神数量上有显著增长，而这些神几
乎都应该被更恰当地称为会说话的灵体（speaking daemon）；他
们被赋予了各种特殊功能，这其中的许多都过于微小，结果就是
这种事无巨细的控制显得几乎可笑[36]。灵体掌管着一个人的眼睛、　44
头发、小刀、帽子、书、镜子，名单可以增长到无穷无尽[37]。诸

36　对于罗马宗教的简要刻画，可见Ernst Cassirer, *An Essay on Man*（New
　　York, 1953），ch. vii, "Myth and Religion", 113, 128—130。

37　"将守护神（*daimon*）一词用在主神身上的情况很有限，它首要的是
　　被用来指涉次神和不确定的超自然力量。在阿提卡演说家那里，我们注
　　意到一种明显的趋势，即将坏运气归之于守护神，他们不太情愿让诸神
　　（gods）为此负责。从这里便开始了词义的蜕化，直至最终导向'魔鬼'
　　（demon）在我们语言中的含义。"（Nilsson, *Greek Piety*, 60）另可见A.
　　H. Krappe, *La Genèse des mythes*（Paris, 1952），55："这些 '特殊的神
　　灵'（*sondergötter*）全都执司某种特殊的活动、个别的职责。" 这里有一
　　个有趣的例子。哈林顿爵士（Sir John Harington）认为有一些小神在掌管
　　伊丽莎白女王的私人生活："鉴于他们［指古人］在从摇篮到坟墓的一切
　　生活所需方面都有其男神女神，这即是会有：1.袜子之神，2. 裹布之神，
　　3. 吃之神，4. 喝之神，5. 睡觉之神，等等；我得说，你不要以为他们会犯
　　下如此疏忽的过错，漏掉如此必要之事（因为所有语言中都有此种必要的
　　名称），或者也可以是安逸；为了掌管全部事务，他们同时有男神女神，
　　男神叫作斯特库提乌斯（Stercutius，罗马神话中的排泄之神。——译者
　　注）……但是这位女神就要更特别一点，被十分恰当地分派了这一事务，
　　她的名字就叫作克娄阿辛纳女神（*Dea Cloacina*，罗马神话中的下水道女
　　神，被看作罗马城大下水道［*Cloaca Maxima*］的保护神，她同时是肮脏与
　　清洁之神。——译者注）；她的雕像由提图斯·塔提乌斯（*Titus Tatius*，
　　罗马建城神话中的萨宾人国王，与罗马国王罗慕路斯共治多年。——译者
　　注）所立，他曾在一间相当大的房子里办公（对于这样一位圣人来说这

如此类的大量灵力行动体控制着公民的日常生活，实际上这便暗
示着宗教已不再相干，相反宗教的地位已被魔法（magic）、魔术
（thaumaturgy）[38]、巫术（theurgy）[39]、招魂术（spirtualism）以
及迷信（superstition）所篡夺，这倒的确是针对古罗马宗教最常
见的指责[40]。当灵力行动体的发展被基督教所抑制时，这种抑制
采用了二元分裂的形式，即把精神体一分为二为良善天使（good
angels）和邪恶魔鬼（evil demons），就比如在拉克坦提乌斯那
里；而灵体的数量并未减少，比起异教的区分，它们只是被更显
著地分成了两种类别。但像是近东拜火教这样的异教，他们也会
做出善灵与恶灵的区分，在这个意义上，基督教的二元论反映了
它所受的近东影响[41]。将灵力行动体限制在两种类别中并未在任何

———————

是一处合适的圣地）、与罗慕路斯（*Romulus*）一同统治，这是路德维库
斯·维乌斯（*Lodovicus Vives*，西班牙学者、文艺复兴时期人文主义者Juan
Luis Vives的拉丁名。——译者注）引用的拉克坦提乌斯的说法。"（*The
Metamorphosis of Ajax*［reprinted at Chiswick, 1814］, 28—29; new ed. by E.
S. Donno［New York, 1962］）克娄阿辛纳也是讽刺文学的保护神，这其中
有关排泄的污秽作品是一种在咒骂和亵渎上登峰造极的类型。

38 Nilsson, *Greek Piety*, 138—150.

39 Dodds, *The Greeks and the Irrational*, App. II, "Theurgy".

40 比如在《论偶像崇拜》（"On Idolatry", sec. 9）中，德尔图良（Tertullian）
    攻击了对于许多灵体的信仰，这其中就包括星相学："人们被引导着认为
    他们无需呼求上帝，而认定我们是由群星的不可更改的意志所驱使。"
    （*The Library of Christian Classics*, V, tr. and ed. S. L. Greenlade［London,
    1956］）

41 Krappe谈到"邪恶魔鬼（Evil Demon）这一概念通过抽象化的方式形成，

层面改变其本质，即它们是类神行动体的力量化身。比尔（J. B. Beer）做了非常有效的工作，他将这一力量化身的概念简化为能量的概念[42]。借助"灵力矛盾体"（daemonic ambivalence）这一说法，我们可以同时理解好的与坏的，即"善灵"（agathodaemon）与"恶灵"（cacodaemon）；他是这样说的：

> 如果不从它们对人类的影响上，而从它们的内在能力的意义上理解灵体的概念，那这一模糊性就是可以解决的。无论行善或作恶，它们都是根据自身独特的超自然能量被分类，如同弥尔顿的撒旦——也许确实可以等同于堕落天使。如同

它统领着所有对人有损害和恶意的力量。这个概念天然对立于我们已注意到的父—神（father-god）概念，而这就指向了一种二元体系的诞生……在这一发展的晚期阶段，这两种灵——好的与坏的，被看成是两兄弟，通常还是双胞胎兄弟，这是基于一种古老的设想，即双胞胎兄弟命定为死敌。这一思想的起源是埃及神话中的奥西里斯（Osiris）和塞特（Set）、波斯神话中的阿胡拉·玛兹达（Ahura Mazda）和阿里曼（Ahriman），同样也包括易洛魁（Iroquois）神话中的Haweyn和Hanegoasegeh（易洛魁人为北美原住民一支。——译者注）。伊朗的二元论无疑影响了斯拉夫神话体系，我们在此发现了中世纪的贝洛伯格（Bielbog）和切尔纳伯格（Czernibog），即'白神'（white god）与'黑神'（black god）"（*Genèse des mythes*，64. 原作者自译）。关于诺斯替主义图像志中的二元论，见 Hans Jonas, *The Gnostic Religion: The Message of the Alien God and the Beginnings of Christianity*（Boston, 1958），48—97。

42　在柯勒律治对奥西里斯神话的分析中，奥西里斯是一位富有男性气概、充满能量的神灵，而伊西斯则是"消极的、被动的、阴性的自然"。见 *Coleridge the Visionary*（London, 1959），114。

在波墨*的烈火中，这些堕落天使丧失了自身中关键的部分，即天使一面的性质，而其残余（即通常意义上其性质的基础）就变得既可以为善也可以为恶提供能量。[43]

46   在道德讽喻的情形中，这也许有助于将每一种美德——无论拥有或缺乏——看作一种道德能量，它并不是如亚里士多德在《伦理学》里所定义的那样，是一种存在状态；它在道德世界中的位置可以对应于物理世界中的肌肉调整。其他的能力也可以类似这样去理解。一个魔力角色可能就呈现为一种纯粹的知性力量[44]，也

---

*   波墨（Jakob Böhme），十六、十七世纪的德国哲学家、基督教神秘主义者。——译者注

43   Ibid, 124ff.《灵力崇高》（"The Daemonic Sublime"）这一章可为《仙后》第五卷提供有用的注解，因为它主要关注了奥西里斯作为神话形象的模糊性。"这一'灵力矛盾体'可被追溯自相当丰富的关于蛇的神话，"比尔写道，"蛇有时候作为好的形象出现，有时候又作为坏的。" 这完美符合卷五中伊西斯神庙的情况，因为那里的鳄鱼也是既亲善又有威胁、既热情又有敌意的。参见Torgny Säve-Söderbergh, *Pharaohs and Mortals*, tr. R. E. Oldenburg（Indianapolis, 1961），"The Freidendly Crocodile"一章；Joseph Fontenrose, *Python: A Study of Delphic Myth and Its Origins*（Berkeley and Los Angeles, 1959），尤其是 chs. iii, vi, x。

44   见P. F. Fisher, "Blake's Attacks on the Classical Tradition", *Philological Quarterly*, XL（Jan 1961），14—15. Fisher引用了布莱克的《末日审判的异象》（*Vision of the Last Judgment*）："讽喻是那些与道德德性（Moral Virtues）相关的事物。道德德性并不实在（Exist），它们存在于讽喻和虚饰中。"Fisher评论道："通过遵从某种道德理想或者美德的构想，来修正自然自我或者说'心魔'（Spectre），这是希腊理性主义者和自然神论

正是这种力量让文法学家将学习和修辞技能等同于某种灵力[45]。

灵力附体

若要将讽喻行动体看作某种灵体，那就要随之做出某些特定调整，这是考虑到一个人无需在事实上成为某个灵体就可以被灵体附身。不过这并不是一个严肃的反对意见。我们可以认为一个人是被**他的**灵体附身，也可以认为他是完全受制于他的灵体的命令；这样的话，在他自身性格和控制他行动的灵力之间就不存在明显的区别。在日常用法中，我们可以毫不迟疑地说出"他是个

47

者的劝告。这些道德理想的困难之处在于它们从未被实现过，而只是被模拟过，因为它们要么成为取消了生命活力的禁令，要么成为丧失了具体经验指向的抽象。像是古典时期的道德主义者塞内加（Seneca）这样的人，就难免带着些虚伪气，因为他嘴上的陈词滥调完全没有触及人所面临的真实困境。他的伦理美德或者是来自预言家视界里的讽喻（但是被消除了它们的原始语境），或者是对于行为的普遍抽象。它们要么是布莱克所说的'讽喻式编造'（Allegorical Fable），要么是他所说的'实验性理论'（Experimental Theory）的结果。"

45 因而赫拉克勒斯成为七艺（Seven Liberal Arts）的保护者；在卡佩拉（Martianus Capella）的*Marriage of Mercury and Philology*一书中，正如库尔提乌斯注意到的那样："［出现的］不仅有所有类型的魔鬼和半神，还包括古代的诗人和哲学家（78,9 ff.），因为她的婚礼上呈现了新娘接受七艺的场景。卡佩拉为它们中的每一个都献上了自己的一卷作品。为了符合时代口味，它们被人格化为女性，并通过服饰、器物和发式区分。在此 '语法'（Grammer）以一个灰色头发的、上年纪的女性形象出现，并且夸耀自己是埃及国王奥西里斯的后裔。"（*European Literature*, 38—39）

魔鬼"这样的话，这暗示出在灵力影响下，性格会受到很大限制和简化，直到通常意义上的性格不复存在，而这个被附体的人所扮演的角色就被限定在了我们已经讨论过的那种类型里[46]。因此我使用"灵体"这个词的时候既针对任何被灵体附身的人，也包括那些只是表现得**好像**是被灵体附身的人；因为根据定义来说，如果一个人被某种影响所占据，这就排除掉了被施加其他所有影响的可能，那么显然他也就不再拥有在这一特定行动领域之外的

48 生活[47]。

---

46 莎士比亚晚期作品提供了这种"分解"（这是Ernst Jones的术语，来自他的《哈姆雷特》研究，见后文的注68）的例证。布拉德利（Bradley）注意到了莎士比亚晚期戏剧中的讽喻特点："我们似乎追寻着想象力的趋向去进行分析和抽象，去将人性分解为构成因素，再在一个或几个因素已经缺席、萎缩又或者只是萌芽的情形下构建出已有之物。当然，这就是一种从性质与抽象思想中产生象征、讽喻、拟人的趋势……虽然说《李尔王》中显露出的想象力模式确实离道德剧和《仙后》并不遥远（我们不应忘记莎士比亚对这些作品非常熟悉），但若是说他在《李尔王》中有意识地运用了象征和讽喻，那就未免言过其实。"（*Shakespearian Tragedy*, 263—265, 转引自W. B. C. Waktins, *Shakespeare and Spenser*［Princeton, 1950］, 98。德·昆西（De Quincey）的"On the Knocking at the Gate in Macbeth"（1823）预示了布拉德利和琼斯关于分解的观点，还呈现出麦克白这样一个充满灵力的主角，他的感受如何主要被来自他妻子的"传染所俘获"。

47 这一程式出现在莎士比亚《科利奥兰纳斯》的一出十八世纪演出版本中。以下插入文本中的台词出现在*Bell's Shakespeare*（London, 1773）, II, 62:

公民乙　我们的护民官做了所有这些事？

公民丙　复仇神会为此拧断他们的脖子。

公民丁　我们自己能做的事，有什么必要麻烦这些可咒的邻居呢！我们就是复仇神。

斯宾塞笔下的马尔贝柯（Malbecco）就完全被嫉妒附体，被置于完全受这种激情所奴役的状态中。此处的性格特征就移向了讽喻，而远离了现实主义与摹仿：一开始，马尔贝柯以一个嫉妒而小心眼的丈夫的角色出现，在这一角色中他显得非常真实、自然而且富有喜剧性。但是斯宾塞逐渐地将这种处于意大利中篇小说（novella）世界中的摹仿式人物塑造，转向抽象世界里的拟人化善行与恶行，马尔贝柯也变得越来越深地沉溺于、越来越彻底地受控于他的灵体，即嫉妒。对这个角色灵力控制的增强相当于对讽喻的强化。令人印象深刻的是，伴随抽象意义的进展，其所涉及具体恶行的名称的重要性也提升了。按照在《仙后》中一以贯之运行的进程，最终斯宾塞指出，马尔贝柯的名字就叫"嫉妒"（"也被叫作嫉妒［Gealosie］"）。命名一个人物似乎意味着不可更改地将他的功能固定下来。这一事实可以通过恶魔学加以解释[48]。灵体只能在他的专名被求告时才能被唤起，正如一般

　　所有公民　　对，我们就是复仇神，我们就是复仇神！到大岩上去，同他们一起到大岩上去！

　　原作中只是潜在的东西被变得清晰。在这里复仇神成了公民，这一附体导向了完全的认同。

　　大岩（Rock）指Tarpeian Rock，犯下叛国罪的罗马公民会被从这里推下执行死刑。——译者注

48　关于身体的属性，例如仅涉及名称（names），Cudworth说："就像某些对于这种抽象名称的使用那样，滥用的情况非常多；所以，即使它们确实除了名字之外一无所有，而因为这个人和那个人的本质不能脱离其人本身而存在，以及任何缺乏实体的事物都只是事出偶然，人们仍被它

49 所认为的，当灵体控制着神谕时，他们的名字成了启发神圣信息
    的"芝麻开门"（*Open sesame!*）。象征性的名字甚至可以作为
    灵力能动力量的替代：一个人使用自己的守护灵体之名对敌人施
    放一个咒语，这就像与之交战、然后召唤自己的灵体来增强力量
    一样。

灵力主角[49]

    相当多不同种类的讽喻作品都拥有灵力性质尤为明显的主

们带向了一个巨大错误，幻想它们能凭借自身成为真实存在。这种痴心
妄想主要是被学院派推动的。"（*Intellectural System*, I, 114—115）在
灵力世界观下，名称被赋予了"吗哪"（*mana*）的神力，并成为日常生
活中物质化身体和实体的充分替代。如此信仰的一个结果就是每一灵力
行动体的同义词出现了成倍增长，例如，双关（*paronomasia*）。这个
主题见 Leo Spitzer, *Linguistics and Literary History*（Princeton, 1948），
"Linguistic Perspectivism in Don Quixote"一章，41—87页。Spitzer 呈现
出塞万提斯"给予了某些角色的名字的一种不确定和可变性"。这种不
确定性类同于在强迫性言语中出现的"对悬而未决的喜好"（liking for
indeterminateness），见第六章。

49 弗莱对主角这一概念的系统化是通过详尽阐述亚里士多德关于主角的观
    念，即主角总是拥有某种程度的力量，要么比我们多，要么跟我们差不
    多，要么比我们少。这里有一个从高到低的变化幅度，即：（1）诸神，
    （2）罗曼司文学的主角，（3）高摹仿文学（大部分的史诗和悲剧）中的
    主角，（4）低摹仿文学（大部分喜剧和现实主义小说）中的主角，（5）
    反讽文学（讽刺、嘲弄和荒诞）中的主角。弗莱对于第二个等级即罗曼
    司文学主角的定义，完全依照了灵力主角或者说守护神意上的观念。
    "如主角在**程度**上超过其他人和其他人所处的环境，那么他便是罗曼司

角，在像《神曲》这样的作品中，其中的灵体主要属于拉克坦提乌斯所说的第三种类别，即那些飘荡而过的魂灵，不过在"炼狱"（Purgatorio）和"天堂"（Paradiso）里也出现了"中介物"（intermediaries），"力量"（powers）居住在炼狱山山顶的属灵世界中。我们只需要指出斯宾塞的"仙境"（faerie land）这一概念本质上就是灵力的，因为这个灵界（spirit-world）中的居民并非只有骑士和淑女，并非只是一个王子和公主的童话世界；他们都参与进了命定行动（*fated actions*）的进程，这也恰好就是faerie一词在词源学上的意义[50]。班扬的灵体，通过《丰盛的恩典》和其他寓言已为人熟知。在十八世纪，"魔鬼"（demon）这个 50 词常见于对讽喻式能动力量的表述中；而在新古典主义颂歌和早

（*romance*）中的典型人物；他的行动虽然出类拔萃，但他仍被视作人类中的一员。在罗曼司主角出没的天地中，一般的自然规律要暂时让点路：凡对我们常人来说不可思议的超凡勇气和忍耐，对罗曼司中的英雄来说却十分自然；而具有魔法的武器、会说话的动物、可怕的妖魔和女巫、具有神奇力量的法宝等等，既然罗曼司的章法已确定下来，它们的出现也就合乎情理了。这时，我们已从所谓神话转移到了传说、民间故事、童话（*märchen*）以及它们所属或由它们派生的其他文学形式。"（*Anatomy*, 33—34）（译文引自《批评的解剖》，陈慧等译，百花文艺出版社，2006年，46页。有改动。——译者注）

50　"魔鬼式的人类世界是依靠自我间的某种分子张力结合起来的社会，它维持着对某一团体或领袖的忠诚而个性被消泯，最好的情况也不过是将自我的欢乐置于责任或荣誉之上。"（Frye, *Anatomy*, 147）关于魔鬼式机制的理论化阐述，见Cassirer, *Language and Myth*, 58—59。

期浪漫主义诗歌[51]也包括在哥特小说里[52]，它都被显著地接受和理解为这一含义，即一种通过赋予男女主角神奇力量来推动浪漫情节发展的手段[53]。不过沃波尔（Walpole）在《奥托兰多城堡》（*The Castle of Otranto*）的首版序言里提到，这部作品是基于一种关于绝不止歇的报复、一种毁灭性的家庭命运的观念。他的意图据称出自道德立场："我期待过他［指作者——原注］能将自己的计划置于一种比这一切更有益的道德之上，**这种罪，从父辈被带到孩子身上，直到第三代第四代。**在他［指作者的——原注］

---

51 例如James Thomson, *The Castle of Indolence*, Canto I, xxi, i。在威廉·柯林斯（William Collins）的《颂歌集》（*Odes*）中，"你"（Thou）在我看来就是某种类型的灵体，最明显的部分是在《恐惧颂》（*Ode to Fear*）中。柯林斯通常试图通过装饰性着装来定义他的"你"。

52 恐惧（或者焦虑）作为主导性情绪给予了哥特小说一种培养灵力图像与行动体的天然土壤。关于哥特复兴里出现的灵力，见A. O. Lovejoy, "The Chinese Origin of a Romanticisim", *Essays in the History of Ideas*（New York, 1960），130；及"The First Gothic Rivival and the Return to Nature"，同上书145页。哥特小说中存在大量灵力行动体，像是会流血和流汗的雕像、鬼怪、有魔力的护身符、幻想的分身（*doppelgänger*）。我将这一特殊类型的能动力量归于崇高感的观念下，因其赋予了所有这些现象一种更高的价值，并暗示了人自身相应的弱点。比如，古灵精怪之物（the uncanny）引起了对于单纯人类力量的怀疑。

53 Abbé Dubos抨击了源自讽喻特性的神迹与神奇题材中的荒谬之处。在*Critical Reflections on Poetry*（Painting and Music, tr. Thomas Nugent, London, 1748, I, 171）中，他进一步指责讽喻画中出现的神秘行动体，认为这对于艺术主题而言过于可怕："我们甚至不应该不带着谦卑和恐惧去想到，也不能够带着太多机巧去描绘这些神圣真理；我们也不能用这些精巧的讽喻图像去呈现它们。"这里可以听到约翰逊的余音。

笔下远不止当下的时间中，我怀疑，热望是否会因为如此遥远的惩罚而抑制住对掌控的欲求。"*这个主题，即热望和它的"控制欲"，完美契合了表达的方式，因为灵力的世界就是这样一个地方，在其中超自然力量和满溢的欲望就是唯一的存在方式。对绝对力量及其对灵魂的危险的描绘构成了像是贝克福德（William Beckford）的《瓦泰克》（*Vathek*）这类作品的基础，在其中哈里发"被为黑暗力量立法的野心所灼烧"[54]。

回到更现实主义的寓言上，笛福对于灵力的沉迷值得关注；除了呈现出鲁滨逊·克鲁索是怎样被古怪的心智反常（其更为复

---

* 这部作品的首版完整标题为*The Castle of Otranto, A Story,* Translated by William Marshal, Gent. From *the Original Italian of Onuphrio Muralto, Canon of the Church of St. Nicholas at Otrandto*，沃波尔宣称此书译自一份1529年在那不勒斯付印的手稿，该手稿最近才在英格兰北部一户古老的天主教家庭的图书馆中被重新发现。——译者注

54 William Beckford, *Vathek*（1786），in *Shorter Novels*, ed. Philip Henderson（London, 1956），268. 刘易斯（Matthew Gregory Lewis）的《僧侣》则不是完全在感官层面上处理试探这一主题：依照圣安东尼模式塑造的安布罗斯（Ambrosio）遭受了"对野蛮欲念的渴望"，但他也同样遭受着去了解、去体验、去走出"修道院的隔离"而走向"大世界"的渴望。见*The Monk*（1796, reprinted New York, 1952），237ff. 。这种同样的饥饿也影响着马图林（Charles Maturin）的主角，见William F. Axton为*Melmoth the Wanderer*（1820; reprinted Lincoln, 1961）所作导读，xiv："这一形象让人想起流浪的犹太人或者弥尔顿的撒旦，Melmoth注定在世界的表层漫游，无果地追寻救赎；他由于永生而与其他人类世界隔离，这种加诸生命的讽刺性惩罚使得他精神上备受折磨。自我诅咒、被超自然力量完全掌控，加之奇怪的感性，Melmoth就是一个典型的哥特式英雄—恶棍。"

杂的对应物就是古代的"灵力附体"）所纠缠，笛福也至少在他的三部主要作品里分析了灵力能动力量，包括《论幽灵的历史与现实》（*An Essay on the History and Reality of Apparitions*）、《魔鬼的政治历史》（*The Political History of the Devil*）和《魔法体系》（*A System of Magic*）。《鲁滨逊漂流记》里的灵力幻象和这位主角的与世隔绝之间还有着切近的关联，这不仅是出于象征理由，我们会看到，也是因为他在物理上的隔绝，笛福才可以更可信地去呈现鲁滨逊实际上的脆弱与他幻想与希望时拥有的
52 力量之间的反差[55]。骄傲（pride）的主题在这一语境下一遍又一

---

55 笛福是如此现代！在*Serious Reflections of Robinson Crusoe with His Vision of the Angelic World*（London, 1790），ch. i, "Of Solitude"中，他让他的主角如此说："你可能会认为，我会用不同的观点，时常去思索我已将其呈现给世界的、长时间的乏味的独处生活，你应该也从一个人在岛上的生活中，形成了某些有关于此的观点……我有很多疑惑，为什么这里应该有不甘或痛苦；从我们在这个世界上的人生历程这一整体观点来看，对我来说，人生在普遍意义上就是，或者它应该是，一种普遍的独处行为……我得说，这个世界对我们来说并无别的意义，除了多多少少有些趣味：所有记忆都会被带回家，而我们亲爱的自我，从某种意义上说，就是生活的终点。因此，人应该被恰当地说成是**独自**身处人来人往、忙忙碌碌中。"从这个观点出发，笛福的鲁滨逊认为他在岛上的生活并**不是孤独**的，因为他有时候用"对崇高事物的沉思"填满自己的时间，只是他无法将大部分时间都花在这上头；简而言之，孤独是真正沉思性的。通过沉思，克鲁索认为自己"被禁锢在这座孤岛上所享受的二十八年时光，并不比身处世界上最大的人类集合体（我指的就是伦敦）时感受到了更多的孤独"。

如果我们想知道克鲁索为什么并没有真的享受他在岛上的真正独处，答案在于"神圣的沉思需要镇定自若的灵魂，不被任何异常情绪或者混乱激情所搅扰；而我得说，比起修士的房间和被迫的隐居，在日常的生活轨道

遍出现，它很自然地起作用，因为一个作者在谈论维持谦卑的简单理由时，所指的就是身体上的弱点，正如人的必死性所证实的那样[56]。

　骄傲、力量以及争取权力的斗争（或者说成功，在最典型的美国式"成功故事"的意义上）[57]构成了一组关注点，它频繁地以最清晰的方式在拥有讽喻能动力量的灵力角色身上表现出来[58]。有非常多的现代讽喻作品直接处理政治权力的问题，这里　53

中去做到这点要容易许多"（7）。如此说来，笛福让克鲁索的幻觉变得可信：他并非出于选择而是被迫独自一人，他必须要用想象占据这个世界。笛福在这里攻击了天主教隐修主义，并暗示着如果从社会交往中抽身而退，那圣安东尼所产生的幻象是完全可以料想到的。实际上，《鲁滨逊漂流记》的进程展现了越来越强的灵力作用。这并不只是出于心理上可信的考虑，它在象征意义上也是有效的：随着岛上出现了更多的坏人，克鲁索对宗教的隔膜也被越来越多展现出来。

56　见Lovejoy, *Essays in the History of Ideas*, "Pride in Eighteenth Century Thought", 62—68。存在巨链（The Goldon Chain）是一个无尽的圆（类于命运之轮），除了暗示着向上或向下的移动之外，它也可以被理解为旋转。命运之轮中的上升与之类似，即使是人类的骄傲，也会在循环完成时被摔到底部。这种沉浮也许包含着浮士德式的想要得到万有知识的努力，这也与去获取任何形式的力量相一致。这一联想出自燕卜苏，"All in Milton", in *The Sturcture of Complex Words*（London, 1951），ch. iv。

57　见Kennth Lynn, *The Dream of Success*（Boston, 1955）。

58　John A. Wilson描述过这种社会风气，见*Before Philosophy*, ed. Henri Frankfort（Penguin ed.），110。在古埃及帝国，价值观与一种物质上的成功理想相适应，其结果就表现为一种象征意义上同时也是实际运行着的官僚体系："所有人都看得到的成功就是最大的善。"Thorkild Jakobson 在谈及古代美索不达米亚将天空视作一种神圣王国这一观念时说，天空激发了仅举几个更引人注目的例子：《鼠疫》《我们》《山椒鱼战争》《罗梭的万能工人》《一九八四》《马里奥与魔术师》《蝇王》。它们中没有任何一个含有远离表层文本的超自然成分。它们戏剧化地表现出语言能量如暴君一般牢牢捕获住普通人。一种不自然的浮士德式能量推动着它们的英雄和恶棍，在颠倒之下，英雄反讽式地降格为（比如说弱化）一个K.*或者一个温斯顿·史密斯（Winston Smith）**，他拼命地想去跟暴君携手，即使他也许痛恨他的压迫者。

灵力机制与讽喻"机械"

现在需要将灵力行动体的另一个面向引入我们正在进行的讨论中。紧缩意义（constriction of meaning）这种限制如果施加于拟人化的强力或权力上，就会使得拟人化以某种机械的方式运行。

"关于广大甚至是关于巨大的体验。这带来了一种切身的领悟，即一个人自身无足轻重以及那不可逾越的遥远距离……不过，最为重要的，这一对于威严的领会即是关于权力、关于毗邻巨大之物的权力的领会，但这权力在沉睡中，它并不有意去施行其意志。在威严背后的权力是如此巨大，以至于无需发挥效力"（*Before Philosophy*, 151）。正如Jakobson所说，神人关系中带来崇高感的不均衡性所造就的这种惊惧回应，也许可以被追溯到在美索不达米亚气候中标志性的"强力和暴烈的成分"（138—140）。

*　　卡夫卡小说《审判》的主角。——译者注

**　　乔治·奥威尔小说《一九八四》的主角。——译者注

最完美的讽喻行动体并不是一个被灵体附身的人，而是一个机器人、一个塔卢斯，而最终，在像是玛丽·雪莱的《弗兰肯斯坦》那样的原型创造出现之后，这一类型的行动体在二十世纪作家恰佩克（Karel Čapek）笔下被完全开发出来，他的剧本《罗梭的万能工人》中，被造的机器人看起来跟人类毫无区别[59]。这部戏里的机器人从身体上说与真正的人类别无二致，这些机器人似乎更像 54 另一种类型的人类，而这就是恰佩克的讽刺意旨所在。而同样的引申——人类也不过是自己所创造的机器人的影子——也频繁出现在更为流行的那些科幻小说中，这里出现的机器人则是由那些为了发泄自己最为狂野的念头的科学家所创造[60]。科幻小说中机器 55

59　就像哥特小说中会流汗或者说话的塑像，科幻小说中的机器人移动起来也是塑像类型，不过这类机制同样存在于"机械降神"（*deus ex machina*）的普遍形式中。参见莫扎特的《唐璜》里的骑士塑像；《冬天的故事》里赫米温妮的塑像；以及普鲁塔克曾提到过，但是莎士比亚并未写入《科利奥兰纳斯》的只有隐约暗示的那尊塑像。这类机械典型的**静态**性质吻合它们作为景观（*opsis*）的功能。类似的惊奇效果支配了现代对于精细的自然主义舞台布景的使用；二十年代曾有冷热流水从舞台上的水龙头里流出来，这是一种意在使得观众震撼、叹服、惊骇的魔力效果，正如达盖尔（Daguerre）的立体透视模型曾用看似真实的户外场景惊动了更早一代观众。在神秘离奇这一领域中，奇景和灵力显然是一致的。

60　尼科尔森（Nicolson）的《月球之旅》（*Voyages to the Moon*）里有许多关于此类机械的例子，这让我们想起开普勒和惠更斯都写过关于宇宙旅行的叙事作品。在文学的意义上，这一传统可以追溯至琉善的《真实历史》（这是斯威夫特"飞岛"的源头），而希腊哲学虽然致力于发现关于心智或者精神旅途的隐喻，却也复现了关于会飞的机器的观念：比如，柏拉图的《斐德若篇》（246a—256e），关于此可见Marignac, *Imagination et*

的机械化程度也许会非常先进，就像是弗雷德·霍尔所写故事里的"黑云"，它就比任何最聪慧的人类行动体都更为强大[61]。这种情况下，灵力机械就接近了神的状态和力量，我们可以回过头想一想神学家拉克坦提乌斯所列举的第一种类型的灵体。

　　在技术的意义上使用"机械"一词历史悠久，它意味着通过剧场或修辞的手法让灵力行动体出现在舞台上，于是就可以通过法令、通过强力解决一项行动。当行动走入僵局，"机械降神"的介入就可以通过超出人力的方式来打破它[62]。神之力意味着某

Dialectique（Paris, 1951），115；以及更早的巴门尼德残篇（Fragment I, as in Burnet, *Early Greek Philosophy* [New York, 1957]，172）："载着我的车带我远至尽我所想的地方，当它带着我并将我放在女神那著名的道路上，这条路可以让人去到所有的城镇。我独自行进在那路上；在那里有智慧的骏马带我、拉我的车，而少女们指引着道路。车轴的凹槽镫亮，因它被两端的旋转轮推动，发出长管一样的声响，这时候太阳的女儿们急切地向我展示光亮，从她们的脸上拉下面纱，将夜抛在了身后。"这里关于"太阳"的迂回（periphrasis）也是关于宇宙式讽喻的早期例证。

61　Fred Hoyle, *The Black Cloud*（New York, 1957）. 霍尔并不是技艺精湛的小说作者，不过他以一种令人愉快的方式介绍了技术。黑云要求女主角把一首贝多芬奏鸣曲弹得稍快一点；不必告知，黑云显然知道，贝多芬那种极快的节拍标记才是"正确的"。关于科幻小说，可见这一份简洁生动的研究，Kinsley Amis, *New Maps of Hell*（New York, 1960）。

62　参见Gwin J. Kolb, "Johnson's 'Dissertation on Flying' and John Wilkins *Mathematical Magick*", *Modern Philology*, XLVII（1949），24—31. 非常典型的是，约翰逊拒斥隐含在空间旅行中的乐观主义："在（*Resselas*里）单单一个段落中（它更为努力追求简洁），航行就开始并结束了；这个工匠跳到了空中、然后掉进了湖里。他被救了，然而拉塞拉斯借助翅膀观看世界的希望却破灭了。" 这一机械就是一个关于空虚和代达里安式无拘无束想象的象征。

种完美的理念，像是完美的正义、完美的爱、完美的技艺等等，它的对应物在十八世纪作家的笔下则采用了戏剧性更低的形式，他们按照一整套多被称为"机械"，或者时而也被称为"机关"（engines）的讽喻行动体组织起了那些所谓的崇高诗篇[63]。不过，这个意义上的"机械"就不再蕴含对思想的科学化整合这层意思，比起那些觉得机器人无趣或不切实际的人，从机器人角度去 56 思考的诗人并不一定更像一个科学家。不难发现，讽喻中所使用的"机械"完全不同于工程师眼中的机械[64]。它并不使用真实的

---

63 参见德莱顿的*Preface to the Fables*，以及后来菲尔丁在《约瑟夫·安德鲁斯》中对于此类机械的嘲笑。《项狄传》里，托比叔叔的堡垒被赋予了无意识上的含义（如果进行心理分析阐释的话），这里就是针对任何机械使用的更为复杂的讽刺。

64 即使是这样，舞台设计中也运用了实际的机械装置。文艺复兴时期舞台设计师的建筑手册最为清楚地展现出此类意在通过"机械"暗示的灵力魔法。例如Nicolo Sabbattini, *Manual for Constructing Theaterical Scenes and Machines*（*Practica di fabricar scene e machine ne' teatri*, Ravenna, 1963），里面讨论了以下的技术问题："怎样在火焰中展示完整场景""怎样让地狱出现""怎样让山和其他物体出现在舞台上""怎样将一个人变为岩石或者其他相似的物体""怎样将岩石或石块变成人""怎样让海上升、涌动、波涛汹涌或者改变颜色""怎样让轮船或者帆船或者其他船看起来在海上移动""怎样让海豚或者其他海中怪兽在游动的时候看起来在喷水""怎样隔开天空""怎样让带着人的云直接从舞台上升到天空中"。在英雄体戏剧中，在大部分古典的以及部分现代的芭蕾作品中，这些机械都随处可见。这一模式就是运用通感的讽喻。关于Sabbattini和其他人，见*The Renaissance Stage: Documents of Serlio, Sabbattini, and Furttenbach*, tr. A. Nicoll, J. H. McDowell, and G. R. Kernodle, ed. B. Hewitt（Coral Gables, Fla., 1958）。

燃料，也不将燃料转化成为可用的真实能量。相反，它是一种幻想出来的能量，就像是萨满通过笃信灵体而获得的幻想之力[65]。于是对科幻小说主角的研究便成为一种伪科学的类型。讽喻无法加入真正的科学知识的行列中，因为它的术语从来不是相对的；它们从来都很绝对，更像是柏拉图的"永恒形式"（eternal forms）[66]。最好的说法是，想象性艺术为更加严肃的实证科学提

57

　　往后一些有一个边缘例子，在Butler的 *Erewhon*, chs. xxiii—xxv中的机械，这一牵扯进身体和有机体机构的**概念**被转化成一种对于此类变形的具体化（*realization*）。另一个例子来自Robert Sheckley的科幻小说："控制板上布满了表盘、开关和测量仪，它们用金属、塑料和石英制成。另外一边的弗莱明则是血肉之躯。除了极为漫不经心，看上去两者之间不可能存在任何关联。但是，弗莱明似乎在融入控制板。他的眼睛用机械般的精确扫描着表盘，他的手指成了开关的延伸。金属似乎在他的手下变得可塑，顺从着他的意愿。石英测量仪闪着红光，而弗莱明的眼睛也变红了，它闪着光，全然看不到任何映像。"（"Paradise II", in *Notions Unlimited*［New York, 1950］, 103—104）

65　Dodds, *The Greeks and the Irrational*, ch. v, "The Greek Shamans and the Origin of Puritanism". 这里显示出禁欲主义（*ascesis*）和制造"异象"可以携手并肩。

66　参见关于这一问题的其中一个重要理论作者，William Worringer, *Abstraction and Empathy*, tr. Michael Bullock（New York, 1953）。这部作品写于大概1913年，它之后是一部关于哥特艺术的同样重要的研究。沃林格在"纯粹装饰的自然化（即一种抽象形式）"和"自然物体的风格化"之间做出了重要区分（60）。后者出现在某些根本上是摹仿性的艺术作品中；前者则属于"自然主义"类型的讽喻。沃林格进一步呈现出（62—77）"自然主义"是怎样将原本抽象的观念和形式转变为拟人化野兽的形式中。因此我们以为看到了（*appear*）一种摹仿性艺术，但这里的图像和行动体都不过是"纯粹的线条抽象趋势的结果"。沃林格将此类艺术的功用最终降到了

供了某种原型——就像是炼金术里有现代化学的雏形，然而两者
却截然不同；颅相学提示了某一特定种类的现代心理学，即对体
型的研究；占星学的一支则预示着现代气象学的发展。也许可以
这样总结，即作为其灵力行动体所造就的结果，讽喻艺术可被认
为发挥了一种原始科学的功能[67]。

掌管个人命数的宇宙体系

正是灵体本身这一概念带来了一种几乎分析式的用途，它属
于伪科学，如果不说是原始科学的话。从这个术语意指的"分离"
开始，**灵体**就暗示着世间所有重要层面进行着无穷无尽的分裂，
并成为可以研究与控制的独立元素[68]。一个人的灵体就是他的命数　58

一个稳定不变的程度；在一个变动不居的世界，心灵寻找着某些憩息和安
全的所在，而这在抽象、线条、图表、装饰中被找到。

67　见艾布拉姆斯《镜与灯》第十章，《忠实于自然真理的标准：罗曼司、神
　　话和隐喻》，尤其第三部分，"作为异态世界的诗"。这里引述了瑞士批
　　评家鲍德莫（Bodmer）的说法，他认为诗歌通过类比原初的创世行为，也
　　拥有了这样的可能性，可信地拥有了创世者那种程度的伟力："神奇之诗
　　就是第二次创世，因而它不是这个世界的副本，甚至也不是合乎情理的摹
　　本，它自身就是世界，自成一类（*sui generis*），它只服从自身的法则，它
　　的存在（可以想见）就是其自身的目的。"（278）

68　这样一种程式使人想起Jones所说的"分解"（decomposition）过程。"分
　　解……是'凝聚'这一梦的典型特质的反面。然而后者中的程式，若干个
　　体的特性在创造一个形象时被融合在一起，很像是制作一张复合照片；而
　　在前者中，不同的特性被创造出来，每一个都被赋予了一组初始特性。"

（fate）、他的命运之神摩伊拉（Moira）、他的时运（fortune）、他抽到的签（lot），是专门分给、派给他这个人的某种东西[69]。在命运（destiny）的作用下，他被缩小至一种由他的灵体所表现出的功能。如果人的本性是一种所有部件和层面都由灵体控制的合成系统[70]，如果人的行动只能在此系统之内，那这个讽喻行动体（它的范式便是一个灵力化的人）就总是某种更大力量的分支。

（*Hamlet and Oedipus*［New York, 1955］, 149）当Jones将这一"分解"过程视作一种神话性质时，他是正确的，不过这取决于一种对于灵体的笃信，而如他自己所说，它是凝聚这一梦的程式的反面（*opposite*）。这应该意味着分解无法在梦中出现。这是Jones的矛盾之处吗？在梦中无法出现？

69　见Cornford, *From Religion to Philosophy*, chs. i and ii, "Destiny and Law" and "The Origin of *Moira*" especially sec. 16, 37—39。"除了奥林匹斯诸神划分清晰而又高度区分的性格，也存在着远没有那么清晰的、完全缺乏个性的更古老的形象。他们在希腊语中更合适的称呼并不是神（*theos*），而是灵（*daemon*）。神这个词总是暗示着个体，然而这些灵几乎没有'形象'，也没有可以将它们彼此区分开的特殊能力或者技艺。我们应当放弃这种同赫西俄德有关的观点，在他错误描述的神之衍生中，这些灵'有序地置于宇宙中'。它们并不属于宇宙意义的力量，而是些本地的精灵、善的精灵，每一个都扎根于其信徒所居住和耕种的那一部分土地中。这就是他的moira，在此之中有分配（*nomai*）到他手中的所有。""这样一种份额（*moira*）体系清晰地挨个标识出了不可触犯的禁忌的边界，每个充斥在这一位分中的能力会在其中分发其力量，并坚定地抵制侵犯。"（38）同样可见Nilsson, *Greek Piety*, 61："偶尔，灵（daimon）的意思差不多等于命定（fate）。"

70　亚里士多德在《灵魂论》（*De Anima*, A.5）中提到，泰勒斯认为，"所有事物都饱有诸神（或诸灵）"。参见Kroner, *Speculation in Pre-Christian Philosophy*, ch. iii, "The Rise of Cosmology"，尤其见81页。

对于他来说，拥有与他自己相关的等级纹章，拥有特定的装饰、特定的衣物、特定的圣名乃至特定分发给他的义务，这些都很自然，而有某个特定理念附身于他、控制他所有的行动，也就不成其为问题。

虽然功能的独特性并不是每个人自己能决定的事，正如在命运女神摩伊拉手中进行的非自愿分配所暗示出的那样，不过，就 59 像古希腊、古希伯来甚至更晚一些的欧洲作者所提到的，被特定灵力形态控制的行动体关涉到一种完整的宇宙组织架构。世界并不是人、物、事件进程的随机合集，万事万物并非无视彼此往来只独善其身[71]。希腊人脑海中的宇宙（cosmos）是一个拥有心智（Mind）的身体（Body）的图像[72]。通过将诸神放置在最高等

71　见Cornford, *From Religion to Philosophy*, 96—101，关于部落社会里各个分支的灵力守护者，以及在自然进程中出现的这些分支。

72　R. G. Collingwood, *The Idea of Nature* （1945; reprinted New York, 1960），Introd., sec. 2：“自然世界并不仅仅是活着的，也是有智慧的；并不仅仅是拥有自身‘灵魂’（soul）或者生命的大型动物，而是拥有自身‘心智’（mind）的有理性的动物。”所有小宇宙层面的心—身都参与进了大宇宙的庞大身躯（Body）中。“希腊人将自然看作是智慧有机体的观点基于一种类比思维：在自然世界和个体人类间的类比，人一开始发现，自身作为一个个体拥有某些特征，继而认为自然也拥有类似特征……将自然视作机械的文艺复兴观点同样源于类比，不过它所假定的是一种完全不同的观念体系。首先，它基于一种创世的全能神的基督教观念。其次，它基于人设计和制作机械的经验。希腊人和罗马人都不是机械使用者，除了在很小的范围内。”（8）不过，身体也是某种原生机械，今天我们正在回到这一观点，因为肢体和身体运动的机械化延伸已经被工业化地发展起来，而电脑有时也塑造了人类大脑。

级——凡人和动物位居其下，他们构建出了他们的世界图景。而在这张图中，他们将灵体放在人与神之间作为中介[73]。于是，灵体的强力便参与进了人对抗神这一出宇宙戏剧中，灵体几乎可以被视作人神关系的拟人化。在遵循中介范式的意义上，讽喻行动体既不完全是人，也不完全是神，而是分享了这两种状态的一部分。

60　无论是追踪死敌的亚哈船长、寻求保护人的K.，还是既服从又命令他的受害者的奇博拉（Cavaliere Cipolla）*，这些绝对的决心里都有一种神圣的单纯，不过在这些情况中，主角都很无助，而神对此无能为力；在这种情况下，主角服从于这一诅咒，即一种存在于大脑中的压倒性的非善即恶的想法。

　　对于相信灵力行动体的人来说，将自己看作处于某种中介位置并看重所接触的每个人的等级次序，就变成了一种思想上的习惯[74]。反诺斯替主义者德尔图良（Tertullian，约155—222）对普

　　关于自然／有机体的类比，见Joseph A. Mazzeo, *Medieval Cultural Tradition in Dante's Comedy*（Ithaca, 1960），ch. iv, "The Analogy of Creation in Dante"。

73　灵体和天使因而是相似的，因为两者都为神圣的力量传递信息。卡夫卡在他的寓言故事里将他们称为"信使"（couriers）。

*　托马斯·曼中篇小说《马里奥和魔术师》中的魔术师。——译者注

74　Frye, "Notes for a Commentary on *Milton*", in *The Divine Vision*, 113. "在灵力视界中，一切都是有等级的，都指向处于最高处的自我，这相对于作为一种完全形式的、因而也是自证自明的基督。" 弗莱也恰恰注意到，布莱克认为"神圣世界开始于关于自然中非人的力量和意志的感知，那些'仙女们、宁芙们、矮人们以及四大元素的精怪们'（M. 34:20）。随着自

遍被灵体感染的异教世界大为光火，这毫不奇怪，因为他在物质
和精神上都看到了一种极为腐化的经验的碎片化，这正是来自普
通人对于灵体的笃信[75]。他反对这一阻碍了上帝之恩典无碍传播　61

然科学的进步，这些精灵们渐渐远去，主要飞向了群星，然后成为神。按
照与灵力式人类社会的类比，这些神被理解为不可触碰的暴君，嫉妒精灵
们的特权，而鉴于精灵们已经不复存在，其结果就由那些相信精灵们的人
承担。他们中的一个通常拥有至高的掌控力，可以假设这里'唯有上帝'
而且'并无其他神明'（M. 9:26）"。在精灵的中介世界中，人的命运被
专断地控制着："精灵（*spiritual*）的世界是自以为是的灵体们的社会，
他们占据人是为了毁灭人。他们当然起源于宿命神性观下星辰与诸神的连
结，在《耶路撒冷》（*Jerusalem*，威廉·布莱克为史诗《弥尔顿》所题自
序中包含的一首短诗，原诗无题，后被谱曲作为赞美诗，一般称为《耶路
撒冷》。——译者注）中经常通过阿尔比恩（Albion是英格兰的古称。——
译者注）的十二个儿子呈现出来，也就是黄道十二宫的数目。"

75　Tertullian, "On Idolatry", 95：在图像上攻击艺术物品和图画是由于其"不
　　洁"，这是一种精神污染的源头。德尔图良相信，存在着一个没有偶像崇
　　拜的"黄金时代"，但当魔鬼创造出雕像的制作者，渎神的冲动就找到了
　　这种图像象征式的表达方式。这些"偶像"无需模仿人的形象："在希
　　腊，理念（*eidos*）意味着形式。它有其微小的幻影（*eidolon*），就像是衍
　　生自形式（*form*）的准则（*formula*）。所以每一'形式'或'准则'都可
　　以被称为'偶像'（idol）。"关于基督的不洁追随者，德尔图良说："如
　　果他们是从其他人手中感染了什么东西，那也许是件小事。但是因为制造
　　偶像的人被接受了进了神职人员阶层中，他们就会把自己染上的东西传给他
　　人。"（89）参见St. Cyprian, "That Idols Are Not Gods", ch. vi., in *The
　　Fathers of the Church*, tr. and ed. R. J. Deferrari（New York, 1958）, XXXVI;
　　Gerhart B. Ladner, "Origin and Significance of the Byzantine Iconoclastic
　　Controversy", *Medieval Studies*（New York and London, 1940）, II, 127—
　　149; Ladner, "The Concept of the Image in the Greek Fathers and the
　　Byzantine Iconoclastic Controversy"; Paul J. Alexander, "The Iconoclastic

的"固定理念"（*idées fixes*）。他也反对僵化的宇宙学，也许他只会很乐意用他自己同样僵化的范式取而代之，即基督教式的完美阶梯，所有人都被绑定在分派给自身的横档上。这之后，随着对"时运女神"（Fortune）的崇拜兴起，通过明显的复杂化，这个阶梯变成了圆环[76]。伪狄奥尼修斯（Pseudo-Dionysius the Areopagite）的"天阶体系"（celestial hierarchy）对于讽喻词汇的发展来说极为完美，它将所有凡人和人类行动放置进一种宇宙等级系统，它将每一种人和人性中介性地安放进高与低的不同位次之间[77]。这一组织化的宇宙被赋予了一个军事上的名称，即部署

Council of St. Sophia （815） and Its Definition （Horos）"; Francis Dvornik, "The Patriarch Photius and Iconoclasm" —all in *Dumbarton Oaks Papers*, Number 7 （Cambridge, 1953）; Ernst Kitzinger, "The Cult of Images Formulated by the Iconoclasts in 754 and 815" — both in *Dumbarton Oaks Papers*, Number 8 （Cambridge, 1954）。

76 H. R. Patch, *The Goddess Fortuna in Medieval Literature* （Cambridge, Mass., 1927）; and Patch, *The Tradition of Boethius: A Study of His Importance in Medieval Culture* （New York, 1935）, 99—113.

77 关于狄奥尼修斯，见René Roques, *L'Univers dionysien: Structure hiérarchique du monde selon le Pseudo-Denys* （Paris, 1954）; 在Mazzeo, *Medieval Cultural Tradition in Dante's Comedy* 中，有一章应归功于Roques, "The Medieval Concept of Hierarchy"。"呼召"（calling）的观念具体化了等级制的世界概念，见C. E. Raven, *Natural Religion and Christian Theology* （Cambridge, 1953）, 76, and Ernst Troeltsch, *The Social Teaching of the Christian Churches*, tr. Olive Wyon （1911; reprinted New York, 1960）, I, 293—296, on "Cosmos of Calling"。注意，牧职（*ministerium*）与在中世纪居于神人之间的灵体拥有相似的功能。

（*taxis*）[78]。在这样的体系下，成为一个行动体并不意味着可以　62
自由行动，它是被固定的。接续了伪狄奥尼修斯的但丁虽然想要
展示出"天堂"里有福的灵魂可以按照他们的心愿自由来去，但
他实际上也呈现了他们被**固定**在通往上帝之进程中的某一阶段。
我认为，这就是所有讽喻行动体所处的情形；即使一个作者有意
于表现那些看似自由的状态转化和变化，实际上，他仍然无法让
他的角色自由行动[79]。他表现的是他们如何迅疾地从命运的一个面
向转到另一面向；但他们仍然被束缚在命运之轮上，即使它的转
动、它的浮沉给了他们一种状态转变的幻觉。在《道德奥维德》
（*Ovide Moralisé*）*里，奥维德这位描绘变形的重要诗人，自然
而然被转向了一种解经式的发挥，因为他自己所关注的经常是变
化的对立面，也即固定性。主角所经历的变化来自他自己所投身
的灵魂之战，或来自某种痛苦、某种进程、某种登月之旅，来自
我们所选择的任何一种典型故事，但我们不应该被此蒙蔽，从而

78　Burnet在*Early Greek Philosophy*中以同样方式使用了"宇宙"这个术语：
　　"它原本的含义是军队纪律，然后就是组织化的国家机构。"（9）不
　　过，这可能也是衍生中的谬误，Burnet也许想到的就是*taxis*。在Roques
　　的*L'Univers dionysien*第一章中，包含了一份关于宇宙（*kosmos*）相关词
　　义和同源词的令人钦佩的总结。关于在艺术装饰中象征军队秩序的部署
　　（*taxis*），见后文中关于如画感的讨论。

79　我在此要感谢J. S. Spink，"Form and Structure: Cyrano de Bergerac's Atomistic
　　Conception of Metamorphosis"，in *Literature and Science*, Proceedings of the
　　Sixth Triennial Congress, Oxford, of the International Federation for Modern
　　Languages and Literatures（Oxford, 1955），144—150。

*　　十四世纪时一部基于奥维德作品的法语改编作品。——译者注

认识不到所有这类故事里真正缺少的自由[80]。比方说，流浪汉小说把他们的主角交托给机遇的盲目运行。这些主角们并不选择，他们并不是"有意愿地"而是被迫去行动，他们一再展现出内在控制的缺乏[81]。而在心理性讽喻，比如说斯宾塞和卡夫卡的作品里，最为有趣的就是作者一遍又一遍地呈现出，人在一种最初幻觉里饱受煎熬：他们想象着自己正在控制自身的行动。这种自傲的想象也许可以称之为罪，但就像普遍经验所告诉我们的，这也同样是一种心理上的事实。

如果真正的改变和真正的自我控制是不可能的，对这一追寻的呈现就经常会被伪装成一种永恒而永不满足的对完美的求索，这是一种柏拉图式的对于真正值得被爱之物的追寻。《仙后》中的典型骑士，前方总有下一场考验，而正如数不清的评论家都注

80　如同阿普列乌斯的《金驴记》里的流浪汉小说形式，关于这一点参见A. D. Nock, *Conversion*（London, 1933），ch. ix.

81　波爱修斯如此谈论人对于繁衍的本能和习惯："自然的看护又一次表现出伟大，它们全都可以通过复制它们的种子进行繁殖；正如我们所知道的，它们全都不像是只能持续一段时间的常规机械，而是会永远繁衍自身，这样就有了它们的种群。"（*The Consolation of Philosophy*［Modern Library ed., New York, 1959］, 67）他清楚地表述了这个观点："我们所谈的并不是有理性思维的自愿运动，而是自然本能。"波爱修斯暗示这是自动的："例如，我们不会想到去消化我们所吃下的食物，在睡觉时也是无意识地在呼吸。" 更古老的灵力世界观具体说明过这类被有此特殊职责的灵体完全地、始终如一地加以控制的本能行动。在伊丽莎白时代的观念中，完全的生活本能会是一种"荒唐可笑"的活动，而它在文学中会指向一种自动运转的戏剧，如同在本·琼森、莫里哀和他们的现代对应"荒诞戏剧"中那样。

意到的，在一场战斗的胜利或一次进步之后获得的奖励往往是另一项新的挑战。在这个世界中并无满足这码事；灵力能动力量意味着一种"对于完美的狂热"（*manie de perfection*），一种对于拥有恒定纯洁图像的不可能的欲求。这一行动体寻求孤绝于自身之内，寻求冰封于永恒固有形式之中，它寻求的是成为一种柏拉图意义上的"理念"（idea）。

　　这样一种趋势对于讽喻的性质产生了重要影响。灵体们都有自身的层级，与之类似，主角或者灵力行动体也都被分级和固定，最后被钉在某一特定等级上。根据所拥有的精神和现世能力，人被分出等级；比如说，在传统的死亡之舞中，教皇或者国王总是第一个出现的形象，而愚者（Fool）或者敌基督者一般会是最后一个。动物亦有其秩序，狮子会成为"国王"；鸟类也同样，对它们来说鹰处于最高等级[82]。宇宙间的万物都可以建立同样的等级秩序，甚至包括石头，正如中世纪石艺匠人所显示的[83]。一旦象征 64 性上升的所有这些各种阶梯都列好队"彼此相邻"，那很显然，相较于垂直平行排列的阶梯，我们拥有了水平平行排列的各个"等

82　这是中世纪动物志的传统。见Emile Mâle, *The Gothic Image: Religious Art in France of the Thirteenth Century*, tr. Dora Nussey（1913; reprinted New York, 1958），33—34。另见Louis Réau, *Iconographie de l'art chrétien*（Paris, 1955—1959）。T. H. White曾以*The Bestiary*（New York, 1954）为题翻译了其中一种十二世纪的动物志。

83　见Mircea Eliade, *Traité d'histoire des religions*（Paris, 1949），第八章里关于植物等级的内容，以及第六章关于有魔力的石头和宝石的等级。

级"的象征，据此可以看到，来自不同领域（比如动物、图像、石头、人）的平行种类可以存在于相对等同的纯洁度或者完美度等级里。"就让格里尔当他的格里尔，就让他活在他贪婪的心里"（Let Gryll be Gryll, and have his hoggish mind），这句诗暗示着猪猡与行为像是猪猡的人处于同一道德败坏的水平上[84]。"加冕石"（The Stone of Scone）与在这里加冕的国王一样神圣。鹰与狮子，即使在生理意义上属于比国王更低一级的生物，不过在象征层级中却与他等同，因为它们也统治着自己的王国。在象征之网的每一处，都可以在单独的象征层级上发现一个固定的行动体。

从行动体到图像：静态动量

我们陷入了自相矛盾的状况中。一个固定的行动体无异于一幅图像，正如反过来说（就像对于反圣像崇拜者那样）图像也可等同于灵力行动体。某种意义上我们对此一直都很熟悉，因为讽喻文本中的行动体经常通过视觉标志进行图形化呈现。不过，对于为什么即使在叙事作品中它们也被如此彻底地图形化，这一点我们已经可以进行完整的解释。它们的等级功能阻止了任何其他

---

84 见H. W. Janson, in *Apes and Ape Lore in the Middle Ages and the Renaissance*（London, 1952），这里给出了范围相当广泛的图像志材料。猿猴故事（Ape Lore）非常重要，因为它呈现出双重意象：猿猴是聪慧的、会模仿学习，像人一样；它也是肮脏的，像撒旦一样。他的双重层面与人的"高等"与"低等"天性相似。

情况。意义的固定来自服从狭义控制的需要。就像我们通常理解
的人类行动体，我们认为的属于某一心理上或行为上的自然角
色类型的人，是一个表现出有能力做出抉择的人（一个"知道他
想要什么"、有意采用某种方式达到目的的人），以及同等重要
的，一个有能力"成长"的人。我们也许并未问过自己，这种变 65
化和成长到底是什么，或者这是否可能；而即使我们这样问了，
我也怀疑答案只会是，这里的变化涉及状态上的运动，以及一种
与随新状况而来的新环境相协调的能力。总之成长便意味着"成
熟"。（这也可以是相当私人和内在的事件，完全不需要涉及社
会奋斗或者所属状态的物质改变。）优秀长篇小说的普遍标准便
是它们呈现了人物的成长，也许这不足以成其为一个清晰的理论
表达，但这确实就是我们的观点，即性格刻画上的现实主义关系
着行动抉择的自由。真正"真实"的人物，比如《战争与和平》
里的皮埃尔，并不一定要发生彻底的改变，但如果有必要，他确
实有能力彻底改变自己，而且我们读者也能感受到这种潜在可能。
他能够按照可能性去行动，而不只是根据被固定的必然，他也不
是随机际遇的受害者。相反，假设这一主角被图像式地设计出来，
在这种情况下他就要服从于严格的因果必然性。他无法选择去做
这件事或那件事，去拒绝这种诱惑，或去接纳那种理念。他的选
择——如果可以称之为选择的话——由他的灵体替他做出[85]。

85　亚里士多德在《尼各马可伦理学》第三卷的二、三章中讨论了"选择"
　　（choice）。注意这一类"考量"里几乎容不下我们曾归之于讽喻的那一类

　　亚里士多德式的摹仿要求角色向我们呈现出走向不同行动方
66 向的意愿，这无法适用于讽喻模式。亚里士多德批评将"非理性"
角色作为主题的戏剧，理由便是它们使得戏剧行动被过度决定。
疯狂的国王一旦登场，那对于廷臣来说，除了杀掉他、使王国摆
脱错误的命运以外就别无选择。在亚里士多德看来，摹仿性艺术
的目的就是追随天性的可变方向，而在这个陷于疯狂之人的例子
中，如果天性呈现为始终不变，那么描绘这样疯狂天性所带来的
过量喧嚣，就会使得摹仿性艺术崩塌。亚里士多德也许会说，对
于讽喻体裁的标准主题而言，由于摹仿所呈现的形象过于生动，
因此观众会与被摹仿的无论什么东西产生共情，而在这种情况下，
共情的对象就会是那些非理性的、强迫性的行为。不同于一个
自由的行动者，观众此时会在舞台上看到一个有生命的"固定理
念"，这会在观众心灵中唤起同样稳固的想法。通过身份认同的
过程，就跟讽喻行动体一样，观众自己会倾向于固化为刻板印象。
当然，这恰好就是政治宣传艺术的目的所在，而这样一种柏拉图

　　强迫性目的论："一个人是其行动的原因；对于其行动领域的思虑属于他
自身做这件事的能力中；所有我们所做的事都意在其他。在我们考量的时
候，是关于其方式而非其目的……这是因为，当我们做选择的时候，我们
是在我们力所能及之内选择，而我们的欲求就是有意造就的结果，我们应
将选择能力（*proairesis*）描述为'在我们的能力之内有意欲求某物'。"
J. A. K. Thomson, *The Ethics of Aristotle*（Penguin ed., 1958），87. 亚里士
多德还表示，一个人所"考量"的只是关于可变的事物，而不是关于绝对
之物，比如柏拉图的永恒理念。这里的考量再次暗示着摹仿性艺术，可能
性而不是必然性是其法则。

式的艺术显然几乎完全依靠讽喻的效力。宣传的受害者不再接受其他方式，而只会与被浇铸于高度组织化、系统化以及官僚主义模子里的场景产生共鸣。因为建立这类秩序常常就是政治宣传的目的，宣传者需要的只是他的观众着眼于标准化行动的表层肌理。通过将观众纳入一种推演式行动中，当观众离开剧场后，宣传者就在他的观众身上获得了相应的行为模式。至少这是他希望发生的事情。正如我们所看到的，为了获得这一关注，宣传者所依赖的全部行动就是图像。讽喻的图像经常闪闪发光，它令人兴奋，甚至奇妙非常。

结论

讽喻式主角通常拥有灵力，这一观念对批评产生了若干影响，其中一些已经为我们所了解，另一些会在我们转向讨论图像、因果体系、节奏以及模式的主题倾向时出现。我们已经看到，主角 67 会行动得就像是被附体，这也多少暗示出关于命运和个人运势的宇宙观念。他会在人域和神域之间行动，跟两者都有接触，这也意味着他可以被当作标准的罗曼司主角，因为罗曼司文学允许其主角同时拥有属人的志趣和属神的能力。伴随外表中纯净的力量，他本质上充满活力的性格可以取悦读者。就像一个马基雅维利式的君主，讽喻式主角的活动可以不受寻常道德的制约，即使他的举动符合道德，他也只是在拥有掌控他人的权力时才是道德的。这种类型的行动对于我们所有人都有天然吸引力，它驱使我们去

阅读侦探故事、西部小说、太空探险和星际旅行的传奇。但超越
这常见的表层吸引力，灵力行动体可以迎合我们所需求的不受抑
制的意志和愿望，讽喻也造就了一种对于万物秩序近乎科学般好
奇的吁求。朝圣者的历程是某种研究项目，它将全部生命纳入其
研究领域中。鉴于所有灵力行动体自身的非理性，这一类行动体
需要去探索一种宇宙秩序。主角即是一位征服者，通过直面人与
事的任意堆积，通过将自己的命运强加于这些随机组合，他专断
地将秩序置于混沌之上。某种程度上，所有较次要的主角也会参
与进这一秩序组建的工作。他们中的每一个都像是拥有固执的人
格，坚持将自身加入、去生成一个普遍化的体系，一个拥有"王
座、王域、王权与王者"的等级秩序。以这样的方式，在最严格
的限制下，讽喻才允许创造者去最大限度满足其意志与愿望，这
种悖论式的组合才能成功取悦读者。最后，作为一种修辞手法，
讽喻也有能力提供视觉的和几何的图解在叙事和戏剧上的对等
物。我们已注意到，灵力行动体与某一等级位置有等同的趋势，
而后还会与那一位置的名称趋同，再之后其自身甚至与名称合为
一体。通过这一进程，行动体混同于图像，行动则成为了图表。

68 这一行动体的实体化便是图章。手执天平的正义女神成为一种图
像，携弓的丘比特被刻入铭文，这都意味着讽喻行动体被专门固
定下来；反过来，也是出于这个理由，当我们转入讨论图像时，
我们也许可以将所有讽喻图像纳入某种行动当中，只要它是某种
象征性的行动。

2

宇宙式图像

由西塞罗、昆体良和文艺复兴时期的修辞学家所奠定的传统 修辞学认为，讽喻是一种由一系列次级隐喻（submetaphor）聚集而成的一个单独的、持续的、"被延展的"隐喻。这基本正确，在某种程度上，诗人给予了一种表达以两种广泛含义。

讽喻的部分功能是让你觉得两种层面的存在在细节上彼此相关，而且这当中确实有一定事实基础，有着某些在事物本性中的东西，才使其得以成立……但是讽喻的效果使得这两个层面的存在在你的脑海中有明确区分，即使它们在非常多的细节中彼此渗透。[1]

---

1   William Empson, *Structure of Complex Words*, 346—347.

用这种分析方式思考的诗人大概是在挖掘事物本性中的某些
东西，而不是那些在他自己的幻想中臆造出来的东西——除非去
将燕卜荪的描述修订作"在我们关于事物的思想的本性中的东
西"。在任何一种情形下，诗人都是在分析式地思考，"做出对
70 一切事物令人愉悦的分析"。他采用宏伟宽泛的类比形式将事物
分解成诸种要素，比如说"罪"（Sin）就被细分成了至少七个
方面，每一方面又被运用于特定的图像标签中。当人类身体的每
一部位被认为代表着国家的某一特殊部分，这一细分过程就展现
出了一种最为显著的多样化中的统一；两种身体都在被解剖，两
者的局部被认为同形同构、彼此相关。在加缪的《鼠疫》这部典
型的现代作品中，这一类比体现在这两者之间：携带淋巴腺鼠疫
的鼠群和军事入侵占领（纳粹占领奥兰），以及随之而来的政治
疾病。

传统理论认为，这一类比式象征手法是将许多小型隐喻聚合
一处，并将它们纳入更大的、统一的图像之中，而这同样也是一
个隐喻。罗斯蒙德·图夫对这一观点进行了轻微修正，而她对于
文艺复兴时期讽喻的描述也同样适用于现代文学：

> 讽喻（Allegoria）并不使用隐喻，它们是同一种东西。
> 讽喻被定义为一种持续进行的隐喻，它以一系列带有深层意
> 义的具体事物的形式，展示了存在于隐喻中的具体与抽象的
> 惯有关联。依照其最初的基础，每一个这样的具体构成或者

感性细节就**已经**是一个隐喻。[2]

这种将讽喻直接等同于隐喻的观点假定了二者的效果本质上相同；要是宽泛地理解"隐喻"这个术语的话，倒也可以成立。如果隐喻就是对于任何以及所有的意义"转化"的统称，那它当然必须包含讽喻。

对传统理论的反对意见

此处的问题在于，这样一种修辞学上的术语运用所模糊掉的，正是讽喻概念的复杂也是其有趣之处。加缪将两种瘟疫并列的详尽方式使得我们认可他的虚构；同理，当约翰逊博士说"一旦你 71 知道《格列佛游记》在讲什么'小人国'和'巨人国'，这本书就几无可读之处"[3]，我们只觉此话幼稚且不值一哂。将讽喻等同于隐喻很可能导致用一种狭隘而笨拙无效的观点去看待这些最有趣的作品。图夫在总结她对于讽喻的看法时说，既然"依照其最初的基础，每一个这样的具体构成或者感性细节就**已经**是一个隐

---

2   Rosemond Tuve, *Elizabethan and Metaphysical Imagery*（Chicago, 1947），105—106.

3   这也许是约翰逊试图抵制不加思考的公众认同潮流之一例。在《斯威夫特传》（"Life of Swift"）中提及这本书的成功时，他说："上等人和下等人、博学之士和不通文墨的人都在读它。批评界在惊叹中一度迷失：它不适用于任何评价标准。"

喻，……［那么］一个想要获得完全理解的诗人就会谨慎使用双
重隐喻"[4]。这一建议可以在文艺复兴以来直至整个十八世纪的
无数修辞学家那里听到。图夫也许没有说所有好的讽喻都应当避
免模糊性，但是即使未在这一点上做出价值判断，她也暗示着讽
喻作者最终都期待着获得"完全理解"。一些评论者可能会质疑
机械的连贯性有什么必要出现在虚构作品中，这样会将一种已经
是隐喻式的语言留驻在无法调和、不可逾越的从属意义中。他们
会问："但丁的'多义'带来了什么呢？"图夫建议讽喻作者去
避免的，也许正是"神话式"文学作品所根植的那种矛盾性和双
重性。在任何一种情形下这个问题都很复杂，而我目前所关心
的，是我们不应轻易假定清晰性就是大部分讽喻作品的一个明确
目标。

72   讽喻模式似乎同时指向了清晰性与模糊性——两种效果彼此
依赖。秘语（enigma）以及并不总是可解的秘语，似乎是讽喻最
为可贵的功能，谁又会怀疑象征使用带来的混乱会有助于此？此

---

4 Tuve, *Elizabethan and Metaphysical Imagery,*106. 对于模糊、混杂比喻的典
   型偏见可见于Joseph Priestley的评论，*A Course of Lectures on Oratory and
   Criticism* （London, 1777），195："要得体地掌控一个很长的讽喻需要不
   寻常的技巧和谨慎，因为在许多方面只有很少的事物可供类比，并且还要
   能有足够的区分度去让这一类比有趣。另外，让一种隐射明白易懂同时还
   不能说出我们直接称呼的名字（这必须完全避免），这非常困难，而且会
   给隐喻带来极大的混乱。" 这一常见的偏见似乎完全建立在十八世纪批评
   的基础上，典型的比如Hugh Blair, *Lectures on Rhetoric and Belles Lettres*
   （Edinburgh, 1783），"Lecture XV"中讨论的隐喻。

外，一个作者可能很难想到，当他使用一种图像的时候，就"已经［将其看作］一个隐喻"。即使基于传统的类比，一个隐喻也只有在这个作者使用它的时候才能有效地成其为隐喻（即使按照图夫自己的论证），而它对于传统惯例的潜在引证，在其自身的意义上，也并没有把作者禁锢在一种单一的隐喻中。传统的引证（比如，教会年历里的传统象征）确实成为一种方式，便于作者借此达至某种丰富的混乱。因为象征的基本意义是高度清晰的，作者就可以使用甚至是个人化的模糊表达使其变得神秘莫测，而作为一个整体的讽喻并不会因此破碎成毫无意义。

对任何讽喻的"完全理解"，似乎是读者体会到其中包含有多少层意义的结果。即使里面有十层含义，而且它们彼此之间有时还相互矛盾，这一考量在理论上也还是可行的，讽喻也还能成立。而解释说明的过程是一种逐渐的显露，它在形式中有其先后次序。通常，随着读者追随故事进展，其理解会逐渐增长；不过大部分重要的讽喻作品最终呈现的是非常模糊的图像，而这也是它们伟大的一个原因。

另有一种更为严肃的对于传统理解的反对意见认为，讽喻是使用"规范"（normal）方式的隐喻；我对此不做过多评判。关于什么是规范的隐喻用法，罕有一致意见，而且，只是去说清楚任一隐喻的作用都有一定难度。我们当然可以求助于亚里士多德和他之后的修辞学传统，不过这里仍然会有问题出现。

像《凤凰和斑鸠》这样的诗也许确实使用了不少次级隐喻，但它们属于最常规、最沉闷、最矫揉造作、最反直觉那一类；它

73 们缺乏亚里士多德所赞赏的"生动性"的闪光点，也不会使我们
获得关于生活经验的全新感受。它们取自学究气的图像记录簿，
并被按照严格的次序组合。莎士比亚想要的完完全全就是这种不
灵活，而如果我们试图将这首诗换成使用戏剧诗体的标准隐喻用
法，即一种不同于图像式学究气的、以最大自由度著称的手法，
我怀疑这是否有助于这首诗。无论如何，《凤凰和斑鸠》使用隐
喻的方式与戏剧诗体里的使用完全不同，但是摹仿式戏剧里的用
法很可能会被看成是隐喻语言的规范。

　　不过西塞罗和昆体良都持有讽喻就是隐喻的观点。昆体良认
为"连续的隐喻发展成讽喻"[5]，这一观点源自《赫伦尼修辞学》
（*Rhetorica ad Herennium*）和西塞罗，后者表述得更为清楚。

5　Quintilian, *The Institutes of Oratory*, tr. H. E. Butler：（Loeb Classics ed.,
　　London and Cambridge, Mass., 1953），VIII, vi, sec. 44, 这里给出了最初的定
　　义："讽喻（*Allegory*），在拉丁文中被翻译作*inversio*，要么是在词语中
　　表达一物而意在另一物，要么完全与词语意义相反。" 昆体良偏好修辞手
　　法的混合使用："但最有修饰性的效果来自对明喻、隐喻和讽喻的有技巧
　　的混合。"（sec. 49）他注意到讽喻并不是一种尤为晦涩的修辞手法："讽
　　喻通常被能力较弱的人使用，常用在日常生活的对话中。那些辩论申辩中
　　出现的陈腐用法，像'并肩作战'（to fight hand to hand）、'直击咽喉'
　　（to attack the throat）或者'流尽血液'（to let blood），都是讽喻式的，
　　然而它们并不能激发人的关注。"（sec. 51）昆体良还制定出规则反对使用
　　混合隐喻（可以看出，这一规定更多针对的是讽喻而非隐喻）："最重要
　　的是遵循列出的原则……并且不要将你的隐喻混合。但是许多人在使用一
　　场暴风雨作为开场之后，却以大火或者倒塌的房舍作结，结果就是它们制
　　造出了一种令人不快的、不协调的效果。"（sec. 50）

当出现隐喻的序列，词语的意思就被完全改变了。希腊人在词源学的意义上使用讽喻（*allegoria*）时，这是正确的表述；但从逻辑上说，跟随亚里士多德会更好，也就是将所有这些形象置于隐喻的标题下。[6]

从逻辑上说，讽喻对亚里士多德而言就是隐喻的一种类型， 74
因为他划定了第四种类型的隐喻，即"相称的"（也许更确切的说法应该是"类比的"）[7]，用以涵盖比喻式语言在**部分**以及整体间设定平行对应的情况。《李尔王》中的一句台词可作一例："飞蝇之于顽童正如我们之于众神。"莎士比亚为这一行诗增添了一条解读线索："他们为取乐毁灭我们。"我们需要超越对这一修辞用法的逻辑描述，这一需要反映在现代对于亚里士多德隐喻学说相对并不常见的使用当中。现代批评家更倾向于使用心理学而

6　Cicero, *The Orator*（*De Oratore*）, ed. and tr. E. W. Sutton and H. Rackham（Loeb Classicas, London, 1948）, ch. xxvii, sec. 94.

7　Aristotle, *The Poetics*（Works, XI）, ed. W. D. Ross, tr. Ingram Bywater（Oxford, 1924）, 1457b. "类同字的借用：当第二字与第一字的关系，有如第四字与第三字的关系时，可用第四字代替第二字，或用第二字代替第四字。" 通常第一字或者第二字只是隐藏的。亚里士多德还顺带给出了我们现在称为"象征"用法的基础："有时候对比时没有现成的字，但隐喻字仍可借用，例如撒种子叫散播，而太阳撒光线则没有名称。"（1457b, 7）

　　译文引自《罗念生全集·第一卷》，上海人民出版社，2004年，88页。——译者注

不是逻辑学的工具，不过他会发现，在亚里士多德对隐喻的讨论中，很难找到我们称之为隐喻的东西。亚里士多德就像是一个醉心于修辞语言的分类功能的出色语言学家，而他所选择的事例主要属于我们所说的"僵死的隐喻"。

隐喻：以惊奇为标准

二十世纪诗歌中那些惊人的意象也许能更好地说明隐喻，像是"病人在桌子上被麻醉"（patient etherized upon a table）、"糖果新娘与新郎"（candy bride and groom）以及"他手中长腿的心"（long-legged heart in his hand）。这类用语表现出了意义从一个标准的散文感知方式到不寻常的诗歌感知的真正转化。《诗学》中的讨论未有丝毫考量这一类意象，虽然可以假设它们会在75 "相称的隐喻"这一标题下得到讨论[8]。不过亚里士多德确实既从

---

8 在亚里士多德那里最接近的讨论就是《诗学》1457b里的类比式隐喻。Owen Barfield将类比式隐喻同他所谓的"偶发隐喻"（accidental metaphors）联系在一起，对此我会称之为"修饰"（ornaments）。它们都"基于观念的综合（synthesis of ideas），而不是对于现实的直接认知"。"实际上，偶发隐喻仍暗示出它建立在某种逻辑框架之上。这种类型被亚里士多德称为类比（kata to analogon），他所举的例子有'巴库斯的盾牌'，这形容的是酒杯，因为'酒杯之于巴库斯就如同盾牌之于阿瑞斯'……真正的和伪造的隐喻之间的区别关系着神话与讽喻的区别，讽喻多多少少有意识地在假定观念（ideas）的实在性，并将它们综合在一起，而神话由想象（Imagination）所生，是意义（Meaning）的真正后裔。无疑从很早的时候开始，希腊诗人们就开始用讽喻去污染神话，在这样的情况下，传递到

心理角度也从逻辑角度理解隐喻，而罗马的修辞学者也会在《诗学》以外寻求别的文本。在《修辞学》中（Ⅲ，12，1412a），亚里士多德对于这同一主题却有相当不同的说法。

> 生动（liveliness）来自隐喻，也来自预先布下的惊奇（surprise）；在结论是出乎意料的时候，更能显出听者有所领悟，他心里仿佛在说："真是这样的！我却猜错了。"生动的警句来自意在言外，例如斯忒西科罗斯（Stesichorus）的警句："知了将在地上对着自己唱歌。" 打得好的谜语也由于同样的理由而讨人喜欢，因为听者有所领悟，而说法又是采用隐喻的方式。忒俄多罗斯（Theodorus）所说的"奇句"也讨人喜欢，句中的含义是出乎意料的，按照他的说法是不合乎我们原来想法的，就像滑稽家采用的稍微变了形的字一样。由改变了词的字母造成的笑话，也可以产生同样的效果，因为它们能够欺骗人。*

我认为，当我们想要将一种修辞语言称为隐喻式的，惊奇这一极其重要的标准就应该被纳入考量。隐喻越多，隽语越多，"良

我们这里的神话形式就是双重的。"（Barfield, *Poetic Diction* ［London, 1952］, 201）

* 译文引自《罗念生全集·第一卷》，349页。部分词句有改动。——译者注

76 好架构的谜语"越多，生动性的总量也就越多[9]。这是通常所见的
   情况，因为每一个新的隐喻都可以带来一种新的关于故事或戏剧
   的视角，这尤其是因为隐喻无需彼此捆绑。按照亚里士多德的观
   点，隐喻一般来说是一种临时的戏剧工具，而不是一种组织性的
   主题原则。隐喻通常是对直接感性感受的记录，亚里士多德也许
   会说，荷马的隐喻能让我们更好地去"看"。而当隐喻被有意识
   地彼此联结，情况就发生了改变。每个新形象的加入都在消减读
   者的惊奇，而整体被从感性经验中越来越多地抽象出来。

   　　这一收益递减的范例也许是十五世纪无名诗人的《国之舟》
   （"The Ship of State"），舟船之于国家的传统类比，在这首
   诗中是通过一系列的划分、一个诗节接一个诗节完成的[10]。这首

---

9 参见Quintilian, *Institutes*, VIII, iii, sec. 74："明喻离它所应用的事物越远，
   越会造成更多新奇的印象和意想不到的效果。"昆体良倾向于将生动性引
   用到**所有修辞语言**中，他普遍化了亚里士多德的隐喻心理学。

10 这一常用法最早被George Puttenham举证（*Arte of English Poesie*, III,
   xviii）用来说明何为讽喻。清晰度与模糊性的悖论关系出现在这一事实中，
   Puttenham一开始强调"掩饰"（非常接近我们使用这个词的意义），而后
   通过一个常用表达、一个陈腐的修辞来举证讽喻："你应该清楚，我们也
   许会遮遮掩掩，我的意思是我们会说一物，实际想的却是另一物，可以用
   于最郑重的场合和娱乐的场合，掩盖在隐蔽和暗晦的字词下，使用有学识
   和显明的表达，使用短句，也使用长长的舒缓的营造氛围的字句，最后，
   可供我们说谎正如可供我们说出事实。简而言之，每一个表达本身的自然
   含义都被拧成另一个总体上不那么自然的含义，这即是某种掩饰，因为字
   词的外表相悖于它的意图。但实际上讽喻的首要特性是，尽管我们在转译
   和扭转其本身（即"适宜的"［proper］）含义的意义上言说，然而这与所
   意指之物并不是完全相反，而是同它有某种更为便宜的连结，正如之前我

离奇的政治诗值得被全文引用，因为它说明了一些特殊的讽喻进　77
程，尤其是对主题式引证的使用，也包括它的一些典型的弱点和
优势：

> 我们的船从岸边下水，
>
> 有神祝福，需要赞美和歌唱！
>
> 我们的水手已找到了船员，
>
> 在此整装停留，
>
> 这高贵的船由良木制成，

们谈及隐喻时所言：比如，如果想要提到国家，我们会说一艘船；而君主
就是领航者，大臣就是水手，风暴即是战事，风平浪静以及（港口）就是
和平时期，所有这些说法都是讽喻。而这样使用单个词语的意义扭转就是
借助隐喻的表达……通过这种方式延长至完整的、大篇幅的言谈，这就使
得讽喻的表达可以被称为长而反复的隐喻。"

　　这个特定的比喻表达至少可以被追溯自柏拉图的《理想国》，他将立法
者和治理术（*cybernetes*）比拟作"领航者"，这一类比被持续使用（"管
理者"［governor］源自*cybernetes*，关于控制手段的现代科学研究即控
制论［cybernetics］一词也源于它）。这一"国之舟"是昆体良的常用表
达，也一再在修辞学文本的标准举例中出现，除了Puttenham，还有Thomas
Wilson, *The Arte of Rhetorique*（1958），ed. G. H. Mair（Oxford, 1909）。
"讽喻不是别的东西，它正是隐喻，它使用连贯的完整句子或者雄辩。为了
反击恶意的攻击，我也许会如此说。主啊，他的天性如此邪恶，他的心思
如此腐坏，以至于他想要去毁坏这条他自己搭乘的船：意思是他的目的在
于毁灭自己的国家。"传统上，这一比喻表达的标准举证可以举出Stephan
Hawes的*The Pastime*［original: *passtyme*］*of Pleasure*（ed. W. E. Mead,
London, 1928）里开头的诗节，这是中世纪晚期小型百科全书的典型手法。
更为晚近的例子可见惠特曼的"O Captain! My Captain"。

统领我们的君主，是亨利王。
上帝引导他脱离逆境，
在他奔走或驰骋之地。

船上曾装了一根桅杆，
它曾被撞击，不能持久。
如今他已不再能延续——
过去被放置一旁。
你这俊美桅杆，这威风凛凛的岁月，
令那些倒下的狡徒胆寒，
他的尊名是爱德华王子——
愿他与我们常在。

船身近处有灯点亮
确保她在正确航路上
点亮的新月洒下明光，
新来的守卫带着欢欣。
这美好的光，如此清亮，
将你称为埃塞克斯公爵，
他的名字在誓言中更为闪亮；
他的敬献源源不断。

船有稳固的尾舷，

78

潮起潮落正确引导，

迅疾的浪头狂野不息

它们冲向两侧船身。

船的尾舷安稳依旧

那是萨默塞特公爵；

他不会让突起的巨石

在浪潮起伏中撞向船尾。

很多年里顺遂又稳固，

这艘船极为宝贵；

所有风浪都可承受——

需要的正是信任。

说的那些年里，现在你会再次听到，

正是有彭布罗克伯爵的恩慈与威严；

他一路护定桅杆，

为引领这艘好船。

桅杆稳稳矗立，

确实可以说，完全可靠，

谦虚明智地服从他

他就是他们所需要的。

白金汉公爵就是他，

他就有这般可靠稳健；

自由的德文郡、格雷和贝肯汉姆，
与他们同舟共济。

船有一张良帆，
由不会破损的上好帆布制成，
带着三根帆骨起航，
沐浴在骄傲之下。
说得好，你明白，
诺桑伯兰伯爵，
罗斯、克利福德、与艾格蒙德——
没有躲避信守诺言。

79　　这桅杆顶端如此之高，
这艘船能抵挡所有危害；
需要战斗时有他的船员，
他们不会弃他不管。
杆顶的名字就是夏夫兹伯里伯爵，
他保护这船不受伤害和责难；
威尔士伯爵也是其中之一，
保护这船远离恐惧。

这艘好船还有好锚，
由上好的金属铸造，

稳固船只，在陆上和海上

只要他想止住这波涛。

第一流的船锚、外壳与测深锤，

他的名字是贝阿蒙德爵士；

威利家和雷弗瑞家向他宣誓，

他在他们的崇敬中指引。

帮助我们吧，圣乔治，我们的女士的骑士，

在日与夜都作我们的明星，

让我们的国王和英格兰都十足有力

为我们带来光荣。

现在我们的船装扮一新，

带着他的装备前后齐备；

谁若不喜欢它，上帝定是让他眼瞎，

在痛苦中停留！[11]

  这样一首诗中，形式上的期待随着诗歌的推进变得愈加可以预见，而即使玫瑰战争赋予了国王的长官（King's lieutenants，指爱尔兰总督）这一名称以一种特殊的修辞用意和严肃性，然而作为一个隐喻等式，这一进程仍然变得越来越缺乏新意。在几个

---

11 "The Ship of State"（1458），collected in *Historical Poems of the XIVth and XVth Centuries*, ed. R. H. Robbins（New York, 1959），191—193.

诗节过后，我们多少知道可以期待些什么。逐步到来的麻木感倒是被避免了，这也许是由于复杂的韵律编排以及它自身的隐喻
80 效果（比如说，第三节中的lyght［光］、ryght［正确］和bryght
［明亮］就是在隐喻意义上等同的；在后面还会被hyght［高］、
ryght［权利］和fyght［战斗］的等同取代；以及多少不太一致
的knyght［骑士］、nyght［夜晚］和ryght［完全地］），但即使
是韵律编排也有其重复的层面：按abyde（停留）方式押韵的复
杂词汇却只构成了单调的韵律序列，即使它可能是悖论式和分析
式的。

《国之舟》这样一首诗完全就是讽喻模式在更为"纯粹"的
形式中的典型。为了避免只是因为这首诗篇幅长而且内容驳杂肤
浅，我们就去指责它单调，让我举一个更简洁的例子来说明隐喻
惊奇的缺乏，也就是这种麻木感，可以在最不可能的条件下成立。
你可能不会用它来形容谜语和警句，但这确实可以找到。以一首
简短的现代经典、叶芝的《三次运动》（"Three Movements"）
为例：

> 莎士比亚之鱼漫游在大海，远离陆地；
> 浪漫主义之鱼回游在收向手中的网底；
> 那些躺在沙滩上喘息的鱼是什么东西？[12]

12　重印自W. B. Yeats, *Collected Poems*, copyright 1933 by The Macmillan Co.,
　　renewed 1961 by Bertha Georgie Yeats。（《叶芝诗集·下》，傅浩译，河北

　　这首诗里有一种极致的僵硬和简单，这是因为这首诗，或者说这则谜语，依赖于同一种意象的三次重复，相反在其他的诗里也许会使用三种不同类型的动物生活，让它们在活着的生物这个标目下彼此对照。一方面，"鱼"是行动体，但是它们很容易就被看作诗中的图像。在第一行诗中出现的新奇有生气的隐喻逐渐失去了它的陌生感，最终只留给了我们一种恰好符合我们已有观念的观念，这些观念诗歌自身已经给我们呈现过。随着类比的延续，惊奇在减弱，因为我们越来越清楚地看到了隐藏的主旨含义。在大部分情况下，讽喻会向着清晰前进并远离模糊，即使它们直 81 到结尾也维持着一种秘语的姿态。贝尔托·布莱希特的一首政治诗《石头渔民》（"The Stone Fisherman"）可作一例。

　　　　大个子渔民又出现了。他坐着他的破船
　　　　从清晨的第一盏灯点燃就在捕鱼
　　　　直到夜晚最后一盏熄灭。

　　　　村民们坐在堤岸的沙砾上看他，
　　　　咧着嘴笑。他想捕鲱鱼，拉上来的却只有石头。

教育出版社，2003年， 580页。——译者注）转引自Tuve, *Elizabethan and Metaphysical Imagery*, 144："这个三部分组成的图像也许会被反应较慢的人称作谜语，而反应快的人会称之为讽喻。如果有任何人怀疑它'美化了主题'，那就请他在不借助它的情况下陈述叶芝的观点。"

他们都在笑。男人们拍着肩膀，女人们

捧着肚子，孩子们大笑着蹦得高高。

当大个子渔民高高扬起他那磨破的网，他发现

石头在里面，他没有遮掩它们而是伸手去拿，用他那

强壮的棕色手臂，拾起石块，高高举起，将它展示给

那些不幸的人。[13]

在这个关于领导力的寓言中，领导者没有给民众他们需要的东西，而只是给了他们"石头"，它的谜也并没有消失。它确实是正在逐步减弱，伴随着读者追寻谜语直到最后一行。因为诗人想要他的读者努力获得隐藏的意义，他要求读者排除惊奇、减少期待，而不是相反[14]。在散文体虚构作品中，这也是实实在在

13　"Der Steinfischer", tr. H. R. Hays, in Bertolt Brecht, *Selected Poems* (New York, 1959), 144（copyright 1947 by Bertolt Brecht and H. R. Hays; reprinted by permission of Harcourt, Brace & World, Inc）.

14　潘诺夫斯基在*The Knight, Death and the Devil*中谈及丢勒的讽喻版画时提到，高度的系统性出现在此类作品中。"以积累起来的研究和观察为基础，丢勒的骑士团都佩戴着科学范式的标记。"（*Albrecht Dürer* ［Princeton, 1948］,154）在这类艺术中，系统倾向于抵消幻想的成分，正如它同样也抵消掉了现代"奇幻艺术"中遍布的"鬼怪和幽灵"。关于这一点，见Jurgis Baltrusaitis, *Anamorphoses ou perspectives curieuses*（Paris, 1955）; *Aberrations: Quatre essais sur la légende des formes*（Paris, 1958）; G. Hugnet, *Fantastic Art Dada Surrealism*, ed. A. H. Barr（New York, 1936）。对于罗马式艺术中图像的讨论，参见D. W. Robertson, Jr., *A*

的情况：霍桑的《胎记》（"The Birthmark"）让读者愈加确 82
认，胎记中印刻着生活本身，因其所暗示的不完美；而当埃尔默
（Aylmer）最终成功地祛除了他妻子身体上的这一胎记时，事实
也证明确实如此。在《拉帕西尼医生的女儿》（"Rappaccini's
Daughter"）中，霍桑同时在两个方向上有所变化：动作变得更
为焦躁不安，更富有戏剧性，而图像则安定在一种更能被明确阐
释的模式中，这样在故事结尾处，我们就会有一种同拉帕西尼医
生的花园相联的、关于某种特定污染的稳固观念[15]。更古老的讽喻
会更为明显地展示出隐喻式惊奇的消减[16]。比如说，就像是霍伊斯

Preface to Chaucer: Studies in Medieval Perspectives（Princeton, 1962），
151—156。Robertson强调了魔鬼的抽象特性；它们带有部分魔法的、部分
哲学的图像标志。

15　这一花园是一个"禁园"（*hortus conclusus*），我们能指认出来是因为
（除了其他原因）霍桑强调了设置在它与它所处城市之间的障碍，而这座
城市被比作沙漠，这强化了伊甸园比喻。

16　关于*hortus conclusus*，见D. W. Robertson, Jr., "The Doctrine of Charity
in Mediaeval Literary Gardens", *Speculum*, XXVI（1951），24—49；以及
Freeman, *English Emblem Books*, 173ff.中描述的 Henry Hawkins的图章书
Parthenia Sarca（1633），里面再现了禁园这一核心图像，这座花园里有
整个"文明的"宇宙。弗莱在《批评的解剖》中讨论过*hortus*在神话中的意
义（141—155，199—200）。约翰逊的《拉塞拉斯》走出了花园，Krappe
在*Genèse des mythes*中简短讨论了这一迁移（61—62），拉塞拉斯旅途的
故事被一个大概两千年前的印度故事所重述。在英国图像志中，一个核心
的巴洛克文本是勃朗宁的*Urne Buriall and the Garden of Cyrus*, ed. John
Carter（Cambridge, 1958）；在这一五角星形花园中，通过这一包含整体的
网状钻石图案，环形形状变成网状构造，而作者的志趣在于清晰呈现出这

（Hawes）的《欢愉的过往》（*Passetyme of Pleasure*）的主体部分，这一作品建立在一种教育程式的基础上，这里有学习语法的部分，学习修辞学的部分，然后是音乐和数学，再然后是自然科学；对这五种意义都有图像式的处理。这首诗拥有对称的、前定的韵律秩序，它只是**无法**获得生动性。一旦从某一部分启动这一程式，逻辑上说，则该程式就要施加于所有部分[17]。通过这样普遍的方式，讽喻便不同于亚里士多德所说的"隐喻"。

局部－整体关系

如果这一观点正确，那将讽喻与隐喻等同所造成的问题就要超过其带来的便利；解决这一问题也许需要进一步将图像看作是被整体塑造所支配，甚至可以假设在某种意义上，整体决定了局部。这里我们需要一个术语来指代局部与整体的合作共生关系。关于比喻（*trope*）和喻象（*figure*）的古典区分也许会有帮助，前者活动于单个字词间，而后者关系到作为整体的词群、句子甚至

一稳定范式，而不是呈现像是《玫瑰传奇》中那种更古老的追寻行动。关于《玫瑰传奇》中的花园，见Robertson, *Perface to Chaucer*, 92—96。

17　关于霍伊斯，刘易斯写道："他在某种强迫下书写，这同时是他的力量和他的弱点。因此他的叙述有着常见的**繁杂冗长**，也因此有了那些难忘的画面，无论是熟悉的还是奇异的，它们有时开始使这一枯燥乏味成为某种'奇景异象式的枯燥乏味'。"（*Allegory of Love*, 280—281）

段落[18]。讽喻应该属于后者。真正**喻象式**语言的最好例子也许是一篇加长的反讽论述，整个的论述都充斥着怀疑、复义和反讽式的疏离。

> 在反讽（irony）的喻象化形式中，说话者伪装了他的完整意思，这一伪装显而易见，但并不直白。在比喻中，冲突是纯粹字词上的；而在喻象中，冲突存在于意义中，有时在我们所说的整体范围里，冲突存在于语言和它所采用的语调中。甚至，一个人的整个人生都会被涂上反讽色彩，比如说苏格拉底的例子，他被称作反讽的人（ironist）是因为他所扮演的角色，即一个总在惊叹他人智慧的无知之人。因此，正如持续的隐喻发展成讽喻，持久的一系列比喻（比如，反讽式比喻）就成为喻象。[19]

在昆体良人文教育论著的语境中，这一如此雄辩的苏格拉底形象暗示着解决难题的一种全新思考路径。

---

18 关于比喻与喻象，见Tuve, *Elizabethan and Metaphysical Imagery*, 417; Quintilian, *Institutes*, VIII, ii, secs. 44—47; IX, i, secs. 1—28。

19 Quintilian, *Institutes*, IX, ii, secs. 44—47.

受控于目的的比喻

84 　　或许，我们与其思考局部（反讽和双关中的特殊比喻）如何
拥有了产生一种完整讽喻形象的能力，不如询问，一个完整形象
是否对局部施加了特殊的象征力量，如同在苏格拉底的例子中，
他就代表了一种象征性的生活。整体可以决定局部的意义，而且
局部也被整体的意图所控制。这可以归之于一种目的论构造下的
话语概念。借用肯尼斯·伯克的术语，说"一个人的整个人生都
会被涂上反讽色彩"，也就是在暗示他的整个人生都被"图示化
了"，就好像他处于一种更高的终极因控制下，也就是中世纪诗
人所使用的象征控制的第四层，升华（anagogic）。

　　我们可以立即想到两种受控于目的因的比喻：转喻
（metonymy）和提喻（synecdoche）。

　　按昆体良的说法，提喻"让我们从单数理解复数，从局部理
解整体，从种（species）理解属（genus），从之前发生的事理解
之后发生的事；反之亦然"[20]。一个提喻轻易就能在逻辑上适用于
讽喻元素的标准，因为它自身总是可以在读者心中呼唤起一些规
模更大的符号组织，并导向拥有整体关联的系统[21]。如果一个人

20　同上书 VIII, vi, sec. 19。

21　而在*Handbook of Political Fallacies*, ed. with preface H. A. Larrabee
（reprinted Baltimore, 1952），174—178，Bentham 将他所说的"讽喻
偶像"与政治权威的结构联系在了一起。见 Watson, *Shakespeare and
the Renaissance Concept of Honor*（Princeton, 1960），"The Political
Hierarchy"，82—90。

说，"那我的手放在上面"，我们会理解为，一个整体自我的更大范围的保证，从一个握手的动作里表达出来。昆体良进一步将提喻等同于省略（*ellipsis*），后者意味着"某事被假定发生，即使并未真正被表达"[22]。显然这也是讽喻经常呈现给我们的方式，昆体良举出的例子非常清晰地展现了这一点，比如：

> 看，死去的牛
> 带回了悬挂在轭上的犁，

正如这位修辞学家所言，从这行诗中，"我们推断出了夜的 85 临近"。这一推断过程几乎就是阐释式讽喻的本质，也正是对于无论以何种方式显得晦涩或神秘的所有虚构作品的正常反应。

从提喻迈向转喻只需很小一步，包含将一个名字替换为另一个，而且，正如西塞罗告诉我们的，修辞学家把这个称为 *hypollage*（交换［exchange］）。这些手法被用于指明意图，通过替换其被发明者赋予的名字，或者通过替换拥有者的名字来拥有。[23]

区别于种—属关系（亚里士多德将之纳入他的第一种和第二

22　Quintilian, *Institutes*, VIII, vi, sec. 21.

23　同上书 sec. 23。

种类型的隐喻），我们在这里首先看到的是一种因果关系，同时
昆体良再一次给出了最纯粹的讽喻的例子，对这一类我们也许可
以称为"人格化的抽象"（这一用法修辞学家会称为拟人修辞）[24]。
比如："苍白的死以同样的步调敲穷人家的门"，以及"苍白的
疾病在此居住而使晚年悲伤"。任何一种情形下都存在着目的和
手段间隐喻式的相互作用，在因果关系的层面，也即在喻象式行
动的层面。

　　讨论这些转喻的例子让我们又回到了行动体的领域中，多多
少少轻微地偏离出了探讨这类静止的真实图像（假定完美图像就
是某种固定的东西，像是几何形状）。我们之前的观点是，当讽
喻中的所有行动体开始构建图像，它们就都会变得稳固（这确实
是它们如何进入诗歌的方式，对于人格化抽象这一类意象而言这
86 是必需的）[25]。不过将这些抽象形态标注为"行动体"只是权宜之

24　拟人（Prosopopoeia）是一种修辞表达，但不是比喻，因为它通常体现在某
　　种程度的叙述或者戏剧中。见同上书 IX, ii., 30—33页。

25　在图像和行动体之间有一个中间阶段，这就是名称（*name*），即转喻。将
　　一个行动体固定在一个名称里面，就是将它从运动转向静止。一个像克拉
　　肖这样作品中充斥着转喻的诗人，他运用神圣的名称、"神圣观念"的名
　　称，就是为了避免过多的运动从而保留住狂喜［*ecstasis*］（某种灵魂的
　　运动）。见Ruth Wallerstein, *Richard Crashaw: A Study in Style and Poetic
　　Development*（Madison, 1935），85："另一方面，克拉肖作为一个沉溺
　　狂喜的人，就像百合花象征的制造者那样，他选择了将他的观念具体地体
　　现在有着鲜明感官色彩和情感力量的物体中。这种情感力量，或者说暗
　　示的综合体，他将其作为一种关于他的概念的一种符号或者隐喻。他因
　　而可以使得单独的物体成为关于他意在表达的灵性或知性概念的抽象名称
　　（*name*）。"

计，理论上讲，它们被认为在"性格"（character）上不够自由，不够丰富，无法与在一次普通的对行动的摹仿中呈现出的行动体相提并论。事实上，依靠像是前面昆体良引文中的转喻概念，我们仍然很难区分行动体与图像，它只是强化了对于从行动体到图像的讽喻式演变的普遍观点。

将提喻与转喻放在一起考虑似乎能包含完整的讽喻式部分—整体关系，前者使得我们可以列出分类中的**静态**关系（"开船"就是"船"在性质上的一个子类别，因为"开船"是"船"的一部分），后者又让我们可以注明部分和整体间的动态相互作用（"剑"导致了"暴烈的死"）。这就使得其他更为明确的区分成为可能。首先，我们现在不大像之前那样抽象地描述图像。其次，我们选定了一个包含提喻与转喻的通用术语。

孤立的图像

讽喻中的图像最惊人的共性在于它们彼此"孤立"（isolation）。讽喻画和其后所附的图章诗将这个特点呈现得非常鲜明。它们纤毫入微地展示了讽喻所用的"机械"，像是正义的天平、魔镜、水晶球、印戒这一类的东西。画面中的这些图案在深度上没有任何清晰的定位。它们在画面中的相对大小经常违背透视原则（往往不成比例）；同时，通过采用十分尖锐的蚀刻绘制轮廓，它们维持着自身的识别度。从画家的角度看，这不是一个严格按照创作标准而来的结果。图像的"孤立"来自保证灵力效果的需要。

87   一件被赋予灵力的物体（比如护身符、法器［talismans］这一类东西）的独特性质在于，它们能够仅仅作为灵力对象存在，几乎就好像护身符并不与任何一种石头或宝石的自然特性相关。通过切断这类物体与除了它的灵力、魔力之外的任何功用的关联，使用者就可以完全专注于指挥他的专属法器。[26]

这类讽喻图像就是完全孤立的图形。三个例子足以说明：第一个例子中，图像类似于占星符号（"这是群星，群星在我们之上，掌管着我们的境况"）；第二个例子，用于战争或带有某种和平传令意味的旗帜；第三个则是被赋予权威的印戒，其中蕴含着从一个完全的陌生人那里立即获得服从的力量。这些道具都是讽喻作者手中现成的法宝，它们的每一个图像都趋向于"显灵"（*kratophany*），即一种隐藏力量的彰显。[27]

---

26   对待雕像的态度在此处非常重要，因为雕像可以被理解成一座纪念碑，某种孤绝于平凡而无差别的非英雄世界的英雄图像。更进一步的话，可以发现哪些哲学体系的图像取自关于雕像的固定图像（如巴门尼德）、哪些又是取自关于音乐的流动图像（如赫拉克利特）。见Kroner, *Speculation in Pre-Christian Philosophy*（Philadelphia, 1956），113。

27   这一术语在Mircea Eliade的*Traité d'histoire des religions*以及其他地方被使用，意思是"力量显现"。例如，关于石头中拥有的力量："从原始人类的宗教意识角度，这一物质的稳固、坚硬和持久性是一种显灵。没有什么在力量上更直接或更自主，没有什么比宏伟的巨石、昂然耸立的大块花岗岩更高贵和更骇人。总之，石头就在这里。它总是它自己并且持续存在；而更重要的是，它可以用来攻击。即使在一个人捡起它准备用它来攻击之前，人自己就会撞向它。并不一定通过身体，至少在人的视线中是如此。

法器

霍桑在故事《古董戒指》中使用了第三种道具[28]。霍桑从伊 88
丽莎白女王与埃塞克斯伯爵（Earl of Essex）的故事开始讲述，
女王给了伯爵一枚印戒，在他失去权势的时候，可以将此物出
示给女王。故事接着追述了夏夫斯伯里伯爵夫人（Countess of
Shrewsbury）的诡计，她本来承诺将戒指带去给女王，然后却故
意隐瞒，为的是让埃塞克斯在囚牢中受死。霍桑赋予了戒指越来

他会注意到它的坚硬、坚固和它的力量。石头向他展示了某种超越不稳
固的人类状况的东西：一种绝对存在的模式"（*Traité*, 191）。Worringer,
Abstraction and Empathy, "Ornament", 51—77，这里展示了半抽象的装饰
风格如何基于情感考虑运用自然主题（树叶、葡萄藤等），而非基于现实
主义（共情）意义。石头和纪念碑在理念上的结合也许是类似于金字塔或
者斯芬克斯雕像那样的东西，相关讨论见Mosheim对Cudworth的*Intellectual
System*的很有帮助的注释（I, 536），Cudworth在这里讨论了古埃及讽喻的
起源。

28 《古董戒指》（"The Antique Ring"）出自《故事与小品》（*Tales and
Sketches*）。类似的故事还有《胎记》（"The Birthmark"）、《美的艺
术家》（"The Artist of the Beautiful"）、《德朗的木雕》（"Drowne's
Wooden Image"）、《预卜画像》（"The Prophetic Pictures"）、《凿
子刨下的碎片》（"Chippings with a Chisel"）、《一位古玩收藏家的搜
集》（"A Virtuoso's Collection"）。这些故事透露出霍桑对于作为法力象
征的艺术作品或人造物的兴趣。甚至胎记也是一种法力图像，因为吉尔乔
安娜的丈夫埃尔默通过试图移除这个印记而成为一位画家，这使得它成为
了一种反向意义的人造物，或者说，通过否定而存在的人造物。见Newton
Arvin为霍桑的《短篇小说集》（*Short Stories*, New York, 1955）撰写的精
彩序言。

越强大的魔法影响力。

> 那颗增光添彩的钻石，闪亮得像一颗小星星，只是带着些许非同寻常的红色。塔上阴暗的牢房里，石墙里只有窄而深的窗户，这就是伯爵所能看到的全部；所以这就不难理解，他就只是坚定地注视着这块宝石，并道德化欺骗性的世间荣华，就像身处黑暗和毁灭中的人鲜有不那么做的。

霍桑一再回述宝石鲜血般鲜红的颜色，一种在普遍事物中不常见的颜色，因为这宝石是一颗钻石。（如同星辰，它也拥有某种占星的影响力。）这一道具的灵力性质在整个故事中都能被感觉到。当伯爵夫人以一种"带着恶意的满足"看着埃塞克斯，这种情绪会上升，她看着他的境况变得晦暗，他透露出相信自身的命运系于戒指的力量之上。

89

> "这枚戒指，"他换了种口气继续说道，"是我的女王所慷慨赠予她的仆人的全部宠爱中，唯一还剩下的。我的运道就曾跟这宝石一样闪亮。而现在，这样的黑暗落到了我头上，我想，如果它的光芒——我在这监牢里唯一的光亮——熄灭了，也就不再会有什么奇迹；因为我在世上最后的希望就依靠它。"
>
> "大人，为何这样说？"夏夫斯伯里伯爵夫人问道，"这石头很明亮；但如果在这样悲伤的时刻，它仍可以让你心存

希望，这里面应该有某种奇特的魔法。唉！塔里的这些铁条和壁垒不太可能屈服于一个咒语。"

在这里，伯爵夫人被特意呈现为一个不信魔法的人，于是当她背叛了伯爵的信赖、没有将戒指送回给伊丽莎白时，她遭受的是戒指烧灼效果带来的双重反讽：在她死去时，戒指"在她的胸口被发现"，那里"被印刻下暗红的圆环，就像是最强烈重击后的效果"。

埃塞克斯对戒指有种双重的态度。他当然知道这仅仅是一个象征，对他的女王而言具有允诺的意义。但这一出于事实的观点并未主导他的思想。他感受到了戒指的神秘意义。

那被定罪的贵族又俯身向着戒指，继续说道：——

"它曾经有过魔力——这颗明亮的宝石——这魔力来自女王恩宠赐下的护身符。她吩咐过我，如果以后我失去了她的恩宠——无论我犯下多大的罪，也无论是什么样的罪——都可以把这宝石送到她眼前，而它会为我求情。毫无疑问，凭借她那敏锐的判断力，她那时就看出我生性轻率，而且已经预感到有什么事情会给我带来灭顶之灾。她也知道，她自己秉性刚强，她认为，也许记忆中比较温和友善的时光会为我软 90 化她的心，在我对此最为需要的时候。我曾怀疑过——我曾经不相信——可是，即使现在，谁能说出这枚戒指到底能产生什么愉快的影响？"

霍桑有意强调了戒指的环状形态，这样我们就能意识到它集中的、隐藏的力量。

> 但埃塞克斯仍然全神贯注地注视着那枚戒指，这证明了他那乐观的性情将多大的希望寄托在这上头，在这广阔的世界上，除了这枚金环里的东西外，再没有别的留给他了。[29]

在霍桑故事的语境中，兴趣和注意力聚焦于此处是如此的自然，以至于我们也许会忘记这些"道具"的使用是如何富有讽喻。

---

29 这里体现得很明显的是，圆的形式最完美地**揭示**了对于宇宙的信仰。这一类传统在早期西方哲学中大概可追溯至巴门尼德。"巴门尼德认为，宇宙中存在着彼此交叉环绕的'带'，它们分别由稀和密的元素组成，在它们之间还有由光明和黑暗组成的其他混合带。那些包围它们的东西像墙一样坚固。那些在所有'带'中间的东西也是坚固的，依次被燃烧带环绕。混合带的中心圆里有着运动的起因，也是所有静止的起因。他将其称为'指引它们道路的女神''命运的持有者'和'必然性'。"（Aetios，引自Burnet, *Early Greek Philosophy*, 187）伯奈特将巴门尼德阐释为："*stephanai*（带）这个词的意思是 '圆圈'或者'边缘'或者这一类的其他东西……我们似乎又遇到了某种类似于阿那克西曼德（Anaximander）的 '轮'一样的东西。"（187—188）封闭圆环的观念当然处于托勒密宇宙理论的中心位置，这一点在文艺复兴时期受到攻击，见Nicolson, *The Breaking of the Circle: Studies in the Effect of the "New Science" upon Seventeenth-Century Poetry*（New York, 1960）, espec. ch. i, "A Little World Cunningly Made"; F. R. Johnson, *Astronomical Thought in Renaissance England*（Baltimore, 1937）, ch. iv; Tuve, *Elizabethan and Metaphysical Imagery*, 420—421, no. M。

唯恐我们以为他在此处只是对神秘性感兴趣，霍桑用一种几乎反讽的阐释将故事道德化了。这一传奇被嵌在两个十九世纪美国人的讨论中，克拉拉·彭伯顿（Clara Pemberton）和爱德华·卡莱尔（Edward Caryl）；在卡莱尔的复述临近结束的时候，彭伯顿小 91 姐问道："你会赋予戒指什么思想？"而他回答道：

> 噢，克拉拉，这种说法太糟糕了！……你知道，我永远不能把思想同将它表现出来的象征符号分开。不过，我们可以认为宝石就是人心，而恶灵就是假的宝石，它使用这样那样的伪装，导致了世上所有的悲伤和烦难。我恳求你，就说到这里吧。

此处也许可以理解为，霍桑在为使用柯勒律治意义上的"象征"或者普雷杰里安（Plegelian）的"具体宇宙"进行反讽式地辩护，但事实上他的主角将图像道德化了，而从我们的观点来看，这是一种原型意义上的图像，是一块完美地孤立着的、受限的、冰封的宝石。

徽记

我们的第二个例子，即具有传令意味的旗帜，则代表了另一种意义上的孤立。跟印戒一样，旗帜也可用于实际的目的：在战场上，它们指示集结的地点，由于明亮的颜色和越过骑兵与步兵头顶的高度，它们在远距离也容易被看见。但是通过其上绘饰的图像设计所赋予的特殊价值，它们的意义在很早就得到了拓展。在我们的时代，国旗就拥有超凡的感召力量[30]，我们知道的还有罗马皇帝的旗帜和帝国时期各个军团的军旗（vexilla）。在中世纪后期，旗帜在大量政治和军事活动中都非常重要。佚名作者记载的佛罗伦萨历史在讲述十三世纪的梳毛工暴乱（Ciompi）时，特 92 意强调了旗帜在战术和精神魅力方面都有作用。

> 在这一天下午七点，执政官员要求所有行会交出旗帜，他们想要把这些收进宫殿里，是因为不愿看到那些平民（populo minuto）能够在其旗帜下集结。于是所有行会的旗帜都被藏了起来，因为他们清楚知道所制定的这个计划，都认为如果他们（即梳毛工）放弃了自己的旗帜，就会被分割和驱逐，而所有弓手的弓弦都会被切断。所以在被要求交出天使旗（纺织工的旗帜）时，他们拒绝了，并且说："如果这是一场肮脏的游戏，我们应该向谁陈情？"他们不想放弃旗帜。

> 梳毛工的叛乱被平息后，城里进行了对所有反叛团体旗帜的全面搜索。

---

30 树木和森林的图像构成自然类型的标旗或旗帜；反之，伊甸园里的灌木丛则是纹章性质的装饰。

　　所有行会的所有旗帜和那些"胖公民"（fat citizens）都去了广场。所有在宫殿里的新旧执政官都向首席执政官建议，他应该把平民的旗帜同其他旗帜一起悬挂在窗外；他这样做了。（广场上）爆发出巨大的噪声和喊叫："拉下来，把这些傻瓜扔出来。"

　　然后旗帜就被丢下来，被扯成碎片，被践踏和丢弃。两位执政官被告知好走不送。

　　在被如此正义制裁过后，执政官就要求在所有教堂内搜寻民众和古尔弗（Guelph）党所佩戴携带的徽章旗帜；它们被放在宫殿里；（还宣布）任何画匠都不得再为任何人（无论哪个阶层、无论是公民还是外国人）绘制，如有发生会被处以痛苦的死刑。[31]

　　这也许只属于社会活动事物，在此之中象征符号非常物质化 93 地"运作"，将不同团体的人联系在一起。不过，关于在梳毛工起义中使用的旗帜以及关于在更为精致的骑士团体中使用的旗帜（穿着亮闪闪盔甲的骑士），要在两者之间划出界线并不容易。马里奥·普拉兹（Mario Praz）注意到，在一份十六世纪对话中，旗帜会比其在梳毛工起义中拥有更为清晰的象征意义。

31　"Cronaca prima d'anonimo",in *Il Tumulto dei Ciompi*, ed. Gino Scaramella（"Rerum Italicarum Scriptores", XVIII, iii; Bologna, 1934）. 我要感谢 Leo Radista 先生让我注意到这些段落。另见 "Flags"，*Encyclopaedia Britannica*, 11th ed。

　　在我们的时代，也就是在查理八世驾崩和路易十二进入
意大利后，任何选择军事职业的人都在模仿法国指挥官，而
且希望通过高雅的纹章图案［imprese］荣耀自身，那些东西
在骑士们身上闪烁，通过不同的制服区分不同的队伍，因为
他们用银边装饰他们的上衣、斗篷以及胸甲和背甲上标识队
伍印记的地方，于是士兵的徽章让农民变得讲究而华丽，在
战场上也能辨别出不同队伍的勇武和举止。[32]

　　着装里的象形符号、服装上的装饰、旗帜上的象征——这些
东西初看上去几乎是衰微了，但同时它们又变得具有更纯粹的装
94 饰性和象征性。文艺复兴在此处回转到了更早期的语言。比如说，
朗格兰在另一场战斗场景中使用了旗帜的图像：

　　　　而接着，在号手有时间吹响之前，或在传令官喊出他们

32　Praz, *Studies in Seventeenth Century Imagery*, I, 48. 参见Einhard, *The Life
　　of Charlemagne*, ed. S. Painter（Ann Arbor, 1960），51，关于国王根据不
　　同场合、日常或是国务变换的不同着装："他有时携带一柄镶有宝石的佩
　　剑，但这只是在重大的节庆或者接待外国使节时。" 还有，"他鄙视外
　　国服装，虽然那很好看，他也绝不允许自己如此穿着，除了在罗马的两
　　次，他穿上了罗马式托加、披风和鞋……在重大节庆日他会穿上刺绣的衣
　　物和装饰有珍贵宝石的鞋子，他的外套用黄金搭扣系住，他戴上饰以黄金
　　和宝石的王冠出现在众人面前，而在其他日子，他又穿得跟普通人没什么
　　两样"。参见Watson, *Shakespeare and the Renaissance Concept of Honor*,
　　"Magnificence — the Accountrements of Honor"（Princeton, 1960），
　　150—155。

的名字之先，这些骑士齐齐冲进战场。

　　白发老者站在队伍之先，他在死亡面前亦会扛起旗帜，这是他的权利。[33]

　　当讽喻作者期望以即时的象征效果震慑人时，他很有可能让一些像是"有特殊图案的旗帜"出现，而其效果往往是军事上的。旗帜使人想起一个人的民族传统或者对某一政治系统、某一宗教信仰的忠诚。在《卢济塔尼亚之歌》（*The Lusiads*）第八卷里，传说中和真实历史中的葡萄牙人以一系列旗帜的方式呈现在瓦斯科·达·伽马的旗舰上。与之类似，林赛（Lindsay）的《对三个阶层的一出讽刺》（*Ane Satyre of the Thrie Estaits*）在爱丁堡节庆的演出中[34]，就极大地利用了传令旗帜（我们也确实可以在某些布莱希特戏剧中找到）。上议院突然入场，战士一般穿过观众，携带着能指示他们地位的旗帜。在这个景象中，图像的意义清晰明了。

33　*Piers the Ploughman,* tr. J. F. Goodridge（Penguin, ed., 1959），XX, 286.

34　这是一出彻头彻尾的节庆制作。《三个阶层》适用于这一场合的讽喻式简洁和风格化，非常接近意大利文艺复兴时期节庆上的凯旋游行（trionfo）。参见Burckhardt, *Civilization of the Renaissance in Italy*, IV。

星体象征

　　我们给出的第一个典型讽喻图像就是关于星辰的。星体象征，就像是在马洛（Marlowe）的《帖木儿》（*Tamburlaine*）或者在席勒的《华伦斯坦》[35]这些作品里那样，它们都使用了清晰的精密的符号象征，星辰。天体与我们所处世界在事实上的物理分隔，不断地在这类作品中被强调，因为无论何时诗人强调星辰的影响95 力（每一处都体现出一种灵力影响），他必须同时提醒我们这是一种远距离的行动，而人类处于这些遥远天体的控制下[36]。星辰的遥远几乎比它们宝石般的光泽还要重要[37]，而这种遥远可以在所有

35　席勒的《华伦斯坦：历史剧三部曲》（*Wallenstein: A Historical Drama in Three Parts*）有一部来自柯勒律治的译本，而最近的译本来自Charles E. Passage（New York, 1958）。尤其值得注意的是这部三联剧的第三部《华伦斯坦之死》（*The Death of Wallenstein*）的开场。

36　"原始人的空间概念带有具体的方位感，他们所指的地点具有感情色彩，这些地点可以是熟悉的或者陌生的，可以是敌意的或者友好的。超越这一个体经验范畴的集体感还事关某种宇宙事件，它使得地域空间带有特定含义。日与夜使得东与西同生与死相关。外在于直接经验的推断性思维也许会很容易发展出来这类与地域相关的联系，比如说，天堂或者地下世界。美索不达米亚的占星学发展出了一种十分宽泛的体系，事关天体和天上的事件与尘世发生的事件的关联。因而在建立一种互相协调的空间体系上，神话思维并不弱于现代思想，不过这一体系是确定的，它并不来自客观的量度，而是来自一种对于价值的情感认定。"（Frankfurt, *Before Philosophy*, 30）

37　"Bacchus to Ariadne", in Ovid's *Fasti*, tr. H. T. Riley（London, 1890）, Bk. III, 11. 510ff.："他把她抱紧在怀里，吻她，吻干她的泪水，他说：'与我

讽喻文学里找到，这一形式便是人与他的终极因的一种几近诺斯
替式的分离。人是大地上的"异乡人"（the stranger），因为他
的家、他在天体中的居处，完全遥不可及，同他自身彻底隔离[38]。
在这个意义上，星体图像呈现了最高程度的象征意义上的孤立，　96
这不仅因为星辰就像是王冠上的宝石一般彼此尽皆分隔，而且因

一起，我们去探寻天空之高；嫁给我，你将得到一个结合后的新名。从此
以后，你的名字将改为利贝拉（Libera）。我也将与你同在，你的王冠将
被长久纪念，那是伏尔坎送给维纳斯的，她会被送给你。'他信守诺言，
将王冠上的九颗宝石化为星辰，借助这九颗星辰，王冠仍然闪烁着金色
光芒。"

38　关于诺斯替教义中的分离（alien），见Hans Jonas, *The Gnostic Religion*,
　　49—56。它原本是一个神话观念，与政治上的分离没有关联。不过，也可
　　参见R. McL. Wilson, *The Gnostic Problem: A Study of the Relations between
　　Hellenistic Judaism and the Gnostic Heresy*（London, 1958），ch. viii,
　　"Diaspora, Syncretism and Gnosticism"。这样一种人作为"外在的"、
　　大地上的"异乡人"的观念，对于诺斯替神学所运用的象征有着深刻影
　　响，相关研究尤其可参见Jonas著作第一部分。在政治领域，"异乡人"会
　　遇到不一样的反应，尤其是在古代世界，当一个人来到任何新的地点的时
　　候。见M. D. Legge, "To Speik of Science, Craft and Sapience' in Medieval
　　Literature", *Literature and Science*（Oxford, 1955），124，这里呈现出这
　　一抑制作用如何持续到中世纪："当你在中世纪遇到一个陌生人，你不会
　　与他谈论天气。你会进行理性地交谈，而这会以你提出一系列关于他个人
　　的问题作为开始，这些问题可以根据某些分类方式对他进行'定位'。查
　　明你是在跟一个人还是一个魔鬼交谈至关重要。"　关于古代世界中存在
　　的对自由出行和自由国际合作的障碍，T. J. Haarhoff在*The Stranger at the
　　Gate*（Oxford, 1948）中全面探讨了这一主题。"野蛮人"一词暗示着它最
　　初带有文化意味，比如说，它牵涉到语言和服装，也包括古代世界中政治
　　体系的发展。

为它们与人的距离甚至更为遥远，人必须隔着一段广阔疏远的距离去崇拜和敬慕[39]。

对于讽喻作者来说，星辰还有更进一步的优点：它们属于星座。人们很早便知道星辰在一个秩序井然、彼此相关的系统中运动。这些"固定的星星"，它们的相对运动不会改变，这提供了完美的图像学构成[40]。对于进行哲学思辨的心灵来说，没有哪种系统会比天体的系统化运动更为明了。毫不奇怪，亨利·皮查姆（Henry Peacham）使用了这类运动去形容讽喻作品自身当中有序的角色构成。

　　　　对讽喻最恰当的使用是去雕刻事物的生动图像，为了心

39　Nicolson, *Voyage to the Moon*, 219："我更愿意把我的海上航行叫作'宇宙之旅'，因为它所指向的并不是出现在地图上的文明的前哨据点，而是要**离开地球**到另一个世界，那里通常是在月球或者其他行星上。"（强调来自本书作者弗莱彻）

40　按照新柏拉图主义巫术理论（以及其影响的诗歌）使用图形象征物体的方式，类似的分离也将出现在物体与其背景之间，从而形成星座图。新柏拉图主义巫术的一个分支可以调动"事物的神秘性质，这是说，它们的力量或者效用强于元素物质；这些性质通常被认为来自行星，与行星的某种特点相连，而且它们被用来诱发或者加强所需要的行星影响力。

　　　　"神秘性质在巫术中的主要重要性在于因此产生的对于物体按行星性质进行的分组，它可以借助其他力量被使用；比如说，一个人可以用画一幅画、用唱歌或者演讲去描绘与太阳相关的物体（比如天芥菜［heliotrope］、蜂蜜、公鸡等），或者也可以单单就是坐下来想象它们——在这两种情形中，这个人的想象力都会变得更趋向太阳。这些事物的分类可能也包含了人，人也可以被同样看待。"（Walker, *Spiritual and Demonic Magic*, 79）

灵的沉思将它们呈现在深重阴影之下，在此智力与判断取代欢愉，而记忆获得了长久印记。如同隐喻也许会因为美丽、明亮又明确而被比之为星辰，讽喻则更像是由许多星辰组成的喻象，这样一种星群或群星的组合，希腊人称之为Astron，拉丁说法叫Sidus，而我们称之为星座。[41]

批评界一直都同意皮查姆的类比，因为它强调了讽喻的视 97
觉层面。（我已经提到过这里对隐喻的讨论存在问题。）在亚里士多德那里就可以找到这种对视觉的强调，他的"生动性"（liveness）有时候强烈地意味着"清晰的视觉图像"。"图像"（image）这个词汇本身总是让评论者困扰，因为它意味着诗歌在本质上应该是视觉的，而我们知道这种说法是无稽之谈，这也使得我们被关于诗歌文本的主要术语拉入困境。不过瑞恰慈在抨击这一理论的强大阵地——卡姆斯勋爵（Lord Kames）的十八世纪文学观念时，展现出了这种天真的图像视觉理论的谬误，现在已经比较容易去接受一种联觉（synaesthetic）观念下的"图像"[42]。一个图像可以与任何一种感觉相关。然而在讽喻文学中， 98

41　*The Garden of Eloquence*（1593; facsimile ed. by W. G. Crane［Gainesville, Fla., 1954］），25—26.

42　Richards, *Philosophy of Rhetoric*, ch. i. 十八世纪也许对于"可视言词"（verbal opsis）有一种超出寻常的强烈喜爱，它指的是通过纯粹的声响效果对视觉真实进行模仿，就像头韵使我们感受到的一种视觉化的攻击。参见一个更早的例子，多恩："啐我脸面，你们这些犹太人，刺穿我的肋骨，／

似乎有一种朝向纯粹视觉的倾向。这个领域也许恰好适用于卡姆斯勋爵那种天真的视觉理论中的图像观念。

图表式孤立

一种视觉化的、孤立的趋势会出现在任何需要体系的地方，出于这一需求，完美的图像形式会拥有像是几何式的外形[43]。讽

抽打我，嘲弄我，鞭笞我，把我钉上十字架。"（Spit in my face you Jewes, and pierce my side, /Buffet, and scoffe, scourge, and crucifie me.）

英语中最为出色的对于可视言词的持续掌控也许出现在《仙后》中，对此我们需要带着特殊的专注去阅读，需要一种通过声响抓住其视觉化呈现的能力（Fyre, *Anatomy*, 259）。关于"再现式格律"，见约翰逊博士的《蒲柏传》（"Life of Pope"），约翰逊所分析的弥尔顿《圣诞颂》（"Nativity Ode"）中的声响—感觉关系，就是一种初步的对瑞恰慈博士理论的实验。约翰逊的全部描述表现出了他的最佳状态，他敏锐、宽厚、幽默而且明晰："这一类型的美，"他总结道，"广受喜爱；而当真实存在为技巧性的和琐碎的，它就不会被抗拒，它也不会被索求。""可视言词"最清晰的现代例子之一就是"音乐性"特点主导的卡明斯（E. E. Cummings）诗歌，而正如Blackmur所说，卡明斯对于花的图像的运用带有高度的装饰性。

43　"空间思想是我们拥有的最清晰的思想，任何我们希望以空间形式清楚呈现的思想，都可以呈现出来。"（Dean Inge, *Mysticism in Religion* ［London, 1981］, 81）"空间"不必总要暗示一种非常感官的真实。奥尔巴赫曾谈及"在感官显现和意义之间的对立，这种对立弥漫在早期的、实际上是全部的基督教对于真实的观点中……神圣书写的全部内容都被纳入了一种解经的语境中，而它经常将所讲述的事物挪移到与其感性基础非常遥远的地方，读者或者听众因而被迫让注意力离开感性事件而朝向其意义。这里隐含的危险是，事件的视觉元素也许会屈从于意义的密集质

喻图像的这一柏拉图式来源确然在柏拉图自己的作品中得到了印证；他对于讽喻的趋近广为人知，已无需赘言。在柏拉图体系中，讽喻也许正是其主要需求，它可以用稳固的形象表达出运用辩证论述的固定理念。与我们一般谈论的柏拉图形而上学假设相去甚远的是，为了维系活跃的辩证论述，"理念"必须拥有一个准视觉意义上的清晰轮廓。图表式（柯勒律治将《被缚的普罗米修斯》称为"伟大的范本"[44]，这在《圣经》解经学中的术语叫作 *deigma*）和几何式都是高度模式化的思维方式[45]。通过这样的抽象

地。"（《摹仿论》[*Mimesis: The Representation of Reality in Western Literature*]，tr. W. R. Trask [Anchor ed., New York, 1957]，48）也许是这样一种压抑、一种意图上的冲突，造就了超现实绘画中怪异的视觉世界，它存在为某种自然视觉世界的反面，并且对错乱的形态有一种偏爱。超现实绘画是"感性基础"和"解经语境"的结合。见Stephan Körner, *Conceptual Thinking: A Logical Analysis*（Cambridge, 1955），213："在绘画中，审美意义与表现结合在一起，即使是理论上的意义。比如，后者成了超现实主义绘画，而在根据理论进行绘画的人手中，弗洛伊德式象征渐趋松散。"关于时间的空间化，见Ernst Cassirer, *The Philosophy of Symbolic Forms*（New Haven, 1955），III, 187。在法兰克福（Frankfurt）和沃林格（Wilhelm Worringer）对于古代埃及艺术和远古北欧艺术的研究中，分别呈现了通过装饰形式来空间化时间的流动。

44 "On the Prometheus of Aeschylus", in *Essays and Lectures on Shakespeare and Some Other Poets and Dramatists*（Everyman ed.），326—351.这篇演讲在1825年5月18日发布于皇家文学学会。

45 哈利卡纳索斯的狄奥尼修斯（Dionysius of Halicarnassus）将*hyponoia*（隐藏含义）多多少少等同于*schema*（轮廓，概要）。见Pépin, *Mythe et allégorie*, 87。

方式，诗人可以让自然的形式和人类的行为孤立出来，而后将它
们置于分析中[46]。如果现实被想象为图表的形式，那将物体从自身
100 的平常环境中孤立出来就是必要的，而这正是我们在运用图像讽
喻的绘画和诗歌中所看到的。

---

46 这一分割过程可以伴随任何一种中世纪道德观（*moralitas*），如这部作
    品中：亨利森（Henryson），《俄耳甫斯与欧律狄刻》（"Orpheus and
    Eurydice"），*Poems and Fables*, ed. H. H. Wood（Edinburgh and London,
    1958）：

> 俊美的福波斯是智慧之神；
> 卡利俄佩，他的妻子，是修辞之神；
> 他们两人婚礼后不久生下了俄耳甫斯，
> 这个称呼属于才智的部分
> 来自灵魂与理解力
> 与感性有别。
> 欧律狄刻是我们的欲望
> 它向上移动到神圣的事物；
> 或向下移动到世俗的理性，
> 其他方面它的欲望在肉体的事物上。
> 阿瑞斯提乌斯，追求欧律狄刻的牧人
> 他具备所有的美德，
> 这份繁忙是为让我们的心灵洁净。［425—437］

在布道编排中这一方式使得文本产生了"层次"。这个方式就是将一个
比喻或"句子"的不同部分分割成接连行进的步骤。

超现实的孤立

艺术史提供了一种观念架构去安放"孤立"这一效果。超现实主义艺术之所以是超现实的，正因为它的图像就是全部被"孤立"的——在我使用这个术语的意义上[47]。早期的幻想性艺术中可以看到这样一条清晰的发展线索，其中，主题意义的信息永远是重要的（比如博斯、勃鲁盖尔、丢勒、戈雅），即使是在

---

47 关于最原始的、早期超现实艺术的例子，见Waldemar Déonna, *Du Miracle grec au miracle chrétien: Classiques et primitivists dans l'art*（Basel, 1956），II, 88。在早期陶艺上，主要引人关注的是畸变的自然形状，比如动物躯体、鸟喙、树干。"孤立"的现代例子可见于超现实主义者保罗·诺吉（Paul Nougé）对马格利特（René Magritte）作品的评价："方法自身就包含着孤立化客体，以一种多多少少粗暴或者多多少少隐蔽的方式，切断它与其余世界的关联。我们可以切下一只手，将它放在桌子上，或者我们可以在墙上画出所切下的这只手的图像。我们可以通过使用边框或者使用刀子进行孤立，甚至是对这一对象的主体进行变形或者修正——一个没有头的女人，一只玻璃手；或者改变比例——有森林高度的口红；或者改变布景——把路易-菲利普时期的桌子放在冰原上，雕像立于阴沟中。"这种艺术可能是封闭的，它的构建原则可以普及运用到整个社会共同体中去："我们所有人都有私人的迷恋。集体迷恋只有可能存在于封闭和高度统一的共同体中。这恰恰描述了形成之初的超现实主义群体……布勒东和他的信徒在战后巴黎的中心创造了一个神话王国。"（Germaine Brée, in *An Age of Fiction*，[New Brunswick, 1957]，52）

加缪的短篇小说，《约拿，或工作中的艺术家》（"Jonas, ou l'artiste au travail"），in *L'Exil et le royaume*（Paris, 1957），以童话故事的方式讲述了一个艺术家的自我流放。这位艺术家走到断头台上去，并且不愿再下来，不过他只是在他自己的想象中独自工作，而并非实际上处于油画中。当然，约拿是被鲸鱼吞下的先知，而此处的这一启示故事带有喜剧气息。

十八和十九世纪某些风格更崇高或者更具如画感的画家那里，直
至法国的现代流派达达主义与超现实主义。在诗歌中处理这种超
现实图像时，诗人在视角上会拥有同样的自由度，他让他的诗
101 在时间上显得不连贯，也让空间关系不再连贯[48]。毕竟，一则谜
语就是一个语词化的超现实主义拼贴，它以一种隐藏的意义将各
部分拼合于"表面之下"。洛特雷阿蒙（Lautréamont）对于黑色
幽默（l'humour noir）的经典定义，"一架缝纫机与一把雨伞在
手术台上的偶遇"就属于一类费解的讽喻；就像爱森斯坦的蒙太
奇那样，它通过省略形式和碎片化图像激发我们去阐释[49]。我们需

---

48 尽管值得将矫饰主义（mannerism）与超现实主义区分开，这两种倾向仍共
    有一种对于畸变（deformation）的沉迷。简单来说，超现实主义的畸变是
    通过重新组接身体部位，而矫饰主义是通过拉伸和压缩身体部位。两者都
    趋向于过度强调局部，就好像严肃讽刺漫画的做法。比如，Miss Wallerstein
    这样看待像克拉肖这样的诗人所制造出的效果："然后，克拉肖的讲究的
    文体显然通过持续描绘主体的物质细节，这因而产生出了一种感官主义。
    最后，它对于情感的概要分析，使用了强烈对比的逻辑论证，这种分析给
    予了这一种跟具体细节结合而生的枯燥以激情。"（Richard Crashaw, 108）
    库尔提乌斯在《欧洲文学与拉丁中世纪》（European Literture，273—
    301）中给出了对矫饰主义问题的概括总结。"在矫饰风格盛行的时期，这
    一体系的一个危机就在于，华丽的文辞无差别而无意义地堆砌。"（274）
    这暗示出一种超现实的图像，在此视角缺席，而"堆积密度"显著增强。

49 关于"颠倒世界"这一类型（similitudo impossibilium），参见Curtius,
    European Literature, 97。多恩的"Go and Catch a Falling Star"可以作
    为例子，这是一首谜语诗，还有爱德华·李尔（Edward Lear）的废话诗
    （nonsense poem）、刘易斯·卡罗尔（Lewis Carroll）的废话诗和散文寓言
    故事。

要记住的是，在达利或者恩斯特的绘画和卡夫卡的故事中引人注目的事物之间的孤立，其完全的对应就在皮耶罗·德·柯西莫或是贝里尼这些意大利文艺复兴时期画家的作品中[50]，类似的精确 102 计算图像的机制，也可在一首像是利德盖特（Lydgate）的《理性与感性》（*Reson and Sensualitie*）、霍伊斯的《欢愉的过往》、菲尼阿斯·弗莱彻（Phineas Fletcher）的《紫岛》（*The Purple Island*）这样的诗中找到。

讽喻绘画将什么现实化了、讽喻文学又将什么留给想象力去"看到"，这两者间的对比可以表明，讽喻图像在视觉上的明晰并非寻常，它并不符合我们的日常生活经验[51]。这更像是像麦司卡

50　Watkins在*Shakespeare and Spenser*中提到了斯宾塞和贝里尼、皮埃罗·德·柯西莫这类画家的亲缘关系。参见Mario Praz, *The Flaming Heart: Essays on Crashaw, Machiavelli, and Other Studies in Relation between Italian and English Literature from Chaucer to T. S. Eliot*（New York, 1958），12："在将斯宾塞同阿里奥斯托相比较的意义上，他标志着一种向着中世纪理想的回归，正如乔叟在改写（*rifacimiento*）《菲罗斯特拉托》（*Filostrato*）中对薄伽丘所做的那样；既在这方面也在对于盛装游行以及讽喻的喜好上，他与意大利矫饰风格画家有着惊人的相似，他与他们的共同点还包括，一种在精心制造出来的细节上的生动性和不真实的、任意构造的空间之间的对比。" Robertson论述过罗马式的凌乱结构或者非结构式空间处理，见*A Preface to Chaucer*, 156—161；以及其后关于哥特式处理，见176—188。

51　关于讽喻或现实主义中的**极端情况**，奥尔巴赫提到了一种"对人类生活中平凡的普通事件的一种半是愚蠢可笑、半是鬼魅般的扭曲"，就像是在阿佩洛尼乌斯的作品中，在卡夫卡那里或者是在四世纪历史作者阿米阿努斯·玛尔采利乌斯（Ammianus Marcellinus）那里，后者参见《摹

林（mescaline，致幻剂）一类药物引发的超限视野[52]。它不连贯、
挥霍碎片化的细节，无论它是高度几何式的，就像丢勒设计的纪
念大门，还是野性而随机的，就像在博斯或戈雅的幻想画作中那
样。无论这些灵力图像受控或不受控，那种所谓的解说式角色都
103　远不止"被钉在"道德讨论上。讽喻图像必须是解说式的，因为
它的不连贯性质无法创造出一个通常意义上的世界[53]。在一幅典型

仿论》［*Mimesis*］，43—66。另见Paul Goodman，"The Real Dream"，
Midstream，V，no. 1，86—88。当一个画家致力于用他的创造性行为去再现
"真实世界"，他会经常用到视觉陷阱（*trompe-l'oeil*）这一手法。见
Robert M. Adams，*Strains of Discord: Studies in Literary Openness*（Ithaca，
1958），ch. iv，"*Trompe-l'Oeil* in Shakespeare and Keats"。绘画中完美的例
子也许是彼得·布鲁姆（Peter Blume）的合成材料壁画*The Eternal City*，
此处不仅有陷阱（*trompe*）效果，而且是崇高感和如画感风景的结合，这样
的方式可以非常典型地感觉出与讽喻的亲缘关系。关于这种绘画，见肯尼
斯·伯克的研究*The Philosophy of Literary Form: Studies in Symbolic Action*
（New York，1957），325—326。

　　通过将注意力引向他自身，或者像在布鲁姆绘画中那样引向一个想象的
观察者，艺术家即刻开启出一系列批判思考。有人从想象的观察者角度解
读这一场景；而双重视角即是一种对摹仿的讽喻化。亚里士多德的意思似
乎是，在摹仿式艺术中不应有此种双重视角，即使作者可以站在他的虚构
作品之外，实际上亚里士多德认为这种缺席拥有一种荷马式作品的美感。
（歌队可能是一种视角手段，但若我们将歌队唱词同戏剧评论和戏剧反讽
的需求联系起来，那它也顺便联系起了讽喻冲动。）

52　Tuve，*Elizabethan and Metaphysical Imagery*，108，关于讽喻里"作为想象
　　或梦境中的锐利细节"。

53　可以举出史诗明喻作为在一个更基本的框架中进行有效但是孤立的装
　　饰性解说的例子。在*Richard Crashaw*（69），Wallerstein注意到Tesauro
　　的修辞理论的这种效果："修辞上或者诗性上的引导效果就是，去强调

的再现式绘画的画面中，物体（不论它们在事物结构中的重要程度）会被迫服从透视原则。背景里的物体会被画得小，前景里的物体会被画得大。这样的画面依据的是接受者眼中所看到的"现实世界"[54]。（某些再现式艺术家笔下会存在透视上的扭曲，但这 104

形象上的巧妙、花哨的装饰及其外在性质。这一结果是以整体为代价来发展形象。史诗大篇幅地、不慌不忙地行进，可以呈现生命的广阔图景，而延展的明喻，它开始于对被描述之物的鲜明刻画，一直到返回叙述之前才完成它自身的美丽场景，它是宏伟有机美感的一部分，这有助于创造足够的背景场景和对于整体世界的感知，后者对于史诗所展现的多样生命形态非常必要。"在荷马史诗中，明喻经常被用来呈现一种在战争与和平两个世界中出现的微观宇宙—宏观宇宙对比。当明喻进行时，总会出现某种意义上的打断，而这一不连续似乎对于形象的运用非常关键。一个明喻总是一种部分的离题，它因而相当乐意呈现散漫的说教和论述。关于十七世纪牧师Jeremy Taylor，John Buchan注意到："当他用了一个明喻时，他的想象力几乎是在讽喻的程度上对它进行精心阐述。"（*A History of English Literature*〔New York, 1923〕, 223）类似的话可以用来形容罗伯特·伯顿（Robert Burton），例如，他以关于鹰的明喻作为《闲话空气》（"Digression of Air"）开头："作为长翼的鹰，在它第一次长啸时，它飞得很高，为了玩乐在空中进行许多次盘旋、不断上升再上升，直至用尽全力，在最后，游戏出现，它再一次下降，突然俯身：而我现在也终于来到了这片广阔长空，在这里我可以自由阐述，用我自己的创造来表达自己，我会闲游一阵，会在这个世界上优游而过，高高飞上群星和圣地，然后重新降入我先前的话题中。"（《忧郁的解剖》〔*The Anatomy of Melancholy*〕, ed. Floyd Dell and P. Jordan-Smith〔New York, 1927; reprinted 1948〕, II, sec. 2, member 3, "Air Rectified. With a Digression of Air", 407）

54 关于视觉持续的相关观念，见M. D. Vernon, *A Further Study of Visual Perception*（Cambridge, 1954）, ch.i。

在Robertson, *A Preface to Chaucer*, 149—150，有一个重要段落："罗

经常是为了夸大表现我们所说的感知上的"现实主义谬误"。）
一个讽喻的世界给我们的是排列整齐的对象，就好像它们本来就
在马赛克的正面，每一个都拥有自己"真实"和不变的大小和形

马式艺术中的整体秩序总是一种更人为而不是更自然的秩序，不过，无论是
从后世艺术的角度还是从'真实生活'的角度来看待，它的局部似乎都拥
有某种自主性。里格（Riegl）在晚期古代艺术中所注意到的这一'个体化'
或者'孤立化'倾向也弥漫在罗马式艺术中，这对于无论是更大的整体，
还是对于人类形象的再现都是成立的。如果我们将典型的罗马式教堂与一
座法国哥特式教堂对比，前者的长廊似乎与正厅主体部分分离，就好像它
们几乎是不同的房间，由主拱门长长的'沟渠'结构划分出来，而耳堂和
内坛被就是单独的几何实体。从外看去，不同的部分有一种'增添'效果，
就好像一座成形的墙块被加在另一座上头。再有当一组形象出现在雕塑中
或在彩色装饰中，单独的个体各自都地被拱廊、光环、装饰板隔开，或者
即使在没有这些机械分隔的情形下，它们也似乎各自独立活动、与其他形
象没有发生关系。在［'夏夫斯伯里圣咏集'的插图中］，圣婴似乎悬停
在圣母伸出的膝盖之间，而他的姿势只是对圣母姿势的重复，除了他的头
微弱地转向谦卑的修女。他并没有看着那个修女，而修女也没有真的看着
他。此处没有任何效果将这一组整合成一个作为连贯的空间连续体的整体，
这样的话他们可以自然地对彼此做出反应。在效果上，就时间和空间而言，
他们在本质上是孤立的。这种类型中对于连续体的无视属于这一时期的特
点，因而单一形象也许会在同一个作品中有不同的表现，或者就像在古代
晚期艺术中那样，单个人物完成的一系列动作要么由单个的表现堆积而成，
要么表现为在单独场景的框架内重复这一形象……这一类孤立所要求于观
看者的，是一种能将各部分整合在一起知性行为，这在罗马式艺术的图像
学中非常普遍。因而琼·埃文斯博士（Dr. Joan Evans）提到了克鲁尼风格
壁龛里装饰元素的'象征式整合'（*Cluniac Art in the Romanesque Period,
Cambridge*, 1950, 23），那里不同的独立元素没有视觉上的连续性，这种连
续性只能通过联想其可能引出的含义才能理解。"（Princeton University
Press, 1962）

状。讽喻也许拥有它自身的"现实",但它当然不属于我们对于物理世界的感知活动。无论讽喻图像在视觉上有多荒谬,它在主题内容上仍拥有理念化的连贯性,因为理念之间的关系处于强大的逻辑控制之下。

超现实的局部孤立当然会显示出从行动体变为图像的趋势,这一趋势会在任一行动体被灵力占据时表现出来,它最终会成为一种灵体,因而也被依照等级孤立出来,它是一种处于中间状态 105 的造物,处于通往完美之阶梯上的某处[55]。当宗教画描绘出天使

---

55 "在所有崇拜行为中,即使是最精细和有力的,也可以说圣像只是作为一种象征、一种提示、一种对意在获得荣耀的神灵或圣徒的代表,实际上图像的维护者始终在一遍又一遍地坚持这一点。而一旦有巫术牵涉其中,这一论点就会站不住脚。所有宗教信仰和实践的共同点,就是将巫术特质赋予图像,这样图像与其所代表的人物间的区别就在某种程度上被消除了,至少暂时消除了。这一消解图像和原型之间界限的趋势就是这一时代〔查士丁尼时代之后〕图像崇拜的一个最重要特点。"(Ernst Kitzinger, "The Cult of Images Before Iconoclasm", 100—101)按照基青格所说的这一消解,举个例子,圣徒的图像可以代替圣徒的位置来制造奇迹——图像真正成了圣徒的人格化。这种巫术与伪理性的解释差别不大,因而同样类似于讽喻虚构作品,后者在哲学和理性上也是一样的不真实,可见基青格的下述论述:"图像的所谓干预方式同样值得注意。根据庞帝古斯(Euagrius Ponticus),图像在点燃一场大火上起了重要作用,这场火烧毁了波斯人建造的作为攻击前哨的假山。它能带来这一效果是通过水的中介作用,在被浇到火上之前,它被喷洒在了神像上。这似乎自相矛盾,正因如此这一切更为神秘莫测,火被水所激发的这个场景来自普罗科皮乌斯(Procopius)的描述,他还给出了完美的理性解释。但这同样使得埃德萨故事与这类奇迹故事吻合,在其中,图像(像是圣徒和圣迹)通过中介物质发挥它们的有益影响。"(104)"这个故事展现的不是一种新的和更为强有力的信

以完全离散的、不连贯的形式降至人间时，它就是在呈现这种孤立。而我们继而又发现，与恶魔图景相伴的是圣徒故事或者审判日画面，这种孤立的状况就更为显著。现代的超现实主义图像、角色中的转喻和提喻、陈列"现成物"（*objet trouvé*），这些都与之类似，都可以在更早时代的图像标志手法中找到直系祖先。下面例子中的手法同样是"现成物"（found objects），虽然它们的组织方式会更容易被看作来自传统图像学而非超现实主义的弗洛伊德式图像学。以乔治·赫伯特（George Herbert）的《痛苦》（"Affliction"）里的象征诗节为例：

106　　我的思想全都是刀，
　　　　伤害我的心
　　　　带着零零散散的痛楚；
　　　　就像浇水壶给了鲜花以生命。
　　　　它们的愤怒控制不了任何事，
　　　　然而它们确实伤害和刺痛我的灵魂。

第四行诗在不连贯和缺乏"持续性"上正如洛特雷阿蒙所说的"偶遇"（chance meeting）。诗节仅仅依靠隐含的意思维系在一起，而在二十世纪的超现实主义艺术中，则主要是由弗洛伊

仰，但确实有一种新的想要使得物体适应信仰的愿望。" 显而易见的想法——使用物体的讽喻。

德关于无意识动机的新理论将这些折射出来的图像连接起来。在
这两个例子中，总体效果都在于创造出了图像间的间隔。对于怎
样称呼这些间隔，批评界意见不一。有人会说，赫伯特的第四行
诗就是典型的"巧智"（wit），一种不和谐的和谐（discordia
concors），或者说将对立面粗暴地连接在一起。另一些人则更愿
意将这种巧智与超现实主义的黑色幽默和荒诞联系以来[56]。但是这
种巧智和对于荒诞的呈现无疑十分接近。

　　缺乏摹仿式的自然（naturalness）所必须要付出的代价是，　107

56　这让人忍不住将约翰逊博士对讽喻荒诞性的攻击，与现代超现实主义者对荒
　　诞的赞美进行对比，就好像"荒诞"在这两种情形下都意味着同一件事。在
　　参考历史背景的情况下，这可能是一个公平的对标，如果我们只考虑在关于
　　现实的混杂画幅中展现的形式上的、视觉上的荒诞，而不涉及我们生活的物
　　理时空中的组织形式。典型的约翰逊式攻击是在他关于德莱顿《雌鹿与黑
　　豹》（The Hind and the Panther）的批评中："这部作品的结构是不够得当
　　和难以理解的；还有什么能比一头野兽能劝告其他野兽并且将她的信赖托付
　　给教皇和议会更荒诞？" 然后他谈到了"虚构作品的不协调"，不协调的
　　意思就是超现实的东西确确实实按它的方式发生了。也许很少有艺术上的潮
　　流能像我们现代的超现实主义那样深地让约翰逊博士震惊。
　　　　关于讽喻艺术在时间关系上的荒诞性，有夏夫斯伯里（Shaftesbury）的
　　Second Characteristics, ed. Benjamin Rand （Cambridge, 1914），他在讨论
　　讽喻画家时说："当他选择了确定的日期或时间点来呈现他的历史时，这
　　就排除了除眼下的行动之外的、采取其他任何行动的机会。" 夏夫斯伯里
　　继续说："但是，在某些其他情形下，可以允许使用一些神秘的手法去表
　　现一段未来的时间：就像看到还是一个男孩的赫拉克勒斯拿着一根小棍棒，
　　或者披着幼狮的皮……尽管历史里从未提及过赫拉克勒斯在非常年幼的时
　　候就可以凭借双手杀死一头狮子，然而对他的这一呈现却无疑是完全符合
　　诗性真实的。"（35—36）

讽喻作者要像玄学派诗人那样强迫读者进入一种分析式思维框架中。言语中的省略正好造成了这种效果，任何碎片化的言谈（修辞学家所说的*aposiopesis*［叙述中断］）都类似地呈现为需被破译的编码式信息。我们会发现，对部分的严格组织属于讽喻式编码过程的另一方面，但是目前只需指出，通过具备一种超现实的外在文本肌理，讽喻可以立即从读者那里引出一种阐释式的回应。讽喻里的沉默与填充空间同样重要，通过联接起古怪的无关联的图像之间沉默的空隙，我们才能抵达沉陷的思想底层结构（《圣经》解经学者所说的"隐意"，*hyponoia*，俄国学童所知的"潜文本"［undertext］）。

孤立的一个最终效果需要被我们注意。它使得对于某些特定图像极为精准的刻画不仅是可能的，而且实际上非常可取。讽喻作者的抽象的主题意图并未阻止他用精确的语言描绘客体，如果有什么事是他被鼓励去做的，那也就是穷形尽相地精确化。这种过度很有可能出现在任何执着于精准的文献作品中，或者任何过于注重修饰的讽喻作品，就像在华丽的苏格兰乔叟派*，或者在一首像是《珍珠》（*Pearl*）那样的十四世纪诗歌中[57]。讽喻的文本

---

*　泛指活跃于十五世纪至十六世纪中期的苏格兰宫廷诗人，一般包括Robert Henryson、William Dunbar、Gavin Douglas、Sir David Lyndsay等人，他们的宗师是杰弗里·乔叟，他们常在作品中运用乔叟诗歌的形式和主题，故被称作"苏格兰乔叟派"（Scottish Chaucerian）。——译者注

[57]　见 E. V. Gordon's "Introduction"，在他编辑的 *Pearl*（Orford, 1953），pp. xi—xxix。

肌理是"令人惊叹的刺绣"，它工于装饰性细节。这不是现实主
义；这是超现实主义。

宇宙：讽喻式图像

　　最古老的关于修饰措辞的术语是"宇宙"（*kosmos*），出现
在亚里士多德所列的八种（如他所见的）诗性语言中。"每个词
要么是通行的，要么是外来的，或者是一个隐喻，或一个修饰［宇
宙，*kosmos*］，或重新合成，或加长，或收缩，或变形。"[58] 对于
这一湮没的术语[59]，我们更熟悉的是其多多少少被掩盖的而且肯定

_____

58　*Poetics,* 1457b. 我使用的是希腊语复数形式 *kosmoi*，意思是多种装饰
　　（ornaments）。

59　关于装饰（ornament），见 Quintilian, *Insitutes,* VIII, ch. iii, sec. 61。关于
　　讽喻（隐意［*hyponoia*］）与装饰其实是同一程式的不同方面，一个早
　　期例证见于 Pépin, *Mythe et allégorie,* 85，其中指出欧里庇得斯将一块装
　　饰过的盾牌称为"我们城邦所保有的命运的象征"。对于 *kosmos* 的总体
　　讨论，见 Lane Cooper, *Aristotelian Papers*（Ithaca, 1939），"The Verbal
　　'Ornament'［Kosmos］"101—128。以及 Henry Wells, *Poetic Imagery*
　　（New York, 1949），211，讨论了沃林格（Wilhelm Worringer）的作品。
　　Edward Bloom 在 "The Allegorical Principle"，*ELH,* XVIII, 164 中采用了常
　　见观点，将装饰视作某种钉死的、"只是"装饰性的东西。
　　　　Harry Berger 对于装饰研究的贡献在于他的 "显要的无关紧要"
　　（conspicuous irrelevance）理论，可见 *The Allegorical Temper: Vision and
　　Reality in Book II of Spenser's* Faery Queene（New Haven, 1957），chs. v, vi,
　　vii。这并非全新的观点：例如，Grierson 就发现斯宾塞"最精彩的地方恰恰
　　是最无用的地方"（*Cross Currents in English Literature of the Seventeenth*

109 成色不足的形式，即它的拉丁化衍生词，*ornatus*和*decoratio*[60]；

Century［London, 1929］, 56）。

　　燕卜荪完整地研读过一个修饰性段落，莎士比亚《亨利五世》中的工蜂寓言（I, ii, 320ff.），他将其作为第三种类型的含混（ambiguity）。燕卜荪对此进行分析的语境值得注意："各种各样的诗歌冲突理论都说，诗人必须一直关注他所处群体的不同部分之间，所存在的观点或者风俗的某些不同；不同的社会阶层，不同的生活方式，或者不同的思维模式；他应当同时成为这许多类型的人，以其自身让群体和解。尤其是为了普遍化第三种类型的含混，用这一相当有限的公式可以得到运用。"（*Seven Types*, 128）

　　潘诺夫斯基在讨论丢勒的"装饰性阶段"时触及了装饰性艺术的问题，他认为丢勒在这一阶段试验了灵力形式。丢勒的"凯旋大彩车"（Great Triumphal Car）在任何重要的意义上，都既是被表现出来的灵体，也是装饰性的。但实际上，如同许多艺术家的素描（比如著名的达芬奇素描）所呈现的，装饰性与灵力性质在视觉上伴生。在假面装饰或者在某些文艺复兴时期的图像书籍里对于幻想和机械元素的混合使用中，这都相当明显。Edgar Wind提到了柏拉图式的图像作者："在他们关于英雄式手法（其中充斥道德式的奇迹和神迹）的书中，点缀着所发明的机器的图画，这些能利用秘密自然力量的可敬机器被用于产生戏剧性的效果。它们被安放在古典立柱、塞壬、钻石和月桂、火蜥蜴、豪猪和独角兽旁边，这些象征继续用寓言的语言表达它们的英雄含义，而新的水轮、风箱、投石器、焰火、射石炮和碉堡像是粗鲁而平庸的闯入者，现实的精巧装置被置于幻想当中。但是对于这些发明者自己而言——莱昂纳多·达·芬奇就是其中之一——它们代表的是自然的魔力，人类同样也身怀这一力量。"（*Pagan Mysteries in the Remaissance*［London, 1958］, 96）装饰性艺术在十九世纪的丰富发展暗示出一种与灵力类似的思想，它也许在"新艺术运动"（*art nouveau*）中得到了极大展现，尤其是这一风格的大师——加泰罗尼亚建筑师高迪的作品。

60　"礼仪"（*decorum*）和"装饰"（*decoration*），"礼貌"（*polite*）、"治安"（*police*）和"剥夺"（*expolitio*），"宇宙的"（*cosmic*）和"化妆的"（*cosmetic*），"服装"（*costume*）和"习俗"（*custom*）的词源学联系，以及它们的所有小变体（比如，"装饰性园艺"［ornamental

我希望恢复使用这一湮没的术语，因为它满足了讽喻式图像的要求：第一，它必须隐含一种体系性的部分－整体关系；第二，它需要能够容纳借喻和提喻；第三，它也能容纳"拟人"；第四，它可以暗示图像的灵力性质；第五，它允许对视觉方式的强调，尤其是对于视觉上或者象征上的"孤立"，这并不一定是超现实主义意义上的；第六，如果它与其他这类图像结合，可以出现大量双重含义。

　　宇宙这个术语一旦被定义，它作为讽喻式图像关键类型的意义就会显现出来。它意味着（1）一个宙域（universe），以及（2）一个暗示出等级秩序中某一地位的符号。后者可以附加于或者相关于甚至是补充于任何作者想要将其置于等级位置中的物体[61]。女士佩戴的能凸显其社会地位的珠宝就是关于某种宇宙的典　110
型例子，或其他任何这类服饰上的地位标志[62]。

---

gardening］和"合适着装"［proper dress］）都展现出来相同的基础二元特性。

61　正如Bentham所言："在这一手法下，在听众或者读者的头脑中碰巧出现的任何与这一个体或这一阶层有关的不愉快的想法，都与这个物体和效果脱离；而作为那些多多少少招人讨厌的个体或多个个体的代表，呈现出的物体是幻想中的生物，通过这一想法，就像在诗歌中那样，想象力得到了激发——通过遮蔽掉个体或者阶层的力量，幻影被构建为一种尊重和敬奉的对象。"（*Works*, IX, 76；引自C. K. Ogden, *Bentham's Theory of Fictions*［London, 1932］）

62　St. Cyprian, "The Dress of Virgins", in *The Fathers of the Church*, XXXVI, tr. and ed. R. J. Deferrari（New York, 1958），ch. v, 35："处女在被看到时不应当使人心存疑惑。她的清白应在所有事物上显现，而她的着装不会羞

与英语中的情形一样，希腊词*kosmos*也有双重含义，因为它既可以表示一个**大范围的秩序**（大宇宙［macrocosmos］），也可以表示**关于这一秩序的小型符号**（小宇宙［microcosmos］）[63]。

辱她身体的圣洁。为什么她要精心打扮去到公共场合，为什么要编织起发辫，就好像她已经有一个丈夫或者正在寻找丈夫一样？"对于教会而言，这个要求在教义上也在伦理上非常重要，因为这关涉着对于圣处女的崇拜。也见Cyprian, "On the Unity of the Catholic Church", in *The Library of Christian Classics*（London, 1956），V, 128："福音书中有这种统一、这种不可分离的和谐关联之神迹的明证，即，主耶稣基督的里衣既没有被切断，也没有被撕碎。这件里衣整个被保存下来，并被那些为基督的里衣拈阄、询问谁应该穿上基督衣物的人完好无损和完整如一地收为己有。《圣经》里是这样说的：'这件里衣原来没有缝儿，是上下一片织成的。他们就彼此说，我们不要撕开，只要拈阄，看谁得着。'（引自简体中文和合本《圣经·约翰福音》，19: 23—24。——译者注）他展示了一件从领口就没有缝的整体，这是来自天堂、来自父神的，这一整体不能以任何方式被任何接受它、拥有它的人扯碎。它的完整和统一永远是坚固和不可打破的。撕碎它并且分裂教会的人不能拥有基督的衣物。与之相对，在所罗门死的时候，他的王国和人民就被撕碎了，先知亚希雅（Ahijah）在野外遇到国王耶罗波安（Jeroboam）时，将他的衣服撕成了十二片。"这一修辞在基督教时代不断重现，作为关于总体、关于任何国家或共同体的不可破坏的统一性，以及进一步关于心灵（当心灵与国家类比的时候）之统一的象征。

63 参见Plutarch, *Moralia,* tr. W. M. Goodwin（Boston, 1878），Bk. II, ch. i, "Of the World", 132："毕达哥拉斯是第一个哲学家，他按照秩序以及美，将宇宙之名给予世界；这就是这个词表示的意思。泰勒斯和他的后继者称，世界是一。德谟克利特、伊壁鸠鲁以及他们的学者迈特罗多鲁斯（Metrodorus）则断言，在无穷空间中有无穷个世界，因为在整体范围内无穷的真空包含着它们。恩培多克勒认为，太阳在其运动时形成的圆环限定了世界，而这一圆环就是世界的最大界限。塞琉古（Seleucus of Seleucia）

它可以用于服装上的某种装饰或修饰，某种装扮润色，某种专门指向地位的服装，某种也许伴随着穿戴一种特定服装的传令手段[64]；如果它们也被关联于等级地位，它可以被运用于印戒或者好

111

则认为世界没有界限。（塞琉西亚的塞琉古，希腊化时期的天文学家和哲学家。——译者注）第欧根尼认为宇宙（the universe）是无限的，但这个世界（this world）是有限的。斯多葛派在那些被称为宇宙（the universe）的事物和那些被称为整个世界（the whole world）的事物之间做了区分；考虑到真空的存在，宇宙是无限的，若是去掉真空，就有了关于世界的正确概念；所以，宇宙（the universe）和世界（the world）并不是一回事。"

64 弗莱在探讨"装饰的节奏"时提到，剧场一直都认识到了着装的图像功能。Donatus, "On Comedy and Tragedy", in *European Theories of the Drama*, ed. Barrett Clark （New York, 1947）, 45："登场的尤利西斯总是穿着希腊服装，可能是因为当他想要做统治者的时候，他最终装疯卖傻，为了不必在不知情的情况下被迫参战，或者因为他凭借罕见的智慧从同伴的掩护中获取极大帮助。他从本性上说就是一个欺诈的人。有人说因为伊塔卡的居民总是穿着帕拉（palla），比如洛克里斯人。（帕拉为古罗马女性的着装，一种大披肩。洛克里斯人［Locrians］是希腊先民的部族之一。——译者注）扮演阿喀琉斯和涅俄普托勒摩斯的演员戴着王冠，虽然从未拿着王家权杖。形成这一舞台惯例的原因是他们并未与其他希腊青年一起密谋同特洛伊开战，他们也未处于阿伽门农的指挥之下……喜剧中的老年人穿白色服装，因为那被认为是最古老的一种。年轻人则穿着各种颜色的衣服。喜剧中的奴隶围着粗厚披巾，这要么是证明他们此前的贫穷，要么是为了让他们跑得快一点。食客们则歪歪扭扭地穿着帕拉（pallas）。而高兴的人穿着白袍，不高兴的人则穿得脏兮兮的；富人穿的是王家紫袍，穷人穿的是绛紫色；士兵穿紫色短披风（chlamys）；女孩穿异域长袍；老鸨穿着花哨长袍；而代表贪婪的黄色，则由交际花穿着。" 适用于服装的原则也适用于布料，例如在埃斯库罗斯戏剧中困住阿伽门农的布（网）。

将着装视作性格和地位的索引，见Castiglione, *The Book of the Courtier*, tr. C. S. Singleton （New York, 1959）, 121ff.。在像Della Casa的*Galateo: or,*

运符，比如说可以是这种情况，即一个人属于某个只能通过携带
112 这类戒指或护身符凸显其身份的秘密团体[65]。不管是用作副词还是
形容词，kosmos一词及其衍生体都暗示着得体守礼（κοσιοτης）
的着装和举止，因为一个人按照其在社会中的真正地位进行装束
才符合得体的要求。通过其形容词用法，我们开始转向kosmos的
另一个同等重要的意义，即对于一个宙域（universe）的暗示，这
就是希腊人以及我们说起"新的宇宙学（cosmology）"，或者
"宇宙作为一个无限宙域"时候的意思[66]。这一含义存留了下来，
似乎就暗示着，这种对于普遍的（universal）、大范围秩序的意

The Book of Manners（ch. vii）这样的礼节书籍中，礼貌的含义显然很宽
泛，它符合一地和特定地点的习俗。参见Galateo的新译本，来自R. S. Pine-
Coffin（Penguin ed., 1958），33。

65 密码也可能成为视觉符号的魔法等同物。参见Ogden and Richards, The
Meaning of Meaning（8th ed., New York, 1959），27, 28。

66 对宇宙学的哲学与科学基础的简要描述，见Cassirer, An Essay on Man 67ff.;
R. G. Collingwood, The Idea of Nature; 以及Kroner, Speculation, "The Rise
of Cosmology", 73—87; A. D. Ritchie, Studies in the History and Methods
of the Sciences（Edinburgh, 1958），ch. x, "Cosmologies"。关于近来宇
宙学已有成果的现代科学解释，见D. W. Sciama, The Unity of the Universe
（New York, 1961）; Fred Hoyle, Astronomy（New York, 1962）。这一领
域目前正引起极大兴趣，也十分活跃。关于其医学背景的最为重要的研
究著作也许是Roques的L'Univers Dionysien. 注意，kosmos的一个同义词
是taxis（安置），而托勒密（100—170 a.d.）的重要著作就名为《汇编》
（Syntaxis）；托勒密体系对于讽喻有极为重要的作用，它建立了一套有
着围墙（enclosures）、带、环、链条、轮子或者某种你愿意也可以称之为
"星球"的系统。

识就是其原初含义，它也有着坚固的语文学根基。这样一种秩序的成分必然分有其总体的系统性性质，而从词典编纂者确定的另一层含义看，这一点就很明显了：被确定下来的另外一种含义就是律法（*law*），因为宇宙一词在某些特定情形下被作为立法者（*magistrate*）使用；这样一个立法者确立了普遍的系统，在此之下社会各成分有序排列，在此之下所有公民各有其位[67]。在这种情形下，就跟在它更常见的含义装饰（*ornament*）中一样，部分隐含了整体，整体也隐含了部分，部分或整体都不能失去另一方。小宇宙和大宇宙彼此互补[68]。这看起来非常像是一种提喻的关系，　113

67　见Frankfort, *Before Philosophy*, 137ff., "The Cosmos as a State"。

68　Plutarch, "On the Cessation of Oracles", in *Moralia*, tr. C. W. King （London, 1903），74，这里讨论了那些"将小东西伪装成大事件表征"的卜算活动，从中可以了解到，巫术内涵中有某种小宇宙—大宇宙关系。令人惊讶的是，这种信条重现于十九世纪中期，见George MacDonald, *Phantastes* （1858），ed. Greville MacDonald（Everyman ed., 1916），ch. Xii："那些相信星辰影响人的命运的人至少会认为，比起那些认为天体仅仅通过一种对于外在法律的普遍服从而与自身相关的看法，他们更接近真理。人所看到的一切都与人相关。各个世界间不可能没有一种天体之间的关系。这一所有造物中心的共同体暗示着一种辐射状的关联，以及对于各部分的依赖……没有闪耀的星带或者发光的月亮，在一个自环绕的双子星中没有红色和绿色的光耀，但存在着一种同人的灵魂中的隐秘事物的关联，而且可能还关联着他的身体的秘密历史。它们是他所居其中的生命躯壳的一部分。"这使人想起中世纪神学家库萨的尼古拉（Nicholas of Cusa），他说过"上帝是一颗可以理解的星球，其中心无处不在，其圆周无处可寻"；可参见Jorge Luis Borges, "The Fearful Sphere of Pascal", *Noonday 3* （New York, 1960）。关于宇宙学中部分—整体关系这一系统性观念的早期发展，散见于S. Sambursky, *Physiscs of the Stoics* （London,

纯粹而简单，一个纯粹的认知问题，但是它引发的某些特殊的情绪张力将会很快出现。宇宙所蕴含的这些张力，有时候相当迂回，有时候又不加掩饰，不过无论哪种情况，宇宙都是命名任何象征体系成分的最有用的术语，比如说用于讽喻，它建立的就是一个由或强或弱的行动者和图像组成的等级秩序。

讽喻作品基于两个相互关联的层面间的平行关系，一个层面由读者假定，另一个则实实在在呈现在故事中。这一点众所周知。关于相关性系统的典型现代研究就是蒂利亚德（E. M. W. Tillyard）所作的指南《伊丽莎白时代的世界图景》（*The Elizabethan World Picture*）。这本书也许应该题为《伊丽莎白时代的宇宙》（*The Elizabethan Cosmos*），此处的宇宙就有双重意义，正如它的本义。因为实际上蒂利亚德所处理的就是伊丽莎白时代讽喻诗的构成，而总的来说，伊丽莎白时代的诗歌在某种程度上都是讽喻式的；他同时还阐述了在诗人操控下用来同象征意象构成平行关联的宇宙意义的等级秩序[69]，其中典型的就是他谈及

114

1959），尤其是ch. iv, "The Whole and Its Parts"; Friedrich Solmsen, *Aristotle's System of the Physical World* （Ithaca, 1960）。

69　关于黄金链条（Golden Chain）这一观念的根基，见Ludwig Edelstein, "The Golden Chain of Homer", in *Studies in Intellectual History* （Baltimore, 1953）, 48—67。Tylor, *Origins of Culture*, I, 117, and Mircea Eliade, *Images et symboles* （Paris, 1952）, "Le Dieu Lieur", 这里提出，链条是既被崇拜又被憎恶的脐带的残余，而其他关于束缚的观念同样也参与进了这一关于等级秩序的主导图像。英语世界的经典研究文本是洛夫乔伊（Lovejoy）的《存在巨链：对一个观念的历史的研究》［*The Great Chain*

"伟大链条"（Great Chain）的时候引证了像是莎士比亚笔下的尤利西斯这类诗行。正如蒂利亚德所言，伟大链条的阶梯可以横着来看，这样的话我们就拥有了关于讽喻的矩阵。如此一来，如果存在包容万物的阶层，那也就会有代表每一层级的具体事物，因此对于每一层级象征意象的选择就会相应地变得狭窄。所以，以《科利奥兰纳斯》为例，这部戏剧充满了动物图像，是因为这种图像提供了同戏中主要象征"层级"相关联的"层级"，前者即是梅尼乌斯·阿格里帕（Menenius Agrippa）所说的关于政治有机体（body politic，即国家）的寓言。但是该图像又是基于另外两个层级，即小宇宙的和大宇宙的"身体"[70]。人体组织变成了等

---

of Being: A Study of the History of an Idea]（Cambridge, Mass., 1953）。洛夫乔伊的著作对于讽喻研究尤为重要，这是因为它强调了"异世性"（otherworldliness）的作用，即各种各样清教式禁欲观（ascesis）。最后参见Leo Spitzer, Classical and Christian Ideas of World Harmony （New York, 1944—1945）。

70 外在于身体的装饰性衣物图像趋向于同身体本身融合，而我们也看到，事实上身体—图像被广泛运用于讽喻和神话诗歌中。一个完美的例子就是《辛白林》里穿戴与珠宝（戒指、手镯和王冠）中的宇宙观（kosmoi）。在这一修辞运用上，关于英语诗歌的最为全面的批评作品也许是John F. Danby, Poets on Fortune's Hill: Studies in Sidney, Shakespeare, Beaumont and Fletcher （London, 1952），这里对于文艺复兴时期等级思想的研究直接导向了一种对身体—图像的研究。见Danby, 42, 50, 63, 85, 131（关于《安东尼与克利奥帕特拉》中身体作为宇宙的图像）。参见库尔提乌斯的简要提示（European Literature, 136—138）；他注意到："这一领域非常巨大且未被探索过。单是爱国主义文学都可以填满一整卷书。"注意，除了这个关于"身体隐喻"的条目，前一节还有"饮食隐喻"。我受惠于Joseph Pequigney先生，

级系统，头（代表理性和意志）在顶部，身体的其他部分在低一

他提到在《失乐园》中就有此类隐喻（V, 414—431）；弥尔顿将这一修辞手法发展成了某种宇宙式的消化体系，可类比于普鲁塔克和莎士比亚的"肚皮寓言"。关于普鲁塔克对身体—图像的运用，见Marignac, *Imagination et dictlectique*, 71—98。在中世纪，这一图像提供了关于国家组织化构成的标准观念。见Otto Gierke, *Political Theories of the Middle Age*, tr. F. W. Maitland（reprinted Boston, 1959），24："就像人类被视作一个整体，那么这就不仅是对于普世教会和普世帝国而言，也同样存在于每一特定教会和每一特定国家中，确实，每一稳固的人类群体都被比作一个自然身体（*corpus naturale et organicum*）。它被认为是也被称作是神秘身体（Mystical Body）。为区别于一种自然身体（Body Natural），Engelbert of Volkersdorf（1250—1311）已经使用了这一术语，即'道德与政治身体'（Body Moral and Politic）。" 正如Gierke所指出的，从这一总体隐喻中推演出关于内在机体的各种结果，这是完全可能的。比如，当"各部分完美地完成了适合其自身的机能"（26），才能实现某种政治上的健康（完整性）。标志性的现代研究见于康托洛维茨（Ernst Kantorowicz），《国王的两个身体》（*The King's Two Bodies*, Princeton, 1957）。

不过，这一领域最有意思的进展却不是修辞上的，而是在心理分析中，它事实上弥补了库尔提乌斯所说的研究缺憾。不仅有Otto Rank在*Art and Artist: Creative Urge and Personality Development*（New York, 1932）中研究了身体—图像的心理重要性，这部作品仍是关于艺术的心理分析经典之作，举例来说，它就远比Ernst Kris的作品重要；还有纯粹临床角度的新近研究，Seymour Fisher and S. E. Cleveland, *Body Image and Personality*（New York, 1958）。许多诗歌研究已经注意到，比如说关于"无法撕碎的衣服"的观念，它可以在身体—图像的心理学意义上进行某种相当系统的阐释。像是《雅歌》《多福之国》和《四季》这样的作品，其中的自然、公民秩序和人类身体都是类比关系，它们也许可以在心理分析的意义上被重新阐释。

《多福之国》（*Polyolbion*, 1612）是诗人迈克尔·德雷顿（Michael Drayton, 1563—1631）所作关于英格兰与威尔士的长诗。《四季》（*The Seasons*, 1726—1730）是苏格兰诗人詹姆斯·汤普森（James Thompson）所作组诗，主要关于乡间四季风景。——译者注

些的层级中，一直到"公民大会中的大脚趾"，即公民们的发言
人。自然界和精神世界中有多少种秩序，这一类相关层级就可以
有多少[71]。关于宇宙的真正科学观点会试图将这些相关层级的数量   115
降到零，即使实际上我们会发现，物理学、化学和天文学确实也
会运用形而上建构的假定来作为经验问题的答案[72]。我们可以在任   116
何科学的早期阶段看到讽喻，反过来说这也可以表明，讽喻经常
成为科学理论的拟像，而主要区别在于我们的道德和神秘讽喻故
事无法经受住经验检验。因而，我们在莎士比亚的《科利奥兰纳
斯》中发现关于身体的图像被看作一种宇宙秩序，这就一点也不
奇怪，这一图像早已主宰着早期希腊的科学式宇宙学[73]。

------

71 身体可以成为一座建筑、一座堡垒，"身体的城堡"，或者它可以成为一
    种自然的增长，如同在身体和花园的类比中；在自动化机械发明后，其
    他的灵力类比也成为可能。对身体的任何武装使得它成了某种堡垒，坚
    硬、稳固、不可动摇。文艺复兴时期精雕细刻的纹章盔甲，而后这些所谓
    的历史性盔甲，就作为一种力量符号来装饰人的堡垒。比如这部作品中对
    此类手法的极好仿拟，见其对萨里郡骑士比武的描写: Thomas Nashe, *The
    Unfortunate Traveller*, in *Works*, ed. R. B. McKerrow（Oxford, 1958），II,
    271—278。

72 关于"物理"释经这一领域，见Pépin, *Mythe et allégorie*, 86："这通常是
    物理领域的教学问题，而普罗克洛（Proclus）在定义讽喻阐释时，就宣称
    '物理现象在这里成为神话隐藏含义的最终对象'。"

73 见Collingwood, *The Idea of Nature*, 3—4。在一份非常详尽的关于宇宙
    （*kosmos*）一词的词源研究中，Boisacq注意到"秩序；习俗；美的构造"
    这些含义与拉丁词"躯干"（*corpus*）的关联，因此，"身体；基底"这
    个词义有其印欧语渊源。见Emile Boisacq, *Dictionnaire etymologique de
    la langue grécque*（Paris and Heidelberg, 1938），500—501; also A. Juret,

希腊的诗歌及文学以最清晰的方式提供了讽喻式宇宙呈现的
完美例证。荷马关于阿喀琉斯之盾的描述，确立了后世所有处
理衣着、服装、武器的范式[74]，它将人类身体用作讽喻象征，指
向处于更大系统之中的思想与事物。整部《伊利亚特》，诗人都
在细心描绘双方战士与平民的服饰，我们由此也获得了一种关于
117 战斗秩序及和平存在的秩序的认识。荷马对于明喻（simile）的
装饰性、结构性使用——史诗明喻一直被视作一种卓越的装饰手
法——赋予了读者双重视角，诗歌借此传达了两个对立世界的观
念，一个处于和平状态、另一个则在战争中。出于这类"宏大
的"（cosmic）目的，明喻和宇宙持续存在，而虽然说《伊利亚
特》主要是一首摹仿式的、非讽喻的诗歌，但在这些强调装饰性
的地方，它**确实是**讽喻式的。与之类似，在《奥德赛》中，亚
里士多德（《诗学》1460a）发现了运用装饰的古典范例（*locus*

Dictionnaire etymologique grec et latin（Mâcon, 1942），77。Maurice
Charney, *Shakespeare's Roman Plays: The Function of Imagery in the Drama*
（Cambridge, Mass., 1961），这里提到《科利奥兰纳斯》里使用了一种"孤
立"的图像，它又取决于一种破碎的完整宇宙的观念，无论那是一个国
家，还是城市、家庭或个人。

74 Pépin（*Mythe et allégorie,* 153—154）讨论了斯多葛派哲学家克拉特斯
（Crates）对这类图像的阐释。这其中特殊的盔甲由阿伽门农穿戴（第十一
卷）。对一个像斯宾塞这样的诗人来说，身体上的盔甲有着更深远的价
值，这来自保罗的训令"要穿戴神所赐予的全副军装"，但它仍有一种宇
宙式参照，尤其是对于像是亚瑟和红十字骑士这样的主要角色来说。缝纫
和刺绣的图像很有可能与武装的图像很接近。参见Marignac, *Imagination et
dialectique*, 99—102。

classicus）：返乡途中，英雄在宁芙仙女的洞穴边上岸，而即使不如喀耳刻岛屿的故事那样特别适合进行讽喻式阅读，这一段也在之后由新柏拉图主义者波菲利（Porphyry）进行了深度的解经式解读[75]。这样一段文字尤其受到关注，当然是因为《奥德赛》中的装饰性明喻并不常见[76]。

装饰的情感本性

宇宙一方面装扮和标注了特定等级，另一方面它也有超出"仅仅是"装饰性或者"仅仅是"等级性的功能[77]。没有什么比

75　Porphyrius, *Commentary on Odyssey XIII*, tr. Thomas Taylor （London, 1823）. 关于新柏拉图主义者的讽喻化，见André Chastel, *Marsile Ficin et l'Art* （Paris, 1954）, 136—162。与Edgar Wind在*Pagan Mysteries in the Renaissance*中的观点类似，Chastel强调了魔法在新柏拉图主义对图像和经验的阐释中的地位。

76　比起荷马，维吉尔是更为典型的"宇宙式"诗人。见Curtius, *European Literature*, 444。既然装饰是无时间性的，是"某种从时间中抽离出来的东西"，那它在这个意义上是一种柏拉图式的理型，并且分有了神圣。库尔提乌斯在霍夫曼斯塔尔那里发现了这一对于"无时间性的欧洲神话"的追寻。

77　关于装饰"仅仅作为装饰"的典型运用（例如，某种过度添加的、无关的或者这类的东西），见Middleton Murry, *The Problems of Style* （London, 1960）, 9—11。Tuve, *Elizabethan and Metaphysical Imagery*, 112—113，这里已经攻击过将这一观点加诸伊丽莎白时代对于"装饰"一词的使用。她把叶芝的诗《三种运动》（*Three Movements*）视作装饰性风格的例子，相当明显地是诗中没有任何东西与一个中心形象无关。

地位象征更能够激发强烈的情感回应，因为一个被注意到穿戴
着某种标志性饰物（kosmos）的人，可能属于也可能不属于这
位穿戴者的等级，在这种情况下会产生某种归属感，或者某种
118 模仿的欲望，又或者是嫉妒的感觉，任何一种［情感］都可能
因为目睹这一装饰被激发出来。"动词kosmein被解释为一种将
你希望去赞美（并已经接受）的事物比作拥有良好名称的更好
的事物的过程。"[78]值得注意的是这一过程并非不偏不倚：在
kosmein的修辞学意义上，"去装饰"意味着从较低的等级提升
到较高的等级[79]。衣着和服饰可以成为社会地位爬升的工具，在

78　Lane Cooper, "The Verbal 'Ornament'", 106. Cooper给出了许多装饰性
　　措辞的例子，它们对我们来说也许显得陈腐，但之所以会陈腐，也许是因
　　为它们是如此有力地暗示着地位，并且出于这个原因被过度使用了。

79　在早期教会和中世纪教会中，讽喻的情感性质曾引发过严肃争论。
　　Tertullian, "On Idolatry", 100:"你问，将灯放在门口、将月桂挂在门
　　柱上，这样做是在敬奉一个神吗？完全不是，它们在那里不是为了敬奉
　　神，而是在敬奉人，是那些通过这样博取关注而被敬奉得像神一样的人。
　　或者它表面看起来是如此，而暗中的情况是它接近魔鬼。"E. G. Holt, A
　　Documentary History of Art（Anchor ed., New York, 1957），I, 19ff.，这里
　　提供了这场争论的资料。圣伯纳德（St. Bernard）反对在教堂中使用装饰:
　　"因而教会被光明那宝石般的王冠所装饰——不，像车轮那样光亮，四周环
　　绕着灯，而镶嵌的宝石也同样光辉夺目。此外，我们还看到矗立的烛台如
　　大片青铜树林，以精妙绝伦的技艺打造，它们身上的宝石所闪耀的光芒并
　　不亚于它们所承载的灯光。你认为，这一切目的为何？是悔罪者的内疚，
　　还是观看者的赞颂？噢，虚荣中的虚荣，然而没有什么比疯狂更虚空！
　　教会的墙华丽，穷人却在乞讨；教会用黄金装饰石头，她的孩子却衣不
　　蔽体。"（20）伯纳德尤其攻击了那些畸形、超现实、怪异的图像，那些
　　"不洁的猿猴，那些凶猛的狮子，那些巨大的半人马，那些矮人，那些有

这一过程中，以及在一个有志于提升社会地位之人所处的社会空间里，比如一个奥斯瑞（Osric，《哈姆雷特》中的人物）或者一个帕梅拉（Pamela，理查森［Samuel Rihardson］小说《帕梅拉》的主人公），这种提升当然会借助于kosmoi的使用，无论是作为言谈、举止或者服装[80]。炫耀着装也许只是个人虚荣心的问

119

条纹的老虎，那些争斗的骑士，那些吹响号角的猎人。这里看得到一个头下有许多身体，或者许多头只有一个身体，诸如此类。" 而为驳斥这一说法，修道院院长絮热（Abbot Suger）写道："我们不仅用了这些，还用了大量昂贵的其他宝石和更大的珍珠来完善这一如此神圣的装饰。"（28）圣丹尼斯修道院的奢华装饰部分借助其讽喻阐释而被合理化："因为这些材料的不同之处，像是黄金、宝石和珍珠，如果不加以描述，则无法被迟钝的目光所轻易理解，我们已经看到这项工作，它只是对于识字的人才可以理解，那些被写在纸上的东西，正以令人愉悦的讽喻光芒四射。我们附上了阐述这一事件的经文，以便更清晰地理解这些讽喻。"（29）

80 见Dorothy Van Ghent, *The English Novel* （New York, 1953）, "On *Clarissa Harlowe*"和"Clarissa and Emma as Phèdre" in *Modern Literary Criticism*, ed. Irving Howe （Boston, 1958）, 此处清楚说明了撕碎衣物的图像对于小说的主要戏剧场景来说至关重要。衣物同样也在其他十八世纪小说中发挥重要作用，比如在《帕梅拉》中，还有Francis Kirkman, "The Counterfeit Lady Unveiled", in *The Counterfeit Lady Unveiled and Other Criminal Fiction of Seventeenth Century England*, ed. Spiro Peterson （New York, 1961）。服饰精美是一种描写自信之人的手法。
注意在琼森（Ben Jonson）的*Epicoene*中同样也有这一典型的服饰技巧，"仍要整洁，仍要打扮"在图像上和在意义上都关系着装扮。在整个伊丽莎白时期和詹姆士一世时期的戏剧中，装饰的功能总有普遍意义。组成"世界是一个舞台"这一常见用法的关键部分就是演员的化妆装扮；被涂抹过的脸需要被"阅读"，就像对待一条谜语。而在艾略特对《哈姆雷特》的引用里，我们会读到这样的诗行："准备好一张脸去面对那些你要

题[81]，但是作为一种"宇宙意义的"手法，它将穿着者提升到与那些穿得最好的"显赫之人"（man of distinction）平等的地位；而反过来说，当一个有地位的人喜欢打扮得粗劣，我们会意识到这是一种地位上的障眼法，一种去削弱其实际社会地位的"反讽"尝试。

那么划定和降低等级就成为宇宙最主要的功能，这并不少于其提升的功能。用一个低劣的名词，将我们希望贬低的对象比作一个低劣的事物，我们就完成了一项下降的运动[82]。最重要的是认识到，装饰可劣可优，会被憎恶也会被欲求，而存在之链通往低处正如它向上，这正是我们在研究讽喻式行动体时发现的情况。"灵力"一词保留下魔鬼的含义只是来自一种切近而又简单化的传统，而从另一个更为灵活的角度看，灵体居于中介位置，它恰恰保留了关于宇宙观的现有观点，即与它们一样，这些行动体既可以在人类之上也可以在其之下。遭遇一个讽喻式行动体的结果，要么是上升（经由天使），要么是下降（经由魔鬼），不会出现

120

面对的脸。"我们被告知，通过这一表面，我们读到了真正的内部设计。与之相似的是《辛白林》中的宫廷修辞。

81　参见 *The Consolation of Philosophy*, 50："即使尼禄倨傲地用提尔的紫色染料和雪白的宝石装扮自己，这个暴躁而奢华的人还是活在对所有人的愤恨中。"

82　贬低（*meiosis*）这一修辞用法会降低对象的地位，而不是使其看起来更为尊贵。见Tuve, *Elizabethan and Metaphysical Imagery*, 197, 203。

参照灵体所处的等级未发生改变的情况[83]。讽喻式图像以更明显的方式施加了相同的影响。

说教功能

讽喻的传统用途就是说教和道德劝导。在政治革新的时代，它们可以用来呈现新的伦理准则；而在保守的时期，表达的又是那些已经过时的陈旧理论。一些批评者已经多次指出，讽喻作品经常呈现的是传统上"给定"的东西，那些已被接受的、众所周知的道德观，只不过是运用了新鲜的图解。这一论点认为，"给定之物"所具有的劝导力量使得这类艺术避免了成为"单纯说明性的"，它也使得附加的意象特质不至于影响一个朴素的寓言故事的内质与活力，将其变得僵死衰朽。但在我看来这一观点太过平淡了。事实上，古老的宗教和道德观所需要的远远多于通过图解赋予它们生命。它们需要自己被得当地修饰，需要系统性的适合符号，就如同弥撒上司祭所穿的法衣，或者军事独裁者，又或

---

83 比如，年轻的好心人布朗（Young Goodman Brown），在树林里遭遇了魔鬼的目光；他的道路在那一刻就被魔力影响。或者像在《拉帕奇尼医生的女儿》（"Rappaccini's Daughter"）中的乔万尼（Giovanni Guasconti）遇到碧翠丝（Beatrice）那样；简单的爱是不可能的，考虑到她的灵力本性。这不是说摹仿式文学中的性格不会相互影响，从主角的视角来说，在数不清的变化场景中总是存在**抉择**。但是在讽喻作品中，主角总是接受灵体的条件，即使它也可能是一个善良的灵体。
布朗和乔万尼均出自霍桑所著短篇小说。——译者注

五星上将制服上的徽章。个人地位同等级体制密不可分，也无需避讳特殊符号的情感本性。

对欲望和行动的修辞鼓动

　　从根本上说，讽喻是一种华彩词章的修辞，是关于赞颂与仪式的修辞术[84]，因其最常用于赞颂和谴责某些特定行为或某些哲学立场。就像在伊拉斯谟·达尔文（Erasmus Darwin）*的植物学诗歌中，即使它寻求的是将自然整合进一个科学的等级体系中，那也仍然是在赞颂更高的秩序以及贬斥低级秩序[85]。在这些问题上，我们的感受没有其他选项。我认为，如果不承认隐含偏向，我们

121

84　W. P. Ker, *Epic and Romance: Essays on Medieval Literature*（London, 1896;
　　reprinted New York, 1957），328ff., 这里描述了中世纪罗曼司文学中的典
　　礼倾向，作者将其联系起了标志性的"对富丽堂皇的描写"。在纪念碑的
　　情形里，这样一种典礼目的也足够清楚：关于这一点，见Paul Goodman,
　　"Notes on a Remark of Scami", in *Kenyon Review*, XX （1958），547—554;
　　另见C. S. Lewis, *A Preface to Paradise Lost*（London, 1960），ch. viii, 52—
　　61, "Defence of This Style"。

*　　伊拉斯谟·达尔文是查尔斯·达尔文的祖父，《自然神殿》是他所作长
　　诗。——译者注

85　在《自然神殿，或社会起源》［*The Temple of Nature, or, The Origins of
　　Society*］（London, 1803）中，达尔文给出了相当技术性的注解和评论，
　　其中还添加了几篇论述，分别是《微观动物的自发生命力》《感官的能
　　力》《火山火》《蚊子》《繁殖》《遗传性疾病》《电力与磁力的化学
　　理论》。

不能够进行排序。当修辞学家寻求打动他的特定读者时，他会从他的角度去计算这一宇宙的语言所造成的情感效果。因此，

> 我们夸赞人的时候必须考虑特定听众的性质，就像苏格拉底说过的，当着雅典人的面夸赞雅典人并不困难。如果听众看重某个品质，我们就得说我们的主角也有这个品质，无论我们所谈的是斯基泰人还是哲学家。事实上，受到尊重的所有事情我们都要将其呈现得高贵。毕竟，人们认为这两件事差不多是一样的。[86]

亚里士多德切实地指出，实际上无论真正的优点是什么，人们总会将自己想得很好，一个狡猾的阿谀奉承之徒会假装成高贵的人，即使这不是事实，而这也只是为了赞美委托人。这一技巧首先假定了一种广泛被接受的关于什么是高贵的观念，它需要对现存的这些属性（即被推定的美德）进行象征化运用以说明委托人的行动，这就相当于某种"性格明证"。"赞颂是用恢弘的言辞 122 表达出来的良好品质，因此必须显示被赞颂的人的行为具有这一性质。"[87]为了达到这一效果，演说家搬出了现成的"宇宙"。说清楚一个人做了什么还不够，你还要说明他的所作所为是出于最

86　Aristotle, *The Rhetoric* (*Works*, XI), ed. W. D. Ross, tr. W. R. Roberts (Oxford, 1924), 1376b.

87　同上。

崇高的动机，而某些特定的典型意象可以与这些动机结合在一起。

　　这样说来，赞颂真正的或假定的美德就有了一种激发人们去行动的效果。"赞颂与规劝有共同之处；换一个说法，规劝就变成了赞颂……所以，你想赞颂人，就想一想怎样规劝人；你想规劝人，就想一想怎样赞颂人。"[88]这一过程的一个清楚例子发生在莎士比亚《理查二世》（*Richard II*）的第二幕第一场，老约翰·冈特在等待理查进门时，说希望"对他的少年浮薄的性情吐露我的最后的忠告"，冈特相信"一个人的临死遗言，就像深沉的音乐一般，有一种自然吸引注意的力量"。在此可以引用他这段著名的话，因为这就是一种"强制吸引注意"（enforce attention）的尝试，它也通过对于装饰——在kosmos的原意上——的修辞运用支撑起关于一个好国王或好公民的理想观念。这段台词通常直白而谚语化，暗示着它来自一位老人的智慧。反讽的是，这些话并未被年轻的国王听到，他在其结束后才立即登场；同样反讽的是这段话从宇宙阶梯的最高处滑落底部，从赞颂进入了贬斥。

　　　　我觉得自己仿佛是一个新受到灵感激励的先知［冈特说］，在临死之际，这样预言出他的命运：他的轻躁狂暴的乱行绝不能持久，因为火势越是猛烈，越容易顷刻烧尽；绵

123

88　*Rhetoric*, 1368a. 在《论出版自由》（*Areopagitica*，约翰·弥尔顿的一部散文作品）中，这种词藻华丽的方式就与一种预见意图结合了起来，例如这一部分的开头："接下来就是一段充满活力与愉悦的预言，对于我们那欢乐的成功与胜利。"

绵的微雨可以落个不停，倾盆的阵雨一会儿就会停止；驱驰
太速的人，很快就会觉得精疲力竭；吃得太快了，难保食物
不会哽住喉咙；轻浮的虚荣是一个不知餍足的饕餮者，它在
吞噬一切之后，结果必然牺牲在自己的贪欲之下。

而借由被引发的一连串意象，这类陈词滥调被突然提升：

　　这一个君王们的御座，这一个统于一尊的岛屿，这一片
庄严的大地，这一个战神的别邸，这一个新的伊甸——地上
的天堂，这一个造化女神为了防御毒害和造化的侵入而为她
自己造下的堡垒，这一个英雄豪杰的诞生之地，这一个小小
的世界，这一个镶嵌在银色的海水之中的宝石（那海水就像
是一堵围墙，或是一道沿屋的壕沟，杜绝了宵小的觊觎），
这一个幸福的国土，这一个英格兰，这一个保姆，这一个繁
育着明君贤主的母体（他们的诞生为世人所侧目，他们仗义
卫道的功业远震寰宇），这一个像救世主的圣墓一样驰名、
孕育着这许多伟大的灵魂的国土，这一个声誉传遍世界、亲
爱又亲爱的国土，现在却像一幢房屋、一块田地一般出租
了——我要在垂死之际，宣布这样的事实。英格兰，它的周
遭是为汹涌的怒涛所包围着的，它的岩石的岩岸击退海神的
进攻，现在却笼罩在耻辱、墨黑的污点和卑劣的契约之中；
那一向征服别人的英格兰，现在已经可耻地征服了它自己。　124
啊！要是这耻辱能够随着我的生命同时消失，我的死该是多

　　么幸福！

　　每一句赞颂里的指代都包含着一种关于英格兰命运的概念式和预言式的图像，而列举这类指代就是一个还未成型的讽喻的框架。这一对称形式，以及这段话中的宇宙式内容，正是寻求"强制吸引注意"的手法。

　　在这里，讽喻的道德和说教劝导在赞颂和贬斥的语言中都得到了表达。即使如此，莎士比亚也让他的观众多少有些反讽地看待冈特。面对冈特这样的责备，我们几乎会对国王的怒火感同身受，因为在理查到达之后，冈特的情绪也没有缓和。但是这里施加了一个更微妙的修辞控制。我们也许会怀疑，在所引部分中冈特所说第一行里那种明显的说教意图，莎士比亚是否并没有将之仅仅用于这个目的，他只是为了削弱任何可能的反讽，以免我们可能会反感这突然迸发的赞颂。这种赞颂本来就足够不牢靠了。它携带的目的有点太多，加入进这一高贵使命的态势有点太强烈。

　　最常见的对于讽喻的攻击就在于，它拥有的正是亚里士多德所谓"赞颂"带来的效果，即"竭力主张某种行动方式"。据说讽喻拥有太多"信息"，缺乏艺术天然的客观公正，也缺乏艺术
125 的有机自主[89]。必须承认，这一模式依赖于宇宙观，宇宙观则依赖

89　因为道德标准随着时间发生变化，诗人需要考虑**他的**风度的普适性，如果
　　这不是关于他想要描绘的任何给定角色的话。因此雪莱在《为诗辩护》

着地位的系统，而这些系统过于严格以至于无法允许艺术想象的
自由活动。当讽喻作品将一种在艺术必要性上可疑的道德律令强
加于读者，它们就是在呈现一种关于"你应该赞美的行为"的理
想化图像。这种值得称赞的图像与高级摹仿的功用无关，而这一
功用则似乎是西方艺术的核心贡献[90]，尤其是如果你受过《诗学》

（*Defence of Poetry*, Oxford, 1932），132—133中提到："诗人若是具体表
现他自己关于正确和错误的概念，这就是不好的事情，那些通常属于他自
己的地点和时代，而并不关涉他的诗性创造。假定阐释出效用有其弱点，
即使在这一方面诗人最终也能表现出他自己，那也并不完美，他会因为参
与这一事项而放弃荣耀。荷马或者任何永恒的诗人，被误解的危险则很
小，当他们退出了这一更广泛领域的宝座。那些运用这一诗性功用的人，
即使他们很伟大，但也少些分量，比如欧里庇得斯、卢坎、塔索、斯宾
塞，他们用道德目的打动人，而他们诗歌的效果正是在这一程度上、在他
们迫使我们转向这一目的的意义上被削弱。"关于斯宾塞的措辞和说教目
的，见本·琼生（Ben Jonson）的*Discoveries*，这一部分题为"Praecipiendi
modi"。

　　燕卜荪（Empson），《田园诗的几种类型》［*Some Versions of
Pastoral*］（New York, 1960），"本特利与弥尔顿"（ch. v. "Bentley and
Milton"），这里运用了亚里士多德式的双重含义进行装饰研究。尤其见
170—183，燕卜荪展现了本特利对于《失乐园》中某些装饰性段落中的"宇
宙式"暗示的回应，并对其进行改动，以去除这类暗示。

　　任何作品中的任何段落都可以被如此处理，这一事实无法改变"装饰"
概念的性质，因为有些段落是明显按照它们的宇宙式暗示在意图中占据多重
分量来写作的。如果有人想要将瑞恰慈在*Speculative Instruments*, ch. i.中描
述的"交流通道"（communication tunnel）用以看待装饰运用，那就会得
出这一结论，装饰将其句法上和音调上大部分的重量施加于"影响力"上。

90　或者也可以既不赞颂也不贬斥，可以无论英雄还是恶棍，都不按照"诗性
　　正义"的要求处理。

教育的话。

按照这一观点，"单纯的"装饰无法存在。然而装饰保持着它在中世纪及更早时期所拥有的意义。像是亚略巴古的伪狄奥尼修斯（Pseudo-Dionysius the Areopagite）的《天阶体系》（*Celestial Hierarchy*）[91] 这样的作品在理论上为但丁的图像运用 126 及其象征世界观提供了基础，而从实用角度看，但丁的诗篇也通

91　Pseudo-Dionysius the Areopagite, *De coelesti hierarchia*, in Migne, *Patrologia graeca*, III. 法译本来自 Maurice de Gandillac, *Oeuvres complètes du Pseudo-Denys, L'Aréopagite*（Paris, 1943）；英译，*On the Divine Names and Mystical Theology*, tr. C. E. Rolt（New York, 1940）。Mazzeo, *Medieval Cultural Tradition*, 214 对伪狄奥尼修斯的宇宙论做了如下总结："狄奥尼修斯表达出的秩序概念主要是通过运用这三个术语：*taxis*，军事上的秩序；*kosmos*，关于宇宙作为良好秩序的观念，一个有着美学上言外之意的术语；*metron*，尺度的概念，也用于神作为测量原则。这些术语，连同'和谐'一起，都指的是一种秩序的观念和某种特定的秩序。"Roques, *L'Univers Dionysien*，其中有关于这一主题的最好的普遍论述。

即使在中世纪，也存在为了装饰而进行装饰的可能。但是 Edgar de Bruyne 对此表示怀疑："中世纪所认为的美无疑是我们所说的'金光闪闪的美'，但如果认为他们就局限在这一初级美感里，就是大错特错；我们应当将这一对于鲜艳的审美融合在一个更广阔的范围中。

"首先，即使是装饰性艺术，它也主要是因其实现的主题而被欣赏。一件美的艺术作品是将愉悦灵魂的主题用一种完美的技术性技艺表现出来。这一主题越普世，作品也越优秀，只要它是用精湛的技艺执行的。这种关于普遍的意识同样也出现在更微末的技艺中，就像在教堂里、在讲道中、在诗篇里。"（*Etudes d'esthétique médiévale*［Bruges, 1946］, II, 70，原作者译自法文）

过运用赞颂与贬斥的修辞术完整地涵盖了人类行动[92]。但是在装饰性艺术数不清的案例和种类中，需要分析的是它们的双重意义，它们在"宇宙"上的意义[93]：盎格鲁－撒克逊的口传诗歌，它们的图像全部是"猎奇的镶嵌"[94]；巴洛克诗歌，也包括巴洛克音乐和 127

92　奥尔巴赫在《摹仿论》关于"法利纳太和加发尔甘底"和"修士亚伯度"的章节中探讨了一种中间风格的建立，它既不高等（崇高）也不低等（自然主义），这是由于基督教义的民主化影响。一部《神曲》这样的作品大概需要这样一种风格。像是Alanus的*Compliant of Nature*里的抱怨，则不一定需要它，因为这样一首诗持续使用贬斥的语言进行表达，而这的确是"自然主义的"。见M. D. Chenu, *La Théologie au douzième siècle*（Paris, 1957）。另见Tuve, *Elizabethan and Metaphysical Imagery*, 225，这里谈到了高等风格和低等风格的基督教式混合。在这一点上，礼节和装饰都处于一个完整世界观的层面上。

93　最便捷的例子也许来自"大众艺术"领域，那些装饰日常有用物体的艺术。关于大众艺术中频繁出现的许多灵力式插图和始终带有装饰性的图案，见Margaret Lambert and Enid Marx, *English Popular Art*（London, 1951）。这一主题非常广泛：装饰在视觉艺术上有着无限的运用。关于中世纪艺术，见Emile Mâle, *The Gothic Image*（reprinted New York, 1958），ch. i; Joan Evans, *Cluniac Art of the Romanesque Period*——这些著作以及参考文献中提到的Evans其他作品，都提供了关于装饰性传统的一些见解。

94　当盎格鲁－撒克逊诗歌涉及现实或者精神财富的时候，这一效果最为强有力；例如，《凤凰》（*The Phoenix*, tr. C. W. Kennedy, *Early English Christian Poetry*, London, 1952），238。

　　　这飞禽胸部丰满、色彩秀美
　　　又多种多样；背后的头
　　　是磨光的绿宝石，掺杂着朱红。
　　　尾巴上的羽毛颜色有红有棕

建筑中的装饰[95]；洛可可式的教堂外墙；如画艺术和景观园林里迷宫般的螺旋和隐蔽的小山谷[96]；十八世纪犯罪文学中那些表里不一的角色的着装[97]；卡莱尔（Thomas Carlyle）的《拼凑的裁缝》

> 精巧地点缀着闪亮斑点。
> 翅膀的背面是一片白色。
> 脖子上下都是绿色。
> 强健的面颊像玻璃或宝石一样发光；
> 喙的里外都很漂亮。
> 眼睛锐利，状似石头
> 或技艺精湛的闪光珠宝
> 嵌在一个好手艺匠人铸造的金饰中。

这一段落继续着这样的语调，并以富丽羽毛的图像意义作结：

> 美而善并且标记着光荣。
> 永生的神赐给他这恩典。

95　参见Wallerstein, *Richard Crashaw*, 109，关于克拉肖的"巴洛克"风格中潜在的泛灵论；似乎，这一风格，以及它在音乐和建筑中的对应，都在重造一个植物世界，一个枝叶繁盛的世界。小天使似乎是长出来的；装饰似乎是嫁接的；在洛可可风格中，这样的植物生长成了某种丛林，就像在中部和南部美洲的巴洛克教堂。

96　见第五章中关于如画感（picuresque）作为灵力装饰的讨论。

97　我已提到过Kirkman的《冒牌女士显形记》（"The Counterfeit Lady Unveiled"）；也许衣物对于所有虚构作品都很重要；不过，显然在这里它们发挥的是与地位相关的戏剧作用，以及在地位上进行的欺骗。有关礼节的观念强调了服装上图章的价值：见Castiglione，《廷臣论》（*The Book of the Courtier*），II, 121—123。

（*Sartor Resartus*）里的服装[98]；现代政治小说里惯用的手法和象
征，像是前俄国革命时期的政治宣传作品[99]——所有这些以及其他 128
数不清的装饰的例证应该都表明，在一个关乎信仰的情感性系统
里等级秩序的存在。

　　通过这种方式，修辞性装饰这个常见而模糊的观念倾向于容
纳所有话语中的类型化修辞手法[100]，不过，这是一个有效的普遍
概括吗？除非理解到讽喻图像给读者施加了压力去接受给定的等
级秩序。除去作为分类体系这一事实，地位象征带来的情感压力
更为重要。

术语的普遍化

　　修辞学的历史展示出，"装饰"这一术语在逐渐普遍化，直
到装饰包含了所有的修辞格和所有的比喻，比如说在普登汉姆

98　《拼凑的裁缝》其实可以读作关于*kosmos*的论文，因为它选择衣物就是根
　　据其象征性词汇，而衣服也表现出了人类身体以及可以类比于这一身体的
　　所有体系的宇宙式统一。温莎公爵的自传，*Windsor Revisited*（Cambridge,
　　Mass., 1960），表现出了对作为地位象征的衣物的全身心投入，这也显示了
　　现代服装中所运用的原初宇宙式手法。

99　见斯特拉文斯基（Stravinsky），《音乐诗学六讲》（*Poetics of Music*）
　　（New York, 1956），ch. v, 关于苏维埃音乐的讽喻化。对音乐的"文字"解
　　读，在"纯粹的音乐家"眼中是过度附加在"纯粹"的源头之上的枷锁。

100　在这种普遍化形式中，装饰被"恰当地"用于任何物、人、作品中，以便
　　按照现行规范调整。装饰成为"礼节书籍"的普遍目标。

（Puttenham）的《英语诗歌艺术》第三卷里就是这样[101]。礼仪
（*exornatio*［装饰］）已经包含任何风格的手法[102]。这样的话是
否能将某一特定手法单列出来称为宇宙（*kosmos*）？我会给出肯

129 定回答。可以这么说，在同时期逐渐出现的散文（*prose*）风格，
或者是那种我们会称之为科学中立的、不加雕饰的散文，正是对
立于这一被用来打动听众的诗歌技巧，它会尽其所能地打动。到
文艺复兴时期，对于人们来说诗歌已是道德劝诫的主要手段，出
于这个原因就有了一种布道台上的诗学（*poetics*），而讲道使用
的则是散文；也正是在文艺复兴时期，诗歌已经在最普遍的意义
上接纳了一种宇宙功能[103]。借助诗歌，人可以帮助他的同伴提升
在基督教社会和在灵性集体中的地位，在这一意义上，诗歌是一

---

101 George Puttenham, *The Arte of English Poesie* (1589［Cambridge,
   1936］).

102 见Tuve, *Elizabethan and Metaphysical Imagery*, 141—142，关于并举
   （*expolitio*），装饰（*exornatio*）的其中一种体系。另见247页："由于
   并非常规，无论现代的还是十七世纪的图像都不应该被认为是不雅的。我
   希望我已经说明，即使图像是非常规的、平常的、粗糙的、难以理解的，
   它也可以完全符合礼节上的正统要求。即使它被用来贬损而不是增强，即
   使它是反讽，弱化，在讽刺滑稽剧中还很尖刻，它符合礼节。当它出人意
   料地将庄严与凡俗并列，而且无论它采取的是雕琢夸张的形式，还是简短
   机智的类比，或者阴沉深刻的象征，它都符合礼节。它只需要满足一种标
   准，那就是它适应于诗人所处理的问题的真正'高度'。这就是为什么现
   代诗人无法完全跟随其前辈，因为他已经无法在一个按照高度或者重要性
   的秩序中放置主题。"另可见143页、234页。

103 见W. R. Mueller, *John Donne, Preacher* (Princeton, 1962)；另见Joan
   Webber对多恩的布道的分析，*Contrary Music* (Madison, 1902)。

个人"突出的机智"（erected wit）的表达*。区别于散文，诗歌拥有比单纯韵文更多的讽喻。这也使其与散文体（prosaic）区分开来。我们还要想到，伊丽莎白时期修辞学家是为那些文雅的或想要变得文雅的听众而写作的，他们的修辞学着眼在宫廷。宫廷成了天阶体系的小宇宙，这并不因为英格兰是一个新教王国而例外。现在就有可能清楚地去定义"得体"（propriety）了，无论这一术语变得怎样笼统，但我们清楚地知道得体永远是个等级问题。得体并不只是其他人想要你做什么，它甚至无关最有权势的人想要你做什么，即使权力的要素出现在所有讽喻作品的背景中。那些他们想要你做的事只是一个结果，一个呈现了既有秩序的结果。权威指明了我们的"位置"（place），或者指明了什么应该成为我们生命中合乎体统的"召唤"（calling）。

与宇宙一同出现的装饰

基督教准许一种"宇宙意义的"诗歌。这一"音调的召唤"（calling of the tune）[104]被所有中世纪社会成员和大部分文艺复兴社会成员所接受，其充分的理由在于，基督教的宇宙起源学说及 130

---

* 这一说法来自菲利普·西德尼的《为诗辩护》。——译者注

104 这一表达是《文学形式的哲学》（*The Philosophy of Literary Form*）中一篇较长文章的标题。这是肯尼斯·伯克的一项重要主题，见他在《动机修辞学》（*A Rhetoric of Motives*）的第二、三部分所做的强调。

其宇宙学展示了他们所默认的正当性。很明显，人们可以创造一个象征性世界，并将这个世界阐释为自然。经常困扰批评界的是，似乎存在两种相互抵触的讽喻程式，即阐释式的和创造式的：前者以《圣经》解经学为典型，后者可以举出《神曲》和《仙后》这样的作品。显然，当一个诗人（比如但丁或者斯宾塞）着手写作一部讽喻作品时，他会强制读者进入一种极致的对地位差异的意识中。只要图像还是被考虑到的，讽喻的艺术就将是对"装饰"的肌理结构的操控，以便让读者参与进一种阐释性活动中。

不过，比起处于一个纯粹机械论的宇宙，基督教让这一技巧实现得更为容易，因为基督教将创世看作一种宇宙意义上的象征词汇的建构[105]。

---

105 "整个世界是一个象征。"（Emile Mâle, *The Gothic Image*, 31）在十七世纪，埃及象形文字的含义成了一个屡被讨论的问题，人们普遍认为，自然就是一种宇宙的象征词汇。参见托马斯·布朗爵士（Sir Thomas Browne），*Religio Medici*, 46; 人的象征化能力使得他可以生活在"分裂而又不同的各个世界中"，通过观察或阐释，他建立起象征关联。另见布朗关于埃及象形文字绘画的讨论，见*Pseudodoxia Epidemica, Works*（London, 1928—1931），ed. G. Keynes, III, 137—138。Liselotte Dieckmann展现了托马斯·布朗爵士是如何在某种程度上破坏了久被接受下来的幻想中的现实。"没有人会将母熊当作一个'畸变的但以后可以恢复正常形态的人'（Horapollo, II, 83）的象征，如果这个母熊的故事并不真实的话。"如果艺术（也包括*Pseudodoxia*）真的是一门科学，那也许确实如此。但它们并不是。幻想没有这么容易被破坏，而布朗创造了跟他所破坏的古老幻想一样多的新幻想。见Dieckmann, "Renaissance Hieroglyphics", *Comparative Literature*, IX（1957），no. 4, 308—321。

在布朗既推崇又批判的这一象形文字世界观中，普拉兹教授发现了巴洛

首先，在创世的"起初"（*in principio*），最初的造 131
物（*prima creatio*）是原始物质；随后神圣理念（Divine
Ideas）发挥影响，它们是关于这些物质的信息；这装饰了可
见的世界，即*expolitio*，*exornatio*，最后，世界开始活动，
从宇宙灵魂的控制下运动着，朝向其终点。上述每一步骤实
际上都联系着"自然"的一个阶段，它将其自身提供给学者
去研究、阐述和思考。[106]

"自然"在这里的意思是诗人眼前的整个可见宇宙；这是
一个组织化的世界，一个永远不存在混乱的世界。神意（God's
Providence）驱逐了混沌。

在装饰宇宙之前，神创造了物质这一无形式的混沌，它
自身中拥有未发育完全的美，但由于未及显现出可分辨的形

克诗人的概念（*concetti*）根基。"十七世纪的人们在宇宙的每个层面上都
看得到智慧（*argutezza*）的例证。周遭世界的所有现象，习得的所有类别，
都暗示着他们心智上的特质。"（*The Flaming Heart*, 206）参见Lovejoy,
"Nature as an Aesthetic Norm", in *Essays in the History of Ideas,* 其中类
别C是："普遍意义的自然，即，作为一个整体的宇宙秩序，或在其中显
现的一种半人格化的力量（*natura naturans*），作为范例，自然的属性或
模式也应当显明人的艺术的特点。" 关于"诗歌作为象形符号"，见J. H.
Summers, *George Herbert: His Religion and Art*（Cambridge, Mass., 1954），
ch. Vi。

106 De Bruyne, *Etudes d'esthétique médiévale*, II, 257. （原作者自译）

式，仍然满有丑陋……摩西和卡科迪乌斯（Chalcidius）都
同意召唤群星以装饰苍穹、召唤生灵以装饰大地：世界的装
饰（ornatus），即是根据重量与数量将原始物质区分开来，
赋予特定轮廓，定以外形与数目，呈现为限定的、优美的
形式。[107]

通过将"神圣理念印刻在物质中"[108]（在伟大的古代讽喻

---

107 同上书 II，257页。关于《创世记》中描述的对混乱的第一次驱逐，可见斐
    洛的解经阅读，在*Works*, tr. and ed. F. H. Colson and G. H. Whitaker（Loeb
    Classics ed., London, 1929），I。圣巴希略（St. Basil）将此称为原初的"世
    界装饰"（*kosmou kosmon*），见Roques, *L'Univers dionysien*, 53。

108 根据De Bruyne，William of Conches。"与沙特尔其他所有的师傅达成一
    致，将装饰（*exornatio*）的阶段解释为神圣理念在物质中的印刻，作为
    中介的形式就是理念所创造的图像。这里需要牢记两个观点，对于美学
    和对于形而上学都同样重要。第一，'装饰'，对混沌的'区分'或者
    将物质凝结为定型，这是在和谐（Harmony）掌管下对于元素的混合而
    完成。（这引发了Bernard Sylvestris和Alanus所说的美音乐 [*esthétique
    musicale*]）……第二点更深刻：每一'形式'使得被造物可以'等同于自
    身'，稳固，持续，成为一种规范、自身种类的完善，在这个意义上，一
    物可以等同于其形式。"（Etudes, II, 273）
    对于基督教神学而言，原初装饰（*exornatio*）的最重要时刻就是物质
    的人被赋予灵魂。在Hugh of St. Victor, *Soliloquy on the Earnest Money of
    the Soul*, tr. Kevin Herbert（Milwaukee, 1956），24—25，有一段讽喻化的描
    述："我的灵魂，你是多么尊贵和光荣！这样的装扮还能意味着什么呢，
    除了给你衣物的他准备让你进入新房成为他的配偶之外？他知道你所命定
    的甜美差事，也知道你需要的衣装；因而，他给了你所适合的……他在外
    面用各种感官装扮你，他在里面用智慧启迪你，他给了你外套，也给了里

132

衣。他给予的感官礼物，如其所是，皆为可供展示的珍贵璀璨的珍宝，而内在的智慧则如你脸上的自然之美。确实，你的衣物胜过任何宝石的美丽，你的容颜是一切之中最美。这样的美当然是最适合进入我们天国之王的房间的人。" 这一装扮灵魂的观念附属于灵魂是基督的新娘这一观念，Hugh of St. Victor在*Soliloquy*的后文中进行了详尽阐发。他主要关心的是，这一完美而合身的衣物有被玷污的风险；他想要证明，圣事，比如说洗礼，有着装扮的功用；它们可以使灵魂回到未堕落时的状态。"我的灵魂，你真是无知。你不知道你过去有多卑鄙、多堕落、多丑陋肮脏、多邋遢、多放荡。你们实在是可憎又不洁。你如何可能如此迅速地寻求进入那个谦逊整洁的房间？除非，通过谨慎和热情，你能恢复从前的秀美。这就是拖延的原因，这便是你的良人为何离弃你，没有拥抱你，也没有给你他甜蜜的亲吻。因为被玷污的人不应该接触洁净的人，卑贱的人也不应该看到美丽的人。不过，若你准备停当、穿好衣物，在你最后进入你在天国的配偶所准备的新房时，你便不会觉得丢脸。你过去的耻辱不会再使你羞愧，因为你已免于所有的污秽和指摘。"（28）Hugh 进一步阐述这个讽喻："下一步让我们考虑药膏和化妆、饮食和在拥护者当中准备好的祭衣……在这个准备的房间，你先会发现洗礼盆和洗澡盆，你可以冲刷掉所有误会和过去的罪过。接下来是圣油和油膏，在涂油礼中你沐浴在圣灵里。然后在涂油涂膏带来的喜乐中，你来到餐桌前，从基督的身体和血中汲取养分。你被充满，焕然一新，祛除了先前的饥饿带来的有害的消瘦，在一种奇妙的方式中，你焕发神采，恢复了以往的力量与形象。接下来你穿上善行的衣服，吃着施舍的果子，禁食祈祷，凭借神圣的守夜和其他虔诚做工，你就如同身着一切华服中最精致的一件。最后美德的芬芳降临，甜美的气味驱散了所有过去的恶臭，因此，不知何故，你似乎完成改变了，变成了另一个人。你变得更开朗，更热心，更强健。《圣经》也给了你一面镜子，在那里你可以看到自己的面貌，你知道你所穿的服饰不再有任何不合适之处。"（30—31）这里阐述的整个基督教生活方式都使用了装饰用语，也包括女士用来检视自身装扮的镜子（*speculum*）。经由灵魂的变形，而成为真正的基督徒，纯洁而完整，这显然不仅仅是一种看似有机的变化；它是由外在的变化而来，确切地说，外在事物是代表了内在革新的讽喻图像。我们也许可以把内宇宙

作者犹太人斐洛的作品中，没有比这更突出的观念了）[109]，世
133 界的装饰"现身"（comes forth）；物质的外饰（exornation）
需要首先被感受为美，但它是以等级秩序为其基础的。因此在
中世纪思想体系中，关于美的词汇，悦目（speciosum）和可爱
（formosam），都源自阶层与形式的概念[110]。仅举一个核心的例

（endocosmic）和外宇宙（ectocosmic）的图像称为"里衣"和"外袍"。
参见"时尚"（fashion）一词的意思是被创造的形式，或者外在形象。

109 参见Wolfson, *Philo*, I, 120 and 295ff.的关于斐洛对《创世记》的阐释；另见
Daniélou, *Philon d'Alexandre*, 129ff.的关于宇宙学意义的阐释，以及168—
172页，关于斐洛体系中的宇宙。最重要的是看到这里强调了斐洛所描述
的神圣印刻的理念（ideal）特性："事实上，真正的斐洛式讽喻我们在
《律法的讽喻》（*Allegory of the Laws*）中可以找到，而它不是关于宇宙
和在宇宙中的人，它关心的是超宇宙世界的隐藏的神秘，也包括灵魂的精
神之旅，灵魂从可见世界上升，最后抵达了神之国。"（Daniélou, *Philon
d'Alexandre*, 135）这里趋向崇高，以一种技术上的、十八世纪意义上的这
个词的意思来说。

110 而Castiglione在《廷臣论》［*The Book of Courtier*］, IV, 337中，将所有美
置于一种普遍秩序的概念中来考虑："但是谈到我们心目中的美，也即，
只在人身上，尤其是在脸上才能看到的美，它激发了我们称之为爱的热切
渴望，我们会说这来自神圣女神的影响，它（尽管它就像日光那样散发出
来，普照所有生灵）当它遇到一张比例优美的脸，它由光与影、由一定的
距离和轮廓所衬托出，由各种颜色带来的某种光彩照人的和谐构成，它自
身被充满，散发出最美丽的光泽，并以优雅和奇妙的光彩装饰和照亮了它
发光的对象，就像阳光照在镶嵌着珍贵宝石的美丽的抛光金花瓶上。" 而
后他又说："看看世界的伟大结构构成，这是神为每一造物的健康与存续
而造。" 关于天体他说："这些事物彼此间施加影响，通过如此精湛地构
成的秩序的连续性，如果它们有分毫改变，那它们就无法一同存在，而这
个世界就会毁灭；它们是如此的美与优雅，人的心智无法想象出任何更美

子，中世纪讽喻倾向于将德行和恶行具象化为有着优美形式的树
（the Tree），不仅是因为这展现出了轻盈优雅而茂盛的植物，更　134
多则是在于这样可以清晰表现出落叶。

　　两棵树的寓言故事在十二世纪被用成了俗套，原因就在
于这一关于自然生长的、高度清晰的结构能够容纳复杂的抽
象体系，它们的向上发展也能被一步一步地——或者更恰当
地说，一枝一枝地——阐释清楚。[111]

的东西。" Castiglione一再回到关于美是一种可爱（*formosam*）、有秩序尤
其是和谐的观念上。

111　Adolf Katzellenbogen, *Allegories of the Virtues and Vices in Mediaeval Art*
　　（London, 1939）, 67. Quintilian, *Institutes*, VIII, iii, secs. 7—11，这里使
　　用了花园图像来暗示什么是合适的教养的装饰性风格。他偏好的花园里有
　　着结果的树，而不是仅仅只有作为装潢的鲜花和灌木丛。这种象征树的模
　　型是一棵有着人造枝干的树，就像在"至福树荫"（Bower of Bliss是《仙
　　后》中的一处地点。——译者注）中，或者像在Cyrano de Bergerac的*States
　　and Empires of the Sun*中："当Cyrano的星际旅人到达了太阳表层，他发现
　　自己躺在一棵不寻常的树下，它的树干是黄金所做，而枝条是银的，叶子
　　是绿宝石，果实则是红宝石和其他宝石。树顶有一只夜莺在忧郁地歌唱。
　　在他观察的时候，相继发生了两次变形。一次是一颗果实，一颗果肉由
　　红宝石构成的石榴，自发变成了一个小人，这是在Cyrano所谓的沸腾作用
　　下，而他在当时无法看清也无法分析。随后是整棵树自身显现为一个小宇
　　宙。它分解为其组成部分（所有部分都像是小人），而这些微小生物在空
　　中跳舞（想象原子的传统方式就是将其想象成在日光下飞舞的尘埃），他
　　们在不断缩小的圆周上舞毕，终于再度集合在一起，形成了一个有着非凡
　　之美和完美形体的人。"（J. S. Spink, "Form and Structure", in *Literature
　　and Science*, 145）另一个也许来自更为原始观念的常见表现是这棵树被等

135   于是，只要接受了一种伪狄奥尼修斯式的以神为中心的中世
纪宇宙学，创造性和阐释性的想象中就存在着一种持续的和谐。
人在其神性上能够通过艺术上的努力摹仿创世，而通过主动地对
自然进行审美回应，学者也可将自身看作参与了创世，当然这是
"宇宙"意义上而非享乐意义上的[112]。像我们怎样将阐释活动同
创造活动联系起来这种现代问题，在中世纪世界观崩塌前并不会
出现。另一方面，现代的实证科学部分基于创造心智（想象的和
综合的）和阐释心智（实证的和分析的）的分离，这一重要的思
维转型也许可以解释现代对于讽喻的反感。

权威的来源

不过，从中世纪创造性注释的概念到现代的讽喻文学形式之

同于女性，见Paracelsus, *Selected Writings*, ed. J. Jacobi（New York, 1951），
100ff.。

这棵树最终成为最宏大的世界之"花"，因为《圣经》寓言仅仅赞誉
"自然的"装饰。Isidore of Seville（*Etymologies*, ed. W. M. Lindsay［Oxford,
1911］），XIX, chi. xxx, xxxi; XI, ch. x）区分了**自然和人为**的装饰，前者
系指人类身体或者自然界的美，后者则是珠宝或服装。这就是现代广告中
的用法，也包括在更高级的虚构作品中。见De Bruyne, *Etudes d'esthétique
medievale*, I, 79。

112 这一点一直是絮热修道院长与其批判者之间争论的症结所在。絮热认为他的
修道院的财富具有"宇宙意义"，而且只是反映了神应有的荣光，而他的批
评者将这一展示看得更简单，更物质化。一个像圣伯纳德这样的人只会看到
对穷人的剥削，而这种剥削所伴随的就是如此显著的花费。见上，注79。

间确实存在连接，因为讽喻在今天与它在更早的世纪中一样充满
活力[113]。我们发现，一种古老世界的传统仍然在各式各样数不清
的文字记录中继续存在着[114]。众所周知，中世纪讽喻作品经常是　136
百科全书式的[115]；而现代科学幻想作品同样提供了一种伪科学记
录式的幻想世界，其中容纳了相似的宇宙式修饰。细节上的用
词有所不同，不过总的来说现代科幻作品的行话就明显具有装饰
性；那是在其简单的浪漫情节之上的一层坚硬外壳，是一部灵力
作品的饰物。严肃作品中有着社会学论文式的小说，尤以左拉或
者德莱塞（Dreiser）为其最杰出的代表，但是这被少数来自更为

---

113 Quintilian, *Institutes,* VIII, iii, secs. 63—64，这里似乎描述了一种我们会称
之为"自然主义"风格的程式——增强的对于物理细节的意识。例如，他这
样谈及一个拳击场景："其他细节给了我们这样一幅画面：两个拳击手面
对面攻击，如果我们确实是在场观众，就没有比这看得更清楚的了。" 这
是否是一种关于自然主义的定义？

114 见M. D. Chenu, *La Théologie au douzième siècle*, ch. i, "La Nature et
l'homme"; also ch. vii, "La Mentalité symbolique"。 另见Curtius,
European Literature, ch. vi, "The Goddess Natura"。

115 在中世纪，"百科全书"（encyclopedia）指的是围绕七艺的圈子，以及它
们对科学与宗教知识的直接扩展。Curtius, *European Literature*, 302—347，
这里呈现了这一时期"书籍作为象征"（The Book as Symbol）的重要性；
尤其见344页，关于宇宙作为一部书的观念。围绕着所有知识的百科全书
式运动暗示着对时间流动的控制，这是通过一种历史纪念的进程，以及随
之在"衔尾蛇"（ouroboros）中发现的一种初始象征。关于其在图像学中
的表现，见Freeman, *English Emblem Books*, 96。另见Kroner, *Speculation*,
100，这里提到，一种前苏格拉底时期的*logos*用法可以等同于"收集"
（collection）。

激进的左翼或右翼的作家所模仿，像是厄普顿·辛克莱（Upton
Sinclair）或者安·兰德（Ayn Rand）。人们会注意到，在所有这
些作品中都有一种在细节上穷形尽相的倾向，用夸张的表达去证
明社会的堕落，而大部分的夸张表达都是关于社会体制（*system*）
对于人类生存状态的影响。这些特征本质上是装饰性艺术的特征，
如果就我们所谈的装饰而言的话。就像在更古老的文学中那样，
象征阶梯的顶层一直都存在着一种掌控性的权威，而试图阐明这
一记录式文学中的动力的批评家会去寻找这种权威力量，就如同
他会在《神曲》或《天路历程》里所寻找的。

　　把权威根基体现得最明显的，无出"风格外衣"（garment of
style）的概念，修辞学家曾以极大热忱将这一概念发展壮大，我
137 也将之作为宇宙（*kosmos*）理论的一种**普遍化**的常见形式[116]。在
伊丽莎白时期，宫廷设定了"着装"（dress）的标准，这一方面
是凭借真实的政治实力，另一方面也凭借在观念、道德和审美上
的裁夺权力，而与在实际穿着中一样，这也成为修辞的范式[117]。

　　　　正如我们在这些尊崇的夫人身上看到的那样，如若有此
　　类情状，她们都会半含羞愧或感大失体面：假若她们自身或

116　见Tuve, *Elizabethan and Metaphysical Imagery*, ch. iv, "The Garment of
　　　Style"。

117　最好的现代研究之一是H. D. Duncan, *Language and Literature in Society*
　　　（Chicago, 1953），这里完整讨论了地位象征的运用，尤其是社会压力影响
　　　下的象征性行为。

其他因素没有使得她们如此美丽动人，而要用宫廷着装，或
至少是其他类似服装和礼仪方面的表现来遮盖赤裸的身体；
或者为了在众人眼中更为亲切友好，当她们应该穿着最富丽
的服装、当她们应该穿着丝绸或昂贵的织物和刺绣时，她们
实际上却穿着布衣或某种朴素简单的服装。同样，如果任何
韵律都赤裸裸、光秃秃地出现，我们那庸常的诗歌则不能将
自己展现得勇武又华丽，它们没有被覆上优雅的衣服或色泽，
这会使得它们多少无法被看见，因为这［指优雅］不来自平
常说话的方式和凡俗的判断能力，人工处理才会使诗歌获得
更多的宽容和称赞。我们所说的装饰就通过修辞和比喻语言
赋予，诗人通过技艺赋予语言以花朵和色泽，就像缝上宝石
和珍珠，或者王家外袍上附着的金丝饰带，或者优秀的画家
将昂贵的东方颜料用于他的肖像画幅。[118]

在这里，宫廷的穿戴属于"优等"装饰一类；可以设想，一 138
位商人妻子简朴一些的穿着会成为"中等"风格的模板；而一位

---

[118] Puttenham, *Arte of English Poesie*, III, ch. i. 以及后文ch. vi，普登汉姆注意
到高等风格容易被攻击，因为它趋向于过度膨胀。在这一例子中，它"完
全类似于伦敦仲夏的农夫，他们惹人生疑，放出那些又大又丑的巨人招摇
过市，就好像是活物一样，而且每一处都武装好了，但其实里面塞满了褐
色的纸和麻，而淘气的男孩在底下看得仔细，他们狡猾地发现了这一点，
并对此大肆嘲笑"。

农民或者更低阶层公民的妻子可以代表"低等"风格[119]。

文艺复兴戏剧实际上就发展出了这样一种基于装饰运用的戏剧文学类型。假面剧，以最奢华富丽的饰品设计和呈现出来，就是用来称赞和强化这一邦国中领导者的高级地位。这一形式既是视觉的也是口头的。假面剧里的台词非常讽喻化，而且实际上是在详细阐释这些服装、这些舞蹈和这些布景，它们给予了这一艺术形式的闪闪发光的美学外观。这些景观图像中总是存在对于灵力的强大暗示[120]，这些假面剧的童话氛围也出现得自然而然。从这个田园牧歌的世界再前进一步，在奥伯伦（Oberon）和辛西娅（Cynthia）的仙境中就出现了理想观念的完全自由的活动。它同样允许本·琼森根据一个完美的计划重整社会。在这样一个世界中建立正义不是什么不可能的事。

在一段适度的滞后之后，英格兰感受到了意大利文艺复兴，而如果我们要在假面剧阶段之后找到一个戏剧式宇宙，那就是新兴的音乐戏剧，它可能兴起于克伦威尔空位期严厉的戏剧审查。音乐的浮华，伴之以舞蹈和奇妙的精美装饰，这使得戏剧似乎可以无关现实世界[121]。音乐戏剧及其分支，即稍晚一些的英雄剧，

139

---

119 关于文艺复兴时期私宅中的图案装饰，见Freeman, *English Emblem Books*,
50—51。

120 见Frye, *Anatomy*, 290，关于灵力与假面形式的关系。其造型时常暗示出这一亲缘关系，通过怪诞地杂糅人、动物、鸟类和植物的形态。

121 歌剧历史中的一桩显著事实是对魔力装置的持续依赖，甚至在像是《浪子历程》（*The Rake's Progress*）和《波吉与贝丝》（*Porgy and Bess*）这样

不会冒犯审查机制，正是因为它们远离了摹仿式再现。在这一高压环境下，戏剧服从了官方要求。戏剧在达维南特（Davenant）的宫廷监管下有所复苏是有可能的，因为它有能力运用王权图像来建立一套装饰性词汇。

不过，宫廷标准也只是根据宇宙等级秩序进行安排的其中一条准则[122]。其他的方式也是可行的，在相继的每一时期，我们都 140

的现代作品中，更不必说近来对科幻作品的歌剧探索了。（《浪子历程》
［1951］是斯特拉文斯基的作品，《波吉与贝丝》［1935］是美国作曲家乔治·格什温［George Gershwin］的作品。——译者注）

　　Manfred Bukofzer, "Allegory in Baroque Music", *Journal of the Warburg Institute*, III（1939—1940）, nos. 1—2, 1—21，这里给出了一种音乐讽喻理论的初步陈述，还包含了一份对巴洛克音乐进行自身理论化的巴洛克文本清单。声音的运动可以在秩序化之下类比于理念的范式："音乐中的类比可以指向一种声音，也可以指向所有声音，可以指向韵律，可以单独指向音律和谐，可以单独指向设定和器乐，或者仅仅是声音的密度。"（9）对于现在的讽喻理论最重要的就是Bukofzer的这个观点，我相信这一古老观念很典型，即在音乐模式和人类情感中存在的联系来自"宇宙意义上而非音乐意义上的原因。"音乐占星术并不只限于古代世界，它同样也出现在中国、巴比伦、印度和爪哇。在巴洛克时期，这一宇宙—音乐的关联变成了常规，"人文主义者普遍观念的一部分"（5）。就像文学和视觉艺术一样，音乐也有其范型（*topoi*），即音乐上的降调标志着向地狱的下沉，而升调则是灵性的上升。施瓦泽（Schweitzer）对巴赫的讽喻化比以往时候都更有说服力。

122 更固定的等级体系对于任何给定的梯级来说很可能会造成更大的情感矛盾。伊利亚德已经展现了这一情况怎样发生在印度人当中，他们那依靠神性的神话体系同样也是一种关于叛逆的神话体系。见*Images et symboles*, 155："我们知道印度思想如何被对于解脱的渴盼所主导，而这一最为标志性的术语又如何将自身缩减为一些截然相反的公式，比如'被缚—解

看到宇宙作为普遍原则沿着不同路径得到实现。对于希腊秩序来
说最主要的是公共政治荣誉，这延续到神秘信仰的兴起；对罗马
人而言，"哀悼"（*pietas*）在国内事务中占据重要地位，而装饰
上的激增尤其来自本地次神，也就是卡西尔所说的罗马的"官僚
神"（bureaucratic gods）；而中世纪观念则更应归于某种灵性荣
耀，即基督教的"恩典"或者封建忠诚，因为等级与神性形式的
秩序相关，它呈现在受造世界的现象中，也呈现在神意的世俗形
态中。在我们看来，相比于希腊人的知识，也许基督教的末世论
有着更为严苛与死板的等级概念，但就此而言，中世纪却更喜爱
创作诗性的讽喻作品。那些装饰层面的东西变得越来越有清晰的

脱''捆绑—松绑''缠绕—挣脱'等等。同样的公式也贯穿于希腊哲
学中：在柏拉图的洞穴中，人们被锁链缚住，不让他们移动和转头（Rep.
VIII, 514 et seq.）。而灵魂，'在堕落之后被束缚……他们说，它在坟墓
中和在洞穴中，但是通过转回向着思想，它将自己解脱出了锁链……'
（Plotinus, *Enneads*, IV, 8, 4）；参见IV, 8,1：'向着智慧前行是为了让灵魂
从束缚中解脱。'"（作者自译）

　　通行思想中关于绳结与链条的矛盾图像形成了两种对立的咒语类型。
"很重要的是，绳结和丝带被用在婚礼仪式上保护年轻夫妇，但也正是这
个绳结可以阻止婚姻的完成。但这一矛盾是我们所观察到的所有对绳结的
巫术—宗教运用的其中一例。绳结可以引起疾病，同样它们也避开疾病，
或者治好病人；细绳和绳结可以用来针对人行巫术，同样也可以保护他不
受巫术侵袭；它们可以阻碍生小孩，也可以帮助顺产；它们可以保护也可
以加害新生儿；它们带来死亡，它们也使死亡远离。"（Eliad, *Images et
symboles*, 147）Ilse Aichinger在她最近的故事中运用了绳结图像，"The
Bound Man", in the collection, *The Bound Alan and Other Stories*, tr. E.
Mosbacher（New York, 1956）。

既定性，也越来越容易理解，直到文艺复兴时期，从主流来说，世俗意义上的公共事务再次在修辞学教学中获得中心位置。

地位中的反权威移动

无需在这里对以上这些强大的西方传统潮流进行任何简化，尤其是因为，随着巴洛克艺术在建筑中、随后又在音乐中兴起，以及与巴洛克相似的、带着形而上意味的贡戈尔主义的诗学手法成为诗歌的组织性原则，我们似乎见证着宇宙（*kosmos*）中出现的混乱。尺度似乎已被拿走，被有意以实验性的"不和谐的和谐"（*discordia concors*）取代。这似乎只是混乱；更仔细地观察的话，则似乎带有反讽，就像对于彼得拉克手法的常见戏拟。多恩的某些诗歌，或者莎士比亚的十四行诗《我情人的眼睛与太阳毫不相像》（"My mistress' eyes are nothing like the sun"），就是在嘲弄彼得拉克派所赞颂的娇弱[123]。这一反讽并不是一个构成 141

---

123 玄学派诗人在诗歌中也有这种对惯例和等级习语的蔑视，见Tuve，*Elizabethan and Metaphysical Imagery*, 196。

在早期历史阶段，缺乏礼仪规范就意味着在政治上或者社会上公开违抗等级秩序。关于这种半政治的"礼仪规范"，再没有比《治安官的镜子》（*The Mirror for Magistrates*）中那段理查三世的"悲剧"之后的散文衔接章节更好的例子。就像《镜子》的其他地方，这一衔接章节起着一个复杂作用，类似于《坎特伯雷故事集》中的对话，它从一个点到另一个点的叙述结构是不连续的，它要表示出向已经讲完的故事道别，也要表示出欢迎另一个将要讲述的故事。理查也即格罗斯特公爵的悲剧，在Baldwin和他的对

混乱的过程，它构成的是贬低；它标志着一种等级秩序中的向下
运动，正因如此，它的宇宙并未减轻"装饰性"，或者就像一个
中世纪诗人也许会说的，它标志着一种下降（*katagogy*），作为
更为人熟知的上升（*anagogy*）的对立面。

142   在《批评的解剖》里，弗莱认为西方文学体现出稳定的"向

话者看来，这首诗做得很拙劣，而他们反对格律的理由也被仔细道出："在
我读完这个［指这部悲剧］的时候，我们谈了很多。一般都觉得，对于像
理查国王那样残暴的人来说，写得还不够激烈。事情讲完已经很好。这件
事本来可以和盘托出的，但在格律几乎是我最喜欢的。不过潜水的人不会
喜欢，那个人说的那些。你不知道你能坚持到什么时候，否则的话你不会
因为'不定韵'（Vncertayne Meter）这么不喜欢这个。这种合宜被修辞学
家称为礼仪（*decorum*），在所有事物中是特别要遵守的。理查国王做的每
一件事都没有节制，他说话也很糟糕、没有条理；他没有遵守他这个地位
的人的礼节，没有保持良好的仪表或者秩序。因此，如果他的演讲更糟一
些，在我看来对他还更合适。马尔斯和缪斯从来处不好。那种温和神圣的
艺术，从他那张冷酷又恶意的嘴里说出来，看看他们自己就够厌恶它了，
这可是够遭罪的。虽然我们都读到过尼禄，说他在音乐和诗歌上都很优秀，
但我却不记得我曾看到过任何他创作的歌曲或诗句：密涅瓦的正义使得任
何纪念碑都不应当纪念这样的诗句。因此，就让这一切过去吧，我知道，
这位作家可以并且愿意改正许多地方，除了非要保持他在这里故意遵守的
礼节之外。

    "确实，如你所说，一个像理查国王这样的无序和不自然的人，不应
该在他的谈话中还追求任何格律上的秩序：然而在很多地方他的演讲都过
于好了：它甚至应该按原样来，对一个人物来说是有好处的。为了弥补他
的缺陷，我现在请Shores的妻子，一个能说会道的人，来为我们解释，为什
么他要在格律和材料上提供不合适他本人的东西。注意，我求你听她说了
什么，并且告诉我你有多喜欢。"（*The Mirror for Magistrates*, ed. L. B.
Campbell ［Cambridge, 1938; reprinted New York, 1960］, 371—372）

下"趋势，因其语调和视角中含有越来越多的反讽[124]。文学作品的主角，从曾经的诸神、半神、超凡强大的凡人，变得"不如一般人"（less than men），直至——正如弗莱所指出的——萨克雷将他的《名利场》称为"一部没有主角/英雄的小说"（a novel without a hero）。像奥威尔和卡夫卡这样的现代作者走得更远，他们将主角缩减至虫豸般的状态（虽然在中世纪讽喻作品和伊索传统中肯定普遍存在将人类呈现为某一种动物的现象）[125]。在这一向下进程中，是否有反向运动并不是太重要，因为宇宙一般来说会倒向贬低的一面，然而它也曾经倾向过相反的方向，即向上，或者选取过某一中间路线以及表现过从顶部到底部的完整等级，正如柏拉图的爱欲阶梯既可通达爱的最高形式，也可降至它的最低层次。现代运动开始于像是笛福这样的作者（最早的新闻记者），又延续到了像左拉这样的大师和美国的自然主义小说家。丑陋的细节并不意味着装饰的效用减弱，就像亨利·詹姆斯所注意到的那样[126]，左拉使用政府"白皮书"所提供的信息来写作 143

---

124 见34页。因此Bentham在他的*Handbook of Political Fallacies*中致力于嘲弄权威，他的态度就是反讽。

125 最近出版的Giovanni Battista Gelli, *Circe*, ed. R. M. Adams（Ithaca, 1963），来自Tom Brown的翻译（1702），使得我们可以去评价一种主要在文艺复兴时期得到重现的变形传统。

126 亨利·詹姆斯对左拉的评价是我所知关于现代自然主义的讽喻特性最有启发性的："'好，我站在我这边，'我记得左拉这么说，'我在写一部书，一种对于人的习俗（*moeurs*）的研究，为此我在收集所有的'坏词'，那些语言中的脏话（*gros mots*），那些有与之相关的词汇的人，那些他们经常说的、大为光火的词。’我被他做出这个声明时的语调所震惊——没有虚张声势，也没有辩护，只是作为他所想到的一个有趣的点子，而他目前的工作，可以真正抵达人性和具体的真理，用他所有的良知。”这最后一句话告诉我们詹姆斯并不认为左拉的方法有效，一个小说家不应“用他所有的良知”去写作。

　　不过这种记录式的美也许会通过某种统计上的审美打动我们；打动我们的并非形式，而是其肌理。“《卢贡–马卡尔家族》（*Les Rougon-Macquart*）的这种命运，在某种意义上是厄运，使得它一贯采用群像形式，使得它成为一幅关于数字、阶级、人群、混乱、运动、工业的画面——正是出于这个原因，去尝试进行一些描述会很有趣。如果它不是完全不存在的话，个人的生活就反映于粗鲁与凡庸中、在一般化的意义中；因而我们恰恰来到了刚刚命名过的奇怪之处，这个环境，即，看看别处，经常可怜地渴求某种精致的品位，我们发现这不是我们的作者想要的结果，而是完全相反。正是从他努力的历史中我们获得了这幅毕生历程的画面，相比而言太个人化了，太精神性了，甚至，通过所有这些忍耐和痛苦，这一质地同他成功赋予他的角色的质地区分是如此巨大，即使他最着力处就是这个区分。毫无疑问，我会在这狭窄的选择中一本接一本读下去——更重要的是我们对这一展示的感觉，而对这些部分和卷册、对这些具体‘情节’和人物的印象则尽可能地少。这产生了一种大幅图像的效果，其中的阴影被省略了，性格和激情成块状、以吨计地起作用。最完满的、最典型的章节听起来就像歌队（*chorus*）或者游行队伍（*procession*）那样影响我们，像是同骚动的言谈和无数的脚步声在一起。鼓动群众的人在活动，他自己，站在人群中，有风度，带着说不出的古怪特质，煞风景，有隔阂，一种与我们自己相似的某种物质存在。我再说一次，将他列为我们的必读，因为他相当英勇，他对于细节的兴趣，是他对于挣扎在每一处自己遇到的问题时的兴趣。” 引自Henry James, “Emile Zola”, in *The Future of the Novel*, ed. Leon Edel （New York, 1956）, 169—170。

　　另见同上书191页，亨利·詹姆斯所描述的《小酒店》（*L'Assommoir*）（改编的电影题为*Gervaise*，由René Clément执导）：“左拉身上的机械性我已经说得够多了；事实在于，考虑到所有因素，这里几乎无法支撑任何对

"伟大的浪漫讽喻"，他对应着中世纪意义上的"诱人的隐秘"（*formosum involucrum*）。尽管卡夫卡的推崇者想要使用更为流行的名字"神话"来称呼他的讽喻作品，但他所详尽展现的是 144我们会称作"装饰"的图像，这既是建立在这个术语的严格定义也是在其宽泛定义上，即使最初我们并不确切知道怎样从他的流动图像中读出宇宙意义。但这就是关键：卡夫卡的宇宙里充满了怀疑与焦虑；等级秩序自身导致了恐惧、仇恨、犹疑的前进、犹疑的撤退。太阳之下，对于人的位置的确定感已经离去。对于主导性政治或文化理念有确定认同的主角已经消失。怀疑抑制了行动。任何形式的虔诚都变得困难或不可能。"我不供奉家神。"卡夫卡在他的《日记》中哀叹。变形后的格里高尔·萨姆沙身上那些可怕的翅瓣和关节的装饰意味，毫不弱于斯威夫特在《飞岛》（*Flying Island*）里发明出来的陷阱，或是加缪笔下的森林图像[127]，又或是《仙后》里骑士身穿的带着纹章的服装。我们需要

生活的感受。"詹姆斯将《小酒店》评价为左拉天才的"最精彩的记录"："《小酒店》里的语调是不可超越的，仅仅只能'跟上'，这是一种浩瀚深沉稳固的浪潮，它可以成功承载每一个它呈现的对象。它永远不会收缩，也不会变稀薄，没有什么会瞬间掉落、下沉或捕获；正如我已经说过的，真诚以及天才的最高水准始终如一。"真诚，这个词语所宣告的艺术形式，会让读者想到比创造者心灵框架、比他的作品更多的东西；很难想象，这样一种艺术来得比"原创性"更早。另可见A. Bronson Feldman, "Zola and the Riddle of Sadism", *American Image*, XIII（1956）。

127 森林经常暗示着咒语、魔力和巫术影响，比如在"年轻的好心人布朗"这个故事中，也普遍存在于如画风格的树丛中，关于此见Lovejoy, "The

记得这些，因为我们关于何为"适宜"（proper）的观点也许仍然多多少少受到维多利亚时代理想的影响，而且并没有多少反讽在里面。

扩张的宇宙图像

在结论部分或许应该提到，当实证科学在现代文化中取得了主导地位，那就会更合理地在日常的意义上，或者进一步在物理和自然的意义上思及宇宙概念，而作为其结果，装饰作为宇宙之徽记的观念就松动了。越来越多的现象必须挤入被科学不断探索的宇宙，而这一探索的进程自身就是某种总体上的扩张。宇宙必须随着知识自身的扩张而扩张[128]。在这一点上，就不由得怀疑宇宙这一概念是否仍然有其边界。

145   这里正好是这一术语的有用之处，因为当文明的存在变得更复杂的时候，我们的定义允许诗性装饰及其体系化、秩序化的虚构去设想出一个广而又广的多样色调。我们只需要记得最初的

Chinese Origin of a Romanticism", in *Essays*, 116 and 120，这里所说的"咒语"（charm）和"魔力"（enchant）有着比对它们通常的贬低评价更多的含义。同样见Lovejoy, "The First Gothic Revival", *Essays*, 162，以及一个现代例子，托马斯·曼的故事，"A Man and His Dog"，章节标题，"The Hunting Ground"。

128 因此，假设所有宇宙都必定代表保守价值，这是错误的；它们也可以成为革命的旗帜，比如俄国的"社会主义现实主义"。

"等级意图"（*hierarchic intention*），并询问是否有任何给定的图像拥有这一"宇宙"功能，或者它是否更想要**展示**给我们那些我们此前未曾想到的某种东西（隐喻），或激发模糊的类宗教情感（象征），如果我们可以进行这样粗略的划分的话[129]。"宇宙"术语的普遍化也许同生活的逐渐世俗化有关，多重的权威等级秩序替代了单一秩序，不再有任何单一的、无处不在的宗教存在。我们可以期待有更多的讽喻作品用装饰去表达现代价值判断中的焦虑和不确定，而实际上这一"矛盾的宇宙"成为像卡夫卡这样的作者的讽喻图像的主导类型。另一方面，科学探索带来了一定程度的乐观主义，尤其是在医学和太空旅行领域，此处的进步之箭总是架在弦上，然而结果却令我们害怕[130]。科学幻想会一直持 146

---

129 这里的主要问题在于"象征"（symbol）这个术语。我自己坚持其令人敬畏、作为禁忌、情感矛盾这一功能，而我所依据的弗洛伊德模型显示出了讽喻同宗教仪式的亲缘关系，这里也许暗示着一种矛盾。不过不存在矛盾。宗教仪式需要同宗教情感严格区分开，依据它们在性质上更为深刻和更为"广阔"的不同。后者可能被"象征"引发，在这样一种条件下，即此类情感并不承担将人引向异世界的职责。它们也许使得我们以一种异世的态度对待此世，但是被"象征"激起的兴趣需要存在于这个世界中。否则的话，浪漫主义将成为对于正统宗教信仰的纯粹的扭曲和淡化。

130 参见Robert Sheckley, *Untouched by Human Hands*（New York, 1960）和Albert Pohl and C. M. Kornbluth, *The Space Merchants*（New York, 1953）。随着物理视野的扩展，人的视野却变得狭窄。这个主题对于近来一部苏联电影有一定讽刺意味，即*The Letter That Was Never Sent*，这部电影献给苏联的勘探员和宇航员，是一部以精湛技艺创作的"纯粹"讽喻作品。这部电影还是可以彰显出图像的崇高感和如画感方式的例子；它包含有关于"自然崇高"的一种几乎古典的图像，其中，英雄既被自然所击败，也被自然所赞颂。

续，直到某个时刻它们中的一些变成了科学现实而非幻想，到了那时，作者们就得寻找新的强大的权威式语言，除非讽喻越来越多地陷入记录式虚构的模式。对于自然主义寓言来说，图像的范围不会少于自然现象自身的范围，在这个意义上，松动中的"宇宙"术语就可以变得完整。

3

象征行动：进程与战斗

在《诗学》中，对悲剧（tragic drama）的分析所描述的"行 147
动"（action）——除了有头、有身、有尾，除了把一种以可能的
方式激发出来并最终实现了的合理期待呈现给观众——拥有在观
众中激发惊奇的性质，就如同亚里士多德所说的隐喻可以引发的那
种惊奇[1]。这里也出现了无法被"已有观念"所容纳的情况。期望
的设置基于情节的序列安排，它关于主要角色们会做什么，它也通
过突转和发现出人意料地打断剧情，亚里士多德要求他的完美悲剧
作者通过惊奇来抓住观众，来获取关注与共情（empatheia），但
是不必过度使用最令人惊奇的手法，即超自然事件[2]。亚里士多德

---

1 关于"对行动的摹仿"，见 *Poetics*, 1450b。

2 关于突转和发现，见 *Poetics*, 1452a, b。"悲剧所摹仿的行动，不但要完
整，而且要能引起恐惧或怜悯。如果事件是突然降临的，则最能产生这样
的效果。"（1452a）关于发现（*anagnorisis*）的种类，见 *Poetics*, 1454b。

148 在《诗学》中所描述的此类事件包括：一个坏人的雕像正好在这
个人从下方走过时倒塌在他身上，如此一桩在自然可能性的世界中
清晰呈现出神力武断地介入的意外事件，"对此类事件，我们并不
是认为没有一点意义"。而即使亚里士多德要求的是克制使用"机
械降神"，当涉及单纯随机事件的戏剧呈现时，他持有更加怀疑的
态度。他的可能性原则并不允许在一个好的摹仿式情节中存在随机
的机遇；缺乏道德内涵的意外事件也应当被排除在完美的戏剧之
外。在悲剧中，以及可以设想在喜剧中也是同样，亚里士多德不会
允许此类事件出现，因为它们表现了一种处于事物自然序列的权威
与力量之外的、完全武断而随心所欲的（*ad hoc*）安排。我认为，
《诗学》假定了自然法则绝不会在这类时刻就停止发挥作用。即使
是诸神也须服从某种自然，并依据他们自身更高命运中的那一可能
的、可预测的轨迹行事。亚里士多德式的对自然的喜好是一种对秩
序的喜好，一种对于幻想的不信任，一种对于认知能力（归纳思维
的主要工具）的褒扬，而最重要的，是一种对于非理性的拒绝。所
以他才会这样说："有的诗人所使用的形象只是可怕，而不产生恐
惧，他们完全不理解悲剧。"[3]摹仿性诗人需要将自然加诸的限制，
运用于他对摹仿对象的选择上。

　　《诗学》第二章确实强调了自然的多样性，这正是因为亚里

3　*Poetics,* 1453b. 在装饰性言辞、形象和"奇妙"或者"神奇"（*thaumastos*）
　　之间存在着密切联系。事实上所有这些效果都是来自惊奇的效果，相反，
　　超自然在某种程度上总是一种对于我们熟悉的自然可能性世界的装饰。神
　　奇事件又是那些偶然发生的事件，但它们也是"诗性正义"的行动体。

士多德想要坚持对对象选择的控制；不过他没有料到摹仿性戏剧
会因此受到严重限制。在自然范围内有无穷多的事物、人和事件
可供摹仿。也许只有在任何可能的情况下限制和拒绝超自然材料， 149
摹仿才成其为摹仿。

　　同时，因为它与自然的多样性并行，摹仿性艺术能够呈现出
形式上的多样性；在任一特定时刻，一出好的戏剧可以拥有各种
各样能够往下发展的可能路径（如果不是这样的话，那也许就是
处于这种特殊的境况中，即僵局，它就需要机械降神来解决），
而这种结果的多样化就反映在摹仿性情节可以获得无尽多样的形
式。不过，这并不是说摹仿性戏剧绝不会处理超自然现象，而是
说，作为一种摹仿对象（比如索福克勒斯的《菲洛克忒忒斯》
［*Philoctetes*］中赫拉克勒斯的出现），超自然因素只是在自然可
能性陷入僵局时才进入一出戏剧中[4]。只有当奇迹自身成为独立完
结行动的方式，这一机械降神才对亚里士多德有意义。举个例子，
他会赞同莫里哀在《伪君子》（*Tartuffe*）中使用国王这一角色，
因为在全剧中达尔杜弗可以等同为一个恶魔，到最后也获得了一

4　Paul Goodman, *Structure of Literature*（Chicago, 1954），49—58，这里分
　　析了《菲洛克忒忒斯》中的机械降神。神（*deus*）对于打破僵局来说是一
　　种必须。"僵局是指让行动走入这样的境地，它的可能性在被耗尽之前就
　　走入'终结'。无缘无故的成分对于处于僵局中的行动来说就是一种必然
　　性。" 注意这里Goodman所细心保留的"可能"（possible）和"必然"
　　（probable）之间的区别。"无缘无故的成分"通常是可能的，但不是必然
　　的；通过与神一起出现，这就强调了一种主导性的神或者必然性的存在，
　　它们通过命令最终控制着行动。

个完全合格的撒旦的能力。只有一个半神，即太阳王，才能推翻这样的力量，从而恢复自然的平衡。在此类情形下，自然呼唤来自超自然力的帮助，如果这说不上是一种"可能的不可能性"，至少也是一种"必要的不可能性"。在其他情况下，摹仿式戏剧的作者就需要防止魔力进入他的情节的因果序列中。如果他的意图就是质疑超自然力的作用，那他可以将它呈现为角色遇到的心150 理疾病，这个角色在戏剧世界中仍是自然行事。他们将魔力视作一种异于自身自然观念的现象。这一情形可以在数不清的希腊戏剧中找到，同样也见于荷马史诗中，歌队或其他某个角色会试图解释人的动机（尤其是关于愤怒和欲望）与神的意志之间的关系。更为现代的例子可见于《哈姆雷特》（与之相反的则是《暴风雨》和《辛白林》），此处的超自然力被部分视作扭曲的本性，简而言之，就是精神失常。

摹仿式戏剧似乎对任何自上而来进行干预、任意控制人的行动的情况都表现出质疑。它质疑任何妨碍人的性格进行自身缓慢修正的情况。它揭示变化中的性格，因而它持续地呈现出，正如亚里士多德所指出的，发现与突转并不仅仅是某种"从无知到知"的知性上的变化，更重要的，它是"从爱到恨或者从恨到爱"的情感变化。尤其，自然的生长和自然的衰朽就是摹仿式艺术家的首要关切。

我们从亚里士多德的摹仿观开始探讨，因为它在质疑超自然力时，也就质疑了讽喻的核心手法，它可能是讽喻最为强有力的对立面。讽喻似乎可以同样适宜于突转和发现，以及性格上从爱

到恨和从恨到爱的变化；但这些绝不可能是自然变化；它们总是
被赋予的变化，就像是《地狱篇》中盗贼的变形或者霍桑《传说
故事集》（*Tales*）里的受害者身上那些伪医学的变化。当一场随
机的对话发生在行动终了，我们需要询问，这是否属于摹仿为讽
喻让道的时刻。机械降神必然是一种魔力手法，在费尽心机寻求
所有**可能**的出路之后，它的出现是为了解决僵局，从中就可以看
出它的反摹仿力量。作为可能性之反面，讽喻是按照仪式化的必
要性结构而成，出于这个原因，它的基本形式不同于摹仿式情节，
它的多样化程度更低，轮廓更为简单。

毫无疑问，我们可以想象寓言在形式安排上似乎与任何摹仿 151
式戏剧一样自由，但注意，这样的作品会倾向于走入讽刺作品一
类，而我们会看到，讽刺作品处在模式的边界上，因为它用讽喻
对抗讽喻，也用反讽对抗反讽。通常情形则与之不同。下面所要
呈现的就是讽喻如何返回到更为简单的行动范式中。这一模式是
彻底还原性的，因此它与摹仿完全对立。

两种基本范式

讽喻作品倾向于将自己分解为两种基本形式的任意一种，
它们并不仅仅是从这两种形式的萌芽中生长出来，而是不断回
到其中。这两种形式可以称为"战斗"（*battle*）与"进程"
（*progress*）。在西方文学中，前者也许起源于赫西俄德所描绘的

巨人与天神之战（gigantomachia）[5]，这是一场争夺世界控制权的神族战斗，不过经由早期基督教诗人普鲁登修斯（Prudentius）的《灵魂之战》（*Psychomachia*）[6]，它被心理化了，重要性也随之变得更为显著。"进程"则开始于对《奥德赛》《阿尔戈英雄纪》（*Argonautica*）以及特别是《埃涅阿斯纪》的讽喻阐释[7]。我想要在这一章中呈现的是"象征性行动"可以形成进程与战斗，而这一类型的虚构必然拥有双重意义，也必然拥有灵力行动体和宇宙图像。

进程、真实与理念

152   首先，也许应从狭义上将讽喻进程理解为一场求索之旅。一种悖论性暗示经常出现，即主角要通过离开家才能回到一个更好的"家"（home）：基督徒离开全家所居的毁灭之城（the City of Destruction），直至抵达所有信徒的真正家园，即圣城（the

---

5 *Theogonia*. 对赫西俄德的分析，见F. M. Cornford, *The Unwritten Philosophy*, ed. W. K. C. Guthrie（Cambridge, 1950）。

6 Prudentius, *Works*, tr. and ed. H. J. Thomson（Loeb Classics ed., London, 1949），I, 274—343. Thomson将*psychomachia*译为"灵魂之战"，这呼应了班扬对普鲁登修斯的摹仿之作，*The Holy War*。关于《灵魂之战》，见Lewis, *Allegory of Love,* 66—73；以及Katzellenbogen, *Allegories of the Virtues and Vices*, ch. 1。

7 见Curtius, *European Literature*, 203—214, "Poetry and Philosophy"。

Celestial City）[8]。有时，在旅途完成之后，回到原来家庭的主角会因为改变太大而无法再回到原本的位置上：格列佛就是一例；他的故事中有一种暗示，即这一旅途已经排除他可能返回一个休憩之地的任何可能。认识自我显然是旅途的目的，而在一个不抱幻想的自我形象面前，格列佛就不再能容忍他的"家"或者家庭了。有时候旅途会在旅人决定回家的那个时刻退场，这就使得我们知道，除了认识自我，它还有另外的主题功能。不同于其范本《老实人》（*Candide*），约翰逊的《拉塞拉斯》（*Rasselas*）呈现了一组寻求了解自身欲望的旅人，但是只有通过去体验幸福谷（Happy Valley）之外的世界，他们才能知晓自身愿望的空虚[9]。虽然他们必须了解自己，他们同样也必须了解什么才是人类存在的真实境况。当他们检验这一严苛的现实，他们同样也是在检验

8　班扬在《天路历程》第二部分的序言中，特别提到了清教徒前辈移民前往美洲的新家的旅途。这一类比在合理化"进程"的意义上非常有力："告诉他们，他们已离开自己的房舍和家园/他们成为了朝圣者：前去寻找一个世界。" 类似的对道德追寻的"论证"出现在《仙后》第二卷的序文中，而新发现的西边的岛屿为《暴风雨》提供了象征性的位置。

9　*Rasselas*, ch. xlix. 这部小说结尾一章里有两件事值得注意：它结束于"尼罗河泛滥的时间"，以及Pekuah徒劳地想要隐退到圣安东尼修道院，而公主徒劳地想要找到"一所由有学问的女性组成的学院"——在这里我们看到，对立存在于自然的无尽循环和人类超越自然的无尽努力之间。关于这一点，见Mircea Eliade, *The Myth of the Eternal Return*, tr. W. R. Trask（New York, 1954; reprinted as *Cosmos and History*, New York, 1959）, *passim*; also Eliade, *The Sacred and the Profane*, tr. W. R. Trask（New York, 1961）, 68—113。

自身："他们已知道得很清楚，他们曾经形成的这些愿望，一个
也实现不了。"伊姆拉克（Imlac）和他年轻的朋友们的进程失败
了，他们也知道自己的失败，他们只能原路返回。这一神秘描绘
的失败，正是《东方之行》（*The Journey of the East*）里主角的
"目标"，是赫尔曼·黑塞（Hermann Hesse）笔下反讽式的现代
153 进程[10]。这样的寓言讲述的故事关于真实发生的旅途，我们可以容
易地追索到抵达终点的时刻。同样也很容易发觉，这是讽喻进程
里一种典型而显而易见的样式。它被表现为水上航行、陆路旅行、
空中旅行，其中有些是现实主义的，另一些则属于十足的幻想。
不过总是存在关于旅途的物质化描述，它从家中到某一遥远地点，
这之后或许是返乡，又或许重新开始了无止境的远航。当故事中
的主角离开家乡太远，作者的想象力就总是被他那不受可能性规
则束缚的自由所激发，我们经常就会得到相当幻想性的故事。

　　只要象征性虚构的动量足够强大，这一进程就无需显得合

10　*The Journey to the East,* tr. Hilda Rosner（New York, 1957），书中最后
　　的图像是："我只是慢慢明白过来。我只是慢慢地、渐渐地开始怀疑，然
　　后才明白它所要表达的意思。它所代表的是一个形象，那就是我自己，而
　　我自己的这副模样有着令人不快的软弱和半真半假；它面目模糊，整个表
　　情里有着某种不稳定的、软弱的、垂死的或者想要去死的东西，它更像是
　　一件雕塑，一种可以被叫作'短暂'或者'腐朽'或类似名字的雕塑。"
　　这一纪念碑式的图像汇合而且流入了这一更强大的人当中，也就是首领
　　利奥。

理[11]。它甚至无需涉及身体上的旅程[12]。旅行并不是唯一使得地点变换的方式。整个过程可以被呈现为某种在自身之中的内省之旅；卡夫卡《地洞》（"The Burrow"）中的沉思就是绝佳例证。一个人也可游览一遍脑海中出现的事物，而没有发生任何物理上的位移。在这个意义上，一首囊括了某一科学门类中所有学说要点的百科全书诗就是穿越了知性国土的"旅行"[13]。成就一场进程 154 所需的无非是一种持续向前的运动，它坚持不懈地朝向一个目标，它致力于在一个给定方向上始终如一地行进。

我们曾以一个理想进程的范例开始讨论，即《凤凰与斑鸠》（"The Phoenix and the Turtle"）。这首诗的形式由其表现对象所决定，即一个送葬队列、一场为死者举行的弥撒，每一个诗节都组成了一个节奏缓慢的仪式步骤，朝向着完结诗篇的悲歌。另一种形式也非常接近葬礼，队列形式是常见的中世纪序列，即七宗罪（Seven Deadly Sins），另一个是死亡之舞（Dance of Death）序列。后者的进程是某种清单，它从国王或者教皇开始，

---

11 流浪汉小说中的这一情形就是只求有"一个伟大的结局"，如同菲尔丁谈到《奥德赛》时说，事件徘徊不前不是什么缺点。这"一个伟大的结局"通常是回到家，这经常有特殊意义，因为主角往往是一个弃儿，他需要知道自己的身份，这样才能继承遗产。注意，在真正的流浪汉小说中，流浪汉总是被迫奔波不止；警探将他逐出城镇。

12 这是乔伊斯的《尤利西斯》的基础，除了数字上列出的身体运动，这部作品中起主导作用的是心理事件的流动。

13 参见Spenser, *The Faerie Queene*, VI, proem, i。

然后按照等级向下运动，直至上帝和国王最卑微的仆从也加入舞蹈[14]。最显著地标记出这场舞蹈的仪式模版的，莫过于序列中每个人都在其视觉表现中拥有同样的边框，比如汉斯·荷尔拜因（Hans Holbein）的插图。这里与灵力行动体中的普遍情况一样，运动和行动最终停滞。

在中世纪"遗言体"（"testament"）[15]中，叙述者将他的尘世所有留给在世之人，而他们是一些代表性形象，与死亡之舞中的那些形象类似；这个形式也与中世纪"怨诗"（"complaint"）155 相似，在后者记事的序列中，世界被视作分崩离析[16]。在这两种文类中，诗人都以游行队列向读者展示社会与自然的秩序。而

14　奥尔巴赫谈到了"骑士典礼的仪礼风格与强烈的对于人物身体形象描绘的现实手法之间的协调并不是什么新东西"，这显示出讽喻与自然主义手法共同前进（这一观念通过赫伊津哈的《中世纪的衰落》得到增强）："将这两种因素结合起来的共同物是沉重和神秘，是那个时代感官性审美趣味所具有的拖沓的速度和夸张的色彩；这样一来，它的仪礼风格常常带有一些强烈的感官刺激，它的现实手法时而也带有一些形式重负，同时还携带着直接的造物的、传统的负载物；许多现实主义形式，如死亡之舞，都具有仪式序列和游行行列的特点。"（Auerbach, *Mimesis*, 216—217）

15　维庸（Villon）的《遗言诗》（*Testament*）也许是最重要的例子；通过将民谣插入遗言主体中，维庸打破了这一目录形式的单调性。见E. C. Perrow, "The Last Will and Testament as a Form of Literature", *Transactions of the Wisconsin Academy of Sciences, Arts and Letters*, XVII （Dec. 1913）Pt. I。

16　参见Alanus de Insulis（Alain de Lille）, *The Complaint of Nature*, tr. Douglas Moffat（"Yale Studies in English Literature", XXXVI）（New York, 1908）。总体而言的这一主题，见J. D. Peter, *Complaint and Satire in Early English Literature*（Oxford, 1956）。

采用这一形式的诗歌本身自然就接近其表现对象，它成为类似清单、列表、某种关于抱怨或者遗产的目录的东西。紧邻这些文类的，是更有野心的中世纪百科全书式讽喻作品，它容纳进所有已知现实或所有为作者所知的现实，此外还有所有道德和哲学方面的学说。为了安置手头如此大体量的材料，诗人将他的诗歌分层。当诗篇涉及宇宙起源时，这一方式最为惊人，像是赫西俄德的《神谱》、迪·巴尔塔斯（Du Bartas）*的《一周》（La Sepmaine）以及伊拉斯谟·达尔文的《自然的神殿》（The Temple of Nature），这一篇的副标题是《社会起源》（The Origin of Society）。这类作品中总有一种关于造物阶段的秩序，无论是基督教神话中的六天创世，还是其他类别的总体创世进程。一天接一天讲述这类故事的诗歌总是会着眼于最后一天，即第七天，在此意义上它才构成了理想的旅途[17]。在宇宙起源论中，"进程"这一术语有其最为理智化的含义，因为这不仅是关于一个运动的主角（尽管可以看作关于作者的人格，若是他伪装成发现者来进行叙述）[18]，而是宇宙整体运动着朝向其完善。

　　当诗人更多是在剖析而不是创造他的宇宙，当他更关心宇宙本身而不是宇宙诞生，他也许会偏好一种被称之为"解剖"

---

*　　Guillaume de Salluste Du Bartas（1544—1590），文艺复兴时期法国外交家和诗人，其《一周》组诗以《圣经》中上帝创世为题材。——译者注

17　创世一周在解经传统中处于中心地位，如见Wolfson, Philo, I, 120。

18　这是但丁和斯宾塞的情况，这一幻象传统延续到了晚至布莱克。

（"anatomy"）的讽刺形式，在此之中离题（digression）成为常
156　规，其分量之重使得离题本身成为仪式中的角色之一[19]。在《桶的
故事》（*A Tale of a Tub*）中，离题已远非轻松自在的路边漫步可
比，它成为这部作品中最有秩序感、最强有力的方面。确实，解
剖的目的是在一贯严谨的讽喻行动之外获得一些表面上的自由，
而且这也可以理解斯威夫特，也包括理解像叶夫根尼·扎米亚京
（Eugene Zamiatin）这样相似的现代作者，也就是通过少关注形
式、多关注讽刺性段落，我们可以脱离严苛而获得一定自由。在
个人活动中展现出的巧智将我们的注意力从维系局部的整体秩序
中移开。在扎米亚京的《我们》（*We*）这样的作品里，有太多奇
怪的形而上的笑话和反讽（以及惊悚），被这一切淹没的读者也
许不能意识到这本书是如何建立在无尽的仪式化篇章之上，它里
面的每一章都包含有三个主要的关键点[20]。扎米亚京用自己微小的
谜语式警句提示了这些节点，每章三点，它们的存在就是为开始
每一章阅读的读者作解码之用。扎米亚京可能并不重视这些信号，
但是它为分析者提供了从仪式层面进行审视和参与的可能。

　　在这一类型中，常规讽喻行动仍保持着由单一思维支配的直

19　关于"解剖"，见Frye, 308—314。

20　Eugene Zamiatin, *We,* tr. Gregory Zilboorg（New York, 1959）. 每一章都以
　　一个短章开头，如下：
　　　　第24章：函数的极限。复活节。全部划掉。
　　　　第25章：自天堂堕落。历史上最大的灾难。已知——已经结束。
　　　　第35章：在环中。一个胡萝卜。一次谋杀。

线运动特点。无论是在罗曼司文学（比如圣杯系列）还是在民族史诗（比如《埃涅阿斯纪》）中，"追寻"（quests）会立刻进入脑海。第一章中已经呈现了这种直线运动如何造就或者表达出了一种灵力效果，因为灵力行动体只能朝一个方向行进，或者，若他也像《桶的故事》里的叙述者或者拉伯雷《巨人传》里的叙述者那样离题万里，他会以一种强迫症式的方式去离题[21]。灵力行动体别无选择，只能踏上并被约束在他的追寻之路中，无论是为了学习和自我认识、为了圣洁、为了单纯的权力，还是为了他自己都无法定义的某种对象；这最后一种就是卡夫卡最喜欢的主角K所处的状况。我们可以在最宽松的意义上使用"进程"与"追寻"，这是因为在《神曲》的主角但丁、《天路历程》的主角基督徒和《格列佛游记》的主角格列佛之间，存在着显而易见的巨大差别，但是他们所有人都身处进程之中。行动牵涉所有群体，这一现实使我们的困难加剧。在左拉关于卢贡-马卡尔家族的系列小说中，来自不同世代的一大群人的复杂命运在一种几乎是前定的形式中上演[22]。散落在其中的纪实性记录，即使数量上远远超过中世纪的百科全书式作品，但同样的宿命论范式仍然存在。进

157

21　柯勒律治对于斯特恩——作为拉伯雷的模仿者——的幽默心理的评论，将这种强迫性秩序表达得相当明显。斯威夫特的《关于疯狂的离题》（"Digression on Madness"）就是一份关于离题自身的讽刺性"理论"。

22　见Hemmings, *Emile Zola*（Oxford, 1953），ch.i，关于左拉所据的有关遗传的伪科学理论，它是这样一种观念，即某个家庭的成员注定要患上某种遗传疾病。

程的另一个面向也许是在大部分自然主义小说中出现的角色的堕落；但这也仅仅是调转了方向，描述上升变成描述下降。主角仍被束缚在一场追寻中，就算他寻求的是自身的毁灭。

战斗：灵魂之战与意识形态战争

在第二种主要范式即战斗形式中，阐释其中的行动同样需要相当的灵活度。普鲁登修斯在《灵魂之战》中将战斗构建为一种讽喻行动，他将其描述为战场上的真实冲突。不过，我们的术语
158 同样只是为颇为多变的讽喻序列贴上标签。在冲突意象更为温和的样式中，常见的有"论辩"（debate）和"对话"（dialogue）（在苏格拉底和游叙弗伦之间、在猫头鹰与夜莺之间、在自我与灵魂之间）[23]，这里的战争是语言表达上的，比之普鲁登修斯的身体搏斗更有讽刺意味，也更文雅。斯威夫特的《书籍之战》（*Battle of the Books*）就是一个典型例子，这是一部标准的小书，带着一种书斋气的精细品味。不过，论辩属于主流传统。《被缚的普罗米

---

23 潘诺夫斯基讨论过"论辩"的传统，见 *Galileo as a Critic of the Fine Arts*
    （The Hague, 1954）。典型例子：中世纪诗歌《猫头鹰与夜莺》、Lydgate's
    Reson and Sensualitie, Marvell's "Dialogue between the Soul and Body",
    "A Dialogue between the Resolved Soul and Created Pleasure"。见 M. C.
    Waites, "Some Aspects of the Ancient Allegorical Debate", in *Studies in
    English and Comparative Literature*（Radcliffe College Monographs, No. 15;
    London and Boston, 1910）。

修斯》，这部被柯勒律治看作讽喻源头的作品，就是以论辩的形式写成的。《被缚的普罗米修斯》将战斗减少为对一场竞赛的静态忍受[24]。

在我们的时代，真实发生的暴力成为讽喻式战斗最常见的类型，即科幻小说中的"诸世界之战"（"war of the worlds"）。这类战争归根结底总是观点与理念的冲突，尽管如此，它的修辞根基却是在技术性、军事性层面，它的形式必然来来回回都是典型的军事方式。不过常见的是，进程和战斗这两种形式会结合起来，从而产生出类似于恰佩克的《山椒鱼战争》[25]这样的作品，它里面的百科全书成分差不多跟灵魂战斗成分一样多；或者是奥威尔的《一九八四》，心灵斗争使得主角温斯顿·史密斯在精神审判中走向劫数。奥威尔的《动物农场》结合了关于技术进程的寓言、与善恶行动体之间的战争。库斯勒（Koestler）《正午的黑暗》（*Darkness at Noon*）将神经上的战争，即一种洗脑，转化成质疑与反思的仪式。这些例证再一次支撑了弗莱的观点，即在现代文学中，进程被逆转过来。现代讽喻文学中下降、倒退的性质并不 159
只体现在它们的图像上，这其中有着越来越多的低级、恶心和反

24　一个次要些的中世纪例证就是头韵诗"Death and Life"，即使此处的竞赛仅限于诗歌中的一小部分，这里是生命与死亡的直接面对面。关于竞赛（*agon*），见F. M. Cornford, *Origins of Attic Comedy*（New York, 1961），27—46。

25　Karl Čapek, *War with the Newts*（1936），tr. M. and R. Weatherall，（New York, 1959）。

讽的东西；这一特性的体现正是在其形式上，主角逐渐进入的是行动范围愈加狭窄的地方，进入的是一种被囚的地洞或洞穴中。

进程与战斗的对立

因为进程与战斗经常融合在一起，对它们间的主要区别最好在抽象观念上进行认识。它们的表层形态不尽相同。进程很明显是一种仪式化形式，但是初看之下战斗似乎并非如此。毕竟，进程关涉到一系列处于某个主要方向上的步骤，而且，同我们在走在队列中时的步伐一样，虽然微小的不规则属于常态，一种**总体**的规律性同样也是常态，而且最终后者会控制住微小的不规则。仪式倾向于夸大步伐的平等。当形式与内容一致时，它可以公开地这样去做，比如在《凤凰和斑鸠》这样的诗中。而有时候这种一致被掩藏在表面之下，这就是在更长的讽喻作品中的情况。对这类作品，就需要在其庞大的秩序之下去探求，具体而言是什么带来了仪式化效果。

对于战斗形式也需要应用同样的对细节的精确分析，这当中的效果确切来说并不是仪式化的，而更多是某种对称和平衡的效果。如果它们缺乏仪式化特质，那只是因为仪式似乎暗示着一种持续的展开、一种运动的序列，而对称则意味着静止以及在时间上被定格在特定时刻中的冲突。但是冲突也能对称地在一件作品中被复制和重复。就好比一方挥出一击，而另一方也在如此。当战斗的往复转换为心智的冲突或者意识形态战争，它就会形成对称式的展现：先是一方的论证，然后是另一方的。论辩双方被平等呈现，这样每一方都获得了行动中的公平份额。在很多这一类诗中，交替中的单个诗节都被分配给了每一方，然后它们就在来来回回地辩论。这里的形式对称似乎也能用于造成一种混杂的形式效果。比如《天路历程》就将论辩内置于被叙述的进程中，而大体上属于战斗形式的《仙后》，则借助"严酷战争"和"忠贞爱情"的主题混合进了牧歌式进程。 160

论辩一再复现，战斗重复采用相同形式，突转与发现总是在同样的传令官式的用语中出现——这都是一部中世纪罗曼司获得仪式化形式需借助的材料。这类效果也可以被现代化；例如在卡夫卡的作品中，追寻通常以僵守法律的形式展开，这反过来又成为"贯通"一个庞大官僚国家的权威机构的一种尝试。（需要注意，官僚机构暗示着分离成若干孤立的隔间。）在政治意味更显著的讽喻作品中，仪式化的追寻反讽地变成了洗脑进程，就像在奥威尔的作品中或者在亚瑟·库斯勒的《正午的黑暗》中那样。不过无论行动的内容是什么，读者都被期望去跟进某种队列中。他之所以会跟随是因为一系列的重复元素属于某种象征性**舞蹈**——用肯尼斯·伯克的话说——而它会以某种方式抓住读者的注意力。语义和句法都是这样一种"象征性行动"的组成部分。讽喻中的灵力行动体和宇宙图像属于语义元素，属于行动与表现的符号，而讽喻的节奏特性则在很大程度上是一种句法元素。句法是对于各局部的次序排列，这可以被或粗略或精微地理解。粗略地看，它产生了总体的节奏模式；在斯宾塞那里，这种模式通

过每一卷、每一章、每一诗节得以建立。它同样产生了一种总体
的行动范式，在被施加的结构形式**之内**运行，像是《仙后》中的
决斗和婚姻，或是《神曲》中被但丁讲述的接连不断的启示。它
们都是大宇宙中的象征性节奏。在小宇宙层面，我们必须注意句
子和段落的构成方式，简而言之，注重那些我们通常称之为"句
法"的东西。在这一层面我们同样会找到诗人所设定的特有节奏，
这一步态使得我们可以认出他来。"风格外衣"几乎可被看作形
成讽喻节奏的原因，在这里，宇宙的形式元素就类似于中世纪骑
161 士身上的盔甲；这装扮让他尊贵，但也同样使得他举止僵硬，将
他束缚在一种严格限定的步态中。

微观上的句法效果

在小范围效果的层面，我们会发现形式和行动有哪些修辞特
点？这是关于行动体和图像的问题，也同样关乎总体的故事线和
句法。行动体有灵力性质，图像则具备宇宙式的转喻或提喻特
点；前者只能跟随他的追寻历程，后者本质上是一种任意的标签，
附在被欲求的德行或者被憎恶的恶行上。首先，转喻事关名称
（*names*），着重于满足这一需要，即标记和维系其巫术价值，无
论它们被应用于什么之上。记述一系列被标为德行或恶行的名称
即是在制作目录，这一过程随之构成了仪式。转喻是被任意选择

的，在这个意义上它们需要被包含在某种外在强加的秩序之中[26]。同样的需求也是提喻式图像的特点，对于诗人来说，这也是最便捷的罗列整体中各个元素的方式。《科利奥兰纳斯》中，梅涅乌斯·阿格里帕的"肚腹寓言"就呈现得很清楚。等级体系一旦彰显，就会产生出对其中的宇宙秩序进行罗列这一有效方式，而不是进行更为自由的展示。特别是对于图像而言，造成的明显结果 162 就是出现某种象征性孤立，每一部分的图像都孤岛般进入一种仪式的或者对称的叙述中。

对于行动而言，更重要的则是行动被表达出来的具体句法。我们需要从句法上描述那些我们已经知道的效果，即稳定的推进感和精确的对称性。前面一种效果似乎可以在句法上类比于所谓的"并列结构"（*parataxis*）。这一术语意味着这样一种句子结

26　关于隐喻（与转喻相反）基本依据的最有启发性的研究之一，是Roman Jakobson, "The Cardinal Dichotomy in Language", *Language: An Enquiry into Its Meaning and Function*, ed. R. N. Anshen（New York, 1942）；及 "Abstract and Concrete Behavior: An Experimental Study with Special Tests", *Psychological Monographs*, LIII（1941），1—31。Goldstein在语言能力中发现了一种关键的二元对立，它似乎能够推广到常见的散文和诗歌用途中。"每种失语性障碍的形式中都涉及一些损害，无论是否严重，要么是跟选择和替代的能力相关，要么是跟组合与结构的能力相关。前一种疾病关系到元语言功能的退化，后一种则涉及语言单位等级的能力。相似性关系在前者中被压制了，而相邻性关系又在后一种失语症中被抑制。隐喻类似于一种相似性障碍，而转喻则是相邻性的障碍（*Metaphor is alien to the similarity disorder, and metonymy to the contiguity disorder*）。"（Anshen, *Language*, 169—170）

构方式，它不会传达出对更高或更低秩序的任何区分。"秩序"
在此的含义是吸引力强度，因为越重要的内容往往获得更多关注。
在并列结构中，谓语间彼此孤立："他们奔跑。他哭泣。他们再
次奔跑。"或者，谓语被连词平等连结："他奔跑，而他们哭泣，
而他再次奔跑"；又或者，"他走路，但是人们奔跑"。这就意
味着并列式句子并不试图通过关系从句、从属连词、并置短语以
及类似结构进行修正。而当这些从属手法被使用时，我们就将此
称为从属结构（*hypotaxis*），这一风格可以亨利·詹姆斯为极致
的代表。

　　对这两个术语的使用需要脱离其语言学语境，而类似于海
因茨·维尔纳（Heinz Werner）在《心智发展中的比较心理学》
（*Comparative Psychology of Mental Development*）中使用"并
列结构"的方式；维尔纳使用这个术语来意指幼童或原始人类
的零碎行为。我们并非要讨论孩童或者原始行为本身，但我们
确实希望我们的术语具有大致的心理学意义。从逻辑上说，并
置和从属结构区分非常明显，因为下义（subordination）和上义
（superordination）本就是逻辑概念。但是即使处于完全一致的句
法结构中，《圣经》中的并列结构也会在心理意义上区别于一个
人给陌生人指路的行为；而亨利·詹姆斯的从属结构则是不由自
主地向一个方向蔓延，它具备的封闭复杂性使其几乎失却修正风
格而走向了接近并置结构的完整圆环，就像是那封复杂得难以置
信的电报那样——马克斯·比尔博姆（Max Beerbohm）在他对詹
姆斯的戏仿之作《不远不近的灰尘》（"The Mote in the Middle

Distance"）里达至了这一效果。感受到这样的效果并非出于逻辑原因，或者换一种说法，句法的情感效果与其逻辑效果并不是一回事。这两种句法类型也许会呈现出含混，暗示着其更深层的构形力量并非来自句法，而是来自其节奏秩序[27]。

163

27　节奏在句法上的条件仍需被完整研究。首先，举例来说，英语中并列结构的形成不同于纳瓦霍语（Navaho），从性质上说后者是一种固着的、有意省略连词的语言。即使在英语当中，有着相似并列结构的句子在句法上也可能呈现不同的效果。同样，*parole*（言语）的许多细微处只能借助留声手段进行研究，比如周边语言学（paralanguage）。"并列结构一词可在两种意义上使用：它也许仅仅意味着缺乏符合语法的从属结构，比如我们在儿童和某些原始人使用的语言中看到的情况；或者是第二种情况，它可能是一种修辞手段，在其中，从属关系通过一种协调的并置句子，以符合语言习惯的方式被表达出来，比如我们会说'敲门就会开'（Knock and it shall be opened），而不是说'如果你敲门，它就会被打开'（If ye knock, it shall be opened.）。"（S. O. Andrew, *Syntax and Style in Old English*〔Cambridge, 1940〕, ch. xi, 87）Andrew发现，大部分古英语诗歌有一种意义上的含混，它们暗示着从属关系，即使其文体风格保留了语文上的并列结构；我们感觉到在《贝奥武夫》中存在从属关系，即使它在纸面上罕有出现。也许口头诗人在吟诵的时候，会对他的半行诗进行屈折变化。他运用复合比喻修辞的方式，使得听众可以强烈地意识到各个内容间重要程度的高与低，就像演员会以一种独特的声调念出他的"旁白"（aside）。但这没有改变语言的实际情况，即这一文体风格在形式上是并列的，即使它在内容上不是。见Auerbach, *Mimesis*, 170—177, 关于《地狱篇》第十章，22—78行。奥尔巴赫认为，虽然存在着"场景上的快速承继，但丁的文体却绝不属于任何并列结构"。奥尔巴赫关于"罗兰对阵加尼隆"的一整章，还有斯皮策（Spitzer）在《语言学与文学史》（*Linguistics and Literary History*）中对狄德罗文体风格的论述，都是对于这一问题的经典研究。在狄德罗的《论宗教》（*La Religieuse*）中，斯皮策察觉出了"一种对于两类有节奏交替模式的机械重复"。这一剪裁风格（*style coupé*）被形

　　奥尔巴赫在他的《摹仿论》中指出，并列结构几乎可以以其对立方式运用。他强调了那些表达出不受限制的激情的生动口语用法。

　　首先是俗语作者看到了活生生的人，找到了使并列句具有诗的感染力的形式。那种贫乏的、慢慢渗透的、单一事件的接连叙述不见了，代之而起的是间歇式的、提前推后的、

容为"令人窒息、紧绷、抽搐"。

　　即使句法条件似乎是从属的，并列效果（心理上无法区分较高或较低程度的兴趣或价值，"情感投入中断"）似乎仍会出现。简单来说，有时从属结构可以营造出没有等级关系的感觉，有时甚至会强化句法上停顿、快读、重读和韵律的缺失。通过对关系从句序列的不作调节（在剧作《秃头歌女》［The Bald Soprano］中，尤内斯库用消防队长所讲的头痛故事讽刺模拟了这一方式），作者似乎挫败了从属结构的特定目的，理论上，它可被定义为一种调节方式，用于结合起那些突然改变的、突然加速和减速的人对于环境的反应。这类作者中相当杰出的一位当属威廉·福克纳，他的从属结构没有区别效果，而更倾向于造就一种单调而费力的涌动。从他朗读自己散文的方式来看，我们确信这就是福克纳的目的。如果可以从留声记录判断的话，他的声音低沉单调。

　　见 Alarik Rynell, "Parataxis and Hypotaxis as a Criterion of Syntax and Style", in Lunds Univ. Arsskrift, N.F. Avd, I., XLVIII（1952），no. 3。另见 Wyndham Lewis 对格特鲁德·斯坦因的抨击，在 Time and Western Man（New York, 1928），53—65。显然美国作者中可以分为海明威、福克纳、艾吉（Agee）——和他们的对立面亨利·詹姆斯。

　　参见 W. Nelson Francis, The Structure of American English（New York, 1958），292 ff., 关于句法结构；G. H. Vallins, The Pattern of English（Penguin ed., 1957），此处的结构关联着英语中动词的表现。

处处可见强劲开头的分节（*laisse*）形式［在一首《罗兰之歌》这样的诗歌中］，这是一种新的崇高文体。如果说俗语作品反映的生活被限制在狭小的范围内而并非多姿多彩的话，那么它也是一种充实感人的丰富生活，是对古典后期圣徒传说那苍白而空洞的文体的一种摆脱。俗语诗人也懂得利用直接引语作为表达语气的神情的手段。[28]

要从奥尔巴赫的描述中发现一个仪式性句法的模式，我们只 164
需要强调并列结构捕捉到了一种"被限制在狭小范围内而并非多姿多彩"的生活，或者可以这样说，持续向前的诗节（*laisse*）*
也许会成为一种失控的、无节制的冲动。此类例子并不少见，比如说以下这个来自《天性之怨》（*Complaint of Nature*）中的段落，这段散文翻译与原文保持了相同的句法：

　　天性（Nature）哭泣。性格（Character）离去。　贞洁

28　103页（译文引自《摹仿论》，吴麟绶等译，商务印书馆，2016年，139
　　页。——译者注）。作为一个处于语文学传统中的学者，奥尔巴赫对句法效
　　果做了全面探讨。比如还可见*Mimesis*，155和185页。在*Preface to Chaucer*
　　中，Robertson对《罗兰之歌》做了相关的探讨，见163—171页。

*　　laisse为中世纪法语诗歌的一种诗节形式，常见于歌颂武功的史诗中，比如
　　《罗兰之歌》；这种诗节长度各异，而组成诗节的每一诗句需有十音节，
　　每一诗句中元音押韵，辅音则不必，故称作半谐音，即不完全韵。——译
　　者注

（Chastity）被从故有高位中尽逐，变为遗孤。主动天性的性
别在降为被动天性的路上可耻地颤抖。男人被造为女人。他
抹黑了他性别的荣耀。维纳斯的巧技让他拥有了两种性别。
他既是主语又是谓语。他也同样拥有了两种变形。他将语法
规则推得太远。[29]

实际上，第四句话中含有一个关系从句，它带来了从属性效
果并赋予了多样性。所以这个段落并不完全纯粹。另外，尽管句
法本身无法做到，特定语词的确切含义有时候也会引出从属元素，
而这就有助于与并列风格区分开来。另一方面，在这首怨诗中，
主导效果是去罗列和标志所有义项。这一形式确切而言可被称为
一种反讽式的"遗言体"（testament），那里面诗人留给世界的
是他所抱怨的所有错误。

高度形式化的口头诗歌所使用的复合比喻修辞（kenning）的
手段，给《天性之怨》的风格提供了一种实际的理由。举例来说，
古英语诗歌中的复合比喻结合在"并置的单个诗行"中，因为这
种方式给予了即兴创作以便利。但像是里尔的阿兰、威廉·布莱
克或者沃尔特·惠特曼这样的诗人并非在创作口头诗歌，尽管他
们都是卓越的并置诗人。下面这几行来自布莱克的诗句，并非用
于吟游诗人在国王的大厅中的吟诵：

---

29 *Complaint*, tr. Moffat, 3.

> 纽约的居民合上他们的书本锁上他们的箱柜；
>
> 波士顿的水手们抛下锚卸货；
>
> 宾夕法尼亚的抄写员把他的笔放到地上；
>
> 弗吉尼亚的建筑工人在恐惧中扔掉他的铁锤。[30]

大体上与他的预言诗一样，布莱克《美国》（*America*）中的这一段以及其后的一段都是并列式的。在这一点上也许无需引用惠特曼，因为布莱克的这一段已过于明显地影射着惠特曼的风格。（与布莱克和克里斯多夫·斯玛特［Christopher Smart］一样，惠特曼也是转喻大师，在这个方面也许只有转喻风格的源头格特鲁德·斯泰因［Gertrude Stein］才能超过他。）

这种更富有流动性和节奏感的风格样式可见于雪莱的大部分诗作中。即便如此，人们也不由得怀疑诗人可以有效地让并列结构进行多长。可以设想一下，如果雪莱以如下的诗节形式写上好几段会是什么情况。

> 世界的伟大时代重新开始　　　　　　　　　166
>
> 黄金的岁月又复来归
>
> 大地，像一条蜕过皮的蛇
>
> 换掉了穿破了的冬衣：
>
> 蓝天在微笑，宗教和皇帝

30　*Complete Writings*, ed. Geoffrey Keynes（London, 1958），201.

像消逝的噩梦残留的遗迹。

一个更辉煌的希腊的峰巅
正从恬静的海面升起，
一条庇纽斯新河中的山泉
迎着晨星，滚滚流泻。
在更美的坦佩开花的地方，
基克拉迪睡在晴朗的海上。

一艘更加威武的阿尔戈号，
装载着另一种战利品；
另一位俄耳甫斯又在唱了，
会爱会哭会失去生命。
一名新的尤利西斯又一度
离开卡吕普索去寻找故土。*

　　如果在这种风格里，诗行不时就走向自由体，那过度运用从属结构就会倒向一种"单调流动的并置"，这可以算作另一种样式的仪式。柯勒律治指责约翰逊博士的均衡语句仅仅是口头上的，

他暗示它们是虚假的对照，它们只是由约翰逊从不存在的冲突中
人为构造出来的[31]。无论是否公平，这一指责可以在理论上被视作
在针对任何过于对称或者华丽、均衡的尾重句式。这类句子必然
属于从属结构，而至少仅凭这一例我们无法确信，并列结构名义
上的对立面竟可以制造出不下于并列结构自身的仪式化效果。从
属结构里对对称语句的滥用似乎与从属—对称形式相关，而我们 167
已经知道它对于一类讽喻式行动起了基础作用。约翰逊式的对照
（antithesis）构建出某种在他的思想里的对立成分中所进行的微
缩战争；他的讽喻性就体现在这一方式中，同样也如此体现在他
的拉丁词源研究中，在这方面他师法托马斯·布朗爵士，后者身
上的象形文字传统在十七世纪也非常活跃。

---

31 Lecture XIV, "On Style", in *Misc. Crit.*, 220："正是在可以被持续翻译
这一缺陷上，约翰逊的风格取悦了许多人；通过从不以常见方式述说任何
事情，他留给人一种机敏的印象。这一方式最好的样本体现在尤尼乌斯
（Junius，尤尼乌斯系一位作者的化名，该作者在1769年至1772年间向一份
伦敦刊物*Public Advertiser*写了一系列信件，主要讨论当时的政治问题。这
一系列信件后结集出版。尤尼乌斯的真实身份尚无法确定。——译者注）身
上，因为比起约翰逊来，他所运用的对照不是只在语言表达上。吉本的方
式是最糟糕的；其中有着这一文体风格所能造就的所有缺陷。塔西陀则是
这一风格在拉丁文中的例证；如果读过西塞罗，你能立即发现其中的假声
（*falsetto*）。"注意柯勒律治在评论之前，他是如何将期刊风格与更广泛
阅读的公众的文化发展联系了起来，这暗示出地位象征与此相关。"这一
文体风格的核心由一种仿造的对照构成，即，它是单纯的声音的对立面，
其中无处不是拟人，抽象的东西被赋予生命，有着牵强的隐喻、古怪的表
达、格律的残渣，简单说，它里面什么都有，除了真正的散文。"在句法
和风格层面，这里更像是一种对于讽喻的怒气冲冲的描述。

无论在句法（于散文）中还是在诗体结构（于韵文）中，均衡元素的对称性都有首语重复作有力支撑，托马斯·威尔逊（Thomas Wilson）给这一修辞起了个"游行者"（"the marcher"）的绰号[32]。盎格鲁—撒克逊讽喻作品《凤凰》提供了口头诗歌中的佳证；下列整行诗和半行诗中的很大一部分都从"不"（No）和"或"（or）两个词开始，它的效果明显达到了我们对一首使用了"游行者"的诗歌的期待。

> 没有敌人的居处在所有这片土地上，
> 没有痛苦或哭泣或悲伤的表示，
> 没有变老或创痛或临近的死亡；
> 没有生命的终结或邪恶的到来，
> 没有财富的缺乏或贫困的重压，
> 没有冬天的风暴或者季节的变化
> 天空下的狂暴，或者苦寒
> 用寒冬的冰柱击垮那里的任何人。
> 没有冰雹或者霜雪降落到地上，
> 没有冰寒的云；没有雨水
> 降自风暴。只有奔腾的溪流

168

---

32 Puttenham, *Arte of English Poesie*, 208，将首语重复（anaphora）称为"报道的修辞手法"，这里暗示出目录、名单、列表。他举的例子来自罗利（Raleigh），在他身上这一手法受到偏爱，同时还有进行说明的分离的明喻。

和平静的流水奇妙地涌出

从美妙的泉源奔涌向大地。[33]

　　《圣经》中的类似情况出现在"登山宝训"和《传道书》中，方式是"时间"的流逝。在后者中，至少很容易能从这份通用历书中看到原型式的对抽象概念的罗列。

凡事都有定期，天下万物都有定时：

生有时，死有时；栽种有时，拔出所栽种的也有时；

杀戮有时，医治有时；拆毁有时，建造有时；

哭有时，笑有时；哀恸有时，跳舞有时；

抛掷石头有时，堆聚石头有时；怀抱有时，不怀抱有时；

寻找有时，失落有时；保守有时，舍弃有时；

撕裂有时，缝补有时；静默有时，言语有时；

喜爱有时，憎恶有时；争战有时，和好有时。[34]

　　这一处看似是朴素的说明文体，但如果是这样，那么它在句法上就呈现出了过多的象征性、过少简单的说明性；即，与其说 169 这里的节奏不利于事实的表达，不如说它是在创造某种符咒式的

33　"The Phoenix", *Early English Christian Poetry*, 232.

34　参见Auerbach, *Mimesis*, 95—96, 关于《创世记》文体的崇高风格。（译文引自简体中文和合本《圣经·传道书》3:1—8。——译者注）

布道氛围，人格化的"时"（times）引领着行进队伍，差不多如同身处一条讽喻风格的中世纪织毯上，或者如同身处斯宾塞的作品中。此处高度的对称句法加强了节奏的脉动，它用一种有意为之的单调造就了一种催眠式的效果。

　　同样的原型节奏在次要一些的作品中更为明显，像是为人熟知的中世纪"七宗罪"主题的行进队列。我坚持认为仪式化节奏自身就足以说明文体象征化，就像如下加斯科因（George Gascoigne）的《钢架玻璃》（*The Steele Glas*，1576）中的段落，原有的标点强调了其中的首语重复（尤指"报告的形象"）。

　　　　但现在（唉）罩上这水晶般的玻璃

　　　　确实让我想到，王国和城镇都很富有

　　　　那里摇摆不定的，是法律的判决，

　　　　那里所有的都是鱼，只要入得网中，

　　　　那里力量强大，统治于权利之上，

　　　　那里受到的伤害，秘密培育着怨恨，

　　　　那里血腥的剑，带来满满战利品，

　　　　那里盛宴不息，被认为是合理的花费，

　　　　那里的官员靠王公的笔发家致富，

　　　　那里的交易，靠的是欺瞒哄骗，

　　　　没有人惧怕，但他也不能改变，

　　　　没有人事奉上帝，除了舌头打结的人。

　　　　我再次看到，在我的钢架玻璃里，

> 四个等级，为每个国家里的土地尽职，
>
> 国王，骑士，农夫，和牧师。
>
> 国王仍应当照看所有的臣民，
>
> 骑士应当战斗，为了保卫相同的人，
>
> 农夫应当为了他们的安逸而劳作，
>
> 牧师应当祈祷，为其他人也为他们自己。[35]

　　这是一种基督教诗人的语言，他所针对的是那些必定相信这 170
一领域里的等级体系的人，对他们来说，所有的人类行动都不过
是对于那个更为永久的彼岸天国的可疑的模拟。此例中，在乔
治·加斯科因这样较不知名的诗人笔下，整体的韵律结构和标点
切分效果就可以比较简单和容易地分辨出来，我们也完全可以将
这些话用于卡洛·列维（Carlo Levi）的《关于恐惧和自由》（*Of
Fear and Freedom*），这是一部研究专制制度下象征体系和行为
方式的现代作品。

> 　　当对于世界的感知外在于这个世界，当每一行动每种思
> 想都是献给神明的牺牲，语言便先于其自主的创造性价值而
> 存在，并假定了一种象征意义。语言的每一部分、每一个单

35　*The Steele Glas*, in *English Reprints*, George Gascoigne, Esquire, ed. Edward
　　Arber（London 1869）. 在该诗结尾部分，加斯科因在43行诗中运用了首语
　　重复手法，以and和but开始的诗行形式中只有少量轻微的中断。

独的句子、句子中的每一个词，都成为一种神圣象征；而每
一个象征、每一个词也有了绝对价值，它们彼此相同，因为
每一个都平等地包孕着和假定着一个神。每一个象征都有其
价值，并处于孤立之中。句法被分解了；句子里的单个元素
都获得了平等的重要性，平等地暗示出权力。[36]

　　这一自动作用、自主性的丧失，这样的句法自由度的缺乏、
这种对此时此地的外部世界的回应的欠缺，会在某种普遍的宗教
性压力下产生，而一个作者只能以最分散的方式感受到，也许他
完全都没有意识到。不管怎么说，列维关于并列结构的描述似乎
恰恰处于讽喻文学的语境中，我们看到它甚至超出了他所描述的
历史时期。

171

　　　早期的语言表达来自那个接续了覆亡的罗马帝国与拉丁
语的世界，正如我们所知，这种表达充斥着宗教性。因而它

36　Levi, *Of Fear and Freedom*, tr. Adolphe Gourevitch （New York, 1950），67
　　（copyright 1950 by Farras, Straus & Co., 引用获得许可）。列维将并列结
　　构（或并列结构的效果）等同于镶嵌，缺乏观点、节奏单调、形式对称、
　　废止了"声调与谋篇布局"（见72页）。另见Heinz Werner, *Comparative
　　Psychology of Mental Development* （Chicago, 1948），关于一般意义上
　　的并列式行为。Christine Brooke-Rose, *A Grammer of Metaphor* （London,
　　1958），64, 203，这里从语法意义上呈现出为何一种持续的讽喻可能变得单
　　调，因为它需要将一组"属格隐喻"（主要是提喻）加在一起，所以它们
　　的所指必然是种赘述。

的句法是并列式的：每个词、每个图像都封闭在自身中，完满，没有连接，它的价值与其他每一个都相等。所有图像也都有平等的象征意义，一个挨一个排列，没有相关物或对立面；它们所有都处于同一平面：话语就是一块**马赛克**。重点是在每个词语上；它们全都处于同一平面上：这里不可能存在透视。而且，正如这里不存在句法关系，每一独立词语都必须在自身中涵盖全部的概念：屈折变化多余而且过于复杂（"双数""第三未来时"等等）。

简单来说，这里所描述的讽喻风格正如我已言明的：图形象征意义、孤立、马赛克式图像；并排秩序；伴随宗教典礼的仪式化；缺乏可以创造出摹仿式世界的透视；图像的小宇宙特性，"每一独立词语都必须在自身中涵盖全部的概念"。

这些关于节奏的迹象里却出现了一种悖论：虽然，将一种象征模式的节奏特性孤立出来也许会很困难，我们仍可以设想一种多多少少仪式化的观念与事件的运动，而据说大部分讽喻作品的目标正是这些观念和态度的等级化结构，那就与这一运动古怪地发生了冲突。并排与从属的结构力量在仪式中彼此争斗。专制主义图像志也可以在多样的从属性风格中找到自己的图像，但正如我所指出的，讽喻可以颠覆从属风格（比如矫饰文风），直至它成为一种能够掩盖缺乏内在感受的伪句法。"并排结构"这一术语所代表的风格（我也正是在此意义上使用这个词）给予人这样的感觉，它要么从一种危险情境中退出（心理分析中的"戒断反

应"），要么被严格地导流，从而无法呈现正常本能和冲动带来
172 的可变性。一个划桨奴隶的行为也许就是并排结构的，但他坐在
哪一排桨边根本无关紧要。

　　仪式化节奏这个概念已被作为一个相当笼统的术语在使用。
在实践中，文学作品都呈现出违背精确定义的微小变奏。因此，
"行动"这一概念，当意思是故事所采取的形式时（即希腊语的
mythos），就比指向特定作品的具体特点更为有用。概念是有用
的，因为我们需要相当多的术语去思考讽喻本身；与其在关于任
何特定作品的特殊主题的意义上去理解这一模式，我们不妨更多
地在特定作品的节奏这一层面上去理解这一模式。

节奏化编码

　　作者与讽喻意图最终的交流并不是通过内容，而是通过节奏。
如何会这样？其实非常简单，我们可以从编码技术的角度理解这
个过程。如果一个人想要建立一种使用一系列不常见信号的密码，
比如说用不同强度的铃声来替代圆点和小横线（摩尔斯码），这
个人就需要以某种仪式化的方式来重复特定的关键组合。接收到
这一重复声响的听众最开始可能无法从中读出信息，但会逐渐感
知到重复的模式，即被赋予的"编码"，并且也会试图去解码他
所听到的内容。在这个意义上，讽喻文学就是密码。众所周知，
它们谜一样的外表并非随机偶然形成，而是借助于周期性的重复。
举例来说，《格列佛游记》里的四次航行都始于船只失事引起的

变化。第一次航行中，失事只是纯粹的意外事故——人对抗自然。但是接下来发生的每一次失事，显然都以一种独特方式让格列佛踏上了奇怪的岛屿和领地；对他来说，遭遇失事总是意味着经历被暴力驱逐出安全、社会性的舒适和友善。这个意象接下来的每一次登场，都让格列佛经受了更高强度的来自人类的恶意。这种恶意就其自身而言也许仍可以看作一场意外，像是第一次航行中的风暴，但船只失事是以第一次灾难的变奏形式重复出现的，它实际上指明了潜藏的概念。通过失事这一手法，这里所表达出的讽喻就是某种无可避免地被孤立的想法，它在图像层面上清晰地显现给读者，因为它是以一种重复的密码单元状态存在的。

建立起一组密码无需花费太长篇幅。在短篇小说《猎人格拉 173 胡斯》（"The Hunter Gracchus"）中，卡夫卡几乎立刻达成了这一效果。在开篇段落里，他以刻意为之的并排节奏展开了若干分离元素，而所有元素都同时出现在一个无时间感的横断面上，初看之下，其静态构造呈现为图形标志，就像是基里科（De Chirico）绘画中的那种秩序。

两个男孩骑在码头的矮墙上掷骰子玩。纪念碑前的石阶上，一个男人坐在那挥舞着宝剑的英雄的阴影下看报。井边有个姑娘在往自己的桶里灌水。水果小贩躺在他的货堆旁，眼睛朝湖上望去。透过没有玻璃的门框窗框，看得见酒店的深处有两个汉子在喝酒。店老板坐在前面的一张桌子旁打盹儿。一叶仿佛被托在湖面上的小舟游游荡荡地飘进小港里。

一个穿着蓝上衣的汉子跳上岸，将缆绳穿进岸边的锚孔里。另外两个身穿缀着银纽扣黑上衣的男子抬着一副担架随着船主上了岸。担架上盖着一块饰有缨穗的大花丝巾，下面显然躺着一个人。[37]

这一主导性的并排式谜语在第二段中进一步延伸，在此卡夫卡运用了首语重复的手法。

码头上，没有人去留意这些新来的人，就连他们放下担架等着仍在拴缆绳的船主时，谁也不凑上前去，谁也不去问一问，谁也不仔细瞧瞧他们。

174 我并不是在暗示整个故事都必须以这种方式编码，但类似这样的技巧提示着读者去以谜语的方式思考。这一技巧在于形式层面，内容本身则不用特别神秘。

---

37 Tr. W. and E. Muir, in *Parables*（Schocken, ed., New York, 1947），91，弗兰茨·卡夫卡《寓言与悖论》（*Parables and Paradoxes*）一书的重印版，得到Shocken Books Inc.许可；版权年1936、1937，授权自Heinr. Mercer Sohn，布拉格；版权年1946、1947、1948、1953、1954，授权自Schocken Books Inc.。（正文中前后两段译文均引自《卡夫卡小说全集·III·中短篇小说》，韩瑞祥译，人民文学出版社，2003年，245页。——译者注）

无止境的讽喻式进程

讽喻作品中行动的另一范式，可以是一种关于进程的数学概念。如果一个数学家看到1、3、6、11、20这一组数字，他会识别出这组进程的"含义"，即它们可以整合进代数语言里的这个公式：$X+2^X$，并对X加以某种限定[38]。这组序列对于缺乏这类知识的人来说显得随机，对数学家来说却是有意义的。注意，这一进程可以无穷无尽地进行下去。而这个状况几乎对应所有讽喻作品。它们没有内在和"有机"的幅度限制。许多作品都像卡夫卡的《城堡》和《审判》那样没有完成。除去某些明显的生平因素上的限制，这其中的一部分处于实际上的未完成状态，这在我们研究这一作者完成他的作品所需时间时就会发现（就像是纪尧姆·德·洛里斯［Guillaume de Lorris］和《玫瑰传奇》［*The Romance of the Rose*］的例子，或者是埃德蒙·斯宾塞在《仙后》完成前就离世，如果我们采信本·琼森的说法，他死于"生活困 175 顿"）；而对另一部分作品，则需要更为动态地去理解其碎片化的形式特点（比如《桶的故事》）。这当中有着比外在的生平因素更多的东西，这表明了为什么这些作品没有被完成。[39]

38　Scott Buchanan, *Symbolic Distance in Relation to Analogy and Fiction*（London, 1932），这里在隐喻式构造和代数矩阵间进行了类比，后者可能被完全解出（讽喻）或者部分解出（隐喻或象征）。

39　关于诗的篇幅，见Aristotle, *Poetics*, 1449b, 1451a, 1452a, 1455b, 1459b, 1462b。另见R. M. Adams, *Strains of Discord*；关于卡夫卡的未完成形式，见Heinz Politzer, *Franz Kafka: Parable and Paradox*（Ithaca, 1962）。

对任何仪式而言，都有一种保留其本质上的未完成状态的强大趋势，在这个意义上的所有仪式——无论是宗教上还是其他方面的，随着时间推移都趋于变得更长、更繁复。像礼拜一类的教堂仪式倾向于变得无限繁复，直到终于有原教旨主义者来进行"宗教改革"，这是因为过去的每一种礼拜程式都让人感到失去了其原本的功用。随着每个仪式变得繁复，考虑到新增加的装饰、场景和新的部分，所用时长必然有所增加。有两种结果可以想见，而且都可以在讽喻文学中找到。首先，诗人可以随心所欲地结束繁复表达，当他通过一种在中世纪文学中被称为"总结结构"（summation scheme）的方式切断讽喻手法的进程时，我们就会强烈地感觉到"完结"（closure）[40]。《凤凰和斑鸠》中的"哀歌"（Threnos）就是一个经典的"总结结构"，它结束了潜在的有无

40　Curtius, *European Literature*, 289. 总结结构是一种视觉手法，因为这使得读者可以回顾在诗中被形象地呈现出来的东西。从这个角度看，重复使用一种定格形象不是不可能，例如Herbert, *Easter Wings*，关于这一点，见J. H. Summers, *George Herbert*, ch. vi, especially 143—145. 对于这一关联，也可见Curtius, 284. 在"矫饰主义"（mannerism）中，特定比喻修辞间的关联很微弱，库尔提乌斯似乎将之定义为一种自然语用的强迫性变形。一种在很大程度上属于"总结结构"的文体风格似乎很快就会让读者感到乏味，就像任何一种强迫性行为一样。例如，在特奥弗斯特拉的"论性格"中就能感觉到这种乏味沉闷。类似的"视觉"手法，参见Thomas Browne, *Works*, V, "Of Ropalic or Gradual Verses"。布朗如此说："我必须坦诚，我对它没有感情；我彻底地反感所有诗歌中的感情，这些情感要么阻遏幻想，要么过滤掉了创造力对文字的任何严格处理。" 参见Victor Erlich, *Russian Formalism*, in *Slavistische Drukken en Herdrukken*（The Hague, 1955），190 ff., 关于"有节奏感的—句法上的比拟"。

穷步骤的序列。通过结婚或死亡强行完结的罗曼司则是另一种情 176
况，它显得没有那么突兀，只是因为它看上去更多属于材料运用
而非形式设置。也许一首像是《神曲》或者《仙后》这样的诗篇
会比大部分讽喻作品更为强烈地凸显其完结的独断性，这不仅因
为它们一直以来展示了我所说的那种"部分间的隔离"（例如这
两首诗的诗节形式），也在于它们都意在以理想世界中的最终返
乡作结[41]。《仙后》确确实实是结束于开始的地方，即在一场婚礼
庆典中。而按照我对《神曲》最后一章的阐释，此处隐喻式地暗
示着，旅人但丁现在可以宁静地回归他日常所居的尘世当中。这
部诗结束于某种凯旋的平静。

> 但是我的欲望和意志已像
> 均匀转动的轮子般被推动
> 是爱，移太阳而动群星。

　它来自讽喻式行动本身的专断特性，灵力行动体在场多久，

41　对于布莱克而言，真正的史诗是一种对于生命的循环想象，这一观点见
　　Frye, *Fearful Symmetry*, 109—111。"永恒回归"的原型圆圈在叙述上、时
　　间上等于是整个知识体系的百科全书式围栏。这不是历史讽喻的问题，而
　　是关于一种历史化的讽喻，对此可参见Cohen and Nagel, *An Introduction to*
　　Logic and Scientific Method（New York, 1934），359—360。本书中我略去
　　了对于历史讽喻的全部严肃思考，因为这属于一个庞大的而且在某种意义
　　上比较次要的讽喻技巧的领域。值得注意的是，对于《仙后》第五卷中的
　　历史讽喻，目前尚未有合格的研究出现。

行动就可以持续多长；这是因为，区别于经历缓慢变化的但丁，
灵体不会厌倦也不会试图去改变其本性。灵体的改变只会在他遭
遇到一种更高等级的外力时发生，也即不可避免的另一灵体，而
177 这种改变就与这一单向行动的延续本身同样专断[42]。评论者已经注
意到，在一部中世纪骑士罗曼司文学或者一部《仙后》这样的复
合形式作品中，当英雄赢得了对敌方行动体的胜利，他并不会停
歇驻留与此；他被称赞，而后获得另一项任务作为奖赏。这是趋
向无限延伸的常规表达方式。从逻辑上说，这一延伸趋于无限非
常自然，因为就定义而言，不存在任何像是类比的整体这样的东
西；所有类比都是不完全和未完成的，而讽喻作品只是以戏剧或
叙述的形式记录下了这一类比关系[43]。讽喻所关心的，也许在于它

---

42 H. Frankfort, in *Ancient Egyptian Religion*（New York, 1948），ch. v,
    "Change and Permanence in Literature and Art"，141，这里讨论了人或许
    生活在对流感的恐惧中的这一假设性图像，从风格的角度来看，在视觉艺
    术和诗歌中，网状效应都是图像的仪式化并列序列。这类次序出现在早期
    基督教讽喻作品、普鲁登修斯的《灵魂之战》中，通过让每一场景与其相
    邻的相近，诗人以一种片段形式为基础。这种仪式稍后出现在流行作品
    中，像是Brant的*Narrenschiff*或者*Ship of Fools*，其中通过暗示呈现了死亡
    之舞。
        死亡之舞中列队进行的角色（见Auerbach, *Mimesis*, 217）是一种对于斯
    宾塞作品中的四季或河流假面具中游行队列的活动对应。见Frye, *Anatomy*,
    289，其中描述了"景观"（spectacle）作为列队式或片段式出现在形式中。
    处于假面剧核心的是"凯旋"。

43 *Speculations*的作者休姆（T. E. Hulme）认为，在被他视作"意象"
    （imagist）诗歌中最高层次的一类中，类比是其中独特的一例："但在这
    里，全部类比都完全是精确描述所必需的……在精确的意义上，如果它

所构建的不同场景之间以及不同讽喻角色之间的某种特殊因果关

是真诚的，那么在需要用全部类比找出想要表达的感觉或事物的确切弧度时，在我看来这里似乎就出现了最高等的诗歌。" 这也许可以被称为"意象主义教条"。休姆想要一种在其宇宙体系（作为整体的类比）内部完全而完美地彼此相关联的诗歌。瑞恰慈激烈地反对休姆，这或许是因为休姆实际上是在争取某种讽喻式的诗歌。因此，强调类比就是在强调一种严格的语义对位、一种学院式赋格，而非自由的对位式发展。瑞恰慈在《修辞学的哲学》（*The Philosophy of Rhetoric*）中抨击了休姆："一方面，对于任何类比来说都不存在一个整体，我们根据需要取用；而且，如果我们不恰当地过分运用任何类比，那就会使其无效。"（133—134）。这一论述重申了对于讽喻使用的标准警示："关于主旨与手法间的关系，不存在［休姆的］这一论述中给出的此类限制。这一教条可能造成这样的结果，即焦虑地、过分小心地寻求**用文字去复制**感觉与感想，去'以肉体形式交付感官'，这往往构成了现代散文中最杰出的部分。在此，文字不再是复制生活的中介。它们真正的效用是修复生活本身的秩序。" 在这最后一部批评作品中，瑞恰慈重提了"再现式音律"的谬误，他的抨击也可以被扩展到去涵盖再现式音乐的谬误，例如，标题音乐（program music）。我们需要承认，这种艺术对那些最伟大的作曲家几乎拥有普遍的吸引力。比如说，亨利·普赛尔（Henry Purcell）反复使用讽喻式手法；在《亚瑟王》（*King Arthur*）里冰霜精灵的咏叹调中，他用颤音（trill）标示出颤抖；在《狄多与埃涅阿斯》（*Dido and Aeneas*）中，音乐上的震颤音（shake）就是"摇晃"（shake）一词的图示。但这是一种在巴赫这样的作曲家手中得到了完整确立的巴洛克传统。更有趣的例子出现得更晚一些，因为对位音乐有一种内在的图像性质，主音音乐看上去则不尽然。（见上，Chapter 2，n. 121；另见参考文献中列出的Manfred Bukofzer的著作。）很显然，在给歌曲和歌剧咏叹调伴奏时以及在芭蕾中，所谓的"纯粹"音乐在对于图像的渴望面前做出了相当大的让步。在瓦格纳那里，这种朝向图像的趋势彻底地吞没了摹仿式戏剧；所存留的是旨在制造崇高感和如画感"效果"的无尽序列。试想一下他亲自设计的拜罗伊特歌剧院，其中有一道留给管弦乐队的"深坑"（abyss）。

178 联。毕竟，即使是体系性的文学也需要逻辑趣味以外的东西。

讽喻行动的"视觉"特性

　　如果从动觉角度研究仪式，你也许会发现它精心设计的步骤
都会带来特殊的身体反应；你会发现，高度仪式化的散文作品很
容易让读者睡着，它的单调具有麻醉效果；或者你还会觉察出仪
式中出现的一种甚至是被增强的、多多少少有些催眠性质的参与
感，像是倾听一首波莱罗或者方丹戈舞曲的反应。但是如果有人
从概念上去辨析仪式（这也确实是思考讽喻所要求的），我期待
他能发现读者反应中更为冷静和理性化的层面。仪式将秩序赋予
运动之上，其效果就融汇了某种计划的、量化设计的、配比的感
觉。而这一感觉也会随之成为某种类似视觉的图表，这是讽喻作
品最偏爱的形式之一，它极为乐意将其详尽呈现出来。假面剧以
及它的近亲、讽喻式游行展演（pageant），就是这一仪式化"图
解"效果的典型例证，而从这一典型到其他不太明显的讽喻叙述
作品，这中间的距离其实并没有那么远。

　　比起叙事诗或散文故事，在作为戏剧形式的假面剧里，行动
的仪式化要更为惊人。假面剧基本上就是由行进队列构成，包含
了一系列德行、恶行或者其他主题性形象。这一队列可以容纳一
定数量的、戏剧人物之间的形式化戏剧互动，虽然可能会被不相
关的歌舞打断；考虑到这些场景的最终目的是为赞颂假面剧的主
要观众，它也就会被局限在相当严格的礼仪规范中。当假面剧的

行动变得多样化，它恰好是以一种同原本的运动方向**完全**背道而驰的形式出现，这即是幕间假面剧（antimasque）。如果这样的手法让我们想起希腊戏剧中复杂的对唱歌队，我们也不应因此就过快地将假面剧认作是摹仿的。希腊戏剧中的对唱歌队几乎是礼仪性的，它构成了戏剧同其宗教起源间最为清晰的连结之一。假面剧里的变化也就类似于这样复杂的礼仪性队列，尽管有色调的出现和服装、歌、舞上的区分，它还是保留了根本的仪式特征。事实上，假面剧里部分之间的界限是如此清晰，以至于这种小类型 179 能够孤立出理想概念。假面剧是一种在时间和空间上都实实在在地铺展于观众面前的类比式隐喻，它的图解效果主要从其表现的严格规整，从其各个部分的严格区分而来。

在任何文学寓言作品中都出现了差不多同类型的图解效果，这就是我所描述的这类仪式化行动范式的结果。在《文学的哲学》（*Philosophy of Literature*）中，肯尼斯·伯克曾谈到文学作品的"示图"（charting）和"绘图"（mapping）功能；不过这一观念本身非常古老，正如其来自《圣经》解经学的术语所暗示的。在那里我们会发现用"范形"（*paradeigma*）、"塑形"（*figura*）、"刻形"（*typos*）、"构形"（*schema*）这类术语指称的讽喻式语言，它们全部都拥有非常强的视觉内涵。也许可以这么说，所有修辞语言都与讽喻共享了这一视觉特质，而"图像"一词可被引证来说明这个观点普遍的真理性。没错，我们只要坚持这一点，即所有修辞语言中的视觉特性在讽喻中都被缩减至某种图解形式或者某种印象（例如，"图章"［*emblema*］、"印记"〔*impresa*〕）。在讽喻中，某个隐喻的"延伸"，也即对于行动的叙述，会制造出比隐喻的生动性差一些但效果更为清晰的东西。讽喻被称为"纯粹的"，这个形容词暗示着它缺乏含混性，与本质上也缺乏含混的图表一样。讽喻用某种修辞上的几何学代替了含混的隐喻式语言中的暗示性和张力。正如弗朗西斯·培根所注意到的，它使得诗人可以"在头脑中丈量国土"（"measure countries in the mind"）。培根的话也许暗示着讽喻总是事关头脑（mind）而无关心灵（heart），而许多现代批评家就试图对此加以证实，但我们会看到这一观点也只考虑了问题的一个方面。讽喻也同样被当作情感性话语，从这一角度来看，它展现出这种力量的内部结构，我们无法坚持一直对这一力量进行冷冰冰的几何图表式分析。许多寓言作品的常见诉求处于相对运动中，尤其是那些讽喻性极为有限的罗曼司文学，即那些西部故事、侦探小说、情节剧；对于场景和角色间的因果关联，比如他们为什么要一起去做他们所做的事、角色彼此影响和回应的方式等等，这类问题并不单纯是逻辑性的；它们也不仅仅是理性的；它们处于高度的巫术关系中，秩序化的论证仅仅是其表面形式。

4

讽喻式因果关联：巫术与仪式形式

无论多简洁的故事、多精炼的戏剧、多隐晦的抒情诗，它们 都要通过某种事件间的内在因果关联成为整体。亚里士多德在《诗学》中说，摹仿性戏剧应当描绘那些"可能"（probably）按照因果顺序渐次发生的事件，这是将一种经验论的标准应用于判断戏剧和史诗的连贯性。对于很多现代小说，我们也经常谈到行动的"可信度"（plausibility），此时我们也将普遍共享的经验理解成小说的外在准绳。这个标准通常能够解释，为什么有些观众会认为某部戏剧或小说"适应时代"并且同生活中的问题"有关"。这一弗莱所称的"可信度标准"（criterion of plausibility）问题还进一步隐含着特定的表现技巧，一般来说，它意味着小说总是会显得更真实、更贴近生活，只要这部作品伪装成事实性报道。关于这种伪装，你只需设想有这样一个作者，他表现得是一个自然主义的作者，却是以一种笛福的方式。然而，文学作品可以将事件的次序呈现为荒唐的或者随机发生的，这无法满足亚里士多德式的可能性标准，尽管它可以通过某些貌似真实的手法使其显得可信。很大程度上，这就是在自然主义讽喻中发生的情况。

在讽喻式行动中，通常事件甚至无需可信地彼此相连。突转和发现被任意加诸行动之上，"机械降神"被用于摆脱陷入僵局的行动——这些都不是在摹仿自然，尽管它们也许摹仿了观念和理论。不过尽管如此，讽喻式行动也确实以其自身的统一原则维系成整体。我们可能会发现，这些原则的成立需要借助巫术或者巫术式的因果关系来将怀疑悬置。当情节和次要情节以特定方式连接在一起，它们间的相互作用就是一种因果效果；而当主要角色"生成出"次要角色，即作为主要角色自我的一部分，那在这些部分之间就会出现一种特有的因果关联。讽喻小说中的戏剧人物间无需进行合理互动，也无需遵从可能性原则，只要他们是通过某种逻辑上的必要性相互作用。而作为讽喻节奏的结果，这一必要性就似乎具备了巫术力量。讽喻行动体之间可以彼此帮助、伤害、改变，或者以其他方式影响彼此，"如同通过巫术一般"。这一章便是要去解读出这种相互作用模式。

双重结构：一种巫术式因果关联

燕卜苏在《田园诗的几种变体》（*Some Versions of Pastoral*）中提出了他对讽喻的主要观点，即双重情节（double plots）势必暗示着，在这类情节的两个叙述层面间存在某种巫术关系。在《特洛伊罗斯与克瑞西达》这类剧作中，主要情节被映照在次要情节中，而这种相互映照感觉像是来自某种巫术力量，就好像一个情节使得另一个情节存在，既然那另一个情节就是其替身。每处情节都重新创造了逻辑的、连贯的、有说服力的另外一种力量，其结果就是，我们看到某种两个"属于彼此"（belong together）的世界奇迹般的重叠。正如燕卜荪在谈及《特洛伊罗斯与克瑞西达》时所说的：

> 两个部分形成的相互映照也阐明了彼此（"爱情与战争相似"），而对它们大规模的不明确的并置使用，看起来则像是在助长原始思维方式（"克瑞西达会给特洛伊带来坏运气，因为她很坏"）。这一暗示的力量就是双重情节的强度；183 一旦将两个部分连接起来，任何角色都好像获得了精神力（*mana*），因为他似乎引起了他所对应的事物，或者成为他所象征之物的逻各斯。[1]

这里的"逻各斯"意味着一种高负荷的并行象征系统，大概

---

1 William Empson, *Some Version of Pastoral,* "Double Plots", 32. 另见 Empson, *Seven Types of Ambituity,* 140，这里燕卜荪讨论了讽喻。他在后文指出："但这一含混的形式，尽管在早期伊丽莎白时代的写作中地位显要，它还是因为太琐碎而被戏剧作者抛弃了。如果你正在同时考虑好几种情况，那你就会与所有情况分离，并且无法理解观察到任何情况。"

可以想象成在这种宇宙中，它用装饰的微小细节涵盖了整个世界。《特洛伊罗斯与克瑞西达》里的战争故事对爱情故事施加力量，爱情也因此变作某种战争——这一手法常见于描述典雅爱情（courtly love）的文学作品，但这里的情况有所不同，它成为一种并列形式即双重情节的结果。

初看之下，燕卜荪的研究对象，即田园诗，会显得有些古怪，而同样奇怪的是他对于田园诗的宽泛定义，其中主要包含的是他称之为"无产阶级"的文学作品。对后者更好的说法也许是表现阶级斗争的文学。但是燕卜荪所对研究对象的选择自有他的理由，因为这里所谈论的诗歌，即拥有巫术式双重情节的诗歌，其主要目的就是对社会的、政治的或者精神上的等级体系进行编码，所依据的便是阶级区分的方式。田园诗总是一种关于地位区别的文学。如果它当中含有宇宙图景，那就一定是讽喻式的。《田园诗的几种变体》里研究的所有作品都被以解经方式阅读（所以会使用"versions"这个词），而且都被阐释为某种矛盾情感的例证，这也就是一个人在尖锐的社会紧张局势中所体验到的情感。巫术导致的行为适合这个田园诗的世界，为了从社会阶梯中的某一位置移到另一个位置上去，这需要巫术的协助。当一个故事呈现出富人与贵人同穷人亲近，这意味着他们会为这些穷人带来某种力量，而穷人则将纯洁（purity）作为礼物回赠给了富人。这种相互作用使得在情节框架内可以想象这种交换，它总是呈现出这两种群体如何变换位置，像是廷臣成了牧羊人、牧羊人又成了廷臣[2]。

双重情节中彼此的相互关联产生了一种巫术式交互作用，这一理论可以同关于讽喻情节的论述联系起来，这两者都走向了对称的或者说仪式化的情节结构，走向了图表式的讽喻战斗或主题式的讽喻追寻。对燕卜荪来说，这所描述的是英语讽喻诗歌，即田园诗的主要传统。不过，比如说，叶芝就是这样理解斯宾塞的《仙后》的：他认为这是一部关于上升中的中等阶层斗争的诗歌[3]。不管怎样，没有必要将双重情节所起的作用局限在田园诗中。在任何有尖锐斗争出现的文学中，对称式情节结构比比皆是。对立面的争斗都会引发这一类燕卜荪感兴趣的形式化双重结构。在托马斯·曼的《孪生兄妹》（"The Blood of the Walsungs"）[4]中，犹太人与雅利安"种族"的对立这一主题被呈现在实际故事情节的对称式对立中，而曼所讲述的这一故事发生在哥哥西格蒙德（Siegmund）与妹妹西格林德（Sieglinde）之间，另有一个与他们同名者的故事发生在瓦格纳的歌剧中。这一平行结构精确到了

2　在电影《我们等待自由》（*A Nous la Liberté*）中，雷内·克莱尔（René Clair）造就了一种精确而对称的相似，一队是监狱中被严加监管的囚犯，另一个类似的队伍则是工厂中的工人，在电影的高潮场景中，后者最终变得完全自动化。借助视觉呈现中的相关对应，克莱尔创造了观念上的对应。

3　*Edmund Spenser*，一部叶芝编辑并作序的选本（Edinburgh, 1906）。也可见叶芝致格里高里女士（Lady Gregory）的书信，Dec. 4, 1902。

4　这个故事可以很容易地在这个平装选本里读到：*Death in Venich and Seven Other Stories*（New York, 1958）。

每一细枝末节，当哥哥和妹妹去观看这一出歌剧时，他们见证的
恰恰就是自己将要身处其中的行动。他们身陷自己刚刚目睹的这
一乱伦行为中，而曼将他们所目睹的场景描述为一种他们无法控
制的巫术式起因。

185　　　当作者以讽喻方式将他的主要角色分割成两个对立层面，他
就必然会创造出一个双重的故事，每一层面对应着角色中的一半。
这就是杰基尔与海德的故事（《化身博士》），这一情节也常见
于德国浪漫主义散文作品中。拉尔夫·泰姆斯细致地分析过霍夫
曼和其他作者是如何发展了"分身"（*doppelgänger*）这一观念，
他们所进行的心理刻画是如此精确，以至于他们笔下的讽喻式角
色都变得不那么明显[5]。不过事实却是，德国浪漫主义式分身中的
对立总是基于善恶对立。它们并未远离二元论的道德观遗产。它
们允许以相同形式同时展开超过一个情节，这无疑就是讽喻化效
果。而心理层面的暗示又会可信地叠加在其图像式意图之上。心
理学是一件相当好的外套，以至于泰姆斯倾向于将运用了心理元
素的分身塑造与讽喻式塑造分开。除非是狭义看待"讽喻"，只

5　Ralph Tymns, *Doubles in Literary Psychology*（Cambridge, 1949）. 泰姆斯
　　将心理意义上的使用分身与其讽喻意义对立了起来，前者包含有心理生活
　　的真实成分，即幻觉确实存在。相反，讽喻上的分身则是"琐碎的"。这
　　一观念很有启发性，因为它使得批评者建立起了一种对浪漫主义文学进行
　　审美评判的根基。在我看来，对于分身的琐碎的以及真正"心理上的"运
　　用都是讽喻式的，而且我很确定，依据我对于讽喻的定义，泰姆斯会同意
　　这一观点。

将其视作最为常规的道德化手法，这一区分才是有效的。尽管如此，浪漫主义作品中显著的二元论心理学还是会将自身立即引向一种解经式的阅读。

很多看似非政治的作品仍可看出其浪漫爱情的表层之下描绘的阶级斗争，这类作品也应当被纳入我们所讨论的范畴。这样的作品可以是俄国共产主义者笔下典型的现代讽喻作品，其中一个爱情故事的发生，只能让故事中的所有时刻去与某些关于苏维埃国家当下进程的主题信息进行一种图像连接[6]。《堂吉诃德》在 186 俄国受到的明显欢迎也许同它传达出的社会信息有关，即对于一种衰朽生活方式的攻击[7]。桑丘成为官员这一双重情节所主要表现的就是阶级冲突。这类故事中贯穿了一个强大暗示，即，只要仆人被给予机会，他们就是或者可以是统治者，而西班牙文学中典型的仆人形象 ——桑丘、费加罗，或者唐璜故事中的莱波雷洛（Leporello）——他们不断挑战自己的主人，有时甚至成为叙述中的主要角色。与之类似，意大利喜歌剧（*opera buffa*）里的复杂行动，也会通过比如同仆人相关的双重情节来传达出革命与社会变动的观念，这也可以被看作属于使用了巫术式并行结构的类型。同样清楚的是，所有更早的使用神话题材的歌剧，也

---

6 Ernst Simmons曾描述，在一个苏联式爱情故事里出现了这样一种情人间的场景，其中一方被她的情人询问她最想要的是什么，而这个时候女主角回答道："面对面见到斯大林同志。"

7 见这部书中对《堂吉诃德》的马克思主义解读，*Cerventes across the Centuries*, ed. Angel Flores and M. J. Benardete（New York, 1947）。

即正歌剧（*opera seria*），它们在本质上就是讽喻的，歌剧在普遍意义上也保留了某种高度迎合性的讽喻艺术特点。"歌剧的"（operatic）这个词甚至曾被用来表示以更为抽象的图示化情节为特征的爱森斯坦政治电影，这也暗示着它们也许同样可以在燕卜荪的意义上被称作田园诗。通过歌剧和电影，我们可以在奇观式呈现中抵达极致的恢弘华丽。

同这种宏大完全对立的是短小的谜语诗，或者隽语式的寓言，它们中都没有一般意义上的情节。因而，对于我们所说的双重情节，需要增加一个界定标准：当抒情诗或者其他短小的虚构形式使用了并列或对称结构，读者也许不会明显感觉到情节是双重的，但可能会体验到某种双重结构在抒情上的对应物；比如在六节诗（sestina）中，六个核心概念在六个诗节的组合中进行了六种平行处理，这就呈现出了某种类似叙述的效果。在这种双层结构作品中，图像替代了行动，但除此以外，巫术关联的建立也大概是在并行展示的概念中。另外，这六个关键概念中的每一个都自成187 宇宙，它们需要一种在读者头脑中进行的阐释性排练。这种排练并非出自读者自身的选择，而是通过诗跋（*envoi*）强制进行，这将所有六个概念置于这一并行陈述所最后形成的小宇宙中。诗跋不仅仅是形式化手法，它的效果就如同在一篇伊索寓言结尾处出现的道德训诫（*moralitas*）。

巫术、意外与奇迹

　　为了更进一步探讨燕卜荪的巫术式因果关联概念，我们需要重新考量亚里士多德的这一观点，即在有机情节架构中、以摹仿的方式被呈现的故事之所以能成为一个整体，就在于总是存在一个合理的可能性可以说明，某事在任一特定时刻会或者不会发生。摹仿性诗人会避免展示出那些不可能发生的，除非他是以某种方式欺骗我们以为那些不可能的事真的发生了[8]。他会尽可能避免使用机械降神，因为观众绝不会怀疑灵力干预这一随意专断的特性。（因此很多宗教概念无法被再现出来。）但是讽喻情节要么是仪式化的、要么就是对称的，为此我们需要另一种结合起部分的原则，某种不同于亚里士多德的"可能性"的东西。出于下面的几个原因，这一概念可以是某种巫式式因果关联。无论随意出现的虚构事件是通过机会的作用（"意外"），还是来自更高外部力量的超自然干预（"奇迹"），从宗教和诗学传统的角度，这一意外和这种干预都有同样的起源。古人认定的某些东西对于今天的文学仍然有用、尽管于科学无益，即，所谓"意外"总是灵体的作用。甚至今天当我们在说"它偶然发生"的时候，有时候我们的意思其实是，这一偶然事件有某种超自然起因。当然，

8　亚里士多德注意到，可能的不可能性比不可能的可能性要好。这种合理性标准仍然是所有宣称进行"摹仿"的西方艺术美学的核心。不过，在其过度严苛的运用中，它也会形成一种讽喻式的、自然主义的艺术。

通常来说我们并不会将之归于超自然因素。不过，在罗马和中世
纪，这种信仰由女神福图纳（Fortuna）这一名称和对她的崇拜表
188 达出来，人们相信在偶然事件背后存在着巫术上的因果关联。她
在图画中的运用随处可见，远比在讽喻文学中兴盛，而当"运气"
（fortune）被等同于"命运"（fate，即维吉尔意义上的*fatum*［预
兆］），这种偶然事件与外在控制间的联系就变得显而易见。

　　巫术式因果关联的两个层面都与战斗（*battle*）和进程
（*progress*）相关，虽然大部分情况下它们互相渗透，其中一层
仍然更多对应战斗，而另一层对应进程。在对称性主导的讽喻
作品中，顺势巫术（*homeopathic* magic）—— 我更愿意称之为
模仿巫术（*imitative magic*）——就是其中因果关联的基础。而
交感巫术（*contagious magic*），或者同样也可称之为转喻巫术
（*metonymic magic*），则是仪式化形式的根基[9]。再次提醒，这两
个分类在许多情形下彼此混同。

9　可以肯定，在某种学术意义上做出这一基本区分的是弗雷泽的《金枝》
　　（*Golden Bough*, abr. ed., New York, 1951, ch. iii）。
　　　　关于巫术基本功能的一个经典文本是马林诺夫斯基（Bronislaw
　　Malinowski）的《巫术、科学与宗教》（*Magic, Science and Religion*,
　　Boston, 1948），尽管今天看来它已在细节上被取代。马林诺夫斯基将巫术
　　视作"为了特定目的的特定技艺"，这就立即将其与宗教区分开来。"巫术
　　被严格的条件包围：精确地记忆咒语，无可指摘地进行仪式，坚定地遵守巫
　　师的禁忌和守则。如果其中任何一项被忽视了，那巫术就失败了。"（65）
　　参见全部第五部分，"巫术与信力"（"The Art of Magic and the Power of
　　Faith"）——在我看来，这里的许多部分对于理解讽喻与神话的区别都很
　　必要。马林诺夫斯基在巫术和宗教间做出了严格区分，而其核心观点在于，

模仿巫术

就像《金枝》里所描述的那样，在模仿巫术中，巫师将想要掌控的真实事件置于同象征性事件并列的位置，而后者是在他的直接掌控中。因此，如果他要祈雨，他就会施行一套模仿下雨的仪式，也许是从罐子里往外倒水，或者朝地上小便。如果他想要助产，他会在某种舞蹈（拟娩舞［couvade］）中模仿产痛，这种舞蹈以尽可能精准的方式并行于分娩过程的辛劳，直至最后的生产。通过以适当方式结束舞蹈，并行的巫术会增强女性劳苦中的 189 愉悦因素。在这样的舞蹈中，绝对必要的是不要去侵犯在象征与事实间建立的想象性对称结构，表演中最微小的失误都要求巫师重新开始整个过程。这一假定的并行因果效应存在于对所有细节的严格执行中。对称性与仪式性在此当然共同发挥作用。

当一部作品的基本形式为战斗，这一行动采取的就是钟摆式的运动方式。普鲁登修斯的《灵魂之战》中"美德"首先登场，然后是"邪恶"，邪恶注定要去攻击美德。这场战斗使用的是一种起伏交替的节奏。

　　　　下一个准备走上草地的是少女"贞洁"（Chastiy），她

巫术是一种伪科学。另见Durkheim, *Elementary Forms of Religious Life*, chs. i, iii, vii, viii, ix。在庆应义塾大学的*Studies in Humanities and Social Relation,* I（Tokyo, 1956）系列中，T. Izutsu教授写了一部非常有意义的初步研究，*Language and Magic: Studies in the Magical Function of Speech*。

穿着美丽的盔甲，闪闪发光。在她的国土中束上火把的鸡奸
者"欲望"（Lust）让她跌倒，将一把燃烧着沥青和硫黄的松
木火把扔到她脸上，用火焰攻击她羞怯的眼睛，并试图用恶
臭的烟雾遮蔽住它们。但是少女毫不气馁，用石头猛击这凶
狠恶魔的手，以及可憎的妓女的燃烧的武器，将火把从她圣
洁的脸上打掉。然后她用剑锋刺入被除去武器的妓女的喉咙，
她吐出热气和臭血块，她污秽的呼吸污染了旁边的空气。[10]

然后又是这样的登场和决斗：

> 瞧，温和的"久苦"（Long-Suffering）站在那里，面容
> 沉静，在战斗及其混乱的喧嚣中无动于衷，她目不转睛地注
> 视着尖利长枪刺穿要害带来的伤口，仍是一动不动地等待。
> "愤怒"（Wrath）在远处涌起，向她露出牙齿、吐出白沫，
> 眼睛里射出血和胆汁，因她没有参加战斗而用武器和言语挑
> 衅她。[11]

190   细节上的呈现是多样的，但战斗的形式几乎像是轮流对白。
每一方都得到展现的时刻就是顺理成章的。但是讽喻倾向于强调
两个相对力量的平等，而将美德与邪恶并行所暗示的是诗人力图

---

10   Prudentius, *Psychomachia*, in *Works*, 283.

11   同上书287页。

让后者被其平等对照物通过巫术战胜。在哲学家眼中，两者的直接对抗是一个辩证过程；但是从心理学家的角度看，这是一种原始思维手段，它唤起了一种神秘信仰，即外表相似的事物应该多多少少在巫术层面彼此相关。只有天真的人才会认为他能够直接击败邪恶。一种不那么原始的观点更愿意认为，邪恶是"善的缺席"，比如按照奥古斯丁的理解；奥古斯丁也许还会说，制造对邪恶的正面攻击只会制造出新的邪恶，就像摩尼教徒所做的那样。但是讽喻作者假定，如果在攻击的时刻美德模仿了邪恶，那么正是通过这一同型模仿，它便可以毁灭其对立面。也许是为了避免太接近摩尼教，重要的讽喻作者都会在美德攻击邪恶的那一时刻，允许某种程度的混同存在。这一点在《仙后》中就出现了，对此，燕卜苏在他的《含混的七种类型》中指出，当斯宾塞使用第三人称单数来描述战斗双方，读者无法说清"他"到底是谁。

双重结构的类型

情节中的对称可以有不同类别。它们可以是战斗的此消彼长。它们也可以是包含两个社会阶层、彼此映照的双重情节，就像燕卜苏所举的例子那样。它们可以是对仪式组成部分的重复，就像剖析"七宗罪"主题时我们所看到的，每一项罪过都有可辨认的图像形式，如同扑克牌中那样。对称还可能出现在纹章绘制（*blason*）里每一部分的细节描述中，在这里人类身体的每一部

191 位都被赋予特殊的赞美[12]。它们也许关涉着更大规模的效应，就像
是《神曲》里的三重结构，或者是《仙后》第一卷与第二卷的同
构，又或者是宫廷假面剧的平衡结构，这里的舞与对舞呈现出两
个存在层级，它们可以从观众那里引出一种阐释性的回应。在所
有这些例子当中，我们需要注意到，正题、反题与合题的辩证构
造并不适用于一种哲学上的功能。它所承载的其实是巫术功能。

　　对称式平行的使用必须也同隐喻区分开。按我的理解，修辞
语言在本体和喻体间建立的这种精确、全面、直截了当的联系会
破坏"生动性"。在如此掌控下脱离了直觉性感知的隐喻会成为
一种机械的图解。而脱离了感官体验的基础，隐喻会在压倒性的
逻辑力量下失去其感知功用。实际上，真正的隐喻所运用的联系
不能够被类比式地运用于任何大篇幅作品中。而通过讽喻式关联
延伸以及用来引发某种所期望效果的模仿巫术，就能够严密地维
系并行结构的精确性。无论我们是否喜欢，斯宾塞作品中最严谨
的讽喻部分是那些他追踪两个"关于中心的象征"含义的部分，
即卷一和卷二中的神圣之屋（House of Holiness）和节制之屋
（House of Temperance）；在这里，一旦他开始描绘，他就能让
其从角楼到达地窖，而略去那些在城堡和观念系统中无关紧要的

12　正如在"一千零一夜"里的诗歌或者是在印度爱情诗中。希伯来—基督教
　　传统中的主要例子是"雅歌"。这一类型很普遍，但是它拥有有趣的变
　　体，像是在"To His Coy Mistress"（一首关于脱衣的诗）和Carew的"A
　　Rapture"中。马维尔的"To His Mistris Going to Bed"，就像多恩的挽歌，
　　将身体及其装饰等同于这个宇宙、这一世界。

关联之处。更进一步说，模仿巫术还必须区别于一种隐喻式的表达过程，此处的隐喻并不寻求用力量统领现实，而这是巫术式对称所追求的[13]。巫师会想要控制自然。摹仿式诗人使用隐喻只是为 192 了去理解自然，他的艺术试图带来耗尽情感的净化。相反，讽喻式诗人会借由他的"信息"进一步试图控制他的读者。他期望通过巫术手法去动摇他们，让他们接受这些智识上、道德上或者精神上的观点态度。一旦使得观众参与进了他所呈现之物，这个诗人就是在双重情节或者双重人物的形式中呈现着现实。

　　讽喻里的模仿巫术最终建立在小宇宙和大宇宙的关联上，因为需要建立由图像和行动者构成的体系，彼此都可以被置于一种对称性关系中。讽喻作者在服装和人的身体之间建立起了大范围的并行结构，这样的话，他就可以构建出一个故事，在这个故事当中，他可以一方面讲述恶人的历史，另一方面又讲述他的服装的历史。"如果你不能抓到一个贼，那么下一件你最该做的事就

13　见Suzanne Langer, *Philosophy in a New Key* （Mentor Books; New York, 1942），141—148。兰格区分了神话和童话故事，这一区分来自神话学和恶魔学的区分，而童话故事基于后者。正如柏拉图所说，童话是保姆讲来吓唬小孩让他们听话的故事；它立即并且持久地对超我产生吸引力。这就是诗歌中的"诗性正义"。因而，正是由于故事中小孩的存在和他们那种美好的坚持态度，《马里奥与魔术师》才成为了对童话故事的滑稽模仿，甚而至于是对此类故事的批评。它让人想起一部战后德国电影《神奇的我们》（*Aren't We Wonderful?*）中的反讽，这里的重点同样是，小孩对待极权的态度被用以呈现权力本身的问题；这部电影也让人想起我们时代最伟大的电影之一：克莱芒的《禁忌的游戏》（*Forbidden Games*）。

是抓住他在飞奔中可能掉下的外套，因为如果你好好把这衣服打一顿，这个贼就会生病。"[14]这件外套完全就是果戈理的阿卡基·阿卡基耶维奇的真实写照。如果你想要把装饰的观念从服装扩大到身体，你还可以一面讲一个小官僚的故事，同时又讲述他的鼻子，就像是果戈理在《鼻子》里所写的那样。像《科利奥兰纳斯》和约翰逊的《赛扬努斯》（*Sejanus*）这样的喜剧多少使用了将身体图像视作小宇宙的手法，通过呈现主角一直在担忧生理上的肢解（同时国家也陷于政治上的分离之忧），而最终死亡找到了他。

从身体图像走向更远的领域，讽喻作者可以构建出这样一种双重情节，其中的动物在一个层面活动，人类又在另一个层面活动。像是《奇怪的人》（*The Strange One*）这样的流行小说就同时拥有两个并行故事，一个故事讲述了白人男孩与印第安女孩之间通婚，另一个则是关于两种不同种类的鹅之间的错配[15]。动物寓言就建立在这类并行结构之上，除非有意不作清晰表达。《奇怪的人》这类动物寓言所依靠的是某些关于"存在巨链"（Great

193

---

14 Frazer, *The Golden Bough*, abr. ed., 44.

15 Fred Bodsworth, *The Strange One*（New York, 1959）. 这种动物和人类生活模式的双重结构，同样出现在托尔斯泰的一篇重要短篇小说中，即《霍尔斯托密尔》（*Kholstomer*）。考虑到它只关于马，这个故事并不是一篇寓言。这个故事自成一体，因为它传达了一种关于动物思想或者说关于真实思想的感觉，而不是关于动物和人类世界之间所幻想出来的连续性。它接受的是毕达哥拉斯关于自然中的一切有着深层次亲缘关系的观念。

Chain of Being）的观念，这一观念允许在拥有同等尊严的不同生物间建立交叉联系，所不同的只是他们从属于不同物种。有时候作者会有意混淆人与动物之间的链条。《魔笛》中的鸟人帕帕吉诺（Papageno）和他的新娘帕帕吉娜（Papagena）最初属于动物世界，但是他们期盼进行转化，这一切最终实现了，也让他们在存在之链中进步到了更高等级[16]。大多数文学中的变形主题都来自表达解放或囚禁的思想；它不断地将人转变成处于这一巨链中某处的动物化对等物，或者通过自由意志将它们释放成为人。

存在巨链使得物体不仅仅拥有固定的位置，还能进一步引发惊奇和钦慕。亚里士多德指出，为了在摹仿式戏剧中达到惊奇的魔力效果，需要引入修饰性语言。这或许暗示着运用宇宙关联的语言承袭自巫术用语。事实或许确实如此。做出这样假设的理由是，象征性词汇正是在魔法师手中发展出来的：帕拉塞尔苏斯（Paracelsus）在其"记号论"中，呈现的就是这样一种思想者的典型，他的宇宙化语言旨在拥有某种巫术的、治疗性的性质[17]。但

194

16　学习文学的学生也许对于这部歌剧尤为感兴趣，因为它曾被奥登（W. H. Auden）和卡尔曼（Chester Kallman）翻译过，演出也是用的这一译本。达·彭特（Da Ponte）为莫扎特这部意大利语歌剧所作的歌词有相当高文学价值。在歌词质量上与之相当的还有，比如说，博依托（Arrigo Boito）为威尔第所写的《奥赛罗》和《福斯塔夫》，或者霍夫曼斯塔尔为理查德·斯特劳斯所写的作品。

17　帕拉塞尔苏斯（1493—1541）发展了"吗哪"（*mana*）的概念，在这一意义上他相信人的想象拥有进行象征性因果关联的能力："如果他［魔法师］想到火，那他是在点火；如果他想到战争，他就可以引发战争。这一

195 更重要的理由在于，巫术即是双重结构本身。燕卜荪的观点在此

切依据的只是人的想象力可以成为太阳（*Sun*），即，他所想象的完完全全就是他所欲求的。"巫师或者炼金术士通过这种方式控制特定的灵魂力量，而其内在于实际的物质对象中；他还可以进一步操控灵魂从一物转变为另一物，这一转生的每一阶段都有特殊的炼金术象征。

炼金术中对顺势巫术的使用，比如对称巫术，出现在帕拉塞尔苏斯的《记号论》中，见Jolande Jacobi在*Paracelsus: Selected Writings*中撰写的术语解释："记号（*Signature*）是与内在属性相联的外在特征，作为符号，可以借助它发现所有内部的和不可见的东西。'记号'的观念是帕拉塞尔苏斯学说的基础，它说的是相似物可以被相似物治愈；造物在被造次序中等级越高，就越难被发现其内在、就有越少的明确性，帕拉塞尔苏斯认为，其内在特性也会通过外在形式显明自身。所有之中最隐蔽的是人的本质内核，而比如说这在植物中，就通常通过其外貌和颜色表达出来。"（333）参见艾略特对这一学说的引证，*The Dry Salvages*, line 191。

帕拉塞尔苏斯进而将记号论与一种星象的或者恒星的控制理论联系了起来。见Jacobi, "Glossary", 330："行星（*Planet*）：……行星同样也在人内部，它们是他的"解析"（anatomy）。与他关于小宇宙与大宇宙作为有机整体的理论一致，帕拉塞尔苏斯相信，在每一时期的宇宙状况（这包含行星的位置）和人类历史轨迹之间存在一种内在的、不可见的关联——例如，战争的爆发、新的技艺和发明的出现，等等。"

进一步研究可见Kurt Seligmann, *The Mirror of Magic*（New York, 1948），318—322。关于精神去移动的能量，关于"气"（*pneuma*）作为必不可少的、无处不在的力量，见*Spirit and Nature*（"Eranos Yearbooks", Bollingen Series XXX; New York, 1954）里的三篇论文：W. Willi, "The History of the Spirit in Antiquity"; M. Pulver, "The Experience of the Pneuma in Philo"; M. Rahner, "Earth Spirit and Divine Spirit in Patristic Theology"。另见*Paracelsus*, sec. v. and ii, "Man and His Body"。关于文艺复兴和巴洛克时期的发展，见D. P. Walker, *Spiritual and Demonic Magic from Ficino to Campanella*; F. H. Wagman, *Magic and Natural Science in German Baroque Literature: A Study in the Prose Forms of the Later 17th Century*（New York, 1942）。

适用。将任意两个体系下的图像并行放入诗歌并且保持这种并行关系，它们都会显得巫术般的连结在一起；作为诗歌读者，我们以一种原始态度询问两个层面如何无法通过神秘的亲和力统一在一起，如果他们都通过形式上的关联而被放置到了一起。除此之外，在试图解释并行情节中的行动时，我们可以举出双重含义，而这正是讽喻的主要定义属性。

我们可以得出这样的结论，当一部讽喻作品中的主要角色生成出了不止一个自我的替身，当他被细分成一系列其他的局部性角色，这种描绘就极大地增加了情节对称的数量。每一个从主要角色生成出来的局部现在都提供给作者去发展，让其与其他每一个局部并行。谷阳爵士不是一个性格中模糊地糅合了好与坏的人物，他被分成了自我的两个层面，而针对每一项恶的部分，他都需要亲赴每一场不同的战争。不过，斯宾塞最喜爱的获得这种双重效果的方式，是利用人对于自身拥有一个明确的、统一的自我的幻觉。斯宾塞创造了像是阿奇马戈（Archimago）和杜伊萨（Duessa）这样的真正分身，他们成为符合任一美德领域的具体面向，而红十字骑士也许会被欺骗。借助"美丽的"（Fair）和"虚假的弗洛里梅尔"（False Florimell），他将欺骗性外表的观念延伸出去，遮蔽了审美的领域。在所有这些例子中，通过次级角色的生成，对称式的双重情节得以引入。而双重情节的创造再一次强化了讽喻式阐释，因为从效果来说，我们总是想要知道哪一种是真实的，而哪一种是虚假的表现。

交感巫术：仪式形式的结果

当我们考察另一种主要的讽喻子结构，即仪式时，形式成为一种更为重要的决定性要素。在此我们会遇到一种人类学家称之196为"交感巫术"[18]的机械因果观。不同于去精确模仿想要控制之物，这一概念是说，巫师取得某种衣物、某些器物，甚至某些来自人身体上的东西（像是剪下的指甲屑或者一缕头发），通过对这一物体施加咒语，他便控制了与上述物体有关联之人的命运。这里的关联通过延续建立，而非相似。无论"跟随"的对象是什么，咒语都足以将它纳入掌控中。在这里一个人的衣物虽然被使用，却并非因为它们同他相似，而是因为它们属于他；果戈理对外套的使用因此就同时属于这两种类型的巫术，就如同此类巫术的典范，即笛福在《鲁滨逊漂流记》里所使用的脚印[19]。运用此类巫术技巧的写作会趋向于使用更多转喻，这一现象被罗曼·雅各布森（Roman Jakobson）归之于十九世纪的自然主义小说，而这

---

18 见Frazer, *The Golden Bough*, abr. ed., 32, 尤其见41页，关于在伤口和受伤的人之间建立想象性关联，这是通过血这一中介。弗雷泽自己也发现，两种巫术类型间存在着彼此交融和共存。在它们之间划定界限最初是出于便利，而不是严格的理论区分。

19 柯勒律治辨识出了在笛福的作品和他所称的"亚洲式超自然存在"之间的关联。鲁滨逊·克鲁索在宗教上的怀疑论在某种程度上就导致他"将上帝与自然混为一谈，而又没有能力在多样中发现统一，在个体中发现无限。"参见Coleridge, *Misc. Crit.*, 191—194, 292—300, 这是对笛福的重要评述。

种小说的先驱就包含有丹尼尔·笛福。

　　传统的讽喻在若干方面都牵涉到交感巫术的领域。在"灵魂之战"中出现的关于伤口的巫术，在纹章绘制（*blason*）[20]和讽喻式节庆游行中出现关于衣物和装饰的巫术；还有关于名称的巫术，它出现得太广泛以至于不能归入任一类型的写作中，不过每当作者试图列举一系列德行、恶行、朋友或敌人的名称，它便占据了主导地位，这就是一部道德寓言的典型做法。斯威夫特关于社会寄生虫的著名名单以舞蹈教师结束，这可能就佐证了通过尖

20　例如，Henryson，"The Thre Deid Pollis"（*Poems and Fables*, ed. H. H. Wood [Edinburgh and London, 1958]），在这首诗的第四节中，*blason*的用法就是反讽的：

　　　噢苍白的女士们，穿着明亮的衣装，
　　　佩戴着珍珠，和许多宝石；
　　　酥胸洁白，脖颈如此优雅，
　　　上面环绕着黄金，和许多蓝宝石；
　　　你的手指纤细，白皙如同象牙，
　　　带着的戒指上，有许多红色的红宝石；
　　　我们也会如此躺在这里，在你的攻击下每个人都会躺下，
　　　带着皮肉不存的头颅，和你所关心的神圣。

　　通常，纹章绘制（*blason*）手法构成了爱情诗这一文类的基础，比如《一千零一夜》中对爱人的赞美就完全是常规的。纹章绘制的一种古怪变体，见Fletcher，"The Purple Island"，*Poems*, ed. Alexander Grosart（London, 1869），IV, canto vii, stanzas 35—39，在这里，与其性质保持一致，虚伪（Hypocrisy）的外形几乎完全被按照明喻来描绘，于是我们可以感觉到这就是他看上去（*seemed*）的样子。

刻地援引他们的名字而对这一类人施加诅咒。

这些象征性行动中蕴含的是何种机制？首先，正如弗洛伊德注意到的，隐喻的分类过程被反区分的连续性原则所取代。隐喻通过暗示事物的本质特点而将它们放入不同类别，取代它的转喻就只是为事物贴上新的标签。

> 如果一个美拉尼西亚人获得了一张曾射伤过自己的弓，他会将它小心保存在一个凉爽的地方，以此熄灭伤口的怒火（即发炎）。而如果这张弓仍被敌人所有，那他当然就会把它放到靠近火的地方，这样的话伤口就会燃烧起来，以至遍及全身。[21]

这个武器拥有"吗哪"（*mana*，即精神力），这不是因为它与伤口相似，而是因为它造成了伤口。我们清楚看到的原始观念在因果关联上的混乱的地方，原始人可能还会视之为深谙其道。通过焚烧一个人的衣服，他可以同样伤害到这个人，如果他只是知道这个人的名字，他可以将这个名字作为一种几乎等同于真人的物质替代，而对其施咒就可以通过这种远程的神秘行动伤害这个敌人。在这个意义上，原始人以及与其相似的讽喻作者，都是

21　Frazer, *The Golden Bough*, abr. ed., ch. iii，引自弗洛伊德的《图腾与禁忌》。James Strachey翻译的《图腾与禁忌》收于Freud, *Works*（Standard ed., London, 1955），XIII。

在将转喻变为一种对单个行动体的象征性"实体"替代物，它们
都将符号转变为一种灵力行动体。确定拟人有多"真实"也许不　198
那么容易，其结果似乎取决于讽喻作品的读者；不过，若是说讽
喻行动体能产生出同罗马诸神之于古罗马人那样"真实"而强有
力的效果，这却是可能的。当古罗马人从"幸运"（Luck）、"力
量"（Force）、"情场得胜"（Success in Love）、"战场凯旋"
（Success in War）以及诸如此类的观念中制造出男神女神，他们
运用这些转喻术语的方式，就与原始人在其神秘信仰中使用转喻
式物体别无二致。柯勒律治在讨论讽喻时指出，我们无法确定的
正是一个独立的灵魂如何被划归到像是罗马诸神那样的拟人形态
中去。

> 这些为了发烧、玩乐、受惊吓等等这类事起祭坛的人
> （即罗马人），无法确定他们在多大程度上表达了一种个人
> 力量，又或者一种力量的人格化。唯一可以肯定的是，就如
> 同讽喻式行动体在我们头脑中所制造的东西，这类行动体的
> 出现不会有同样纯粹的效果；但确实有非常类似的效果产
> 生，这来自罗马天主教诗人笔下的个性化圣徒那里，或者来
> 自《失乐园》第二卷中的莫洛克（Moloch）、彼勒（Belial）
> 和迈蒙（Mammon）——将他们与"罪"（Sin）和"绝望"
> （Despair）这样的角色相比的话。[22]

22　Coleridge, *Misc. Crit.*, 30.

这一观察体现出现实主义标准被浪费在了讽喻理论上。在非常真实的、人格化的半抽象（莫洛克、彼勒及其同类）和那些非常不真实的、非人格化的抽象（一个"饕餮"［Gluttony］、一个"狂热"［Fever］及其同类）之间并无显著区分，只要他们都参与进了仪式化或者对称式结构的所有形式中，这一仪式化的**整体形式**才决定着每一行动体的最终效果。一个讽喻行动体只要去参与进巫术式情节中，只要他在这一情节中同其他人建立了以巫术为基础的因果关联，其表面上的现实色彩的重要性便会减退。这一点非常重要，因为太多讽喻作品中都有自然主义的细节，它们的作用常常令人迷惑。用我一直概述的术语来说，这一细节似乎并不承担新闻报道的职能；它有比单纯记录被观察的事实更多的意义。它服务于巫术控制的目的，因为讽喻作者对人物属性限定越多——无论使用转喻还是提喻，他越能更好地塑造人物的虚构命运。自然主义的细节是"宇宙意义上的"（cosmic），是一种普遍化（universalizing），它绝非那种在直接新闻报道中出现的偶然事件。

交感巫术中的接触传染

阐明抑制策略的最好例证，莫过于基督教讽喻的主要传统，即处理像是善恶交战这样的道德命题。这一"灵魂之战"最频繁描绘的就是在两支拥有道德本源（即善与恶）的交战军队的搏斗。从原始观点来看，这样一种巫术形式的交感元素间会被认为彼此相关，就好比造成疾病的病菌与身体的健康部分也有关联。
基督教对罪的描绘与希腊思想类同，这一类似的传统也认为，道
德上的堕落是一种被继承的、不可控的、非自愿的疾病。对阿特
柔斯家族的诅咒，连同阿伽门农被谋杀的方式，经常被象征化为
一张"网"，也同样非常典型地被埃斯库罗斯比作一种接触传染
的血缘污染。

接触传染是基督教讽喻最初的象征，因为这一讽喻的核心关
切便是罪与拯救[23]。普鲁登修斯在《罪的起源》中将大部分有罪的 200

---

23 奥利金（Origen），《驳塞尔修斯》（*Contra Celsum*, tr. Henry Chadwick,
Cambridge, 1953），这里完整展示了讽喻与对传染的恐惧间的关联。见 IV,
ch. Xlviii。诺斯替宗教的苦行仪式是象征性的净化，这些仪式可以清除不
洁之物。见汉斯·约纳斯（Hans Jonas），《诺斯替宗教》（*The Gnostic
Religion*），144, 231—233, 270—281。我已经引述过德尔图良对偶像的攻
击，这也是源于它们会造成污染的信念。奥古斯丁对舞台演出的攻击系出
同理，见《上帝之城》（*City of God*, tr. G. E. McCracken, Loeb Classics, ed.,
Cambridge, Mass., 1957）。关于对不洁的恐惧与讽喻化魔鬼的关联，见多兹
（E. R. Dodds），《希腊人与非理性》（*The Greeks and the Irrational*），
chs, ii, v, 尤其是第八章。也见多兹提及的列昂修斯（Leontius）的故事，213
页。多兹的著作是研究讽喻文学起源的核心文献之一。

需要有这样一部专著，它关于在现代的卫生和消毒观念出现之前，
传染性疾病的观念与象征性表达的典型模式之间有怎样的关联。Owsei
Temkin, "An Historical Analysis of the Concept of Infection", *Studies in
Intellectual History*（Baltimore, 1953），这里指出拉丁词 *infectio* 的意思是
染色、玷污或者着色。（"什么是罪过？灵魂上的污渍。" 霍桑在他的一
篇小说里如是说。）"这个词（*infectio*）的本意是放入或浸入某物尤其是
毒药当中；或者沾染上某种被污染的、变质的或者腐烂的东西。英语词'弄
脏/玷污'（to stain）除了被用于指污染，确实仍可以被用于指染色这个第

人（这些人恰好是摩尼教徒）比作被污染的谋杀犯。

———————

二层意思。我们要记得，基本上来说传染就是一种污染。同样，'接触传染'（contagion）这个词也确实指明了一种污染，尤其是通过直接的接触。尤其特殊的是，希腊词*miaino*与拉丁词*infectio*等同。同样这里的单纯的玷污可以包含物质上或者道德上的污染。而相关的名词*miasma*，其本意就指任何污染或污染物……这一简短的语言学回溯已经足够给出传染概念的基本要素：不洁。"这让人想起《荒凉山庄》里的瘴雾（miasmic fog）。Temkin发现，尽管甚至在早期——早在基督降生前，人们就对麻风病的物质起因有一些了解，但这样的疾病还是主要会被作为由巫术引发且可以被巫术治愈的疾病。"这一主导思想带来了一种仪式性的宗教禁忌。" 更晚一些时候，在所谓的希波克拉底文集中，出现了对癫痫这一"神圣疾病"进行一种自然解释的尝试。"考虑到空气的重要性，另一个希波克拉底作者论证道，瘟疫或者流行性热病必须归因于所有人都同时吸入的空气。'所以一旦空气被这样的对人群有害的污染物（miasmasin）玷污了，人们就会生病……'遵循着污染（miasma）的传统定义，世俗化的理解也已达成。瘟疫不再被视为一种对于宗教上或者道德上的污秽的惩罚；相反，它是空气中的污秽造成的结果，其原因是某些神秘的作用物悬浮在空气中。"（128）这里我们应该注意到，在自然主义讽喻作品中，像是在美国的辛克莱、诺里斯，或者德莱塞、左拉的作品中，这一世俗化同样也发生了，但归根结底，它没有损减其巫术效力，因为空气中仍有那些"悬浮的神秘作用物"。空气这一概念本身，在任何时代都没有完全脱离其象征性的弦外之音，它联系起了呼吸或者气（*pneuma*）的概念。Temkin还进一步注意到，"在古代直到文艺复兴时期的医学中，满是对行星的提及，以及会引发瘟疫和新的疾病的行星连结。'流感'（*influenza*）这个名称就来源于星辰的影响力（influence）"（128）。见Henry Sigerist, *A History of Medicine*（New York, 1951），I, 267—296, and 395, n. 14。一部更易读到的著作，Johannes Nohl, *The Black Death*, tr. C. H. Clarke（New York, 1960）。诺尔关于腺鼠疫诊断的章节和关于教会与实际医疗的关系的章节，足以呈现出在整个中世纪都存在着一种预设，去用这种与真实的物理上的传染病理论相并行的精神性的和恶魔学的体系，来解释传染性疾病。中世纪诊断是某种伪科学，它会鼓励任何有着象征性起因的思维习惯。在医学和疾病的领域，我们所

　　他就是沾血的该隐，一个憎恨一体的人，他是这个世界的散播者，祭献上污浊；他给予地上的不洁与享乐，在这有　201死身体组成的大地上，腐坏的肉体同厚重的水与尘土堆在一起，他的本性便是要在恶中大大兴盛，将罪上结出的丰收果实倾入罪人当中，而且借着污浊的肉体去杀灭灵魂的生命。肉体将这武器对准它的姐妹灵魂，而灵魂徘徊在醉酒的头脑中，从中汲取强烈的狂乱，被身体中那些使人疯狂的毒药所麻醉。它将永恒的上帝一分为二，胆敢让不可分割的神格分裂，它在否认唯一真神时消亡，然而该隐却在他兄长灵魂的死亡中获得了胜利。[24]

　　灵魂的病变还被普鲁登修斯比作"疯狂"。罪可以很自然地被等同于瘟疫，因为直到十八世纪，瘟疫在欧洲都是常态。朗格兰在《农夫皮尔斯的异象》（*The Visions of Piers Plowman*）中

看到的对于"象征性因果关联"的信仰，程度上就与在炼金术和占星术当中一样。甚至"健康"（health）这个词，它暗示整体，暗示着对于"整个身体"（*whole body*）、一件撕不破的外袍、一座完整的天堂、一个封闭的花园（*hortus conclusus*）的基本讽喻式比喻。花园是封闭的，于是它可以防止疾病通过接触传染进入。

　　第一位伟大的自然主义讽喻作者，丹尼尔·笛福，他也是颇有欺骗性的《瘟疫年纪事》（*Journal of the Plague Year*）的作者，这是一部讽喻文学中的核心寓言故事，加缪就在他的讽喻作品《鼠疫》的题词中提到了它。

24　Prudentius, *Hamartigenia*, tr. H. J. Thomson （Loeb Classics, ed.）, Preface,
　　lines 48—63.

所描绘的物质现实同样也是形而上的信仰，在他所记录的良知（Conscience）的复仇中，良知像在施行顺势疗法般引发瘟疫来教诲罪人他们的真正天性。

自然（Nature）听见了良知的声音，于是从行星里走出，派出了他的征伐者：发烧感冒，咳嗽发病，痉挛，牙疼，鼻炎和白内障，长癣的皮肤，病害，疖子，肿瘤，热病，狂乱的症状，以及数不清的其他污秽疾病。自然的征伐者在人群中大举刺杀捕猎，于是至少有上千人很快失去生命。无处不是哭喊声："发发慈悲吧！有祸了！自然已至，带来了可怕的死亡（Death），来将我们所有人毁灭！"只为欲望而活的领主叫嚣着喊来他的骑士"慰藉"（Comfort），让他扛来自己的旗帜。"武装起来！武装起来！"这个领主喊道，"每个人都只为他自己。"

在号角鸣响之前，在军礼官叫出他们的名字前，这些骑士们已经拿起武器投入战斗。

白发苍苍的老年（Old Age）站在前锋，本就该由他在死亡前扛起旗帜。自然随后放出一大堆残忍的疾病，用四种传染病屠杀成千上万人，用瘟疫和天花抹除了他面前的所有人。死亡横扫而过，将国王与骑士、皇帝与教皇击为齑粉。他使得无人可立足，无论教士或信徒，但是他如此公正，谁也不能再怨怼。还有许多可爱的女士以及许多骑士的情妇，她们纷纷倒地，枯萎在死亡残酷的弓箭之下。[25]

在这里"灵魂之战"和瘟疫结合成了一个可怕的图像，其物质真实性给予了这一图像中的修辞性、想象性、灵力性意图以最高强度的力量。瘟疫既是罪的起因也是其结果，既是人的失败也是天谴神罚。

这一观念，即人作为罪人被一种污染所害，必然导向另一种观念，这就是得享神恩的基督徒是"洁净的"。一位十四世纪佚名诗人在他的头韵诗《洁净》（"Cleanness"）里呈现了伯沙撒（Belshazzar）的财富以及他的死亡之后带来的污染，他如此结尾：

> 因此在我现在所讲的三重故事里 203
> 不洁如何侵犯了主的视线
> 我们亲爱的主，住在天之高处，
> 这两件事惹动他的怒气，让他愤怒；
> 他给的安慰便是洁净，这也是他想要的；
> 显露在体面中的人得以目睹神颜——
> 我们穿上这衣服，这是神所赐予的恩典，

---

25 *Piers the Ploughman*, tr. J. F. Goodridge（Penguin, ed., 1959），XX, 285—286. 参见*Paradise Lost*, X, 532—545，当坏的天使堕落，"被污染所捕获，就像在惩罚中，/如同在他们的罪里"。

我们来到他眼前侍奉他，在甜蜜的慰藉里面。[26]

这首诗使用污染主题的方式是强调其对立面，即一种灵魂上的洁净。

在其他一些情形下，比如在西尔维斯特（Joshua Sylvester）翻译的《人的地图》（*Map of Man*）中，疾病是撒旦的呼吸（*miasma*［污染］）的产品，这是一种与黑死病相关的标准中世纪观点，即黑死病是一股借助空气游荡的邪灵。

> 我不歌唱，但（突然叹息）
> 为人类的状况而哭泣，腐坏
> 来自老蛇邪恶的呼吸：
>
> 他的强大污染仍在蔓延
> 带给每一种由此而来的生灵
> 来自那古老的死亡之小世界[27]。

26　由Jessie Weston翻译，出自*Romance, Vision and Satire*（Boston, 1912），169—170。无名诗《珍珠》（*Pearl*）中的雕琢诗句同样基于一种对接触传染及其抵消的相信。珍珠是完美的，也即清洁、辟邪、因而可以代表诗中的处女。参见Milton, *Comus*, lines 451—474。

27　Henry Simith, *Micro-cosmo-graphia; The Little-Worlds Description, or, The Map of Man*, tr. Joshua Sylvester（Grosart ed., privately printed, 1880），II, 97.

　　基督教信徒无时无刻不会忘记让罪与死在象征关系中并存。某些时候，信徒们可以得知尚存一线生机，那便是去学习《圣经》，他可以纠正自己致命的蒙昧，而这是最坏的一种疾病。

> 灵魂中最主要的污点，　　　　　　　　　　　204
>
> 首先是污染，而重中之重，
>
> 通过肉体进行毒害，
>
> 对真与善的无知，从这里
>
> 生出来的更甚，
>
> 错误的判断就是发生在人身上的
>
> 最严重的瘟疫。
>
> 两个魔鬼从中诞生，
>
> 愚蠢，以及邪恶。
>
> 从这两者中，延伸出所有，
>
> 人所能说出的东西。

　　这个文本出自帕林根努斯（Palingenius）的《生命十二宫图》（*The Zodiacke of Life*）[28]，来自古吉（Googe）在伊丽莎白时代的译本；它至少向有心向善的人允诺了希望。但从教育并不能使人轻易避免接触传染这点来看，其他更古老的观点才真正经久不

28　Palingenius, *The Zodiacke of Life*, tr. Barnabe Googe, ed. with an introduction by Rosemond Tuve （New York 1947）, 163.

衰。布鲁姆菲尔德（Bloomfield）历述了十四世纪作品《良知之痛》（*Pricke of Conscience*）中的观点，其中这位诗人（可能是理查德·罗尔［Richard Rolle］）认为：

> 这一记录基于针对犯罪的惩罚，各种各样的罪人必须遭受如下疫病：瘅热可以击溃骄傲，贪婪之徒会患上水肿，懒惰者的四肢会滞重、痛风。溃疡、指头坏死和脓肿会攻击好妒者的肢体。[29]

这种对灵魂的顺势疗法基于对这一观念（*idea*）的信奉：任一具体的罪都有一种具体的巫术效用去将某种性格塑造强加于罪人身上，同时，出于同一种观念，相反方向的顺势疗法可以治愈这疾病，将其驱逐出去。这种但丁式的观念看上去可以非常自然地作为一种讽喻细节的材料使自己进入更大规模的宇宙式诗性世界的建造中。并不存在一种关于感染的统一概念，比如说它经验性地与心智健康上的技艺相关；只存在一种持续的无休无止的灵魂冒险的序列，任何可以导致基督徒生病的东西都属于罪的国度。不过，正如我们所知道的那样，在所有情形中都设想出来了一种关于治疗心理压力的原型科学。又比如，看出象征传染的系统被加缪用于《鼠疫》并不困难，而看出它也在卡夫卡的《审判》这类政治讽喻作品中则不太容易。但是接触传染的图像、污染弥散

29　M. W. Bloomfield, *The Seven Deadly Sins*（East Lansing, 1952），205.

的形式、受感染的细节，这些都不难被发觉，而且在《城堡》中尤其处于中心地位：某种阴云弥散在土地测量员的世界中，阻止他"看到"他的目标。

接触传染作为一种普遍性巫术作用

对交感巫术进行普遍性描述实属必要，因为我们确实发现主要的讽喻作品似乎都避免涉及罪、疾病、污染、瘟疫方面的内容。当然，比起伪医学的内容，更重要的是从这些内容中获得的形式，在这个意义上，交感巫术清楚地隐含着一种仪式形式[30]。一条使用转喻的诅咒或祝福可以多种多样，正如践行交感巫术的中世纪人们所表现出的那样；而这些转喻需要被有序地放置在某种列表当中，下面这首埃及诗歌正是近乎完美的例证：

---

30 这一形式的起源可以追溯至非常早期的禁忌规定，也因此追溯至希腊神秘信仰中。见Louis Moulinier, *Le Pure et l'impur dans la pensée des Grecs d'Homère à Aristote*（Paris, 1952），尤见ch. ii, "Les Rites"。

　　W. K. C. Guthrie, *In the Beginning*（Ithaca, 1959），这里讨论了在食物禁忌中的信仰和毕达哥拉斯轮回教义间的关联。接受肉食禁忌是因为这个人相信他所吃掉的正是某一位祖先的肉。奥维德以对于毕达哥拉斯的陈述（Bk. XV）作为《变形记》结尾，而从他所设想的轮回学说的角度，我们也许就可以理解奥维德心目中毕达哥拉斯占据的关键位置。对于一种身体可以在外形上或者器官上转变成另一种身体这一观念来说，灵魂的转化似乎是其必备条件。这两种概念继而又都基于这样一种观念，即纯洁的获得，是通过避免接触而不是生活在接触中，这样才能用自己的精神消毒剂去加强自身。

206   **诅咒连祷文**

愿你从未存在，愿你根本未曾存在，愿你的身体从未存在。

愿你的四肢从未存在，   愿你从未存在。

愿你的骨头从未存在，   愿你从未存在。

愿你的话语中的力量从未存在，   愿你从未存在。

愿你从未存在，   愿你从未存在。

愿你的形式从未存在，   愿你从未存在。

愿你的属性从未存在，   愿你从未存在。

愿从你身上产生的一切从未存在，   愿你从未存在。

愿你的头发从未存在，   愿你从未存在。

愿你的所有物从未存在，   愿你从未存在。

愿你的排泄物从未存在，   愿你从未存在。

愿构成你身体的质料从未存在，   愿你从未存在。

愿你的居处从未存在，   愿你从未存在。

愿你的坟墓从未存在，   愿你从未存在。

愿你的洞穴从未存在，   愿你从未存在。

愿你的墓室从未存在，   愿你从未存在。

愿你的道路从未存在，   愿你从未存在。

愿你的季节从未存在，   愿你从未存在。

愿你的话语从未存在，   愿你从未存在。

愿你的进入从未存在，   愿你从未存在。

愿你的旅行从未存在，   愿你从未存在。

愿你的前进从未存在，   愿你从未存在。

愿你的到来从未存在，　　　　　　　　愿你从未存在。

愿你的就座从未存在，　　　　　　　　愿你从未存在。　　207

愿你的增长从未存在，　　　　　　　　愿你从未存在。

愿你的身体从未存在，　　　　　　　　愿你从未存在。

愿你的兴盛从未存在，　　　　　　　　愿你从未存在。

噢敌人，你已被击溃。　　　　　　　　你会死去，你会死去。

　　　　你会腐坏，你会腐坏，你会腐坏。[31]

　　这种威吓仪式比较极端，在讽喻诗歌的行动体之间，交感联系的次序排列往往不那么严格[32]。在斯宾塞那里戏剧人物彼此产生影响，这即是说，他们从这一特殊类型的因果关联中产生出了某种情节，而这是以随机次序彼此相遇，所以看上去会是采用了一种不那么严格的次序。（同样的表面上的随机次序也是流浪汉小说的特点。）只有在讽喻式游行队列、织毯和"编年史"中，一个像是斯宾塞这样的诗人才会让交感巫术的自然形式统领虚构作

31　*Egyptian Religious Poetry*, ed. Margaret Murray（London, 1949），64—65（引用获得John Murray Ltd.许可）。"诅咒连祷文"是一种用来抵挡太阳神的敌人、巨蛇阿波菲斯（Apophis）的咒语。这一象征性仪式可以造成敌人的死亡，如同最后一行诗所说。

32　Robert C. Elliott将讽刺的源动力追溯到了原始的诅咒。这一观点当然与我自己的部分观点完全相似；Elliott, *The Power of Satire: Magic, Ritual, Art*（Princeton, 1960）就是关于讽喻这个主要分支的平行研究，对此我只有偶然涉及。同样参见E. D. Leyburn, *Satiric Allegory: Mirror of Man*（New Haven, 1956），尤其ch.i，"Definitions"。

208　品[33]。一般来说仪式化次序没有那么重要，而且只有从长远来看诗歌才显得仪式化。而它最终会出现则是因为，就像埃涅阿斯那样，斯宾塞的主角们无法在一场胜利后停下来休息；在一场行动中，还未有真正被实现的停顿，而在这样一首诗歌中，你可以察觉出一种进入下一项挑战的焦虑，这强烈地暗示着，通过接受精神上的接触传染这一观念，诗歌也彻底被感染上了。

　　即使巫术式交感的原则塑造了讽喻作品中的相互作用，使得各种各样的德行或恶行相互感染，不过这不需要直接涉及巫术活动，或者像是梅林（Merlin，亚瑟王传奇中的法师）、西门·马吉斯（Simon Magus，《圣经》中"行邪术的西门"）或者曼的奇博

33　就像他的时代的许多诗人，斯宾塞一方面受到新柏拉图主义思想影响，另一方面也受到教会礼拜仪式的影响。对于斯宾塞和他的同时代人来说，新柏拉图主义巫术也许很重要，比如菲奇诺的 *De Vita Coelitus Comparanda*，这部作品复兴了"一种关于星象作用的理论，其根源在于斯多葛思想，它假定有一种宇宙精神（*spiritus mundi*）流淌过整个可感的宇宙，而这就提供了在天体和尘世间发生作用的渠道"（Walker, *Spiritual and Demonic Magic*, 12）。Walker认为，神圣弥撒里的图像学传达出了菲奇诺式的巫术。菲奇诺的巫术"有许多来源。而尽管菲奇诺没有如此宣称，甚至都没有意识到，但恐怕最为重要的还是弥撒，它的音乐、祝圣语、香气、灯光、葡萄酒和极有魔力的效果——圣餐变体。我认为这对于所有中世纪和文艺复兴时期的巫术有着基础性的影响，这也是教会宣告所有巫术实践都有罪的一个根本原因。教会有自己的巫术，没有空间留给其他。努力在基督教仪式和任何种类的世俗巫术间划定明显界限显然出现在许多十六世纪所讨论的此类论题中。正如可以想见的，很少有人会完全接受巫术和圣餐仪式间存在关联"（同上书36页）。关于神秘属性或者固有力量理论之起源，见E. R. Dodds, *The Greeks and the Irrational*, 246—247。

拉（Cipolla）这样的魔法师；他们经常出现在作品中，或者至少是作者呈现了某个多多少少像是一个魔法师或者某种类型的智者这样的人物，像是科幻小说中的"疯狂科学家"、侦探小说中的"赫尔克里·波洛"（Hercule Poirot）、浪漫的"西部小说"中智慧的乡村医生，以及在任一情形中出现的圣人。那些最伟大的讽喻作品，无论是《仙后》或者《被征服的耶路撒冷》（*Jerusalem Conquered*）*这样带有明显意图的，还是《奥德赛》或者《埃涅阿斯纪》这样不太刻意的，它们都由某种更严格的命运所控制，而这种命运通过某种巫术般的诫令来运行，比如神谕，比如某种全能的神性这一类。仅仅用认知的、理性的方式去对待这类作品是完全不可能的。它们在本性上充满动量。它们的象征结构能够在读者身上激发一种强烈的或者弥漫性的情感，这样做有其充分理由。因为仪式的秩序总是能够作为某种类型的密码运行在认知层面，于是读者在试图解码其讽喻含义的过程中，这些密码就通过它们这一形式高强度作用于情感层面。我们会看到，它们的出现是对强加于其作者身上的某些管理性问题的回应。讽喻本身就涉及大量必须归入这一标题下的主题性内容，即禁忌。

---

*　这部作品是塔索去世前基于他的著名长诗《被解放的耶路撒冷》（*Jerusalem Delivered*）的重写，不过影响力远不及原诗。——译者注

接触传染：治疗和象征性隔离

209   在结尾部分我们可以提供一个重视对称与仪式的理由。让我
们暂时假定基督教讽喻作品中对于罪的特征的刻画在讽喻作品中
具有普遍重要性，它对于《愚人志》（*The Dunciad*）和对于《神
曲》都一样重要，对于卡夫卡的《城堡》和弥尔顿的《假面舞
会》（*Comus*）是如此，对于《美丽新世界》和《拉帕西尼医生
的女儿》也同样如此。让我们进一步假定这里的"罪"是对任何
一种具有传染性的错误的通用称谓，而如果一部作品属于政治讽
喻，那政治堕落就可以被归结于此，同样，科学上的错误也可以
纳入进来，凡此种种，所有类型的讽喻文学都在此列。在已经有
过的主要形式批判中，我们已经谈论过像是象征性孤立、对称以
及仪式这一类事物。对传染的深信不疑几乎立刻使人联想到，这
种信心可以带来用于防止疾病传播的措施。我们现在当然是在修
辞语言的意义上谈论，不过在效果上也无异于如果我们恐惧的真
实疾病降临后发生的一切。对于传染的传统反应是隔离患病的人。
古代对于麻风病人便是这样做的，整个中世纪也是这样对付腺鼠
疫的（按修昔底德的说法，似乎雅典人并未在公元前430年遭遇瘟
疫时采取如此行动）。隔离检疫今天仍在使用。同样的隔离步骤
用于那些以任何方式被怀疑不清洁的人，而他们被认为不清洁是
因为触犯了禁忌，而自原始社会以来所确立的最强禁令无疑是将
不洁之人隔离在那些还未被侵犯之人的接触之外。在禁忌被侵犯
的情况下所建立的这种隔离崇拜，类似于真实医疗中需要隔离检

疫那些被怀疑携带了传染性疾病的人[34]。这两者实施的步骤在早期　210
甚至还更为相似一些，因为，按照朗格兰的理解，实际发生的瘟
疫被普遍理解为一种神罚或者是其他世界造成的结果。瘟疫被认
为是侵犯了禁忌之物、人或地点的结果。

　　在故事讲述的领域中，当然只有想象的传染，也只有想象的
隔离。但在类型学意义上，实际有相当大一部分讽喻作品植根于
这一观念，即英雄必须避免同邪恶的任何接触，否则他就会沾染
上邪恶的疾病。比如说，杜绝接触传染的圣地，像是斯宾塞作品
中的"神圣之屋"和"节制之屋"[35]。这些不会被污染的地方可以　211

34　对此最清晰的例子是加缪的《鼠疫》。但是同样的检疫隔离和将主要角色
　　鼓励于"自由"世界之外的状况也出现在曼的《死于威尼斯》（*Death in
　　Venice*）当中，艾森巴赫发现这个城市被游客所弃，正是在他准备去拥抱
　　其疾病的同时。在《拉波西尼医生的女儿》中，正如 Honig 所注意到的，
　　这个故事关于一种污染，关于将花园与世界（城市）分割开的同样的隔离
　　程序。当然，一个腐坏的伊甸园的观念在文学中变化无穷。像是《鲁滨
　　逊漂流记》、康拉德的《胜利》（*Victory*）、阿道斯·赫胥黎的《岛》
　　（*Island*）、戈尔丁的《品彻·马丁》（*Pincher Martin*, London, 1956），
　　这些故事将一种可能的孤立图像，即岛屿，推向了极致，而他们都倾向于
　　将其处理成伊甸园的替代。例如，*Victory*, III, ch. vi：　"热带文明可能与此
　　无关。它更像是那些现在流传在波利尼西亚的神话，奇迹般的陌生人抵达
　　岛屿，也许是神明也许是恶魔，他们给无知的居民带来善与恶，带来从未
　　知晓的礼物，从未听过的词语。"　关于这一孤立图像，见 Wallace Fowlie,
　　"Mallarmé's Island Voyage", *Modern Philology*, XLVII（1950），no. 3,
　　178ff., 以及 Walter de la Mare 的评论, *Desert Islands and Robinson Crusoe*
　　（London, 1930）。

35　关于神殿，见 Yrjö Hirn, *The Sacred Shrine*（London, 1958）; W. R. Lethaby,
　　Architecture, Nature and Magic（London, 1956）; M.-M. Davy, *Essai*

有多种形式，它们同神圣价值的主要连接在于它们在某一宇宙中被赋予了中心位置。米尔恰·伊利亚德总结了其主要类型：

    1. 圣山，天与地汇合的地方，位于世界中心。

    2. 每个位于圣山中的神庙或宫殿（及其延伸，每一圣城或王室驻跸）也因此成为一个中心。

    3. 作为一个"世界中心"（*axis mundi*），圣城或神庙被认为是天、地和地狱的相遇点。[36]

---

sur la symbolique romane: XII siècle（Paris, 1955）; Otto Rank, *Art and Artist: Creative Urge and Personality Development*, ch. v, "Microcosm and Macrososm"; ch. vi, "House-building and Architecture"。神庙是中世纪美感的中心，既在建筑上也在源于建筑的象征手法上。"美可以在四种神殿中找到，即精神居于之中的这四种形式。它们是：人的身体，教会的神秘身体，上帝在其中得到反映的灵魂，以及基督道的化身。"这里De Bruyne 提到，西多会神学理论家西多的托马斯（Thomas of Citeaux）询问，这四种身体各有哪些美？它们的效果是什么？《圣经》里对此有什么说法？它们的道德价值什么？它们有些什么装饰？涉及人的身体的主要问题在于，它的美是易朽的、可疑的以及虚无的，它总是对立于那些永在的美，来自圣灵、圣父、圣子的美（De Bruyne, *Etudes*, III, 53）。在晚期讽喻诗歌中，这一"身体的神殿"被带入一种宇宙式图像中，形成了比如说像是马维尔的*Upon Appleton House*这样的诗歌；斯宾塞式的神殿和城堡使用了相当明晰的修辞手法。在讽喻画中，城堡可以被装点得像城市一样精致，就像在但丁的死者之城（City of Dis）中。

36　关于"中心的象征"，见Eliade, *Cosmos and History*, "The Symbolism of the Center", 12—17; 以及Eliade, *Sacred and Profane*, 73—76。古典文学中最重要的例子也许是神谕所在的地点（它们的所在地被称为"大地的肚脐"）以及神殿的位置和政府的席位，比如罗马的露天会场

伊利亚德所举的一个例子是叶芝的须弥山（Mount Meru）。 212
这令人想起《变异诗章》（*Mutabilitie Cantos*）*里的阿罗山（Arlo

（Comitium）。普鲁塔克在他为罗慕路斯写作的传记中描述了罗马城的神话基础，引述一下这个关于中心的完美例子："罗慕路斯（Romulus）埋葬了他的兄弟瑞摩斯（Remus）与他两个养父之后，就着手在雷摩尼亚山（Mount Remonia）下建造他的城市；从托斯卡纳派出来的人，在所有被关注的典礼上都用神圣的习惯法和成文法指导他，就像在宗教仪式中那样。首先，他们挖了一个圆形沟渠，大概就是现在露天会场或者公民大会法庭（Court of Assembly）所在的地方，他们庄严地将万物中初熟的果实扔进去，要么根据习俗而言这是好的，或者根据自然而言这是必要的；最后，每个人从他出生的村庄带来一小块泥土，将这些全都不加区别地扔在一起。他们将这个沟渠称为世界（Mundus），就好像他们在天上一样；他们说这个有着沟渠环绕的城市，就是他们的中心。然后建造者将一个黄铜制的犁铧装到犁上，将一头公牛和一头母牛套在一起，他自己驱使着犁出一道深沟，或者犁出环绕的边界；而在这些事做完后，看到了那些扔进去的泥土全部向内朝向城市；不让任何土块留在里面。他们按着这条线建造了墙；而在他们设计造城门的时候，他们抽出犁铧，放下犁，留出这个空间；出于这个原因，他们将所有墙视作神圣，除了门所在的地方；因为他们的宣判仍然是神圣的，他们无法在不冒犯宗教的同时给予自由的进出权，这是人的生活的必需，他们总有一些事不是洁净的。

"关于他们建造城市的这一天，一致同意定在四月的第二十一天，罗马人都视每年的这一天为神圣的，称之为他们国家的生日。他们说，首先他们不会在这一天屠宰任何活物，认为有必要在国家的生日这天让宴会保持纯净、没有任何血污。"（*Lives*, "Dryden" tr.［Modern Library ed.］, 31）雅各布·布克哈特描述过在君士坦丁堡建城时所举行的同样的仪式（*The Age of Constantine the Great*, tr. Moses Hadas［New York, 1949］, 346—349）。

* 这部诗一般被认为是《仙后》第七卷残篇的组成部分，1609年它首次刊行在《仙后》对开本中。——译者注

Hill）。这样一座神圣的、宇宙意义上的山的峰巅进一步成为"不仅仅是地上的最高点，也是大地的肚脐，创世开始的地方"。就像是维吉尔《埃涅阿斯纪》里的任何一座神殿，或者《仙后》中的"大宅"和"城堡"，任意一个这样的中心地点，"很大程度上是神圣所在，也是绝对真实的区域。同样，所有绝对真实的其他象征（生命与永生之树、青春之泉等等）也都位于这一中心"[37]。因而我们可以期待这样对于宇宙中心的宏大表现会被缩减至一种小规模的形式，一个小宇宙，就像"位于银色海洋中的一块宝石"。（梭罗《瓦尔登湖》中的白湖［White Pond］就是一213 个如此的例子。[38]）关注罗曼司文学和讽喻作品中这类象征的功能

---

37 Eliade, *Cosmos and History*, 18.

38 见题为"Ponds"的这一整章。对白湖的描写使用了神话/神学术语："我们还有另一个这样的湖，在九亩角那里的白湖，在偏西两英里半之处；可是以这里为中心的十二英里半径的圆周之内，虽然还有许多湖沼是我熟悉的，我却找不出第三个湖有这样的纯洁得如同井水的特性。大约历来的民族都饮用过这湖水，艳羡过它并测量过它的深度，而后他们一个个消逝了，湖水却依然澄清，发出绿色。一个春天也没有变化过！也许远在亚当和夏娃被逐出伊甸乐园时，那个春晨之前，瓦尔登湖已经存在了，甚至在那个时候，随着轻雾和一阵阵的南风，飘下了一阵柔和的春雨，湖面不再平静了，成群的野鸭和天鹅在湖上游着，它们一点都没有知道逐出乐园这一回事，能有这样纯粹的湖水真够满足啦。就是在那时候，它已经又涨，又落，纯清了它的水，还染上了现在它所有的色泽，还专有了这一片天空，成了世界上唯一的一个瓦尔登湖，它是天上露珠的蒸馏器。谁知道，在多少篇再没人记得的民族诗篇中，这个湖曾被誉为喀斯泰里亚之泉？在黄金时代里，有多少山林水泽的精灵曾在这里居住？这是在康科德的冠冕上的第一滴水明珠。"

是非常重要的，正如伊利亚德提到的：

> 通向中心的道路是一条"艰难之路"（*durohana*），而
> 这会在真实的每个阶段得到证实：错综复杂的神庙（比如婆
> 罗浮屠［Borobudur］）；前往圣地的朝圣之旅（麦加、赫尔
> 德瓦尔［Hardwar］、耶路撒冷）；寻找金羊毛、金苹果、生
> 命之草（Herb of Life）的危险的英雄远征路途；在迷宫中徘
> 徊；探寻者在求索通往自我之路上的困难，即通往自身存在
> 的"中心"，以及诸如此类种种。道路是艰苦而充满危险的，
> 因为它实际上是一种接纳仪式，它是从世俗到神圣、从浮世幻
> 影通往真实与永恒、从死往生、从人性走向神性这一旅途的
> 仪式。到达中心就等于某种祝圣礼、某种入会式；旧日凡俗

以及后文："白湖和瓦尔登湖是大地表面上的两块巨大的水晶，它们是光耀的湖，如果它们是永远地冻结了的，而且又小巧玲珑，可以拿取的，也许它们已经给奴隶们拿了去，像宝石一样，点缀在国王的王冠上了；可是，它的液体也很广大，所以永远保留给我们和我们的子孙了，我们却抛弃了它们，去追求可希诺大钻石了，它们真太纯洁，不能有市场价格，它们没被污染。它们比起我们的生命来，不知美了多少，比起我们的性格来，不知透明了多少！我们从不知道它们有什么瑕疵。和农家门前，鸭子游泳的池塘一比较，它们又不知秀丽了多少！清洁的野鸭到了这里来。在大自然界里，还没有一个人间居民能够欣赏她。鸟儿连同它们的羽毛和乐音，是和花朵谐和的，可是有哪个少年或少女，是同大自然的粗犷华丽的美协调的呢？大自然极其寂寞地繁茂着，远离着他们居住的乡镇。说甚天堂！你侮辱大地。"

而虚假的存在让位给了新的生命，它真实、持久、富有意义。[39]

　　《愚人志》第九章中的卡莫恩斯（Camoens）让维纳斯设计了一个这样的圣地，"爱之岛"（Island of Love）。诗人对这个岛屿的讽喻阐释以及这种乐趣，已经有人表示了怀疑。某些观点认为，只有在官方的宗教审查压力下，这一讽喻才有必要。也许如此。我们当然对这类伊索手法（Aesopism）很熟悉。但当卡莫恩斯将情色欢愉称为"荣誉的象征，在自身之中的欢乐可令生命崇高"时，更容易判断出的是，他几乎是以神话概念在思考，或者至少是启示录概念。这座岛屿是真正的"欢愉之地"（*locus*
214 *amoenus*），而像这样的存在无法象征最高的奖赏，正如卡莫恩斯小心翼翼指出的，因为这奖赏不是欢愉，而是丰盛，用更为天启式的表达则是，永生。因为他说，可令英雄们永生的"声名"，已对着艰难朝向东方远行的达·伽马的英雄们露出微笑。

　　伊利亚德和《愚人志》中的例子都指出，宇宙中心是一个不受污染的所在，是一个因此可以称之为安全的地方。古典历史时常提醒我们这一点，"庇护权"显示出了神殿和圣地的这种巫术特性；逃亡者如果站在圣地当中，理论上他是不能被触碰的。这种积极价值并不总是可以归结到中心的象征意义上。在文学中——很不幸，也包括在历史中，都呈现了相反的圣地类型，我们一般称之为"地狱"。监狱就是这类地方，在现实中或在想象

39　Eliade, *Cosmos and History*, 18.

中都有"监狱文学"。禁锢普罗米修斯的岩石就是这样一处地方。
基督教神话中的无底洞也是这样一处地方。戈尔丁的《蝇王》和
《品彻·马丁》中的岛屿，尤其在后者当中，都是这样的地狱。
所有这些例子都让我们意识到，传染并没有被挡在外面，反而是
被圈在里边，许多讽喻作者都敏锐意识到了其中所蕴含的反讽[40]。
比如斯宾塞就着迷于洞穴，它们经常被用作囚牢，像是"绝望之
穴"（Cave of Despair）、"财神之穴"（Cave of Mammon）、"普
鲁透斯之穴"（Cave of Proteus），此处的英雄或女英雄被降至一
种最尖锐的矛盾状态。焦虑并不是"幸福谷"（Happy Valley）的 215
标志。这是一种可怕地疏离于由爱、婚姻、舞蹈和欢乐所构成的
喜剧世界的标志。

　　讽喻因而并不是处于隔绝的善或恶的领域；它可能染上外在
的或者内在的疫病，这取决于作者对他所处世界的信心。

40　以一种历史的反讽感觉，修昔底德提供了这类地点的原型；在第七卷结
　　尾，在雅典人在西西里被击败之后（413 B. C.），他描述了叙拉古的战俘
　　营："那些被囚禁在采石坑中的俘虏，起初受到叙拉古人的虐待。他们挤
　　在一个狭窄的石坑里，没有屋顶遮风避雨，白天烈日当空，空气闭塞，令
　　人窒息，而夜晚则是如度寒秋，气候的急剧变化，使他们滋生疾病。而
　　且，由于没有空间，他们不得不在同一个地方做所有的事。因受伤或气温
　　变化或类似原因致死者的尸体堆积在一起，因而恶臭难当；而且他们一直
　　受饥饿之苦，在八个月中，每人每天只有半品脱的水和一品脱的谷物。总
　　之，囚禁在采石坑中的俘虏尝尽了人们能想象出来的一切痛苦。"（*The
　　Peloponnesian War*, 488）（译文引自《伯罗奔尼撒战争史》下卷，徐松岩
　　译，上海人民出版社，2017年，650页。——译者注）

象征性中心的小宇宙式缩减

　　思想和灵魂领域的隔离处理也有其他表现形式。讽喻作者发展出了某种思想空间，在里面通过专注于英雄对于特定物体的思想，英雄似乎就被置于某个象征中心**之内**。除了作为地点，神圣的、孤立的"话语"（*loci*）可以采用被祝圣过的护身符的形式，或者是被祝圣过的某一段时间。在讽喻修饰的观念中，确实需要将普遍的属（genus）缩减至普遍的种（species），从大宇宙意义上的宇宙缩减至它的小宇宙版本。我们所发现的正是如此。宇宙成为"神圣的细节"。除了规模更小，它可以替代任何更宏大、更明显的中心象征。

　　荷马《伊利亚特》（第十八卷）为我们保留了所有此类替代中最令人印象深刻的一个，即由赫淮斯托斯铸造的阿喀琉斯之盾。

> 他在盾面绘制了大地、天空和大海，
> 不知疲倦的太阳和一轮望月满圆，
> 以及繁密地布满天空的各种星座……
> 他又做上两座美丽的人间城市，
> 一座城市里正在举行婚礼和饮宴，
> 人们在火炬的闪光照耀下正把新娘们
> 从闺房送到街心，唱起响亮的婚歌。
> 青年们欢乐地旋转舞蹈，长笛竖琴

奏起美妙的乐曲，在人群中间回荡，
妇女们站在各自的门前惊奇地观赏。
另有许多公民聚集在城市广场，
那里发生了争端，两个人为一起命案
争执赔偿，一方要求全部补赔，
向大家诉说，另一方拒绝一切抵偿。
双方同意把争执交由公判人裁断。
他们的支持者大声呐喊各拥护一方……
另一座城市正受到两支军队进袭，
武器光芒闪耀，但意见还不统一：
是把美丽的城市彻底摧毁，还是把
城市拥有的全部财富均分成两半。
居民们不愿投降，武装好准备偷袭。
城市交由他们的自己的妻儿守卫，
人们登上城墙，其中有不少是老年。
他们自己偷偷出城，帕拉斯·雅典娜
和阿瑞斯带领他们，两位神用黄金制成，
身穿金衣，武装齐全，美丽而魁伟，
真神般突出在个儿较小的将士们中间……
他又附上柔软、肥美的宽阔耕地，
在作第三次耕耘。许多农人在地里
赶着耕牛不断来回往返地耕地。
当他们转过身来耕到地的另一头，

216

　　立即有人迎上去把一杯甜蜜的美酒

　　递到他的手里。他们掉转身去

　　继续耕耘，希望再次到达尽头。

　　黄金的泥土在农人身后黝黑一片，

　　恰似新翻的耕地，技巧令人惊异。[41]

217　　荷马将他的宇宙式图像延伸到了大概六十行以上，详尽精密地表达出关于一个太平社会的整体观点，它像是通过音乐来统治、安排、治理一般。这一图景赋予了阿喀琉斯的盾牌一种魔力，这便是一种"显灵"（*kratophany*）、一种"不朽的劳作"。这样一个物体的荣耀在于其理解的整体性；在象征意义上，这块盾牌容纳了所有特洛伊战争的战事，它还恰到好处地用无尽时间作为最后的图像，因为荷马的世界观需要这种"永恒回归"，一种对于原型意义上的黄金时代的重现。这块盾牌显著地不同于维吉尔的盾牌，即伏尔坎为埃涅阿斯所铸的那块，相似之处在于它们都提供了一种整体的宇宙意义上的图像，一种关于中心象征的象征，但在对时间的塑造方面却彻底不同。埃涅阿斯的盾牌显现出对于特定未来、对于维吉尔所生活的那个实实在在的意大利的预言式

41　我使用的是Richmond Lattimore所译的荷马《伊利亚特》（University of Chicago Press, 6th impression, 1957），474—607行，为了简洁省略了行码。整个描述盾牌的段落都相关。

　　译文引自日知古典丛书《伊利亚特》第十三至十八卷，罗念生、王焕生译，上海人民出版社，2012年，983—987页。——译者注

目光，它为我们展示了卡提林（Catiline）、卡图（Cato）、奥古斯都·恺撒（Augustus Caesar）、阿格里帕（Agrippa）、安东尼（Antony）——即使这些历史人物都与神话形象相伴，这种结合也没有损减其历史性；事实上，它还增加了历史的强度，因为罗马的未来感觉迫切的被需要，既然它可以在预言的视野中被预见到。这块盾**就是**历史本身。

> 埃涅阿斯所看到的
> 他母亲的礼物、这伏尔坎的盾牌上的所有，
> 不用思考，
> 他骄傲而愉悦地
> 将所有命运担在肩上，
> 这也是他的子子孙孙的声名与荣耀。[42]

这种对历史的压缩和此中蕴含的闪光的命数、偶然的机遇， 218

---

[42] Virgil, *The Aeneid,* tr. Rolfe Humphries （New York, 1951）, 232 （copyright 1951 by Charles Scribner's Sons; 引用获得许可）。其后是将埃涅阿斯等同于海克力士，是杀死凶恶的卡库斯（Cacus）的人。海克力士不仅是拥有超人力量的原型，他同样也是文明、文化、法律、斯多葛美德的原型，以及后来通过一种自然的中世纪推理成为基督教美德和历史上基督教化进程的原型。关于这一点，见Marcel Simon, *Hercule et le Christianisme, passim*; 另见Jean Seznec, *The Survival of the Pagan Gods,* 25—26。作为基督教进程行动体的海克力士形象是《仙后》第五卷的中心，并提供了这一卷的核心象征；在斯宾塞关于正义的故事中，海克力士被等同于奥西里斯。

以及有意的、长久的苦心经营，都被霍桑用在埃塞克斯伯爵的那枚印戒上。这种护身符的力量最终都是巫术意义上的，就像是阿喀琉斯和埃涅阿斯的盾牌那样，而在任一例子中读者都被吸引到一种图像志的思维框架中。而这类护身符式、宇宙式手法的倾向，非常清楚是来自赫西俄德对阿喀琉斯之盾的模仿（或者类比），即所谓的赫拉克勒斯之盾，在此，荷马的现实主义描述被代之以更为明显的图像式风格。我们可以发现诗人非常自如地运用了拟人化抽象。

在盾上有追逐（Pursuit）和逃跑（Plight），还有混乱（Tumult）、恐慌（Panic）和杀戮（Slaughter）。又有争斗（Strife），喧嚷（Uproar）四处乱窜，致命的命运（Fate）抱着一个刚刚受了致命伤的人和另一个未受伤的人；而这一个，已经死了，她在混乱中挣扎着。她肩上披着一件被男人的鲜血染红的衣服，她怒目而视、咬紧牙关。

还有可怕得难以形容的蛇头，一共有十二只；他们被用来吓唬那些在地上向宙斯之子开战的人；当安菲特吕翁的儿子战斗的时候，他们的牙齿就会相撞；这些美妙的作品明亮地闪耀。而这些可怕的蛇身上好像有许多斑点：它们的背是深蓝色而它们的下颚是黑的。[43]

---

43 这一与荷马的类比出现在《阿喀琉斯之盾》（*The Shield of Achilles*）的《赫西俄德的盾牌》（"Hesiod's Shield"）里，归在赫西俄德名下。我

我们不仅看到了像是追逐（Pursuit）、逃跑（Plight）、混乱
（Tumult）、恐慌（Panic）和杀戮（Slaughter）的理性化的图像，
同样也在具象化为蛇的恐怖那里看到了更为原始的观念。它们的
灵力类似于美杜莎的头发。

也许只是因为我们把这些盾牌比作埃塞克斯戒指的小小圆 219
环，才感受到了一种对称式孤立的普遍效果。但这已经足够了。
在做梦者思想之内，戒指成为记忆的整个宇宙。

　　但埃塞克斯仍然全神贯注地注视着那枚戒指，这证明了
他那乐观的性情将多大的希望寄托在这上头，在这广阔的世
界上，除了这枚金环里的东西外，在没有别的留给他了。钻
石里明亮的火花，比地上的火燃烧得更为炽烈，这是他那光
鲜事业的纪念。它还没有随着情人恩宠的衰退而变得苍白，
相反，尽管它有些许不寻常的暗红，他觉得它从未像现在这
样明亮。致命的火炬之光——馨香油灯的亮光——点燃了他，
那曾为他亮起，在他还是人群的宠儿的时候——在宫廷的荣
华中，他曾是最独特的星星——所有精神上和物质上的光荣
似乎都被收集起来放进了这宝石中，而未来的光辉也同这来
自过去的光亮在里面一起燃烧。这光辉可能会再次爆发。它
从钻石里逆射而出，它可能最先射向塔上狭窄的、阴郁的砖

使用的翻译来自Hugh G. Evelyn-White, *The Homeric Hymns and Homerica*
（Loeb Classics ed., London, 1929），231。

墙——然后更远、更远、更远——到达围绕悬崖的大海，直到
整个英格兰都会为这光亮欢欣。长期的沮丧之后经常会出现
这样的狂喜，在最黑暗的命运可能降临到凡人头上之前的境
况中，这种事据说就会发生。伯爵把戒指按在胸口，就好像
它确实是一个护身符，是精灵的居所，正如女王曾开着玩笑
向他保证的那样——但这个精灵，比起在她所讲的传奇故事
中，带来的是更令人幸福的影响。[44]

220   "那镶着金边的罗盘"、同名头韵诗中的"珍珠"、王者之
剑（Excalibur），《神曲》中的多叶玫瑰：这些图像都包含有它
们所出现的作品中的宇宙。它们包含着这个宇宙同时也就拥有了
巫术力量，可以代表善或者恶，或者在大多数情形下，它们代表
善与恶的混合。正如这些图像在文本中孤立的存在，英雄和女英
雄们也处于孤立状态。最重要的原因肯定是由于某种我们已经探
讨过的对于灵魂污染的强大恐惧。有意思的是，在关于宇宙图像
的最好例证里，所有物体朝向某种可以感觉得到的矛盾；它们都
同时既善且恶。关于这个问题，我们必然需要转向探查讽喻的主
题意图。

---

44 引自《古董戒指》（"The Antique Ring"），原出处是 *Tales and
    Sketches*；现在也可容易地在此处读到 Hawthorne, *Short Stories*。霍桑喜爱
    关注这类效果，某个也许甚至是微小的人工制品成为一种诅咒或者祝福的
    图像核心。

5

主题效果：矛盾感、崇高感和如画感

只要一部文学作品是由其主题所支配，它便很有可能被称作 221
讽喻作品，因为主题内容通常并不是不受逻辑控制而可以偶然存
在的[1]。与之相反的假设是摹仿式艺术抗拒过度的主题表达，这来
自亚里士多德定义摹仿的方式，即将其作为"对行动的摹仿"，
因为在亚里士多德的意义上，"行动"（*praxis*）能够而且确实不
需要任何从间接理性化而来的外在帮助而存在，这一间接层面他
称之为"思想"（*dianoia*）。讽喻则完全不是这个情况，间接意 222
义会立即从叙事或戏剧直接的文字表层中生发出来，并且构成了
表层直接文本的"存在原因"（*raison d'être*）。讽喻故事按其所
是而存在，将间接意义置于围绕它的轨道中，而直接意义的价值

---

1 Frye, *Anatomy*, 90:"在真正的讽喻中，一个诗人明确指明出他的图像间的
关联，作为例证和法则，并且还试图指明关于他的评论该如何进行。"

则取决于其卫星。大部分时候间接意义是模糊的，实际上隐于视线中；同样，对位音乐也无法让其所有旋律音符同时被听到，而是一段接一段地从一种变幻的背景中出现。这是弗莱对于讽喻的看法，这一看法取自中世纪的复义观念（polysemous meaning）。在这一意义上，讽喻的双重性或多重性在今天已无需多言。大部分有敌意的批评以及一些试图严肃地为讽喻辩护的批评，都聚集在作为讽喻模式的本质的这一标志性的分裂上。弗莱比大多数批评家更深入的地方在于，他注意到，任何利用其他学科（比如，历史学、心理学、语义学、修辞学）理论的批评实践，究其根本都是在以多义法阅读文学，也即，讽喻式阅读[2]。

2　我的评述忽略了"性格"，因为在亚里士多德的构想中，比起"行动"，它对于摹仿的定义没有那么重要（Auerbach, *Dante*, 1—10）。但是在散文虚构作品中，"性格"拥有最初的重要性，而实际上无论在罗曼司形式与（a）高摹仿的戏剧和史诗或者（b）小说之间划定什么界限，我们都需要依据"性格"这个概念进行区分。我自己的观点是，讽喻在行动体上的灵力特性点明了一个理由，可以支持将罗曼司等同于讽喻的通行观点，因为一个守护神（*daimon*）就属于弗莱的英雄（处于神和人之间）之五个层级中方的第二层，而第二种灵力行动就是命定的，按照罗曼司追寻的范式进行简化。但弗莱也能够出于差不多同样的理由区分罗曼司和小说："小说和罗曼司之间的本质区别在于性格塑造的概念。罗曼司作者在创造'真实的人'上面的努力远不及创造风格化形象，这就扩展成了心理上的原型。在罗曼司作品中我们可以发现荣格的力比多、阿尼玛（anima）和阴影都分别反映在了英雄、女英雄和坏蛋身上。这就是为什么罗曼司经常散发出小说所缺乏的主观力度的光芒，这也就是为什么在它的边缘总有讽喻的暗示在徘徊。性格中的特定元素在罗曼司中被释放出来，使得它自然成为比小说更为革命性的形式。"（*Anatomy*, 304—305）这里为讽喻所做的主张过

神学二元论

在这一章中我所关注的是另一种与讽喻有关的双重性。这一 223
双重性不是关于其双重意义，而是一种神学上的二元论[3]，它隐含
了两种独立、彼此无法归约、由相互敌对实质构成的根本对立：
简而言之，就是绝对善与绝对恶的对立，如同在各种版本的摩尼
教教义里都能找到的那样。在所有讽喻作品里，这种主题上的绝
对对立（善与恶、蒙昧与启蒙、怀疑与确信等等）都表达为对二
元对等的图像和行动体的秩序化。

假设《快乐的人》（ *L'Allegro* ）或者《忧郁的人》（ *Il
Penseroso* ）任意一篇佚失了，我们也能很好地从存留的那一部诗
歌中去猜测另一部的内容，甚至比较详尽地了解到已佚诗歌所采用
的形式。而这两首诗的对称性是基于什么？很有可能，即使两者属
于对立概念，但它们都指向一种单一而广泛的传统，即对于黑暗力
量与光明力量处于恒久交战状态的信仰。这在根本上属于琐罗亚斯

于谦逊；它所做的不仅仅是在罗曼司的边缘徘徊；它正是这一类型的血脉
所在，因为如果没有性格上原型意义的话，罗曼司就不再有其他的"存在
原因"（ *raison d'être* ），但如其所是，罗曼司是讽喻表达中一种自然的、
普及的媒介，这里的讽喻是在这个词的最好的意义上，如果我们可以如此
评判的话。

3　参见这一例子，*Dictionary of Philosophy*, ed. Dagobert Runes （New York,
1942 ）中的"二元论"词条。从基督教神学的角度，二元论者对正统立场
的攻击这一问题涉及范围甚广，在此只能间接提及。这一论题经常围绕着
一些摩尼教信仰的变体，而这些就是异端中的异端。

德主义教条所传达出的一系列关于光明/黑暗二元性的细分。

> 善恶斗争中的伦理和二元论观点投射在其宇宙观中，并
> 象征化为光明与黑暗的战斗，它一方面可以从自然方面理解，
> 被表达为一种对于闪耀星体的神圣化、对火的崇拜、对亵渎
> 的恐惧和净罪的仪式；另一方面，它又从神话上被表达为奥
> 尔玛兹德（Ormazd）和阿里曼（Ahrirnan）以及他们统领的
> 天使与恶魔之间争夺至高控制权的斗争。人必须在光明与黑
> 暗、真理与虚假、道德上的正确与错误，以及因此获得的永
> 恒的幸福或痛苦之间做出抉择。[4]

224

当然并非所有讽喻作品都要追溯到以某种琐罗亚斯德主义或
者摩尼教异端或迷信崇拜形式出现的近东传统，但此类标志性的
二元论确实普遍出现在基督教文学以及后罗马时期[5]。

同样的尖锐对立，同样的拒绝一种自然道德统一体，同样的
将道德、伦理和灵魂上的问题撤回到两个极端对立面中，这些都
影响着行动体。在力量的最高层次，上帝永恒地抵挡着撒旦，基

4　"琐罗亚斯德主义"（Zoroastrianism）词条，见Runes, *Dictionary of Philosophy*。

5　因为摩尼教是最容易想到的异端，并且包括有一系列教派，它引起了太多
的关注，而可能没有进行足够的仔细检查。考虑到人类心智的天性，无论
如何二元主义思想都是非常自然的，它并不一定需要归结到一个摩尼教起
源中。

督抵挡着敌基督，童贞圣母抵挡着巴比伦的淫妇。这些二元性类
似于奥尔玛兹德和阿里曼的二元性，在希腊神话中则类似于宙斯
和普罗米修斯的二元性，在所有我们能想到的宗教中也非常容易
找到这样的极端对立，同样，也在讽喻这种宗教的语言中。这种
模式下的表达方式使得宗教被精心构造为一种比它们在原始信仰
中的起源更为复杂的智性学说。诗人并不总能直接创造神性的图
像，但是他可以通过展现骑士们和淑女们的行动、通过二元性映
照出神的层面。这里的二元论同样关于事物的自然秩序。红十字
骑士（Redcrosse）在对抗阿奇马戈时奋战至死、乌娜（Una）对抗
杜伊萨，卡利道埃（Calidore）对抗吼叫猛兽（Blatant Beast）。
的确，黑暗的力量通常是多元的，而且在恶棍和英雄身上都存在
一种"解体"，比如说，这体现为在红十字骑士身上生成了若干
在原型意义上属于恶的次等角色。他与以不同伪装出现的阿奇马
戈战斗，同时他自己也有若干助手，他们所有都同样是通过英雄
被生成出来的。

　　也许没有必要再对讽喻文学的这个主要特点长篇大论。它经　225
常被注意到[6]。在这一意义上，讽喻式二元论是讽喻的宇宙功能的

6　见一段已经引述过的段落，在Coleridge, *Misc. Crit.*, 191—194，关于近东
　　多神信仰来自一种不再适用的善恶二元论哲学。从一种二元观念到一种多
　　元观念只需很小一步，如同天主教正统所承认的。参见柯勒律治关于阿普
　　列尤斯的讨论（30—31）："曾被创作出来的最美丽的讽喻就是丘比特与
　　普赛克的故事，虽然出自异教徒之手，接下来却在基督教世界得到广泛传
　　播，而且由有志于对那些本身足以对抗基督教义的东方和埃及的柏拉图主

自然结果，因为比我们更古老的宇宙观点依赖于"存在之链"，在这一链条中，如果一个人在所能想到的最低一级阶梯再往下哪怕只踏一步，那他就会抵达某种绝对零点，路西法从地狱深坑中翻转向上，而同时他的对立面，耶和华，仍然挺立于神力与完善的至高位置。

讽喻研究中这一关键问题的核心正是如何阐释这种二元论。如果我们只是接受在不同绝对性之间的战斗是所有讽喻的基础构思，那我们就会在一个重要层面上显得天真。这场战争确实一直在继续，但我们不要去假定，这种极端对立在任何距离上都是真正分隔的。首先，这种"极端相遇"的表达也存在着不是一个隐喻的情况，而我们会发现，它其实是一种心理上的事实。

情感性矛盾

简单来说，讽喻文学总是在极端对抗性中展现出某种矛盾

义进行基督教化的哲学家之一写下；但最初的在其形式上完全现代的讽喻是普鲁登修斯的《灵魂之战》，一位五世纪的基督教诗人——这些事实已经完全解释了叙事性讽喻的起源和性质，它是**多神论神话学图像的替代品**，而它不是只在更清晰和更有意图性的意义上不同于象征，后者被确知是非真实的，而它要成为的是某种在真实的人和单纯拟人化之间的中介步骤。"（强调来自原作者）这一模式的融合功能似乎使得某种程度的多神主义成为必要；简言之，这就是融合主义（syncretism）在这一情况下的含义，即将异教神祇结合在基督教一神论体系之中。柯勒律治完全接受了讽喻的灵力起源。

感[7]。这一频繁被使用的术语在此**并不**意味着"混合的感受"，除非我们将这个说法修正为"对截然不同的对立感受的混合"。这 226 个术语十分容易被滥用。不过如果讨论多少牵涉到心理学或者比较宗教研究，那就需要用到它。在这里，矛盾感经常同禁忌的概念相关，而通过这后一种概念，我们可以解释讽喻作品中所发生的大部分情形和没有发生的大部分情形。我在讨论交感巫术的作用时提到过，道德寓言非常明显地关涉到禁忌。道德寓言主张，在象征性上某些物体是神圣的，某些则是罪恶的，真正的信徒应该避免后者而欣然接受前者。初看上去这就是直白的价值观上的二元论。关于什么是神圣的观念似乎非常清晰而不证自明。但是当我们在宗教习俗里追寻"神圣"一词的真正含义时，却会遇到一个悖论，因为它显示出"神圣"意味着善与恶共存，它们在某个时刻相遇。

弗洛伊德在他的重要作品《图腾与禁忌》（1918）中，对禁忌所做的描述已被相当普遍地接受：

> 对我们而言禁忌的含义延伸向两个相反方向。它一方面对我们意味着神圣的、被祝圣的；而另一方面又意味着怪异、危险、被禁止和不洁。波利尼西亚语中的 *noa* 描述了禁忌中的这一对立，它意味着某些平常的、通常可以获得的东西。因而某些关于保留的概念内在于禁忌观念中；禁忌本质上通过

---

7 见后文，第六章，298—302页。

禁令和限制表达自己。"神圣恐惧"（holy dread）这一复合表达也传达出了禁忌的这一含义。[8]

227　　　在伦理性寓言中，主角所发现的禁令在很大程度上不同于条件式的理性规则；它们完全是命令式的。道德化行动的核心变成了诱惑，而这表明了恶是被欲求的（这一悖论恰是继承自一种关于绝对道德标准的观念）。当一个人被突然涌来的一种禁忌的欲望或想法所折磨，当他无法逃离自己想象的造物，"随之而来的结果肯定是一种意志的部分瘫痪，以及无力去为任何行动做出决定，这些行动原本由爱提供动力"[9]。关于这种瘫痪，没有比柏拉

8　Freud, *Totem and Taboo*, in *Basic Writings*, III, on "Animism, Magic and the Omnipotence of Thought". 弗洛伊德如此总结他关于禁忌的理论："禁忌习俗和强迫性神经官能症状之间的关联最为清晰地体现在：1.戒律缺乏动机；2.通过内在需要强制执行；3.它们都有移置的能力，都处于被禁止之物所污染的风险中；4.引起了仪式性行动或戒律，它们发源于禁忌之物。"（同上书829页）以及最后："禁忌的基础是一种被禁止的行为，因为它就是存在于潜意识中的强烈倾向"（832）。另见Franz Steiner, *Taboo* (London, 1956)，以及 J. C. Flugel, *Man, Morals, and Society* (New York, 1961), ch. x. "Taboo and Its Equivalents"。

9　Freud, *Totem and Taboo*, 821. 亚里士多德在《尼可马各伦理学》第三卷第二章中给出了一系列"选择**不了**"的事物。它们之中，"更少的还有怒气（anger）；因为出于怒气的行为被认为少于其他任何选择的对象"。这里亚里士多德也许指涉的就是柏拉图对列昂提乌斯故事的解释，对此柏拉图说，"有时怒气与欲望争斗"，这里造就了一种在合理而平衡的选择领域出现的尖锐道德冲突。关于莎士比亚对矛盾感的处理，见Watson, *Shakespeare and the Renaissance Concept of Honor*, chi. viii, ix。

图关于矛盾情感的说法更明显的了，它关注的是"死者禁忌"，
一种关于观看死者的原始禁令。

> 这个故事是这样的，阿格莱翁之子列昂提乌斯有一天从
> 比雷埃夫斯过来，在北城墙的外面，他看到有一些死尸躺在
> 行刑所在的那个地方。他感到一种想去看这些尸体的欲望，
> 同时也对这想法感到恐惧和憎恶；他挣扎了一阵，盖住了自
> 己的眼睛，但是最终这一欲望压倒了他，而且迫使他睁开眼，
> 他跑到这些尸体旁边，说道："看吧，你这可悲的人，尽你
> 所能看个够。"[10]

在破除瘫痪状态的时刻，意识中发生了分裂，而列昂提乌斯
便如此将自己双眼的行动与他真正的自我分割开；他摆脱了对这   228
一行为的愧疚，在这样做的时候他使用了讽喻中的一种核心修辞
手法，拟人[11]。

为了以最清晰的形式说明这种矛盾，弗洛伊德引用了《会
饮》里阿尔喀比亚德谈到苏格拉底时所说的话："我有时希望他
已经死了，然而我也知道如果他真的死了，我只会更悲伤而不是
更高兴，那样的话我心智的泉源便已枯竭。"正如弗洛伊德注意

10　*Republic,* 439—440.

11　Freud, *Totem and Taboo,*857："原始人的投射性创造类似于拟人，诗人将自
　　我斗争中的冲动投射到外在于自身的事物上，就像是分裂的自我一样。"

到的："诗人们告诉我们，在爱情更为激烈的阶段，两种相反的情感也许可以在一段时间内并肩维系，即使它们彼此敌对。"[12]这种"共同指向同一个人的、持续共存的爱与恨"在被转移到关于怀疑和确信的领域时，会变得更为微妙。当这种共存极有力量而又伴随着矛盾的情感时，就可能出现智性上的等同物，其形式即对所爱之物的善和/或恶的极端怀疑。弗兰茨·卡夫卡的讽喻作品带有智性上的怀疑，同样也带有这种情感上的矛盾；或者不如说，在他身上这种感觉上的矛盾同样成为智性上的矛盾。基督教讽喻处理的是英雄对神圣的追寻，这一状态既事关心灵也事关存在，其呈现的不仅是爱上帝的人承受的折磨，同样也是自我认知带来的折磨。在最后的拯救到来前，英雄从来无法肯定自身；外表可能是欺骗性的，他因此迫切地想要击败杜伊萨，击败阿奇马戈，击败这个世界的奸诈之徒。在基督教讽喻中，欺骗与罪恶的不洁一样，都是这个堕落世界的特征。

作为"矛盾感"在智性上的同伴，怀疑是世俗爱情诗中的一个核心事实，这一来自典雅爱情的修辞总是着眼于这样一些等式，比如，爱情就是一场战争（Love is a Warfare），或，想要的就是得不到的（Desired Object is the Unattainable Object）。

229 丹尼斯·德·洛奇蒙在他的《西方世界中的爱情》（*L'Amour et*

---

12 Freud, "Notes on a Case of Obsessional Neurosis"（1909）, in *Collected Papers*, III, tr. A. and J. Strachey, ed. Joan Riviera（London, 1950）, 374.

L'Occident）[13]里讨论情欲矛盾时也许走得太远，不过典雅爱情运用了矛盾修辞（无论其内在含义是什么）似乎无可辩驳。如果我曾强调过禁忌的神学根源（在*sacer*［神圣］的意义上[14]），那只是为了与现代心理学中的情感性矛盾概念保持平衡，这一矛盾心理是针对所爱之物而感受到的。对于浪漫讽喻来说，就比如德·洛奇蒙所谈论的作品，强调后者似乎更为正确，因为就其通常的含义而言，罗曼司所指的就是两性之间的关系。一个渊博的学者很自然地会认为《仙后》是一部"关于性别战争"的诗。

矛盾的诗是关于尖锐的心灵冲突的诗，所以令人不安的是，哲学家也许会问在这样的文学创作中是否有任何美德存在。即使在道德探讨和神话宇宙学中的绝对对立需要经由辩证过程缩减成戏剧式对立，这个问题仍然存在，正如柏拉图在《理想国》里所提出的，它所导致的这一结果是否真的适合人观看，既然他们必定分有他们看到的一切。

13　见Denis de Rougemont, *Love in the Western World*, tr. Montgomery Belgion（Anchor, ed., New York, 1957），162—170，关于隐喻表达的矛盾感受。参见Maurice Valency, *In Praise of Love: An Introduction to the Love-Poetry of the Renaissance*（New York, 1961），比起德·洛奇蒙的作品，这部著作要有更多文学上的目的；它讨论了吟游诗歌的实践情况，而德·洛奇蒙只关心其主题，即"爱—死"的组合，以及这一潜流在西方爱情诗歌中的隐喻表达。

14　关于神圣（*sacer*）这一概念，见Rudolf Otto, *The Idea of the Holy*。

哲学上的矛盾感

矛盾性神话中最宏大也最具挑战性的例子肯定就是西方文学中的第一个例子，埃斯库罗斯的《被缚的普罗米修斯》。这部戏剧意在讽喻式的合理化这种法律的统治，但它呈现的英雄是反叛者普罗米修斯。它也意在进一步合理化对于宙斯这样一个全能神、完美存在、"太一"（the One）的信仰。（宙斯的残酷却在情感上合理化了普罗米修斯的反叛行为。）柯勒律治曾这样形容这部戏："这个普罗米修斯是一种哲学论点（*philosophema*）、诸范畴（*ταυτηγορικόν*）——可作识别善恶的智慧树，——也是讽喻，一种先在教谕（*προπαιδευα*），不过它在讽喻中最为高贵也最为意味深长。"[15]

而这部戏的重要主题则是"努斯/心灵（*nous*），即人的纯粹理智的产生"，柯勒律治阐释了普罗米修斯所盗天火的不同层面，以呈现出这一纯粹理智在各方面的卓越。对立于努斯的则是神明般的法（*nomos*），这出戏剧正是居于这一对立之上，这也就是其行动本身。

> 根据希腊的哲学观点或者他们的神话（*mythus*），在这些当中，或者在这一身份当中（比如，神、太一等）出现了战争、分裂或差异，即，两极分化而成"正题"与"反题"。

15　"On the Prometheus of Aeschylus", in *Essays and Lectures*, 334.

神性（*to theion*）之中这种分裂的结果就是，正题变成了 *nomos*或法律，而反题成为了理念（*idea*）。[16]

　　在剧中，宙斯作为"法的模拟表现或象征"，而普罗米修斯"以同样方式成为理念的模拟代表，或者说，他在威力上类似乔武（Jove），但被认作独立存在，而非浸没于生产物中——他就像是抹去（*minus*）了生产能量的法律"，通过如此呈现，柯勒律治将我们带出了他称之为"超验形而上学的神圣丛林"[17]。但宙斯是主动的，他全力施行自身行动，他同时在创造并赋予秩序；普罗米修斯却是被动的，他在受苦也在体会。他的心灵"被缚在岩石上，这种无法移动的坚固同它的贫瘠荒凉、它的无生产力不可拆解地连结在一起。具有生产性的只能是法（*Nomos*）；但它是心灵（*Nous*），因为它不是法"[18]。柯勒律治用形而上术语呈现了心灵与法的冲突，但它也适用于戏剧本身，柯勒律治在他对这出戏的细致评论中同样强调了这一点。我们看到，如果普罗米修斯真的被解放了，就像在埃斯库罗斯这部三联剧的第三部（已佚）中确实发生的那样，我们需要面对的就是在终极对立间无法化解的冲突。不过有解放者阿西德斯（Alcides Liberator，赫拉克勒斯的别称）去荒凉巨岩上解救普罗米修斯，在雪莱的《被解救的普罗

231

16　同上书 338 页。

17　同上书 342—343 页。

18　同上书 345 页。

米修斯》（*Prometheus Unbound*）中就正是如此发生的。

反讽：矛盾的极端程度

　　古典修辞学将反讽看作讽喻的一个子类别，不过两者的关系并不非常明确。也许《被缚的普罗米修斯》一例可以澄清此中关系，因为如果这位英雄的解放并未发生，这部戏剧的结局就会记录下这一记宏大的反讽，即英雄保持了心智上的自由，但他在身体上依然被囚禁；同时，没有什么比埃斯库罗斯和雪莱所描绘的宙斯与普罗米修斯之间的冲突图像更为显著的讽喻方式了。

　　我们经常把反讽等同于悖论，这是因为，它们的措辞看上去都自相矛盾，彼此间经常极端抵触的原则被击碎整合在一个单独的矛盾陈述中。在反讽和悖论中都有这种极端的相遇，同时矛盾间的紧张关系也会相应增长。因为反讽似乎击溃了讽喻的多层分离结构（例如，四重意义就会崩塌），它也被视作"反讽喻的"[19]。在我看来，这是个不太恰当的说法，因为反讽仍然包含有相异的意义，只不过我们在解码这种他义（*allos*）时需注意到它的细微游移。我认为更好的说法是将反讽称为"崩塌的讽喻"（"collapsed allegories"），或者是"浓缩的讽喻"（"condensed allegories"）。对于复义或多义情形下的语义与句法程式，它们没有显示出削弱，而只是出现了混同。它们真正不同于讽喻规范

19　Frye, *Anatomy*, 91—92.

的地方在于所表达出的情感强度；欧洲文学中焦虑的增长使得弗莱将之称为"反讽"阶段。人们也许会怀疑，现代的反讽作者们，即我们的卡夫卡们是在试图同时掌控焦虑和恐惧，而也许在原来的讽刺作者那里，即泰奥弗拉斯托斯（Theophrastus）性格刻画中所称的"反讽的人"，他所掌控的是更为简单的恐惧和焦虑。但在将此评判为现代文学的缺点之前，让我们重新思考一下普罗米修斯所处的状况。 232

据卡夫卡说，有四种同普罗米修斯相关的传说：

根据第一种传说：他为着人类而背叛了诸神，因而被罚铐在高加索山脉的岩石上，诸神派老鹰去啄他的肝，而他的肝不停地重新生长。

根据第二种传说：普罗米修斯被啄而痛苦万分，不停地紧靠岩石而越来越深地嵌入岩石里，最终他和岩石结为一体。

根据第三种传说：经过几千年，普罗米修斯的背叛被忘却了，诸神忘却了，老鹰忘却了，他自己也忘却了。

根据四种传说：人们对这毫无道理的事厌倦了。诸神厌倦了，老鹰厌倦了，伤口也厌倦地合上了。留下的是那无可解释的岩石山。[20]

20　"Prometheus", in *Parables*（New York, 1947）, tr. Willa and Edwin Muir. 得到Schocken Books Inc.重印许可，来自*Parables and Paradoxes* by Franz

　　我特意选择卡夫卡这则寓言是因为联想到柯勒律治的话，它既表明了埃斯库罗斯对待普罗米修斯的态度，也进一步暗示出其他更为反讽的可能性。这出戏原本就够反讽了：心灵（nous）与法（nomos）间的冲突走向了某种静态时刻，正如我们所看到的，埃斯库罗斯的剧本暗示着这一僵局，对此雪莱按照古典方式通过引入机械降神来解决。两种力量相互矛盾的申诉所带来的结果是（在无私美德缺席的情形下），《被缚的普罗米修斯》中的行动

233　成为一场竞赛，而如果要破除这种僵局，则需要一种具有优先性的神圣干预。一般人对这部戏的反应也许会是："这简直难以忍受，我们必须破除这个僵局。"但这不是唯一的可能性，卡夫卡就暗示我们的反应来自我们对这一行动的真正中心的误解，它的中心并不是普罗米修斯，而是那块岩石。岩石作为中心完全不同于人作为中心；它不会感觉、不会移动、不会思考、不会变化，岩石是没有意义、没有目的、没有时间的，它彻底地超越了人类历史与人类发展的脆弱框架；一言以蔽之，事件会被自然而然地遗忘。对于这则寓言可以如此回应：否认普罗米修斯被拯救的可能是否意味着不存在希望？而卡夫卡已经给出了他的回答：不是，但只存在某种乏味的、非人的希望。卡夫卡关于受害者的观念非常典型地体现出，他厌倦了同无法理解的敌人进行不可能的斗争。

　　正文译文引自《卡夫卡小说全集·中短篇小说》，谢莹莹译，人民文学出版社，2003年，268页。——译者注

这场战斗就是永恒的悲伤。

另一种撤离出普罗米修斯式僵局的可能性在古典时期也已经提出，即在柏拉图的苏格拉底对话录中，我认为它们从戏剧上和哲学上证明，只要我们能只是"停留"在此反讽情况中，我们就不再需要依赖"机械降神"。

如果将反讽定义为对于外表和真实之间差异的感知和模糊表达，我们会发现这就是在持续地激活苏格拉底的方法；他的反讽是哲学的，他就像是精神分析学家那样，温和地指出一个人的心灵生活同他的表层意识之间构成的反讽，而他们仍可以很好地同这些反讽相处。因此苏格拉底对话录以一种不确定性结尾，或是在一团迷雾中，又或是在由多重构造程式所创造出的矛盾中。将苏格拉底视作古典戏仿作品中的苏格拉底当然时错误的，正如色诺芬的《会饮》所呈现的，他并未总是去让人觉出自身的缺陷。的确，如果一个人自命不凡，苏格拉底的问题可以让他认清自己的斤两。不过这些话语并不是带有恶意的。它们意在制造一种平等境地——在蒙昧上的平等——而如果我们最终想要感觉到自己是智慧的，我们则必须接受自己的愚钝。（如果讽喻在演说模式下大体属于赞颂体裁，反讽则是其反面："通过侮辱进行赞美"。）无论他争论的是哲学还是社会问题，这个柏拉图的苏格拉底所信奉的方法所倡导的正是人在知性上的平等，因为他心目中最有智慧的人，即哲学家，正是知道自己无知的人。他就如同 234 基督，通过放弃使用强力而拥有最强大力量。这一反讽方式使得我们与表象和真实间的差异共存，因为我们能够去辩证地分析自己的状况，也就能够让我们自身从错误观念中解放出来。反讽会一直存在，心灵与法之间的冲突并未在这个世界得到解决；但它们不再被忽视，甚至也许在少量日常情境中，它们也可以在当下被解决。

柏拉图对话录的这一反讽模式似乎来自柏拉图的认识论。在他那里，事物是对理念的讽喻式模仿，或者换一种说法，表象是更高真实的讽喻式等同物。在此发生的一种双重运动就是柏拉图所描述的苏格拉底思想的特征。一方面，我们已经注意到，蒙昧中的平等这一表述里面存在着反讽；另一方面，常被提到的也包括其中对于神话的使用，恰当地说，神话并未被作为充满事件的故事，神话实则是作为范式的故事[21]。柏拉图式对于感官体验的不信任有其积极后果，虽然他会说这种体验只是真理的模型（他称之为"影子"），柏拉图仍然留下了关于模型的观念。模型有它们的用处，其中一个理由便是，没有它们柏拉图式的哲学思考就无法存在。将我们从太阳下移走，我们仍能意识到它的光和热，而关于我们自身的存在，我们至少知道一个大概的轮廓。

神话在柏拉图那里有一种超验功能。哲学家试图去接近一种显灵。但它同样有更低一级的功能，通过允诺某种"退出与归返"，它使得我们更为敏锐地意识到现实中不神秘的层面。我相信在某些柏拉图对话中，比如《会饮》和《斐德若》，其神话内

---

21 Vladimir Jankélevitch, *L'Ironie ou la bonne conscience*（Paris, 1950），尤其见ch. ii, "La Pseudologie ironique, ou la feinte", 32—115。

核就能被理解为以这两种方式打动我们：就像诗歌确实将我们送　235
去了一个理想国度并以此否定了我们感官体验的真实性，但它同
样也在关于信仰、行动和思想的理想国土中重建了信心，我们从
而可以更有信心地返回到俗世问题中。神话则进一步提醒我们，
真正的断言永远是疑问，而真正的回答永远是一个谜。如此对于
神话的使用能够进行讽喻上的延伸，比如紧跟在柏拉图的洞穴寓
言（《理想国》卷七）之后的认识论争辩。这些神话都是原型式
的，因而并不绝对要求可被解说；不过它们确实暗示着范式和数
学上的公式。在它们谜一样的图像和表述中，我们看到的是讽喻
所采取的原型形式。因此重要的是要去注意到，它们是一种反讽
世界观的后果。一种柏拉图式的信仰存在于神话的价值中，即使
初看上去它显得超验，它相信"停留于此"的正确性；因此《申
辩》《斐多》《克里同》中的苏格拉底坚持生在雅典也死在雅典，
最后他发现自己写下的是诗歌。

"难解的装饰"和向现代讽喻的转变

在《被缚的普罗米修斯》和苏格拉底对话录中表达出的处于
最高思想维度的矛盾感，又被埃斯库罗斯和柏拉图之后的一系列
作者多次呈现，虽然在强度和重要性上有所不及。如果我们想去
审视从中世纪和文艺复兴到现代的讽喻变迁，就必须去问一个关
于这一矛盾感的关键问题：在关于装饰的修辞理论中，什么是矛
盾感在表达上的对应物？因为从心理学角度看来，矛盾感出现在

讽喻历史的所有阶段，传统上和观念中的文化成长需要呈现出对
待矛盾感所采取的不同态度，既然每一个阶段都接续着前一个
阶段。因为所有装饰都在某种程度上具备解经的可能，当我们询
问哪一种装饰具备有力而完善的讽喻性质，我们所试图穿透的，
就是那些有时是偶然出现的风格和趋势的变种，正是它们让各个
时代认为自己是独特的。每一历史阶段拥有自身偏爱的词汇和它
236 独特的修辞。然而，考虑到它本身就是在损减自己的特定目的，
为何矛盾多义的文学作品会持续出现？中世纪的理论给我们提供
了一条线索，它将《圣经》文本中的宇宙称为"难解的装饰"
（"difficult ornament"）[22]。这里的"难解"暗示着一种精心计

22　Edgar de Bruyne, *Etudes d'esthétique mediévale*, II, 36ff., 以及 Edmond
　　Faral, *Les Arts poétiques du XII et du XIII siécle*（Paris, 1924），II, ch. iii,
　　89—91。De Bruyne 将中世纪理论总结如下：风格分为三个层次，包括
　　（1）阔大、宏伟、崇高一类（*Genus amplum, grande, sublime*）；（2）
　　中等、一般、适中一类（*Genus mediocre sive moderatum sive medium*）；
　　（3）微小一类（*Genus vel subtile*）。"崇高装饰更像是具有强调风格的
　　特征，'一个人用新词和古语、用难懂或者牵强的隐喻、用比它们所指事
　　物更宏大的词语来表达他的思想'（Cornficius, IV, II, 16）。这种宏大接
　　近于强调，但还不完全是。中世纪理论家非常遵守那些文学理论规则；他
　　们将它们搜罗来，给予它们原本的含义。他们将 *gravitas*（重力）翻译成
　　difficultas（困难）：其结果就是，宏大的风格（*oratio gravis*）被他们描绘
　　成了难解的装饰（*difficultas ornata*）。"（De Bruyne, *Etudes d'esthétique
　　mediévale*, I, 53. 原引文为作者从法文自译）
　　　薄伽丘也在他的《但丁传》（*Life of Dante*）中说："显而易见，精疲
　　力竭之后获得的任何东西都要比毫不费力获得的更甜美。"这是对于讽喻
　　难懂的标准合理化表述。这一古老态度可以与针对艾略特以及其他现代诗人

算的晦涩，它引动读者做出阐释性回应。正是这种晦涩成了愉悦的来源，尤其是考虑到解经式地解码一个段落的内容的实际过程会充满痛苦的艰辛和不确定[23]。晦涩激起好奇心；读者想要扯开这层面纱。"通过使用修辞语言表达，它们看起来越晦涩，"奥古斯丁说，"那么当它们被弄懂的时候就会给予越多的快乐。"[24]

的"晦涩"的不利看法相比较。见Bk. XIV, sec. 12 of Boccaccio, *Genealogy of the Gods*, tr. by C. G. Osgood, as *Boccaccio on Poetry*（Princeton, 1930）。

23　《圣经》的晦涩被归结于人的视线被遮蔽，这是堕落的结果。因此弥尔顿说："学习的目的就是通过正确地重新认识上帝去修复我们的第一个父母造成的废墟，出于知识去爱他，模仿他，与他相似，在与信仰带来的天国恩典的连结中构成最高的完善。"（*Tractate of Education*［1644］，引自G. W. O'Brien in *Renaissance Poetics and the Problem of Power*［Chicago, 1956］, 47）

24　在某种程度上，训练就是为"难解"而进行。参见查理曼给富尔达修道院长鲍格尔夫的指令（约794），里面训示了这位院长修道院教育的必要："因此朕督促你的不仅仅是勿要忽视文字的学习，更是要用上帝所喜爱的最谦卑的勤勉在学习上竞争，这样你也许就更容易和更正确地在理解圣书的奥秘上拔得头筹。但是，因为被发现的圣书里嵌入了各种修辞、比喻和其他的语言形式，没人会怀疑，每个阅读的人在灵性上越快地理解（他所读的），他在被文学规则所教导之前就能更完全。"（引自Laistner, in *Thought and Letters in Western Europe: A.D. 500 to 900*［Ithaca, 1957］, 197）另见Laistner, 198—200，里面提到的阿尔昆（Alcuin，约735—804，英格兰学者、诗人、教师，约782年应查理曼邀请，赴加洛林王朝担任宫廷教师。——译者注）出谜语的方法，与拉伯雷和乔伊斯的问答段落有一种反讽性的相似。在一次"答辩"（*disputatio*）中，阿尔昆对他的学生说："因为你是个有着很高才能和自然天赋的年轻人，我会对你提出一些其他的奇事（即谜语）。试试看你是否能自己解答出来。"

237   出于攻击学究气的目的，现代批评家也许指责奥古斯丁所启
发的只不过是一种吹毛求疵的、次要的、看似聪明的心智活动。
弗朗西斯·培根在谈到文艺复兴时，就在他的文章中提到了这一
种令人不快的学者图像："关于学习"，他说，"指的是细枝末
238 节（*cymini sectores*）"。不过对于《圣经》文本显然的需求而

　　Bernard Huppé提供了一些关于圣奥古斯丁的例证："没有人怀疑，有
些事情通过比喻更容易被理解；而寻求意义的时候越困难，作为结果，发
现的时候也就越愉悦。"（*De Doctrina*, 2, 7—8）Huppé指出："他［奥古
斯丁］所攻击的不是有意义的晦涩，而是没有意义的修辞炫技。第二次智
者运动时期中的修辞学令他失望的地方，也许不是因为它教授晦涩，而是
因为它将晦涩作为自身的目的。"（*Doctrine and Poetry*［Albany, 1959］,
11）注意这里类似于"仅仅是装饰"的观点。

　　在文艺复兴时期，德莱顿的《波利奥尔比翁》（*Polyolbion*）没有得到
公众赞誉，这在我看来，是因为它所需求的解经的劳苦已经不再属于时代
风尚，而德莱顿的地志诗所赋予的新形式就不太容易理解。他所预见的是
朗基努斯的复兴，德莱顿呼吁的是与朗基努斯在论文中所提出的同样的作
用于情感德标准。

　　《论崇高》（*On the Sublime*）。德莱顿在他的"序言：致普通读者"
中，多次攻击"呆板和懒惰的愚昧"、他的同时代人的"愚蠢和迟钝"，他
要求读者努力让自己去发现他的诗中隐藏的博学古典的含义。"如我所说，
如果你更宁愿待在你原先的地方（因为这要求你的辛劳），而不是迫使你
自己跟从缪斯，错误是来自你的懒惰，而不是因为我的工作有任何不足。"
我认为这里可能表明，《波利奥尔比翁》和《仙后》以及《失乐园》一样，
是最为全面和有力的英语崇高诗篇之一，尽管它对于身体图像的讽喻运用
难以理解，这使得它不适应任何普遍的公众口味。

　　"难解的美"概念的现代版本见于A. Warren and R. Wellek, *Theory of
Literature*, 233—234，这里讨论的是鲍桑葵（Bosanquet），*Three Lectures
on Aesthetic*（London, 1915）。

言，这一批评流于表面，尽管大部分解经学者也许夸大其词，但
《圣经》确实拥有往往跟谜语一样的文本表层。奥古斯丁就指出，
一种宇宙式的不确定性构成了大部分《圣经》文本，为了回应，
他只能倡导在心智中建立一种阐释性框架，这对他来说成为某种
苦行（*ascesis*）的时机。这一痛苦与愉悦的混合、这种伴随着繁
重解经劳作的智性上的紧张感，并不亚于在对任何神圣客体进行
冥想时内在而生的认知中的矛盾感受。无论将什么视作"神圣"
（*sacer*），它必定带来混合着欢欣与敬畏的战栗，而这构成了我
们对"难解"的感受。

　　二十世纪的读者也许会觉得这种将"难解"等同于矛盾
感的观点更好理解，如果他还记得自己阅读多恩或者赫伯特
（Herbert）时的体验。正如约翰逊博士似乎曾暗示过的，多恩
的晦涩并不仅仅是机智，当约翰逊注意到"写下这些设想至少需
要阅读和思考"时，这也不是他全部的意思，因为在多恩诗歌中
出现的那种即时的兴奋是一种感觉与思想的混杂。进一步讲，从
技术层面看，维持多恩笔下延伸喻象的每一个技术层面原因几乎
没有属于讽喻的；它们符合一种延伸性隐喻的标准观念。赫伯特
的诗近来被妥帖地归于十七世纪大标题下的象形诗[25]，不过它的

25　John Hughes, *An Essay on Allegorical Poetry*（London, 1715），这里使
　　用的这一术语，看得出作者对讽喻的定义受到《圣经》解经传统的影响。
　　"一个讽喻是一个寓言或故事，里面图像化的人或事投射在一些真实的行
　　动或者指引性道德当中；或者，正如我认为普鲁塔克在某处非常简短地定
　　义过的那样，在它当中所指的是一件事，被理解的是另一件事。它是某种

主题内容却是矛盾感本身，值得注意的就是像《衣领》（"The
Collar"）这样的诗，只有当其目的是对于神圣的定义时，其形式
239 即"前往圣殿的步伐"才是一种清楚的仪式化例证。赫伯特甚至
在他的两首《约旦》（"Jordan"）诗中试图去定义"难解的装
饰"本身的性质，而在《前行者们》（"The Forerunners"）里，
他探究的是普遍意义上的修辞语言的本性。

讽喻的历史中无疑会产生许多这样那样的玄学派诗人，因为
他们的作品呈现出变迁的冲突和怀疑，这伴随着固有观念的破碎，
即玛乔丽·尼科尔森（Marjorie Nicolson）所说的"圆的破坏"。
这样一种目的已经超出了当前一般性讨论的范围，而我希望在时
代上往前一步，跳到十八世纪——也许因此会错过这一变迁的关
键时期——不过那时中世纪和文艺复兴的世界观崩塌得更彻底。
我们会发现对于权威的古老来源和对于诗歌语言的古老基底失去
信心意味着什么。很多学者都已经指出，作者们所承受的压力是
这一崩塌的结果，此处我只想提及它的一到两个可能的结果。

到十八世纪中期，古老的对于由精神性和时间性力量构成的
宇宙式等级体系的信念日渐衰微，如果不是某种彻底改变的话。
像斯宾塞、莎士比亚甚至是弥尔顿这些人的图像中的宇宙式基底

诗性图画或者象形文字，它通过其恰当的相似度，通过与感觉的类比，**传
达出对于心灵的指引；想象在如此愉人的同时传达出理解**。每一个讽喻因
此都有两层意思，字面的和神秘的；字面含义就像是一场梦或者异象，在
其中神秘含义才是真正的意义或者阐释。"（黑体部分预示着柯勒律治的
观点）

可能不再依赖信念，诗人们必须同等回应的，一是上升浪潮中的
科学怀疑主义，然后是逐步扩展的中间阶层的物质主义价值观[26]。
基督教的启示现在需要被"自然宗教"支撑，而我们确实也发
现，十八世纪试图复兴一种灵性启示的理解方式，正如在赫德主
教（Bishop Hurd）的《预言研究导论》（*An Introduction to the
Study of the Prophecies*）[27]里的十二篇布道中，我们所看到的是一　240
种显然已经死亡的技艺的公开复兴。与他对罗曼司和哥特文学的
评价一致，赫德是某种古董鉴赏家；他寻找着那种他的同时代人
不再能立刻识别出的修辞术。这十二篇布道有其作为一种时代症
候的特殊重要性。当一个批评家只得以"一种启示录式的风格和
手法"宣讲布道，我们可以假设他是在填补修辞学理论中的裂痕，
这一裂痕是经文权威性逐渐被侵蚀所造成的。预言和启示不再能

26　"物质主义"（materialism）在科学意义上是机械的因果理论，这对于讽
　　喻词汇立即产生了影响。在十八世纪中期，像是这样的自然哲学家想象
　　出"机器人"（l'homme machine）和"机器植物"（l'homme plante）的
　　时候，我们获得了一种新的灵力图像志。大致同时发展出来的梅斯梅尔
　　（Mesmer）关于动物磁性的理论既为消遣也为严肃的灵力讽喻提供了来
　　源，例如莫扎特的《女人皆如此》（*Così fan tutte*）和他的早期歌剧《巴
　　斯蒂安与巴斯蒂妮》（*Bastien und Bastienne*）［K. 50］。催眠状态给予了
　　灵力式主角一种特殊的能力。

27　*An Introduction to the Study of the Prophecies Concerning the Christian
　　Church; and, in Particular, Concerning the Church of Papal Rome: In Twelve
　　Sermons, Preached in Lincoln's-Inn-Chapel, at the Lecture of The Right
　　Reverend William Warburton, Lord Bishop pf Gloucester* （2d ed., London,
　　1772）.

引出正确的回应。赫德主教费尽心机，才保留住了理念世界的一个微弱影像。但这并非是说，裂痕不能够通过其他方式弥补。理性时代品味变化的历史已表明，对于批评家、诗人和神学家来说，复兴经文的感召及其文学产品有多么的不必要。

"普世的宏大"若有其他来源，首先是在一个被重新阐释过的自然中，它可以代替一个永恒不变的宇宙之等级体系的陈旧观念，而其次——也许还更重要的，是在重新阐释过的心灵中。十八世纪所看到的自然的表象越来越成为凭借自身存在的现象。自然的运作被看作是物理上的，而这一环境也成为认识论研究的对象。与此同时，心理学将思维纳入自身领地，并开始逐渐发展出一个越来越心理化的"人性自然"。强调"神圣"（*sacer*）的启示宗教让路给了名目繁多的自然宗教。这些变化无需再多列举，对于现在所探讨的问题来说要紧的是：在这一新的世界观中，诗人在哪里可以找到类比的基底？如果神圣之物已经丧失了中心性，即使星期天关于基督教主题的布道仍在持续，但被重新阐释过的自然和心灵仍以某种方式替换了神圣，至少在核心讽喻所需要的那种幅度上。

241　　　洛夫乔伊在《存在巨链》（*The Great Chain of Being*）中细致呈现出，在十八世纪，宇宙化等级体系的必要观念并未消亡，而是在自然宗教、在宇宙式乐观主义、在生物化的科学这些意识形态外力压制下经历缓慢变化，直至这一存在巨链被"时间化"，或者说，它不再是一个由永恒稳固序列构成的静态等级体系，如今它成了一个由缓慢而均衡地趋向完美的存在所构成的、演化中的等级体系[28]。因而伯内特认为：

> 　　我们今天所观察到的在有序存在的不同秩序之间的这一
> 渐变过程，无疑同样也会在我们世界的未来状况中出现；
> 不过它所依据的比例关系将会按照不同物种的完美程度来
> 决定。[29]

　　讽喻作者必然要转向这一世界观，因为他需要某种等级基底、某些坚固的宇宙式结构，他的虚构作品正是建立其上。一开始或许有人会怀疑幻象性讽喻是否已经死了，死在十八世纪的期刊文章中，在那里讽喻被用来展示政治社会中的反讽[30]。约翰逊博士有些时候攻击这种模式，另一些时候他自己也是参与者。（关于他的《拉塞拉斯》的成功，莫衷一是。）也许受到威廉·劳（William Law，1686—1761）影响，他标志着一种向早期说教传统的奇怪回归[31]。不过这并非是提供给这一模式的唯一可能道路。时间化的存在之链打开了一整个全新的世界，在此古老的讽喻"进程"甚至包纳了比过去更为宏大的范围，它的目标曾经只是

28　*The Great Chain of Being: A Study of the History of an Idea,* chs. iv—x.

29　同上书，引文来自Bonnet, *Palingénésie*, I, 174。

30　见E. C. Heinle, "The Eighteenth Century Allegorical Essay" （Ph. D. dissertation, Columbia University, 1957）。

31　见W. J. Bate, *The Achievement of Samuel Johnson* （New York, 1955）, 134 and 162。

个人的完善。如今，在进步主义者的视野中，整个社会、整个科
242 技、整个文化理想都被看作正在发展。我们可以预见到表现社会
变革和政治斗争的小说出现。

也许甚至早在十七世纪，就可以注意到讽喻已经开始转换它
的根基，在一种关于人在宇宙式万物秩序中的位置的深刻而崭新
的观念中，它重获新生。有一个例子可以用来在隐喻意义上回顾
从文艺复兴以来的转型时期心态。这便是约翰逊眼中的弥尔顿，
他讨论了《失乐园》的风格。就像他对待弥尔顿的一贯态度，约
翰逊这里的话也许同样带有复杂感受。他确实赞扬了弥尔顿的图
像中那些扩展性的角色。

> 他［弥尔顿］将非必要的图像扩大到了超出这一场景所
> 需要的维度。因此，他将撒旦之盾比作月球星体，堆积在他
> 的想象力中的是对望远镜的发现，以及望远镜所发现的所有
> 奇迹。[32]

这一密集的想象力只能在科学革命之后产生，伽利略这样的
人物使得人们背离自然再去观看，再从中抽身而出，这不是对自
然的敬畏，而是对自然的直接对抗和感知。这一视线的直接性有
些奇怪地使得形成某些同样感受的情境再次出现，这一感受描述
出人面对神圣的态度。这里的敬畏并不像是奥古斯丁眼中《圣

---

32   "Life of Milton"，见Johnson, *Works*, II, 43。

经》文本所产生出的那种敬畏，在与之类似的情形下，我们不再
惊讶于某种类似的冲突感受。弥尔顿的崇高感中堆砌的想象力是
一种深层次的不满足的心灵状态[33]。约翰逊对这种方式的认可则　243

33　因此约翰逊这样形容弥尔顿的崇高诗："他在创造的完整幅度上考虑它，因
而他的描述就是博学的。他习惯于沉溺不受限制的想象力，因而他的概念就
是广泛的。他的诗标志性的特点是崇高感；…… 他天然的港湾是巨人似的
高傲……自然的外表、生活中的事件，这些都无法满足他对于伟大的胃口。
将事物画得如其所是，需要一种细致的注意力，并且更多运用记忆而不是幻
想。弥尔顿喜爱在一个可能性的广阔王国中游戏；对于他的心灵来说，真实
是太过狭窄的场景。他将他的能力置于发现之上，放到只有想象力可以旅行
的国度，并愉快地塑造新的生命样式，给予更高级的存在情感和行动，去追
索地狱中的劝告，或者伴随天堂的合唱。"（同上书 42页）
　　这带来的风格是"永远不会失去想象力"，但缺乏的是"直接观察中的
新鲜、爽利和能量"。约翰逊强调弥尔顿的用典："书籍的奇观"是崇高感
一途，因为在每一点读者都从一个场景被引向所影射的第二个场景，再到
第三个场景，以此继续。也许可以说，约翰逊眼中的弥尔顿有一种"移位
式"风格。Thomas Wilson, *The Arte of Rhetorique*："移位（transumption）
的意思是，它会在我们逐渐接近的时候显现出来。就像这样——有这样一个
人在黑暗的地窖中：现在当谈及黑暗时，我们会理解到这种封闭，而通过
封闭，我们获得了这种黑暗，而通过黑暗，我们判断出了它的深度。"正
如昆体良描述的，移位是一种次要技法，"从一个比喻到另一个的变化"，
诗人通常从一个词跳到另一个发音相似的词、再到另一个，这就形成了一
种听觉连结的链条，使得诗歌从一个图像到另一个以及更多的图像。"但
是 metalepsis（移位，又译为'进一步转喻"'转叙''超叙'等。——
译者注）是一种对熟悉说法的比喻，而非去运用的比喻：最常见的例子是
将 cano（音符）等同 canto（唱），将 canto 等同 dico（说）；从而 cano 就等
同于 dico（canto 就是用来移位的）。"（Quintilian, *Insitutes*, VIII, vi, 37—
39）弥尔顿的手法没那么多花招，他的影射（其自身也是一种修辞）也是
"换位式"的。

是出于这一理由："望远镜所发现的所有奇迹"满足的不仅仅是人对于实际知识的渴求，它们还饲喂了"对于想象力的饥饿"。出于一种强有力的矛盾感，约翰逊笔下总是出现这一饥饿，正如拜特（W. J. Bate）在他的《塞缪尔·约翰逊的成就》（*The Achievement of Samuel Johnson*）一书中所雄辩地呈现的。

望远镜发现了两个新的奇迹中心。第一个也是最明显的一个是，它解开了缠结起来的星座，让我们较清晰地看到的自然。但第二点，它让我们的心灵，作为感受的器官，成为一个新的控制中心，或至少是参与进了对自然的感受中。当宇宙的物理范围扩大，心灵中想象力的边界同样也扩大了[34]。我认为，在这一双重进程中我们所拥有的为新讽喻提供的根基，甚至早于由诗人和哲学

244

---

34 "'自然的崇高'这一浪漫主义情感的迷恋形式，正是新模型（新的'无穷宇宙'）的象征性投射，在某种意义上正是浪漫主义想象力成了心灵的新模型"（Ernest Tuveson, *The Imagination as a Means of Grace: Locke and the Aesthetics of Romanticism* [Berkeley, 1960], 2），另见ch. iii, "The Rationale of the 'Natural Sublime'"。Tuveson引用了Henry More的 "*Democritus Platonissans*"：

因此离别之时——我歌唱永恒
时间的、空间的：或者没有离别；我燃烧着
我的所有精神都在愉悦地颤抖中移动，
在热切的奔腾中，我的心在喜悦中跳动。

注意这里，"新哲学和空间的神秘性需要一种新的认识论……上帝的概念必须是完全精神性和理性的，而且必须不被想象力、也即不被物质化的感觉所'污染'"同上书63页。

家的思考所推动的进步观念之前。我们绝对没有把权威摧毁。我们没有摧毁那些"我们认为并非没有意义"的偶然事件出现的可能，简而言之，奇迹般的事件。我们也没有摧毁等级体系。我们没有让敬畏的感情变得不可能。所有这些观念活动都被保存了下来，只不过在一个新的框架中。科学家（如今诗人成了某种意义上的科学家）会成为这一新宇宙的征服者。在皇家科学学会成立之后的整个时期，科学对诗人来说是新的技术障碍[35]；不过比这些更要紧的是宏大的科学给它所影响的一切赋予的东西。

　　新的诗歌也许从弥尔顿开始，但是在他那里仍然保留了许多旧的世界观，尤其在他的宇宙模型中。更成问题的是前浪漫主义的诗歌，批评家已经强调过这一新的主观性的出现。这种主观性在将叙述者塑造为主角时，包含有一种有意为之的偏差，这一点我们已经在《失乐园》的塑造中看到过。浪漫主义主角是一个感受者、一个做梦者，更重要的，也是一个回应者和观察者，一个参与者。他的眼睛也许固定在望远镜的目镜上，在此月亮星体变成一个完整的新世界，可以比作撒旦之盾——我们会想起阿喀琉斯之盾和埃涅阿斯之盾。与此同时，主角在他的自然环境面前获知了一种不习惯的不稳定性，他就是从这里面去寻求建构新的宇宙式体系。 245

───────────────

35　见Basil Willey, *The Seventeenth Century Background*, ch. x. "The Heroic Poem in a Scientific Age", 292—262。Ch. iv, "On Scriptural Interpretation"，这主要关注托马斯·布朗爵士的一章也相关。

为了适应这种新的美学体验，几乎立刻就出现了一种批评理论，这一理论牵涉进两种迄今未被重视的概念。除了对美进行定义，十八世纪美学家们还列出了两大标题——崇高感（sublime）和如画感（picturesque）。在"圆的打破"之后，这些术语命名了讽喻前行的方向。破碎的过程并没有呈现出灾难式的，对于那些显然可以辨别的地方，我们可以说，"如今讽喻诗歌的源泉将不得不更新"。自那时起诗歌和批评中的重心就逐渐移向关注科学的威力、关注感性与主观性、关注无限的人类完善进程，它们构成了改变过的状况，关于主题和观念的诗歌将在这一状况中存活下来。

我相信近些年来大部分历史学家和理论家在看待崇高上，过于强调所谓崇高情感中的主观性。从心理学角度上说，这些评论家不太可能乐于称许这样一个段落，像是约翰逊对于弥尔顿式崇高的描述，在这里科学成为新的力量和权威，它所容纳的不仅是新的感受者（文艺复兴的英雄伽利略），它更为关键地关系到一种理念论哲学。塞缪尔·蒙克（Samuel Monk）的著作《崇高感》提供了丰富的历史叙述，他将首要的重要性给予了"康德的主观论"，他认为崇高的理论逐渐向此运动[36]。从某种观点来看，这没有什么问题。不过康德很有可能会说："关于'主观论'（subjectivism），我猜你的意思是'理念论'（idealism）？" 朝

36　Samuel Monk, *The Sublime: A Study of Critical Theories in XVIII-Century England*（Ann Arbor, 1960）。

向这种崇高感理论的趋势是要去强化一种新的权威控制的概念，当一个人将崇高感视作一种完全的甚至是支配性的主体体验，这个人就承担着混淆个人态度与哲学观念、混淆主观论和理念论的风险。理念是权威的一种辩证的、可理解的来源。不过，越来越 246多地强调诗人的自我融入自然，其结果就是某些现代评论家高估了浪漫主义和前浪漫主义体验中的私人性。浪漫主义诗歌的理念论意图消逝在了视野中，同样消逝的也包括这类诗歌所想象的柏拉图主义起源（尽管嘴上功夫肯定献给了柏拉图的幽灵）。过渡到浪漫主义时期的大部分历史学家和批评家理所当然地都对心理学的发展感兴趣，但是他们推进得还很不够；他们停留在展现心理运动的发生上。但这只是故事的一部分。正如艾布拉姆斯在《镜与灯》[37]中呈现的那样，超越这一新的心智方向的是一种更为深刻的运动，一种神话诗学，它在某些情形下成为真正的神话，而在大部分情形下，它成为讽喻。这种新的心理学成为新的图像志的基础。实际上，图像上的发展似乎成为《镜与灯》的核心关切。

我们已经注意到，在"崇高感"及其小兄弟"如画感"的情感特性里面最主要的是都有某种矛盾感。蒙克在他谈及康德的段落中也提到了这一点，他正是从这里开始了对崇高感的研究，不

---

37 Chs. iv, vi, vii, viii. 见ch. x, sec. 3, "The Poem as Heterocosm", 278。关于这些"神奇诗篇"，像是鲍德莫这样的批评家就理解为（我引用艾布拉姆斯的总结）"第二次创世，因此不再是复制品甚至不是对这个世界合乎理性的摹本，而是处于它自身的世界中，自成一类（*sui generis*），它只服从自身的法律，存在（被暗示出）的目的在其自身之中"。

过似乎随后就把它遗忘了，即使在康德的观点以及每一种其他形式中，矛盾感的的确确占据了中心地位。我们同样还需要重新评估对于自然的热情，它并不只是近乎歇斯底里的单纯兴奋。如果康德、席勒以及在他们之前的伯克所一直关注的是对于自然之壮美在感觉上的兴高采烈，那他们也许确实可以被形容成某种主观论。但他们所关心的是一种基于自我与宇宙的浩瀚关联的"狂

247 热"体验。我们需要意识到狂热在十八世纪是一种宗教观念，这个术语暗示着仪式行为的特定结果[38]。

　　将理念论思想作为一种类型而不是作为主观论进行重新审视，崇高感看来就给诗人提供了一种宇宙观。它尤其提供了一种对于"难解的装饰"的需要，而在这个意义上，它并未打破这种矛盾性文学的传统。

讽喻与崇高感

　　以康德的术语来说，弥尔顿式想象力的"堆积"是"一种机

248 能上的绝对过劳"[39]。任何做到这一点的诗歌都会锻炼智识，并让

38　Ronald Knox, *Enthusiasm: A Chapter in the History of Religion with Special Reference to the XVIIIth Centuries* （Oxford, 1950）.

39　我受益于Paul Goodman对崇高感的讨论，见他的*Structure of Literature*。Goodman在处理这一主要问题时考虑到了崇高感的心理学层面：康德的"机能上的绝对过劳"。他在这一过劳和由密语或者猜谜式讽喻造成的过劳之间建立了联系。我只是试着展开了这个观察的一些其他方面。"可以

心灵从倦怠中惊起。我们在前面已经提到，讽喻的典礼式力量的一个效果便是这一激起行动的模式，正是这个效果，似乎才是朗基努斯（Longinus）《论崇高》（*On the Sublime*）原本的目标。它也进一步描绘出那些发展朗基努斯理论的美学家们的目标。从朗基努斯开始，他的文章显示出对一个文化停滞时期的愤怒和忧虑，进一步说，它意在一种文化上的新生，这是整篇论述的要旨，

想一想德尔斐神谕，同样的话语拥有一套双重意义。在这样的含混中，我们被指引着到作品之外的地方寻求澄清——比如我们会想到那个著名的精巧的三足鼎。但我们被迫在所呈现的东西之上去感受和思考，这仅仅是依靠所呈现的东西的统一性，以及对于这财富的尴尬。"（*Structure*, 253）这种尴尬的效果经常出现得相当微不足道，而正如Goodman所指出的，在一部有视觉陷阱（*trompe-l'oeil*）特性的作品中（或者我们可以加上，在超现实主义作品中），或者在"神秘恐怖"的作品即灵力作品中，意图会更为严肃。见弗洛伊德的文章《论神秘恐怖》（"The Uncanny"，1919），在 *Collected Papers*, IV。

卡姆斯勋爵也援引了康德关于"机能过度延伸"的观点，但是在他那里这个观点构成了批评的基础。他不喜欢讽喻的延伸性——"一个隐喻可以伸展到任何长度，不是对最重要的主体进行说明或生动呈现，而是通过**心灵的过度延伸**变得令人不快。"（强调来自作者）卡姆斯勋爵使用之前的世纪中赞扬讽喻的同一个理由来谴责讽喻，即其"难解的"装饰。不知斯宾塞读了如下文字会作何感想："即使在合宜的长度中讽喻也许一开始有其鲜活性，它们也无法提供任何持续的愉悦：《仙后》就是证明，这部在表达能力十分强大、图像多样而且格律悦耳的作品，也极少被阅读第二次。"他也许会不同意对于其作品次要优点的不公正赞扬，并询问：什么是这首诗的整体目的？诚然，这是在攻击卡姆斯勋爵最弱的论点之一，因为在这些引述段落后，他就进入了一个错误的隐喻视觉理论，瑞恰慈在他的*Philosophy of Rhetoric*中对此有所揭示，这多少依据了Campbell的*Philosophy of Rherotic*（London, 1776）。

只不过最为明显地出现在《论崇高》结尾的段落中，此处朗基努斯表明他的主要愿望便是抵制时代的颓废倾向[40]。

> 我结束时概括地说：当代的天才是为那种冷淡葬送了，这种冷淡，除却个别的例外，是在整个生活里流行着的。即使我们偶然摆脱这冷淡而从事于工作，这也总是为了求得享乐或名誉而不是为了那种值得追求和恭敬的，真实不虚的利益。[41]

简单来讲，我们就是他所谓的"享乐的奴隶"，我们也需要从自身的迟钝中醒来。（这种崇高概念立刻进入了十八世纪关注的焦点。）这种崇高旨在"彼此竞争的渴望和对卓越地位的热切追求"（XLIV，2）。蒲柏那两首关于如何合理使用财富的《信札》（*Epistles*）的主要目的曾是这种激发，而在某种也许可以称之为滑稽崇高感的意义上，他的《愚人颂》乍一看就很古典[42]。更

40　查尔斯·西格尔（Charles P. Segal）在他这篇论文中为这一观点提供了完整证明，见 "ΥΨΟΣ and the Problem of Cultural Decline in the *De Sublimitate*"，*Harvard Studies in Classical Philology*，LXIV（1959）。西格尔强调了崇高（hypsos）的宇宙式隐义。

41　Longinus, *On the Sublime*, tr. W. Rhys Roberts（Cambridge, 1907），ch. xliv.
　　正文译文引自《西方文艺理论名著选编》上卷，《论崇高》，钱学熙译，北京大学出版社，1985年，129页。——译者注

42　见Reuben A. Brower, *Alexander Pope: The Poetry of Allusion*（Oxford, 1959），ch. vii，"Essays on Wit and Nature"，sec. 2，"The Scale of Wonder"，206—239。惊奇（wonder）是适于宇宙式思索的情感。

严肃的诗歌，像是柯林斯、格雷以及后来雪莱所写的崇高颂歌，都直接而严肃地作用于摧毁享乐的奴役。从这个角度看，在十八 249 世纪韵文中广受吹捧的拟人化抽象中的"生气"（animation），实则开始于用相当讽喻的方式意指某物[43]。它并非是像批评家们有时暗示的那样，属于某种视觉化的生动性问题；这些手法其实在很大程度上是一种"思维能力上的"（ideational）生动。崇高的诗实际上并未暗示着一个自然世界，也非一个隐喻世界[44]，它所暗

43　C. F. Chapin, *Personification in Eighteenth-Century English Poetry*, 45, 50，这里讨论了与运用这种手法相关的"激烈的感受"。

44　见A. O. Lovejoy, *Essays in the History of Ideas*, v, "'Nature' as Aesthetic Norm", 69—78。另见Lovejoy, *Great Chain of Being*, chs. vi—x, *passim*。

　　这看上去也许很古怪，鉴于许多崇高效果是在自然景象中找到的，像野外瀑布、阿尔卑斯山、风暴中的海洋等等，而我却坚持认为权威化是在自然**崇拜**之外。但这里没有冲突，只要权威暗示着对于更高类别、某种比单纯物质景象的源头更高的东西的禁令。任何主要艺术模式的权威都一定带有形而上学或者宗教，而我认为在崇高感背后的形而上学和宗教就是一种新的关于自然理念的**概念化**，而不是自然自身真实的物理状态（就像是"自然主义"小说可以提供的证明）。洛夫乔伊呈现出可以有多少种不同的关于自然规范的概念化——其中一些使得讽喻成立，有些是摹仿，有些甚至是神话写作。"自然"成为一种"万事通用的言语"——它曾经是"在西方所有规范性的思想领域里所用术语中最核心和最有孕育性的词汇"。"含义众多使得它可以很容易、很常见地、多多少少难以察觉地从一种含义滑向另一种，因此最后经历了从一种伦理或者美学标准到其完全对立面，然而在名称上还显示出相同的原则。"（*Essays in the History of Ideas*, 69）因此，自然的规范（即使不是**崇拜**）可以允许一种基于描绘平均类型的讽喻（苏联类型的讽喻，一种统计类型），或者它可以允许一种在行动的完整幅度中对于自然的人性激情的真实模仿，或者它可以允许一种关于本质、柏拉

示的正是雪莱式的理念世界：对于理想的狂热。

列举在文学中造就崇高效果的五个主要条件时，《论崇高》点出了两种本身被视作非摹仿、非神话的模式。而在蒙克的总结中，我们理解到崇高感其实是关于理念的诗歌的一个特殊类别。

250　　　　这些［条件］中的第一个，也是最为重要的是思想（*Thoughts*）上的庄严和大胆……第二个是情感（*Pathetic*），即一种能将激情提升至暴烈甚至狂热程度的能力；这两种崇高（*Sublime*）的构成都是出于天才，至于其他

图式理念的严格讽喻，"在经验现实中的不完美实现"。我的大致观点是，所有这些各种各样的"自然"规范都有别于真正的《圣经》规范。它们是另一种类型的观念，那也仍然是观念，而不是对于一个客观的、经验的、"外在自然"的简单描述。如果我们在"自然"的审美规范中寻求对于崇高感的具体授权，就像洛夫乔伊列出的各个种类，我们会发现这种授权出现在他的类型C中，"**普遍意义的自然，即作为一个整体的宇宙式秩序或者在其中显示的一种半拟人化的力量，作为范例，它运行的属性或模式也体现了人文艺术的特征**"，而只有在这种规范的特定细分下，即第七项"一致性"、第十项"规律性：自然作为几何方式"以及第十一项"不规则性，野性"、第十二项"完整性，内容的充足和多样，永不满足的多产——以及作为这些结果的，作为有时孕育出的，尖锐对立的特点间的并置"。这都是崇高感所有可能的特点，有时更是必要条件（或者对于它反讽式的半个兄弟——如画感而言），比如最后一项。我们因而可以说崇高感是不止一个自然的规范变体的孩子；或者，反过来说，在自然的规范中有一种崇高感变体，崇高感是其一种变体。出于某些原因，讽喻不能被完全等同于这一在浪漫主义理论中的变体，因此浪漫主义者无法轻易为讽喻找到理由。关于洛夫乔伊的第十二条，见 *Great Chain of Being*, ch. x, "Romanticism and the Principle of Plenitude"。

的则在某种程度上取决于技艺。[45]

　　无论是亚里士多德意义上的摹仿，还是任何一种原始类型的神话构造（相对于布莱克或者雪莱那样的成熟创造）都不会做出这样的描述，因为摹仿中最首要的是对行动的模仿，产生这些行动的思想则并非是主要的，而神话主要给出的是一种甚至更为极端的摹仿，在那里行动完全排挤出了亚里士多德称为"思想"的东西。与之相反，在意识形态明显的艺术中，激情就拥有一种怪异的强有力、夸张、人为的驱动力。这种夸张出现在对于"原创天才"的崇拜中，也出现在对于狂喜体验的追捧中，这两种趋势都体现着灵力附体这一传统信仰在后世的复活[46]。这种灵力被描　251述得文雅了起来。蒙克自己引用了爱德华·扬（Edward Young）的一段话，里面很好地描绘了这种新的恶魔学（daemonology），呈现出敬畏从宗教领域向审美领域的转换。"我们感谢学习，我们尊敬天才；学习予我们愉悦，天才令我们狂喜；学习宣示，而天才感动人心；其自身亦被感动；因为天才是天赐，学习则来自

45　Monk, *The Sublime*, 13.

46　约翰逊似乎很抗拒这种被感发的自然天才的观点，即使他非常用心地尝试用他自己的反浪漫主义术语去定义天才。因此在《克劳利传》（"The Life of Crowley"）中，他说天才是偶然决定某个特定目的的强大普遍能力。他可能是在强调传统技巧，同时也总是在要求"新奇"（来自亚里士多德）。

于人。"[47]

　　这一模式中有着近乎神秘的灵力式言外之音，在此之中天才拥有一种做出崇高回应的能力，这似乎很大程度上被评述者忽视了，也许是因为像伯克的《关于我们崇高与美观念之根源的哲学探讨》这样有影响力的作品总被视作首先是在心理学层面论述感觉体验，其主要的重心是关于所谓崇高感的来源。不过即使在伯克的论述中，也包含了相当多完全关于理念刺激的重要引证[48]。自然中的对象被伯克视作主要"原因"，但是对于那些对象的崇高反应立刻就会发生一种理念化、知性化的转变。这些原因总是会成为过度感官刺激的类型，一种**心灵**上的过载几乎总是引向某种对于人的更高命运的天真思考。

　　伯克发现，这些过度的宏伟场景、这些视觉或听觉刺激的无尽序列，比如柱廊或者钟鸣，它们可以通过某种惊醒感动心灵。
252 他对这些能产生"人造无限性"的物质构成很感兴趣[49]。在所有情

47　Monk, *The Sublime*, 102.

48　Edmund Burke, *A Philosophical Inquiry into the Origins of the Sublime and the Beautiful*（World's Classics ed., London, 1906—1907），II, sec. ix, 125.

49　*Inquiry*, II, sec. ix, 125："我认为，正是在这种人为的无限中，我们才能找到一个圆柱形物体能够产生如此宏伟效应的原因。因为对于一个圆柱形物体，无论是建筑还是植物，你都很难确定一个边界；你可以从任何方向绕着它转，似乎是同样的物体在持续，而想象力也就不会止息。" 这些自然差异和序列都可以人工复制。卡夫卡的寓言《中国长城建造时》就展现了建造"新巴别塔的稳固基础"，一种宗教上的五角大楼——一种为了达到绝对的官僚主义根基。中华帝国暗示着一整套信仰、一整套语言、一整套利

况下，心灵必然被创造崇高对象所涉及的劳作所震撼。

> 伟大的另一个来源是深奥难解（*Difficulty*）。任何看上去需要非常大的力量和劳作去完成作品，其背后的理念都是宏大的。巨石阵无论在结构还是装饰上都平平无奇，但当这些巨大而粗粝的石头相互堆叠，这让心灵立刻意识到完成此等工作所需要投入的巨大力量。[50]

总的来说，任何可以传达出无限观念的对象都可以是崇高的，而且值得注意的是，伯克尤其提到那些保持未完成状态的作品，并认为它们产生了崇高感的独特愉悦。它是一种关于预期的愉悦，心灵在这种愉悦中受到激发，"想象力因更多事物的承诺而得到满足，而不是默认当前的感官对象"[51]。席勒从哲学角度论证了这 253

益冲突、一整套矛盾感觉——"我们的国土如此辽阔，没有寓言可以适合它的庞大，天空都无法跨越它——而北京只是其中的一个点，皇宫则比一个点还要小。" 卡夫卡用一种反讽的态度对待这种令人沮丧的辽阔，因为在这场噩梦中，皇宫就等同于帝国本身，后者也就等同于天空。卡夫卡在他的寓言中展现了另一个寓言。在强迫性象征化的意义上，墙具有原型意义，这是通过封闭象征性的"中心"、这个"封闭的花园"或者其他被囊括的区域。

50 *Inquiry*, II, sec. xii, 127. 坡关于阅读霍桑："最深刻的讽喻，它作为讽喻，是一种对于作者在克服困难时的独创性一种完完全全没有被满足的感觉，我们宁愿他没有试图去克服。"

51 *Inquiry*, II, sec. xi, 127. 心灵的过度延伸并不是一种在十八世纪才被发展出来的概念。它有着古老的宗教起源。亚历山大里亚的解经学者奥利金说过，一观点："我们必须超越物质秩序，并寻求在另一个完全不同的世界可行的准则。"出于这样的意图，崇高的诗才能存在[52]。席勒实际上还激发了讽喻那种谜一样的形式，因为他所需要的就是这样一种不同于感官体验的理念之诗。

"思维的延伸在于沉思和考虑被创造在圣言（Word）中的所有事物的美与恩典"（*The Song of Songs: Commentary and Homilies*, tr. and annotated R. P. Lawson［Westminster, Md., 1957］, 29; see also 40）。在他之前，犹太人斐洛也有类似想法，他使用了一种天文学上图像来传达这一延伸的幅度，见他的评论"On the Creation", in *Works* of Philo（tr. and ed. F. H. Colson and G. H. Whitaker［Loeb Classicas ed., London, 1929］, I, 55）。这是对于人类智识的崇高性的最伟大赞颂之一。"人类心智无疑在人身上恰好占据这样一种位置，它回应的是伟大的统治者（Ruler）在整个世界占据的位置。在它自身看向所有事物时它是可见的，而在它理解其他物质时，关于它自身的物质却未被察觉；而在它通过指向许多方向的技艺和科学的道路打开时，这所有都是伟大的通道，可以穿越土地和海洋，探索其中还包含哪些元素。思想在高飞的双翼上沉思天空及其所有高度，它还能飞得更高，直到以太和行星与固定星辰的轨道，为了与完美音符的规则一致，它跟随指引其脚步的智慧之爱。就像这样，带着在可感知觉中超越所有物质限制的目光，它来到了这里，它抵达了可感世界之外，看见了那世上远超可爱的景象，甚至看到了感觉中的事物的类型和起源，它被清醒的沉醉所抓住了，就像那些被库瑞忒斯（Corybantes, *古希腊半神或者说灵体之一，在敬奉库瑞忒斯的仪式上常有击鼓和舞蹈。——译者注*）所充满的迷狂，它被感发了，被对于远超自身的渴望和更宏大的愿望所占据。它飘到最易知觉的事物的最高处，似乎正在向伟大的王本人前行（Great King Himself, *指耶稣。——译者注*）；但是，在想要见到他的渴望中，聚集的光那纯净而不受控制的光线如洪流涌动，在其闪烁中，理解之眼感觉迷乱。"

52 布莱克的想法似乎与席勒类似，在他的著名陈述中他说，"我对最崇高之诗的定义是：指向智性力量、对于肉体的理解则完全隐藏的讽喻。"（*Complete Writing*, II, 246）。

从崇高一词最严格的意义上说，它无法被限定在任何可感形式中，它所关注的恰恰是理性的观念，虽然理念无法被适当地表现出来，它们也许可以通过不适宜自身的却因而可以容纳感官表现的形式，来激动和呼唤心灵。[53]

正如讽喻作者们知道的，如果一个人要通过理念诗歌中的概念去感动和被感动，那这个人必须"在心灵中存储了丰富的观念"[54]。奔放的大洋、广袤的群山、开裂的巨壑这些简单图像远 254

53　Friedrich Schiller, *Essays Aesthetical and Philosophical* （London, 1882），
　　134. 席勒的《论崇高》主要关注的是人的"道德教育"——"一种似乎已经
　　明确存在的审美趋势：一种机能在某些感性对象的存在下会自我唤醒，而
　　在我们的感受被净化后，它可以被培育到成为强大的理念发展的地步。我
　　同意，这种才能在原则和本质上都是**理念论**的。"我们可以将它称为"被
　　崇高感所感动的机能"，或者"在被感动到以崇高方式思考的机能"。这
　　是一种在思想上自由的方式。它的原型戏剧也许类似于贝多芬的歌剧《费
　　德里奥》（*Fidelio*）。

54　见Kant, *The Critique of Aesthetic Judgment*, tr. and ed. J. C. Meredith
　　（Oxford, 1911），"Analytic of the Sublime", 97. 康德认为，通过望远
　　镜将星星拉近，这不是崇高，只有关于无限地被拉近距离的**理念**才称得上
　　是崇高：**"与之相比其他一切都是小的，这就是崇高的。**这里我们可以看
　　出……自然中没有任何东西，无论我们将其判断得有多巨大，它也不是在
　　其他任何关系中没有可能被降低到无限小的层次，而也没有任何东西小到
　　在与一些更小的标准比较时，对于我们的想象力来说不会被扩大到一个世
　　界的广度。望远镜对于第一种观点提供了丰富的材料，而显微镜同样说明
　　了后者。因此，按这样的方式看待，没有任何可以作为感官对象的东西可
　　以被称作是崇高。但正是因为我们的想象力中有一种朝向无限进程的努
　　力，理性就要求绝对的总体性，即一个真实的理念，而我们对感官世界事

远不够；我们还须带着想要知道它的范式意义的愿望去走入这些图像。

讽喻与如画感

如画感理论是从崇高感理论中附带发展出来的。风景艺术也许已经存在了上千年，但其广受追捧开始于十七十八世纪风行的景观"改造"、园艺中对于"独特效果"的培育，此类效果的培育还延伸到了视觉艺术、文学甚至音乐艺术中。也许最好将如画感定义为反向的或者微观的崇高：崇高感所对准的是巨大的尺寸和宏伟壮丽，而如画感需要的是微小和某种适度；崇高感是质朴的，而如画感是纷繁复杂的；崇高感造就"恐惧"或者说带着敬畏感的焦虑，而如画感则带来某种几乎过度舒适的感觉；在其中一个的所有其他方面中，都能在另一个那里找到其反面。

下面的论述将基于如画感理论的代表作者乌维戴尔·普莱斯（Uvedale Price），总体上说他似乎同意伯克对于如画感性质的理解，虽然伯克关于这个主题谈得很少。伯克提到过"最极致的微小在某种程度上就是崇高"（II，sec. vii）。普莱斯呈现出，在如画感里所复制的崇高感为何不只是在大小幅度的特定领域里进行

物的评估能力在获得这一理念上同样的无能为力，也在我们身上唤醒了一种超感觉能力的情感。" 这个想象中的望远镜正是约翰逊称赞弥尔顿的地方。

特定夸张——这正是伯克的话里所暗示的，而在于，它如何进而同样拥有了我们已注意到的那种刺激功能，即同样的意识形态功用，同样强大的矛盾效果。在普莱斯眼中，如画感在本质上运用的是"难解"的装饰，无论这一"难度"有多轻微。

难解的根源已经与中世纪和文艺复兴时期有过的有所不同。它的意思曾是喻象语言中难懂、晦涩、隐秘的性质。现在"难解"转移到了更为纯粹的感官功能中。如画感挑战着观者，但绝非初看之下的喻象意义。它依靠对感官的直接冲击挑战观众，这就使得即使如画感艺术是悦目的，它也可能会将一个病态自然的令人不安和烦扰的场景混入令人愉悦的场景中，如此这般。这种愉悦的痛苦就是普莱斯的著作《论风景如画》[55]主要关注的问题，这里作者考虑的主要是现实中的景观形成，而不是外景创造中的艺术再现。

在普莱斯看来，如画的景观是自然中的超现实畸形，普莱斯称之为"令人愉悦的畸形树丛"[56]。这样的景观构成的就是关于文　256

55　我使用的是这个版本：Price, *On the Picuresque,* edited, 插入Thomas Dick Lauder注解（London, 1982）。初版原题为*An Essay on the Picturesque, as Compared with the Sublime and the Beautiful*（London, 1794）。

56　Price, *On the Picuresque*, ch, ix, 182, 关于令人愉悦的畸形："树丛，像是聚在一起的士兵，可以抵挡来自所有方面的攻击。在每一点检查——绕着他们一圈一圈走——没有开口，没有空位，也没有掉队者！但是，在真正的军事特性中，'他们无处不在'（*ils font face partout*）。我记得听说过，当布朗先生还是高级治安官的时候，有一些乱开玩笑的人看到他的随从掉队了，就叫住他说，'整束一下你那些拿标枪的人'。"接着普莱斯本表层本身的观念，而当画家临摹这些景观、寻求激发观看者的感官时，他们的艺术也就只剩下了这一表层。这种激发比惊奇更强大。它是对于感官的摩擦、攻击和点燃。这就出现了普莱斯使用战争隐喻来表达这些如画感景观的意图[57]，他对待这些树丛和矮林就像是对待禁卫骑兵和轻装弓手。诚然，普莱斯抱怨了他的前人——那些"整齐划一"（levelling）的改良者，他们把这些树林和灌木处理得就像"为了礼仪阅兵而演练出的人的身体"，他反感这种景观改良的死板形式；不过从另一方面说，他也只是代之以一种更精巧的装饰，一种更为轻微的对感官的战事，以突然伏击代替正面强攻。实际上，他的《论风景如画》正是一份关于充分激发感官的技巧的令人印象深刻的研究。

　　　　平滑的一个主要魅力就是，无论是表面上还是喻义上，
　　　　它都传达出休憩的观念；与之相反，凹凸不平就带有恼人的

对他的军事隐喻做了一个令人印象非常深刻的延伸；他延续了"包围带"（belt）的说法。"树丛的下一个主要特点是其环形体系，在浪漫主义情形下，在创造畸形的力量上可与之抗衡的，就是束带。不过它的形状更为缩小。树丛，就像放在山顶的信号塔，在许多公里前就警示着参观者这里的如画感，也提醒他敌人的接近；——包围带更多在伏击中出现；那些掉进去的不幸的人，就被迫跟着改良者一起走完整圈，它呈现的是一条蛇嘴里衔着它的尾巴，相对而言是永恒的一种微弱象征。"这一对于衔尾蛇（ouruboros）的引证，虽然是开玩笑，却也显示出这类风景改良中的象征性内容，这是一种"道德化的风景"（paysage moralisé）。

57　让人想起kosmos的一个重要同义词就是taxis，即"军事上的安排"。

意味，但这同时也表现着生机勃勃、精力充沛和富于变化。[58]

关于楼房以及建筑上的廊柱，普莱斯则说：

如果它们整体或者相当大一部分用尖锐突兀的装饰覆 257
盖，眼睛就会觉得疲惫和烦乱，这样就不能得到很好的休息；
相反，如果全部都光滑匀称，那便会缺乏精气与活力。不过
森林中的景象非常不同！任何身处其间的人，任何用心观察
过它的各部分特点的人，会看到在那里蓬乱缠结的灌木丛向
林中空地展开，掩映在老雄鹿头一般的橡树和歪歪扭扭的山
毛榉的树干当中；会注意到车轮、人和动物的脚步所留下的
不规则印记，他们似乎无处不在寻找以及开辟道路；这个人
会感觉到，在这样的场景中被引发的对好奇心的刺激有多么
不同，而光与影的不同效果被物体的多样和复杂所加强的方
式又是如何相似。[59]

对"刺激"（stimulus）一词的使用显示出普莱斯针对的是乏
味这一问题，并试图找出解决方式；他同时也是某种泛灵论者，
某种温和的神魔学家，比如他会说"老雄鹿头一般的橡树"。从
这样一个角度回顾过去的五十年，如画感艺术失去了其刺激效果，

58　Price, *On the Picturesque*, 111.

59　同上书114—115页。

奇怪的是这正是因为它过于直接地寻求刺激，而且还基于一种过于肤浅的基础。不过如画感的社会目的从未被其践行者所掩盖，这个国家里有像是科尔（Cole）和奥尔斯顿（Allston）这样的画家，更不用说还有普莱斯这样的理论家。我们不由得会想，这种追捧以及相关的对于崇高感的追捧，是否是有闲阶层对于日渐增长的无聊感的回应。通过如画感，艺术开始经营"效果"，而非其有机形式。

258

> 可类比于视线中棱角分明的物体，不和谐感被最为挑剔的作曲家引入到音乐中来，加入他们最甜美最流畅的抒情曲中，为的是让耳朵脱离漫长持续的平滑乐调带来的倦怠和疲乏。但是在另一方面，要是作曲家过于喜欢不和谐音和不相干的变调而忽视了乐曲的流畅平滑，或者他用即使是最丰富的和谐音压抑住了一声甜美而简单的调子，那他就跟一个根据某种错误的如画观念来造房子的建筑师没什么两样；这个建筑师或者会通过若干断裂和隆起，来毁掉设计中的所有静谧感和一致性，又或者会试图添加一些眼花缭乱的装饰，去改造一些优雅而质朴的房舍。[60]

普莱斯针对滥用如画感效果的警告，实则针对的是沉迷为装

60　同上书108页。

饰而装饰这一趋势[61]。完全的感官兴奋也许成了一种艺术上的目
的。"效果"开始需要一种关于其自身的美学。在唤起关注这一　　259
功用上，它们自身被视作拥有足够的意义，而这只有在关注本身
消退的时候才能被理解。

　　许多人的观看器官中似乎都有某种老茧，而另一些人则
在听觉上有；耳朵生有老茧的人听不到音乐，但能听到定音
鼓和长号［就像我们的高保真音响设备？］，那么眼睛里有

61　"几乎所有的装饰都是凹凸的，其中大部分很尖利，这是参差的一种模
　　式；类别思考的话，它与任何模式的美都相反。但是因为装饰凹凸不平，
　　底面一般来说是平滑的；这显示出，尽管光滑流畅是美最为本质的特点，
　　没有它的话美很难存在——然而参差粗糙，以其不同的模式和程度，成其为
　　一装饰，构成美的边缘，它给美以活力和精气，使其免于单调和枯燥乏
　　味。"（同上书 107 页）这一段强调了装饰的刺激特性，这将其区别于美。
　　但它同样指出了装饰的理念功能，这种"类比思考"的功能，同样这里与
　　美的对立，普莱斯的装饰被用作激励、赋活、激发人的回应，也许因此还
　　有了一种道德目的，一种对于心灵的普遍刺激，这样它就可以为更高的目
　　的做好准备。这里对于尖锐感受的追捧似乎是反智和非道德的；某种程度
　　上确实如此。但这就是新的偶像、新的诸神和神龛的创建——如画的艺术隐
　　藏在景色尽头的石窟中。弗莱在讨论艺术中对美的崇拜时（联系十八世纪
　　理论中对如画感的推崇），提到"这一重要性，在接受文学中（原型）观
　　点的有效性之后，拒绝将道德、美和真理作为外在目标就有其重要性。**它
　　们作为外在力量这一事实最终使得它们成了偶像被崇拜，让它们如此具有
　　魔力**"（*Anatomy*, 115　强调为原作者所加）。如画感的刺激也类似这一魔
　　力。Baltrusaitis 关注了这一问题，在 *Aberrations*, ch, iii and iv。见 Geoffrey
　　Scott, *The Architecture of Humanism*（Anchor ed.），70—78，关于作为"需
　　要我们注意力"的如画感。

老茧的人也只能被强烈的黑白对照或者火一般的红色所打
动。因此，对于洛克先生所说的将猩红色比作小号声的瞎子，
我完全无法嘲笑，我认为这个人有充分的理由为这一发现感
到自豪。[62]

　　这一段是典型的普莱斯式推断，即现代听众已经变得疲惫倦
怠，如果想要引起惊叹，那就需要过度的刺激。但这一过度刺激
能带来想要的效果吗？中产阶级关于风景如画的观念无疑在引起
惊叹上效果甚微，也许"可爱的"海滨场景、海滩上散落的旧划
艇，就足够使得来度假的城里人心情激动吧[63]。近乎反常地对惊奇
的培育是基于一种"大胆对立"，但因为比起崇高感的对象，如
画感的对象往往更小也更微弱地同理念和宇宙观念相关[64]——它们

62　Price, *On the Picturesque*, 129.

63　超现实主义绘画呈现出如画感和崇高感之间明显的亲缘关系。马克斯·恩
　　斯特（Max Ernst）使用了如画艺术中的"丛林"；基里科运用了崇高式的
　　柱廊和远景，就好像他在视觉化伯克《探讨》中提出的要求一样。见James
　　Thrall Soby, *Giorgio de Chirico*（New York, 1955），120：在基里科一些
　　晚期"构思的风景"中，使用了立在画架上嵌入的风景画，而这是有意为
　　之的如画感。恩斯特在嘲讽中产阶级的如画艺术时，对帝国时期版画进行
　　了拼贴，他将有蕾丝窗帘的闺房场景、**锦缎扶手椅**以及阴影中的角落混在
　　一起，这样就让我们理解到了某种古老风景"改良"所对应的室内装潢。
　　另见Marcel Jean, *The History of Surrealist Painting*, tr. S. W. Taylor（New
　　York, 1960）。

64　见Price, *On the Picturesque*, ch. iv, 96ff., 关于如画感和崇高感的区分，对于
　　普莱斯来说主要是尺寸、一致性和庄重性方面的问题，在这所有方面崇高

都超过了如画感。

　　崇高和如画场景都有引发矛盾性吸引力的能力，但也许它们最终还是在这两个主要特点上有所区分：（1）各自的规模，巨大相比微小，以及（2）如画感将崇高中的雄伟减少至细微的文本复杂性，其结果就是如画场景有更易接近、更迷人、更舒适的效果。"如画感"的标准观念，即"像画一样的"或者"可以描绘的"（例如，Jean Hagstrum关于这一点的完整讨论，见 *The Sister Arts: The Traditional of Literary Poctorialism and English Poetry from Dryden to Gray*［Chicago, 1958］），我认为是几乎没有意义的，除非如同Hagstrum的暗示，在"图画一样的"和图表式或者图章式之间有一种关联。用一种如画风格绘画意味着将观念画入风景、将主题赋予自然，或者反过来看这个问题，从某种特定自然场景中抽取出某种同样的特定观念，或者说得更隐晦些，去激发某种特定感受。崇高和如画场景都可以被描绘，但是后者似乎是一种向着更易理解、更斯文雅致的崇高性移动的结果，即一种变弱的崇高。这方面例子可以在艺术中找到，不过更引人注目的例子却是来自现实生活。在James Boaden, *Memoirs of Mrs. Inchbald*（London, 1833），II, 131—134，这里描绘了伦敦的一些剧院被烧毁的情况。Boaden提到："英奇巴德夫人一直喜爱有崇高感的物件，她曾错过了烈火中的柯文特花园剧院（Covent-Garden theatre）这番景象；但她的住处是在河岸街163号顶层，在新教堂旁边，可以直接而深刻地经历霍兰德的德鲁里巷剧院（Holland's Drury-Lane theatre）毁灭的这场恐怖事件，我们很乐意将她描述这件事的书信为我们的读者奉上：——

致菲利普斯夫人

星期日，1809年2月26日

　　'柯文特花园剧院那场火我一点没有看见，但目睹了德鲁里巷这一悲惨景象中的所有恐怖。我在十点上的床，在差一刻钟到十二点的时候醒来，我走进对面的前厅，此时火焰正环绕着剧院顶部的阿波罗像，火势借着风吹向新教堂，看上去每一秒都极其危险。

　　'我热爱崇高和可怕的景象，但这一幕太可怕了，我只能逃离；在自己的房间中，我对看到的比以往任何时候都更美丽、更耀眼和更宁静的天国般的景象感到惊讶。我的窗前没有任何火焰的迹象，除了闪耀的光；它是

260 就更接近人的尺度——而我们要追问的是，如果讽喻有时候确实
具有如画感，那这会告诉我们关于讽喻的什么特点。

　　这些进行过度刺激的细节造成的效果就是麻醉。也许可以说，
261 如画感作品并不具备亚里士多德意义上的"适宜的大小"[65]。它所
呈现的只有某种纹理（texture），即使如画感的理论家也许会指
出他们那些远景和"人造水流"可以打破这一纹理。不过，这样
的打断也只是为了突出文本上拥堵的总体效果。此处的装饰已经
背离任何结构意义，这一事实在关于如画感的教科书中得到了清
楚的说明，即一处单独的景观被分配给两处备用的、任意的"林
地"，其中一处是新古典主义风格，另一处则是如画感风格，这
体现出其底层形式并不觉得需要某种独立的装饰，而这一装饰本
身是有机地"适合"它的。景观的这种如画着装（clothing）广受

─────────────

　　如此有力，以至于这河流、岸边的房屋、对岸的萨里山、河上的每一条船、
教堂的每一处尖顶、萨默塞特公爵府和这一侧的露台——所有的一切看上去
都像着魔一般，就像诗人的描绘，比之在雾气弥漫的岛上所展现的自然，
在色彩上要更为明亮。'"

　　从这封信中我们也许可以总结出，如画感是对可怕之物的美化。当然，
通过避免直接面对火焰，英奇巴德夫人能够认为它"就像诗人的描绘"而
不再有极端的恐惧，然而伴随着恐怖的残余，从中出现了一种混合的"天
国般的"愉悦。英奇巴德夫人所说的就是，在因其过于巨大而无法承受这
种矛盾感觉中，效果里确实有某种程度的崇高感，只不过如画感将这一强
度减弱至了可以接受的层次。

65　"如画感与任何种类的尺度感都无关，这经常在最小的对象中发现，正如
在最大的对象中。"（Price, *On the Picturesque*, 96）普莱斯的意思是这一
模式更多是被其文本特性所定义，而不是轮廓上的任何因素。

喜爱，是因为它带来了心灵可以舒适接受的感官兴奋[66]。为景观着
装，如同将其视作身体，此处再次暗示着在更大意义上的宇宙观
念。这种人工景观被其理论家几乎看成是女性的身体，她被以如　262
画式或者崇高式（即罗马式）的方式打扮[67]。

> 让甜美隐蔽处的魔法
>
> 你模糊的界限所赋予的；
>
> 当部分显露在视线中
>
> 让想象涂抹余下的部分。[68]

66　下面这个段落中谈到了着装中的宇宙式隐喻，来自Sir William Chambers,
　　Dissertation on Oriental Gardening, 引自Lovejoy, in "The Chinese Origin of
　　a Romanticism", *Essays*, 127："我们和你们一样赞赏自然，但［中国人］
　　性情更平和，我们对自然的钟爱多少更张弛有度；我们考虑如何能在每一
　　个机缘下利用好自然，不总是以同一种面目引人；而是要以多种形式来展
　　现；有时候是赤裸裸的，像你们所做的那样；有时候是经过伪装的；有时
　　候是装饰过的，或者通过艺术加以辅助；按我们通常的做法，要小心避免
　　把园林混同于乡间常见的面貌，不被那种乡间面貌所包围；可以相信，各
　　处风光都相同的话，就不会带来任何特殊的愉悦，也不会激发任何强烈的
　　情感。"

67　关于装饰与身体的关系，见Kenneth Clark, *The Nude: A Study in Ideal Form*
　　（Anchor ed., New York, 1959），369—370。"装饰的存在是为悦目；其图
　　像不应认真地吸引思想或深入想象，而是被不假思索地接受，就像是一种
　　古代的行为准则。其结果就是，它可以随便选用形象上的陈词滥调，无论
　　它们来自何方，都已经被弱化为一种令人满意的象形文字。"

68　这首Shenstone的诗引自Chapin, *Personification*, 56。普莱斯对如画感说过
　　同样的话："许多根本没注意到橡木、山毛榉和荆棘的复杂细节的人，

这一诗节最为生动地表现出，引人好奇的面纱似乎处于这一追捧的核心，就像它之于崇高感和如画感[69]。风景画一般的场景意在逗引，而不是通过一种对于运动和高峰愉悦的预期进行自然地情绪引动。这一诗节被用来展示某种特定的如画似的装饰趋势；

263 而我对它的看法，跟非心理分析流派的、保守主义批评家查平（C. F. Chapin）已经得出的看法一致。这句诗提醒我们，跟幻想性质的其他生物一样，如画感中的"幻想"生物被构想成可以同它们所装饰的结构分离。不同于固守和交织在想象中的形象，它们仍然变化无常，就像空气中的精灵，就像实际上它们来自我们的灵体一样。通过像是蒲柏的《夺发记》（*Rape of the Lock*）这一类诗歌，这一类讽刺性仿拟史诗背景的一部分是创造出一个二

而会在更有趣的对象中他们可能会感到部分隐藏的影响，也会体验到被情所打动是如何不同，这激情来自无所顾忌的公开展示的美，来自有时逃脱了谦逊制约而不受管制的混乱，而这成功地模仿出了搔首弄姿。"（*Of the Picturesque*, 70）但是如画感的整个技艺是如此明显地在遮掩，它可能不需要引人注意。它运用了一整套手法，使得这一遮掩成了对好奇心（*curiosity*）的刺激，即使不是对生动性的刺激。这里的"好奇心"意味着对隐藏的任何东西都有一种几近好色的迷恋，而在病理学的维度上，这与神经恋物癖相关，是其极致的或者讽刺模仿的形式。普莱斯将如画感的体验总结为："如画感的效果就是产生好奇心。"（98）

69 很难不去想到关于讽喻本身的古老观念，即讽喻就是处于解经活动和对上帝真言的真理理解之间的"遮盖"。例如，作为对奥利金的回应，圣奥古斯丁在《上帝之城》（*The City of Gods*, Bk. XVII., 20）中说："而现在是神圣心灵的某种灵性上的愉悦，国王与王后—城市的婚姻，就是基督与教会的婚姻。但这一愉悦被包裹在讽喻的遮盖中，而这使得新郎更为热切地渴盼，揭开的时候就越欣喜。"

级童话世界，它平行于第三个类比世界，即奥伯尔纸牌游戏*的世界[70]，查平在他的《十八世纪英语诗歌中的拟人》（*Personification in Eighteenth-Century English Poetry*）一书中呈现出这些幻想中的形象如何成为如画感艺术中的细节，它们又是如何同更古老的讽喻"机制"联系起来。

蒲柏写道，他那个位于特维克纳姆（Twickenham）的人工洞穴"除了一座带有铭文的好雕像什么都不缺"。这样一座雕像会使得作为一个整体的这处洞穴成为一个象征；并扮作"整个空间的水生观念"的拟人。约瑟夫·沃顿（Joseph Warton）将这种景观雕像所带来的愉悦与诗人在景物描写中插入"拐弯抹角"的道德思考所带来的愉悦相提并论。[71]

此处出现的"机制"以及由此而来的如画景观，即使它们中的讽喻性质并非完全是有意识的讽喻创作，却也仍然保留了某种唯灵论的维度，从历史上说，它可以追溯到在文艺复兴时期假面剧和复辟时期英雄体戏剧中有意识运用的讽喻机制。

---

* 原文为ombre game，一种纸牌游戏，蒲柏《夺发记》中以此游戏类比史诗中的战争对垒。——译者注

70 Chapin, *Personification*, 54ff.

71 同上书56页。

怪诞：矛盾的如画感

当此类唯灵论变得病态或者内省，我们就有了福楼拜的《圣安东尼受试探》（*Temptation of St. Anthony*），这部作品的背后是一个悠久的怪诞图像传统。正如亨利·詹姆斯所说：

264
> 福楼拜先生当然成功造就了极强的画面感，我们只能站在他不知疲倦的技巧面前惊叹。他汇集了大量令人好奇的学识，并将这些与大量令人更加好奇的奇思妙想相连接；他还将整体分解成了一系列画面，而考虑到这一切缺乏模板和先驱，他的做法也许可以说是完成得非常漂亮……不过在大部分地方，福楼拜先生的画面有一种奇怪的虚假而冷血，其中充斥着怪诞的、令人厌恶的、反常的和难以想象之物，它们似乎只能通过无止境的苦工、技巧和研究实现，而不是从某一种杰出直觉而来的欢乐而丰饶的创造。[72]

亨利·詹姆斯想要的是另一种类型的如画感，一种轻快的类型。但是他所责怪的福楼拜的"苦工、技巧和研究"，这些正是中世纪讽喻的标志，这也正是福楼拜的图像的源头。这些恰恰是一部百科全书式讽喻作品所需要的特点。

---

72 Henry James, "Flaubert's *Temptation of St. Anthony*", in *Literary Reviews and Essays*, ed. Albert Mordell（New York, 1957）, 149—150.

福楼拜的怪诞风格属于哥特传统[73]。相似的象征运用出现在对于异国情调细节的追捧中，即"中国风"（*chinoiserie*）[74]。如画感的这一分支同样展现了这一模式中任何一种我们可以找出的理念功能，它也同样带有情感上的矛盾。就像总体上在如画感作品中那样，我们立刻会注意到，这里存在着一种使观者直面死去的、濒死的或者腐烂的物体的强烈愿望[75]。这些一般来说令人厌恶的物体被制造成欲望的对象。威廉·钱伯斯（William Chambers）在 265 《论东方园艺》（*A Dissertation on Oriental Gardening*，1772）中生动地描绘了这一怪诞风格。

秋景是由许多橡树、山毛榉和其他落叶树组成的……在它们中间的是有着如画感形式的朽木、秃树和残桩，上面爬满了苔藓和藤蔓。在这些景致中的房舍通常被装扮得显示出破败，对于游人来说，这即是对于过往之留念。有些地方是隐居处和救济所，家中忠诚的老仆在这里安度余生，在这当中有他们上代人的坟墓，他们被安葬在附近；其他的还有城

---

73 他的圣安东尼类似于"修士"利维斯的安布罗西奥，见*The Monk*。

74 下面的讨论基于洛夫乔伊的论文，"The Chinese Origin of a Romanticism"，in *Essays*，99—135。

75 见Price, *Of the Picturesque*, ch. Ix。普莱斯所要求的是大量被精心处置的"垃圾"。这是一种关于帝国消逝的传统图像象征；关于这一图像，见O. W. Larkin, *Art and Life in America*（New York, 1949），ch. xvi., "Westward the Course of Landscape"。

堡、宫殿、庙宇的废墟，以及废弃的宗教建筑；或者半已掩
埋的凯旋牌坊和陵墓，以及损坏的碑铭，那曾是用来纪念古
代的英雄；或者他们祖先的坟墓，他们最喜爱的宠物的墓
穴；或无论什么用来表达衰弱、无望以及人之消亡的东西：
这一切，通过秋日的萧条和空气中的凉意，使人满心忧郁，
并引人深思。[76]

　　这种忧郁的狂欢只是一段序曲，它通往哥特式铺张放纵中那
些真正狂野的自我沉溺。当被邀至此的游人经过墓旁时，如画的
场景变得越来越野性——"古代国王和英雄们的苍白形象，仰靠
在尊贵的床榻；他们头戴的冠冕是星辰织就的花环，他们手中握
着写有道德律条的表章"；他经过了威胁着要吞没他的悬崖和瀑
布；他经过了"满是恶龙与地狱烈火以及其他形象可怕的巨兽"
的深沟，——巨兽庞大的爪中握着刻在铜表上的神秘的符文；他
还经过了被烈火与爆炸猛烈袭击之地，他耳中所闻，无非痛苦的
266 哭喊、公牛的咆哮、猛兽的嚎叫以及饿极的群鸟的沙哑哀鸣。这
一疯狂景观中真正奇怪的并不仅仅在于，它试图把心灵拉向"深
思"（因此会有刻在不同表章上的为数不少的"字句"），更重
要的是它对于这位游人来说并非全然不快。他很快就会在拐角处
遇见令人愉悦的场景变化。

76　Chambers' *Dissertation*（2d ed.），37—38，引自Lovejoy, *Essays*, 130。

他途经茂密的林子，许多漂亮的蛇和蜥蜴在地上爬行，数不清的猩猩、猫和鹦鹉，攀爬在树上在人经过时学人说话；或者经过花丛，鸟鸣声、优美的笛声以及各种轻柔的乐器声音都令他喜悦：有时候，在这种浪漫的远足中，游人会发现自己来到了一处宽敞的洞窟，被茉莉、藤蔓和玫瑰的香气所围绕；或者身处华丽的亭台，雕梁画栋，在日光下闪耀：这里美丽的鞑靼少女穿着宽松的透明长袍，香气袭人，用玛瑙杯子为来客斟上美酒或者人参琥珀泡的清新饮料；在金丝编制的篮子里，有甜瓜、菠萝和广西的水果；她们给他带上花冠，邀请他走上波斯地毯，在铺了羊皮的卧榻上品尝这甜美的闲适。[77]

你无法不察觉出，这里钱伯斯的解说性论述转向了反讽。然而最终场景中的奢华含义，与这些一般来说令人感觉到威胁的生物、这些蟒蛇和巨蜥之间所形成的怪异的反差，已经让这些生物变得令人愉快。这里面的矛盾态度同样非常强烈，因为即使在满是危险的地点仍然可以遇见愉悦。最后，随着钱伯斯的游人前行的步伐，这一异国情调的景观是在对惊悚之物的直接面对中体验到愉悦的地方，而即使钱伯斯只是描述了他所想象的完美的"中 267 国风"，他仍然表达出这一态度的核心内涵。在接下来的描写中，我们可以看到"难解的装饰"在何种程度上来自更早的"宇

77　同上书42—44页，引自Lovejoy, *Essays*, 131。

宙式"喻象修辞中的观念；它如今包含了最为异国情调和最为可怕的形象：不同于"晦涩"（obscure）和"神秘"（arcane），"难解"（difficult）现在意味着"威胁"（threatening）。这一变化反映出讽喻程式的普遍变迁，它们所开启的正是前浪漫主义时期。《圣经》文本的图像学已经过去，即使这也是启示录式的。自然主义时期已经不再遥远[78]。

　　树歪歪扭扭，不受自然趋势左右，似乎被暴风雨威力撕碎了：有些树倒下了，阻断了激流；有些看似被闪电击垮：房屋成了废墟；或者被大火烧得零落，或者被汹涌激流冲刷而过［原文如此］：除了散落在山间的一些可怜的小屋，没有什么完整保存下来；这些房屋同时也显示出居民的幸存和悲惨。蝙蝠、猫头鹰、秃鹫和各种捕食猛禽在林中飞翔；狼、虎、豺［原文如此］在森林里嚎叫；半饥饿的动物在原野游

78　我的话经过周密思考。洛夫乔伊将钱伯斯笔下的"中国风"解释为"反自然主义"。见*Essays*, 126ff。"钱伯斯代表中国艺术家证明自己的方法是合理的，明确地基于这样的理由，即所有的改进都从自然当中偏离。"就目前而言，这足够真实。但这一反自然主义主张的反讽之处在于，它促成了某种详细的、超现实的对细节的培育，这反过来发展出了自然主义作家过度的记录式笔法。在"符合一种自然规范"最简单的意义上，洛夫乔伊的意思大概就是"自然主义"。实际上，在像是左拉的《莫雷教士的过失》（*La Faute de l'Abbé Mouret*）这样更晚的作品中，就有纯粹的如画式景观园林（为了造就一个叫作帕哈杜［Paradou］的新伊甸园），而且与钱伯斯所想象的场景以差不多同样的方式展现出灵力。

荡；绞架、十字架、刑车和所有折磨人的器具都在路上触目
可见；而在林中最深处，条条小路上都长满茂密的毒草，每 268
一个带着杀灭人丁痕迹的东西，都献给复仇之王的庙宇，岩
石下的深洞和其下幽暗的地下居所，灌木和荆棘丛生；在附
近的残垣断壁上，镌刻着悲惨事件的凄惨描述，许多残暴的
行为由过去的不法之徒和盗贼犯下：这些景象同时增加了恐
惧感和崇高感，它们有时藏在山巅的洞穴中，藏在铸造工坊、
石灰窑和玻璃作坊中；那里散发着熊熊烈火，继而有浓烟卷
起，让这些山岭看上去如同火山爆发。[79]

　　洛夫乔伊正确地察觉出，玛森（Mason）给威廉·钱伯斯爵
士写的讽刺书信所主要针对的就是他著作的这一段[80]。另一方面，
正是钱伯斯所描述的这一最终场景，被霍桑极为认真地用在了他
的《伊桑·布兰德》（*Ethan Brand*）中。而雪莱运用的场景就与
这里描述的如画式和崇高式的惊悚不同。按照洛夫乔伊的理解，
钱伯斯所做的是"寻求引入一种新的'浪漫主义'美学"，这在
文学中对应着哥特小说[81]。这种趋势最终反而会同象征主义运动合 269

79　同上书 44—45 页，引自 Lovejoy, *Essays*, 132。

80　Lovejoy, *Essays*, 132.

81　见 William Axton 为 Maturin 的哥特小说 *Melmoth the Wanderer* （1820;
　　reprinted Lincoln, 1961） 所作序言：Axton 认为，哥特小说本质上是一种
　　革命性的小说。这让人想起雪莱早期一部未完成的罗曼司《刺客》（*The
　　Assassins*）。

流，而我们一般将这一运动同讽喻写作区分开来[82]。不过在钱伯斯

参见一份书评，来自 *Time Magazine*, LXXVIII, no. 1 （July 7, 1961），关于拉塞尔·柯克（Russell Kirk）的哥特小说《老房子的恐惧》（*Old House of Fear*）。这篇书评中出现了标志性的错误。引用完柯克自己所说的这本书"直接承袭自《奥托兰多城堡》（*The Castle of Otranto*）"之后，这位评论者继续说道："他是错的。历史学家柯克（《保守主义思想》［*The Conservative Mind*］的作者）用哥特式罗曼司的所有夸夸其谈熟练地塞满他的书，但他真正写成的是一篇政治道德故事。"这篇书评用完全灵力的术语形容《老房子的恐惧》，好似没有意识到这就是在定义哥特式罗曼司；这篇文章的两个小标题是"魔鬼意识形态"和"政治驱魔师"，两者都令人想起这些意识形态总是灵力式的，当其被推入狂热的极限的时候。这本小说是标准的讽喻，一直到它描绘了一个"卡恩格拉斯岛"（island of Carnglass），它在赫布里底群岛的外岛，是"现代存在状态的小宇宙"。

82　超现实主义和达达主义运动都有去刺激无精打采的中产阶级的愿望。Axton 引用萨德的话，称这一效果"对于把地狱拯救出来是必要的"，而差不多同样，妖术也描绘了这两种现代运动的特征。这一类同进行在如画感的观念渠道中，这在现代超现实主义里面很容易发现，在此艺术家所寻找的是"日常中的神奇"（*merveilleux du quotidien*）。"超现实主义反小说是一种直接的抄写，它脱离不相关的惯例，而是来自生活中令人惊奇和毫无预料的震惊。"（Brée, in *An Age of Fiction*, 137）

关于这一点，另见 Anna Balakian, *Surrealism: The Road to the Absolute*（New York, 1959）。Balakian 引用了布列东对超现实图像提出的要求（123ff.）："这一图像夸张地启动，然后突然关闭它的罗盘的角度"——就是说，它具体化了一种欺骗，让我们的任何期待都突然而令人震惊地受挫。（4）"这一图像拥有致幻的特点。"（5）"这一图像让抽象戴上具体的面具。"（6）"这一图像暗示着与一些基本物质属性的关联"——而对于我们所讨论的是一个改头换面的讽喻这一点，还有一个更好的证明，正如查拉和布列东所说，其目的确实是自动地寻找一种新的绝对、一种新的教义。

"在我们看来，世界正在徒然迷失自我，文学与艺术变得体系化，它们

最后的分析中，他眼中的"哥特式"浪漫主义这一独特分支具有一种图像性。它的特有原料是异国情调和惊惧恐怖，尤其它是浪漫场景中的崇高变体。它最终指向某种道德意图，它寻求用新的刺激让心灵进入深思，它充斥着"字句"。以这样的方式，它确实是一种主题导向的艺术。 270

　　崇高感与如画感同讽喻的主流传统有一种本质的精神意义上的亲缘关系，这在于它们的道德化倾向及其情感中的矛盾。席勒尤其强调这种矛盾感：

　　　　崇高感是一种混杂的情感，是由痛苦与快活混合而成的。这里所说的痛苦达到它的最高限度就表现为战栗，这里所说的快活可以提高到兴高采烈的地步，它虽然不能算是喜好，但纯真的灵魂宁肯要它也不要所有的喜好。两种相互矛盾的感觉在一种情感中相结合，这就无可辩驳地证明了我们的道德自主性。因为，既然同一对象对我们的关系绝不可能截然相反，那么，由此就可以得出结论，是我们**自身**对同一对象

代替了服务的人、处于生活的外围，让自身成为一个陈旧社会的工具。它们服务于战争，而在表达好的情感时，它们用自己的声望掩盖残酷的不平等，掩盖不公正和庸俗中的悲吟……达达采取进攻态度，从总体上和基础上攻击这个世界体系，因为这一体系使人愚蠢，这种愚蠢使得人毁灭人，连同其所有物质和精神优点。"（T. Tzara, *Le Surréalisme et l'après-guerre* [Paris, 1947]，19）这一灾难性的观点指向最伟大的形象修辞说法之一，即地球上生命的整体毁灭，新的生命被认为会在此之后涌现：凤凰的神话，千禧年的神话。

有两种不同的关系，因而必然是两种截然相反的天性在我们
身上相统一，它们以完全相反的方式对对象的表象表示的
兴趣。[83]

这一对于矛盾感的完美描述与带来此类心灵状态的文化上的
决定因素相关，它需要的是一个我们已经拥有而席勒并不知晓的
术语；因而康德认为："因为心灵不只是简单地被［崇高的］对
象所吸引，而且也因此被交替拒斥，在崇高中的快乐并不像仰慕
或尊重那样带来如此多积极的愉悦感，它得到的是某种消极的愉
悦。"[84] 通过这样的方式，崇高的图像"使得心灵激动而陶醉，
超越了现实事物的狭窄圈子，超越了物质生命的狭隘和压抑的牢
笼"[85]。

斯宾塞的史诗：崇高之诗

在弥尔顿《失乐园》之后[86]，最有希望成为十八世纪崇高诗

83　Schiller, "The Sublime", in *Essays Aesthetical and Philosophical*, 133.
　　　原书引文为英文。中译文段落引自席勒《审美教育书简》附录《论崇
高》，冯至、范大灿译，北京大学出版社，1985年，159页。——译者注

84　Kant, "Analytic of the Sublime", in *Critique of Aesthetic Judgment*, 91.

85　Schiller, "The Sublime", 110.

86　见 Coleridge's *Mis. Crit.*, Lecture X，关于弥尔顿的崇高感，柯勒律治认为这
反映出"一种关于有罪天性的底层意识，一种从外在事物的逃离，心灵或

歌范本的当属《仙后》。这部作品在构思上惊人的广阔宏大，它 271
是谜一般的，它挑战着我们所有的想象和思考能力，它"以一种

者说主体要大于客体"。

Hazlitt, "On Chaucer and Spenser"："凭着这一切，斯宾塞既不让我
们发笑也不让我们哭泣……但他一直被不公正地指控为缺乏激情和力量。
这两者在他身上都很强大。他所拥有的确实不是当下行动或苦难带来的感
染力，这对于戏剧性更合适；但他有着感伤与罗曼司的感染力——所有都属
于遥远的恐怖对象和不确定的想象中的痛苦。以同样的方式，他的力量也
不是意志或行动的、骨头与肌肉的力量，不是粗糙和可以触摸的——而是通
过同样的想象性媒介看得到的广阔和崇高的特征，而这混合在超自然作用
力那令人惊骇的结合中。为了证明这一点，我们只需要转向绝望之洞（Cave
of Despair）、迈蒙之洞（Cave of Mammon），或者对于马尔贝柯在嫉妒中
转变的描述。"（*Hazlitt on English Literature*, ed. Jacob Zeitlin ［Oxford,
1913］, 30）

不过这里仍有一个问题。对于早期评论者来说，崇高感似乎已经暗示着
模糊性（*vagueness*）、不可触碰性（*impalpable*），因此我们必须承认这
一含义并不清晰。见Anton Ehrenzweig, in *Psychoanalysis of Artistic Vision
and Hearing*（London, 1953）, 54，书中引用了沃顿（Warton）对弥尔顿所
描述的撒旦——"他高入云天，头盔羽饰上插着恐怖"——的评论："我们
对弥尔顿的意思没有确切的或者坚定的概念。我们在尽力去理解这个崇高
的段落时劳心费神。这里有一种难以名状的恐怖的尊贵，来自观念的混合
和图像的混杂。"另一个评论者Dr. Newton则给出了标准解读："极度夸
张！……恐怖被拟人化并成了他头盔上的羽毛。"

类似地，在后面的引文中描述的斯宾塞的伪装（Dissemblance）也是超
现实的，对于更早时期的批评家来说很难进行解释。关于《仙后》中描述
伪装的这一行，"她用借来的头发装扮起明亮的额头"，柯勒律治说："正
如在这首伟大诗篇中经常出现的情况，这里**看上去**并不是来自某个特定视
角，可见的东西被混杂在了一起。这不再是一个带着伪装的形象，而是一
个关于伪装者的角色。"（*Misc. Crit.*, 39）

专断的方式证实了我们的道德独立性"，它还标志着对于道德二元论的矛盾态度。我们可以通过这些疑问进入关于这一矛盾的评价：斯宾塞在多大程度上呈现出了以崇高感或者如画感为特征的、予人刺激而又令人兴奋的表层文本？在什么意义上斯宾塞使得席勒所谈及的"痛苦状态"转为愉悦？《仙后》是否明确表达出"两种相互矛盾的感觉在同一种情感中的结合"？

斯宾塞式矛盾感

272   斯宾塞式的矛盾感并不简单。我们能在整首诗中发现它：在第一卷，矛盾来自对罪的意识，这是原型意义上的基督教禁忌（taboo）；第二卷关于欲望和意志的矛盾[87]（部分读者会感觉到谷阳爵士［自律］并不符合亚里士多德意义上的"适度"）；第三卷，对性之不洁的恐惧的矛盾感；第四卷是第三卷的延续，理论上说针对的是忠诚上的冲突，或者友谊上的冲突；第五卷中的矛盾即是柯勒律治在他对《被缚的普罗米修斯》的解读中谈及的理念与法的矛盾（阿西高使得塔卢斯从严苛的暴行中解脱，

---

[87] 将第二卷阐释成阿喀琉斯之怒这一故事模式的寓言，这完全符合一种流行的斯宾塞式矛盾感的概念，因为这样一种愤怒来自挫败感，超过了彻底的质询。阿喀琉斯式是产生这一原型的人物，一个愤愤不平的人，暗示着在他情绪化的表象之下有某种程度的保留。关于这一观点，见A. C. Hamilton, *The Structure of Allegory in* The Faerie Queene（Oxford, 1961），116—123。

就像一个G.H.Q.［驻日盟军总司令］——用戴维斯的话说）[88]；
第六卷中的矛盾感也许是所有六卷中最不明显的（甚至即使如
此，正如弗莱指出的，赛琳娜最后所看到的异象也是一种对肢解
［*sparagmos*］的描绘——女神被撕成碎片）[89]。最后的"多变
诗篇"在哲学和宗教上所涉甚广，它在根本上包含了其他各卷的
问题。

　　一些批评家也许会更狭隘地看待斯宾塞的矛盾。沃特金斯谈
到《仙后》中"过度的杀戮"，这暗示出在某种施虐受虐阶段中
的矛盾感[90]。哈兹里特说斯宾塞"或是与东方式宏伟场景相当的极
尽奢华，或是隐士小屋中平静的孤绝——在感官性和精炼性上都
做到了极致"[91]；而格里尔森注意到：

　　　　不只是谷阳，连读者的道德警惕感也会被此类诗节所迷
　　惑，而它们的声调主导着一个人对于《仙后》的印象［指 273
　　第二卷，xii，74—75］……这个道德论者必须会说服我们相
　　信，为着更高以及更持久的善，牺牲是必要的，感官性的东
　　西需要屈从于精神性的。就是在这里斯宾塞失去了他的想象

88　B. E. C. Davis, *Edmund Spenser*, 125.

89　Frye, *Anatomy*, 148.

90　W. B. C. Watkins, *Shakespeare and Spenser*（Princeton, 1950）.

91　Hazlitt, *Lectures on the English Poets*, "On Chaucer and Spenser", in
　　Complete Works, ed. A. R. Waller and A. Glover（London, 1902）, V, 35.

性，无论从这一讽喻中提取出的知性方面的学说是什么。[92]

这段引文暗示着感官沉溺和禁欲苦行之间的矛盾。另一个批评家B. E. C. 戴维斯提醒我们，"'正义传奇'自身显然并不统一"[93]，而他对于这一问题的分析暗示出法律与自由这一对标准矛盾，这即是古老的法（nomos）与情（eros）的矛盾，卢格仁主教曾从宗教角度对此长篇大论[94]，柏拉图也曾在广义的政治学意义上讨论过这一话题。

大部分批评家似乎认为，斯宾塞会在恰当的时刻通过放弃自己的清教主义（他并不是教条的加尔文主义者）来化解诗歌中的内在冲突，用一种更自由的神话诗学代替讽喻上的缜密，要不然就是用柏拉图式的平衡理念。比如琼斯出于对第五卷的偏爱，就认为阿西高创造出来的格雷爵士这个角色"回应了性情仁慈、但严格执行正义的这种罗马角色类型"[95]。这一"理想政治"（politique spiritualiste）看上去对立于马基雅维利式的"现实政

---

92   Grierson, *Cross Currents in English Literature*, 54.

93   Davis, *Edmund Spenser*, 124.

94   Andres Nygren, *Agapa and Eros*, tr. A. G. Hebert and P. S. Wilson （London, 1933）, passim. M. C. D'Arcy, *The Mind and Heart of Love* （New York, 1947）, ch. ii，这里讨论了卢格仁的观点与德·鲁热蒙（De Rougemont）的观点。

95   H. S. V. Jones, "Spenser's Defence of Lord Grey", *University of Illinois Studies in Language and Literature* （Urbana, 1919）, V, 151—219.

治"（*politique materialiste*）[96]。对这一观点不作评价，可以假
定它所包含着一粒怀疑的种子，也许这两种政治自我拆解般地混 274
合在了斯宾斯的第五卷中。

　　对于斯宾塞式矛盾的另一种看法来自J. W. 桑德斯，他在《道
德感的表面》[97]一文中提出，斯宾塞写下了一种新的道德规范，
"新兴"中等阶层上升中的二元伦理——它属于用"价值"来衡
量等级地位的彼得·温特沃斯们（Peter Wentworths），属于将
店铺的成功视作神性显现的伦敦商人们。在"都铎诗歌中的矛盾
感"（Ambivalence in Tudor Poetry）这一标题下，桑德斯在讨论
斯宾塞之前对社会学问题进行了普遍审视。这一标题不应当误导
我们；它指的并不是极为个人化的矛盾感，这方面的内容我认为
作者确实写了，但使得复数意义上的**作者们**用一种主要是说教的
甚至宣传的方式去写作的，则是更大范围的文化力量。因此，用

96　普遍性讨论这一主题的，见这一随笔合集，*Christianismo e ragion di stato:
　　L'Umanesimo e il demoniaco nell'arte*, ed. Enrico Catelli（Rome, 1953）。
　　马基雅维利在相当大程度上使得灵力观念在治国中变得地位显要。例如，
　　Daniélou, "Le Démoniaque et la raison d'état"，同上书27—34页；另见
　　Gerhart Ritter, *The Corrupting Influence of Power*, tr. F. W. Pick（London,
　　1952），原题*Die Däimonie der Macht*。

97　J. W. Saunders, "The Façade of Morality", in *That Sovereign Light: Essays
　　in Honor of Edmund Spenser 1552—1952*, ed. W. R. Mueller and D. C. Allen
　　（Baltimore, 1952）. 关于意识形态在图像上的效果，另见J. B. Fletcher,
　　"Some Observations on the Changing Style of The Faerie Queene", *Studies
　　in Philology*, XXX（1934）。

叶芝自己来论证的话就是，桑德斯不幸地被"精神分裂"这个词所绊倒。在矛盾感导致的强迫性行为中不存在精神分裂，至少不是我们在其公共艺术形式中所了解到的样子。诗人也许各自隔离于群体，也许因为自省将自身从社会中疏离，但这也不会让他变得"精神分裂"；精神分裂的处境中，其症状并无特殊用途，即使具备某种美感，那也是一种令人不安的美。精神分裂毕竟是一种极端的病态心理。它意味着心灵分裂的强化状况。而事实上，斯宾塞深切关注的是社会群体的划分，他将这一问题纳入了自己思考的方向中，即关于中等阶层。他不会攻击他的女王；但他会、也确实攻击了她的大臣们。对于一个中世纪之后的艺术家来说，赞助人和赞助人的诉求也许构成了最激烈的关于忠诚的冲突。

275   不过，斯宾塞笔下的社会矛盾并不总是容易找到，因为他的诗歌主要还是在理想化地维护已有建制。更明显的部分还是我们已经见到的关于更深层次的心理冲突。这些也许应归入禁忌的题目下，因为被禁忌的人或物就是那些在截然相反的冲突中出现的情绪。弗洛伊德在《图腾与禁忌》中分析的三种类型的禁忌，关于敌人、统治者和死者，它们都在斯宾塞的诗中得到了清晰表达。大部分显著的禁忌是关于统治者的：格洛丽安娜（Gloriana）就是典雅爱情中那个无法接近而又永远被欲求的对象。她立即就成了复仇的布丽玛特（Britomart）、动人的艾莫瑞（Amoret）、贞洁而健壮的贝尔菲比（Belphoebe）、美丽惊人的弗罗丽梅尔（Florimell）、公正的梅尔希纳（Mercilla）、值得信赖的乌娜（Una）；她也是那些我们还未遇见、在后面的诗篇中将会登场的女主角们。我们必须时刻牢记斯宾塞的诗篇并未完成，对于形式角度的斯宾塞诗歌批评来说，这是需要考虑的重要事实。格洛丽安娜的禁忌将整部诗聚在一起，即使它还未完成，这就像是在神周围隐隐散发的光亮，从远处看它摇曳生姿，走近它却是致命的。这一禁忌使得廷臣无法接近他真正的女王，而读者也无法接近关于这个虚构女王的最后幻象，但禁忌使得廷臣和读者都无可避免地走向她的怀抱。

这些想法暗示出在斯宾塞的史诗中有更多的矛盾感。我们不必在名称上争执不下。有的批评家否认其存在，这便减弱了这部诗高度的严肃性。也许道格拉斯·布什的《英语诗歌中的神话和文艺复兴传统》代表了相当一部分批评家的意见，对于斯宾塞的标志性手法，他给予了令人困扰的平淡描述：

> 他确实没有能够意识到纷扰烦乱的冲突的天性，就像塔索所拥有的。除此以外，他依然是对想象中的骑士精神的怀旧颂诗人、对丑陋现实的大胆讽刺者、拥有宇宙观的哲学家和牧歌梦想家、好说教的道德论者、爱好感官的异教徒、清教传教士、天主教信徒、热切的爱人，以及神秘兮兮的新柏拉图主义者。[98]

98　Douglas Bush, *Mythology and the Renaissance Tradition in English Poetry*（Minneapolis and London, 1932），88.

276　　不过，从矛盾理论的角度，这一描述就显得前后不一；布什所列的属性清单呈现出一个充满矛盾的斯宾塞，而斯宾塞身上的所有激烈成分都与否认斯宾塞与塔索间的相似性（来自这个角度）相矛盾。一个人如何能够写下如此多无穷无尽的争斗、暴政和诡计，同时还无法"意识到纷扰烦乱的冲突"？布什对于斯宾塞的弱化就在于将他变得多愁善感：斯宾塞完全谈不上什么"怀旧"。试图去解释《仙后》中戏剧性兴奋的惊人缺失都还要更公平些。阅读斯宾塞时的兴奋，其实是在说我们的兴奋，而非斯宾塞的。我们将这一兴奋带入了作品中，但作品本身与摹仿式作品不同，它无法提供给我们由一系列能够自主激发我们的兴致与共情的事件。最初与我们相遇的形象都是微缩模型，它们就像是普鲁斯特在他的床上想象出的骑士，在魔灯带来的兴致盎然的光亮中进行马上比武。但我们按照我们的方式阅读斯宾塞时，通过指涉与我们不同的其他的文化、其他的宗教和其他的哲学，他的形象带着沉闷的混响在另一种尺寸下变得更大。

无限大与无限细的形式

　　一首像《仙后》这样有着深刻矛盾感的诗，当它建立在一连串"悖反原始词汇"之上，就几乎无法不期待它趋向达到的是整体上的崇高宏大和细节上如画一般的精细。主题（思想［*dianoia*］和隐意［*hyponoia*］）对于诗歌的规模和质地有重要的影响。一方面，崇高感的作品被认为拥有或暗示出无限大的轮廓；另一方面如画感的作品则拥有或暗示出整体轮廓之内的无限细微的精雕细刻的细节。被约翰逊博士称为"没人期望过它更长"的《失乐园》，就呈现出了这两种趋势，这正是按照诗歌在讽喻内涵上的比例构造。与之类似，斯宾塞的史诗就其既有的完成度来看已经相当崇高，而它如画感的文本肌理也成为无穷无尽的评论与惊奇的来源。277

　　从一种"浪漫的""哥特的"或者"中世纪的"观点来看，这些过度拥有很高价值。赫德主教会高度评价一首诗朝向篇章化的"哥特式"复杂雕琢的运动。但是从一种由亚里士多德在《诗学》中定义的更经典的观点来看，这样一种在讽喻作品中发展崇高外部轮廓和如画般内部肌理的做法就会受到拒斥。亚里士多德所赞赏的戏剧是有机和组织化的统一体，就跟活着的、有适中大小的生物一样；人似乎就是他对于体量大小的标准。利维坦和昆虫都无法成为摹仿式英雄的模板，它们跟人的自然体型无法建立戏剧性关联。在这一基础上，亚里士多德便维护了自己关于戏剧优于史诗的偏好；后者有失于"单薄寡淡"的风险，只有荷马幸免。除了效果松散，也许史诗更大的弱点在于，在它篇幅过长或细节费解的时候，无论对于感官之眼还是心灵之眼，它都有丧失可感性的危险。记忆或者想象力都无法获致关于"一个长达一千里的生物"的图像。亚里士多德质疑这种奇异的、非直接的感受的价值，我们可以想象他也同样会质疑"难解的装饰"。这也许不是品味的问题，情况也可能是这样，如果亚里士多德把注意力更多集中在《普罗米修斯》而不是《俄狄浦斯》上，他也许会为崇高感发现某种存在理由（*raison d'être*）。照这样的话，我们必须等待后来的术语，也就是崇高感和如画感，来定义对于扭曲自然幅度的主题性使用。

发明新的术语也许是可行的，或者是通过修正"矫饰"（mannerism）和"巴洛克"（baroque）这类术语的方式来提供一种术语。不过，对于当前的论述来说，这些十八世纪的标签还算可用，尤其因为我不再试图去填平不同历史时期的差异。我不会坚持说崇高感和如画感这两个标签只能用来指称十八世纪艺术史，即使这也在今天的理论中证明了它们的适用性。如果更宽泛的使用，它们也能够指明在更早和更晚时代所使用的技法。

崇高感和如画感会改头换面地出现，比如说在商业绘画和超现实主义中。达利、恩斯特、基里科、彼得·布鲁姆以及许多其他作品都在视觉艺术领域为此提供了例证。文学中的情况要复杂些，我们需要找出象征性的崇高感和如画感。不过，考虑到《城堡》中的土地测量员和《审判》中的囚徒，他们的无知是一种带有极大不确定性的伪具象呈现。卡夫卡的短篇故事《在流放地》（"In the Penal Colony"）[99]里的机器使人想起哥特小说和

278

---

99 可见于这个选本 *The Penal Colony: Stories and Short Pieces*, tr. Willa and Edwin Muir（New York, 1961），191—239;另见*Selected Short Stories of Franz Kafka*, tr. Willa and Edwin Muir, Philip Rahv的序（New York, 1952）。关于威尔斯（H. G. Wells）作为现代科幻小说先驱的地位，Kingsley Amis评论道："时间机器本身，《世界之战》（*The War of the Worlds*）中火星人和他们奇怪的无法抵挡的武器，《诸神的食物》（*The*

科幻小说里的惊悚场景，而且也同样使人想起钱伯斯所描述景观中的机巧；它其实是某种关于地狱的手法。普莱斯描述的对于腐坏和病弱的欲望在卡夫卡的小说《饥饿艺术家》（"A Hunger Artist"）[100]中再次出现，不过他的寓言同神谕般的崇高语言有着最为清晰的关联。又比如，《猎人格拉胡斯》[101]的开头就运用了一种典型的图像式"编码"程式，它来自并列形式，并且经由一个谜一直持续下去，一直到卡夫卡能够以一种无限的开放性将其结束。 279

> "了不起，"市长说，"了不起。——那么，现在您想要同我们一起待在里瓦吗？"
>
> "我什么也没想。"猎人微笑着说，同时，为了给自己

Food of the Gods）上半部分中的怪兽，《奇怪的兰花开放》（'The Flowering of the Strange Orchid'）中异世界与我们的边界。这些当中值得注意的是它们被用来引起惊奇、恐怖和兴奋，而不是用于任何讽喻式或者讽刺式的目的。"（*New Maps of Hell*, 32—33）我相信，这类区别来自一种过于狭窄的对于讽喻的观念；作为一种崇高方式，它完美地适用于Amis所描述的奇妙的、可怕的、令人兴奋的文学作品。一个机器当然本身就是奇妙的，如果完全从人类视角来看的话。

100 *The Penal Colony*, 243—256. 注意这个艺术家变形成了一头黑豹，中世纪图像象征中的基督，对此可见*The Bestiary*. Heinz Politzer, *Franz Kafka: Parable and Paradox*, 307，提到Meno Spann关于野兽是豹子的结论。

101 *Selected Short Stories of Franz Kafka*, 129—147. 关于长城的故事同样是讽喻中的原型——这一建筑是无尽的，方式是分割的和官僚的，语调是怀疑和充满焦虑的，最后也是使人厌倦和麻醉的。

辩解他把手放在市长的膝盖上。"我在这儿，更多的我不知道，更远的我无法去。我的小船没有舵，只能随着从死之领地最深处吹来的风行驶。"

无论其文类是什么，这样的文学作品采用的都是"开放形式"，它总是致力于发展出如此多错综复杂的图像和主题，或者如此大的整体范围，以至于最终产生的作品要么在实际上要么在心理上处于未完成状态。那么仅从宏大这个角度来说，讽喻作品是否能够被组织化地整合为一体便成为一个问题。动物学家认为，对于身体的每个生理机能单位，会有一个关于大小的最优范围，反之，特定的尺寸会对生理机能施加限制。差不多以这种方式，功能上的无力从如画感文本肌理中产生，或者更多的，从崇高感轮廓中产生。不过它最后未必是一种劣势。被对立的压缩倾向所挤压之下的意图的开放性，也许正是这一模式真正的价值所在。

现在，在对一个如此无法测量的整体的审美评判中，崇高者与其说在于数目的大，倒不如说在于我们在这一进展中总是达到越来越大的单位；有助于此的是对宇宙大厦的系统划分，它把自然里面一切大的东西都一再对我们表现为小的，但真正说来是把我们完全无边无际的想象力，以及与它一起把自然表现为对于理性的理念来说微不足道的，如果想象力要做出一种与这些理念相适合的展示的话。[102]

对康德来说，在现实世界的某处寻找"真正的""自然的"　280
崇高完全不成问题；他不需要阿尔卑斯，不需要实际的大峡谷、
实际的撒哈拉，因为关于这些荒芜和壮丽的理念已经足够去引导
出这一中介性的、但又是更高的崇高性，它正在通往成为真实的
崇高之物的路途中，也即，在概念中，力量完成了理想。在此处
康德的论述中，听得到柏拉图和亚历山大里亚解经学者犹太人斐
洛的回声，自然界中的崇高让心灵可以"感知到与其自身存在相
适宜的崇高性，甚至去超越自然"。所以，如果在具有崇高感
的一首诗、一幅图像中，呈现出的自然并没有那么壮观，也没有
那么非同寻常或神秘难解，这无关紧要，只要读者能够通过这一
并不完全真实的诗歌直觉出某种狂喜。在这一意义上我们才能理
解雪莱的目标，既在他那篇朗基努斯式的《诗辩》（*Defence of
Poetry*）中，也在包括《解放了的普罗米修斯》在内的主要作品
中，他旨在复苏去模仿理想行动体这一愿望。在根本意义上，讽
喻中存在情感功能。雪莱希望读者在他的颂诗里那些宏大而令人
困惑的场景中、在《普罗米修斯》里模糊的形而上学中挣扎，为
此他精心构造了一种具有高度装饰性的风格。如果这种风格确实

---

102 Kant, *Critique of Aesthetic Judgment*, 105.（译文引自《康德著作全集·第5
　　卷·实践理性批判/判断力批判》，李秋零译，中国人民大学出版社，2006
　　年，266—267页。——译者注）

是并且仍然是难懂的，那便可以将其放入预言体文学这一主流传统中。我们也许会通过这一观察结束这一章，即，当"难解的装饰"表现得最为"费解"的时候，这通常因为诗歌属于预言性的，就像是《圣经》中的预言部分或者布莱克的预言体诗歌《四天神》（*The Four Zoas*）。诗人总是可以对自身的晦涩自圆其说，无论它有多深奥，因为他宣称这是在传达神灵感应的讯息。这不仅仅是讽喻上的狡猾。这是去读解更高的心灵存在的预言家应有的态度。是否采信这一观点则属于私人形而上学上的问题。但雪莱确实是这样想的，他宣称伟大的诗人即是"立法者"（legislators）。他似乎想说伟大的诗人给予人类思想的律法，而不是事关当前的实践。因此，讽喻所要达到的是在最高幅度的象征中传达出心灵的行动。

6

心理分析式类比：强迫心理与强迫行为

　　自弗洛伊德为一种象征主义的心理分析理论写下奠基之作 281
《梦的解析》[1]已经半个世纪过去了，与此同时，他分析象征行为
之动态特点的方法与方向已经极大改变了我们对于语言的观念[2]，

1　Sigmund Freud, *The Interpretation of Dreams*, tr. James Strachey （2d print, New York, 1956）. 这取代了老旧的Brill版（Modern Library ed.）。关于梦的讽喻式阐释，见希尔伯赫（Silberer）的"上升阐释"（anagogic interpretation）观念，96—100页以及524页。

2　关于一种"动态"心理学的观念，见Freud, *Interpretation*, chs. vi and vii; "Formulations regarding the Two Principles in Mental Functioning", *Collected Papers*, IV; 以及同卷收录的论文 "Repression". Sandor Rado的书评文章，"Psychodynamics as a Basic Science"，收于他的*Psychoanalysis of Behavior: Collected Papers* （New York, 1956）。我认为这一领域最有启发性的论文合集是，David Rapport, *Organization and Pathology of Thought* （New York, 1951），里面收录了他的两篇论文《象征主义》（"Symbolism"）和《梦幻思考》（"Fantasy-thinking"）。

无论是在日常生活中，还是在比如宗教或者文学这样对于语言进
行特殊使用的情形下。除去心理学家和哲学家在技术层面的反对
282 意见不论，无需去为弗洛伊德式概念的调和式运用而辩护。虽说
弗洛伊德和他的后继者可能并没有成功建构出一种可以通过实验
测试的适用的行为理论，他们也因而没能应付从哲学角度进行的
认识论批判，可他们自己对于象征行动的描绘也不太失败。这些
单纯的假设是将心理分析视作某种还原的方法论，甚至几乎是太
想要在一场梦、一些神经元以及在"日常生活的精神病理学"中
看到各种各样的文化内涵[3]。在这种方法论中没有束缚衣；如果它
有什么错处的话，那也就是错在造成一种另一种趋势，使得象征
化地表达感觉的过程过于复杂。对于我想要强调的特定症状，弗
洛伊德说过："最狂野的精神病幻想也无法发明这样一种疾病，
它的症候太独特，太惊人，也太个人了。"[4] 即使他致力于推广释
梦的技巧，他也愿意承认许多梦到头来仍会抗拒完整的阐释，它
们太像是谜语而无法被分析式解读；而在另一方面，一个具有相
当天才的释梦者可能会在梦中读出太多东西。弗洛伊德和他最聪
慧的后继者就十分清楚象征行为的复杂程度。我们也根本不必担
心，以为他不理解文学创作中艺术家常用的花招和技巧；正是对

---

3   Freud, *The Psychopathology of Everyday Life* （1901） （Standard ed.,
     London, 1953—1962）, VI, 或见于*Basic Writings of Sigmund Freud*。

4   引自Wilhelm Stekel, *Compulsion and Doubt*, tr. Emil A. Gutheil （New York,
     1949）, Introduction, I。

于这些技巧的敬畏使得他知道它们无所不及，而只有运用他自己
在构造艺术上的技巧，才能与之匹敌[5]。

心理分析的应用

心理分析概念因此无需一般化的正名。但是具体到文学批评，
对它们的使用仍然存在困难。它们已过多地在溯源意义上被使 283
用，即用以澄清为什么某个作者写了他所写的，或者为什么某个
虚构作品中的角色做了他所做的。对这两种溯源式批评（genetic
criticism）我需要多说两句。

第一种就是以心理传记角度研究文学史。为了解释某个作家
的文学行为，批评家部分扮演了诊断医生的角色，将文学上的症
状表现用传记中已知的事件来解读，通常也就是作家童年或者青
少年时期的创伤性事件。批评家也许会解读弗兰茨·卡夫卡的
《致父亲的信》（"Letter to my Father"），并从这封信和其
他此类私人文本中建构出一个关于卡夫卡写作行为的病原学。或
者，通过分析斯威夫特的信件和他的《致丝特拉书》*，批评家为

---

5 见Ernest Jones, *The Life and Work of Sigmund Freud*（New York, 1957），
　III, ch. xv, "Art", ch. xvi, "Literature"， 另见Ludwig Marcuse, "Freuds
　Aesthetik", PMLA, LXXII（June 1957），446—463。弗洛伊德的相关论文
　收于*On Creativity and the Unconscious,* ed. Benjamin Nelson （New York,
　1958）。

* *Journal to Stella*由斯威夫特写给女性友人艾斯特·约翰逊（Esther
　Johnson）的65封信组成，信中斯威夫特称呼对方为丝特拉。——译者注

在斯威夫特的虚构作品中随处可见的污秽迷恋找到了原因。又或者，通过对埃兹拉·庞德的类似的分析，批评家试图确定《诗章》（*Cantos*）中哪些诗行是在神志清醒时写下的。弗洛伊德关于艺术家的文章大体也属于这一类，在《诗人与白日梦》（1908）中，他认为通过技术上的手法，诗人能够公开自己的幻想与白日梦[6]，使得它们宜于被公众分享，使得它们成为真实满足——主要是性满足——的合适替代，而这种满足在艺术家的生活中也不免匮乏。这类论述必然在很大程度上关心诗人的个人生活、性格和环境，而作为批评者的我们会希望把这种关心留待文学史家，因为严格来说，心理传记是无关形式、无关审美的。

　　第二种为人熟知的源于弗洛伊德理论的溯源式批评同第一种非常类似，不过它所关心的是虚构作品所创造的世界。厄内斯特·琼斯对于《哈姆雷特》中动机的研究就基于俄狄浦斯情结的理论，他将其用于解释哈姆雷特行为表面上的矛盾[7]。亨利·穆雷（Henry Murray）也像这样分析梅尔维尔的《皮埃尔》[8]。弗洛伊德在关于陀思妥耶夫斯基的文章中树立了这一模式[9]，在他的论文

6　"The Relation of the Poet and Day-dreaming", *Collected Papers*, IV, 182—192.

7　Ernst Jones, *Hamlet and Oedipus*（Anchor ed., New York, 1955）.

8　见梅尔维尔的《皮埃尔》（*Pierre*, New York, 1949）导言。

9　Freud, "Dostoevsky and Parricide"（1928）, *Collected Papers*, V, 222—242.

《三个匣子的主题》[10]《被成功毁灭的人》[11]中，他也这样对《威尼斯商人》和《麦克白》中的性格进行揭示。跟上一种一样，这种情形中的批评家也试图寻找行为的原始材料、根源和起因；他只是间接地同文学形式有关，即使性格分析很可能会进入对于突转和发现的分析，并由此开始一种对戏剧形式的分析。

　　不过，如果我们想要在心理分析中寻找适用的形式标准，那就尤其需要将神经官能症状作为行为之范式（*patterns*）来探讨。神经官能症状是不平衡行为的典型形态，事实上它可以在文化上找到类比，因为每一种神经官能症都与一种创造性的、主动的、文明化的"象征性行动"非常相似。

心理学类比

　　在《图腾与禁忌》中，弗洛伊德在三种神经官能症和三种非官能活动间做了类比，即：强迫症与宗教仪式、偏执狂与哲学、歇

10　Freud, "The Theme of the Three Caskets", *Collected Papers*, IV, 244—256.
　　这篇论文观察和分析了在三个匣子的选择和李尔给三个女儿的选择之间的
　　相似。

11　Freud, "Those Wrecked by Success", *Collected Papers*, IV, 323—341. 这是
　　题为 "Some Character-Types Met with in Psycho-analytic Work" （1915）的
　　一篇更长的论文的一部分。这篇论文的早期部分讨论的是莎士比亚的《理
　　查三世》。

285 斯底里与摹仿式艺术[12]。最后一项类比似乎会是我们所关心的，既

---

12 "神经官能症以一种方式展现出与艺术、宗教与哲学这些伟大的社会产品
    有着惊人而深远的关联，而它们再一次地看上去像是对它们的扭曲。也许
    可以这么说，歇斯底里是关于一种艺术创造的讽刺漫画，强迫性神经官
    能症关于一种宗教的讽刺漫画，而妄想症是关于一种哲学体系的讽刺漫
    画。在最后的分析中，这种偏离回到了神经官能症是一种反社会构成这
    一事实；它们寻求通过私人方式完成那些在社会中通过集体劳作产生的东
    西……从起源上讲，神经官能症的反社会性质来自其逃离不满意现实逃向
    更为愉快的幻觉世界的原初倾向。神经官能症想要逃避的真实世界是由人
    所组成的社会和人所创制的体制所支配的；疏远真实同时即是对人际关系
    的放弃。"（Freud, *Totem and Taboo*, in Basic Writings, 863—864）
         艺术与歇斯底里的并置则没有那么使人惊讶，如果给出这一个或两个前
    提：（1）弗洛伊德意识到"心理"小说将其角色分割成了不同的灵体，但
    他没有沿着这一思路继续探求（"Relation of the Poet to Day-dreaming", in
    Collected Papers, IV）。相反，弗洛伊德认为艺术围绕着一个摹仿的中心，
    一个我们的艺术传统上都要返回的中心，在它们飞入或者是神话式或者是讽
    喻式的矫饰风格之后（2）。歇斯底里必须在其表现在外的（*outgoing*）、外
    向特点中被理解：在正常状况下，歇斯底里的人就明显是性格外向的人，追
    求同他人的亲密接触的人——你也可以认为是性接触。这一进入亲密认识和
    接触的冲动也是摹仿模式的标志，而弗洛伊德将这一模式等同于"艺术"。
    因此，将艺术类比为歇斯底里的主要原因是共同的等同（*identification*）特
    点。诗人使得他的戏剧和小说"等同于"其他真实的或者想象的人，模仿他
    们的行动与激情。在歇斯底里中，等同于"使得病人能够在这样的症状中不
    仅是表达出他们自身的感受，也表达出他们对于更大规模的其他人的感受；
    它使得他们能够，就像他们真的能够那样，去代表整个人类群体受难，在一
    出独角戏中演出所有角色。我会被告知这不过是常见的歇斯底里式模仿，歇
    斯底里患者的能力是去模仿其他人的任何吸引了他们注意力的症状——共
    情，如其所是，被强化到复制的程度……等同不仅仅是模仿，也是在相似的
    病原性伪饰基础上的同化（*assimilation*）；它表达出一宗相似，而这来自一
    种保存于潜意识中的共同成分"（*The Interpretation of Dreams*, 149—150）。

然我们所探讨的是艺术；这一项中，相似性的核心要点就是摹仿，模拟、等同和示意的过程被认为在艺术和歇斯底里中都有出现。通过所谓"转化"（conversion），即某种摹仿式示意动作，歇斯底里的人会表现出他对于性接触的恐惧和欲望。其他相似点当然也存在，不过它们从属于这一核心的摹仿功能。然而，我们知道并非所有艺术都是摹仿式的，因此这一问题尚待解决，直到找出关于神话和讽喻这类非摹仿艺术的正确类比，如果确实有的话。

　　相当多心理分析上的证据表明，神话同梦有某种关联，　286
按其极端程度可分为"凝聚"（condensation）[13]、"移置"
（displacement）[14]、"否定"（negation）[15]、"无时间性"

　　至于弗洛伊德将强迫症等同于宗教（通过戏仿），没有什么能阻止我们看到讽喻是最为宗教性的一种模式，它确实是服从来自超我的命令，相信罪的存在，通过仪式描绘赎罪。只在接近妄想症和强迫症的意义上，这也同样可以是哲学式的。

13　参见Freud, *Interpretation*, 279—305。

14　参见Freud, *Interpretation*, 305—310。Frye, *Anatomy*, 188："在文学批评中，神话通常是罗曼司中移置的隐喻关键。""移置的中心原则是，在一个神话中可以被隐喻式地等同的东西，在罗曼司中只能通过一些明喻形式相连：类比、重大关联、附带图像以及这一类。在神话中我们可以有一个太阳神或者树神；在罗曼司中我们可能会有一个明显联系着太阳或者树木的人物。在更为现实的模式中，这一连接变得更不明显，而更多是一个附带的甚至是巧合或者偶然的图像。"（*Anatomy*, 137）这一移置观点最早就是源于弗洛伊德的观点，即通过所指物的象征性变化，使得一种危险的、反社会的或者恶毒的思想变得可以接受。

15　参见Freud, *Interpretation*, 310—339。以及Freud, *Collected Papers*, IV, 184—191。另见弗洛伊德的论文"Negation"（1925），in *Collected Papers*, V, （timelessness）[16]以及 "愿望满足"（wish fulfillment）[17]的特

181—183。"作为结合的补充，肯定（affirmation）属于情欲（Eros）；而否定，作为驱逐的变体，则属于破坏的天性。"（185）弗莱将"否定"（negation）称为"魔力控制"（Anatomy, 156—157）。其最清晰的例证在诺斯替主义当中，相关内容可见Hans Jonas, *The Gnostic Religion*, ch. iii, "Gnostic Imagery and Symbolic Language", 48—100。

　　De Rougemont, in *Love in the Western World*, 162，这里给出了流行于典雅爱情修辞中的否定清单，在其传统构造中出现了感觉上的矛盾问题："死于无法死去""爱的战斗是需要被击败的战斗""爱之长枪伤人但并不杀死人""甜蜜的烧灼"，等等。弗洛伊德的术语"否定"就以这一方式命名了这样一种过程，心灵在其中无意识地选择用语来表达自身的矛盾感。有时会产生这种印象，最为有力的讽刺作者都是二元论者，是"否定"的使用者，在这个意义上他们都成了朴素的诺斯替主义者。他们就像诺斯替主义者那样徘徊在极度苦修的边缘，而他也能绝对坠入一种极度的放荡不羁。参见约纳斯，另见Huizinga, *Waning of the Middle Ages*, 109。赫伊津哈的衰落（waning）概念就是一种混合，一方面是极致的暴行和道德混乱，另一方面则是装饰上的精致和严整的宇宙观念。

16　Freud, "The Unconscious", in *Collected Papers*, IV, 119. 关于神话思维的无时间性，见Mircea Eliade, *The Myth of the Eternal Return*。伊利亚德细致地研究了这一方式，"古早的人们难以容忍'历史'，他们试图周期性地废除它"。在弗洛伊德的意义上，这可能是一种想着梦境中时间表的回归。伊利亚德认为，原始人为了留在这一"原型的天堂"（无时间的世界）中，他必须周期性地摆脱他对于"罪"的意识，因此他创造了驱邪的仪式。这些仪式都是通过强迫性的技巧将罪恶感驱逐出意识，或者减轻其心理强度。参见Benjamin Lee Whorf, "Time, Space and Language", in *Culture in Crisis: A Study of the Hopi Indians*, ed. Laura Thompson（New York, 1950），152ff.。

17　参见Freud, *Interpretation*, ch. iii, and ch. vii, sec. C，这里关于愿望满足的更技术化的描述。另见"Formations regarding the Two Principles", *Collected Papers*, IV。

点，卡尔·亚伯拉罕（Karl Abraham）、吉扎·罗海姆（Géza 287
Róheim）和奥托·兰克（Otto Rank）等心理分析学家就迅速从
民间传说中搜集到了足够的材料证实梦与神话间的这一类比关
系。这一所谓的梦的真实象征（我们可以称之为"弗洛伊德式象
征"）在丰富多样的神话学词汇中确有被发现[18]。到目前为止都 288

18　见Géza Róheim, *The Eternal Ones of the Dream*（New York, 1945），248；
　　"为了讽喻目的的控制象征使用的法则是心理分析的人类学未来任务的其中
　　一项。也许我说得还不够清楚。当我说象征的时候，我的意思是有着无意
　　识内容的象征（一个'神话式'象征）；在这个意义上，水－彩虹－蛇就
　　代表着一个结合的亲本概念。**关于讽喻，我的意思是某种土著没有理由去
　　压抑的东西**，比如蛇代表雨、云、水。将象征作为讽喻使用因而就指示着
　　人的无意识同环境的关系。所以实现的第一个目标就是去投射一种内心的
　　紧张感，但是其第二个功能是去减弱环境带来的危险，这是通过将其等同
　　于婴儿期的状况、通过将危险视作只出现在过去的危险。"　另见Otto Rank,
　　Art and Artist，"Myth and Metaphor"，207－235；*The Myth of the Birth of
　　the Hero and Other Writings*, ed. Philip Freund（New York, 1959）（这一
　　版包含了来自*Art and Artist*中的章节）。
　　　　例如Ernst Jones的论文，"The Theory of Symbolism"（1916），*British
　　Journal of Psychology*, IX（1918），181。（卡西尔拒绝将心理分析和
　　神话理论进行交叉。）另见Karl Abraham, *Traum und Mythos*（Vienna,
　　1909）。荣格和他的追随者启发了数不清的对文学作品的神话阐释，例如，
　　Maud Bodkin, *Archetypal Patterns in Poetry*, 更不必说弗莱的一些最重要的
　　著作。对于神话一个总体而典型的描述，见Warren and Wellek, *Theory of
　　Literature*, 195ff。"神话"已经可以意指许多事情，有时候指固定的仪式，
　　有时候是梦境中流动的图像，有时候可以是一个故事，有时候又是故事的
　　破裂。在其古典和原初的希腊意义上，神话是一段"情节"（fable）、一
　　个"故事"（story）、一则"传说"（legend）。在这篇文章中，弗莱用了
　　某种特殊的方式使用它，"Myth as Information"，*Hudson Review*, Summer,

是说得通的：神话同梦有关联。但我们仍然有另一种类型的文学——对于讽喻，需要找到一种说明性的类比。如果我们找到了正确的模式，对于讽喻形式在最宽泛意义上的内部动态，我们显然可以有全新的了解。

关于讽喻的类比

暂且假定适合类比讽喻的是强迫性症候（*compulsive syndrome*），虽然弗洛伊德自己认为同讽喻相似的是宗教行为[19]。这里需要设定一个条件：我们所谈论的强迫行为的主体并不是

1954："神话的形式原则是概念上的，一个含混的、由充满情感的观念或者意识数据的结构。神话在这个意义上乐意被翻译。实际上，它们是可供交流的文学意识图表结构。"（234—235）这里的"神话"等于亚里士多德的"思想"（*dianoia*），而且强烈地暗示着一种讽喻式框架，毋宁称之为一种宇宙式（*cosmic*）框架。这个术语千变万化，不管怎样我们所指的就是它。

19 弗洛伊德关于强迫心理—强迫行为的主要文本是 "Notes on a Case of Obsessional Neurosis"，*Collected Papers*，III.也见他的晚期作品*The Problem of Anxiety*（1926）（Standard ed., XX）。Karl Abraham的著作对于理解忧郁症和强迫行为的关系很重要。Stekel的两卷本*Compulsion and Doubt*，包括了各种各样的案例研究，记述得很细致，从中可以获得关于强迫症问题的广泛认知。而其普遍意义上的总结，见Bertram D. Lewin, "Obsessional Neuroses", in *Psychoanalysis Today*, ed. Sandor Lorand（London, 1948）。Beach认为，这伴随着强迫症的频率，J. W. Beach教授去世后出版的*Obsessive Images*，是一份对于在现代文学中反复出现的一些关键图像的很有识别力的描述。

人，我们谈论的是这一形式下的文学造物，我们可以不论这一形式的意图，在这里我们关心的只是这一形式作为自身的存在。我们已经描绘了讽喻的五个领域，即行动体、图像、行动、因果关联和主题，这里则需要对讽喻的真正性质进行某种心理分析的阐明。

行动体：强迫性焦虑

一部讽喻虚构作品中的典型行动体已被视作一种灵体，对其而言，某种行动选择的自由几乎不存在。这可以成为与强迫行为理论之间的主要关联，对它的观察可知，心灵突然被某种无法控制的念头完全抓住，就好像是被"附体"了。强迫性神经官能症 289 的最常见经验就是患者突然被某些冲动所困扰，它们看上去毫无合理意义，因此被视作专断的和外部的"指令"。心理分析学家所强调的正是这一外在性。

> 强迫心理（obsession）是一种想法或愿望，它强制自己进入患者的心灵，并被体验为一种非理性的方式。强迫行为（compulsion）是一种确实被付诸实践的行动，它同样将自身强加于患者身上。强迫的想法和强迫的行动经常是紧密相连的：举例来说，一个人关于手上有危险病菌的强迫想法会引发洗手这一强迫行为。微小的强迫思想和强迫行为在个人体验中很常见。我们总是想要知道我们是否关好了煤气灶，

或者谈及好运之后我们会敲木头。这些日常现象与神经官能
上的强迫心理与强迫行为所具有的相似性在于，它们都被感
知为非理性的。我们知道这很愚蠢，但是它们似乎有一种小
小的推动力，顺着它们的方向会更容易些。在神经官能强迫
症中，这个特质会大大增强。这些思想和行动几乎就像是外
在的身体，将自己强加于患者身上，不过却感觉得出完全不
属于自身。更严重的是……如果患者想要停止他的强迫沉思
或者强迫仪式，他便会陷入焦虑的攻击。[20]

　　这一焦虑正是由灵力角色施行的行动的特质，因为他总是命
定要去实现某个目标、要回到家乡、要抵达圣城，等等。对无法
达成目标的恐惧甚至比对途中遭遇的具体危险的恐惧更为巨大。
另一方面，在某些文学意义的层面上，讽喻情节的显著特征便是
290 它们保留了一种高度秩序化的事件次序，这暗示着焦虑通常并不
能打破强迫性作品的**表层**完整性。焦虑被走向胜利的过程中的严
格的事件次序所控制[21]。强迫性神经官能症当中广为人知的固执、
小心翼翼和唯心主义，在虚构作品中成为角色伦理构成中的始终
如一、全然投入和绝对主义，就像是霍桑笔下的创造性思想者、

20　R. W. White, *The Abnormal Personality*（New York, 1948），291（Copyright
　　© 1956, The Ronald Press Co.）. White对这一症候做了很好的总结。对其延
　　伸描述，见Otto Fenichel, *The Psychoanalytic Theory of the Neuroses*（New
　　York, 1945），ch. xiv, "Obsession and Compulsion"。

21　参见Fenichel, *Psychoanalytic Theory*, 284。

班扬的基督徒、斯宾塞的骑士和淑女、《神曲》中那些被永恒固定的不死灵魂。强迫性角色的完美范例在于对具有高度文化意义的目标的追寻，因此它就超越了神经官能症的局限，不过仍然保留了由神经官能症所暗示的、影响其形成的性格类型，这即是埃涅阿斯。维吉尔的英雄从未偏离其命定之路，《埃涅阿斯纪》在中世纪被赋予了讽喻解读可以说再自然不过。正如艾略特所言，埃涅阿斯就是原初的"失位之人"（Displaced person），这暗示着他远离家乡、走向心向往之的地方，正因如此他被迫创造出一个替代品。正如我们的理论会呈现的，埃涅阿斯同样力图避免被指控为对同伴抱有敌意，他的前定"天命"只是一种伪装。这种强迫症患者典型的侵略性在此处服务于一种"更高的"文化梦想目标，就如同此后的基督教英雄服务于一种注定的天启命运；但不要让这一点阻碍我们认识到其中潜在的敌意，它只是被绅士般冷静的文本表层或者举止中的冷静平和所遮蔽。这一所谓的共情中止即是官能症的一个主要特点，在文学中，它清晰地设定出讽喻文学系统化、非感性的语调，而其真正的暴力内在于良好有序的意义当中[22]。可以肯定有时候公开的暴力也出现在讽喻中，比如 291 早期的"灵魂之战"中的斗争。斯宾塞笔下满溢的暴力也是一个很好的例子，因为斯宾塞的诗歌完全接受这一事实，即暴力、侵

22　同上书 304页。这一防卫行为被表征为一种身体的"武装"，它使得肌肉紧张而僵硬。见Wilhelm Reich, *Character Analysis*（New York, 1961），39—77, 158—179。

占和仇恨甚至在精灵世界中也会是核心问题[23]。

　　首要的是，行动体与强迫性神经官能症的类比暗示出，这一行动体被超自然力所附体（possession）。正如他可以成为一个灵体，强迫性人物（此处我们谈论的显然不是作者）被简化到了一个狭窄单向的功能；这种窄化即是强迫症患者的力量所在和弱点所在，因为一方面它使得他可以勤奋而长期地致力于单一、复杂的任务，但是另一方面这也阻碍了他发现灵活的道路，那些更新更短的捷径。

图像：固有观念

　　在图像上，我们的类比暗示出了很多相同类型的窄化程式。在强迫行为中，可以发现在灵力冲动下实施的一些非理性行为会很快被一些联系更为疏远的图像内容所替代。杀死所爱之人的冲动在神经官能症的心智中被意识所接受，因为这一非理性冲动所附着的那些事物，只与所爱之人有非直接的关联。这一类典型冲动凝固成了一种"固有观念"（idée fixe），它成为一种强迫，这即是说，强迫行为的程式与在讽喻图像的例子中已经发现的程式相同：它经常是某种凝固的行动体。行动体的这一趋势使得它成

23　见White, *Abnormal Personality*, 293："患者知道他的强迫心理和强迫行为内在于他自己；他并不是在投射，将其归结到外在力量上去。但是这些东西对他来说就像外在的身体，而不是属于自身的一部分。它们从他意识中的未知之处侵袭进来。"

为图像，这使得行动体可以呈现讽喻的"宇宙"秩序，它在心理
分析上可以等同于被称之为"封藏"（encapsulation）或者"孤
立"（isolation）的程式[24]。

　　感染上反社会冲动的病人同时也吁求一种解药，这表现在一　292
种心理程式中，即患者否认自己同这种冲动的关联。他用象征性
的屏障环绕这冲动。如果这种冲动是要弄脏自己，他会留出一天
中的某个特定时刻，只在此时可以（noa）去做这件事，而在其他
所有时刻他都会坚定地抵挡任何诱惑[25]。这种冲动成为一个小小的

24　见Freud，"A Case of Obsessional Neurosis"，377—378。Fenichel，
　　Psychoanalytic Theory，288："强迫类型中的思维代表着一种逻辑思维的
　　讽刺漫画：逻辑思维同样基于某种孤立。但是逻辑上的鼓励服务与客观性
　　这一目的，而强迫式的孤立是出于防卫的目的……就像已经提到过的，孤
　　立与古代禁忌中的触碰相关。许多强迫性体系控制模式的方式就是不应或
　　禁止触碰某物……'清洁'的东西不能与 '肮脏'的东西有关联……孤立
　　通常将组成整体的东西各自分开，而没有强迫症状的人只会意识到整体，
　　而不是这些组成部分。强迫神经官能症患者体验到的通常是相加而不是
　　统一，许多强迫性特点可以被最好地命名为'对构形（*gestalten*）体验的
　　抑制'。"

25　Fenichel发现，在他的一个患者身上所表现出来的仪式，有时候是一种强迫
　　性紊乱，一种对任何形式下的任何秩序的严格规避——这一效果就是斯特恩
　　在《项狄传》中试图传达的；这是"意识流"文学的一个主要目标，这一
　　反讽式的秩序—失序关系构成了关乎意图（*intention*）的一个核心问题。强
　　迫性神经官能症通常展示出世界的一分为二，一半是秩序化的，另一半则
　　是失序的；其中一半中所有都是整洁的，而另一半则所有都是混乱。一个
　　经典例子也许就是Erik Satie的着装和举止被分为公共的和私下的。"作为
　　守时典范的那些人在许多情况下令人惊讶地根本不守时，最干净的人在某
　　些古怪的层面上则相当肮脏。"（Fenichel，*Psychoanaltic Theory*，280）

欲望之岛，它关联着特定的反复出现的图像，而在合适的时候这些图像成为冲动的合格替代（通过转喻）。这意味着强迫性症状运用了宇宙（*kosmos*）意义上的装饰，部分是因为令强迫症患者沉迷其中的细节就像某种宝石般的护身符，它被非常严格的规则所限制；部分也是因为每一细节都被整合进一种高度系统化的行动秩序，也就是"强迫性仪式"[26]。

---

26 见F. W. J. Hemmings, *Emile Zola*, ch. iii, "Blueprint for a Life's Work"，这里讨论了左拉"对完美的迷恋"（*manie de perfection*）和他受惠于卢卡斯（Prosper Lucas）的《论自然遗传》（*Traité de l'hérédité naturelle*）之处，这是一种方便而有力的伪科学"选择"体系；左拉从卢卡斯那里接受的遗传观念成为一种巫术观念；左拉当然没有蠢到认为自己是一个真正的科学家（41）。相反，他创造的角色"全都苦于太过彻底地被压倒了他们的必死性所摆布，太过消极地处于横扫过他们的生理必然性的潮流中……《特蕾莎·拉甘》（*Thérèse Raquin*）和《玛德琳娜·费拉》（*Madeleine Férat*）都只是以神秘的"生理法则"替代了祖先诅咒的命运—悲剧，后者是德国浪漫主义者的某些戏剧中的驱动力，或希腊悲剧中追捕主角的厄里倪厄斯。这两部小说有许多这类作品所附带的特点。

从创作者的角度，有证据表明左拉相当有意地在运用"百科全书式本能"：他自己承认，"我总是，如常言说的，贪多嚼不烂。当我专攻一物之时，**我恨不得将整个世界都囊括其中。这就是我痛苦的根源，对于庞大和对于全体的渴望永不足厣**"（黑体来自原作者）。这里完美地符合崇高感的标准，因此对我来说，在基督教经文规范式微的后文艺复兴时期，这就构成了本质上是讽喻的东西。这一点可以得到非常好的确证，即在左拉那里，一种强迫性的"收集狂热"有了其完美的文学说明，因为他就是他自己，正如Hemmings所言，"收垃圾商贩天然的受害者"——"在左拉身上，比起小巧和精选，庞大与全面出现得更自然。他有一种收集者的本能和建筑师的大脑。

"他在梅塘（Médan）的房子有两件事具有象征意义……在里面，来访

行动：强迫性仪式

　　强迫行为是高度秩序化的，它是超级系统化的，它极为吹毛 293
求疵，即使在完全平平无奇的"仪式"进行的时候。关于强迫性
神经官能症，怀特写道："井然有序也许会成为他生活中的魔鬼，
让他陷入无穷无尽的整理、布置、记录和归纳的任务中。"[27] 这 294
一清理构成的形式可以走向两种路径：它要么需要义项的对称式
（*symmetrical*）组合，要么需要其仪式化（*ritualistic*）组合。在
一天中的某些时候，这种神经官能症可能会表现为一整套攻击性
的、带有敌意的行为；他也有可能象征性地而不是直白地去做这

　　者会迷惑于杂七杂八的艺术品（*objets d'art*）的这种难以形容的混合，因为
　　左拉就是垃圾商贩天然的受害者；房屋内饰中的当代粉刷很好地展现出
　　这种对微小装饰细节的关注。房屋外面，建筑工人也不清闲，在左拉个人
　　的指挥下增添和精心构造。《卢贡-马卡尔家族》就是用梅塘的砖、砂浆和
　　家具装饰编辑出的。"（36）关于"收藏狂热"一语，拉伯雷在更早的时
　　候曾用作一个针对学院派的宇宙式讽刺。

27　White, *Abnormal Personality*, 292. E. M. Tillyard使得这一点非常关键，而在
　　这一点上他必须捍卫讽喻："确实，看起来目的是建立一种非常有力度的
　　坚硬的东西，实际上却会造成一种难以捉摸、含混和闪烁不明。如果所有
　　三种或四种感觉并不能自始至终都维持，而是来来去去，这就必须有一种
　　将复杂转化到简单幅度又转化回去的讽喻；而这样的转化行动会让自身成
　　为心灵的习惯，这与古希腊人相反，他们拒绝坚持一个固定的人类中心作
　　为参照，而是从地到天都可以变换居所。这种心灵习惯也持续了下来，虽
　　然以不那么精神化的形式，对于斯宾塞来说，他的《仙后》对于讽喻含义
　　的关注程度在不断变化。"（*Poetry Direct and Oblique*［London, 1945］,
　　144）

些事。而在一天中的其余时候，则与这些攻击性刚好相反，他会通过积累一系列完全平行的、相等又相反的"良好行为"以"消解"反社会冲动[28]。"井然有序、仪式化、清洁、主动示好、自我强制责任以及惩罚，所有这些都证实了患者对于抵消和修正自身反社会倾向的需要。"[29] 这一灵魂之战自然地展示出了一种此消彼长的运动，其形式也是高度对称化的。

    同时，患者的行动符合强迫性神经官能症的典型症状样态，即是仪式化的。而这样一种仪式化，举例来说，可以是对一间屋子里某些有确切数量物品的一系列重新整理：这些物品可以首先排成一种序列，然后排成第二种序列，然后第三种、第四种，这样持续下去直至病人觉得他已经足够持久、足够精确、足够严谨地完成了这个仪式，从而确确实实补偿了某种不洁。强迫性仪式拥有无穷多种类的材料。几乎任何物品、任何图像、任何字或词、任何标志都可以用于这一目的，因为造就仪式的并不是特定质料，而是特定的秩序和对部分的重复。强迫症患者为了减轻焦虑而践行他的仪式；他会数羊，数天花板上的方格或者篱笆的柱子——不止一次，而是多次这样做，在每一次新的数数活动中他变得比前一次更为不确定，因为虽然在统计意义上他也许更接近获得肯定的答案，但是他不自觉地在重新计数这一事实本身**对他来说，**

---

28   见Fenichel, *Psychoanalytic Theory*, 288ff., 以及White, *Abnormal Personality*, 294。

29   White, *Abnormal Personality*, 292.

就意味着有什么地方搞错了。因此在这样的仪式中存在着某种沉 295
思成分，而如果讽喻的形式被最终缩减成一种"进程"，我们需
要记得这一进程并不意味着真正的前进。进行"表面移动"的讽
喻进程，所进行的是命运之轮（Wheel of Fortune）上的圆周运
动。"变化越多，不变越多。"（*Plus ça change, plus c'est la
même chose.*）

　　这类仪式化行为的沉思型特点所带来的是，总是会有新的仪
式添加到现有次序中。仪式的激增使人想到实际上在讽喻文学中
一直都在发生的情况，或者是进程转向一种"离题"，或者以一
种哥特式地丰茂同时推进双重、三重以及四重情节。像《爱人的
忏悔》（*Confessio Amantis*）或者《欢愉的过往》[30]这种百科全书
式讽喻作品确实在某些地方笔墨精简，但那是一种富足的节俭，

30　Lewis, *Allegory of Love*, 280—281："也许霍伊斯（Stephan Hawes，《欢
　　愉的过往》的作者）自己本来就既不能够也不愿意挖掘这首诗更为深微晦
　　涩之处。他喜爱晦暗和奇异，如他所说，喜爱'灾难性的故事'和'混
　　沌的形象'本身；他是一个做梦者和喃喃自语的人，对自己想象中无法
　　控制的内容茫然无措，一个像布莱克那样（以他自己的方式）被附体的
　　诗人。他在某种强迫下写作，这同时是他的优点也是他的劣势。他的叙述
　　因此啰唆而频繁冗长（*longeurs*），但同样也因此呈现了难忘的画面，无
　　论是朴素的还是稀奇古怪的，这有时候几乎将这一枯燥无味启动并渲染成
　　了一种'幻象式的枯燥无味'。" 对于霍伊斯笔下突然出现的幻象，如
　　果要在心理分析理论中发现类似之处，那可能就是弗洛伊德称之为"发
　　狂"（deliria）的那种奇怪的迸发——在他说的情况下是一种混合症状。见
　　"Notes on a Case of Obsessional Neurosis", *Collected Papers*, III, 358。这
　　里的"发狂"（delirium）涉及其原始含义，即犁从沟渠中突然翻出。

诗人从未对超出耐性加以任何限制。言简意赅的古典原则在此没有位置，除非是被任意强加在一首像《凤凰与斑鸠》或者马维尔的《自我与灵魂的对话》（"The Dialogue of Self and Soul"）这样的诗歌中，这类作品可以使你感觉到，寻求一种确切的限制和最干练的形式是可能的。这种形式就是对部分的命名，因为强迫性沉思寻求被言辞魔咒本身所赋予的感觉的稳定性。

因果关联：巫术实践

在《图腾与禁忌》中，弗洛伊德指出强迫行为需要运用交感296 巫术，因为仪式获得其有效性需要通过从一种符号到下一种的接触感染。"名称的巫术"（*magic of names*）[31]比起其他任何语言现象都更为重要地主导了讽喻作品，与之类似，它也是神经官能症的一个核心成分。名称成为事物的适用替代，它甚至超越了适用，因为比起事物本身来，名称更容易操控。比起聚集大量属于某个你想要诅咒或者祝福的人的物品，一个人可以更容易地找到

31　参见Fenichel, *Psychoanalytic Theory*, 295—296, and 300ff.。另见Freud, *Totem and Taboo*, in *Basic Writings*, 849—851. Otto Jespersen的 *Mankind, Nation and Individual*（London, 1946），169："如果我们将今天科学训练出的人的冷静态度作为起点，将使用的词语作为交流的方式，或者用来进一步培养思维，我们永远不会完整地理解语言的本性。对于小孩和未开化的人而言，一个词语意味着非常不一样的东西。对于他们来说，一个名称里有某种魔法的或者神秘的东西。"

适用于这个人的名称——在天主教习俗里，给予孩童一系列基督教名字的做法，就是"言语标志"（verbal icons）这一行为并不原始的例证。在讽喻作品中，我们可以找到为数不少的"数字象征"（number symbolism）[32]的例子，这也许是运用名称巫术最纯粹的形式，不过任何形式的标志中都存在"语词的力量"，这种信念无疑是讽喻虚构作品中自然主义类型的根基。这类作品以记录式的细节建构出一整个世界，它初看上去似乎只是为了给读者传递信息，但再看就会发现它的意图似乎在于控制读者。

> 创造真实世界的复制品使得计算和提前行动成为可能，

32　见Vincent F. Hopper, *Medieval Number Symbolism: Its Sources, Meaning and Influence on Thought and Expression*（New York, 1938），尤其是90ff.，关于数字象征和占星间的关系，其隐秘地控制着人类行动；关于这一象征同身体—图像间的关联，见17页注释30：Francesco Sizzi反对伽利略关于存在着多于七颗行星这一发现的论点："头上存在着七扇窗户，两个鼻孔、两只眼睛、两个耳朵和一个嘴巴；所以天空中有两颗最受喜爱的星星、两颗不吉的星星、两颗闪亮的星以及一颗未定和中立的水星。"库尔提乌斯在《欧洲文学与拉丁中世纪》的附记十五"数字构造"和附记十六"数字箴言"中，所写的内容与Hopper的著作无关。最近A. Kent Hieatt对数字解经做了令人印象深刻的研究：*Short Time's Endless Monument: The Symbolism of the Numbers in Edmund Spenser's Epithalamion*（New York, 1960）；另见这篇详述的论文，Hieatt, "The Doughters of Horus: Order in the Stanzas of Epithalamion", in *Form and Convention in the Poetry of Edmund Spenser*, ed. William Nelson（English Institute Essays; New York and London, 1961），103—121。就二十世纪读者而言，我们对于此类解经的问题是在于难以用巫术的眼光看待数字。

在这样一个"模型世界"中，它们发生在真实行动实施之前……语词和用语词表达的概念只是事物的影子，它们被构建出来是为了带来秩序，这是通过将审判式的行动施加于混乱的真实事物中。外部的真实事物大宇宙反映在内部的代表事物的小宇宙中。代表事物有着这一事物的特性，但缺少事物所拥有的"严肃"性质，它们是"附体"，这即是说，它们被自我所操控，它们试图通过赋予事物"在自我上的平等"（ego equality），从而达到掌控它们的目的。那些知道一件事物名称的人，便掌控了这一事物。这就是"名称巫术"的核心，它普遍地在巫术中占有重要地位。这体现在古老的童话故事"侏儒怪"（Rumpelstilzchen）中，故事中的恶魔一旦被人获知自己的名字，便会失去他的法力。[33]

我已经提出过，美德作为道德讽喻中的积极理想需要从"力量"的原始意义去理解，因而道德寓言需要主要依照强与弱、自信与恐惧、确定与怀疑这几种对立去重新阐释，而不是依据基督教的恩典和堕落处境这样一些观念。

像是典型寓言里事件的高度秩序化次序，首先是一种带有欺骗性的、看似科学的秩序。不过，正如费尼切尔（Fenichel）注意到的："强迫性系统化并不是为了掌控现实的目的而实施，而是为了否认现实的确切层面，是对现实的歪曲，它其实是一种科学

---

33 Fenichel, *Psychoanalytic Theory*, 295（经 W. W. Norton & Co. 授权）。

的讽刺漫画。"这正是斯威夫特在《格列佛游记》第三卷里刻意
使用的讽刺漫画，如今它也出现在一些反讽运用得不那么纯熟的 298
科幻小说中，精巧的技术性行话穿插于原本干瘪的罗曼司文本。
这大概就是弗莱彻《紫岛》中的伪科学，老式的学习取代的是思
考，是恰在同时期被威廉·哈维（William Harvey）所践行的真正
的解剖学工作。跟菲尼阿斯·弗莱彻一样，哈维也多多少少相信
古老的图像与人类身体的状态相似，但是他将这一坚信留给对国
王的奉献里，从而使得他的文字可用于科学和实验观察，这是为
了"掌控现实的目的"。相反，像菲尼阿斯·弗莱彻这样的人并
不是非常想要去传授可靠的知识，就如同在不同封闭空间里固定
的知识不会变化，它们会成为固定的图像，而不是成为可被验证
的、假设的建构。对于这样的诗人来说，"从世间万物的大宇宙"
逃向"语词的小宇宙"就是非常自然的事情。最为引人注目的莫
过于一些讽喻系统里图像上的复杂性，不过这种精巧可以根据与
名称巫术并行的某种信仰来解释，这即是所谓语词的全能地位，
它可被理解为某种退回一个言语宇宙的极度抽象。

　　强迫性思维并不只是抽象，它同时也是**普遍**，它指向的
是系统化和分类化；它是对于真实的理论性替代。患者对地
图和插图感兴趣，而不是对于这些国家和这些物体……对智
性的过高评价往往造就了强迫性神经官能症患者在智性上的
高度发展。然而，这种高度智识却显示出古早的特点，它充
斥着巫术和迷信。他们的自我显出一种分裂，一部分是逻辑

的，其他部分则是巫术的。孤立的防卫性机制使得维持这种
分裂变得可能。[34]

299   将逻辑与迷信的混合表现得最清晰的当属对于神谕的讽喻式
使用，它通常就伴随着创造出可以预见到未来的"分身"（也
就是一面梅林的魔镜）。而这种神谕式心态同样是强迫症状的
特点。

> 患者寻求神谕，与上帝下注，害怕关于"其他东西"的
> 语词产生巫术效应，表现得像是他们相信精灵鬼怪的存在，
> 尤其是相信存在一个怀有恶意的圣徒；但在其他情形下，他
> 们是非常聪明的人，完全能觉察出这些观点的荒谬。[35]

心理分析对这里的荒谬之处持怀疑态度，但必须清楚的是，
从分析者角度来说，主流的宗教讽喻非常接近一种心智上对于神
谕的危险确信。这一主流就是预言体。《圣经》解经学从历史意
义解读神圣文本（Holy Writ），因其能够去预言未来和解释过去
与现实，这是通过假定先知受到了来自上帝或他的天使的言语的
神圣感发。这种方式需要一种对于灵力行动体和感发能力的彻底
确信。因此，心理分析学者不同于解经学者的地方，就在于对神

34　同上书 296—297 页。

35　同上书 302 页。

谕信息和神秘符号中的真理的价值认识上。心理分析学家的发现也得到了进一步证实，即神谕在古代世界的诗歌中被用来批准某些行为。

基本上，求神谕意味着要么是强行允许或原谅某种一般来说被禁止的东西，要么是试图去将对于某事感觉负罪这一责任转给神。神谕要求神圣的许可，这可能起到平衡良心的作用。[36]

良心的平衡隐含着强烈的诱惑，这就是强迫性的道德生活的特点。强迫性人格同时迷恋与排斥被欲求之物。 300

---

36 同上书 270页。另，关于矛盾感的经典陈述，见Freud，"Notes on a Case of Obsessional Neurosis"，*Collected Papers*，III，374："另一种发生在爱与恨之间的冲突会更为奇怪地击中我们。我们知道爱在初期经常被感受为恨，而这种爱，如果被满意地拒绝，可能会容易地部分转化成恨，而诗人们告诉我们，在爱的更为激烈阶段，两种对立的感觉也许会并存一段时间，就好像争斗中的双方。但是爱与恨的长期共存，两者都指向同一个人，都指向最高强度的情感，就无法不让我们惊讶了。我们会料想的是充满激情的爱会早就征服了恨，或者被恨所吞噬。而实际上，在相当独特的心理状态下，通过潜意识中事务状态的协同，两个对立面的持久存在才是唯一可能的。爱不能成功消灭恨，而只能驱使它进入潜意识；而在潜意识中，恨远离了被意识的行动所毁灭的危险，它能够生存下来甚至继续生长。在这样的环境下，通常有意识的爱会通过反应的方式，获得了特别高的强度，这样它就能足够强大，应对压制对手的持久任务。"

主题："悖反原始词汇"中的矛盾心态

心理分析学家似乎会同意，在强迫性神经官能症的核心存在着高度的矛盾感，反过来说，这必然伴随着超我或者说良心的某种极端发展。赎罪的仪式产生于打破矛盾感的结合的需求。在更古老的说法中，斯特克尔（Stekel）的"两极思维"（bipolarity of thinking）会被称为"道德二元论"（moral dualism），虽然后者暗示着一种过于有意识的进程，而前者通过极端对立面的融合，当然会被无尽地复杂化。这种融合在逻辑上似乎是不可能的。但这在心理学上却相当可能，它通过移置和"否定"的方式进行，这意味着它活动在潜意识中，而通常在神经官能性行为中，任何事物都可以意味着其反面。正如"悖反原始词汇"（antithetical primal words）类似于拉丁语中的altus，它的意思是既高又深，一种处于强迫性仪式中的图像可以容纳两种对立的含义[37]。

这一双重含义对于任何禁忌之物都必不可少，它们总是同时意味着心灵所能设想的最可欲（神圣）和最可厌的（可怖）事301 物。对此心理分析所发现的最好例证可能是对于**金钱**的矛盾评价。金钱被认为既是最好、最富足的事物，另一方面又是最肮脏和最低贱的。（这在基督教教诲中被体系化为贫穷的美德，这一教诲

37　Stekel, *Compulsion and Doubt*, sec. iii, 10—23, 译者导言中论及"机制"（mechanisms）。另见Freud, "Antithetical Sense of Primal Words"（1910）。

被含混的语言表达出来，因为好基督徒被劝诫说不要在地上而要在天上积累"财富"。）

这种矛盾在奥威尔的小说《叶兰在空中飞舞》（*Keep the Aspidistra Flying*）中表现得非常清晰。

> 钱的臭气，到处都是钱的臭气。他偷偷看了眼南希［原文如此］……他颈后的皮肤就像贝壳内部那样丝滑。你不可能在年收入低于五百磅的情况下拥有这种皮肤。他有的就是所有有钱人拥有的这种诱惑、这种魅力。钱和诱惑，谁能把它们分开？[38]

金钱是被污染的，这也适用于禁忌之物，而它虽然极为被欲求，对于接触而言它也同样是可怕的，它带有某种有毒的巫术式"诱惑"。

这种双重投注（cathexis）有时会被缩减成更为人熟知的形式，即道德二元论，而且这里似乎更容易联系起传统的讽喻文学。

38　对这一段落的评论，见Anthony West, *Principles and Persuasions*（New York, 1957）。关于奥威尔的章节最早发表在《纽约客》上。关于对待金钱和财富的混合态度，见J. C. Flugel, *Man, Morals and Society*, 295—297。这部著作对于研究良心相当重要，因为它分析了"超我的投射"。Flugel还有另一部著作与研究宇宙（*kosmos*）和讽喻相关，*The Psychology of Clothes*（London, 1930），尤其见ch. ii, "Decoration—Purposive Aspects"。参见Baudelaire, "The Painter of Modern Life"，尤其见sec. ii, "In Praise of Cosmetics"。

对于强迫性神经官能症，心理分析主要考虑的是对危险的威权人
302 格的治疗性转化[39]。这一疗法需得破坏某些威权形象的掌控，因
为这一官能症的根源在于父母最严格的纪律训练时期，即如厕训
练；一旦孩童学会了控制自己的排泄过程，他也（通过普遍化）
能够在所有父母权威设定出行为标准的领域控制自己[40]。这一所谓
的威权式人格就与强迫性人格极为相似，它很容易（或者没有那
么容易）进入一种"良心的自动运转"。在试图解释道德寓言中
为数众多的自动得如机器人一般的角色时，我们需要考察的是在
何种程度上存在着内在于他们行为中的某些带有冲突情感的固定
形象，因为父母的形象和来自父母的命令一定会引发此类情感。

《浮士德》第二部就是对于母亲（Mother）的复杂情感的一种重
303 要讽喻表达[41]。这一部分的摹仿性特点不那么显著，这似乎是为了

---

39 见Adorno, Frenkel-Brunswik, Levinson, and Sanford, *The Authoritarian
     Personality*（New York, 1950），此书中Elsa Frenkel-Brunswik发展了她关于
     "容忍含混"的观点。另见Abraham and Edith Luchins, *Rigidity of Behavior*
     （Eugene, Ore., 1959），这里提供了一份有关"设置"（einstellung/
     set）研究的完整评述，包括对不同心理分析立场的总结（ch. i）。
     在我看来这一领域有两位作者尤为重要，他们是*Character Analysis*的作者
     Wilhelm Reich以及*Comparative Psychology*的作者Heinz Werner。他们处理
     刻板行为这一问题的方式显然相当不同。

40 参见Fenichel, *Psychoanalytic Theory*, 278—284。

41   浮士德   那么，快点，说出来！
         梅菲斯托 我不情愿说出如此神秘之事：
                  女神们居住在此，独自，崇高，
                  受到的尊崇超越了此世的空间或时间；

分析权威的问题，从而需要赋予一种更为严格的结构；第一部分实际上关注的是爱的力量，而歌德在续篇中关注的则是具有力量的爱。

我们终于可以将主流讽喻中的分析性角色归入矛盾情感的普遍效果中。

如果道德冲突极端又顽固，就会在感觉和思想的所有领域中造成分裂，产生一种僵化的二元论，它对于遭受这一切之人的知觉如此有影响力，以至于每一重要的客体对他而言都成为矛盾之物，这即是说，他既被吸引，又心生拒斥，在他眼中，它是由两种对立元素构造而成，一种为善，一种为恶，它们无法和解或融合。同时他在每一个曾对他有吸引力

即使谈论她们都会让放肆者惊惶。

她们就是母亲们。

浮士德　　母亲们？

梅菲斯托　你被吓到了？

浮士德　　母亲们！母亲们——有着奇妙的忧扰。

梅菲斯托　没错，凡人的心智对女神们尚是无知，

而说出她们的名字确实会让我们族类畏惧。

《浮士德》第二部结束于女性（Woman）的双重形象，第一个是第五幕中的葬礼场景，在那里地狱的大口似乎被等同于"可怕的母亲"，而第二个则是最终的救赎场景，这里女性成了处女神，由悔罪者所代表、包括忏悔的格雷琴，也由圣母所代表。这里对于女性的态度是高度矛盾的，正如第一部中不断暗示着格雷琴既是浮士德的爱人、也是他的"母亲"。（我使用的译本来自Philip Wayne, Penguin ed., Baltimore, 1959。）

的人身上发现了根本的缺陷，他开始仇恨他曾爱过的人，即
使在潜意识中，他继续爱着他所恨的对象。这样的话，全身
心接纳任何人都是不可能的事情，而朝向综合与融入的建设
性趋势被持续地阻隔了。[42]

　　总的来说，显然心理分析理论最终将我们带到了关于主题
（theme）的讨论，讽喻总是呈现出某种程度的内在冲突，我们称
之为"矛盾感"。心理分析还描绘出其他已强调过的主要特征：
灵力行动体（强迫症患者相信灵力附体）；宇宙式图像（他相信
转喻符号"包含"或者"囊括"了他的大范围问题）；巫术式因
果关联（他相信交感巫术，相信"名字的巫术"，也相信神谕传
达的命运）；仪式化行动（他以或神秘或凡俗的形式践行强迫性
仪式）；以及最后形成的矛盾式主题结构（他一直沉思着自己的
欲望，在极度的诱惑面前受苦）。当我们说强迫症患者"相信"
这些不同幻觉时，我们便暗示着他按照他所相信的东西来**行动**，
这样他的行动就可以按照其本身的范式来研究。要了解一个人身
体是否残疾无需任何传记资料，只要看见他走路；同样，也无需
这样的信息就可以呈现出，某种特定行动是强迫性地构建出的。
分析者只需要去探查这一行动的节奏。因此这就与文学批评相
关。无需关于作者的心理传记，即使它可以成为有用的检验，当
作者们创作出的作品同已知范式有关联的时候。在这种相当理念

304

42　Henry Murray, ed., 梅尔维尔《皮埃尔》导言, xv。

化的批评中，需要考察的只有范式自身。如果一个人想要更进一步，书写心理传记，这当然可以，尽管关于作者生活与性格的私人历史对于心理分析式文学批评来说并非必需；不过有趣的是，它可能也有其自身的价值，只要这种批评仍坚持关注作品的形式特性。

类比的使用

回头去看关于强迫症状和讽喻文学的类比，我们会发觉一系列相似之处，既关于形式，也关于内容。但也许会有这样的疑问：这个类比有什么用？我们可以如此回答，这样的比较使得作为一种交流模式的讽喻，回到了某种基础行为类型中，对此我们可以在强迫性仪式的框架结构中找到。更进一步说，当强迫行为经常成为人类行动的物理形式（比如礼节就由实际上的身体运动所组成）时，它也在更深刻的意义上成为一种"象征性行动"的形式，因此，它就完全适合去与也被视作"象征性行动"的讽喻相比较。它很有可能去预测讽喻文学中会发生的情节。通过我们正在做的类比，我们可以学会重新审视这一模式。因而在这两种情形下，我们都发现了某种威权式的行为类型，它刻板、焦躁，充满宿命论；一部讽喻式史诗中的影响所呈现的行动方式，就跟一个强迫症患者做事的方式一样、一成不变、一丝不苟、不假思索。两种情形下都存在着巫术影响、超自然附体、禁忌限制的强大作用。两种情形下我们都可以看到，事件之间彼此孤立，成为高度散漫

305 的形式，因而被"囊括"进接触传染与至福的特定时刻。行为的
强迫症范式经常表现出对神谕式征兆的使用，它被认为是注定的，
而这为预言式文学提供了整体上的崇高范式；在此，英雄被迫前
行，他必须根据这些前定的征兆和谕示继续他的道路。两种情形
下我们都会遇见禁忌的语言，它事关"悖反原始词汇"，在这之
中一个单独的概念包含有截然相反的对立含义，它允许了处于讽
喻核心的悖论与反讽。悖论的在场并不总是显而易见，生涩的作
者也许并未意识到其可行性。但伟大的讽喻作品从不缺少反讽。
关于禁忌的悖论结合了强迫行为的其他主要特点，这使得讽喻能
够提供给我们很大一部分超自然的生活。因此讽喻必然激发出广
泛的兴趣，并且部分是有意识地去解读，即便对于并未受过特定
的图像学精细科班训练的读者。最终，我们无一例外都表现出这
样或那样的强迫行为。

7

价值与意图：讽喻的局限

在追随歌德的浪漫主义批评家以及新批评派眼中，讽喻的价
值受到质疑[1]，它无法脱离对其功能的考量。对那些讽喻擅长的事
情，批评家也不总是很积极。这进而给人一种印象，即当他们像
这样攻击一种如此变化多端的程式，他们所做的其实是赞扬其他
一些他们所偏好的程式。

因为讽喻隐含着主题对于行动和图像的支配，因而也如弗莱
所注意到的，"明确指示出他的［指作者的］图像与典型和规范
间的关系"，这一模式就必然对任何读者对待任一特定作品的方
式都会施加高度的控制。作者的全部技巧"在于去指明关于自己

---

1   关于讽喻的典型评论可见Cleanth Brooks and R. P. Warren, *Understanding Poetry* （rev. ed., New York, 1950）, 274—278。

307 的评论该如何进行"[2]。弗莱已经巧妙地论述过，"注解式批评常常在不清楚真实原因的情况下对讽喻产生偏见，即讽喻的延续性指出了注解的方向，因此自由度也受到限制"[3]。比如说，弗莱自己在《可怕的对称》中对布莱克的评论也许造成了读者对布莱克的误解，因为它在呈现布莱克思想丰富性的同时，也减少了读者现在能够对诗人进行的解读（或者解读方式）的数量。支撑这一观点的还有我自己关于并行的论证，即讽喻形式的仪式化特点及其人物整体上的强迫性。

从强迫性（compulsive）迈向强制性（compulsory）这一步却很简短，而且实际上这两个概念的区别只在于二者关于强制行动的意识的不同程度。强迫行为在一种被强制的基础上被安排，在行为后面没有那么多关于动机的意识；而强制行为则是被外界的有形方式加以明显地控制，它通过一些外在的权威实现，比如指挥交通的警察。因为讽喻作品呈现出的美学表层也暗示着某种权威化的、主题式的、"正确的"解读，这也就是在试图消除其他可能的解读方式，它们有意地限制了读者的自由。伊丽莎白时期的修辞学者一方面警告讽喻作者不要使用过于晦涩和神秘的形象，另一方面也反对使用轻浮的淫秽形象，这暗示着自由的幻想和巧智，而它们可能损害适于这一模式的权威性和教条性功能。这些警示似乎暗示着，因为讽喻无法不去进行教谕，它也就必须

2　Frye, *Anatomy*, 90.

3　同上。

清楚表达这一教谕，提供一种以老式的学校教学方式进行的、持续的、"有对象的课程"。这一模式似乎并不仅仅限制了读者的自由，它进而也将自身限制在一定幅度的道德态度和一定程度的密语当中。

讽喻作为对审美无利害标准的冒犯

主题式功能的主要特点是，读者可以通过它知道并评价讽喻作品的价值。讽喻作品的目的经常是说教式的，它声称某些特定 308 的主张是善的，而其他一些则是恶的，这就**直接**提出了价值的问题。一首像是《仙后》这样的诗歌就很典型，它所构建出的那种艺术击碎了关于审美无关利害的康德式规范[4]。斯宾塞持续不断地

4　因而康德认为"美脱离概念被表现为一种普遍满足的对象"（*Critique of Aesthetic Judgment*, 55，引自Knox, *Aesthetic Theories of Kant, Hegel and Schopenhauer*［London, 1958］, 28）。Knox还引用了鲍姆加登关于效果的说法："可以被直接构想出的观念、恰当而且完美的观念，它们不是感觉上的，因而也不是诗性的。因为清楚或生动的观念是诗性的，而确切无疑的观念却不是，只有含混不清的（即感觉上的）而又生动的观念才是诗性的。"见Baumgarten, *Reflections on Poetry*, tr. and ed. K. Aschenbrenner and W. B. Holther（Berkeley, 1954）。这一学说可以追溯至亚里士多德的观点，即技艺（*art*）所应当处理的是那些可变的、关系到"选择"（choice）的事物，处理这些事情则是凭借一个人的"深思熟虑"（deliberate）。Aristotle, *Nicomachean Ethics*, 111b："思虑所关涉的是多半以某种特定方式发生，然而其中的重要部分是模糊的且包含不确定的因素的事情。在重要的问题上，我们约请其他人帮助我们共同思虑，并非不相信自己能思虑周全。"确实，这里也许适用于讽喻式晦涩，在这个意义上讽喻可以构成

确认行为的准则以及他会称之为"美德"的灵魂力量。读者被迫
采取要么接受、要么反对的立场，正因如此，这种模式中存在比
仅仅是审美上的厌恶更多的东西；批评当中对于讽喻的不悦可以
如此总结，这种强烈的保留意见在于，某些具体的讽喻作品也许
实际上教授了错误的东西。对于认为应当"坚定推行不偏不倚的
普遍性"[5]的中立批评家来说，会很难处理面前的这类文学作品，
因为其本身就是在偏见的意义上进行高度区别对待的。弗莱将这
一"普遍性"视为优秀批评的美德，而与文学领域之外的涉及伦
理的行为无关，但即使如此这一问题仍值得被提出，无论讽喻是

309 否真的可以根据美的标准进行恰当评价。第五章的论述暗示着它
不能够被这样评价，因为它属于一种崇高的方式。这即是说，如
果以非关利害的康德式标准用于讽喻并判定其有所欠缺，那则是
一种错误，因为崇高感就其定义而言从来不是超然中立的。崇高
感并不通向悲剧或喜剧——二者都既不试图去评判其主角，也不
会用"诗性正义"褒奖他，而是趋向于呈现人物本来的样子，面
对恶，他失败或胜利。

一种技艺。但是在其质料的意义上，即"可以被直接构想出的观念"，这
却不是技艺，如亚里士多德或康德所理解的这个术语，即作为美之客体的
创造物的艺术上的功能。关于可变以及艺术的真正质料中的可变本性，见
Aristotle, *Nicomachean Ethics*, 1140a。"技艺"，这里的意思可以简单地
理解，"关于制作某物的技巧"或者"关于按照某物需要被有意成为的样
子而完成制造某物的技巧"。对于康德来说，"艺术"（art）已经暗示着
一种排除了其他"已经完成的"活动的**审美**功能。

5 这是弗莱《批评的解剖》中"争辩性导言"部分的重要主题。

"诗性正义"：对意图的目的论掌控

"诗性正义"要求有意地、有计划地、道德化地在一部文学作品的结尾处侵犯其自然的可能性。这个说法隐含着一种强加的道德训诫（*moralitas*），而通过那种"我告诉你要这样做"的语气，这暗示出任何以这种方式结尾的虚构作品的专断性质。为了让"诗性正义"适应行动的结果，诗人当然必须去修改行动，使得它符合主题和准则。考虑到讽喻这一相当狭窄的视角，确实可以同意艾尔德·奥尔森（Elder Olson）的说法："讽喻式事件的发生不是因为依据其他事件来看它必须或者可能发生，而是因为某一特定教条式的主语需要有某一特定教条式的谓语；它的行动秩序不是由作为行动的行动决定的，而是由作为教条的行动决定。"[6] 这似乎是对依赖教条的一种尖刻评价，但它对于强迫式行动的强调显然是正确的。即使如此，在我们将奥尔森这一相当标准的观点视为定论、认定讽喻因为其教条式的僵化损失了审美价值之前，我们仍然需要探寻作者们对于意图上、立意上的结构进行区分和控制的技巧。虽然讽喻意图经常处于作者高度的控制下，似乎也因此可以采取一些手段来柔化严格的控制，或者以不同的复杂化手法抵消控制的简化效果，而这些手法中主要的一种是对于作品自身的反讽凝视。这些反向手法似乎可以提升可变性，因 310

6　"William Empson, Contemporary Criticism, and Poetic Diction", in Olson's *Critics and Criticism*, ed. R. S. Crane（abr. ed., Chicago, 1957）, 46.

此也提升了讽喻的审美价值。

意图的自我批评

　　控制的技巧经常足够明显。寓言、谜语甚至更长的作品要么
持续进行评论，要么在结尾给出"道德教谕"。这些路标说明了
作品的目的。它们清楚地把注意力集中在作品意在传达的第二重
意义。一则动物寓言很有可能并不完结于一个自足的、达到自然
行动高潮的行动时刻（老鼠游到岸边、狐狸被抓住、鸽子逃离老
鹰），而更有可能完结于某种说教的、外在应用的道德教谕，它
通常以谚语式表达或格言形式出现。当我们在像是《伊索寓言》
这样的作品中遇到那种"每个人都知道的隐喻"（everyman's
metaphor）[7]时，道德内容似乎是一种清楚且毫不含糊的讽喻层面

7　柯勒律治的这一形容出现在*Misc. Crit.*, 29："也许确实有理由这样说，在
　　寓言中所有被运用的讽喻式行动体或图像所拥有的首要性质，都是其早就
　　被普遍地所赋予的，而在一部讽喻作品中，类似的东西也许是由作者第一
　　次呈现出来的。这就正确地解释了，为什么动物、异教神和树木——这些事
　　物的性质要根据其特有名称被唤起——才是寓言中几乎唯一真正意义上的戏
　　剧人物（*dramatis personae*）。一头熊、一只狐狸、一只老虎、一头狮子、
　　狄安娜、一棵橡树、一棵柳树，它们是每个人都理解的关于笨拙、狡猾、
　　凶猛或者宽宏的勇气、贞洁、坚定以及柔韧的隐喻，可以很放心地说，在
　　一部讽喻作品中，这些不会立即或者总体上明白易懂地在一个隐喻中出
　　现，但对于寓言却非如此。不过，这是优秀寓言的条件之一，却不是对于
　　寓言的普遍定义，而幸运的是，定义一个事物或一个术语的难度同它的必
　　要性几乎总是成反比。"

上的表述，而我们期待此类辅助可以产生清晰的阐释。但当我们面对詹姆斯·瑟伯（James Thurber）的《当代寓言集》（*Fables of Our Times*）里的反讽道德内容时，它们至少跟与其相伴的讽喻作品一样难解。

从文化上规范的、名义上清楚明白的寓言类型偏移到那些横向（*de travers*）运行的讽喻作品时——它们将自己所处时代的道德观点视为可疑（如果不是似是而非），同时喜爱一种远离公认道德准则的反讽自由（例如斯威夫特、卡夫卡）——在这里我们会看到一种意图控制不那么明显的类型。卡夫卡似乎在逗引他的读者进入一种图像上不稳定的状态，而斯威夫特的《桶的故事》推进则通过一系列对意图的提议先支持后否决，读者在这类作品中获得的对于作者意图的初次印象会随着时间完全被覆盖，并且多次被替代。《桶的故事》里的每一个"前言"、每一次"离题"都对意图做了全新的重新定义，而通过每一种新表达，这一讽刺作品转换了它所引述的基本点。通过这样的作品，斯威夫特实际上戏弄了讽刺手法自身，也许正如莎士比亚在《哈姆雷特》戏剧化情节的中间对编剧手法的戏弄一样。正如《哈姆雷特》呈现了至少一幕的"戏中戏"，《桶的故事》也呈现了至少一段"讽刺当中的讽刺"。

这并非一种不常见的程式。通过将反讽施加于它们正巧在运用的技巧，所有类型的艺术作品都可以批评他们自身的"类型"。（因此莎士比亚经常嘲弄图像中的才智和修辞式展演。）所以在浪漫主义史诗中，作者会创造出一个嘲弄的角色，用来取

311

笑这一文类自身拥有的奇迹场景，这就是利用反讽来使意图变得复杂。当斯威夫特嘲弄离题本身时，他就是在使得《桶的故事》里的讽刺意图更为复杂。他在对讽刺作品做出戏仿。其结果便是，比起缺乏自我批评的作品，这样一种艺术形式更有活力，更多彩，更真实。

即便如此，如果认定内在地指向"反讽式复杂化"总是会赋予文学作品以力量，也会是一种错误。即使反讽的存在可以控制感伤过度，反讽自身也可能成为一种感伤，这就需要某些进一步的反讽，或者某些其他的反向力量来对其加以抑制。戏仿作品往往过于反讽，它们过于执着地攻击自己的对象，而读者对这样的攻击感到疲惫。鉴于反讽通常使意图变得复杂，在任何过长的戏仿中，它会再次走向过度简化。糟糕的戏仿在结尾时使读者感到震惊的往往是它过分恶意而非滑稽模仿，而且，没完没了的反讽会让人觉得不公正，即使对于其批评的对象。

312　　　偶尔，在作者开始某些作品时，他会让自己从反讽中解脱。他会通过放松原有的讽刺意图来控制反讽。菲尔丁的《夏梅拉》（*Shamela*）是纯粹的戏拟，它通过极度的精简达到效果。它无法延续太长篇幅。另一方面，《约瑟夫·安德鲁斯》在开篇部分也戏拟了理查森的《帕梅拉》，但是菲尔丁逐渐松动了他最初的意图，即，像在《夏梅拉》中那样嘲弄帕梅拉虚假的虔诚；《约瑟夫·安德鲁斯》被允许按照自己的路径自由发展出流浪汉的行动。在菲尔丁的模式中，也可以看到《堂吉诃德》中同样发生的情况。菲尔丁和塞万提斯都呈现出对于意图的混合或者偏移。在某种可以允许突然甚或是逐渐改变的叙述中，这种同样的偏移是有可能出现的，无论所呈现的是何种程度的反讽。

《约瑟夫·安德鲁斯》这一例子与但丁那样费解的讽喻作者所写的寓言作品很不一样，后者中的晦涩在于任一特定时刻中都**有具体的讽喻意图**。菲尔丁并不想让他的故事的意义晦涩难解，他逐渐从一种虚构方式转向另一种，即从讽喻式的转向多多少少摹仿式的写作。如果确实如此，显然这里就存在着两个核心问题。

第一，我们需要注意到，讽喻作品中充满了特定意义没有即刻显明的例子，作品意在将抽象观念遮蔽在隐微而可理解的图像之下，正如《神曲》中神秘而又教条式的旅程，或者被称为"封闭诗体"（*trobar clus*）[8]的吟游诗歌中有意的晦涩。这密语式技 313

8　关于封闭诗体，见Maurice Valency, *In Praise of Love*, 125—130："最好的封闭诗体以抛物线性质为其特征，一种刻意的含混的结果，它暗示着在平均智力的理解能力之上还保留着意义。这种诗联系起的那种感觉，意味着比目之所见更多的东西，而目之所见绝对不是确定的。因而我们意识到阴影中的意义也许来自、也许不来自意图，也意识到交流当中一种普遍的、令人恼火的崩塌。这样的诗歌以其自身的目的在诗性活动中戏弄心智。它引起了一种竞技式的回应，这与易懂的诗歌带来的更为消极的乐趣形成了令人愉悦的对照，因而在听众或读者当中带来了更高的参与度，那些有某种感觉的人，如果他成功地穿透了诗人的用意，那么这一诗歌就能提供更高的亲密度，比起那些不那么排他的诗歌类型而言。吟游诗人中那些练习着这一封闭风格的诗人，没有人有能力创作出有着多恩的《圣露西节之夜》（'A Nocturnal Upon S. Lucie's Day'）这样宏伟的杰作，但是十七世纪诗人在封闭风格上与其前辈的关系却是清楚明白的。

"这一类型的诗歌在一个方向上无疑紧邻讽喻。已经被注意到的是，在香颂发展的很早时期，任何类型的吸引力都可以被表达为'拥有爱的外艺蓬勃发展是因为它的"难解的装饰"可以激起读者的好奇心。它因此有意地试图显得晦涩。若是想要进行得体的赞颂，或者进行不显得粗鄙的指责，应制诗人就会以同样的方式去掩盖诗歌所涉及的真实对象（即现实当中的人，鉴于这是一首应制诗）的特

表'。比如说，歌中的淑女会很容易地让人想到圣处女；这也使得用'拥有爱的外表'（*sembianza d'amore*）来指代所想到的任何欲望对象成为可能，无论是理念、智慧、正义、美丽、荣耀还是救赎。很多吟游诗人在任何意义上都不是什么学者，但是在中世纪，爱与象征性方式都是不可避免的。在经由奥古斯丁传播的并且由教会的学者们以极大自由度运用的《圣经》阐释的讽喻方式，以及在由但丁在《飨宴》（*Convivio*）中以及之后在菲奇诺和皮柯（Pico）那里展现出来的用这一方式阐释世俗事务，这两者之间存在着最为明显的关联。而布鲁诺在《英雄之怒》（*Gli Eroici Furori*）的爱情十四行诗中实现的'超感'（*sovrasenso*）类型，就是这种思维诗歌的自然结果，而这一卓越的作品当然绝不是讽喻解经在文艺复兴时期爱情诗中的孤例。"（1958年版权；引用经过The Macmillan Comapy许可）

对此我只想补充，封闭诗体的标准、其方法和内容类似于崇高风格，我在阐释这一概念时已经说过。朗基努斯所强调的斗争、刺激、"竞技式的回应"，这里全都具备，当我们转向如画感理论所暗示的更为亲密的技艺，这也类似Valency所说的"更高的亲密度"。诗歌的材料也许因时而异，但在它们的意图中"存在着最为明显的关联"，即使降至普莱斯的标准，"如画感的效果就是引起好奇心"。"所有这些经常可在风景画中看到的深深的海湾和山谷，都在邀请眼睛穿透进它们的隐秘处，从而使得好奇心保持鲜活和未被满足状态。"（*On the Picturesque*, 114）这进一步暗示出，典雅爱情的观念和十八世纪理论中"改善的"景观之间应有比较研究。关于这一点，见Frank E. Manuel, *The Eighteenth Century Confronts the Gods*（Cambridge, Mass., 1959），ch. i, "The New Views of Pagan Religion"，和ch. ii, "The English Deists", sec. 3, "A Psychopathology of Enthusiasm"，和ch. iii, "The Birth of the Gods," sec. 4, "President de Brosses; In Memory of the little Fetish"，和ch. v, "The New Allegorism"，随处可见。

点，而**某种**特定"意图"就同样会被有意模糊掉。但这并不意味
着我们对所涉及的这种对意图的探索有任何疑问。这一探索包含 314
着一种对人物的认同，而在任何时候，这一过程无疑都是讽喻式
的。对于最早的英语讽喻诗歌，即古英语里的谜语来说，也是同
样道理，而一般来说，我们也许会认为这一费解的、图像式的、
应制的或者带有神秘信仰的讽喻诗歌传统所带来的只是对某些特
定符号的意义的具体疑惑。（比如说，这只猴子象征着智慧还是
欺骗？这只鸽子应该根据维纳斯还是诺亚方舟来理解？护身符上
的紫水晶是用来对抗醉酒的吗？这种蛋白石是否指示着坏运气？）

　　但是第二，对于有些作品来说，我们无法明确地保证可以进
行任何讽喻性的阐释。在这些作品中，即使不时出现图像象征手
法，但它们并不统领全作，它们也无法逆转摹仿的反向运动。虽
然在这些作品中，是否存在贯穿性的讽喻意图都尚不明确，但比
起那些可能存在特定意图问题的作品来说，它们对于讽喻理论更
为重要。它们给我们提供了第二个更为普遍的问题。它们使得讽
喻和其他文学手法之间的界限变得可疑。

模式界限的松弛

　　讽喻从未被呈现为一种纯粹的方法[9]。我所单独论述的那些

9　Issac Disraeli, *Amenities of Literature*（London, 1859），在"讽喻"一章
　　中，将其称为"在这种艺术中有一事物是相关联的，而被理解到的是另一

特性也没有被推向过绝对极限：几乎不存在极致的灵力、"宇宙
化"、"孤立"、交感巫术以及情感性矛盾，而只有这些特点
315 的不同程度存在。超出我所认为的一系列显著特征之上的是主
流的传统标准，即双重含义，而即使在这里也可以看出讽喻的
程度区分。最常见的情况可以在但丁那里找到，也就是说，多
义的（polysemous）文本肌理以及由此可以松散维系的含混[10]。
对中世纪讽喻作品的四重结构——其字面、讽喻、道德喻示
（tropological）和升华（anagogical）层面[11]——做过严格探寻的
人，就不会怀疑去确切弄清楚哪一个层面统率着其他、哪一个层
面作为起点、哪一个又作为终结这些问题的难度。这一难题在对
罗曼司文体的研究中达到极致，因为大部分罗曼司作品主要是在
描绘冒险，而其快速进行的故事又经常太过精彩，使得注意力难
以集中到任何潜在的讽喻信息上。

　　在罗曼司文学中，故事是诱使读者离开讽喻信息的主要因素，
不过图像也同样诱导读者远离讽喻式阅读。讽喻式图像，即宇宙

事物"，但是他继续谈到这一观点"对于理解讽喻所拥有的多样形式来说
太过狭隘，其本性或者在其精微处，或者在其庞大处"。

10　在一封写给斯加拉大亲王的书信中，但丁使用了这一术语，这包含了可能
适合描述他的方法的所有其他术语。他渴望被看作一位诗人，而不是一个
神学家。

11　四重结构对于研究中世纪解经的学生成为一个语义学难题，尤其对研究但
丁的学生，但不太被提到的一点是，这是将亚里士多德的四重因学说翻译
成了语义学术语。因而我们可以得到这一关联：字面义——质料因；讽喻
义——形式因；道德义——动力因；升华义——最终因。

架构，也许会回返到某种"仅仅是"装饰的功能。当批评家开始
强调像是《仙后》或者《紫岛》这类诗歌中的"说明性"和"视
觉化"特点时，我们就知道这种回返正在发生。在十九世纪，批
评界更愿意认为斯宾塞是一个诗性的感观主义者，他倾心于富丽
的织毯和华彩的游行队列就是因为这些事物本身，而不在于它们
可能拥有任何所设想出的图像象征意图。存在着这样一种典型的
"斯宾塞式"诗歌风格，即图像丰富、运动缓慢、离题构造的迷
宫，这一想法就是来自一种拒绝严肃对待讽喻的态度。比如哈
兹里特就使得读者无视斯宾塞的核心关切，即他的图像志。即使 316
十八世纪观念中的"哥特式"斯宾塞给部分的讽喻式解读打开了
大门，但因为"哥特式"紧邻着怪诞、矫饰、惊人，这样一种文
学的目的即是表面的兴奋和震颤，却不是确切地指向某种讽喻信
息。在严格意义上的传统讽喻风格中，同样的衰退也发生了，我
已经指出过在被认作如画感和崇高感的风景艺术中，灵力风景中
的"宇宙式"细节很有可能被许多读者视为，在其精巧或说教式
的浮华之外并无任何信息[12]。但普莱斯所说的如画感，以及康德和
席勒所说的崇高感，它们都有一种强烈的隐含的讽喻意图，这两
种主要由其拥有"无穷"篇幅的形式所定义的艺术，都趋向于在
观者的心智中引动理念性的概念。在此类艺术中，我们抵达了最

---

12 这一主张可以用一首像是汤姆森的《四季》（Thomson, *The Seasons*）这
样的诗歌来测试，要牢记的是汤姆森的其他主要讽喻作品，像是《自由》
（*Liberty*）和《懒散之城堡》（*The Castle of Indolence*）。

为微弱的对读者的象征性控制；科林斯或者格雷的崇高颂诗的读者非常有可能不会意识到他们的作品是有着双重含义的诗歌，因为一方面他们笔下的风景看上去是自足的自然描绘，另一方面，他们使用的拟人化抽象可以看作只是一种高度情感化的诗歌表述。然而，这种诗歌在本质上就不那么范式化吗？我们只有将不同程度的讽喻意图考虑在内，这个问题才可以得到很好回答。因为宇宙图景衰减成了"单纯的装饰"，并不意味着它就完全丧失

317 了与一种宇宙结构的相关性[13]。我们反而该去怀疑，坚持"仅仅是"装饰功能的读者正是以这种姿态，拒绝了在意识形态上参与进由这些装饰所示意出的这一宇宙，它们因此也就被剥离了其讽喻功能。坚持一个诗人使用的是"诗性用语"（poetic diction）就是去否认他在人文意义上的重要性。

　　在如画感和崇高感这里，将这种艺术的抽象目的与其功能区

13　因此，批评家坚持认为斯宾塞和雪莱的装饰性和感官性，大概是不情愿去相信在他们的诗歌中有一种宇宙式效果。这一"仅仅是装饰"的想法继而成为一种手法，用以避开关于信仰问题的严肃思考。在一种被损减的形式中，这一规避走向了对"纯粹"艺术或者"为艺术而艺术"的崇拜——一种明显没有逻辑的，或者至多是悖论式的态度，因为艺术是按照审美标准被定义的，也即，公众的价值判断带来高低辨别。在十八世纪，看作"仅仅是装饰"的趋势在对于斯宾塞和塔索的哥特式解读中呈现出部分地发展。但是哥特这个观念本身就充满了强烈的情感性价值判断，"哥特"这个术语所具有的意义还要更强烈，更有威胁性，相较于它曾经作为一个艺术史术语曾有过的意思。我们记得"危险"（danger）曾经的意思是**控制**，比如在乔叟那里；而哥特小说中的恐怖就是一种控制角色从而控制读者的种类。

分开来并不容易，在十八世纪观念中，这一功能即是探索自然之美中的奇观，它同时是一种对丑陋的城市生活的拒斥。我们也许会问，这种享受自然的冲动什么时候成了一种理念（Idea），一种由崇高或者如画艺术具象化的抽象和理论目标，而什么时候它又不再是理念化抽象，成了现实中的自然崇拜？（我们必须区分开诗性的登山者和真正的登山者。）其他艺术同样表现出这一类的意图上的冲突。比如说，目前的论述坚持认为自然主义小说（大部分读者称其为"现实主义"）是讽喻式的，因为它的主角经由灵力进行了简化，从而失去了选择他们自身命运的力量，因为其图像总是"宇宙式"的，因为这类作品基础的总是某种二元冲突，其结果便是这类小说中遍布着对于禁忌的戏剧化呈现。自然主义小说的整体效果通常就暗示出，强有力的主题式概念统领着行动。这就意味着图像和行动中朝向抽象的运动被用来影响读者，这就与小说家似乎在寻求的那种"现实主义"相对立。目前为止都很好——没有必要在某种假定的讽喻本质同无论是"抽象"还是"现实主义"之间寻找某种不变的关系。但自然主义小说中仍有一定程度的简单现实主义，只要此类"科学式小说"的作者们至少表现出他们想要的只是去尽可能精确地"再现一个世界"。如318果他们没有认清此类再现的内在动量，如果他们不知道这样一种强迫性的记录必然显得多么抽象，而作为结果他们作品的意图会显得多么主题化，这都无关紧要。至少有一个例子可以证明，讽喻意图总是可以接纳改变或者受挫，正如任何自然主义摆脱其信息的简单结果。假设厄普顿·辛克莱（Upton Sinclair）曾打算让他的主角尤吉斯（Jurgis）**无法**通过社会立法获得救济，这就会构成一种否定的信息[14]。在这样的时刻，典型刻画出此类作品的讽喻意图就可能被更为摹仿性的意图所取代。尤吉斯可以成为一部摹仿式戏剧、一部悲剧的典型主人公。

通过某种讽刺，在讽喻意图的纯洁性上似乎出现了另一种冲突。一个像斯威夫特这样的作者能够去取笑这一手法，通过这一方式他的讽刺作品在其轨道上固执前行，最明显的是在《桶的故事》和《一则最谦逊的提议》（*A Modest Proposal*）中，不过也同样在《格列佛游记》里；通过让格列佛自己成为一个复杂的形象、一个成长中的人物而非一种类型，他尽力把我们从去过的岛上所获得的认识复杂化。这种讽刺文体的自我批评是其自身最强有力的武器，因为以这种方式，它避免了自身落入过度的愤激和严苛之中——你不会去信任这样一个人，其反讽是在系统性地否定所有在现实世界中所发生的事情，但你可以很好地接受这个人对他自己的方法开玩笑。拜伦身上同样出现了这种讽刺作者的自由度，以及后来在梅尼普讽刺的现代践行者身上，像是恰佩克的《山椒鱼战争》和扎米亚京的《我们》，以及怀特（White）、瑟

14　Upton Sinclair, *The Jungle*（New York, 1960），177："尤吉斯现在可以看到全部真相了——在整个漫长的过程中，他可以看到他自己，那些撕碎了他的生命并且吞噬了他的凶恶秃鹫的受害者；那些曾经榨取他折磨他、嘲笑他并且当面讥讽他的恶人。'噢，上帝，这种恐怖，这种巨大的、隐藏的、魔鬼般的邪恶。'"如此在同一脉络上不断持续——这显示出自然主义传统中有着哥特式和恶魔般如画感的层面。

伯和佩雷尔曼（Perelman）在《纽约客》上的讽刺作品。当这些 319
作者对他们自己的象征程式开玩笑的时候，我们就被引导着不那
么苛刻地阅读，而这就意味着减弱了他们作品所要传达的讽喻的
强度。文本中信息的价值减少了，而它们的现实主义、它们的活
力、它们对生活本身的热情则必定上扬，无论是否有任何更不直
接的意义。

评论对文本表层的支配

在目前我已讨论过的那些方式中，某些讽喻类型的文本表层
脱离了常见的讽喻意图，于是这一作品不再带来强烈的图像上的
感受；这即是说，它的文本表层倾向于被以完全字面的方式去理
解。这一文本表层于是变得在其本身中自足，而读者也感觉得到
它自身从图像控制中解脱了出来。但就像但丁、朗格兰和班扬所
做的那样，诗人也对自己的象征进行了延伸评论，这也同样是常
见的情况。在解释这部作品的出版序言中，或者晚一些时候在被
他的评论者提问时，作者也许会**以自己的口吻**说话。这种作者释
义在现代很常见。一个例子就是威廉·戈尔丁对他最为重要的作
品《蝇王》所做的下述评论。

> 主题是试图将社会的弊病追溯到人类天性的弊病上。道
> 德对一个社会的塑造必须依据个体的伦理天性，而不是依据
> 任何政治系统，无论它看上去多么合乎逻辑或者值得尊重。

整部书在本质上是象征性的，除了结尾处成年人出现进行解
救，他们体面又有能力，但在现实中他们纠缠进了同样的邪
恶中，正如岛上孩子们的象征性生活。这位阻止了一桩对人
捕猎行动的军官准备用巡洋舰将孩子们带离这座岛，而不久
这一舰艇就会以同样的冷酷坚决去追击它的敌人。谁又将解
救这些成年人和他的巡洋舰？[15]

320   戈尔丁不只是在描述他的寓言的主题性内容。他说得更多，
他描述了其象征性手法。以一种完全外在于作品的角度，以他自
己本人的口吻，他也许可以更容易地进行这种方法论批评，比起
在虚构作品中运用一个人物。后者是被斯宾塞和但丁所使用的方
法，可能也被大部分讽喻作者使用。但丁使用了一个叫"但丁"
的角色，这一角色同他自己有许多明显的一致之处，不过，随着
他开始有所理解，这一角色不仅体验了彼岸世界的异象并且对此
做出了评论。在向炼狱和天堂上升的过程中，通过获知越来越多
的东西，通过逐渐地净化，这个"但丁"渐渐变化。而在地狱的
时候他曾是观察者，观察那些本质上与他不同的人，即那些罪人
（即使他也有像是愤怒和骄傲这样的罪）的死后生活，他慢慢地
成为一个参与者，而不只是观察者。其结果就是，这一评论者"但
丁"在上升的时候变得不那么客观了；诗人在"天堂篇"中非常

---

15   William Golding, *Lord of the Flies* （Capricorn ed., New York, 1959）, E. L.
      Epstein在附于小说中的批评注释中引用了作者。

强烈地指出，天使之力的光亮要比任何旅人可以忍受的程度更易
使人目盲。简单来讲，评论者身份被缓缓地推到一旁，而同时这
个神秘的参与者身份占据了他的位置。这一状况本身就足以是一
个复杂的发展，足以将《神曲》标示成一个特例，而在角色塑造
上还另有复杂状况。"但丁"有两位向导，维吉尔和贝阿特丽丝，
于是每时每刻评论都有一个派生的说话者。更确切地讲，维吉尔
和贝阿特丽丝才是原初的评论者，而与他们同行的旅人"但丁"
则是派生的。对于异象的含义，他们毕竟比他了解得更充分，而
正如他们指引"但丁"，他们也指引着对于意图的分析。除了使
用这两位向导，诗人也允许次要角色在诗歌中描述他们是谁以及
他们做了什么。总而言之，《神曲》呈现了对于在所有讽喻作品
中所能找到最为精巧的对意图的修辞掌控。

斯宾塞对于叙述者作为人物的运用没有这么复杂。他提到的
"他自己"就是"我"，只有第六卷中他用田园诗中的名称科 321
林·克劳特*提到他自己时，这种指代名称才有所不同。不过，作
为科林·克劳特，他从没有公开走到前台，诗歌只是在玩笑似地
发问："谁不认识科林·克劳特？"在斯宾塞这里读者一般会感

---

*　在斯宾塞第一部重要诗作《牧羊人日历》（*The Shepheardes Calender*，
　　1579）中，会唱歌的牧羊人科林·克劳特（Colin Clout）第一次出现，十余
　　年后斯宾塞创作了《科林·克劳特的再次返乡》（*Colin Clouts Come Home
　　Againe*，1595），而这位科林·克劳特还出现在了1596年出版的《仙后》第
　　六卷中。科林·克劳特与斯宾塞本人的关系在研究中被屡屡提及。——译
　　者注

觉到，诗中的"我"是一种行动体，其作用更多取决于诗歌本身的需要，而不是斯宾塞自己可能有的感受，尽管从绪言到第四卷他都在控诉伯利*，这就类似但丁在《神曲》里逐渐完成的那种自我揭示。

《仙后》的意图在叙述者角色这里展现得并不是特别鲜明。正如哈利·伯格所言[16]，比起"我"在诗中的任何直接评论，史诗作为一个整体这一目标也许更为清晰地通过斯宾塞对明喻的使用得到呈现。不同于但丁，没有任何迹象显示斯宾塞让评论吞没了行动。斯宾塞总是把他的解释放置一旁。比起但丁、朗格兰或者班扬，他的离题中有更少的教导成分，而前面三者在从相关来源进行引述时都可能把故事放到一旁。

文类以及对行动的吞噬

某些讽喻文类会自然倾向于去吞噬行动。百科全书式史诗中，让·德·默恩（Jean de Meung）所续的《玫瑰传奇》就是一个很好的例子，他试图将这部作品与相当大量的史实、观点或者教义联系起来，这样的话留给故事的空间就很小了。在这个意义上，

---

*   第一代伯利男爵威廉·塞西尔（William Ceceil, 1st Baron Burghley），深得伊丽莎白一世信任，先后任财政大臣、国务大臣等职位。伯利明显地排斥斯宾塞，对后者带来相当程度的不利影响。——译者注

16   Harry Berger, Jr., *The Allegorical Temper*, 122ff.

但丁是唯一承认他与百科全书式史诗亲缘关系的人，他在致斯加拉大亲王的书信中写道，他自己的方法就是"离题"。这种讽喻中的离题通常是说明式的，尽管它们可能采取了次情节的形式，如同它们在大部分罗曼司中出现的样式。第二种在评论中迷失自身的讽喻文体是"剖析"（anatomy），其中，波依修斯的《哲学的慰藉》也许是在讽喻的兴盛时期中得到最广泛阅读的作品。这里"哲学"作为拟人化的抽象概念，只有非常有限的行动动力；她与被囚的波依修斯谈话，后者倾听以及发问。说明部分的激增 322同样也如此丰沛地出现在伯顿的《忧郁的解剖》中，读者肯定会忘记这本书本质上是一部讽喻体虚构作品，它的主要人物小德谟克利特（Democritus Junior）就是书中主角。而通过攻击者，斯威夫特在他自己的游戏中击败了魔鬼；《桶的故事》里，评论仍试图吞没彼得、杰克和马丁的寓言故事，但这一效果保持着讽刺性，而且成功销蚀了剖析文体方法中呆板笨重的特点。在《项狄传》以及拉伯雷的作品中，评论可以发展出它自己的滑稽剧，可以设定新的幻象或者狂想作用。

所有这些作品都存在一种"辩论"的散文化倾向，而它们的戏剧结构也都经历了严峻考验。有一两种其他形式明显向着过度的意图控制、乌托邦设置以及想象式旅途进行展开，它们在呈现关于想象性陌生世界的幻象上彼此都很相像。在这些文类中，作者有很大的自由度去详尽阐述在这一美丽新世界中、他认为在道德或政治上值得关注的方面；而如果作者在这方面中有许多要说的——塞缪尔·巴特勒（Samuel Butler）就是如此——他的乌托邦初看上去就会像是戏剧结构下的一系列论文。《乌有国》*中有相当数量的文本直接从巴特勒的文章里发展而来，即他此前写下的对于达尔文主义进化论观点的回应[17]。游记体形式将乌托邦样式从僵化固着的状态解放为说理式陈述：来到一个奇怪国家的游客自然事事好奇，他需要从当地人那里获得对所见之物的解释，并且在返回后对那些"留在家里的人"绘声绘色地讲述。但这种技巧也很容易变得陈腐。

像柯珀（Cowper）的《任务》（*The Task*）这样的"论文诗"（Treatise poems）也许标志着过度使用评论所能到达的极限；在这些诗歌中，评论构成了作品的全部主干，剩下的部分则无足轻重。但也许可以这样说：诗人扮演了他自己的阐释者，于是将他的所有图像、他的旅人所看到的所有事物都作为他的宇宙。对我们来说属于说明观点、报道事实的部分，对于诗人来说就是高强度的装饰性诗歌。通过一些此类程式，华兹华斯的叙事诗发展出了繁盛而幻象式的内在自然。从这些作品可以得到这样的认识，即呈现为某种教条或者提供某种可供个体进行确证的信息的需要，要远远强于去创造一个自主图像的需要；论文诗和华兹华斯

323

---

* 原题*Erewhon: or, Over the Range*，巴特勒在1872年匿名出版的小说，Erewhon是书中虚构的国度，Erewhon一词大致相当于将nowhere（没有地方）倒过来拼写（虽然h和w调换了位置）。——译者注

17 见Basil Witley, *Darwin and Butler*（New York, 1960），49—50，关于达尔文理论中的拟人化行动体；以及67—72页，关于人类躯体作为"机器"的发展，见*Erewhon*, chs. xxiii and xxiv。

式叙事诗都是以诗体写成的，只是稍微有所遮掩的论文，即使后者走向了诗人自我人物的心理肖像。

从讽喻到神话的意图转变

如果讽喻退至作品的背景中，其文本表层就成为一种自足的、足够袒露的、"现实主义"的虚构作品，而如果它的后退伴随着评论占据了修辞表现层面，讽喻也同样可能不再重要，因为讽喻已经成为神话式的和幻梦式的。这样的时刻可以是《仙后》里的这些段落，当斯宾塞描述阿多尼斯花园中生命的永恒回归时，或者当他在卷五中插入伊西斯神殿的神秘景象时；这些时刻需要读者去接受压倒性的悖论，因为它们创造了一种在根本上难以解释的图像与行动的缠结。读者最终只得对花园和神殿做出神秘化理解，不过它们对于理性化的抗拒并非暗示出指意能力的缺乏。也许可以这么说，神话真正的独特之处就是对于完全矛盾的图像的强制接受，然而真正的讽喻所要达到的效果是对于矛盾其中一方的严格置换，这就要通过论证花园的主导意义是死亡**还是**生命、伊西斯神殿的主导意义是正义和仁慈**还是**不义和严酷来实现。但这种置换并没有在斯宾塞诗歌里的这些时刻发生。相反，他坚持平等对待这种矛盾态度的极端对立，几乎是在坚持它们必定联合，启示在这样一种完全清醒的时刻中就获得了。近些年我越来越确信，斯宾塞的目标并不只是写就一部讽喻作品；他同样关心神秘，关心一种永恒命运在理性上不可理解的方面。我们可以将花园和 324

神殿（以及其他类似的场景）视作中世纪解经中的"升华"，这确实是一个使用起来可以接受的术语，因为升华暗示着一种神话式与异象式的结构，它超越了我们一般称为"讽喻"的那种进行严格关联的诗歌。如果我们更进一步，将卡夫卡的现代讽喻作品称为"升华的"而不是"神话的"，我们也只是将同样的语言应用于一种现代语境。在斯宾塞和卡夫卡这里，确定讽喻和神话的边界都是件困难的事情，这种困难在这两位作者的批评里都可以得到证实。同样的困难以甚至更为严重的形式存在于布莱克身上。哈罗德·布鲁姆在最近的著作中再次提出了区分神话与讽喻这一问题，而布鲁姆认为，雪莱以及总体上浪漫主义者的幻象诗歌都属于一种虚构神话诗歌（mythopoeic poetry）[18]，它确实存在于从讽喻到神话、从讽喻到歌德可能称为"象征"的边境地带。但是这一边界无法做出清晰的勾画，除非是对于意图中缺乏最终悖论的讽喻作品，因为在神话和"象征"中，诗人拒绝承认理性或者感觉可以提供最高的智慧。

意图的讽喻式简化：它的目的性驱动

在讽喻中，意图的问题似乎要简单得多，无论是比之摹仿性艺术，还是比之神话性艺术；前者的本性便是以自身的充足去取悦和"娱乐"受众，后者提出了一些事关普遍体验中的存在确定

18　Bloom, *Shelley's Mythmaking* （New Haven, 1959）. 见参考文献。

性的问题，这其中更高的真实以某种关于存在本身的重大根本问题的形式压迫着读者。讽喻不具备康德式的"无关利害性"[19]。讽喻不接受怀疑；相反，它的玄妙难解呈现出痴迷于同怀疑的斗争。它不接受经验和感官的世界，正是在对它们弃之不顾、用观念取代它们的地方，讽喻繁荣兴盛。讽喻以这样的方式背离了摹仿和神话，而它的意图在任何一种情形下，似乎都属于某种可以清晰理性化的、"意义的讽喻层面"方面的问题。这些层面便是文本审美表层中的双重目的；它们有自己的意图，其仪式化形式意在从读者那里引出某种解经式的回应。一个简单的故事也许对于老练的读者来说仍是高深莫测的，但一个神话对于任何读者来说都显得高深莫测，毕竟讽喻作品里的对应关系向任何有着读解技巧的人敞开。足够奇怪的是，讽喻意图以这种方式成了一个总体上很简单的问题。但因为在一则寓言中的某处遇到神话式和摹仿式时刻总是不可避免，我们会发现解经式难题在探讨任何个别作品的具体意图时总会出现。

　　我们现在可以澄清那种据说是让读者不自由的感觉，即，利害关系。读者不能够去选择采取任何态度，而是被作者的意图控制手法告知，他应该怎样去阐释他面前的东西。他也许是相当间接地被告知了对于文本应该做出什么评论。在这种观点中，对于

19　"品味是一种通过完全中立的满意或不满来判断一个对象或判断对这一对象的表现方法的能力。这样一种令人满意的对象，就叫作美。"（*Critique of Judgment*, I, 5）关于"无目的的合目的性"的讨论，见Israel Knox, *The Aesthetic Theories of Kant, Hegel and Schopenhauer*, 11—53。

自由和缺乏自由的评判不是在于作品，而是在于读者对作品的反
应——心理上一种可靠的定位[20]。我认为，另一方面，将阻碍了读
者自由的任何东西都假定为来自作品当中，这在批评上很便捷，
我们也确实经常这样谈论，就好像自由度的缺乏多多少少内在于
作品中。无论是通过形式，还是通过内容上的某些限制，诗人造
就了这种受限的艺术作品，随之而来的是它将自身的限制施加于
326 读者身上。如果有必要将讽喻视作"象征性行动"的一种类型，
那我们会想要提出，自由度的缺乏并不以任何方式存在于作品**之
中**。照这样的理解，重要的就是讽喻让读者采取的行动方式，这
一定是在阅读过作品**之后**，而不是当他的阅读体验仍然在进行的
那段时间。如果一部讽喻作品是政治宣传，比如说，这种现象在
俄国文学中的典型表现，这部作品也许会让读者与团体共进退，
而读者与政治团体的团结就是某种外在于任何文学作品的存在。

政治讽喻中的意图控制

　　"伊索式语言"的主题性功能主要是在政治讽喻的领域中具
有合理性。有一段时间我们质疑现代俄国艺术中的"社会主义现

20　贡布里希将此称为"将创造重担中的某些东西转移到观者身上"，虽然这
　　里他主要关心的并不是摹仿式艺术。他的标准更好地适用于崇高感。关于
　　贡布里希，见Peter McKellar, *Imagination and Thinking*（New York, 1957），
　　142。另见 E. H. Gombrich, *Art and Illusion: A Study in the Psychology of
　　Pictorial Representation*（New York, 1960）。

实主义"[21]缺乏任何批评上的弹性，一味强化现状，但在其转而反

---

21 讽喻的苏维埃类型让人想起理想的柏拉图式艺术，如他在《理想国》中所描述的那样，任何政治上不健康的图像都被禁止，而健康的则被鼓励。

关于"社会主义现实主义"及其影响的官方阐释，见 Mao Tse-tung, *Problems of Art and Literature*（New York, 1953）。这一篇以及类似的著作显示出追求一种"典型"性格的常见苏维埃式做法，而这是通过恢复古老的关于模仿的"复制理智"，一种新－中世纪的"具象现实主义"类型，无需中世纪宗教结构来使其（在柏拉图意义上）"真实"。毛认为："只有代表群众才能教育群众（他们）"，而我们会问"他们"是谁。我们发现毛已经决定按照一种新的革命理论来表现勇敢的年轻人，而不只是按照他们（"他们"充其量是统计学上的平均数）或者他们中的任何人可能的样子。文学首先要对国家有用："我们是无产阶级的革命的功利主义者。"关于这一话题的研究材料在激增。可以接触到的原始材料包括斯大林主义者 Andrei Zhdanov 的 *Essays on Literature, Philosophy and Music*（New York, 1950），这里定义了苏维埃文学的教育功能："维系我们的骨干队伍，去教导和培育他们。"（35—37）托名 Abraham Tertz, *On Socialist Realism*, tr. George Dennis（New York, 1960），这里攻击了斯大林主义教条并展现出它反审美的后果。关于"正面的英雄"和"在情节和语言中对于其他角色严格的等级分配"，Tertz 写道："在三十年代开始，对庄严的激情就被强加［给苏维埃文学］，而一种浮夸的简化风格，这种古典主义［在一种独特的苏维埃意义上］的标志变得流行。我们称呼我们的国家为'力量'，称呼农民（mujik）为'面包的培育者'，称呼士兵为'战士'，称呼剑为'利刃'（saber）。相当多的词语我们都大写。讽喻式用语和拟人化抽象入侵我们的文学，我们用迟缓的庄重和宏伟的姿态说话。"（83—84）。这本书是从苏联偷运出来的。

关于这类文学的背景，见 Harold Swayze, *Political Control of Literature in the U.S.S.R. 1946—59*（Cambridge, Mass., 1962）；E. J. Simmons, *Through the Glass of Soviet Literature: Views of Russian Society*（New York, 1953），"Introduction: Soviet Literature and Controls", 3—27; Simmons, *Russian Literature and Soviet Ideology*（New York, 1958）；N. A. Gorchakov, *The*

327 对僵化的政府审查时，这同样的宣传手段又会获得我们的尊重。苏俄和中国都鼓励"典型"的艺术，在这种他们所理解的模式化手法里，"西方"是邪恶的，"东方"则是高尚的。但若是艺术家制造出了偏离党的路线的"类型"，他们的方法就有许多可供讨论的内容，这一方法本身初看起来比之以往更为可取。于是我们无法谴责讽喻作品可作为一种普遍遵从的工具，除非我们先承认它也是讽刺的主要武器。

作为宇宙式工具的讽喻可用于同样的对象，它可以用来对抗某种托尔斯泰式美学，它试图营造出关乎所有人的虚假统一体。如果我们接受晚期托尔斯泰的观点，我们就无法坚持认为一种古典的（悲剧的或喜剧的）艺术是最高级的艺术。

> 基督教艺术就是我们时代的艺术（Art），它必须是普世的（catholic）——在这个词最直接的意义上，即，普遍的（universal）——而且它必须去联合起所有人。存在着两种可以联合所有所有人的感觉，一种来自对于人与上帝的亲缘关系、对于所有人之间兄弟情谊的体认，以及没有例外地出现在所有人身上的最简单的活跃感觉，比如高兴、温和、活力、

Theatre in Soviet Russia, tr. Edgar Lehrman（New York, 1957）; Jules Monnerot, *The Sociology and Psychology of Communism*, tr. Jane Degras and Richards Rees（Boston, 1953），尤见这一章"Projections of the Sacred"; R. W. Mathewson, *The Positive Hero in Russian Literature*（New York, 1958）。

欣快、冷静等等。只有这两种类型的感觉才塑造出我们时代的艺术（Art）的主体，而它就其内容来说，是善的。[22]

"即使是笑话，"瑞恰慈评论道，"对于托尔斯泰来说也得　328是所有人可以分享的笑话，一个真正的革命式改进。比起带来快乐，分享过程还要更重要些。"[23] 从这个立场出发，托尔斯泰认为《汤姆叔叔的小屋》高于《李尔王》，他自己的《复活》高于《战争与和平》。他要求稳固的秩序、宇宙式整体，尤其值得一提的，还有一种"放弃共情"，一种让人怀疑相当乌托邦式的冷静温和。这种极权式世界观的最终效果是一种对麻醉式艺术的赞颂。

出于对托尔斯泰式整齐划一美学的担忧，而它又完美适用于讽喻模式，因为讽喻在图像和整体秩序上总是"宇宙式"的，批评家可能犯下这个错误，将讽喻本身视作会培育（这种美学）。他可能会做出这样那样的误判，认为这种宇宙式图像和秩序隐含着对自由的限制。他也许会认定严格的社会秩序和坚定的立场是彻底糟糕的。但是有时候，虚构需要像在讽喻中那样进行意图控制，以达到有用的目的。确实存在审查极度严苛的时期，或者统

22　Tolstoy, *What Is Art?* 引自 I. A. Richards, *Principles of Literary Criticism*（1925; reprinted New York, 1952），65。另见奥威尔这篇文章 "Tolstoy, Lear and the Fool"。

23　Richards, *Principles*, 65.

治当局（无论世俗的还是宗教的）能够彻底掌控公共交流方式的时期。无论一个高压政府的审查程式多么严格，某些类型的讽喻式隐文仍有可能。肯尼斯·伯克恰当地描述了这一状况。

> 在我们今天这个高度流动的世界，地下墓穴最常见的等价物就是流亡。当那些出生并成长在自由主义方式下，却突然被迫面对完全异于他们所受训练的极端独裁情况的作家来说，流亡或者沉默似乎是仅有的选择。他们的行为方式已被其成长的境况形塑，他们却发现另一种完全陌生的形势粗暴地强加于自身之上。因此即使留在家中，他们可能也过着某种流亡的生活，这是一个遭遇了新的剥夺却并不匹配新的许诺的世界。

> 但是我可以想象，在生于新形势下的更年轻一代作者中会逐渐出现一种有部署有策略的新的语言，狡猾的妙语中有着隐含的重量，远远超过了其表面意义。简单地说，我认为任何政治结构，如果维系足够长久使得人们能掌握其方式，都不能避免表达形式迈出其嘉许的边界。许可也许会影响表达的条件，却不能阻止这种反抗其限制的呼求。举个例子，即使在沙皇审查制度下，也存在各种暗指沙皇逊位那一天的迂回说法，并为所有见多识广读者熟知。而审查官对这些内容熟悉的程度并不低于读者。允许他们这样做的部分原因是向政府特工揭发那些特定的作者，他们可能通过这样的方式表达自己的态度，这就可以将更有价值的、指向更严重阴谋

329

形式的"线索"提供给特工。[24]

伯特兰·沃尔夫曾描述过这种"有部署有策略的语言"是怎样使得列宁能够"通过对德国种种进行讽刺性、理论性分析，从而在战争期间同俄国帝国主义斗争。此后，布哈林写作攻击梵蒂冈的小册子时，仍然运用了同样的手段去规避更为警惕和无情的审查，在那本小册子里，他对于罗耀拉（Loyola）和'耶稣会士行尸走肉一样的服从和纪律'的批评，即暗含了他对于斯大林体制的批评"[25]。有一种趋势是并不将此类文学真的作为文学看待，并假定其方法与真正意义上的美学无涉。但是伯克愿意接纳这样一种"艺术"，它借助"伊索式语言"言说，它的主要目的是政治颠覆——出于捍卫性的，因为这一有待被颠覆的权力拒绝给予政治自由。

甚至可以想象某种特定美学流派的出现，其表面不会 330 有一丁点"颠覆性"的思想或图像，而是作为"农民鞋"（Bundschuh）*发挥作用。比如说，纳粹在波兰穿着白色短袜，它本身是无害的，但足以激怒一个波兰爱国者——所以

24　*Philosophy of Literary Form*（Vintage ed., New York, 1957），198ff.

25　Bertram Wolfe, *Three Who Made a Revolution*（Boston, 1955），23. 关于发生在米德拉什（*midrashic*）阐释兴盛时期中对犹太教祭司的类似迫害，见 *Encyclopedia of Religion and Ethics*, ed. James Hastings, VIII, 627b—628a。

这一风格中有更为微妙的层面，它就像白色短袜在波兰那样起作用，甚至是以在希特勒的德国反对穿白色短袜这样风格化的方式起作用。同样的情形出现在像是塔西陀的"旅行文学"中，他在独裁环境下写作，通过晦涩的技巧攻击当时的政治状况，通过呈现一个理想化的日耳曼来隐含对于罗马的批评……这种方式通常会导致乌托邦的出现，将其作为安全地批评现状的策略。也许甚至可以这么说，比起自由状况，审查的情形更"有利于"讽刺文学，因为大部分富有创造力的讽刺的出现是因为艺术家既要冒险、同时又不想招致对他的胆量的惩罚，而他从未完全确定他会得到赞扬还是惩罚。在自由化进程中，这些危险的条件逐步被消除，讽刺就显得刻意做作，所吸引的就是活力与才能更匮乏的作家。[26]

这样一种颠覆性风格，它时而讽刺，时而乌托邦式，总是貌似无害，却保留了对抗暴政的自由。可以想见讽喻作品在政治审查制度下的繁荣。苏维埃统治的早期阶段见证了这一讽刺的兴盛，因为既有对于残存的旧政权，又有对于上升中的新政权的明显攻讦。但是在苏维埃政权完全巩固后，就需要用非常精巧的手段回避完全的压制。因此伊尔夫与彼得罗夫 （Ilf and Petrov）撑过了

---

* 即鞋会，十五、十六世纪德国农民起义的革命组织，以农民皮鞋为标志。——译者注

26 *Philosophy of Literary Form*, 199.

斯大林时期[27]，梅耶荷德却没有。当梅耶荷德对此前已经彻底摧毁旧政权的新政权恶言相向，他自己就被新的统治者怀疑并遭到清 331 洗，因为他无法做到足够的隐晦。

普登汉姆：伊丽莎白式颠覆

伊丽莎白时代的修辞给我们完整地呈现了讽喻的颠覆功能。乔治·普登汉姆在《英语诗歌艺术》（1589）中说，讽喻是"所有其他比喻的首要头目和统领，无论是在诗歌中还是雄辩术当中"，这一论断来自伊丽莎白时代对于宇宙的等级概念。他还进一步论证说，讽喻是欺骗性的、颠覆性的"有着虚假外表的修辞"[28]。他认为如果廷臣不能够使用讽喻，也就是说他不会欺骗性

27　Maurice Friedberg对伊尔夫与彼得罗夫的介绍，见*The Twelve Chairs*, tr. John H. C. Richardson（New York, 1961）；关于梅耶荷德，见Gorchakov, *Theatre in Soviet Russia*。

28　"虚假外表"（False Semblance）是默恩所续《玫瑰传奇》中的一个主要角色。Puttenham, *Arte of English Poesie*, III, vii, 154："因为在每种语言中比喻修辞都是装饰的工具，所以它们也会在言谈中被滥用，甚或是僭越，因为它们跨过了公共言谈的一般界限，而被欺骗耳朵以及心灵的目的所占据，为了实现这一目的就从清晰和简洁走向了某种双重性，因此我们的言谈就更为诡诈和被滥用，别无其他，你的隐喻（*Metaphore*）只是通过搬运来对感觉进行转换；你的讽喻（*allegorie*）只是在隐蔽和阴暗的意图下借助双重意义或者掩饰；一个人说话含糊不清，而这叫作谜语（*Aenigma*）；另一个人说的是日常习语或者格言，这叫谚语（*Paremia*）；愉快的嘲弄叫作反讽（*Ironia*）；激愤的戏弄叫作讽刺（*Sarcasmus*）；所有人可能都只说"

地、模棱两可地谈吐，那他就"根本不会或者几乎不可能在这个
世界中官运昌隆，获得成功"[29]。普登汉姆引述了古老的谚语：
"不知如何伪装，便不知如何统治。"（ *Qui nescit dissimulare
nescit regnare.* ）他一再列举细分名单：谜语（ *aenigma* ）、谚
语（ *paremia* ）[30]、"冷漠的嘲讽"（ *ironia* ）、"激愤的戏弄"
（ *sarcasmus* ）、"愉快的嘲弄，或有礼的玩笑"（ *asteismus* ）、
"讥嘲的言谈"（ *micterismus* ）、"公然藐视"（ *antiphrasis* ）、
"仪礼端庄"（ *charientismus* ）、"吵闹的骗子，或者好高骛远
者"（ *hyperbole* ）、"迂回的比喻"（ *periphrasis* ）、"敏捷的
比喻"（ *synecdoche* ）——普登汉姆坚持认为，使用所有这些修辞
都是掩盖目的的表达，它们因而成为普遍化的反讽的例证。有时
候，就像使用"谜语"，掩盖是相当矫揉造作的政治，因为通过
"隐蔽阴暗的言谈"这一手段，人们可以沉溺于下流甚至是相当
猥琐的幻想。在多数情形下，某些手法的掩盖特性非常明显，而
我们也许就会忽视其双重性，普登汉姆将此展现得非常清晰。

332

一两个词就叫迂回或者推诿；然后去相信那些难以置信的对比，就好似在
你的夸张（ *Hyperbole* ）中；还有许多其他方式寻求引诱和激动心灵。"

29　关于讽喻，见Puttenham, *Arte of English Poesie*, Book III, ch. xviii, 186—196。

30　奥利金对《雅歌》的评述："'前/出—动词'（pro-verb，拆分proverb，
谚语）这个词意味着一件事被公开说出，而内在的意思却是另一件。"英
语中的典型例子就是John Heywood的谚语，但是谚语式想法成为讽喻模式
出现得很早，乔叟和高尔（Gower）笔下的"句子"（sentence）暗示着
"爱说教"（sententious）一词。

　　"迂回"（*periphrasis*）这种修辞带有某种伪君子的气息，原因是其隐秘的意图不会在词语中显露出来，我们就像是在灌木丛中行走；它也不会用一个或一些词语来表达我们已经知道的东西，反而是选择用很多词语来对此进行表达。[31]

　　简单地说，尽管讽喻也许意在揭示，但这只是在揭开一种迟来的信息之后才成立，而这毋宁说是在拒绝任何过于现成或者轻率的阐释。

　　人们可以按照奥古斯丁的理由合理化普登汉姆的美学，即任何难以获得的东西都更有价值，也可以援引文艺复兴时期被普遍秉持的这一观点，不过那不是普登汉姆的观点。他思考的主要是"廷臣"，那种变色龙一般的类型，他驾驭着宫廷内时运和恩宠的潮头，仅凭政治手腕中的高超技巧来避免溺水[32]。在这种宫廷斗 333

31　Puttenham, *Arte of English Poesie*, 193. 参见狄更斯的《小杜丽》及其中的"推诿机构"，它类似于《荒凉山庄》中的瘴雾，这是一个法庭迷宫的图像。

32　"在很长一段时间里象征符号已经附属于地位，象征自身就获得了这一价值，而学会将其附着在自身的人都可以用来替自己获得权力。教会等级影响虔诚的信众，因为这一等级体系以上帝作为终点，当领圣餐者屈膝的时候，他不是对牧师而是对上帝屈膝。""但是，如果说对于那些处于高等级的人来说，问题是如何守卫自身象征符号的纯洁性，同时又不能让这些象征过于专有以至于很难理解，对于低等级的人来说问题就在于如何确定他们使用的符号确实属于那些拥有权力的人。恰如对于高等级的人，低等级的人也必须确定他所进行的交流跨越了许多社会空间中的鸿沟而被聆听。我们所处的时间与空间区隔越大，交流就越成问题。为了使得象征争的压力下生存需要一种修辞学家的能力，他总是在计算听众的态度，然后去迎合这一态度。同其他地方一样，伴随着此处讽喻程式的主导情感也是焦虑。

当现状被更高的审查所管控，从政治角度可以合理化"有着虚假外表的修辞"，因为在这样的时代，这种模式使得作者可以去攻击现实。而从另一方面来说，大概也可以合理化对现状所进行的宇宙式辩护，如果这一统治状况看上去非常稳固的话。如果感觉到革命是危险的，人们只能鼓励这样的方式，讽喻作品有时在主题上担保当下的正当性。这大概是伪狄奥尼修斯和圣托马斯体系的目的，它们为《神曲》提供了宇宙式的幅度和形式，而正是这一目的让路德感到困扰，他在《屈从于异教徒的教会》（*Pagan Servitude of the Church*）中攻击了狄奥尼修斯。但丁寻求使用隐含在伪狄奥尼修斯和圣托马斯神学中的想象，用以"让此世的生命离开悲惨境地，带领他们进入幸福状态"。他没有攻击，甚至是创造了一个启蒙的体系；他希望这些来世的图像能够改变人们对此世的看法，而这一希望是基于他相信，无论我们可能感到或者可能引起怎样的政治上的敌对，我们仍然需要关心自己的灵魂，这样一种考量才在终极意义上是唯一重要的。在整部

符号富有魅力，我们需要令它奇异。这是通过限制其应用，因而它就不能以常见方式被使用而受人蔑视，它成了专有之物。我们通过许多象征符号难以被使用从而限制它，除了被那些在等级上高于我们的人使用。"（Duncan, *Language and Literature in Society*〔University of Chicago Press, 1953〕, 123 and 126）

《神曲》中，但丁有一种积极的目标，尽管他似乎在我们面前表现出高傲的态度，他所主要关心的仍是确切呈现神意。

适应与融合主义

在攻击与维护"现状"的中途，有一种艺术扮演着调解的角 334
色[33]。燕卜荪意义上的田园诗在很大程度上就是如此，这是一种关

---

33 关于神学冲突的层面，参见Anders Nygren, *Agape and Eros*, 320："总的来说，可以注意到讽喻主义和融合主义乐意携手——出于显而易见的原因。讽喻主义是专断的，它可以让任何东西有任何意义；轮廓可以被涂抹掉，而不同的主题也很容易彼此融合。"

另见H. J. Paton, *The Modern Predicament: A Study in the Philosophy of Religion*（London and New York, 1955），关于英国国教派，见"The Way of Allegory"一章："尽管如此，当分裂那一刻到来时，信仰中可能存在有效的连续性，这在其不同发展阶段都可以找到非常不同的知性上的阐释。"（123）这种观点认为讽喻成为从一种世界观过渡到另一种世界观的方式，借此古老的信仰才能保留。圣奥古斯丁会是关于信徒的一个很好的例子，对他来说在教义转换的时刻讽喻就是一种调解机制（Confessions, Bk. V, ch. xiv, and Bk. VI, ch. iv）。通过讽喻式地看待安布罗西主教，奥古斯丁可以吸收和接受那些他在其他情形下肯定会拒绝的东西。

Comparetti反对将此视为虚伪的观点。"很容易被诱使这样去认为，但不必因为采取了这种权宜之计而将任何一种宗教看得更糟，就好像这是冷酷的算计或者一个有意的'虔诚的骗子'造成的结果。这是人天生与诚实的才智，人的心智可以一体、同时又受到两种相当的对立力量影响，他们无法从任何一方中解脱出来。"（*Vergil in the Middle Ages*, tr. E. F. M. Benecke［London, 1895］, 105—106）

于阶层流动和阶层冲突的艺术。这样一种类型的社会融合作品[34]，可以等同于在主要的讽喻程式中，两种敌对宗教在一种混同的教义下携手。这样的话，讽喻就是适应与折中的工具。如果这一模式中缺少这样的使用，文学中就会缺乏一种文化存续的重要方式，因为在两种世界观的折中里面，可以出现一种新的并且真正整一的感知与方法，正如斯宾塞的例子。这也许是弥尔顿愈加深重地依赖斯宾塞的原因，中世纪道德观和文艺复兴人文主义之间的折中来自《仙后》，至少在这一点上弥尔顿是如此认为的。班扬以同样的方式做了折中，这是在现实风格的小说和脱胎自《圣经》题材与道德剧的抽象主题式艺术之间，前者预示了笛福的小说技巧，而后者为笛福严肃的主题式深层结构提供了模型。在后世的作者开始写作时，这一折中已经固定成一种自然的复杂状态，甚至也许可以被称为"有机形式"。

　　这意味着并不容易给出关于讽喻的宇宙功能的批评，即使有人怀疑这一模式本身太易于屈服于对自由的限制——因为一方面我们已经看到它可以怎样转向讽刺而不必成为现状束缚下的仆从，对于现状它可以攻击；另一方面，它也可以作为新的文化发展的基础。

　　讽喻的融合功能与其对灵力行动体的有效利用有相似之处。

34　"这一道德层级就是其社会层级，因为按照其原型或者神话持续发展的作品成为共同体的焦点。"（Fyre, "Levls of Meaning in Literature", *Kenyon Review*, Spring, 1950, 259）

这一模式不仅仅是将迥然不同的宇宙观整合进折中关系中，它还使得任何特定的宗教信仰能够以中介性的精神体进行传播，这即是灵体。一神论信仰需要此类中介体，因为它需要有异端崇拜对象的存在；它需要那些由流行的迷信和幻想所制造的次级的、分裂的小神[35]。这些"一"的分裂成了攻击的合适对象，因为它们导致了正统信仰内部的分裂。通过攻击异端，正统基督教就攻击了

336

---

35 从普鲁塔克的论述《论迷信》中，可以一窥异教、多神世界的态度，针对将信或不信的范围缩小到唯一的一个神身上；而且还可以看到圣物引发的矛盾感。"但是对于诸神的迷信思想是何种事物——将其想象为易怒的、无信的、易变的、报复心强的、残酷的、贪婪的；从这所有可以看出其必然会导致一个迷信的人会同时仇恨和惧怕诸神：因为当他相信可能发生在他身上的最糟糕的事情是出自神之手，并且还可能再次发生在他身上，他还能做什么呢？他仇恨和害怕诸神，他是他们的敌人，尽管他也许恭敬、行为顺从，他献祭，将处女们留在神庙里，但不难想到，那些在暴君面前点头哈腰和邀宠、为他们立起金身塑像的人，在为这塑像献上奉献的每时每刻，都在无声地痛恨他们。"（in Plutarch, *Morals*, tr. King, 272）在这篇文章前面的部分，普鲁塔克评论了对于美德和邪恶的人体具象化的信仰，他同样认为这是一种迷信。"另一方面，美德和邪恶拥有一具身体，这令人开心：也许是可耻的大错，但不值得哭嚎或悲叹：但无论如何，有如下的格言和观点，

　　'可怜的美德！你只是一个名字，但是我
　　却将你当作真实那样追寻，

　　并抛弃了不义、获得财富以及不加节制这一所有快乐的真正来源'——确实，对**这些**情感，我们既应当怜悯，也应表示愤怒。"普鲁塔克总结道："无神论是被欺骗的理性，迷信则是一种来自错误理性的激情。"这里非常强烈地暗示出异端作为一种"坏的神学"的观点。

所有那些倾向于将独一的全能全善神这一本质上整一的观念分离开来的信仰。正统信仰需要其对立面，需要某种去斗争的存在。如果我们从一神论转向多神论，显然就能立即发现留给灵力行动体的位置，因为不像是任何单独的或者甚至是二元论的万物秩序，在一个大量灵力共存的地方有"许多神"协力作用。所有这类摩尼教思想安然居于一种灵力的宇宙中，正因如此，讽喻一般来说有一种摩尼教式的形态。

如果灵力行动体一定要在正统与异端之间的宗教战争中出现，这就很有可能相当自然地发生在一个正统的基督徒（应当说，任何宗教信仰的正统信徒）试图去"搞清楚"他的信仰的真正根基的时候。他是正统派，但他需得让自己去发现自己是否可以拒斥那些困扰着正统信仰的灵性力量。一个红十字骑士知道他应该信仰什么，因此他也应该去拒斥那些在睡梦中搅扰他的空虚幻想，不过他仍需要去学习虔诚的修行。他必须遭遇阿奇马戈和杜伊萨的诡计，他们都服从于诗歌中一个分裂性功能，实际上是为了将主人公诱向虚假的神学而创造的灵体。在班扬和笛福的作品中，随处可见同样的这种对抗无处不在的灵力的战斗，这里正统信徒也同样在探寻这样一种宗教的根基，它不会允许任何哪怕是次要地位的灵体存在。

337　　　《鲁滨逊漂流记》以及尤其是《鲁滨逊的严肃思考》[36]（笛福

36　Defoe, *Serious Reflections of Robinson Crusoe*, III, esp. ch. i, "Of
　　Solitude".（这是笛福创作的鲁滨逊系列的第三部作品，它由一系列以鲁滨
　　逊之名撰写的文章构成。——译者注）

在这本书中对前作给出了自己的讽喻式评论）中的心理取向给予了看待灵力行动体的一个新奇的角度。鲁滨逊·克鲁索似乎一度完全相信灵力行动体的真实性，他也试图去从心理学和医学的角度将其解释清楚。他指出自己的异象无疑应当归因于虚弱的身体和心理状况，而他清楚地指出，在滞留岛上的大部分时间，他都过于焦虑和低落，以至于不能恰当地思考真实和崇高的宗教冥想对象。笛福的作品连通了神学和心理学之间的空隙，这可以想见，考虑到他的这一系列散漫论述：《论幽灵的历史与现实》《魔法体系》以及《魔鬼的政治史》。

现代的心理讽喻作品全心接受了灵力行动体，而且给予了它某种科学解释的假象。像《蛇穴》（*The Snake Pit*）这样的流行作品被密集地饰以五花八门的灵力行动体，不过其目的却是最后将它们全部解释清楚。某种程度上，解释清楚造成的效果同我们阅读一部正统宗教文本所获得的并没有那么不同，因为后者总是会呈现魔鬼及其仆从被彻底击败的结果——这种击败并不像针对复杂情结、异常迷恋、精神创伤和被压制的攻击性冲突的精神病理上的胜利。这里有某种对于灵力图像的合理化，正如弗洛伊德自己所承认的，因为经典的心理分析理论就是"二元论的"和柏拉图式的[37]，因此它趋向于生产出这一类灵力图像。有时候，心

37　Freud, *Beyond the Pleasure Principle*, tr. James Strachey（London, 1950），72："我们的观点从一开始就是二元论的，而今天它们甚至比以前更是毫无疑问的二元论。"

理分析的流行版本会将这种二元论推得更远；哈伯德的"深入心灵"（Dianetics）明显就是一种讽喻方法，其中充斥着小精灵、鬼怪以及善灵[38]。爱德华·格洛弗（Edward Glover）出于同样的原因指责荣格成了一个讽喻作者，这就是说，荣格赋予了物质存在以理论建构并且将理念具象化[39]。所以在许多心理分析思想中都不乏一种讽喻式偏向。毕竟，科学与艺术都根源于某种"灵魂之战"。

　　但有时候，我们从审美角度赋予讽喻以正当性正是出于同样的理由，因为它与心理分析太过紧密地相似，后者则是所有心理学运动中最有影响力的。在弗洛伊德主义者眼中，真正的心理分析理论会避免使用讽喻，因为它总是重复着关于人类真正所做的和他们所真正经历的行为和发展理论。但距离科学方法一步之遥的地方就是带着魔法与暗示味道的伪科学方法，就像在《蛇穴》这样的书里所看到的，一种使得科学适应我们印象流的心理观念的精巧的伪科学。

338

38　L. Ronald Hubbard, *Dianetics*（New York, 1950）. 大部分信仰治疗师使用高度装饰性的用语，这样他们传递的信息就是关于治愈的模糊寓言，而这与可以证实或证伪的经验真实没有任何相似之处。某些作者的装饰性措辞似乎起着一种语言镇静剂的作用，当其用语有着含糊的科学意味的时候，这尤其成立。

39　Glover, *Freud or Jung?*（London, 1950）.

科幻小说：向灵力中介开放的空间

在现代文学中，心理讽喻作品并不是灵力行动体可以自由行动的唯一领域。科幻小说甚至给予了它更自由的活动。科幻小说作家不仅仅使用机器人和所有类型的自动装置，他们也将人类转换成自动机器，这就创造出了古老宗教里中介行动体——一种天地之间"信使"的"科学"等同物。宇宙被扩展了，科学的物质主义四处蔓延，但行动体仍以我们曾描绘为灵力的那种方式被操控，被预先注定，被狭窄化[40]。这可以在罗伯特·谢克里（Robert 339

---

40 伯顿关于动机的心理学以及他的幻想类型隐含了现代的科幻小说；他对空间旅行的前景感到兴奋，因为这为思考的心灵开辟了新的领域，过去、现代和未来可以加入到整个广阔的宇宙视野中。

"我可以便利地去到某个地方，与俄耳甫斯、尤利西斯、赫拉克勒斯、琉善的梅尼普斯一起下到圣帕特里克的炼狱、特罗弗纽斯的巢穴、冰岛的赫卡拉、西西里的埃特纳，往下去看看地底的最深处到底发生了什么；仍在造就石头和钢铁吗？在苔藓和沼泽遍布的欧罗巴，冷杉树如何能从山顶被挖出来？"诸如此类的问题。伯顿并未将思索限制在地球中心，他也同样朝外看。"（我承认）开普勒绝不会认同布鲁诺的无限世界，或者那些固定的星星应该是许多太阳，它们被行星围绕，而据说开普勒的学说部分与之相合，部分又与之矛盾，他半开玩笑半认真地在提出他的观点、他的月球地理学，还有他的梦想，且不论他的论文与（伽利略的）恒星使者。在行星上，他认为它们是不动的，不过他怀疑恒星是否如此：第谷（Tycho）在他的《天文学信札》（*Astronomical Epistles*）中也是这么说的，不考虑它们的广阔又巨大，就爆出这样一些言论，而他绝不会相信这样巨大宏伟的物体被造出来没有其他用途，只为了让我们感觉得到，为了照亮地球，考虑到这所有它只是一个无知无觉的点。但是谁会住在这些广阔的天体上？这些地球、这些世界，如果有人住的话。（他们是）理性的生物吗？按照开普勒的要

Sheckley）所写的非常机智和令人兴奋的故事中得见，他并不仅仅是为他的戏剧人物创造了灵体，他还赋予了它们所需的等级秩序，就像在他的《等级文明》（*The Status Civilization*）[41]中。赫胥黎和其他现代乌托邦讽刺作者的作品标志着一种更为内敛的科幻小说，但这些作品中的机器仍然取胜了，无论在事实意义上还是在反讽意义上，而这一点使得一种灵力行动体成为这样一种生活方式的完美图像，即使我们可能会否认其可能性，但在未来世界中自动化变得更为普遍仍是非常有可能的。

力量崇拜：灵体的一种角色

灵力行动体通常是一种人类表达渴望强大力量的方式，无论是出于善的还是恶的目的。撒旦式心灵通过恶魔般的行动体寻找力量，弥赛亚式心灵则是通过天使般的行动体，而这两者都有灵力。但丁向我们呈现出从恶魔般到天使般、从撒旦式到撒拉弗式

求，他们是否有待被拯救的灵魂？他们是否住在这个世界中比我们更好的地方？我们还是他们是这个世界的主人？所有这一切何以是为人而造？这是一个很难解开的结：很难确定；这只有他证明，我们在最好的地方，在最好的世界中，离太阳心脏最近的地方。"（*Anatomy of Melancholy*, 412）这类科学幻想并非没有先例；它也许最早是出现在琉善笔下；它也出现在 *The Travels of Sir John Mandeville*，这是最早的英文印刷书籍中一部很重要的作品，也是一部非常流行的作品。

41 *The Status Civilization*, New York, 1960. 另见Walter M. Miller, *A Canticle for Leibowitz*（New York, 1959; Bantam ed., New York, 1961）。

（Seraph，基督教神学体系中等级最高的六翼天使）的整个范围。
他的《神曲》是唯一一部最广泛地将力量呈现为某种或善或恶的
灵力作用的作品。而在现代有一种趋势只强调灵力的撒旦特性； 340
比如说，霍桑主要关心的就是导致犯下罪行与过错的力量。塞缪
尔·巴特勒在他对达尔文的攻击中创造了一个拥有进化式变化的
世界，在这个世界的科学中只能看到一种恶意的、轻率的、被灵
力掌控的变化。他在《乌有国》中让身体的躯干成为机器零件，
在《生活与习性》中将科学之人比作"医师、占卜师、牧师"，
一种人类思想的控制者，"那些重视自由的人需要严密提防他
们"[42]。这就是充斥在科幻小说当中的现代科学家。他拥有可以进
行远程操控的天才，而这看上去是否"疯狂"，就取决于什么构
成进步的个人观点。他更有可能是坏人而不是好人，他也更有可
能毁灭而不是维护人的自由，正如巴特勒所暗示的。这种类型也
许由《失乐园》中的撒旦所确立，他是一个纵横空间的哲学上的
冒险者。相对于他的这种"先驱特点"，基督徒英雄拥有的是一
种完全保守的特点，他的战斗是为了获得恩典，同样，异教英雄
是为了悲剧性的完善而战——后面两种类型里所寻求的都不是进
步或者自我提升，也都不是寻求任何物质意义上的力量。

　　对纯粹力量的寻求是所有讽喻式追寻的核心，尽管基本上是
非理性的。因为所创造的故事当中，角色享有超脱于现实的自由
（这只有灵体能够拥有），讽喻作者设计出的体系拥有一种可疑

42　Butler, *Life and Habit* （London and New York, 1910）, 41。

的秩序。在这个世界中，有的地方也许总是正确，而有的地方的伦理总是按照眼前利益和实用价值转变，没有一处存在着"真实世界的法则"。没有地方留给公共地处理问题的喜剧，也没有通过死亡或者从共同体中驱逐英雄来化解问题的悲剧。这里没有341 理性，但有一种理性化[43]。比起其他文学模式，讽喻往往看上去更为秩序化。实际上，它所吁求的是理性的**过度**——这里我有意采取了一种极端的观点——而这构成了现代形式的权威式精神错乱，这种负罪感要求一种自我鞭笞，它反过来又需要鞭打者遭受施虐狂的全部痛苦。通过用具有灵力能量的死亡行动体来对抗作恶者的阵营，讽喻作者完成了对邪恶的毁灭，这背后的"理性"是一种具有高于秩序的理性，它无法平衡抽象化和经验的要求。乌托邦式的善与乌托邦式的恶的表达（托马斯·摩尔爵士对阵乔治·奥威尔）都无法在经验中拥有稳固的根基。它要求我们去接受这种从其自身的沉思中生长出来的虚假理性。它还对我们身上的非理性提出了强大的要求，因为与灵力角色共情，会将灵体的

---

43 "也许可以认为讽喻构成了中世纪严肃文学的骨头、肌肉和神经。中世纪的心灵居于一个比我们的更可理解的世界中，他们在任何一类事实与观念中都看得到联系，而其对于我们来说是无关的……我们只能从（讽喻的习惯、以讽喻的方式阅读，这可以回溯到柏拉图之前）中逃离……当十七世纪晚期的理性主义以冷酷的目光凝视着神秘事物之时。"（Bush, *Mythology and the Renaissance Tradition*, 15）这是一个理论上公平的论述，但是讽喻也有其他的指向，崇高感就是其中之一，而真正的问题在于，中世纪世界如何是一个"比我们的更可理解的世界"，除非"可理解"（intelligible）意味着经院哲学。

力量施加于读者身上。政治宣传的文学所调用的这种共情就是其
主要的武器。一个人是否接受这种"召唤口吻" 取决于一个人的
个人态度，或者取决于一个人通过适应这种文化而在一个不相容
的文化中存活的需要。

　　一些现代讽喻作者曾嘲笑这种隐含观念，即灵力力量是善的、
它是一种信仰、它最终可能是正确的。在他们的嘲笑中，意图以
我们可见的方式被打乱。恰佩克在他的《山椒鱼战争》和《罗梭
的万能工人》中用原生质创造了灵力行动体，这两部作品都显示
出一个建立在雇用这类灵力行动体之上的社会的残暴本性。他呈 342
现出比动物低等的山椒鱼和比人类高等的机器人都不能够被人类
掌控，因而最终都成了破坏性的，尽管一开始对他们的雇主来说
最为有利可图。在恰佩克兄弟的《昆虫戏剧》（*The Insect Play*）
中，如同在大部分关于现代生活的寓言中一样，主角被降格到低
于人类的层面。奥威尔选取了动物，赋予了它们通常只被赋予人
类的灵力，并且呈现出它们在做出决定和进行价值判断时如此无
能，这最终将它们的世界带入了毁灭。动物确实都是人类行为的
"类型"，但由于对它们角色的限制，使得它们成了如此狭义的
人类，以至于不成其为我们一般所称的"角色"。奥威尔的动物
是被附体的，它们拥有将自己的小农场组织成为一个共产主义国
家的力量，但这被证明是行不通的，如果它们是人类的话，我们
会说这是对于现存社会组织中的对象的错误评估。这种对于自动
化力量的嘲弄在《一九八四》中走得甚至更远，那里的语调普遍
上更为悲观。而关于卡夫卡只需要说，他提醒我们现代对力量的

运用已从反讽的角度侵袭了讽喻作者，因为卡夫卡总是向我们呈现出关于力量的最强有力的矛盾图像。我们无法知道他的主角们对他们的看守、对他们的老板是爱还是恨，尽管我们可以猜测这种平衡会最终倾斜向恨的那一端。当我们从奥威尔和卡夫卡的讽喻作品转回威廉·戈尔丁的作品，我们会看到一种甚至更为深刻的对人类力量的嘲弄，它的拟人化就是《蝇王》中遭遇船只失事的孩子们中间那些恶意的角色。戈尔丁对人类运用强大力量的能力的恐惧是如此之深，以至于他以一种绝对的悲观结束了他的寓言，因为那些将孩子拯救出他们的岛上王国的成年人，他们自己也正是陷于与孩子们曾建立的基本模式无异的战争当中。

　　讽喻以这样一种方式成了弗莱所称的"反讽喻"（anti-allegorical），这一称呼带着他的反讽。他认为这一趋势的发生是343 随着现代性渐趋而至所增加的力量；他将此看作西方文学整体上的反讽（也许应该更确切地称之为"减数分裂的"）趋势中的一个方面[44]。不管我们有多认同这种对于普遍"向下"趋势的分析，将反讽标记成"反讽喻的"似乎也并不明智，因为讽喻自身就是反讽（ironia）的一种形式，传统上它在修辞学家那里便是如此分类的。（或者，反讽也是讽喻的一种类型。）不管怎么说，在现代并未发生所谓讽喻消亡的情况，而是从来没有如此多的讽喻产生。尤其，产生出来的这些作品对其准则采取了一种消极的观点；这即是说，自动主义是不好的，而中世纪讽喻更愿意去暗示，

44　Frye, *Anatomy*, 91—92.

面对基督教的"罪"所做出的自动反应总是好的。而现在变得流行的则是不去信任哪怕是善的冲动，当它们是一种条件反射的时候。现代作者对"老大哥""老板""皇帝"以及诸如此类意象采取了一种极端的否定态度。但是他传达这一态度仍然是通过间接的、图像式语言的媒介。简而言之，对于弗莱的"反讽喻式"这一术语，评论者应当辅之以更为确切的"非正面的"（anti-affirmative），或者甚至是*kako-daemonic*，即"恶灵的"。不过，这一术语修正并没有否定弗莱给出的主要观点，即，关于传统上对人类完善（无论是被称作"升华"还是"进步"）的乐观观点，现代讽喻作者有所保留。更进一步说，如果是这样的话，那还有一项重要证据是，讽喻与其说是**置身**强迫的迷雾中的书写，毋宁说是**关于**强迫的迷雾的书写。讽刺作者和反讽式悲观主义者的冷漠当中有一种疗愈性的优点，而且通过某种程度的怀疑主义来平衡它的神魔性和纯粹力量的效力，这似乎从美学角度为讽喻做了辩护。

巫术以及思维的扩展

　　当转向巫术角色时，为讽喻辩护同样是可能的。即使未知的领域在缩小，我们的世界也给惊奇留下了一席之地，它也许比以往还要广阔。如果讽喻让这种源自哲学的好奇心保持活跃，它就发挥了一种重要作用。从我已经讨论过的崇高感美学来看，显然它应该而且能够做到这一点。崇高感（雪莱在《诗辩》中重复了

他关于最高等级的诗的预设观点）意在激发蛰伏的心灵。确实，
雪莱这类诗人很有可能认为更古老的讽喻作品沉闷乏味，也会认
为斯宾塞是次要作者。但这可能只是个人间的竞争，因为他的部
分深层技巧要归功于斯宾塞。他的观点总体而言符合关于崇高的
标准观念（而这就涵盖了斯宾塞的很大部分）："但是诗歌以一
种神圣的方式起作用。通过使得心灵容纳进成千上万种未被理解
的思维组合，它唤醒和扩大了心灵自身。"[45] 雪莱确实跟随了布
莱克去赞美诗歌的感官意识，但他首要关心的却是心灵的扩展，
正如他自己的诗歌所不断展现的。它讲述了身体，讲述了自然，
但它却是在知性上表达自身。这首先是一种巫术之诗，它大部分
时间都相当直接地调用巫术。此时审美上的辩护基于引发敬畏，
这是一种恐惧与吸引力并存的独特的矛盾感，它是我们面对神圣
或禁忌之物的感受。

　　通过发展出一种禁忌之物居于中心地位的诗歌，讽喻作者所
利用的正是我们最原始的反应。因为这类对象拥有巫术意义，它
们就无法被理性心智简单地感知，或者安静地理解。但是它们确
实使得我们更为紧张地去思考也更为深刻地去担忧，这也许赋予
了这种表达方式更高的价值。令人感到奇怪的是，全心赞颂悖论
的新批评居然无法认可讽喻。讽喻中无论如何都包含着矛盾，也
表达出焦虑。新批评似乎过于狭隘地定义了这一模式，将其等同
于弗莱所说的"朴素讽喻"（naïve allegory）。具体而言，他们

45　*The Defense of Poetry*，转引自瑞恰慈，*Principles of Literary Criticism*, 67。

对讽喻的攻击将其视作了一种混合的隐喻，而正如弗莱所指出 345
的，这是一种极致的朴素讽喻[46]。即使暂且承认这一对概念的贫瘠
的定义，新批评派似乎也无法自圆其说，因为矛盾感仍然处于这
种朴素讽喻——这种"离题写作的变相形式"——的核心，对其
充分的理由在于，这样一种书写**呈现**了这种矛盾，而又忘记了这
一点。朴素讽喻盛行于拥有先驱性的或者高度竞争性的社会条件
的地方，而这些条件面临严重的存续危机，这里没有空间留给辩
证的精微之处。不过，即使在这种情况下，矛盾的态度仍然出现
在虚构的根基中。即使如杂志广告这般直白"朴素"的艺术，呈
现给公众的欲求客体也远不止于欲求客体；它们是对于公众娱乐
有一种高度混杂态度的客体，这一客体既是禁忌又是所欲之物。
广告并未逃离关于追求财富（Mammon）有何价值的古老基督教
问题。

防卫性仪式："更低等的"功用

对矛盾的回应当然有其价值，因为混杂态度本身在所有人类
思维中都很自然。我们无法逃脱矛盾感，但是我们可以对导致这
一情感状态的情况做出不同回应。这也是讽喻模式在美学上的逻

---

46 Frye, *Anatomy*, 90. 弗莱注意到朴素讽喻在教学、广告等情况中的重要性，
这些情况中需要有即时和图式化的吸引力。

辑依据[47]。

仪式就是典型的以讽喻式方式呈现出人对于矛盾感的回应。
我将所有那些在讽喻作品中登峰造极的对称与平衡的手法纳入了
"仪式"当中[48]。必须清楚地理解到，对于爱与恨的高强度同时混
合，也有其他的回应方式。一个人的回应可以是某种歇斯底里爆
发出来的愤恨或者热爱，这可能会带来泪水和强烈的叫喊。一个
人的回应也可以是在理智控制下的逐渐冷静，但同时又没有清晰
的冷漠和疏离，这些标志着强迫行为。一个人可能会失调到进入
白日梦和凭空幻想，而这就有了某种也许可以称之为"神话式"
的象征性回应。我已经讨论过，讽喻作者以另一种方式进行回应。
他创造了一种仪式，其特点正是"携带着"引发矛盾性情感的危
险去进行重复和对称，虚构作品中所发生的正是呈现了这一同样
的移置程式。这种针对矛盾感的强迫性回应的核心特点在于其秩
序化的仪式，它赋予了这种特定行为以形式。它的效果允许一定

---

47 关于艺术和其他类型中崇高化行为里的普遍问题，见J. C. Flugel, *Studies in
    Feeling and Desire*（London, 1955）；另见Edward Glover, "Sublimation,
    Substitution and Social Anxiety", *International Journal of Psychoanalysis*,
    XII（1931）。我认为这个术语来自Ernest Jones；见他的"Theory of
    Symbolism"，收于重印的*Papers on Psychoanalysis*。又见传记式心理分析
    方式中，将艺术功用中视为对环境的回应的层面，见Jones, *Life and Work of
    Sigmund Freud*. III, 521—522。

48 Frye, *Anatomy*, 105—110，这里使用的"仪式"比我的用法更宽泛——考虑到
    他的目的，这相当正确。我一直思考的是强迫性仪式的范式，不关于任何
    重复性行动，而是关注这一特定类型和仪式的功能。

程度的确定性存在于一个流动世界中。通过列表（自然主义），通过创造复杂的"双重情节"（田园诗），通过在"论辩"中构建"总体结构"及其反题对立面（"灵魂之战"），讽喻作者缓和并规范了他的虚构作品所体现的节奏。他进一步避免了威胁性的矛盾感被带入任何焦点，不让它们被一些严格对立的参照框架所定义。这一趋向对立面的趋势也许并不总是出现在实践中，但在表层文本下面那些复杂和精微的地方，你总是可以分辨出一种对向的结构，它将黑暗的力量对立于光明的力量。

摹仿式美学将最高的赞美给予"高摹仿"的行动，它或在悲剧中，或在史诗中，而低于它们的赞美就立刻轮到了喜剧形式，这一形式中的行动就没有同样高的地位，其行动和角色中的可变性都受制于仪式。而"戏剧的天性"不会赞同这种非戏剧性的事件次序，出于这个理由，亚里士多德式美学（我们可以如此猜测）不会将最高的位置授予那些在行动中涵盖了独断的主题式手法（如"机械降神"）的"戏剧"。关于这种对模式的价值判断，瑞恰慈给出了最好的合理解释。

认识到在完全悲剧性的体验当中没有任何压抑，这很关键。心灵无需躲避任何事物，它不以任何幻觉来保护自己，它保持着不安、不亲密、孤独和自力更生。对其成功的考验是，它是否可以面对在它面前的东西，是否无需那些数不清的诡计就能做出回应，它一般会借助这些诡计、回避呈现经验的完整发展。压抑以及类似的崇高化是我们用来努力避开那些迷惑之物的手法。悲剧的核心就在于它迫使我们在没有它们的片刻里生活。一旦成功我们会发现，一切照旧，并没有什么难题。难题来自压抑和崇高化。[49]

在喜剧这个术语最完整的意义上，它几乎可以得到相同的验证，我们通过喜剧暗示，面对所有的困局、痛苦和尴尬的体验，主角显示出适应社会并成功地返回社会。但是对于讽喻则不能断言可以避免此类"诡计"。卓越的诡计艺术需要证明它是一种艺术，它适用于那些没有其他诡计可以起效果的时刻，比如在一种独裁审查盛行的政治状况中。在仅有这种艺术模式可行的时代，似乎这样一种劣等的模式也仅能拥有劣等的文化价值，正如它确实在高度宗教化的时期或者专制政治时期成为主要模式，这也许违背了如此简洁的标签，但它可以在某种程度上是孤立的。有人可能会宣称，宗教性的面对关于死与邪恶的恐惧时的自我防卫，其力度比起悲剧性的、现实主义的、非超验性的面对这样一种恐惧时要弱，因此这种掩饰的或者神秘主义的艺术比起摹仿式艺术要低等。这些价值判断当然值得一辩。

348　　　另一方面，当个人自我或者公众文化无望地处于强力攻击之下时，完全否认守护的必要也没有道理。当仪式成为心智存续唯一可行的方式，当其进一步的物理存续也受到威胁，那么这种秘

49　Richards, *Principles of Literary Criticism*, 246. 耐人寻味的是，这一部分构成了关于想象的章节的一部分。

密的心智存续总比消失无踪要好[50]。否则的话，这正是对宗教信仰基础的攻击。即使对于防卫采用一种不那么阴沉的观点，如果我们碰巧发现讽喻活泼有趣，那也会存在一种健康的替代功能。图像艺术中特定的纷繁细节，这种超现实的复杂化可以带来某种类似孩童游戏中的愉悦。仪式的这种想象类型将消遣和恢复作为目标。

异象式仪式："更高等的"功用

正如我已经描述过的，仪式具有心理上的防卫功用，即讽喻式仪式类似强迫综合征行为当中的仪式，因为在这两者当中，象征化的"形式"似乎缓解了被称之为"矛盾心态"的紧张感。讽喻文学中这种高度的情感矛盾无法否认，它有时甚至是某些作者名字的同义词：斯威夫特、班扬、梅尔维尔、卡夫卡。但是仅从

---

50 Honig, *Dark Conceit*, 53："讽喻从一开始就为理性意识提供了一种规范想象性材料的方式，否则似乎就会被矛盾和尖锐所困扰并带来破坏性影响。在讽喻中，非理性通过一种也许可以被称为分化的共同方式变得切实可行的：叙述建立了区分的意识，在'意义层级'之间、在偶然和有意之间、在清晰和隐晦之间，等等。非理性因而成为真正的、不被弱化的力量，而按照法律、习俗、教义，其他力量则会被扭曲或者掩盖。在文学作品可能作用于我们的全部效果中，在创作中举足轻重的是叙述中意义的不断累积。在人们想到那些被大量的评注所牵绊的伟大的神话虚构作品时，比如《圣经》《俄狄浦斯王》以及荷马史诗，惊人的是，阐释者已经在用心驯化那些超常的人，以及禁止具有破坏性的见解产生，如果按字面理解的话，其破坏了社会赖以建立的基本准则。"

349 神经官能症的角度看待在这些作者身上发展起来的仪式形式，除
了其他的失败之外，这还违背了弗洛伊德原则，而正是由于他我
们才拥有了这种心理分析方法。他从未说过也没有以任何方式暗
示过，艺术作品是一种神经官能症的产物；他只是呈现出艺术作
品与神经官能症行为模式之间具有形式上的相似性，继而指出白
日梦幻想和艺术作品两者在起源上可以等同。这种弗洛伊德称之
为"本质诗艺"（the essential *ars poetica*）的审美技巧，对他来
说是一种只有艺术家才知道的"内心深处的秘密"，而即使弗洛
伊德可以分辨出其中的伪装技巧，即艺术家借此将自己私人的、
也许是羞耻的白日梦制作成为公众可接受的形式，他仍然坚持认
为艺术家的技巧就是工匠的技巧，他们"在表现自身幻想时，通
过提供一种纯粹形式的也就是审美的愉悦来哄骗我们"[51]。他所看
到的是一种相当主动的活动，并不单纯只是对私密幻想的防卫性
保存。当弗洛伊德提及强迫性神经官能症和特定宗教典礼之间的
相似性时，情况更是如此，一旦有某种可能被称为强迫性、宗教
性的艺术，这种相似性就会引起我们的注意。

且不论弗洛伊德对宗教世界观所做的整体攻击，我们会看到他
可能接受一种在强迫性神经官能症和对他而言就是某种扭曲官能
症的宗教行为之间做出的区分。"应当敢于将强迫性官能症视作
一种宗教形式的病态对应，将这种官能症描述为私人的宗教体系，

51　"The Relation of the Poet to Day-Dreaming"（1908），in *Collected Papers*, IV, 183.

而宗教则是一种普遍的强迫性官能症。"[52] 这种"病态的"官能症
包含有一些"仪式"，它们同那些在宗教庆典使用的仪式相比只
有非常低级的秩序，即使如此，从形式上看，典礼式行动在两者
中有相似的塑造作用。这是一个关于判断和价值评价的问题，也
将我们迅速带到了终极价值观和对立的人生哲学领域。但是甚至　350
无需对官能症症状和宗教症状的相对价值采取任何立场，我们能
够看到，我们的讽喻文学提供了某些"更高"和"更低"的仪式
行为的例子。我暗示过，当作者已经向他的读者呈现尖锐情感矛
盾的情形时，那就会出现一种缓和这一紧张情绪的需要，这种需
要既属于作者也属于读者，而这种讽喻仪式（比如，单调的并列
的句子次序）确实在实际上缓和了任何此类紧张感。但仍然可能
存在一种更高类型的仪式，或者不如说是更高的仪式效果。除了
一种防卫性的机械效果，它可以成为造就一种热情欣快的主动时
刻的方式。这就是我所说的"异象式仪式"（visionary ritual）。

　　许多传统的讽喻作品所属的这一分类也许可被称为一种文
类，即"异象"。这让人立刻想到埃涅阿斯下到地府时所看到的
讽喻形象，想到农夫皮尔斯的异象，想到《神曲》[53]，以及堂吉
诃德下到蒙特西诺斯洞窟的场景，诗人将这段寓言故事呈现得如

52　Freud, "Obsessive Acts and Religious Practices"（1907）, in *Collected Papers*, II, ed. Joan Riviera（London, 1950）, 34.

53　见Curtius, *European Literature*, 214ff.：维吉里奥（Giovanni del Virgilio）可以将但丁称作"神学家但丁"。在所谓神话式神学的传统中，异教和基督教的故事可以结合起来，诗人能够写下预示着历史之中神意的异象式诗歌。

同梦中可能有的经历。在中世纪晚期讽喻作品的常见开端中，主
角往往是清醒着进入一处梦中异象。异象不太可能从心理学上
定义；它更多存在于主角被呈现的方式中。这是某种从日常世界
疏离的状态，以这样的方式，他凭借一种不常见的清明和鲜活理
解了自己身上的一切。接下来可能会有"封闭的花园"（hortus
conslusus），而无论什么出现在花园里面，人物都会显得处于
一段梦中异象中，因为花园就是与清醒的现实世界切割开来的。
通过让主角的移动始终轻松自如，十六世纪早期作品《欢愉的
过往》的作者斯蒂芬·霍伊斯造就了这种非真实效果和异象式
自由："从这以后我没有任何阻碍地走上／这片欢乐又美好的草
351 地。"班扬也类似这样运用了人的原始观念，即灵魂在梦中的行
走拥有完全的自由，它可以迅速地在广阔的大地上流动，只是在
黎明前它要回到身体中，进入清醒的时光。他是如此开始《圣战》
（The Holy War）："在我的旅途中，我走过了许多地区和国家，
我偶然遇见了著名的'宇宙'（Universe）大陆，那里有一个非常
庞大辽阔的国家。"恰恰相反，我们获得的感受却是这里有多小，
它完全就是"封闭的花园"那样的效果——这一点我们在《天路
历程》的开头甚至会感受得更为强烈，班扬在此处运用了典型手
法："我在这个地方躺下入睡，而我看见，我梦到了一处梦境。"

以梦开篇成为一种标准手法；作为一个陈套，它在当时并不
承载太多隐喻效力。但一种更为深远的异象趋势似乎在讽喻文学
中持续存在，而且进一步产生或者也许是附带产生了仪式化形式。
首先，讽喻拥有理念化的人物，凭借完整的心智构造可以自由活

动，当它们在故事中被具象化时，似乎也就成就了与现实的疏离，而同样的情形发生在我们的梦中。关于图像的宇宙秩序的这一观点意味着，我们在这里拥有的哲学的或者科学的体系，它们全都迫切需要在同时出现的梦的异象中立刻被感知。这场梦将自身从与现实直接相关的意识中分离，讽喻式异象也同样与我们所感觉到的日常世界分离，即使——正如我说过的——这一讽喻是"自然主义的"。但是讽喻异象与梦的关键性区别在于它是被仪式化组织起来的，因此不如说它与强迫性心理或强迫性行为人格中的"清醒着做梦"一致。它经常通过仪式化的建构到达高潮，就像在持续几分钟的罗西尼渐强节拍（Rossini crescendo）之后拉起幕布的场景。

　　所有此类异象的基督教原型也许是《圣徒约翰的启示》（*The Revelation of St. John the Divine*），这里除了有最为奔放的幻想狂欢，还给了我们一份有序、华美的异象之物的清单。《启示》　352 的展现就像一场巨大的礼拜戏剧。在这样的模式下，基督教诗人可能也会发展出同"最终之事"关联更少的异象，但仍会保有《启示》中的等级特点。启示的揭示程式走向了一种仪式，一种对于参加者的转喻式罗列。这一倾向在但丁或者斯宾塞那里很明显，对于他们而言，讽喻式游行展演（pageant）就是一种主要手法；同时，讽喻式游行展演本身——无论是各王朝在中世纪晚期以及文艺复兴时期城市中公开演出的凯旋入城式，还是在私人剧场里上演的假面剧——就完全证明了仪式和异象进行合作的强大传统。在比之约翰逊、斯宾塞或者但丁来说名气更小一些的诗人

那里，写作时的罗列往往更为明显；以霍伊斯的《欢愉的过往》
为证，它对智慧的传统组成部分进行了仪式化陈列，或者看一看
帕林根努斯用来组织《生命十二宫图》[54]的那种更明显的宇宙式仪
式，其中每一卷书都由一种特定的十二宫符号掌管。

　　再往前一步，我们会发现，大多数这类仪式的中心是那些有
着特定热烈感、特定紧张感、特定异象的特殊时刻，这些时刻关
353 系着我们所说的"中心的象征"。回忆一下这个主要标准：按照
伊利亚德的描述，从空间的角度来看，这样一个象征会是一座神
庙或者实际上任何圣地，主人公被吸引前往此处，而他也在这里
完成了他的入会仪式，进入了关于他的真正命运的异象[55]。斯宾塞

54　在图夫女士编辑的帕林根努斯的Googe译本中，她注意到了这一悖论："从
　　里面大部分构思方式的中世纪特征来看，这是一部最为典型的文艺复兴书
　　籍。恶的问题被一再提出，通过所有熟悉的论证来嘲弄：关于偶然事件，
　　关于受苦而来的细微改进，关于斯多葛式漠视，关于基督教对于善的重新
　　定义，关于普罗提诺对于存在规模概念的乐观态度，关于以魔鬼为基础的
　　原因的关联顺序，关于低下的身体和天上的灵魂的二元论概念，'两个相
　　距如此遥远的事物……结合在一起'（Scorpius, 144）。一个关于恐怖和
　　力量的段落似乎提出了恶的现实性，而这可能使得其作者和抄写员被控为
　　摩尼教异端。马尔斯顿或者纳什（John Marston和Thomas Nashe都是伊丽
　　莎白时代的戏剧作者）都无法胜过这种残暴凶狠的细节，或者是超越他让
　　人们去建造教堂、喋喋不休地念诵赞美诗，以求延长他们那被跳蚤啃咬的
　　生活时的愤懑（Virgo, Capricornus）。但这一切都是后来的作者作为，都
　　是邪恶的折磨；人，而非上帝，才是这个恶徒。"（*The Zodiacke of Life*
　　［reprinted in fascimile, New York, 1947］, xxi）

55　在威廉·布莱克看来，"最后的审判不是寓言或讽喻，而是异象。寓言或
　　讽喻是一种完全不同的而且更低层次的诗歌。异象或者想象则是对于永恒

也许在追随维吉尔，运用了这种关于中心的象征——圣洁之屋、灵魂之屋、阿多尼斯花园——这是为了独特的异象效果，它基于主人公抵达这一"中心"的位置。在任何一卷《仙后》中，斯宾塞似乎都将他的象征性中心放置在中点之后，这样他就可以在后半卷中增强主人公的力量，这是为了主人公准备好面对所有挑战里最终和最大的一场挑战，这通常是对阵邪恶力量的最终完结大战。每一卷看上去都是一种对主角的双重递增考验，每一次难度上升都被一场胜利克服，第一次是在潜在层面战胜自己，而第二次则是现实而恢弘地战胜撒旦的仆从。

但丁笔下的类似例子可能是《炼狱篇》结尾处关于凯旋教会的异象，这标志着基督可以预见的胜利，这可以与《天堂篇》结尾处枝繁叶茂的玫瑰异象对照，在那里我们接近于去理解爱的终极、永恒、真实又完全的胜利。异象也不完全都是视觉的。似乎在任何具有紧张感的特定时间点，它都可以作为关于中心的象征出现，或者用另一种方式说，正如神庙空间是一处"神圣的地点"，那其中的时间也是"神圣的时间"，而有时候展示给我们的是没有任何空间阻隔的一个神圣时间中的时刻，这便足以成其为一个真正意义上的神庙。阐释得更为宽松的话，这些观念使得

存在的、真实而不可改变之物的再现。寓言或讽喻由记忆的女儿组成。想象则被灵感的女儿环绕，她们的总体被称为耶路撒冷。寓言就是讽喻，但是批评家将寓言称作异象自身。希伯来《圣经》和耶稣的《福音书》不是讽喻，而是关于所有存在之物的永恒异象或者想象。注意这里的寓言或讽喻几乎都不缺乏某些异象"（*Complete Writings*, 604—605）。

354 种类繁多的事物和经验获得了这种神圣的特质。比如说，《堂吉诃德》的整个故事拥有某种异象（以及进行揭穿的相反异象）的质感，但是对于堂吉诃德来说神圣的特定地点（十字路口以及最重要的客栈）——因为这里的时间停滞不前，而他的思想任意飞驰——它们一般来说却并不被认为跟神圣有任何关联。与这些寒碜、普通的地点不同，蒙特西诺斯洞窟呈现了一个神秘的梦的世界，它的喜剧版本也许是桑丘的巴拉塔里亚之岛。如果我们想去理解仪式的这种更高功能，我们就必须保留一些阐释的自由，允许像塞万提斯这样的作者以他们偏好的形式运用异象式的地点和时间。

以陌生场景作为背景，展现终极异象的陌生时刻与场合，梅尔维尔是又一个例证。埃哈伯与白鲸的最终相遇就是两种灵力交战的启示录异象，而此类场景使梅尔维尔的小说关联起了由《圣徒约翰的启示》所确立的主流传统。紧邻这一最后相遇之前，亚哈自己通过一个微小的动作建立起了一个增强紧张度的时间点，我将它比作关于中心的象征[56]。我们确实会在接下来的段落中看到某种模式，它关于这种象征性中心如何通过一种装饰性用语在小说文学的框架内被创造出来。

　　　埃哈伯从舱口上来，缓缓地走过甲板，到了船沿。他探出头去看他的水中的影子如何在他凝视下一点点地沉下去，

56　我所选择的总结性段落来自第132章"交响曲"。

他越是想看透它有多深，影子便沉得越来越快。然而那迷人
的天空中散发出可爱的香味，暂时驱走了他灵魂中的腐蚀剂。
这令人心旷神怡的长空，这令人陶醉的上天最后终于来抚慰
他了。这个继母心肠的世界多少年来对他如此狠心，如此不 355
可亲近，现在终于用双臂亲亲热热地搂住了他的倔强的脖子，
终于对他发出了快乐的呜咽，仿佛是对着一个她无论如何也
不忍心不去救援和祝福的人，不管这个人多么任意妄为。于
是借着压到他的眉眼边的帽子的掩护，埃哈伯让自己的一滴
眼泪掉到海中。整个浩渺无涯的太平洋也难以盛下这一颗如
此珍贵的小小泪珠。

　　斯塔勃克看着这老人，看着他心事重重地从船沿探出头
去。他似乎在自己内心听到了那从四周的静谧中偷偷吐出来
的无尽无休的呜咽。他走近他，小心翼翼地不去触动他，也
不让他注意到他的存在。

　　接下来的描述呈现出了一种甚至更深沉的异象，它关于埃哈
伯（Ahab）这场追逐的总体意义；他成了亚当（Adam）："被赶
出了天堂以后跟跟跄跄走了不知多少个世纪。"这一时刻让人想
到托马斯·布朗爵士的《瓮葬》（*Urne-Buriall*），埃哈伯将人的
命运作为时间的某种无尽损耗，静止和运动同时发生。

　　天哪，伙计，咱们在这个世界上就像那边的绞车一样由
别的力量在推着它转呀转，而命运就是那根使绞车转动的推

杆。而在同时，天空始终在微笑，海洋始终深不可测。看！看那边那条大青花鱼！是谁使它去追那条飞鱼，要咬死它？朋友，杀人凶手上哪儿去呀，伙计！法官本人都已被拉上法庭去啦，谁又来定罪呀？可这是一阵好温和的风，天空也显得温和；而此刻的空气里有一股香味，像是从遥远的草场上吹来，斯塔勃克，在安第斯山脉哪一个山坡底下，准是有人在晒干草，刈草人则在刚刈下的草堆中睡觉。睡觉？是啊，我们不管如何辛苦劳作，我们大家最后都要在草场上睡觉。睡觉？是啊，斯塔勃克，当去年的镰刀扔到地上，丢在还未割下的半行草里，它从此就在青草里生锈！

正如《埃涅阿斯纪》中下到地府，或者帕里努鲁斯的溺水，朝向此类时刻的运动出现在所有伟大讽喻作品，如果并不单单寻求常规图像，我们甚至可以在根本不会有如此期待的地方发现这类时刻，即在所谓的自然主义作品中；毕竟，即使是《白鲸》也有大量段落属于最纯粹的自然主义，像是对于白鲸生活的纪录描述。对于像梅尔维尔这样的作者，以及在他之前的塞万提斯和在他之后的卡夫卡，批评家需要保留一些阐释的自由，并且不要把这些作者套到某种模式中去，那无疑会让他们看起来更熟悉，但很有可能这就是他们要去避免的东西，他们要做就是超越这种纯粹的说教。对于一部讽喻作品的作者来说，并无绝对必要从一种完全神圣的词汇库（有许多此类词汇库可用）中去选择他的宇宙式语言。与之类似，作者可以自由地将他的天启式"中心"放到任何他想要在主角的追寻中出现的地方，即使位置的不同会决定这个主角的不同命运。相比于一个需要等到最后的主角，比如《金驴记》中的卢齐乌斯[57]，一个立刻就加入了他的"骑士团"的主角（一个堂吉诃德）也许拥有更能持续的灵力，因为他从一开始就拥有。斯宾塞在每一卷中将他的中心象征放到中心位置的方法使得他的主角们可以在他们求索之路的中途就获得特殊的力量，而每卷下半部分就获得了新的关注点。在这些情形下异象与获得力量同时发生，因为主角所看到的东西就构成了一种入会仪式[58]。

最后，也许比异象的中介时刻（主要就是指这一入会时刻）更为重要的，是那些关于终极时刻的异象，它们是大部分重要讽喻作品的高潮，就像在《白鲸》中的这一时刻，而且它还构成了一种与讽喻模式协调一致的最高等级的功用。在毁灭力量带来的 357

---

57 从卢齐乌斯到驴这一喀耳刻式转变可能本身就是一种灵力变形，其结果就是他受到了残酷对待。但这恰恰是阿普列尤斯想避免去提及的；他一直呈现给我们的是，作为一个人而曾经失去了人的地位的人，这意味着什么。变形允许对于某个具体的人也就是书中主角的重新的定义。关于阿普列尤斯的卢齐乌斯的转换，见A. D. Nock, *Conversion*, ch. ix, "The Conversion of Lucius"。又，关于通过宗教皈依和启发而"改造"灵魂，见Gerhart B. Ladner, *The Idea of Reform: Its Impact on Christian Thought and Action in the Age of the Fathers*（Cambridge, Mass., 1959），尤见第五章第四节，这里将灵魂改造的概念（更常见的说法是"新生"）同时间的流动相连。他讨论了奥古斯丁在《忏悔录》中的观点。

58 比较马洛里笔下兰斯洛特和加拉哈德的不同，当他们两人都期待出现关于圣杯的异象的时候。兰斯洛特的例子显示出，入会仪式并不是向所有人开放的。

末世异象中，《启示》向我们揭示了生命之水形成的河流、生命之树以及圣灵和基督真理的最终胜利。如同弗莱所说，这一神圣存在的崇高胜利是通过物质元素来表达的，这些成为传统上的天启图像：作恶者（犬类、行邪术的、淫乱的、杀人的、拜偶像的、喜好说谎言的人）被隔绝在天国的城墙外，而在里面，基督与教会的结合达到圆满[59]。最后的天启异象向世人允诺了一种永恒的回报。在与恶的毁灭性交战之后，在对罪的忏悔和对信念的颂扬之后，它展示了爱与创世的凯旋。即使假定有一场最终的宇宙式大灾难，有敌基督的胜利，或者是一种政治秩序的千年末世毁灭（如同在《一九八四》中），或者世界的一种单纯的机械毁灭（如同其在现代科幻小说中的泛滥），这一最后的天启异象仍然具有同样的巅峰特性[60]。它似乎映照出一种终极的希望，或者不如说是一种终极的愿望满足，无论是向生还是向死。以这样的方式，讽喻就能够将无尽的仪式形式转变为某种封闭的高潮的形式。

---

59 见Frye, *Anatomy of Criticism*, "Theory of Myths"这一部分中讨论的天启式图像；另见Frye, "New Directions from Old", *Myth and Mythmaking*, ed. Henry Murray（New York, 1960），124—125，关于"愉悦之地"（*locus amoenus*）："这个地方的气候永远温和，在底下的世界中植物生命的种子继续存活并返回。"斯宾塞的阿多尼斯花园就是最重要的例子；不过但丁也在《炼狱篇》第二十八歌当中使用了这一"愉悦之地"；大致可以认为所有这些用法都可以回溯至一个像是伊甸园这样的早期原型。

60 塞缪尔·贝克特的戏剧也许是灾难异象的重要例子。贝克特将灾难呈现为一种逐渐的碾磨并减速至死寂。他沉迷于展现人物的孤立；孤立确实是他的主要主题，正如这也是贝尔托特·布莱希特的。

　　异象性时刻被感觉为图像、行动和思想上向着高潮的扩展，
这样的话，我们感觉到我们从礼拜仪式的束缚中解脱，进入某种
沉思中的纯粹洞察。这是艾略特的《圣灰星期三》的终极异象，
这是《荒原》里"水中之死"和"火的布道"中的安眠和绝对确
信，最后，这也是《四个四重奏》里的"无尽"运动。仪式改变　358
了其节奏，将预备步伐变作最后的圆满，或者是更高秩序中的真
理。本书的论证暗示着这一交换是一种激进形式，而一旦讽喻真
正成为天启式的，它也就不再只是讽喻，而是参与进了某种在更
高秩序中的神秘语言，我们也许会称它为神话语言[61]。但这里可能　359

61　我已经多次指出，神话与讽喻是故事讲述的同一原型程式的不同阶段。对
　　我来说，神话总体上似乎与梦相关，而讽喻则与理性化和强迫性的思维相
　　关。讽喻似乎通常依据神话，于是曾是一个整体的故事就被分割成不同的
　　层级。（艺术家仍然可以尝试逆转这一过程；也许埃兹拉·庞德就是一个
　　这样的例子；也许艾略特正是在这一事业上成功了。）我们可以在神话式
　　和讽喻式**英雄**类型的区别当中寻求分析式—综合式对立的证据。遵循弗莱
　　的说法，神话英雄是真正的神，而讽喻（弗莱的"罗曼司"）的英雄是灵
　　体或者被赋予灵力的人。前者拥有完整的力量，后者只是有条件的拥有力
　　量，如同他们也经常只有"有条件的永生"——例如，阿喀琉斯的脚踵、塔
　　卢斯的魔力闪电、安泰俄斯（Antaeus）仅限土地接触所获取的力量。神话
　　式和讽喻式英雄的差异最明显地表现在他们的性特征上。

　　　　Eliade, in *Myths, Dreams and Mysteries*, tr. Philip Mairet （London,
　　1960），174—176，在"雌雄同体和整体性"（Androgyny and Wholeness）
　　这一部分中提到："实际上，我们确实知道早期人类的至高存在中，有相
　　当数量的雌雄同体。但是神性雌雄同体现象非常复杂：它所表示的东西比
　　性别在神圣存在中的共存（或者不如说合并）更多。雌雄同体是一种古早
　　和普遍的对于**整体性**的表达方式，即相反情况的共同存在，或者说"对立
　　的一致"（*coincidentia oppositorum*）。比起一种性别上的完整和独断状态，

只有一种语义区别，因为重要讽喻作品之中的崇高感的宏伟似乎
确实引发了同样的狂喜和热情，它所描绘的完全是对天启文本的
反应，这就是但丁或者布莱克所展现的。越加强烈的惊奇感觉弥
漫在但丁穿越他的宇宙的上升路途上，言语表达的狂喜也弥漫在
布莱克或者克里斯多夫·斯玛特的歌诗中，这实际上就是一种对
于那些也许可以简单称为"神话式""天启式"或者"终极"的
异象的自然反应，但它们同样也可以被称作是"讽喻式"。从语
义角度来说，《神曲》中关于神秘玫瑰的最后异象当然是讽喻，
就像是关于恩典的异象或者斯宾塞笔下的其他任何类似异象，或

雌雄同体更多象征着在一种原始和非条件状态下的完美。"我们可以用这
些术语解释英雄的形成，甚至更多的是，在《仙后》中，女英雄从一种讽
喻意义的状态进入一种神话意义的状态。斯宾塞的所有主要角色都有一种
雌雄同体的趋势，最引人注目的当属斯宾塞笔下最为丰富的角色布丽玛特
（Britomart）。她与艾莫芮（Amoret）相似，而斯宾塞事实上就在诗作第
一版中使用了赫尔玛弗洛狄忒（Hermaphrodite，赫耳墨斯与阿弗洛狄忒之
子，同时拥有男性与女性的性器官——译者注）的形象来呈现她，并将此作
为第三卷结尾；他随后放弃了这部分诗节，以求更流畅和更有延续性地过
渡到第四卷，这个修改呈现在了第二版中。

伊利亚德甚至从雌雄同体的角度来定义神性："但是雌雄同体甚至延伸
到了那些在很大程度上是男性或者是女性的神灵中。这意味着雌雄同体成
了对于自主（autonomy）、力量（strength）、整体（wholeness）的通用表
达；说一个神灵是雌雄同体的，差不多意味着说这是一个终极的存在，终
极的真实。"神话学确实显示出这一论断具有极大正确性。讽喻的典型手
法就是将原初整体切割为一些基础的区分，它们也许随之成为原型，但就
像在阿里斯托芬所讲的爱欲神话中，两个在性别上被减半的生物会不断寻
求重回一体。讽喻向我们呈现了麦克白和麦克白夫人。讽喻的主角并非男
性和女性，他们是被分开的雌雄同体生物。

者是关于世界末日的异象，无论它是在《圣徒约翰的启示》中，
或者在像是《可怕夜晚之城》（*The City of Dreadful Night*）、《荒
原》《美丽新世界》或者《城堡》这样类似的现代反讽作品中。
（这些诗中的终极异象所围绕的隐喻，或是物理的，或是政治的，
或是有着人类有机体的精神宇宙，但无论如何，这些最终的天启
异象的图像似乎都取自最简单的最熟悉的源头，即人类身体，群
体中的身体。身体图像无需特别明显，它并不总是像在布莱克的
《耶路撒冷》中那样清晰，那首诗中的大地变成了一张脸、躯干、
四肢等等。）[62] 如果我们想要穿透在启示和预言传统中的所有迷 360

---

62 布莱克的《耶路撒冷》（*Jerusalem*, Complete Writings, 745）结束于土地—
身体的合并：

> 每个人都朝向四方；每个人的四张脸都：一向西，
> 一朝东，一向南，一向北，四匹马。
> 昏暗的混沌被点亮，在下，在上，在四周：如孔雀视物，
> 四条河中的生命之水，依据感觉中的人之力。
> 眼之力居于南；东方，在极乐众流中，活力来自
> 展开的鼻翼；西水流过感觉的源头，舌头；在北方
> 是迷宫般的耳朵；环绕并切除污秽的
> 外壳和遮蔽，抛入在真空中蒸发，人的轮廓展露出来，
> 驱赶死之身体向外，进入永恒的死亡与重生，
> 身体在比尤拉（Beulah）的鲜花中向着生命醒来，欣喜于
> 四感的合一，在轮廓上，在四周和形式上，从来如此
> 对罪的宽恕就是自我湮灭；这份契约，来自
> 耶和华。

（比尤拉，即"有夫之妇"，耶和华许给犹太人的土地，见《圣经·以
赛亚书》。——译者注）

雾，诸如什么是"神话式"、什么是"讽喻式"之类问题，那在事物的语义秩序和形而上秩序之间做出区分也许是必要的；这类传统的语义特性可以被看作是讽喻式的，而它们的形而上特性就是神话式的。以差不多同样的理解方式，梦在形而上意义上是一种神话，但当我们去阐释它的时候，它在语义上就可以被作为讽喻看待。强调讽喻文学中某些紧张时刻的形而上特质，我们其实同样也强调了它的绝对价值，因为这些特定时刻会被认为对于人性有着更高的重要性。

说某一部作品是讽喻式的因此并不是一种价值判断，讽喻只是一种象征性模式。但是观察到一部作品拥有分析性或者讽刺性作用，这似乎就是一种积极的价值判断。而观察到某些讽喻作品的天启式作用肯定意味着它们被赋予了某种类型的终极重要性，而即使它们拥有这种价值，恐怕也不能与许多读者沟通。讽喻和

这种将身体图像作为一种宇宙式"生物"的大胆运用并非布莱克首创，它也不仅仅局限在异象诗歌中。有人会预计它出现在后者中；有人一开始会惊讶地发现它是伊丽莎白时代更为散文化的地志诗的基础，比如德莱顿的《波利奥尔比翁》（Polyolbion）。理解此类散漫的诗歌或者从中获得乐趣不大可能会成功，除非你理解到德莱顿将英格兰转变为"世界的身体"，因此它持续地、在无尽的重复中使用将身体的躯干和器官等同于乡间风物的隐喻。这一诗性图像有其比拟物，有其注释，在《波利奥尔比翁》的篇名页上，英格兰，一位女神，被呈现为身穿示有英格兰岛屿地图的长袍。从这样的注释开始，就可以将这首诗理解为宏大的伊丽莎白时期宇宙式异象之一；与它相似的可能只在此处可以被发现，即《仙后》中精湛地呈现的泰晤士（Thames）与梅德韦（Medway）的婚姻这一时刻。我们能够去"想见"（envision）德莱顿的英格兰，在这个意义上它消除了任何乏味的痕迹。

"预象"（*figura*）的预言式传统并不要求其终极真理广受欢迎，甚至也不必普遍为人所知。预言通常有它们挑选出的预言者，即那些可以看到和阐述神秘之事的人。从这样一个角度来看，如果只是针对一小部分被选择的读者的话，也许可以给予布莱克的预言诗歌一个高于他的歌谣的价值判断，因为沟通与绝对真理并无关联，而他的异象旨在产生的就是这一绝对真理。而且，人们总 361 是愿意认可，这样的异象式真理是来自**一个人自身**去接受某种已有教义的意愿，在布莱克这里当然就是基督教教义。

　　这一限制条件是否是讽喻的致命弱点，这个问题留待美学家去决定；与此同时，人们可以看到它可能陷入了一个缩小中的读者圈子，他们可能只期待去参与或者去享受这些作品中单纯的诗歌部分。在那些乐于承认他们"完全不知道写的是什么"的人那里，布莱克在诗性上的卓越将荡然无存。同样的限制似乎也可以用于其他所有的重要讽喻作者身上，也包括但丁——即使在最近翻译过来的《尘世诗人但丁》（*Dante, Poet of the Secular World*）中，奥尔巴赫为但丁作品中的摹仿做了精彩的辩护。因为缺乏一种普遍的、共同的教义背景，这些作品似乎必然要为晦涩付出代价。如果读者与作者并不分享同样的背景，他们也许仍会被异象中的装饰深深吸引，即使"仅仅作为装饰"，但对于这样的读者来说，他们无法理解真正讽喻语言的宇宙式指向。不过显然，这一吸引力仍然可能很强大，无论是对于天真的读者还是老练的读者。

后　记

362　　在一部这样的作品的结尾，很难去做出一个最终的总结陈述。关于讽喻的本性还留有更多问题有待探讨，更细致的鉴别有待给出。也许这才是理论的正确目的，即鼓励人们为特定手法做好准备，使特定的文学作品通过它去符合所阐述的大型范式。对于讽喻作者来说，个人风格和个人创造永远是可能的，这种自由就是一个重要理由，解释了为什么认为这一模式"压抑"或者"神经质"是一种错误观点，即使我在讽喻与强迫之间做了类比。相反，最好让这一模式中的作品发挥更为主动的作用。简单来说，我以为这些作品是我们所有理念的纪念碑[1]。它们不是在摹仿式地呈现

1　纪念碑性这一概念在很大程度上被忽视了，将其作为主题论述的，见 Siegfried Giedion, *Architecture, You and Me: The Diary of a Development* （Cambridge, Mass., 1958）。这个术语正确地让人想到特殊的尺寸、具有崇高感的体量及其特殊的功用，即支持传统或当局的官方艺术。纪念碑的建造是出于隐秘的而非内在的目的。叶芝在这方面造成了一些困难，因为他最后对于《一种异象》（*A Vision*）中图像志的拒绝就是对于隐秘目的的拒绝。也许更合理的说法是，叶芝只是超越了他早期和中期的讽喻诗歌。《马戏团动物的逃亡》（"The Circus Animals' Dersertion"）也许适于被称作讽喻，而这是一部晚期作品，那么他从未完全逃离这一模式。他的拜占庭诗作有着不加掩饰的纪念碑性。

需要这些理念的人们，而是考察了我们行动的哲学、神学或者道德前提，它们还让我们去直面某些理念的完美形态，以及另一些 363 理念的堕落形态。而且，讽喻作品经常暗示出，要不是人性的世界观或者某种物质上的必要性阻止了向着邪恶转变，甚至恶意的理念也可以是合理的。有时候一个讽喻作者确实会离开他的正道，去为邪恶和疯狂的理性建立纪念碑，就像斯宾塞在《仙后》卷五所写，他让善的绝对对立面瑞迪甘德（Radigund）拥有了她自己的法则、她自己的权力、她自己的感觉以及她自己的理念。

　　纪念碑性（monumentality）的效果会持久保存，即使在关于恶的异象中。一些处于优势地位的文化理念需要被纪念或者公开颂扬，而当文艺复兴诗人从他们称之为"历史"的事物中制造出给予道德指引的模板时，他们是从可以提取出"凯旋"的地方发掘冲突；他们所挑出的那些英雄行为的时刻可以理所当然地成为一种文化理念的纪念碑[2]。他们必然要忽略掉所有在过去的历史

2　赫伊津哈形容过某些纪念碑图像所具有的神授式的魅力，即"历史化的生命理念"（historical ideals of life），比如骑士图像、关于国家的图像、关于"罗马治世"（*pax romana*）的图像。他将这一术语定义为一种文化投射类型："因此历史化的生命理念可以被定义为，任何对于卓越之人的概念在过去的投射"，而随着时间推移这当中非神话成分越来越多。（*Men and Ideas: History, the Middle Ages, the Renaissance*, tr. by J. S. Holmes and Hans van Marie［New York, 1959］，"History"，17—158）

　　　参考爱默生的*Concord Hymn*中关于桥的评论，见于这篇独到的论文Paul Goodman，"Notes on a Remark a Seami"，*Utopian Essays and Practical Proposals*，130—137。这篇论文从探讨能剧作者世阿弥（Seami）的观点开始，呈现出了一种诗性和戏剧性的纪念碑理论："如果附近有一处著名的

中那些不够光彩的或者平庸的时刻——有一定程度的微弱迹象表
明莎士比亚主要不是一个讽喻作者，即普通人是作为个体出现在
他的历史剧中，而我们也许会期待一个讽喻作者尽力扮演纯粹的
英雄行为，这种纪念碑性确实可能在这里存在，如果真有这么一
种东西的话。出于同样的原因，当莎士比亚的历史剧呈现出关于
前定历史的讽喻——理念化的，又处于时空维度中的英格兰的命
运——那也正是他最有纪念碑性的时刻。

　　这里的困难在于是要在图像志方面还是在尺寸方面赋予"纪
念碑性"这个术语含义。我主要取的是前者，但很明显传统的讽
喻作品常有具备崇高感的宏大，而我们会被其巨大直接冲击。从
对于如画感的讨论中可知，一种反向的崇高感也是可能的，比起
其具有感染力的表层文本，这种方式里的总体形式就变得不那么
重要，而前者具有强制性、灵力性，而且有高度的绘饰感。这些
形式特点中那种即时的图像感染力似乎无法回避。最近有一份关
于泥金装饰的《夏夫兹伯里圣咏》（*Shaftesbury Psalter*）中一幅
圣母图的评述，罗伯特森（D. W. Robertson）在其中使用了"纪
念碑性"一词来表达一种主要由其形式特性造就的显圣。

　　　　在泥金装饰中，为了线条平衡和表层的对称排列，牺牲

地点或者古代的纪念碑，〔对它的提及〕要以最佳效果插入到接近剧情发
展的第三阶段末尾的某处。" Goodman自己曾以能剧手法写过一部*Stop-
Light: 5 Dance Poems* （Harrington Park, N. J., 1941），其中有一篇作者关
于能剧的论文。

了人的形体的自然表达。由于在形体中严格遵照几何学范式，圣母拥有了一种"僧侣式"或者"纪念碑性"的外表……这种使得部分服从于一种人造秩序化整体的几何对称，其实是朝向不可见的抽象王国的一个步骤，这同样是由这一人造秩序所控制的。在别的地方，同样的秩序被施加于怪兽以及圣徒，但这事属应然，因为正如我们所看到的，所有这一切都是神圣秩序之美的一部分。[3]

按照严苛、"孤立"（isolation）和超对称，也包括崇高感或者如画感的体量来定义的话，讽喻似乎都有着"僧侣式"以及"纪念碑性"，甚至包括像谜语和图形诗这类小型形式。这些小形式有其独特的重要性，因为它们经常具有广泛的吸引力。谜语和图形从很早的时候起就已经是传承知识、表达训导的常见介质。它们使用那些我们最熟悉的谚语式图像，在过去，即使木刻印版的廓线在成百上千次的刻印之后已被磨损，它也可以被卓有成效地复制；而如今，借助在通俗杂志、电视、广告牌中的无尽复制，广告式样变得甚至更为人熟知。我们今天处于一种古怪的境况中，通过不断地、过分简化地、强迫性地重复既有图像（stock images），我们几乎是在一夜之间创造出了传统，无论是通过电视还是其他形式的大众宣传。但对于现代图像作者来说，重要的是他可以协助创造这一传统，而反过来，他也从传统中获得了构

---

3   *A Preface to Chaucer*, 148—149.

筑他的故事的价值体系[4]。我们的"好莱坞"典范类似于大型制造
商同它的产品间的关系；我们的消费品必然连接着某种关于地位
的典型浪漫式象征，这些象征都有其对应物，尽管在更古老的图
366 像志中，它们有更高的严肃性[5]。在一个像我们这样神学价值变得
可疑的世界，无法指望呈现出一个在更高的形而上学意义上存在
的各种善，无论是物质的还是精神的，因此在现代讽喻作品中有
一种庄严感的下降。我已经提到，弗莱曾说过我们处在一种"反
讽喻"的阶段。在作者不再将荣光视为典范这个意义上，我们无
疑处于这一阶段。传奇英雄很难塑造[6]。不过，如今存在的是某种

---

4 这一程式类似于在第一章和第二章中描述的行动体变为图像。"既有反
   应"需要对通常不稳定的反应进行固化，而这一固化要求将活动稳定为不
   活跃状态，情感进入停顿而被固定观念所取代。任何纪念碑都会将时间的
   流动静止在一个特定的历史时刻中。雕像就将行动体转化为图像，而在像
   是《冬天的故事》这样的戏剧和像是《唐璜》这样的歌剧中，雕像对关于
   分析其中的时间、运动和历史（像是记忆、"必死性"［memento mori］
   主题、纪念）概念非常关键。古代的凯旋门和圆柱上风格化而抽象化地讲
   述了受到尊崇之人的历史。彼特拉克的《胜利》（Triumphs）从两方面有
   效地呈现了时间流动，因为诗中六种胜利的每一种都展示了前一个胜利者
   （每一个是经验的一个层面）的失败，直到唯有永恒是最后的胜利者，它
   超越了经验。

5 菲茨杰拉德和韦斯特都戏仿或者实际上运用了"好莱坞"典范，前者有
   《夜色温柔》（Tender Is the Night）、《最后的大亨》（The Last Tycoon）
   和另外一些故事，后者见于《寂寞芳心小姐》（Miss Lonelyhearts）、《蝗
   灾之日》（The Day of the Locust）。

6 见E. R. Curtius, "The Poetry of Jorge Guillén", tr. R. W. Flint, Hudson
   Review, VII（Summer, 1954），222—223："按照亚里士多德的说法，所有

反向荣光，那些异化主人公身上所秉承的我们所赋予的道德缺陷

诗歌都从赞美或者贬斥开始。歌德同样将诗歌定义为'神灵也许乐于聆听的人类的称颂赞歌'（'Lobgesang der Menschheit, dem die Gottheit so gern zuhören mag.'）。过去一百年中的文学里开发出了各式各样的贬斥，远胜于称颂。所有国家和大洲中的二三十种自然主义、表现主义和存在主义中的一切聚集在一起，这些责怪人类、生命和存在的材料，完全可以有效地在一种中立的贬斥概念下收集到。这些言语的总和代表了尼采诊断出的欧洲虚无主义的结局。'要么毁灭你心中的敬畏——要么毁灭你自己。' 现代文学已经完成了它毁灭所有敬畏的历史使命。"

即使是最近流行的一部传奇影片《阿拉伯的劳伦斯》（*Lawrence of Arabia*）中，也显示出了制造一个真正的浪漫英雄的难度。要是欧赫迈罗斯（Euhemerus，古希腊作家，生活在约前三世纪。欧赫迈罗斯被认为持有这样的观点：神话传说可以归结到某个历史中的人物或事件，随着时间推移，历史叙述被改变或者扩大。——译者注）活在今天，他也许会说，"这就是它的开始"，但他也会注意到劳伦斯故事中的反讽。这一活生生的传奇是劳伦斯自己创造的，这个事实无比清晰地出现在《智慧七柱》（*Seven Pillars of Wisdom*）的第九九章、第一〇〇章和第一〇三章。这些章节与其他一些章节一起阐明了其图像上的意图，这不仅仅关于劳伦斯的书，更为深刻的是关于阿拉伯起义时期他所计划和实践的生活。他从不利条件开始："史诗的方式对我很陌生，对我同代人也是如此。"但不管怎样，他试图构建出一个以《智慧七柱》作为标题的浪漫史诗。关于他所用的抽象罗曼司形式只用举一个例子，我将引用来自第九九章的内容。劳伦斯描述了阿拉伯酋长们在耶弗（Jefer）的和平协定，在这里起义的统一性和目的最终受到了质疑——但是费萨尔王子（Prince Feisal）这位先知式的政治家，一如既往地扮演起了受到启示的领导者这一图像式角色：

"费萨尔用一句话将民族性带进了他们的脑子里，这让他们思考起阿拉伯的历史和语言……另一句话向他们表明了他们的同伴和领袖费萨尔的精神，他会为民族自由牺牲一切；然后又是沉默，他们想象着他白天黑夜都在这帐篷下，教授、传道、指挥和结交朋友：他们感受到坐在这里的这个偶像式的男人背后的一些想法，他没有欲望、野心、弱点和过失；如此丰富的人格就被一种抽象观念所奴役，造就了同一只眼、同一只手臂，只有一个意识和目的，那就是为它生或为它死。"

367　使得他们联系起了我们的时代。跟奥威尔自己一样，温斯顿·史密斯就是这样一个典型的主人公，他的荣光似乎在于他自己的弱点。威廉·戈尔丁的品彻·马丁似乎只比绝对无能为力高出一点点，而作者所沉迷的就是这不可能的斗争。

　　按照更陈旧的对于讽喻的看法，这一模式自身已经随着纪念碑性的颠覆而被毁灭，但我所陈述的理论则没有走向这样一种结论。我的理论更为坚持，读者可以从任何一种图像式语言中找到一种"隐秘的技巧"。想想电影吧：在近来的影片中根本不缺乏讽喻。如今的电影大师都尝试过异象性仪式这一"更高"种类的作品：德·西卡（De Sica）的《米兰奇迹》（*Miracle in Milan*），克莱芒（Clément）的《禁忌游戏》（*Forbidden Games*）和《酒店》（*Gervaise*），伯格曼（Bergman）的《第七封印》（*The Seventh Seal*）、《处女泉》（*The Virgin Spring*）、《犹在镜中》（*Through a Glass Darkly*）和《面孔》（*The Magician*），费里尼（Fellini）的《大路》（*La Strada*）、《甜蜜的生活》（*La Dolce Vita*）和《安东尼奥博士受试探》（*The Temptation of Dr. Antonio*），布努埃尔（Buñuel）的《维莉蒂安娜》（*Viridiana*），安东尼奥尼（Antonioni）的《奇遇》（*L'Avventura*）和《夜》（*La Notte*），阿伦·雷乃（Alain Resnais）的《去年在马里昂巴德》（*Last Year at Marienbad*）[7]——以及由玛格丽特·杜拉斯

7　导演雷乃（Resnais）曾说："我们可以想象《马里昂巴德》是一部关于雕塑的纪录片，它有着对于手势和每一次对手势本身的回复的阐释性模仿，

（Marguerite Duras）写作的电影剧本《广岛之恋》（*Hiroshima Mon Amour*）以及最重要的《长别离》（*Une Aussi Longue Absence*）[8]，它们所跟随的是由克莱尔、科克托、布努埃尔等艺术家逐步奠定的、在电影制作中重要的超现实主义传统，它无疑是图像性的。最后，爱森斯坦创立了俄罗斯电影中基于历史的"喻象现实主义"（figural realism）的手法。（在这一点上，他属于

368

就好像它们凝固在了雕像中。想象这部纪录片，它可以通过两个人的雕像，通过结合起一系列不同方向的视角，借助不同摄像机的运动从而成功地以这种方式讲述这整个故事。而在最后你可以看到你回到了出发点，即雕塑本身。"（*New York Film Bulletin*, III, no. 2）

8　这部伟大的电影被一部相对次要的作品，即鲍格农（Bourguignon）的《花落莺啼春》（*Les Dimanches et Cybèle*）抢去了风头，它有一种极其复杂的、完美有序的、有着无穷暗示性的文本和形式。跟《花落莺啼春》一样，《长别离》也基于库柏勒神话，它显示出导演亨利·柯比（Henri Colpi）精湛的技艺；它同样也显示了一个真正的神话，即这个关于"可怕的母亲"库柏勒的神话所能提供的深厚资源。在这个例子中，新闻批评似乎显示出在交稿期限的压力下，无力去理解拥有"难解的装饰"的作品。他们同样显示出安东·艾伦茨威格（Anton Ehrenzweig）的"迷惑性细节"理论这一真理，即侦探故事的作者通常运用误导性手法，使得读者的注意力从故事的"真正"含义中移开。对于新闻记者来说，他们似乎再次惊人地无法看到眼前的事物。这一抗拒似乎是运用装饰所造成的不可避免的结果。任何像《长别离》这样"费解"的电影都需要多看几遍、思考、详细讨论、参考其文学和历史源头。只是坐在影院里是不够的。见Ehrenzweig, *Psychoanalysis of Artistic Vision and Hearing*, 43—44, 134。谈到"多个情节或多重情节的叠映"时，艾伦茨威格展现出通过这类手法"读者便无法专心"；在他被逐渐引向"逻辑上满足的最后时刻"，即这一类型谜语所提供的独特愉悦的过程中，他的注意力不停被分散。艾伦茨威格提到，"保持故事的模糊性、使得不同系列的暗示可以同时运行，这算不上成就"。

更广阔的俄罗斯艺术潮流。二十世纪的俄罗斯艺术家创造了一种
关于革命性变化的纪念碑，从政治性的混乱走向政治性的宇宙/秩
序；而在主题的选择和社会主义现实主义的形式当中，有着与中
世纪宗教性纪念碑最为接近的现代类比。）与作者一样，电影制
作者也反映出了对于图像模式的持续需求。也与作者一样，电影
制作者发现他们的主题处于在政治和社会忠诚之下高度受限的领
域中；他们经常必须公开为主题式的政治或社会运动而创作。德
西卡和费里尼关于经济不公的主题被认为鲜明地限定在一种战后
共产主义观点下的社会认识中，而伯格曼严肃的宗教—性关切是
一种典型的北欧反思（在这一点上他也许被卡尔·德莱叶［Carl
Dreyer］所影响），而克莱芒反对战争和社会失序；安东尼奥尼
和相当多新浪潮导演将性的主题混合进社会主题中；编剧玛格丽
特·杜拉斯则将性的主题混合进世界和谐与世界进步的主题中。
这里关键的不是所有这些艺术家在多大程度上是"讽喻的"，而
在于他们完全可以被认为是讽喻的。对于研究中世纪文学的学者
来说，重要的是意识到他并非在一种历史真空中进行研究。只要
艺术家还能够进行分类，同时还能够去怀疑、焦虑与希望，他所
研究的就是一种从未死去的、持续进行的传统。

369

　　"这样的艺术是一种平庸的艺术，它从我们这里所期待的反
思的效果，是为了让我们处于理解其图像的状态中。"[9]批评家拉

9　　"On Philosophical Criticism", in *Messages*, tr. by Montgomery Belgion
　　（London, 1927）, 8.

蒙·费尔南德斯（Ramón Fernandez）曾这样谈及乔治·梅瑞狄斯（George Meredith）的装饰性风格。我已经表明，这种对于讽喻的描述并不说明其平庸，我强调它所要求的就是这种"反思的效果"。费尔南德斯也许会说，我恰恰证实了他的观点，并且使得这一模式价值更低，比起梦幻或者摹仿来说。也许我确实做了这样一件事。价值判断在这里岌岌可危，但让我们先确保基础性的问题。

　　这一模式的潜在弱点目前已经非常清晰。它们可以用"麻醉"这样一个词来总结。读者可能被密语或者罗曼司中仪式化的秩序所麻醉。它的弱点还有内在于这一模式中的崇高感和如画感倾向，即一种内在一致性的扩散，因为这种典型的讽喻有落入无法终结的危险。百科全书式诗歌的体量可以被随意控制，可以说它没有内在限制。我们无需用新亚里士多德主义的教条去看待坚持"适当大小"的审美价值，讽喻作品总是在违反这一点。它们的崇高感体量使得一种真正的有机体形式在此失效。

　　这一模式的力度也同样清晰。它可以下命令，可以进行理性化，可以去分类和编码，可以施咒和表达自发的强制，可以进行斯宾塞那样的"令人愉悦的分析"，而且因为审美愉悦也是一种特性，它可以进行浪漫式的故事叙述，可以造就讽刺式的困境，也可以完全呈现装饰性的展览。总的来说，讽喻作品是理念话语的自然之镜。

2012版后记

　　对讽喻的全面探讨——它此前还未在一个真正的理论基础上被论述过——对我来说虽然必定包含有广泛的特定主题，不过《讽喻》一书的开端只是一篇我为诗人阿奇巴德·麦克利什（Archibald Macleish）所写的三页论文，他当时在哈佛任博伊尔斯顿修辞学教授（Boylston Professor of Rhetoric）。我的方式是抽象和动态的，而非阐释式和严格遵照时间顺序的。在耶鲁时上过的约翰·蒲柏（John Pope）教授一堂从容的研讨课，让我学习了伊丽莎白时期伟大的诗人埃德蒙·斯宾塞的抒情诗和史诗，但是现有理论的种子萌芽于为研究麦克利什而对这一模式所做的一个简单理论定义。

　　自《讽喻》在1964年出版以来，这个世界上的许多事情都已经发生了改变，语言这一领域获得了新的边界，而且确实，整个世界自身都卷入了这场根本性变革，它主要受到全球经济力量转变的压力影响，而这也导致了形而上信仰的危机。符号世界和物质世界，这两个世界似乎在平行轨道上运行。富裕的国家想要更多的自然资源支撑他们的生活水准，而四分五裂并因此问题丛生的较贫困的国家则经历了以混乱的内部权力斗争为特征的教

派战争。并非没有先例，宗教分歧掩盖了权势集团与革新者的贪
婪，他们所推行的是一种关于"美好生活"的短期愿景，与此相 371
伴，电子科技塑造了一种看似（如果不是实际上）萎缩但同时又
以某种方式膨胀的人际交流的空间——互联网只是其最为明显的
例子。

我提到这些显著改变是因为，一种萎缩中的交流空间对于讽
喻这整个问题来说正中要害。许多年之前在我开始这项研究的时
候，现状的种子就已经撒进了土里，或者至少即将被种下，几十
年来，这对我而言似乎是某种预料之中的结论：不仅在西方，在
世界上的每个地方，讽喻模式将会重获它在中世纪所占据的显要
地位，而它事实上也正如我所预期的那样出现了。看到讽喻持续
地确认其宇宙式力量，尽管我从未对这一前景感到欣喜，但至少
这是一种被确认了的预测。

普林斯顿大学出版社认可继续探讨这一问题，对此我的感激
无以复加，而我也急切地意识到近来的学术研究对书中一些部分
可以有丰富或者批判性修正，我的论点在原则上没有改变，它不
仅能够很好地反映成书的年代，同样还能用以阐明当前和正在到
来的全球未来。作者的再思考是一种常见的体验——作者会想要
他的或她的早期文字以及思想被怎样不同的塑造？不管怎么说，
尽管改变观点是可以接受的，但我仍然坚持去说明我的逻辑基本
上正确，而我也像之前那样确认这一理论是可靠的，即使需要某
些涉及语法和修辞的调整；理想情况下，应该增加三倍插图的，
尤其是象征图像材料这类视觉插图的数量。另外，关于讽喻的隐

秘分层的教义论辩所留下的错综复杂的影响，还有更多有待探讨。即便如此，正如这一理论的诉求，每一讽喻异象需要被理解为是由灵力行动体赋予力量，后者带来了有着形而上效果的排列；如果不借助在1964版《讽喻》中形成的六重论述中的某些说法，可能无法对这类想象进行普遍化描述。早年间，有位老师曾问过我：

372 "为什么你要去写这种你显然不太喜欢的象征手法？"当时我没有找到现成的答案，但最终我想清楚了，那就是在这种模糊的个人趣味之上，我对于美学价值的中立态度接近科学家的中立性，一种无关价值判断的对形式的关注，尤其是对于某种自然秩序的节奏的关注，无论会呈现为什么结果。

　　我无疑受到弗莱《批评的解剖》中那篇争辩性的导言的影响，因为它证实了在形式批判中寻求评价中立性的合理性，实际上，我的论证与我个人的喜好和不喜好没有太大关系，即使关于我们时代的尖锐讽刺和时效短暂的寓言，或者基于信仰常态的传统道德寓言故事都从不是我在艺术上的喜好，可是它们在修辞上确实令人印象深刻。（在斯威夫特《桶的故事》中，疯狂的"离题"所道出的似乎远多于作品中关于新教改革成果的核心历史寓言。）艺术中的价值判断鲜有助于解释诗（poems）、技艺制成品、诗［*poemata*］*、想象性虚构或者故事，它们实际上是如何构成的，又有何更大的意图。值得注意的是，正如柯勒律治早就注意到的，讽喻就是为数不多的主要象征性活动之一，它可以被

---

*　　拉丁词poema（诗）的复数。——译者注

描述为一个简单有效的过程，作为象征性机制发挥作用。我在读到瑞恰慈的格言"一本书是一架与之一同思考的机器"时，总是感到些微震颤；虽然他本人是一位受人尊敬的教师和一个拥有惊人感受力的读者——任何有幸聆听他朗读的人都可以证实——他的声音表现本身就是一种对于语言艺术的富有启发的教育。

　　如果由斯坦利·费什（Stanley Fish）这样的批评家解释"弥尔顿的作品是如何起作用"时，是通过将诗歌变成讽喻以及极致地主题化，那也许他还没有意识到关注"故事的道德意义"这种阅读方式有着更广阔的内涵，人们会问这一艺术的修辞机制是如何避免成为讽喻。但难道可以肯定艺术的机制就绝不是讽喻式的吗？也许只是因为，提取一种可用感知的做法总是遮盖了艺术的主要功能，这只是通过审美的方式来获得愉悦，但断然不是去符合一种加尔文式对于美好生活的设计。确定什么是起作用的、在审美上成功的，对于诗歌和视觉艺术这样的领域而言是棘手的要求。在《神曲》中，也许初看上去但丁为"死后灵魂的生活"构建了一个严苛的神圣安排，但在他的诗歌进展到《炼狱篇》以及其后的《天堂篇》时，他更多展现了伦理的和灵性的原则必须适合于变动条件下的这个无尽变化而且不确定的世界：至少，但丁信奉容忍含混的原则。在实际的现代生活中，严苛地追求控制主题最终会导致类似于刻板的官僚体系所带来的麻醉心态，它真正的任务正是获得一种机器的效率，而这种效率并没有给即兴创作和非常规探索留下什么空间。若是如此这般将信仰转译成机械机制的方式感染了宗教或者政治，我们肯定会看到对于未加审视的理念的偶像崇拜，它接着就会心甘情愿地用权益的答案代替体察深入的疑问。即使这对于政治自由造成的威胁众所周知，但似乎也没有反对此类官僚体制的合理论据，因为文明的一个核心优点便是使得某些被普遍接受的社会活动尽可能有效。任何在邮局前排队的公民都无比清楚这一感受，而考虑到官僚体制及其风格，我们再一次察觉到有必要在实用性和艺术的想象性活动之间划出稳固界限，因为在后者中没有关于机械机制以及效率经济的至高原则。

我想要强调的主要对立，在于我试图进行的讽喻批评与其漫长而复杂的历史之间的不同。在我进行了名副其实的百科全书式论证的这一主题上，享有盛誉的法国批评家和结构主义思想家茨维坦·托多罗夫（Tzvetan Todorov）也曾写过文章，但我想要提醒读者的是，我的目的只是去命名这六种主导原则，尽管这个六重模型是通过几百条详细注释和具体评论展现出来的。我的目的从不是要去复述一种通常会很吸引人的解经思想的符号学故事。

374 我的理论关注的是这一模式在宇宙层面的雄心、去发现对潜在力量的一种动态解释，这一力量实际上会强制要求一种讽喻式的回应，回应这个世界中每一可以想见的思想和感觉领域的存在的命名。只有凭借讽喻自身就是某种对于符号的理论化，囊括如此宏大的范围才有可能。与此相反的是，大多数学者将注意力集中在细节和纷繁复杂的事物上，在那里讽喻借助它们来创造或者暗示某种阐释的框架。作为经典阐释学的一项中心活动，讽喻几乎总是被视为以深奥复杂的方式将意义分配给某些特定的、已经通行的文本，这些文本拦在读者面前，如今呼唤着阐释。

六重结构

对我的理论里这六个主要成分的系统性互动做一些阐述或许可以帮助到读者，我也不必假装详尽地涵盖全部内容，这里只是简述在本书前六章里所定义的这种交互作用。

1. 托尔斯泰和契诃夫的角色可以被清晰地辨认出与我们相似，即使我们既不是王子也不是农夫，我们都冲动地行动，被那些比我们的想法更深的东西所推动。"人的需要当中没有道理可讲"（"O reason not the need"），老李尔如此喊道。这种内在驱动的、对生活真实的摹仿正是讽喻行动体所不会依从的，因为它们被按照灵体的观念来塑造，无论是出于善还是出于恶，它们的拟人化面具允许它们作为典型性人物角色行动在一个由权威的价值和体系构成的控制性模板中。在《红字》（*The Scarlet Letter*）这样一个典范性文本中，女主角海丝特·白兰演绎的是一个堕落的寻常女人在道德上的复杂命运，她受困于自己的命数（*moira*），除了其微妙的轮廓，这一命运仍违抗和拒绝所有对自由选择的原型。在一篇关于美国讽喻作品的论文中，黛博拉·马德森（Deborah Madsen）将罗杰·齐林沃斯这一角色读解为一种灵性侦探，"［他］能够穿透自然的秘密，能够利用那些被其他人视为几乎是超自然知识的东西"，这一破译的力量常被宗教裁判误解为宗教信仰。因为霍桑是一位风格大师，他清楚怎样表达角色身上各种思潮的交织，他在每一处地方所展现的微妙，以其他方式出现的话可能只是一篇简单寓言；我们可以自由猜想，海

375

丝特的宗教命运最终是如何被禁锢的或者是如何自主的，因为她和故事中的其他人虽从未完全被他们那种醉心于神的清教徒世界观所驱动，然而，灵力行动体的讽喻规范仍然确凿地断言存在一种有罪的理念上的自由。

2. 海丝特的信因而成为一个经典例子，它是一种宇宙式的、通用的控制标志，一种被赋予了巫术力量的图像。在古代信仰和现代的小说创作中，灵体（一直要记住，在行动中它们也许善、也许恶）本质上属于一个更远的世界或者说宇宙，它们的类型和原生形态总是预示着施予力量，除非持续存在理念上的差异性。在古希腊，宇宙（*kosmos*）这个词意味着普遍性秩序和等级制度下的装饰，这两重意义是说每个宇宙里都有装扮、修饰，因而造就了一个等级体系。霍桑再次成为了一个很好的例子：他的色彩绝非不知所谓，他故事的核心来自朱红色在《启示录》里的圣经意义*。图像决定了行动。被受诅咒的海丝特带在身上的那封炽热的精美信件实际上就是推动她在整个故事中的力量，因为A代表天使（angel）也代表通奸（adultery），代表绝对（absolute）或者含混（ambiguous），任一（any）或者所有（all things），被抛

---

* 朱红色（scarlet）一般来说意味着宗教意义和政治意义上的财富与权力。它仅次于紫色，是象征罗马帝国权力的等级符号；在教会中，也是高阶神职人员着装用色。但在《圣经·启示录》里，朱红色体现了罪与上帝的对立，见"我就看见一个女人骑在朱红色（scarlet）的兽上；那兽有七头十角，遍体有亵渎的名号。那女人穿着紫色与朱红色的衣服……"（17:3—4，和合本）。——译者注

弃（abondoned）或者被接受（accepted），也代表亚当（Adam）或者阿列夫（*Aleph*）*。如同叙述者所说，这封信就是一位被铭记的角色，它服务于一种"职能"，这里蕴涵了一个基本的讽喻程式，即将行动转化为图像，又将图像转化为行动。在这种相互作用中，行动体与图像共同编织出了一个神话。

3. 这类故事几乎总是会导向两种叙述形态的其中一种，要么关于交战中的冲突（agon）、要么关于旅途中的求索。在宇宙意义和灵力意义上被秩序化的进程与战斗，都暗示出人性对于成功的梦想，但是它们同样暗示着以一种机械式的描绘或者蓝图作为根基去生活。前定的目标在讽喻中被极端简化，目的是保存仪式秩序，而当塞万提斯破除掉了这种关于爱情和正义的理念化讽喻作品的条条框框时，小说《堂吉诃德》的第二部就迫使堂吉诃德使用自己的名字参加比武角逐，就好像他从未完全外在或者内在于他那为故事而疯癫的人生。在为美国图书馆版的《红字》撰写的序言中，哈罗德·布鲁姆已经呈现出，霍桑是如何同样暗中颠覆了讽喻的所有客观模式，他的清教徒故事原本很有可能将这一力量施加其上。当然，无论讽喻何时接收了罗曼司文类，它都已经接受了真实之物与理念之物、内在之物与外在之物的融合，而像塞万提斯、霍桑这样的作家，则使用罗曼司体裁将理念论的

376

---

* aleph是原始迦南字母表的第一个字母，后来演变成包括希伯来字母在内的各种闪米特字母，希腊字母表的第一个字母α（alpha，阿尔法）就是其变体。——译者注

视角引入任何不完全现实主义的叙述。《红字》是一部反罗曼司作品，这使得霍桑能够去质疑关于赎罪、当然也关于清教教义的绝对原则和仪式，而这一质疑本身就是一种典型手法，通过这一手法，那些最伟大的讽喻作者对他们自身的理念立场投以怀疑目光。

4. 原因暗示着能量，而与摹仿式艺术以自然可能性为前提不同，讽喻根据一种非常不同的因果律动运用其能量，它可以被简单称之为巫术。红字在一个社会中施展巫术力量，这类似于莎士比亚的做法，甚至更早时期的"珍珠"的含义，海丝特的私生孩子，就是一个由秘密完善孕育出的女儿。典型的巫术式因果关联通过双重模式中的相似性与延续性表达出来，它们引向仪式化故事形式，其巫术式因果关联被感觉为事件之所以如此发生的原因。在这种视界中，人的动机变成了一种神秘崇拜以及炼金术，行动最终呈现为"似乎通过巫术"发生，这就是灵力与宇宙式装饰在我们的生活与视界中的显灵。

5. 现实主义文学讲述故事与传说、详细叙述神话、编年记录传奇，诸如此类种种；但是传统的讽喻总是将一个主题或一系列可被阐释的观念投射在虚构之镜面上。这里的主题经常可被贴上标签（"懒散之城堡"或者"正义传奇"），甚至在这些主题的抽象程度有所不同的时候，对它们的理念化使用也会呈现出，讽喻式主题在对待观念掌控的幅度上如何或扩展（崇高感）或收缩（如画感）。在《红字》中，霍桑敢于去触及矛盾感最深入的源头，即人的性本能，对这一主题的矛盾（*ambivalent*）探讨再一次直接表达了宇宙维度的观念，并呈现了美学上具有压迫感的比例或幅度，正如主题在力量和修辞效果上可以宏大、也可以零碎。

6. 如果试图在心理学上描绘讽喻式形态和节奏，我们会发现它的许多控制机制所集中暗示的，无过于在思想和行动的强迫性症状中可以发现的典型模式。（真正的理论也许建立在对于运动和节奏的心理分析上，并产生这类表达风格。）我们会发现一种训练和统领队列的强迫行为，这确实是通过军事化或者宗教化规范，在亚历山大·蒲柏的新古典风格讽刺诗《夺发记》中，柏琳达（Belinda）的"吹嘘，抹粉，遮掩，《圣经》，情书（*billets doux*）"虽然杂糅一气，但也以一种完美的仪式次序来校准，它们失序的等级正是嘲弄着讽喻自身；蒲柏的诗行既是滑稽的也是疯癫的，这种巧智需要一种悖反式矛盾心理的爆发。

最后，即使这一模式喜好一种广阔幅度的人类历史，这一六重模式也必须对所有其他的人性关切说明一种更高的意图、一种力量斗争的艺术、一种关系到所有类型的力量的比赛（"无伦理的能量"）。因此，讽喻作品所讲述的故事自身就带有阐释，它们看上去被驱动着去揭示出来，如同公开的秘密一样。最后的第七章处理的就是故事和评论间的这一共同的伙伴关系，它产生出了对于意图的完整意识。讽喻首先要求的是所有六种符号功能的网状互动，在这个意义上我在1964年的研究中在一种宽泛的阐释学维度上做出了总结，即"讽喻作品是理念话语的自然之镜"。

动力与形式

　　对此类迷雾，有件事提供了一个索引，在近来一部翔实的工具书《剑桥讽喻指南》（*Cambride Companion to Allegory*）中，它的每个章节都取决于一个关键概念，即阐释（*interpretation*），这表明了阐释上的谜团在这一传统的中心地位，这一传统即是解读那些实际上本就有着卡巴莱意味的谜语。也可以说，这即是我所发现的自己正在进行的战斗的复杂性。我的理论化实践所寻求的是一种顽固的、有时还是有意粗糙而简陋的动力心理学和人类学上的解读。我的动力论（*dynamism*）并不来自解经学的历史，也不像琼·怀特曼（Jon Whitman）教授关于讽喻风格演变的讨论那样总是具有启发性，因为我的观察和描述与之不尽相同。这不是说所有类型表达出来的经文或者形而上的信仰——就像解经活动里展现出来的——都无法展现自身独特的象征性能量，而我试图去更为激进地接近构成力量的基础。

　　除开我对于人类学的强烈兴趣不论，我的首要灵感来源是物理学和宇宙学，我尽己所能理解它们的主题，理解其理论的限制和志向。按照能量和力，并且以一种与物理科学具有强烈类比的方式思考，我发现自己也在从形式上进行思考，尽管并不是在起源意义上，如同弗洛伊德和他的同侪惯常所做的那样。我完全清楚对心理分析作为科学的质疑（"这是一种标榜为疗愈的疾病"，卡尔·克劳斯［Karl Krauss］如此玩笑道）。但是一些批评家误解了我对弗洛伊德的援引，对这一点也许见仁见智。我所

378

说的"形式上"意味着，对于个体与其传记历史之间关联的心理分析，以及用诊断的视角对待个人的特质及其发展，我并不感兴趣。弗兰茨·卡夫卡和华莱士·史蒂文斯都有专横的父亲，都在保险公司工作，都处理损害索赔，而且都在1908年左右进入这一行业，应当警惕的是从这些事实中引申过多。"那又如何？"这是正确的发问。而更深刻一些的怀疑也适用于对待更为私人的童年经验——对弗洛伊德绝无不敬，对他关于婴幼儿性本能的作品所给予的赞美还远未足够。我一直叹服于弗洛伊德的阐释策略，无论是个案研究还是关于元心理学的论文，又或者是那本伟大的《梦的解析》。

　　我还在写作《讽喻》的时候，有一次我恰巧从康奈尔大学前往纽约，那是一次悠闲的旅途，我搭乘老式的理海谷（Lehigh Valley）列车，与声望甚高的知觉心理学家詹姆斯·J.吉布森（James J. Gibson）谈起了我的作品。我永远不会忘记他的提问："告诉我，强迫心理和极强的全神贯注之间有什么区别？"实际 379 上，这个问题也困扰着弗洛伊德自己，与他一起受困的还有威廉·斯特克尔、卡尔·亚伯拉罕（Karl Abraham）和其他人，他发现我们的理性化自我意识跑到了自身的前面，导致心灵无法停止自身的冲突；心灵无法终结深度思虑的程序，因为这一思考形式必然带来"无穷的影响"。对目标实现的阻碍发生在芝诺运动悖论中，因为反思者越多思及目标及其达成，这一目标就会在无限细分的未来中更远的逝去。心理分析如今已经不再是文学潮流，它也从不是我在批评上的核心关切，但它确实指出了去思考象征性行为中的模式与转义的方式，而不只是为了些重复的模式去搜寻传记材料。沿着吉布森引人深思的问题，一个更为吃力和重要的问题随即出现：在强迫性和成瘾之间有什么区别？严格来说它们之间有差距吗？简单来说，讽喻是否是一种成瘾症状？考虑到这些基本问题、同样也考虑到美学上的理由，我决定不将弗洛伊德的分析性术语在**起源意义**上运用到艺术家或者思想家自身的创造过程。

我的理论所追寻的问题关于人类行动及其动因，后者可以被视作从其他世界而来、侵入我们自身宇宙的拟人化影响力的结果，就好比它是某种外在的东西，如同希腊神话中的灵力（*daemonic*）信使，它的超自然力形塑了思维的形式与节奏。无论它是处于艺术创造过程中，还是事实出现之后的阐释，又或者是任意一种象征性建构，我所寻找的是在艺术作品向前推进时，强迫性的驱动力作用于特定诗学风格的方式，这产生了回应中特征性的转折变化。如果按照必要的仪式节奏来编排，它就并不显示为世界上的任何事物，而被感觉为是在传达某种超越了物质排列的讽喻。我猜想毕达哥拉斯会如此预测，节奏或者音乐可以加强意义和观念的控制体系，通过与真实保持距离，所有这些意义和观念获得了尖锐畅达和更高的音乐价值，这来自几乎听不清的共振带来的种种言外之音，从而营造了一种富有表现力的和声效果。

我在这本书中的主要目标就是要去呈现，当人在讽喻意义上思考的时候会产生怎样的行动形式，无论其历史特殊性之间的区别会有多大，这无关其语境、风格、文类、手法、修辞，或其他任何可能的政治、社会、宗教或者哲学意图。从历史角度来看，贴近地审视任何特定文本的时候，总会存在太多需要考虑的细节。一种宽泛的动态理论因而需要一种范围极其广阔的解读，在时间推移中接纳所有改变；于是这一理论可以很容易地应用于卡夫卡身上，正如用在理念化的新柏拉图主义哲学家身上，也同样也可用于奥威尔的《动物庄园》和拉·封丹的《寓言》以及他们所秉承的伊索传统，正如可用于斯威夫特的《格列佛游记》（包括第二部分）和瑟伯的《当代寓言集》，它可用于二十世纪的伊塔洛·卡尔维诺（Italo Calvino）和巴拉德（J. G. Ballard）正如可用于二世纪的卢齐乌斯·阿普列尤斯（Lucius Apuleius）。

　　讽喻的历史，至少是我们所知的历史，使得它看上去几乎在脑中成为定式，虽然今天的风尚正是认为，所有心智活动都被严格限制，甚至被一系列决定性的外在历史因素所建构，我仍然不同意历史主义观点的任何极端版本。我既不认可克罗齐对于文类规则的怀疑，也不赞同德里达对于形式惯例的批判，我将文类看作艺术家工作方式中的一种作为实践性的既有条件，不过理论必须超越个别的文类例证，因为，满足了个体声音所需的正是这一世界观。理论家最终得是严格的，必须从视线中驱逐许多细枝末节，驱逐那些在艺术创造的完善中明白显示出来的更为珍贵的差异。理论受惠于独特的洞察力，理论也总要将诸多个例留在身后。在我可以开口谈论某些画家——比如说，汉斯·荷尔拜因（Hans Holbein）和弗兰斯·哈尔斯（Frans Hals）——的区别之前，我总得知道一般而言的肖像画是或者大概是什么。

讽喻维度

在对待讽喻的时候，我首先认识到它如今只是作为一个复杂的变量或者维度存在，在效果上它或者明显处于优势地位或者显而易见地有所弱化，它精细的语调来自一种受到限制的法术，这就是博尔赫斯在他关于《堂吉诃德》的论文中所探讨的"局部巫术"。现代文学中有许多此类例子，甚至在中世纪文学我们也不乏例证。但丁以一种映射自我的方式创作了他的《神曲》，这体现在他引入了两位文学史上著名的向导，维吉尔和贝阿特丽丝，他们在这一虚构故事中成为行动体，向求索中的主角"但丁"解释神秘的人物和事件，这一终极的阐释性镜像的游戏要留待塞万提斯将其发展至极限。在《堂吉诃德》中，作者同样既外在、也内在于叙述外壳，他同时思考着他的所想、也意识到他正是正在进行思考的那个人，而这一双重存在或者"语言透视法"（利奥·斯皮策语）对于故事中的其他角色也同样成立，人物既存在于叙述之内，也存在于叙述之外。正如博尔赫斯所暗示的，这一塞万提斯式的自我反思让我们怀疑，**作为读者的我们**是否曾以同样的方式真实存在过，怀疑我们是否真的可以就如伴在悲伤脸骑士（Knight of the Sad Countenance）身旁那样清楚我们所处的故事，像普洛斯彼罗（Prospero）那样想到，我们其实就是在躺椅上睡着的闲散梦者。

除了这一维度的抽象化普遍角色，还必须提到讽喻的历史显示出在智性上明显偏好于某种特殊类型的阅读。按照传统的罗马修辞学家的观点，这一模式涉及对"连续的"或有延展性的隐喻的使用，这一隐喻发展出的类比接着又引起一种持续的评论来接续相同的伸展进程——这一修辞学描述中确有某种真理存在。大 382 篇幅的注解强有力地直面着调解信仰中的反神学状况的任务，比如可能导致冲突的对于自然事实的宗教解读和科学解读，或者由古希伯来和古希腊思想间的差异所导致的冲突，而语文学家通过他们对于古语的语法和词汇的细致分析帮助我们去抓住细节。

如果讽喻有一个中间名，那可能是悖反（Antinomy）。用古老的说法就是，它存在于"分割而不同的世界"，即使我们现在通过可量化的、技术先进的沟通体系，但遗存的强大直觉存在保留了下来，某些神秘的他者——修辞学术语中的*allos*，即*allegoreuo*——某些总是要去超越或者接近更高所在的需要，这有助于激活我们的生活，更不用说我们的言语能力和阅读天赋了。在一篇关于新教徒讽喻的文章中，布莱恩·康明斯（Brian Cummings）简要地提到："讽喻是一种生活中的事实（fact）。"至少，在回溯到书写历史开端的时候，我们就辨识出了讽喻式阅读的迹象，而它在哲学与宗教彼此对峙、批判性思考遭遇信仰的感染力的时候，也并没有变得更不显著。从这一核心矛盾中产生了广为人知的意义层次，通过这一使人安心的层层隔离，讽喻分散和减弱了在其两极分化和二元对立的核心之中燃烧着的冲突。"毁坏已教会了我沉思，"莎士比亚写道，而这一沉思的漫游必须遵循其自身阐释原则当中的曲折道路。诱人的西西弗式任务无法进入彻底终结。

亚历山大里亚一位较次要的荷马注释者，即后世所知的伪赫拉克利特斯（Pseudo-Heraclitus），他在荷马史诗被创作出来好几个世纪之后，为荷马笔下那些男神女神的不虔敬的行为做出了辩护，而这是通过将他们的暴力行动解读为自然力量的表达。宙斯的狂怒并不象征着神的不悦，而是述说电闪雷鸣这种纯粹自然现象的方式。将对于物理自然的讽喻解读为真实，这几乎构成了原383始神话的核心，但当现代科学发现了独立于任何超越性存在的描述自然的方式，它就最终并且彻底地失去了其力量，如今，二分的神圣与世俗只能在压力下生成出讽喻作者想要的复杂隐晦。同样的事情发生在道德讽喻中。犹太拉比珍视清晰的世俗声调、珍视《雅歌》之美，而结果就是，当他们赋予诗歌一种讽喻含义以符合正典意义上的宗教价值时，就会面对相当程度的解经压力。拉比们沿袭的是基督教解经学者的方式，后者以类似的方式接纳了《雅歌》，使得它符合他们类似的意图。

最后，如果有足够的幅度和力度，就几乎没有什么意识形态体系不能够用来将日常语言理性化，于是，这种用语就失去了同其原初的通用"字面"含义的关联。我们可以说讽喻总是一种使语言陌生的游戏，它的目标是去掩盖对一个世界的各种不同的理解，这些理解太过复杂而无法简明扼要地描述。

在讽喻的早期历史中，这一模式对我们现代人来说经常显得太过专断，带着一种奇怪的辩护性形而上腔调；如果不存在将你的表达向上伸展至超验异象的可能性，你就无法在一首三行诗里写出或者读出三位一体的灵性含义。在地图的投射式绘制当中，可以看到这一更高级的语言可能也是在字面意义上、通过几何投影的方式下降到地面，这里呈现出了一个清晰的，即使不可避免有所歪曲的、关于一个实际上有弧度的行星地表的真实形状的图像。也许可以这么说，所有对于人类存在的表现都是某种被赋予了神秘力量的、变形过的和地图绘制式的投射，而在埃德加·爱伦·坡和罗伯特·路易斯·史蒂文森这些作者眼中，地图尤其是一种巫术式的表现。（任何直到最近还在乘坐深水船航行的人，在使用那种精美的英国海军部或者美国地质调查局印制的地图时——如今电子化已经宣判了它的死刑——会想起这种巫术的感觉，即使它用于实用目的。）我个人对这种示意性呈现很着迷，尤其是它们的阴影部分，它们最终让位给了在像是《蒂迈欧篇》384（*Timaeus*）或者《物性论》（*De Rerum natura*）这样的文本中出现的好奇心，因而，以适当的方式进行宇宙观测和测算使得哥白尼及其后继者去询问，地上之人、实际上是行星，在宇宙中所处的位置。

正如《讽喻》中反映出来的，我在很大程度上被康福德（F. M. Cornford）激起了好奇心，而后又有受到人类学影响的多兹（E. R. Dodds），他是欧里庇得斯《酒神的伴侣》的一位伟大编辑者。多兹的著名论著《希腊人与非理性》（*The Greeks and the Irrational*）、斯奈尔（Snell）的《心灵的探索》（*Discovery of the Mind*）和塞兹涅克（Seznec）的《幸存的异教诸神》（*Survival of the Pagan Gods*），这些书都使得我去仔细思考，教义的纯洁当中有什么缺陷。列奥·斯皮策的《语言学与文学史》

（*Linguistics and Literary History*）、贡布里希、潘诺夫斯基和萨克尔（Saxl）这些学者的许多作品，以及与瓦尔堡学派（Warburg Institute）相关的许多其他学者都属于我的研究范畴。在这个时期，我总是将斯宾塞的《仙后》放在自己面前，作为一项文艺复兴例证，而它确实也成为我第二本书的主题。在我们如今这个协同的时代，提及我曾独自工作许多年这件事也许并非无关紧要，这使我能更好地做出发现，因为我可以在那些伟大的大学图书馆书架间自由游荡，但我也承认，独自工作并不容易适应风行于这一领域中的普遍期待。不过，在五六十年代我就意识到并不存在一种普遍的讽喻理论，至少在英语世界。当然存在极好的在教义上和语文学上的研究，像是亨利·德·吕巴克（Henri de Lubac）关于《圣经》意义的探究，但讽刺的是，它们激发了一种对于预测性理论的需求。

如果被记述下来已逾千年，这一模式的历史所反映的就是与信仰有关的知性与灵性间的冲突，这困扰着许多西方"部族"（tribes），而我们知道类似的图像崇拜之争也出现在东方。不过总的来说，这并不仅仅是宗教意义或者物质层面的战争，它同样来自深刻的哲学质询，这事关最普遍意义上的信仰同语言间的关系。《剑桥讽喻指南》里面讲述了一个伟大的、或许也是神秘的385 故事，它的内容包容古今，还有包括伊斯兰解经学的部分；在另一个方向上，它包含了总是更吸引人的新近研究，即瓦尔特·本雅明对于早期现代和十九世纪讽喻所做的含糊其辞的马克思主义研究，无论是表达在他关于巴洛克悲苦剧（Trauerspielen）的研究中、还是在他那庞大但未完成的关于巴黎拱廊（Arcades）的研究计划中。

服从权威的轨道

从《剑桥讽喻指南》这整部专业文章合辑中可以注意到，讽喻这个难题最终都要归到这个疑问上：什么是权威（authority）？这在文化上有着最广泛最深刻的意义，就像是一种阐释性的抽搐或反射，讽喻总是指向关于语言的"真正意义"，或者是在其他的、往往更古老的文本中被认为拥有更高权威的东西。然而所有的阅读取决于读者在理解词汇时是否**知道得足够**，而来自日常所得知识的常见理解使人觉得在理论上不够纯粹，无法提出真正的阐释。在这里，没有从彼世而来的幽灵去指示历史问题；现代科学多多少少处于同已有智慧的战争中（当然，除了它自身的已有智慧）。皮尔斯（C. S. Pierce）在一次重要演讲中提到，"中世纪思维最惊人的特点是权威的重要性"，而这一思维习惯既属于哲学家，也同样属于有才能的世俗民众——乔叟的《坎特伯雷故事集》就频繁地反映出这一点——这就阻碍了价值中立地对自然现象的研究，尽管有明显的迹象表明他们仅仅是想要避免崇拜古代。

在《常见错误》［*Pseudodoxia Epidemica*］（也被称为《庸常谬误》［*Vulgar Errors*］）第一卷第六章"论权威"中，托马斯·布朗爵士明智地指出，"知识的劲敌从来不是一味对古代顶

386 礼膜拜，而是那些对权威的全心信奉，又或使我们的判断服膺于
某个时代或作者的说法"。这里他展现的是十七世纪培根主义的
一面。他以这种典型的十七世纪风格继续论述道，如果我们像这
样盲目或者轻信地去遵从不经检验的权威，"我们就必须相信任
何事情"。今天可能有人会认为，布朗所主张的只是理性的判
断——常识（le bon sens）——这可归入温和的怀疑主义，但我们
也要尊重过去权威的伟大纪念碑。这个平衡并不容易找到，至少
对于解经型读者而言，他们的总体目标是要对各种权威进行明智
的评判。

　　作为秩序的扩充者，所有作者都直接地关切他们自身的权威，
但讽喻往往处于一种麻醉的角色中，进行读解所要求的体系也许
会给作者的创造直觉投下阴影。五十年代我冒险涉足这一充满不
确定的领域时，当时除了在神学院，它还是未被开发的领域。这
些年来出现了专门关于梦幻诗（dream-vision poems）或者道德剧
的专著，以及一些关于布莱克的优秀作品；约翰·霍普金斯出版
的斯宾塞集注本是一个令人印象深刻的典范，它为我们提供了可
靠的细节和视角，但是对于整个领域来说，并不存在接近普遍性
的理论。相反，却有许多复杂的研究，展现了专门化的解经式热
忱。我自己更愿意追随奥古斯丁式的直觉，我使用模式（mode）
这个词是因为拉丁文的modus使人联想到格律、逻辑、节奏、音
阶，而最终是某种音乐化的秩序。

　　图像象征式视觉作品里对讽喻的喜好经常被注意到，这一"图
像里生成的新的图像"深深打动了叶芝，除此之外音乐上的类比

也很有帮助，因为我尤其想要说明的是，像斯宾塞这样的诗人如
何能够服从这种图形叙事中明确的拟人化及其抛物线式的精俭，
使得它们就像他同时代的器乐狂想曲（*fantasias*）那样流动。在
《预言时刻》（*The Prophetic Moment*，1971）中，我所做的主
要假设来自我倾向称之为阈限诗学（*liminal poetics*）的理论，
对于庙宇和迷宫的感受性阈限的分析大部分来自阿诺德·范·亨
纳普（Arnold van Gennep）和维克多·泰纳（Victor Turner），
他们所分析的社会戏剧和仪式过程最终被重新理解为适应性体   387
系，这遵循了我们现在活跃的复杂性理论。对于研究斯宾塞式的
神话创作来说，有必要追随传统修辞学在最近的发展，并且要
相信，在讽喻手法松弛下来的时候，它是在使用不同寻常的预
先比喻法（proleptic trope），即转义（*transumption*）和元转喻
（*metalepsis*），这种修辞表达使得作者在进行回溯和预示的时
候，可以几乎不借助思想，而主要依靠词语声响中出现的变形。后
来我找到了同类，是华莱士·史蒂文斯的《走向最高小说的笔记》
（*Notes toward a Supreme Fiction*）、《纽黑文的一个寻常夜晚》
（*An Ordinary Evening in New Haven*）和他的论文《高贵骑士与
词语的声响》（"The Noble Rider and the Sound of Words"）。
隐喻的开头形成了某种沃夫式声响/意义效果*，这一点还没有被

---

*   语言学家沃夫（Benjamin Lee Whorf）与萨丕尔（Edward Sapir）一起提出
     了萨丕尔—沃夫假说，或称语言相对论，认为语言结构影响着语言使用者
     的认知结构。——译者注

彻底研究过，但是在像约翰·霍兰德（John Hollander）的《光谱发散》（*Spectral Emanations*）这类组诗中，我们可以很容易地看到光的形而上学——古老的诺斯替讽喻的来源——如何同复杂化的现实接触，将其拉到我们眼前的地上之物中。根据基督教信仰，事物以及事物的图像可以被视作祝圣的对象，这再一次变得可能——从根本上这都是继承自希伯来《圣经》。异教与犹太－基督教图像最令人着迷、最动人的结合之一，出现在保罗·布雷（Paul Bray）那些具有真正崇高感的诗歌中，在他最近一部题为《惊惧之木》（*Terrible Woods*）的诗集中，新哥特式的恐慌异象遭逢了古代灵体，即伟大的潘神。对异象式生成的糅合在此处轻松而自然，而在布雷的诗行中，强有力的讽喻再一次——用《冬天的故事》里面的形容的话——"如呼吸般自然"。

讽喻的自由度可以通过某种神秘方式实现，这一情形使得我超越批评模版去理解讽喻。我从不认为释义性作品对于阅读任何以及所有文本都同样适用，而且艺术作品的分类标签也总是令人疑惑，比如康拉德的《青春》（*Youth*）与《黑暗之心》（*Heart of Darkness*）都不是讽喻性的，除了它们有时会落入图像式命名。他的另一部小说《机会》（*Chance*）可以成为更好的案例，机会（*chance*）一词被重复了一遍又一遍，但就像其他独特的浪漫主义小说一样，我们很难相信，康拉德这唯一的一部畅销小说被设计成一部焦虑的故事，而不是关于冒险投资的寓言。亨利·詹姆斯圣经式标题的小说《金碗》（*The Golden Bowl*）和《鸽子之翼》（*The Wings of the Dove*）会被归入解经，而不顾它们其实是复杂的现实主义家族罗曼司故事吗？不过在这里，关于家庭罗曼司故事本身的心理分析概念是不是一种讽喻的潜文本？在《波依顿的藏品》（*The Spoils of Poynton*）中，难道对于*spoils*（赃物；战利品）一词，我们不会带入包括其有形意义在内的诸多含义？

我想，在任何人类表达中寻找模态的混合是明智之举，比如，你可以讽喻化海明威的《大双心河》（*Big Two-Hearted River*）或者菲茨杰拉德的《了不起的盖茨比》，不过最好是注意到它们的隐意（*hyponoia*），注意到推崇男子气概的海明威的隐秘歌声，或者是盖茨比在码头尽处点亮的灯，那是它作为现实幻象的另一个讯号。诚然，我们可以察觉出海明威的晚期作品危险地滑向讽喻，像是《老人与海》以及《渡河入林》（*Across the River and into the Tress*），后者表明他一直都对最终发生在布蕾特女士（Lady Brett）身上的事难以释怀——他过于轻易地跌进硬汉寓言故事的浪漫怀抱中，极力否认自己身上多愁善感的一面。

而且，如果讽喻源于仪式的话，那么名称和受到喜爱的关键词必然会在这一仪式中扮演一个角色；不过，对于如画感名称的狄更斯式图标化使用并不能完全支撑起讽喻，即使是在《远大前程》和《艰难时世》中，命名当中的意义同样也是模式节奏当中的意义。在诗学背景和实质问题上，萨德侯爵的仪式化小说才具有清晰而有意的讽喻性，就如同琉善笔下的原型科幻小说以及基督教护教作者普鲁登修斯的《灵魂之战》。艺术家应在诗学和修辞学标准下赢得胜利，即使在观念小说这样的文类中，虚构里负载着哲学探讨的重担。我有过这样的感觉——现在也仍然如此，

那便是要正确看待这一重担，你必须接受它所隐含的哲学总是随
389　着时间和新的条件而运动和变化。如果权力的比赛总是讽喻最重
要的方面，那么我们必须对这一比赛做出回应，了解到其中新的
规则反映出一种不断变化的活动领域，它的其中一个属性便是历
史的非理性。

数字

历史和变化速度也许总是在教导我们阿克顿勋爵（Lord
Acton）警句的核心，即权力会腐败，但前提是我们要记得，权
力有两副面孔：一方面它是一种物质性力量，另一个同样重要的
方面是，它也是一种心智活动和精神力量——属人的因素。历史
合乎逻辑地给出了这些谎言，像是"世界上最有权势的人"这样
的表达，因为我们都知道这些表述对于任何个体而言能够持续多
长时间。在当下的全球形势中列出一些此类烈火燎原的变化并非
难事，像是苏联的瓦解、中国的兴起、近期美国经济的崩溃、许
多前帝国殖民地的动荡，诸如此类。这些山崩地裂的变化直接侵
袭着那些撑起讽喻式权威的东西，以至于寓言故事自身必须要改
变或者放弃之前的稳定方式。我们现在可以询问，经历了数百年
的误导之后，战争是否仍可以被视作一种可以达成某种值得一提
的稳定性的方式，因为现在看来，战争在全球范围内造成了难以
想象的灾难，也在更小的地域范围内造成了无望的混乱。但由于
战争带来的财富以及它所带来的大致对称的摇摆场景，武装冲突

已成为讽喻历史中的重要主题之一。战争也显著地滋养了乔纳森·斯威夫特所称的"灵魂的机械化运行",它是一个显明的标记,说明了数字无处不在的标准化文化的一个效果。

所有那些给思想带来潜在不稳定性的变化中,没有什么比数字运算的胜利在最终意义上更为重要或者更令人困惑的了。芯片 390 的魔力所改变的不只是我们进行科学研究的方式,而是为不是科学家的人提供了一种新的世界面貌,在此每个人都在与其他人交流,我们拥有了一种全新类型的"超距作用"(*action at a distance*)。《纽约时报》上所谓的科技已经成为人类不可阻挡的迷恋,它可能会增强对于知识就是力量的不假思索的信赖,这伴随着被薛定谔解读为"算术的悖论"中的对于主体性的否认。当数据魔法的控制抹除了有目的的审视,爆炸的数字就成为一种标准化统计程序,它带来一系列隐蔽后果,其中大部分涉及那些极为复杂的最先进的科技。足够大的数字也许可以很好地替代上帝这一观念,而与这样的海量变化相关的是,我们可能会担忧出现一种只信仰数字(*the numbers*)的上瘾式强迫症,其组合可以无限调制。

举个例子,我们的新方言也许类似于瓦格纳的"爱之死"(Liebestod),其句法经历了来自它那**几乎没有限制**的半音风格(chromaticism)的**感染**,它不再由一个和弦、一个定调的自然音阶基准音来进行构造。毕达哥拉斯式的音乐模式对于批评家来说继续有用,因为古典音乐看上去仍然没有超越恢弘的瓦格纳式"未来音乐"(music for the future),尽管关于瓦格纳这种使人

惊奇的诡秘音乐修辞，也许我们应该重提罗西尼对此文雅而带着
嘲弄的描述。对于声音有效的部分同样适用于视觉图像，喷涌而
出、瞬息万变的音调和主导动机（leitmotifs）也就是言语中的混
乱，无论是以讽喻还是以其他方式，由此我们的全球语言比赛会
出现新的规则和一种不同的精简方式。

　　这一类瓦格纳式强迫症总会带上某种讽喻倾向，而内在其中
的主要危险就是，它们使人看不见有必要去独立地思考某种类型
的自由。我们并不想要"作为现实主义"（用这个相当俗套的词
汇）去理解现有游戏展现的迟钝想象，一种更多被早期电子游戏
所驱动的上瘾式回应；在这一语境中，机器人行为的风险早就被
391　指斥过了，证据就是恰佩克兄弟的作品，尤其是《昆虫戏剧》和
《罗梭的万能工人》，后者也是一部戏剧，"机器人"（robot）
这个词正是从这部作品里来的。一个常见的二十世纪观点是《摩
登时代》（Modern Times）中的观点，现在我们进入了一个新
的信息时代，卓别林痉挛式的肢体语言被其在心智上的等同物
所取代，这提醒我们，我们的技术优势也许让我们脱离了本性
（Nature）。当然，卓别林以及他同时代的其他喜剧演员是在嘲
讽福特生产线的过度使用，但这一作用于身体的机械效果现在正
在被作用于头脑的电子信息化效果所替代。

批评风格，当下符码

　　在这种悲观的观点中，我们注定变成自身力量的抽象存在。

当我回顾我花在阐述这个讽喻理论上的时间时，我想到了自己具有批评思维的导师I. A. 瑞恰慈，他身上奇妙地混合着浪漫主义的冲动和科学的严谨。值得记住的是，他确确实实激发了威廉·燕卜荪那些才华横溢的作品，他自己是一位闪耀的代数学者以及玄学诗人。燕卜荪对于隐喻分析的激情里充满了方程式，这一点需要也应当被文学批评家所知，他那些在概念和历史上都艰深的著作，《含混的七种类型》，尤其是《复杂语词的结构》（*Structure of Complex Words*），让我想起瑞恰慈给我的尖锐劝诫："不要忘记，你需要去证明点什么。"他确实在其他的场合夸奖过我，他说我确实"对讽喻这个棘手的问题有所阐发"，而我将之作为一个重要肯定。他自己的著作也暗示出，一个人应当积极地构建一种务实的理论，它严格居于普遍语言范围内，最终带有适度的预测性。

在七十年代，文学中的批评话语出现了不同的转向，即不幸被错误命名的"理论"成为用漂亮行话表达无意义鸣响（tintinnabulating）的同义词，永远离不开法国人的*discourir*（夸夸其谈）。有时这会让人想起勒内·多马尔（René Daumal）的《严肃饮酒之夜》（*Night of Serious Drinking*）。人们因为"反 392 抗理论"而获得赞赏，即使他们对理论在科学中的作用一无所知，只就理性所能辨别的范围而言。看上去经常是任何事都可以被"理论化"，包括著名的厨房水槽，甚至是像保罗·德·曼（Paul de Man）的《时间性修辞》（"Rhetoric of Temporality"）这样一篇深奥的论文，有时候也会染上这种装腔作势的大陆话语腔调。

我认为德·曼可以被称作一个卓越的批评家，但他也同样被听起来神神秘秘的语文学用语所麻醉，像弗里德里希·施莱格尔说的那种"永久的合唱歌"。不过由于注意到了浪漫主义盛期的象征手法中那种"无时间性的"显现式渴望，《时间性修辞》能够提出一个重要的问题：讽喻初始文本（urtext）所具有的**优先**权威地位是否就意味着，就这一模式的普遍情形而言，它必然参与进处于时间流逝中的语言文本性（textual）段落。我仍然倾向于认为德·曼将优先性混同于时间性，但是你可以只用赞赏他的基本直觉，即浪漫主义盛期的象征手法尝试是通过显现来抓住时间的流动，而讽喻手法被一种得到"正确"图像的焦虑渴望所控制，总是试图将关于真理的想象应用于模糊而混乱的历史事实。这确实是正确的，即使斯宾塞这样的诗人在《仙后》这样的作品中构造出了寄托的神庙，其中显现式的进入也总是呈现出主角被召唤回到历史和世俗世界。

　　只要人类还喜爱装饰，就永远都会有新鲜铸造的"每日图标"（icon de jour），但我认为要获得理论所需的客观基础，其方法就是，具体的图形装饰或者布置无法凭借自身提供足够普遍的意义明确性。相反，我想让我的作品适用于伊索的狐狸、塔索的骑士、果戈理的鼻子和肖像画、爱伦·坡的侦探、霍桑的堕落女人、奥威尔的"老大哥"和温斯顿·史密斯、加缪的鼠疫——它们对于理论来说没有区别，因为所有这些都是灵力行动体，展现它们在情节中所处位置的图像总是具有宇宙意义的装饰性布置。新闻业也无法逃避仪式化的重复。近年来这种状况的上升也许只是因为虚拟仿像艺术通过电子来制作，它反过来产生了一种全新版本的古老护身符。作用于心灵的这一类型的视觉印记相当古老，我们可以在埃及艺术中找到它，但它的机械化以及今天的电子再生产方式却是全新的，这使得一种对于巫术式成因的被动态度成为可能，尤其它们是隐藏在符码化的、神秘难解的信息中。秘密似乎总是成为宗教秩序和等级的一部分。

　　加密的军事/工业信息只是走向流行幻想小说《达·芬奇密码》的一小步，甚至埃科的反讽罗曼司文学《玫瑰的名字》都完全取决于在某种程度上可疑的迷信思想。在任何被大规模广告占有优势的贫乏年代，怀疑与信仰的悖论式混合都运行良好，但它也不是没有带来复杂的预期，这方面就有像博尔赫斯这样巧妙与世隔绝的现代作者，不过在今天大部分艺术中，我们所发现的是一种销售和严肃的古怪结合。我们继续被要求认真对待约瑟夫·史密斯（Joseph Smith）的摩门教刻板，尽管他宣称这些东西就埋在他家附近，却从未有人见过这些富丽堂皇的金牌子。这类启示实际上就是广告，就像恐怖分子的《圣经》启示录自身一样，没有一个原教旨主义信徒会承认。这类信仰的名单可以长久列下去，不过我提到这些例子只是将它们作为讽喻的流行式爆发，认识到文学上的图像学就是原教旨宗教信仰的文本根基。

　　任何对于文本的威权式错误运用都在暗示阿克顿勋爵（他本人是虔诚的天主教徒）的宣言，即"绝对的权力绝对会腐败"（"Absolute power corrupts absolutely"），而那时正是绝对君主制（absolutism）使得腐败成为可能。像阿克顿这样尖酸的批评者将其带入另一层面，对此我现在必须探讨：当"绝对"（the absolute）被拉到地面，它必须假定一个物质的、拥有尘世的、具体的完整性，而这是对任何超验绝对性的歪曲，一种我宽泛地称之为"数字"（Numbers）的状态，而这些数字暗示着讽喻的一种
394　新的方向。如果我们要正确地理解如今的符号学氛围，我们需要看到，这些数字——正如我在《美国诗歌新论》（A New Theory for American Poetry）中阐述的——创造了关于人类判断力的新的状况，虽然它在很早以前就被埃德蒙·伯克和伊曼努尔·康德预料到了。

规模的危机

让我们将这一新状况称为"规模的危机"（Crisis of Scale），它可以与日渐增长的疏离感联系起来，这源于越来越多的人被认为值得重视，这与社会机制中个体功能的价值不同，或者也不同于一个单独个体的价值（或者像他们经常所说的一个人自己的"灵魂"）。近来在美国，布什政府造成的失衡时期使得规模的危机为人熟知，这是通过"庞大到无法失败"（too big to fail）这一不详的说法，它被用在通用汽车这样的企业身上，也用于同美国经济的突然崩溃相关的一些银行和金融机构，即便它们的推动行为没有犯罪动机。如果某个组织或者体系"庞大到无法失败"，这就意味着（除了其他意义以外）它的大小和经济上的重要性，相对于其自立强度而言是不成比例的，这差不多就是

生物学家约翰·邦纳（John Bonner）在他的重要著作《尺寸与循环》（*Size and Cycle*）中针对生物提出的观点；到一定时候，"超重"的有机体会因为它自身无法支撑的质量和内在缺陷而消亡。

在动物世界中观察到的此类个体的消亡可以与有机生物的群体和社会进行类比，这也包括人类，我们同样需要防范不受控制的不惜任何生存资源的单纯增长模式。尽管所有这些类比中的推动力都值得怀疑，尤其是因为社会化族群也许不存在个体意义上的成长周期，个体已经延伸到了可以包含企业集团和所谓的共同体，像是布什的情报团体。"我们是否注定成为恐龙？"——这 395 个象征性的问题困扰着像是托尔斯泰和康拉德这样的帝国分析作者；他们都意识到，尤其对于文学而言，社会中数字的失控扩张意味着对于个体性一种不加批判的讽喻的兴起，它最终导向一种危险的天启式原教旨主义。在一篇关于荒诞和艺术家的"全球体验"的文章中，阿尔贝·加缪写道，"真正的艺术作品总是处在人的尺度上"，我赞同他并且要拿莎士比亚举例，甚至在他最有崇高感的时刻也是悖论性的。

简而言之，我们极其需要平衡和比例，它们的合理性来自这样的询问，生而为人意味着什么？规模问题可能会在比起我所提过的天启意义更不显著的领域出现，尤其是美学领域，我在研究普莱斯所论的如画感风景时对此尤为留心。如画感可以立刻在文本层面暗示出场景细节中详尽的数量，而我在1964版《讽喻》中的这一章关注的是矛盾感，崇高感和如画感展现出了相关的符号学问题：这些艺术质询着认知和感觉上的宏大，而通过对于全球生态环境的追问，这一想象性任务随之引起更广泛的关切。

不过，人类的矛盾从来都无法逃脱，在这个语境中可以注意到的是，重要的美国文学评论家哈罗德·布鲁姆总在强调将崇高作为更高的诗性想象力的源泉。布鲁姆在其令人惊叹的高产和高超的学术生涯中，发现了在现代批评判断中没有类似内容的伦理启示。布鲁姆对文学的洞察力自身在种类和规模上就有崇高感，毫不意外地，他使得莎士比亚，尤其还有蒙田、爱默生和惠特曼成为英雄。他相当清楚崇高感很有可能成为可疑物的理想运输方式，甚至对复杂性采取一种近乎数学式的净化。蒙田因而仍是一个典范性的文艺复兴形象，因为他的《随笔》所面向的就是构成396 现代生活的狄俄尼索斯式怀疑旋涡，他的闲谈永远迂回着穿过密林，朝向常见的令人不安的问号。

广泛地关注崇高性超验在我的论述中居于中心地位。在体量的意义上去理解，我们会发现崇高感与讽喻有着明确关联，我已试着将之放在我的六重图示中。现在整个世界都卷入了与埃德蒙·伯克所称的"数学上的崇高"的宏大对抗中，我们的体验主要来自瞬间过剩的大量数据、太多的信息、大到无法想象必须用"幂"表达的数字。这使人想起崇高感无论如何都是某种太过巨大的东西，它给人的印象太过深刻以至于往往无法留存在视觉记忆中；康德确实说过，它使得心智不堪重负。不过正如经常发生的，也有可用的极端性：如画感将自然和我们对它的感知降低到了"可入画"和可绘制的框架范围内。这一极端相反的方式倒转了崇高感的效果，它也开启了去理解讽喻历史中一种新发展的大门——虽然不是全新的，但可以卓有成效地运用于更广泛的后现代范围中。崇高感和如画感如今可以调制成关于数字的讽喻，以适应大批量的数据。极度宏大和极度细微这两个极端正是我们今天在科学中的发现，这一事实反映在对于极大规模数字的新的兴趣上，无论它们是天文级别的规模、还是在量子物理或者甚至是微生物学中出现的粒子和粒子事件里难以想象的微小尺寸。计数通常是去计算出事物、事件或者类似的东西，但是计数也可能拥有自己的生命，当它开始表达出"再多也不够"这种上瘾性仪式的时候。最近有一位研究者高兴地报告说，他的同事们正在调查一种有着超过五千种变体的模式，这暗示出，同时处理五千种方向并不是特别多，而在任何情况下我们的电脑都可以理解任何可数的东西。

　　谈到象征性行为，我们已经再次进入安东·艾伦茨威格（Anton Ehrensweig）所说的"令人目眩的细节"（dazzle detail）的时代，我们牵涉进了过多如画感的额外次要项目的编码过程，　397就像是侦探小说的作者经常运用的手法。你可能想起汽车销售员和他巫术般的额外能力，这伴随着促使你买车的那辆模型而来。鉴于现在的情况，提出这样的意见说不上是亵渎，即我们那些愈加增长愈加聒噪的大规模数据，就像是过去的上帝一般，被认为拥有形而上的权威。利奈特·杭特（Lynette Hunter）的书中不止一次谈到了当前的讽喻，而在她为《剑桥讽喻指南》所写的结尾一章中，她认为讽喻如今放弃了曾经对于理念式伦理和灵性基础的稳固依赖，于是现在我们可以开心地讽喻化我们厨房里的用具——当然罗纳德·里根几十年前已经做过这件事了，在他为通用电气推销未来的厨房的时候。这一梦寐以求的（因为巫术）商品神话是怀特海（Alfred North Whitehead）"具体性误置"（misplaced concreteness）的粗略一例，可以说得清楚些：我们利用未来的厨房，直到它利用我们，咬人者被咬这一原则经常在耐心等待时机去践行其复仇。

我在符号学上的兴趣因而就在于这个问题，即讽喻怎样遭遇崩溃，比如伊恩·哈金（Ian Hacking）在《概率的出现》（*The Emergence of Probability*）中曾提到的数据在十七世纪的突然增加。在路德维希·波兹曼（Ludwig Boltzmann）之后，物理学学会了使用越来越多的统计数学工具，目的是处理在一个云空间中碰撞的大量粒子，就像是布朗运动中的情况。量子理论在这个方向上走得更远，因为它需要对于更为庞大的数据的运算能力，而今天我们也可以在神经生理学或是关于人类行为的宏观社会学研究中发现这些庞大的数据。正是对于数量的这一理解部分使得沃尔特·惠特曼对美国所走的腐坏金融方向深感忧心，正如他在1871年的《民主远景》（*Democratic Vistas*）中所写，这是一份劝诫，我们可以在同样的猛烈抨击中开始看到，抽象与物质的融合成了现代世界的签名。到如今，我已提到过的加速变化速率要求

398 我们有着更强的计算能力，而且并非偶然，金钱在某种意义上**实现**了相关的抽象概念。谁可以说通货膨胀没有毁灭威廉·詹姆斯这一隐喻的独特性，即一种观念的"变现价值"（cash value）？

没有观念的讽喻

正如这一理论所需要的，如果当下的意识形态基于一种信仰的去个人化体系，新千年第一个十年结束时的全球状况就要求讽喻思维里的一种激进变形模式；保罗·奥斯特（Paul Auster）和王颖（Wayne Wang）的电影《烟》（*Smoke*，1995）可资一例，它戏剧化了个体与可数的、表格化的多数之间的对照，如果这不是冲突的话。正如我在最近出版的《美国文学新史》（*New History of American Literature*，哈佛大学出版社，2004）中所写，沃尔特·惠特曼的生活经过剪辑处理，因此《草叶集》（*Leaves of Grass*）的多个版本记录了十九世纪美国生活中快速而剧烈的变化，而他的作品就像一条大河，从极端个人化的《自我之歌》（*Song of Myself*）流向对于美国变化得越来越数字化的记录。惠特曼活在今天的话，也许不会认出我们所生活的世界，而作为《百老汇大街上的盛装游行》（"A Broadway Pageant"）和其他许多计数的诗歌的作者，他也许会不止一次反感这种过量的、盲目的财富展示。他会再一次寻找和等待"神圣的平均"（the divine average）。

必须询问的是，什么样的新的不稳定的讽喻可以符合西方变化过的情况，如果这不是变化过的整个全球生活的话？在一篇收入布林达·莫乔斯基（Brenda Machosky）教授主编的论文集《对讽喻的另一种思考》（*Thinking Allegory Otherwise*，2010）的论文中，我回应了物质主义和科学的偏见——也可以将此称为我们的强迫症——通过将其等同为一种"没有观念的讽喻"
（"Allegory Without Ideas"）。

　　在更早的时期，这样的观念会显得荒唐，即使在二十世纪
五十年代，当提到左拉的"科学小说"时，像是《莫雷教士的过
失》（*La Faute de l'Abbé Mouret*）中列举的数十种植物物种，
我仍然不会意识到需要一种更好的理论。希伯来《圣经》里写
满了太多的祖先，借此生产出历史的骨架，而像是《传道书》
（Ecclesiastes）这样的格言著作则强烈地表达出人类应当考量生
命与存在的循环。当然，在承继自希腊的西方传统中，讽喻体裁
中的故事似乎总是带有来自超验秩序的某些更高观念的讽喻含
义。新柏拉图主义的思想论及了"一"的发散，因而数百年后爱
默生和他的同时代人会谈到更高的律法（Higher Laws），其中的
大部分显示出最古老的东方印度起源，而我们记得在古代关于宇
宙的推测中，存在着事件服从某些普遍的起源法则这样一种指引
性的观念。当然，这样的思想开始于前苏格拉底时期的探索，晚
一些又在柏拉图的永恒理念层面得到延续，而最后，受到这一持
续到今天的理念化思想的激发，我们的讽喻模式继续从一种或多
种宇宙中获得其权威层面的意义。

　　有时这一更高的思想秩序是道德的，同善与恶相关；有时这
些宇宙是本体论意义上的，涉及存在和虚无；而有时候，讽喻也
许力图获得一种神秘的、精神上的含义，如同在基督教对圣事的
信条中，一种更低的自然秩序可以通过神秘的道成肉身被转化为
理念。为了给整个故事提供道德意识，几乎所有神话学传统都产

生出了理念化宇宙秩序的特殊烙印。自此以降，此类讽喻源头就和侦探故事或者科幻小说之间完全不相冲突，因为那些更高层次的、更为抽象的、完全体系化的东西，要以某种更低层次的、更少理论抽象的、自然层面的叙述，以完全图像象征的方式来传达进行探寻和研究的科学原则。再一次地，假设历史服从于某种进步或者退步的宏大叙述——也许是黑格尔意义上的更高层次的宇宙法则的起落，比如中世纪的简明百科全书所呈现的，或者维柯在十八世纪前期对其进行的理论化——这也很有可能为讽喻作者提供"观念"的编码和词典。无论柏拉图意义上的"真"在哪种 400 文化里占据着什么位置，使用了不同的代码和标签，这一超验领域才可以奠基或者启发讽喻式生成当中各个不同层级的意义。简单地说，讽喻总是关于具体事物和某些普遍主题（观念）之间的理念式关系的一种符号学，在一栋由观念及具体事物的形而上对立而构建出的想象性建筑物中，它假定出了不同楼层；事实上这里只有物质世界的"部件与颗粒"（parts and particles），借用爱默生的用语。

　　这些具体事物只有这样：它们无法获得属于真正的"设置"或"种类"（或者亚里士多德意义上的"属"［genus］）的普遍性特点，或者可以让我们在同类群落中放入不同项目的任何明显的普遍性，即，相似事物的观念化集合。如果有一种讽喻**不使用**这些观念设置，那么又如何可能存在一种体系化的符号层级？一个答案可以是，我们的本体论在某种程度上拥有非同寻常的力量，能够力图使其自身摆脱任何超验的柏拉图式普遍设置，而只用面对处于无穷流动当中的多样的具体事物。

然而，对超验的种类进行限制看似是几乎不可能的，甚至可能是难以理解的。当威拉德·奎因（Willard Quine）和尼尔森·古德曼（Nelson Goodman）在二十世纪四十年代对普遍观念发起逻辑攻击，他们面对的就是由具体事物组成的不合作的世界，它们持续地回到其来自更高层面的普遍性定义。通过只使用具体事物、只使用个体来假定连贯的证明，哲学家发现了无限回归的陷阱。永恒的理念持续在门后现身，带着一种尖酸的理念式提醒，"我们仍然在这里"。除了休谟和他以心理学所做的逃避，可以简单地如此说，想要去建造任何东西，它都需要一种建筑学上的原则；**它必须抽象**。我们看待人类总是普遍化的，有时违背我们自身的利益，就像那些投票反对他们自身利益的人；我们很盲目，但我们很难想象，如果不用聚集起我们各色各样的感官体验，不用将不相关的记忆放入各个门类、模型、设置或者地图当中，我们仍

401 可以达到任何目标，能够超越芝诺悖论。地图绘制的例子提示出，我们总是寻求以更好的方式去**投射**我们思想的不同维度，并完全清楚认识到真实只是某个近似值。

我们时代的讽喻需要接受唯名论，而且多少有些讽刺性的是，它继续服从传统目的，即用故事和类似的东西来提供"其他"的意义。这实际上是关于世界的感受的问题，在此名称和姿态构成了某种首要的分类体系，而这正是我们在现代文学和像是塞缪尔·贝克特、巴拉德和安吉拉·卡特这样更为新近的作者或者在若泽·萨拉马戈（Jose Saramago）的像是《所有的名字》（*All the Names*）这样的小说或者在唐·德里罗（Don Delillo）那本干脆题名为《名字》（*The Names*）的小说中发现的东西。

中世纪的杰出独立学者奥卡姆的威廉（William of Ockham）发展了唯名主义哲学，他认为普遍性可能实际上就是概念的方便的名称（*nomine*），它可能事实上根本不普遍，而只是一个方便的命名，因而就有了唯名论（*nominalism*）这个术语。普遍的分类和集合实际上是一种为了有效处理事物集群、将它们通盘考虑的前科学机制，像是某种文本的篮子，里面可以装进从知识之树上摘下的各个具体的苹果。奥卡姆式的程式是要从哲学中涤净柏拉图主义的影响，因为所有的中世纪基督教思想都是在含蓄地评述神性的本质，奥卡姆和他的学生受到攻击就是因为怀疑被认为是"神圣真理"的基督教义中的神秘等级秩序，而他们也经常被指控有朝向原始科学的离经叛道倾向，正如伽利略1633年在罗马被指控的那样。可以肯定的是，理念的普遍性和抽象的对象的问题是一个古老的辩论，可以追溯到柏拉图自己身上，而按照现代哲学家的认识，分类的逻辑是难以把握的，常常神秘难解，粗略来说，在走向没有理念的讽喻途中，唯名论可以是其在认识论和本体论上的训导。唯名论似乎给早期现代科学注入了一种激情，一方面是去确信自然的极度特殊性可以独立存在，另一方面认识 402到普遍观念是如此遥远，以至于使得他们的永恒真理几乎与世俗思想无关。不过所有这些争议都属于中世纪晚期世界，我们只需要意识到在奥卡姆的思想和现代作者的信条之间有着非常接近的相似性。除此不论，我以为这两个历史时期在精神上都是唯名论的，都纠缠于承载概念的命名过程。

在美国小说家中，我们有过的最尖锐和最有力的唯名论者恐怕是这位极度敏感和聪慧的作者保罗·奥斯特，他将塞缪尔·贝克特引为同道，认为他影响了自己的写作。奥斯特的小说——也包括他的部分非虚构作品——让我们怀疑，是否对于主角们来说唯一重要的观念就是根本没有观念，它们就是在房间里、在他们走过的路上围绕着他们的物体和事件。可以这么说，奥斯特的主角们活在从名称到名称因而是从词语到词语的世界中，而不是来自我们读者"可能会有想法"的经验当中。这与十九世纪的现实主义和自然主义小说截然不同，那里总存在着一种幻觉，即人们生活在一个被普遍了解的、被客观共享的共同社会世界中，即使是在果戈理或者陀思妥耶夫斯基这样更怪异的心理探究中。诚然，对名称（names）和"特称"（the name）的迷恋本身并不能保证提供一种讽喻式或者寓言式的效果，正如我们在约翰·库切（John Coetzee）那些广受好评的小说中看到的那样，比如他的《敌人》（Foe），因为它们最后都成为了超现实小说，这与陀思妥耶夫斯基小说中的鳄鱼是相似的手法，鳄鱼是一种讽喻化的生物，是一种对于沙皇俄国的自由党的巧妙而幽默的现实主义讽刺。

不过，模式的问题如今在哲学上更为深刻，就跟主导着卡夫卡梦境的那场关于伪造保单的神秘的神学赌博游戏一样晦涩。我们的全新场景是一种认识论上的舞台布景，就像我们在保罗·奥斯特的《抄写室中的旅行》（Travels in the Scriptorium）中所看到的，书中的中世纪抄写室是一个很恰当的心理学形象，因为它强化了这一认识，在我们的后现代状况这块白板上，我们出于便捷而想象出了聚集在一起的事物，这些事物同主体性问题缠结在一起，将我们的语词与思想撕裂开来。建立这样的便捷就是唯名论的目标，而在技术条件下，我们已经足够频繁地遭遇过这一状况，即在更为神秘的科学探索的最前端，就像是理查德·费曼（Richard Feynman）喜欢说的，一个像是量子理论这样的理论可以在不可想象的精确度上保证可靠——那就是说，它是有用的——但也可以毫无意义。费曼还说，在某些情况下，方程式起作用，即使我们无法确信它们所基于的观念。于是目标就成了继续寻找钥匙，即使如同卓别林所演的酗酒者、盛装打扮的流浪汉，我们与朋友在一个狂喝烂饮的酒会后回家，却发现为了找到钥匙，我们必须烧掉自己身上的华服，然后从那堆灰烬中筛出晚宴所穿的夹克。

像这样的状况有其历史根源，而路上的任何扭曲也并不少。我们可能会在历史上写下我们这个时代盲目的金融机构，而这将覆盖相当多领域，或者我们可以研究我所描绘的普遍画面中成熟的抽象逻辑，我们该选择追随古德曼和奎因、追随戴维森此后对他们著作的分析，还是该记述尼采的"上帝之死"在宗教上的结果和可能性。科学自身表现得像是装得太满的晚餐盘，而大型官僚机构陷入了自身的规模危机。所有这些和其他的症状对于一种唯名论的消灭来说显然是足够了，但是，人们会担心唯名论自身无法发现超过其自身逻辑陷阱（*skandalon*）的方式，而关于我们时代的反讽寓言可以是一个英雄化的引导程序故事。

不妨就以老迈的布兰克先生（Mr. Blank）为例，他出现在保
罗·奥斯特那个优雅、动人而又极为严肃的寓言故事中，也就是
我曾提到的中国盒子式的故事《抄写室中的旅行》。故事开始的
方式让人想起奥斯特的其他小说，正是在其第一句话中，这个故
404 事的开头就已经在重复第140页，就像一个嵌套的递归。布兰克
将他被幽禁的、被扰乱的时间用于试图发现或者回忆起可以**命
名**他的处境的词语和观念。他是哲学家那样的洁净石板，但他同
样是一件更为阴森的家具，被封闭在一个新中世纪风格的抄写室
里，他对自己关于人生的苍老记忆而烦躁难安，他等待着命运的
作者将正确的词语和符号潦草地写在空白（blank）表面上。每
个词语都是潜在的线索，而*park*这个词跳了页，这在物质上提醒
我们这是件印刷品，就像是随便刻下的名字尤波特（*Joubert*），
奥斯特自己单独出版了他的笔记的英文翻译。对不可知的过去
进行复制是一种人的条件反射，而我们注意到詹姆斯·弗罗德
（James Flood）这个角色是商业侦探，而罗伯特·弗罗德（Robert
Flood）是著名的隐秘调查者和十七世纪的玫瑰十字教团成员。

日常语言中常见的中立性和自由度来自语言主要使用严格指
意这一事实，这在原则上清晰透明，而且不像神秘用语，它在这
个意义上是真实的。从理解力上说，词语暗示着或指代着它的对
象，但这是空洞的，缺乏强迫我们去注意其真实的物质的文本性
（textuality）、它们的物性（thingness）的感知；而奥斯特以他平
静的掌控方式，使得作者总是在**叙述一个词语的形成**。一种等级
上的倾斜控制了这一关于死亡和压迫的嵌套故事，但是我们总是

被引诱着远离其自身的经验，除了它的尖锐，除了布兰克先生，就好像我们沉迷于去理解这些问题：这一叙述到底在呈现什么、它是如何被塑造的、它一直潜藏的声音是什么。奥斯特的写作像是今天的话语必须用算法决定每一步棋，无论会发生什么；话语是一种与太阳（它原本的能量之源）失去了接触的机器，而古怪之处在于，这样的故事讲述着一种紧张的运动，一种谜一般的叙述，就好像是在呈现我们人类现在成为密码破译师，注定要去解决这种清晰的但是总在前进变化的秘密语言。因而像是奥斯特这样极为风格化的作者总是扭曲着"嵌套故事"（*mise en abyme*）的算法，在此奥卡姆式的唯名论注解是明智的，当每一术语都被 405 认为神秘难解之时，就总归成为神圣的、文本化的事件。

如果一种基于名称的讽喻确实在"进行表演"，我们也许就成为我们的符号所代表的抽象意义，而如同如今的全球发展中所出现的，很有可能我们进入了"一个简单地拒绝观念的世界"，即使它们的存在被正式地、冷嘲热讽地在新语中宣布出来。柏拉图哲学所需要的观念只是从思想的理念天堂中流出去重生，这会迫使我们去重新思考所运用的神圣原则中的神学概念。考虑到霍金（Hawking）和蒙洛迪诺（Mlodinov）在《大设计》（*The Grand Design*）一书中提出的量子态现实中的宇宙模型，新的宇宙更加像是一种统计上的测量（无论其概率多么令人信服），这里精神上的慰藉被测量为一种帕斯卡式的赌博。在这些条件下，我们最好如此发问：哪一种世界鼓励人们去"坚持一种根本没有任何观念的观念"，以及，作为对此问题的终极冲击，去否定任何一种第一理念（First Idea）。这不是非常鼓舞人心，而更像是我们应该学着去像蚂蚁或者其他稀奇古怪的昆虫群体那样去思考，它们长于以一种尽职尽责的光鲜的官僚体系来控制要做的工作。强迫性的追求完善不仅会获得巨大的威望，而且在更为严格的意义上——这本关于讽喻的书从未否认过要在这方面进行探讨，也不用三次否认——什么才可以在理论上构成一个诗人的神圣召唤？威廉·卡洛斯·威廉斯（William Carlos Williams）天真地借用的亚里士多德式用语"不在观念中而在事物中"（"No ideas but in things"）并没有那么令人鼓舞；正如维柯在《新科学》（1734）中所坚持的，"我们人类首先发明了这些观念或者名称"，而也许最深刻的人性在于我们所能够感知的那些**非人的东西**。事实上，虽然约翰逊博士也许认为，多疑的休谟为人类心智划定的界限使人远离虔诚，但我们对于理念的真正发现也许正是在这个假设上，即我们的观念只是一个令人难忘、但又充满想象的发明——这就是唯名论的立场，但这是明智的吗？历史在这里也许帮不了我们，因为历史看上去就是无休无止的关于"谁是正确一方"的战争的纪事，就好像仅靠人类就能决定理念的终极位置所在。

讽喻与数字

406　　　　伴随带有微妙自反性的像是保罗·奥斯特这样的作者和他们的先驱，像是博尔赫斯、贝克特或者佩索阿，以及像瓦尔特·本雅明和他出色的阐释者伊莱·弗里德兰德（Eli Friedlander）这样的文化哲学家，还存在着广泛的数字驱动的大众消费主义崇拜，如同阿多诺对其的称呼，而它的动力就是全球的金融资本主义系统。虽然清晰表达观念和进行分析的技巧沦落到被当作精英主义持续受到攻击，尽管如此，敬业的艺术家仍继续质疑这种沾沾自喜的失败，而清晰表达能力的丧失经常被制度化的宗教和金融机构所促进，后者在一个全球贸易的世界中致力于卖出所有东西。

自相矛盾的是，我以为由于有马克思所称的"宗教世界迷雾笼罩的地区"，我们的后现代心理状态看上去几乎无法理解和阐明在（a）超验观念、（b）机械运作的算法系统，以及（c）广泛而简明的客观信息（包括个人情感和测试过的科学数据）之间的关系，要做到整体协调，我们实际上被迫用没有观念的讽喻进行代替。

这一变化的通用表达就是无需怀疑金钱及其电子化的管理：一个惊人的象征化症候，施加于公众信仰之上的讽喻力量最终体现为在美国生活和政治选战中持续呈几何级数增长的电视广告。交流——它有多真实，又付得起多少？语音短讯和文本短讯的科技在总体上侵蚀了面对面对话，而我们可以生产与面对面对话几乎等同的东西，这一极其昂贵的商业和政治扩张从未试图假设人类的自然表达有其尺度。在2012年，一个小州就目睹了竞选 407 人为电视广告花费了一千一百万美元，而这还只是**一个**吵闹不休的共和党初选。超过合理限度的个体或者集团财富的聚集也许确实推动了这样不平衡的富豪统治手段的繁荣（美国政治行动委员会和超级政治行动委员会），而我们还必须把这些叫作"不平衡"——一个有意去宽恕的词汇——因为它们确实并不体现所谓普通人的财富分享或者公正分配。当这类法律准许的放纵出现，沃尔特·惠特曼很早以前想象的公民间的"神圣平均"就不再起作用了；仅仅作为公民是无法参与进财富驱动的政治姿态展示的，而只能去扮演越来越静止不动的被动接受者，财阀的那些陈词滥调令人啼笑皆非地渗入不加批判的头脑中。重要的想象性作者使用其自身的反讽力量去回击的正是这一危险。

这样说话也许显得古怪又有攻击性，但是过量财富的象征性集中理应被更多审视，毫不令人诧异的是，富豪阶层与极权主义态度总是并肩携手，他们通过购买或是恐吓得到政治上的支持；值得注意的是，即使共产主义政权也设法通过特权攫取财富。极端的例证并不难找，所谓的共产主义有时无异于那些被称作资本主义的东西。正如我们所知道的，被用于恐怖主义目的对大众媒体的使用，其先驱就是约瑟夫·戈培尔（Joseph Goebbels）对电影尤其是广播的操控，是1933年之后纳粹德国的"大谎言"。今天，正如哲学家哈利·法兰克福（Harry Frankfurt）在他的文章《论扯淡》（"On Bullshit"）中令人难以忘怀地论述过的，大谎言已经成为巨大"半真相"，而这对于民主理念几乎同样危险。不过，人类确实拥有一种天生的批评特征，因而只有通过代价高昂的重复迭代，这种本质上讽喻式的技巧才能影响那些可被麻醉的不加批判的观看者的心智，就像奥威尔说的那样死气沉沉，而这必然是奴役。

作为进行公然宣传的精神成本的基础，金钱自身的最终空虚 408
性（emptiness）有着更为深刻的意义，聚集的零在理论上的空位
则是通过这一事实起作用，电视广告中制作的图像最终会消失无
踪，只要它们的说服能力完成了其此地、此时、此状况下的工作。
被驱使、身不由己，是普遍的人类境况——由此才有讽喻的无所
不在，讽喻的力量以及明确的权力欲。我们接受并践行讽喻，因
为我们相信，我们无法以其他方式克服由我们自身不可抗拒的隐
晦强迫症状带来的强制性情感逻辑。而因为"再多也不够"，商
品化那种空虚的感觉就紧随其后，由此最终出现了一种普遍的公
众心态，它可以商品化、可以购买，这就是其思考方式的总体特
性。当极端保守分子攻击自由主义思想——也可以说，所有开蒙
教育的基础——这些复古思想的鼓吹者显然攻击的是批判性思维
和创造性想象力，它们甚至在讽喻中也试图去抗拒强迫性思维的
拜物崇拜。

读者也许会注意到，没有观念的讽喻可被用于好的或是坏的
目的，这一悖论在戈登·特斯基的《讽喻与暴力》（*Allegory and
Violence*）中得到了深入探究。这一模式的文学大师并不仅仅是在
回避，他们也在批判"再多也不够"这一潜在诉求的危害，只要
想象性的艺术处理还允许反讽的自我批判、还一直在质疑我们将
思维与行动的理念架构进行物质化的方式。在每一个情形中，无
论确信还是存疑，对于理念的削弱都要求一种精微的或者说精确
的向着唯名论的返回。

统治之欲（Libido dominandi）

409　　　同这一探寻相关的一个历史场景是十七世纪的欧洲，彼时现代科学正开始全面推进，伴随着其得胜带来的好处，这也暗示着新知识的风险。要有效地获得对一种没有观念的讽喻及其世界的印象，可以参考瓦尔特·本雅明在《德意志悲苦剧的起源》（*The Origin* ［*Ursprung*］ *of German Tragic Drama*）一书中的曲折阐释，他描述了"悲苦剧"（Trauerspielen）这种十七世纪的哀悼戏剧。学者们经常去勾勒本雅明对这些奇怪的宫廷戏剧的解读，但是我需要特意强调它们是结果，它们并不仅仅是一种此类巴洛克感受力的表达，更为重要的，它们是对于三十年战争（1618—1648）中骇人听闻的杀戮和劫掠的回应。布莱希特的《大胆妈妈》（*Mother Courage*）是对于这场欧洲屠杀最为著名的刻画。哈佛大学出版社最近出版了一部关于这场战争的历史（超过950页），题为《欧洲的悲剧》（*Europe's Tragedy*），作者是享有盛名的英国历史学家彼得·H. 威尔森（Peter H. Wilson）。威尔森详细列数了战争的可怕消耗和结果，它使得中部欧洲大部分地区遭到毁坏，成为遍布残躯断肢和破碎遗迹的屠场。

　　战争只给欧洲世界留下了过往真实的残片和碎肢，本雅明的原型就是我称为"数字"的这一东西，它可以用于物质事物，用于生活变得一无所有的无生气的人，"数字"没有任何想法，比如真正为何要打这一场战争。盲目的狂怒也许是一种说法，宗教狂热也是，雇佣兵的贪婪残暴亦然。在最后的分析中，本雅明注意到讽喻可以从缺失了柏拉图式真理的任何更高领域的基础中诞生，一种没有观念的讽喻。没有任何东西可以对思想和梦境产生更为忧郁的作用，没有任何东西能够产生更巨大的矛盾心态，而这一关于死亡和毁灭的仪式几乎不可能被视为有理性的作品。这是发生在第一场真正的现代战争中的事情，因此我们期待瓦尔特·本雅明可以辨认出一种新的讽喻类型，虽然他并没有确切地对其做出清晰定位；相反他提供了一种巴洛克式的混沌与宇宙相混杂的令人难以忘怀的印象。在一篇发表时间可堪对照的论文，即弗洛伊德1915年的文章《哀悼与忧郁症》（"Mourning and Melancholia"）中，读者可以体会到瓦尔特·本雅明的预感。

　　关于帝国战争的研究总是提醒着我们极端的条件会给心灵施　410
压，产生出一种负面的崇高感和负面的如画感，就好像毁灭必须意味着什么，尽管我们说不出那是什么。美学家可能会说，除开这样一种来自权力及其潜在敌意、隐秘怒火的困境，巴洛克风格的兴起是为了涵盖它过剩的能量，但这一心态同样要求有普遍的符号学描述。

　　到最后可以这么说，这样一种由碎片化的图像群、由仅仅只作为破碎身体和象征符号以及死去观念的纪念碑所构成的讽喻，只能出现在一种全面战争的状态中。J. G. 巴拉德怪异的天启式小说中的晦暗场景，在很大程度上要归因于他童年时期在一所日本监狱所受的监禁，这在他的故事中多多少少挥之不去。此类异象会带来一种反唯名论的混合，它来自一种几乎是药物导致的对于特定感知的敏锐、同时伴随一种对于框架和目的的普遍化的钝感。

滞留在净界（limbo）的记忆迫切地想要讲述无法解释的故事，因为所有理性化的普遍分类和逻辑性地思维连结都不再适用。这一威胁性的和野蛮的军国主义倾向给约瑟夫·康拉德那两部伟大的关于恐怖主义的小说带来了令人不安然而又十分准确的心神不宁。另外，不宣而战中的秘密行动属于一种甚至更为深刻地转换了**讽喻**中的传统秘语：神秘之谜成了物质上的驱动性秘密，巴拉德用了很多篇幅去阐明这种妄想状况。

无疑，遍及全球的动荡混乱有利于这一结果，这种没有观念的讽喻，但要是认为讽喻因此就会简单消亡掉，则可能是错误的。在技术变革当中，讽喻仍是核心的重要问题，因为它面对的是最为重要的人类需求，在我们那嘈杂混乱的冲动在向着未经检视的进步前进时，仍去探寻目的和原因，而在我看来，这里我们必须再次转到想象性思考者、也就是艺术家的角色上——作为精神存续的方法。艺术家的天才是去接受奥卡姆的原则：我们不应当不必要地使实体激增。

我们无需走得像阿多诺那么远，他写道，在见证了如此多骇人的仇恨、战争和种族灭绝暴行的二十世纪世界中，诗歌是"不可能的"。但是当生与死都无法描述时，人们又该如何描述？在卡夫卡之后，J. G. 巴拉德也许是关于我们最糟糕噩梦的最冷静的大师；可以想见，他露骨的色情小说冷酷地表现了我们被麻醉的世界状况，这不仅仅是在他的短篇杰作《暴行展览》（*The Atrocity Exhibition*）中，同样也在他关于今天撒哈拉以南非洲的精彩小说《创世之日》（*The Day of Creation*）中。无论被展出和被探查的是什么，似乎都会被转变成一种作为符号的事物，说着一种似乎不愿或不能去处理超验原则的语言——无论它有多抗议对于上帝的信仰。这便是讽喻式表达在今天的编码过程，也就是理解一个没有理念的世界所发展出的技艺。

这一技艺完美地符合侦探小说那种更为抽象的意图，并投射出这一技艺的确切光晕。读者会回想起黛博拉·马德森像一个精神侦探那样阐释了新教徒齐林沃斯。当一切都是密码，阐释就成了破译。在维尔基·柯林斯（Wilkie Collins）以及使用了更为精到的形而上手法的埃德加·爱伦·坡的时代，他们允许他们的侦探在查验线索时就查明谁是真正的真凶。行动（*actions*）是如何进行的？柯南道尔以最好的现代方式将他们比了下去，他表达了大英帝国的荣光、但也直觉到了它的末日，他紧紧抓着他的放大镜以及在视觉上被界定的物体；他当然已经在网络上重生，借助更大行动中大量的细微符号，就好像每一件事都是一场定义的游戏，一个宇宙意义的填字游戏，在此数据就是我们新的拟人。因此我们的表现性叙述者几乎必然是一个侦探，因为密码的破译者寻找着加密算法，即密码本身。这相当于一种新的讽喻追寻，对 412更高的实质性权威产生了怀疑，也许除了对作为模糊习俗的不断进行的部落捕猎仪式。

对这一事物状态所持的怀疑目光也许是这样：除了典型的后现代视野也许是生活中新的唯名论者，他们对宇宙的终极真理或者价值进行质疑，这里仍保有强大的可能性，即当下的概念化（conceptualist）推动力也许不能够击败观念论（idealism）。宇宙也许永远在这里，至少在讽喻文本进行定义的时候，而结果就是，未来的作者和阐释者会被推动着一再回到一种柏拉图式世界观当中，或者相反，唯名论的推动力也许会通过采用全新的模式和态度对待这颗行星上的生命来获得胜利。但如果讽喻永久地成为一种只关于名称和概念的艺术，那数字（*the numbers*）和它们的具体细节就将真的超越基于超验观念的关于秩序的古老想象——可以想见，数字技术可预测的进展确实会加快柏拉图式理念的消失，正如物质化的测量手段和它的数字成了人类可以思考和想象的唯一现实。当然，标签和事物的图像学不会消失，它还会卓有成效地在政治力量中有所提升。正如抽象而简洁的编年记录总在提醒我们，这样极端的文化变异并非没有先例，所以不可避免地会得到更多揭示。

插　图

下面的例子来自视觉艺术当中，虽然数量上比期望的要少，它们呈现了讽喻的多样性，也显示出贯穿在这本书中的方法，它们还暗示了讽喻在其意义和感官吸引力上尤其是"视觉的"。因而我们会谈及图形（icon）、图章、徽章（impresas）和用来在思想的自由流动中造成尖锐视觉冲突的其他手法。如同戈登·特斯基所说，虽然这一摧毁辩证法的方式实际上是对于思想的暴力，我们貌似也可以持相反立场，因为从这一暴力中出现了一种想象所要求的讽喻式的意志和力量；当一个此类图像与其他的讽喻图像结合在一起，讽喻图像中就会十分有力地呈现出超现实的、也确实是变形的特性。这种聚集，这一整个宇宙的总和或者统一的理论在这一基础上似乎具有内在的超现实性。换句话说，如果我们对我们的世界采用足够宽广的观点，那么现实主义总是一种魔幻现实主义。

第一组［图1—图2］。这里对插图的选择是依据它们的图像志，不过它们都拥有明显的艺术价值。在前两幅图像讽喻画中，

我们可以立即注意到，克里维利*和伦勃朗运用了相当不同的风格
来突出那些以某种方式"意味着什么"的装饰性着装，所以除了
在两幅画中都有的宇宙式调性，还有通过装饰生成出来的讽喻式
414 过度，这随之证明了一种象征意义的过剩。对于这两位艺术家而
言，这里的装饰都起着动态作用，这使得所表现的人物成为一种
完全的拟人。

第二组［图3—图5］。下一组作品来自科斯塔、雷东和丢
勒**，他们虽然在历史角度处于不同的时期和风格，但都展示出
宇宙图像需要对自然有机结构进行某种灵力式违抗，这是通过呈
现对于单独图形细节的分解和孤立。这里的圣露西（St. Lucy）
（她在传统中被表现为殉道）被呈现为手执她自己的眼睛，这双
眼已经不再属于她的身体，但对于她来说要被阐释为"意义"
（*significatio*）。在雷东这里，宇宙式的眼睛"就像一个奇怪的
气球"，它从我们称之为"稳固大地"（*terra firma*）的自然之家
中升起；而在关于涅莫西斯（Nemesis）的版画中，她长有双翼、
身穿象征式盔甲，被升到一个俯视所有人类和人类文明中所有骄
傲的位置，而人口稠密的地球被呈现为一张想象中的地图，还未

---

*   卡罗·克里维利（Carlo Crivelli），约1430—1495，文艺复兴时期意大利画
     家。——译者注

**   洛伦佐·科斯塔（Lorenzo Costa），1460—1535，文艺复兴时期意大利画
     家。奥迪隆·雷东（Odilon Redon），1840—1916，法国象征主义画家、版
     画家。阿尔布雷希特·丢勒（Albrecht Dürer），1471—1528，文艺复兴时
     期德国画家、版画家、雕刻家。——译者注

在她脚下展开。超现实的、悬浮着的重力标识出这一图像存在的空间，在此灵体（*daemon*）就是一种存在，跟这颗星球上的盖亚大地一样可感可触。

第三组［图6—图9］。这里所选的插图来自杰罗姆、莫罗、恩斯特和普桑＊，它们暗示出讽喻也许来自教化之后对神话的解读，在文本表层上它也许是在相当字面的叙述关于灵力（在其原本的希腊意义上）的故事。这些故事中的人物在没有物质阻碍的情况下自由穿过生命与时间，如同在丢勒的《天谴》（*Nemesis*）中。通过富有感情的神话描绘，艺术家杰罗姆表现出了他的原型皮格马利翁（*Pygmalion*），确实在给加拉忒亚（*Galatea*）的雕塑注入生命，不过通过传统图像讽喻表现中的丘比特向爱侣投掷飞镖，讽喻作者杰罗姆却背叛了他的讽喻意图。莫罗幻想着斯芬克斯拥抱了厄运缠身的俄狄浦斯，而马克斯·恩斯特的超现实主义拿破仑看向古怪的、图腾式的、地下亡灵般的形象，这让我们想起甚至新古典主义艺术家普桑也创造了理念式的风景，目盲的巨人俄里翁（Orion）从中踏过，这正是为了突出巫术式、神话式的俄里翁对寻常地上尺度的冒犯。在古代神话与讽喻的共同作用中，我们认识到了更多微妙的阐释方法：通过用讽喻将神话翻译 415

＊　　让-莱昂·杰罗姆（Jean-Léon Gérôme），1824—1904，法国学院派画家。古斯塔夫·莫罗（Gustave Moreau），1826—1898，法国象征主义画家。马克斯·恩斯特，1891—1976，德国表现主义画家、雕刻家。尼古拉·普桑（Nicolas Poussin），1594—1665，法国新古典主义和巴洛克风格画家。——译者注

为清晰表达的、阐释过的故事，原始人那种远古的奇异感并没有减弱，而是加增了。

第四组［图10—图15］。起于《泰坦的高脚杯》（*The Titan's Goblet*）的这六幅美国画家托马斯·科尔*的画作，它们可被理解为一出讽喻戏剧，在我们所想象的历史发展的尺度上发生了变化。对完全小宇宙细节的微小封藏被用于更大的、本质上不能相比的时间范围或神话对象，例如高脚杯。泰坦之力逐渐从世界中松开，尽管世界并未意识到发生了什么。社会斗争被置于对历史的怀疑和质询这一透镜下，科尔还嵌入了一种几乎对立的讽喻，将作为悲剧缺陷的骄傲相对于对成就的合理感受的骄傲，这在《帝国历程》（*Course of Empire*）中通过成长、成熟和腐坏的复杂循环体现出来——将古代主题融入进如画感和崇高感的母题集合中。对循环进行历史化，这是此后瓦尔特·本雅明分析德国悲苦剧的主题，借此科尔能够将进步的观念（一种十九世纪的强迫症）转变为对于循环式重复的灰暗描绘。除了进程带来的缓慢转变，讽喻结构的迭代形式通过维持主要的地形和景观特征得到保证，比如稳固的、进行守护的岩石自始至终都在循环中进行着仪式性的重复。

第五组［图16—图18］。保罗·德·曼所说的"时间线修辞"

---

*　托马斯·科尔（Thomas Cole），1801—1848，美国风景画家，被认为是盛于十九世纪中期的哈德逊河派的创始人，其作品带有明显的浪漫主义风格。——译者注

弥漫在彼得·布鲁姆*所赋予墨索里尼的堕落罗马的纪念碑式呈现中，而丢勒刻制的巨大《凯旋门》（*Triumphal Arch*），也提出了同样具有讽刺意义的问题：物质客体和建筑物能抵御住时间的侵袭吗？这一怀疑用在伊拉斯图斯·菲尔德**对美利坚合众国的纪念碑式庆祝上更显恰当，因为在这个年轻的国家当中，广阔和业已繁荣的内部交流在某种程度上被赋予了更为宏大的意义，比起熟练的历史眼光所能信任的，这实际上是一个更为庞大的权力图像。另一方面，尖锐的矛盾感扰乱了在崇高感和如画感中对于世界井然有序的信赖，但在此处，它不再被允许打击观众的精神，对于观众的乐观主义压力在伊拉斯图斯·菲尔德的欢快的调色板上更显尖锐。我们注意到，在所有这些庆祝的或者反讽的或者官方的设想中，为了封藏仪式含义，讽喻都掉入了自己的嵌套故事（*mise en abyme*）或者中国盒子中，事实上这也不可避免，因为这是一种强迫性的本质，去控制阐释的准绳、去保证对意义的解读永不停止。

　　第六组［图19—图20］。洛伦佐修士（Lorenzo Monaco）***和不知名佛罗伦萨艺术家的《悲悯》（*Misericordoria*）将讽喻的

---

*　　彼得·布鲁姆，1906—1992，美国画家，出生于白俄罗斯一个犹太家庭，作品涉及超现实主义、立体主义等各个风格。——译者注

**　　伊拉斯图斯·菲尔德（Erastus Field），1805—1900，美国画家，擅长肖像画、风景画、历史绘画等。——译者注

***　　洛伦佐修士原名Piero di Giovanni，约1370—1425，哥特晚期和文艺复兴早期艺术家。——译者注

仪式形式带到了一个熟悉的结尾处，因为它们的图像暗示着一种含蓄的（如果不是完全隐秘的）和深奥的叙述，这来自被神圣地（这里读作"灵力式地"）授予信仰的故事，即关于殉道和牺牲。在这些描述中的讽喻是一种容器，似乎这些喻象可以维持或者包容那些基督教信徒需要牢记的更小的人物或更微小的事情。我们可以说，这些艺术品是被创造出来给"信徒"观看的，也许有人会问，这种宗教艺术与艺术想象力的更大的发展有什么关系？要在艺术中构想这些精致的信仰呈现，看上去巫术信仰是必需的，而这一巫术则肯定会导致寓言式的阐释。

第七组［图21—图23］。最后，德尔沃、贝里尼和基里科*的画作都暗含更高的讽喻目的，这在中世纪会被称为升华（anagogic），隐含了想象力中最为崇高的精神上的延伸。这里的每一幅画都给观众展示了一些神秘的元素搭配，这些元素间的相互关系并不是那么明显或者不言自明的。对于这些人物我们自然会问，他们是谁？他们是崇拜仪式中的神职人员，或者像在最后一张插图中基里科所绘制的，一个关于永不可能在地上实现的、理念的、难以理解的柏拉图式纪念碑？如果是这样，这个场景的广泛意义又是什么？这样的疑惑完全是适用的，对于有着更高目的的传统讽喻来说，其特点就是努力去传达崇高性的高度。在这

417

---

* 　保罗·德尔沃（Paul Delvaux），1897—1994，比利时超现实主义画家。乔万尼·贝里尼，约1430—1516，文艺复兴时期意大利画家。乔吉奥·德·基里科，1888—1978，意大利超现实主义画家。——译者注

些可以辨识的现实成分中间，精心组织一场神秘的仪式、在奇异感中暗示出更深的人性，讽喻就实现了它的完满。

1. 卡罗·克里维利（ca.1435—ca.1493）的《圣乔治》（1905），Rogers基金，大都会艺术博物馆收藏。

2. 伦勃朗（1606—1669）的《贝罗娜》（1961），Michael Friedsam旧藏，大都会艺术博物馆收藏。

3. 洛伦佐·科斯塔（ac.1460—1535）的《圣露西》（1915），Theodore M. Davis 旧藏，Theodore M. Davis捐赠，大都会艺术博物馆收藏。

4. 奥迪隆·雷东（1840—1916）的《眼睛就像一个奇怪的气球飞向无限》，《致爱伦·坡》（1882）之一，Peter H. Deitsch捐赠，纽约现代艺术博物馆收藏。

5.阿尔布雷希特·丢勒（1471—1528）的《天谴》，纽约公共图书馆印刷部。

6.让–莱昂·杰罗姆（1824—1904）的《皮格马利翁和伽拉泰亚》（1927），
Louis C. Raegner捐赠，大都会艺术博物馆收藏。

7.古斯塔夫·莫罗（1826—1898）的《俄狄浦斯和斯芬克斯》（1921），
William B. Herriman遗赠，大都会艺术博物馆收藏。

8.马克斯·恩斯特的《拿破仑在荒野中》（1941），纽约现代艺术博物馆收藏。

9.尼古拉·普桑（1594—1665）的《猎户座追逐朝阳》（1924），Fletcher 基金，大都会艺术博物馆收藏。

10.托马斯·科尔（1801—1848）的《泰坦的高脚杯》（1904），Samuel Avery, Jr. 捐赠，大都会艺术博物馆收藏。

11.托马斯·科尔的《帝国历程：野蛮国家》，纽约历史学会提供。

12.托马斯·科尔的《帝国历程：田园牧歌》，纽约历史学会提供。

13.托马斯·科尔的《帝国历程：消耗》，纽约历史学会提供。

14.托马斯·科尔的《帝国历程：破坏》，纽约历史学会提供。

15.托马斯·科尔的《帝国历程：荒芜》，纽约历史学会提供。

16.彼得·布鲁姆的《永恒之城》（1937），Simon Guggenheim 夫人基金，纽约现代艺术博物馆收藏。

17.阿尔布雷希特·丢勒（1471—1528）的《凯旋门》，纽约公共图书馆印刷部。

18.伊拉斯图斯·菲尔德（1805—1900）的《美利坚合众国的历史纪念碑》，Morgan Wesson Memorial纪念藏品，斯普林菲尔德美术馆收藏。

19.洛伦佐修士（ac. 1370—1425）的《哀悼基督》，佛罗伦萨美术学院收藏。

20.十四世纪意大利艺术家（佚名）的《悲悯》（彩绘木雕），佛罗伦萨巴尔杰洛博物馆收藏。

21.保罗·德尔沃的《月相》（纽约现代艺术博物馆收藏，1939）。

22.乔万尼·贝里尼的《讽喻》（c.1490—1500），乌菲兹美术馆收藏。

23.乔吉奥·德·基里科：《无尽的乡愁》（1913），
纽约现代艺术博物馆收藏。

参考书目

本参考书目列出了所使用的版本，但并不总是显示首次出版的日期和地点。
它并不是一个完整的或者说大体完整的关于讽喻研究的书籍、文章和其他文本的
参考书目。

Abraham, Karl. *Traum und Mythus*. Vienna, 1909.

Abrams, M. H. *The Mirror and the Lamp: Romantic Theory and the Critical Tradition*. New York, 1953.

Adams, Robert M. *Strains of Discord: Studies in Literary Openness*. Ithaca, 1958.

Adorno, T. W., E. Frenkel-Brunswik, et al. *The Authoritarian Personality*. New York, 1950.

Aichinger, Ilse. *The Bound Man and Other Stories*.Tr. by Eric Mosbacher. New York, 1956.

Alanus de Insulis (Alain de Lille). *The Complaint of Nature (De Planctu Naturae)*.Tr. by Douglas Moffat. ("Yale Studies in English Literature," XXXVI.) New York, 1908.

Alexander, P. J. "The Iconoclastic Council of St. Sophia (815) and Its Definition *(Horos)*," *Dumbarton Oaks Papers,* Number 7. Cambridge, Mass., 1953.

Amis, Kingsley. *New Maps of Hell*. New York, 1960.

Anastos, M. V. "The Ethical Theory of Images Formulated by the Iconoclasts in 754 and 815," *Dumbarton Oaks Papers*, Number 8. Cambridge, Mass., 1954.

Andrew, S. O. *Sntax and Style in Old English*. Cambridge, 1940.

Aristotle. *The Ethics of Aristotle (The Nicomachean Ethics)*. Tr. by J. A. K.

Thomson. Penguin ed.,1958.

442   ——. *The Poetics.* (Works, XI.) Ed. by W. D. Ross; tr. by Ingram Bywater. Oxford, 1924.

——. *The Rhetoric.* (Works,XI.) Ed. by W. D. Ross; tr. by W. R. Roberts. Oxford, 1924.

Athanasius, St. *Life of St. Antony.* Tr. by R. T. Meyer. Westminster, Md., 1950.

Auden, W. H. *The Collected Poetry of W. H. Auden.* New York, 1945.

——. "The Guilty Vicarage: Notes on the Detective Story, by an Addict," in *The Critical Performance.* Ed. by S. E. Hman. New York, 1956.

Auerbach, Erich. *Dante: Poet of the Secular World.*Tr. by Ralph Manheim. Chicago, 1961.

——. *"Figura,"* in *Scenes from the Drama of European Literature: Six Essays.* New York, 1959.

——.*Mimesis: The Representation of Reality in Western Literature.*Tr. by W. R. Trask Anchor ed., New York, 1957; originally published Princeton, 1953.

Augustine, St. *The City of God.* Tr. by G. E. McCracken. Loeb Classics ed., Cambridge, Mass., 1957.

Balakian, Anna. *Surrealism: The Road to the Absolute.* New York, 1959.

Baltrusaitis, Jurgis. *Aberrations: Ouatre essais sur la legende des formes.* Paris, 1958.

——.*Anamorphoses ou perspectives curieuses.* Paris, 1955.

——.*Le Moyen age fantastique.* Paris, 1955.

Barfeld. Owen. *Poetic Diction.* London, 1952.

Bate, W. J. *The Achievement of Samuel Johnson.* New York, 1955.

Baumgarten, A. G. *Reflections on Poetry.*Tr., with the original text, and ed. by Karl Aschenbrenner and W. B. Holther. Berkeley, 1954.

Beach, J. W. *Obsessive Images: Symbolism in Poetry of the 1930s and 1940s.* Minneapolis, 1960.

Beckford, William. *Vathek: An Arabian Tale*, in *Shorter Novels of the Eighteenth Century.* Ed. by Philip Henderson. London, 1956.

Beer, I. B. *Coleridge the Visionarv.* London, 1959.

Bentham,Jeremy. *Handbook of Political Fallacies.* Ed. with a preface by H. A.

Larrabee. Baltimore,1952.

Berger, Harry. *The Allegorical Temper: Vision and Reality in Book II of Spensers Faeric Queene*. New Haven, 1957.

The Bestiary.Tr. by T. H. White. New York, 1954.

Bezankis, Abraham. "An Introduction to the Problem of Allegory in Literary Criticism." Unpublished Ph.D. dissertation, University of Michigan, 1955.

Black, Max. *Models and Metaphors: Studies in Language and Philosophy*. Ithaca, 1962.

Blair, Hugh. *Lectures on Rhetoric and Belles Lettres*. Edinburgh, 1783.   443

Blake, William. *Complete Writings*. Ed. by Geoffrey Keynes. London, 1957.

Bloom, Edward. "The Allegorical Principle," *Journal of English Literary History* [*hereafter abbreviated as ELH*] , XVIII (1951).

Bloom, Harold. *Blakes Apocalypse*. New York, 1963.

———. *Shellevs Mythmaking*. New Haven, 1959.

Bloomfeld M. W. *The Seven Deadly Sins*. East Lansing, 1952.

Boaden, James, ed. *Memoirs of Mrs. Inchbald: Including Her Familiar Correspondence with the Most Distinguished Persons of Her Time*. London, 1833.

Boccaccio, Giovanni. *Genealogy of the Gods*, Book XIV, sec. 12. Tr. as Boccaccio on Poetry, by C. G. Osgood. Princeton, 1930.

Bodkin, Maud. *Archetypal Patterns in Poetry: Psychological Studies of Imagination*. London, 1934; reprinted New York, 1958.

Bodsworth, Fred. *The Strange One*. New York, 1959.

Boethius. *The Consolation of Philosophy*. With an introduction by Irwin Edman. Modern Library ed., New York, 1943.

Boisacq, Emile. *Dictionnaire étymologigue de la langue grèque*. Paris and Heidelberg, 1938.

Borges, J. L. "The Fearful Sphere of Pascal," *Noonday 3*. New York, 1960.

Bowra, C. M. *From Virgil to Milton*. London, 1948.

Brecht, Bertolt. *Selected Poems*. Tr. by H. R. Hays. New York, 1959.

Bree, Germaine, and Margaret Guiton. *An Age of Fiction*. New Brunswick, 1957.

Bronson,Bertrand. "Personification Reconsidered," *ELH*, XIV (1947).

Brooke-Rose, Christine. *A Grammar of Metaphor*. London, 1958.

Brooks, Cleanth, and R. P Warren. *Understanding Poetry*. New York, 1950.

Brower, Reuben. *Alexander Pope: The Poetry of Allusion*. Oxford, 1959.

Browne, Sir Thomas. *The Pseudodoxia Epidemica.(Works*, Il, Ill, V) Ed. by Geoffrey Keynes. London, 1928-1931.

———. *Religio Medici*. Ed. by J. -J. Denonain. Cambridge, 1953.

———. *Urne Buriall and The Garden of Cyrus*. Ed. by John Carter. Cambridge, 1958.

Bruyne, Edgar de. *L'Esthetique du moyen age*. (An abbreviated version of *Etudes d'esthétique médiévale*.) Louvain, 1947.

———. *Etudes d'esthétique médiévale*. Bruges, 1946.

Buchan, John. *A History of English Literature*. New York, 1923.

Buchanan, Scott. *Symbolic Distance in Relation to Analogy and Fiction*. London, 1932.

444　　Bukofzer, Manfred. "Allegory in Baroque Music," *Journal of the Warburg Institute*, III(1939-1940), nos. 1-2.

———. "Speculative Thinking in Mediaeval Music," *Speculum*, XVII (April 1942).

Burckhardt, Jacob. *The Age of Constantine the Great*. Tr. by Moses Hadas. New York, 1949.

———. *The Civilization of the Renaissance in Italy*. Ed. by B. Nelson and N. Trinkhaus: tr. by S. G. C. Middlemore. New York, 1958.

Burke, Edmund. *A Philosophical Inquiry into the Origins of the Sublime and the Beautiful*. World's Classics ed., London, 1906-1907; reprinted 1920 and 1925.

Burke, Kenneth. *The Philosophy of Literary Form: Studies in Symbolic Action*. New York, 1957.

———. *A Rhetoric of Motives*. New York, 1955.

Burnet, John. *Early Greek Philosophy*. New York, 1957.

Burton, Robert. *The Anatomy of Melancholy*. Ed. by Floyd Dell and P. Jordan-Smith. New York, 1927; reprinted 1948.

Bush, Douglas. *Mythology and the Renaissance Tradition in English Poetry*. Minneapolis and London,1932.

Butler, Samuel. *Life and Habit*. New York, 1910.

Calderón de la Barca. *Four Plays*. Tr. by Edwin Honig. New York, 1961.

Campbell, George. *The Philosophy of Rhetoric*. London, 1776.

Campbell,Joseph. *The Hero with a Thousand Faces*. New York, 1949.

Campbell, L. B., ed. *The Mirror for Magistrates*. New York, 1960.

Camus, Albert. *L'Exil et le royaume*. Paris, 1957.

Capek, Karel. *In Praise of Newspapers*.Tr. by M. and R. Weatherall. New York, 1951.

——. *War with the Newts*. Tr. by M. and R. Weatherall. New York, 1959.

——, and Josef Čapek. *R.U. R. and the Insect Play*. Tr. by P. Selver. London, 1961.

Casa, Giovanni della. *Galateo: or, The Book of Manners*.Tr. by R. S. Pne-Cofn. Penguin ed., 1958.

Cassirer, Ernst. *An Essay on Man*. New York, 1953.

——. *The Philosophy of Symbolic Forms*. New Haven, 1955.

Castelli, Enrico, ed. *Christianismo e ragion di stato: L'Umanesimo e il demoniaco nell'arte*. Rome, 1953.

Castiglione, Baldassare. *The Book of the Courtier*. Tr. by C. S. Singleton. New York. 1959.

Chambers,William. *Dissertation on Oriental Gardening* (1772), quoted in A. O. Lovejoy, "The Chinese Origin of a Romanticism," *Essays in the History of Ideas*. New York, 1960.

Chapin, C. F. *Personifcation in Eighteenth-Century English Poetry*. New York. 445 1955.

Charney Maurice. *Shakespeare's Roman Plays: The Function of Imagery in the Drama*. Cambridge, Mass., 1961.

Chastel, André. *Marsile Ficin et I'art*. Paris, 1954.

Chenu, M. D. *La Thélogie au douzièmè siècle*. Paris, 1957.

Cicero, Marcus Tullius. *The Orator (De Oratore)*. Ed. and tr. by E. W. Sutton and H. Rackham. Loeb Classics ed., London, 1948.

——. *Rhetorica ad Herennium*. Ed. and tr. by Harry Caplan. Loeb Classics ed., Cambridge, Mass., 1954.

Clark, Kenneth. *The Nude: A Study in Ideal Form*. New York, 1959.

Cochrane,C. N. *Christianity and Classical Culture: A Study of Thought and Action from Augustus to Augustine*. New York, 1957.

Cohen, Morris, and Ernest Nagel. *An Introduction to Logic and Scientific Method*. New York,1934.

Coleridge, S.T. *Essays and Lectures on Shakespeare and Some Other Old Poets and Dramatists*. Everyman ed., London,1907.

——. *Miscellaneous Criticism*. Ed. By T. M. Ravsor. London, 1936.

——. *The Statesmans Manual. (Complete Works*, VI.) Ed. by G. T. Shedd. New York, 1875.

Collingwood, R. G. *The Idea of Nature*. New York, 1960.

Comparetti, Domenico. *Vergil in the Middle Ages*. Tr. by E. F. M. Benecke. London, 1895.

Constandse, A. L. *Le Baroque espagnol et Calderón de la Barca*. Amsterdam, 1951.

Cooper, Lane. *Aristotelian Papers*. Ithaca, 1939.

Cornford, F. M. *Origins of Attic Comedy*. Introduction by Theodor Gaster. New York, 1961.

——. *From Religion to Philosophy*. New York, 1957.

——. *The Unwritten Philosophy*. Ed. by W. K. C. Guthrie. Cambridge, 1950.

"Cronaca prima d'anonimo," *Il Tumulto del Ciompi*. ("Rerum Italicarum Scriptores," XVIIl, iii.) Ed. by Gino Scaramella. Bologna, 1934.

Cruttwell, R. W. *Virgil's Mind at Work*. Oxford, 1946.

Cudworth, Ralph. *The True Intellectual System of the Universe* (1678). Ed. with atranslation of the notes of J. L. Mosheim, by John Harrison. London, 1845.

Cumont, Franz. *After Life in Roman Paganism* (1922). Tr. by H. D. Irvine. New York, 1959.

——. *Astrology and Religion among the Greeks and Romans* (1912). Tr. by J. B. Baker. New York, 1960.

446   Curtius, Ernst. *European Literature and the Latin Middle Ages*. Tr. By W. R. Trask. New York, 1953.

——. "The Poetry of Jorge Guillen," *Hudson Review*, Summer, 1954.

Cyprian, St. "The Dress of Virgins," in *The Fathers of the Church*, XXXVI. Tr. and ed. by R. I. Deferrari. New York, 1958.

——. "That Idols Are Not Gods," in *The Fathers of the Church*, XXXVI.Tr. and ed. by R. J. Deferrari. New York, 1958.

——. "On the Unity of the Catholic Church," in *The Library of Christian Classics*. V. London, 1956.

Danby, J. F. *Poets on Fortune's Hill: Studies in Sidney, Shakespeare, Beaumont and Fletcher*. London, 1952.

Danielou, Jean. "Le Demoniaque et la raison detat," in *Christianismo e ragion di stato*. Ed. by Enrico Castelli. Rome, 1953.

——. Philon d'Alexandre. Paris, 1958.

——. *Platonisme et theologi mystique: Essai sur la doctrine spirituelle de St. Gregoire de Nvsse*. Paris, 1944.

Dante Alighieri. *Eleven Letters*.Tr. by C. S. Latham. Boston and New York, 1892

D'Arcy M. C. *The Mind and Heart of Love*. New York, 1947.

Darwin, Erasmus. *The Temple of Nature, or, The Origin of Society*. London, 1803.

Davis, B. E. C. *Edmund Spenser: A Critical Study*. Cambridge, 1933.

Davy, M. -M. *Essai sur la symbolique romane: XII siècle*. Paris, 1955.

Defoe. Daniel. *Serious Refections of Robinon Crusoe with His Vision of the Angelic World*. London, 1790.

De la Mare, Walter. *Desert Islands and Robinson Crusoe*. London, 1930.

Déonna, Waldemar. *Du Miracle grec au miracle chrétien: Classiques et primitivistes dans l'art*. Basel, 1956.

Dieckmann, Liselotte. "Renaissance Hieroglyphics," *Comparative Literature*, IX (1957), no. 4.

Disraeli, Isaac. *Amenities of Literature*. London, 1859.

Dodds, E. R. *The Greeks and the Irrational*. Berkeley, 1951.

Donatus, Aelius. "On Comedy and Tragedy," in *European Theories of the Drama*. Ed. by Barrett Clark. New York, 1947.

Drayton, Michael.*Works*. Ed. by J. W. Hebel. Oxford, 1931.

Dubos, J. B. *Critical Reflections on Poetry, Painting and Music* (1719). Tr. by Thoma Nugent. London, 1748.

447   Duncan, H. D. *Language and Literature in Society*. Chicago, 1953.

Durkheim, Emile. *The Elementary Forms of the Religious Life*. Tr. by J. W. Swain .Glencoe, Ill.,1947.

Dvornik, Francis. "The Patriarch Photius and Iconoclasm," *Dumbarton Oaks Papers*, Number 7. Cambridge, Mass., 1953.

Edelstein, Ludwig. "The Golden Chain of Homer" in *Studies in Intellectual History*. Baltimore, 1953.

Egerton, J. E. "King James's Beasts," *History Today*, XII (June, 1962).

Ehrenzweig, Anton. *The Psychoanalysis of Artistic Vision and Hearing*. London, 1953.

Einhard. *The Life of Charlemagne*. Tr. by S. E. Turner, with a foreword by Sidney Painter. Ann Arbor, 1960.

Eliade, Mircea. *Images et symboles*. Paris, 1952.(Tr. as *Images and Symbols* by Philip Mairet, New York, 1961.)

———. *The Myth of the Eternal Return*. Tr. by W. R. Trask. New York, 1954. (Reprinted as *Cosmos and History*, New York, 1959.)

———. *Mvths. Dreams and Mvsteries*. Tr. by Philip Mairet. London,1960.

———. *The Sacred and the Profane*. Tr. by W. R. Trask. New York, 1961.

———. *Traite d'histoire des religions*. Paris, 1949. Tr. as *Patterns in Comparative Religion* by Rosemary Sheed. Chicago, 1958.

Elliott, Robert C. *The Power of Satire: Magic, Ritual, Art*. Princeton, 1960.

Elyot,Thomas. *Bibliotheca Eliotae: Eliotes Dictionarie*. Ed. by Thomas Cooper. London, 1559.

Empson, William. *Seven Types of Ambiguity*. London, 1930; reprinted New York, 1955.

———. *Some Versions of Pastoral*. New York, 1960.

———. *The Structure of Complex Words*. London, 1951.

Erlich,Victor. *Russian Formalism*. The Hague, 1955.

Evans, Joan. *Cluniac Art of the Romanesque Period*. Cambridge, 1950.

———. *Magical lewels of the Middle Ages and the Renaissance, Particularly in*

England. Oxford, 1922.

——. *Nature in Design: A Study of Naturalism in Decorative Art from the Bronze Age to the Renaissance.* London, 1933.

——. *Pattern: A Study of Ornament in Western Europe from 1180 to 1900.* Oxford, 1931.

Faral, Edmond. *Les Arts poetiques du XII et du XIII siéle.* Paris, 1924.

Feldman, A. B. "Zola and the Riddle of Sadism," *American Imago*, XIII, 1956.

Fenichel, Otto. *The Psychoanalytic Theory of the Neuroses.* New York, 1945.   448

Fernández, Ramón. *Messages.* Tr. by Montgomery Belgion. London, 1927.

Fisher, P. F. "Blake's Attacks on the Classical Tradition," *Philological Ouarterly*, XI (Jan.1961).

Fisher, Seymour, and S. E. Cleveland. *Body Image and Personality.* New York, 1958.

Fletcher, J. B. "Some Observations on the Changing Style of *The Faerie Queene*," *Studies in Philology*, XXX (1934).

Fletcher, Phineas. "The Purple Island," in *Poems*, IV. Ed. by Alexander Grosart. London, 1869.

Flores, Angel, and M. J. Benardete, eds. *Cervantes across the Centuries.* New York, 1947.

Flugel, J. C. *Man, Morals and Society.* New York, 1961.

——. *The Psychology of Clothes.* London, 1930.

——. *Studies in Feeling and Desire.* London, 1955.

Fontenrose, Joseph. *Python: A Study of Delphic Myth and Its Origins.* Berkeley and Los Angeles, 1959.

Fowlie, Wallace. "Mallarme's Island Voyage," *Modern Philology*, XLVII (1950), no. 3.

Francis, W N. *The Structure of American English.* New York, 1958.

Frank, R. W. "The Art of Reading Medieval Personification Allegory," *ELH*, XX (1953).

Frankfort, Henri. *Ancient Egyptian Religion.* New York, 1948.

——, J. A. Wilson,T.Jakobsen, and W. A. Irwin. *Before Philosophy.* Penguin ed.,

1951.

　　Frazer, J. G. *The Golden Bough*. Abridged ed., New York, 1951.

　　——. *The New Golden Bough*. Ed. and abridged with notes by Theodor Gaster. New York.1959.

　　Freeman, Rosemary. *English Emblem Books*. London, 1948.

　　Freud, Sigmund. "The Antithetical Sense of Primal Words" (1910), in *Collected Papers*, IV. Ed. by Joan Riviere. London,1950.

　　——. *Basic Writings*. Ed. by A. A. Brill. Modern Library ed., New York, 1938.

　　——. *Bevond the Pleasure Principle*. Tr. by James Strachey. London, 1950.

　　——. *On Creativity and the Unconscious*. Ed. by Benjamin Nelson. New York, 1958.

　　——. "Dostoevsky and Parricide" (1928), in *Collected Papers*, V. Ed. by James Strache. London,1950.

　　——. "Formulations Regarding the Two Principles in Mental Functioning" (1911). in *Collected Papers*, IV. Ed. by Joan Riviere. London, 1950.

　　——. *The Interpretation of Dreams*.Tr. by James Strachey. New York, 1956.

　　——. "Negation" (1925), in *Collected Papers*, V. Ed. by James Strachey. London, 1950.

449　　——. "Notes on a Case of Obsessional Neurosis" (1909), in *Collected Papers*, III. Tr. by A. and J. Strachey; ed. by Joan Riviere. London, 1950.

　　——. "Obsessive Acts and Religious Practices" (1907), in *Collected Papers*, II. Ed. By Joan Riviere. London, 1950.

　　——. *The Problem of Anxiety* (1926), in *Standard Edition of the Complete Psychological Works*, XX. Ed. by James Strachey. London, 1953-1962.

　　——. *The Psychopathology of Everyday Life* (1901), in *Standard Edition*, VI. London, 1953-1962.

　　——. "The Relation of the Poet to Day-Dreaming" (1908), in *Collected Papers*, IV. Ed. by Joan Riviere. London, 1950.

　　——. "Some Character-Types Met with in Psycho-Analytic Work" (1915), in *Collected Papers*, IV. Ed. by Joan Riviere. London, 1950.

　　——. "The Theme of the Three Caskets" (1913), in *Collected Papers*, IV Ed. by Joan Riviere. London, 1950.

——. *Totem and Taboo, in Basic Writings.* Also in *Standard Edition*, XIII. Ed. and tr. by James Strachey. London, 1953-1962.

——. "The Unconscious" (1915), in *Collected Papers*, IV. Ed. by Joan Riviere.London, 1950.

Frye, Northrop. *Anatomy of Criticism: Four Essays.* Princeton, 1957.

——. *Fearful Symmetry: A Study of William Blake.* Princeton, 1947.

——. "Levels of Meaning in Literature," *Kenyon Review*, Spring, 1950.

——. "Myth as Information," *Hudson Review*, Summer, 1954.

——. "New Directions from Old," in *Myth and Mythmaking.* Ed. By Henry Murray. New York, 1960.

——. "Notes for a Commentary on Milton" in *The Divine Vision.* Ed. by V. de Sola Pinto. London, 1957.

——. "The Typology of Paradise Regained," *Modern Philology*, LIIl.

Gascoigne, George. *The Steele Glas*, in *English Reprints, George Gascoigne Esquire.* Ed. by Edward Arber. London, 1869.

Gelli, G. B. *Circe.* Tr. by Tom Brown; ed. with an introduction by R. M. Adams. Ithaca, 1963.

Giedion, Siegfried. *Architecture, You and Me: The Diary of a Development.* Cambridge Mass., 1958.

Gierke, Otto. *Political Theories of the Middle Age.* Tr. by F. W. Maitland. Boston, 1959.

Givry Grillot de. *A Pictorial Anthology of Witchcraft, Magic, and Alchemy.* Tr. by J. C. Locke. New Hyde Park, N.Y., 1958.

Glover, Edward. *Freud or Jung?.* London, 1950.   450

——. "Sublimation, Substitution and Social Anxiety," *International Journal of Psychoanalysis*, XII (1931).

Goethe, J. W. *Faust: Part II.* Tr. by Philip Wayne. Penguin ed., Baltimore, 1959.

Golding, William. *Lord of the Flies.* New York, 1959.

——. *Pincher Martin.* London, 1956.

Gombrich, E. H. *Art and Illusion: A Study in the Psychology of Pictorial Representation.* New York, 1960.

Goodman, Paul. "Notes on a Remark of Seami," *Kenyon Review*, XX (1958), no. 4.(Also in *Utopian Essays and Practical Proposals*, New York, 1962.)

——. "The Real Dream," *Midstream*, V (1959), no.1.

——. *Stop-Light: 5 Dance Poems*. Harrington Park, N.J., 1941.

——. *The Structure of Literature*. Chicago, 1954.

Gorchakov, N. A. *The Theatre in Soviet Russia*. Tr. by Edgar Lehrman. New York, 1957.

Grant, R. M. *The Letter and the Spirit*. London, 1957.

Grierson, H. J. C. *Cross Currents in English Literature of the Seventeenth Century*. London, 1929.

Grube, G. M. A. *Plato Thought*. London, 1935; reprinted Boston, 1958.

Guthrie, W. K. C. *In the Beginning*. Ithaca, 1959.

Haarhof, T. J. *The Stranger at the Gate*. Oxford, 1948.

Hamilton, A. C. *The Structure of Allegory in The Faerie Queene*. Oxford, 1961.

Hanson, R. P. C. *Allegory and Event*. London, 1959.

Harfman, Geoffrey. *The Unmediated Vision: An Interpretation of Wordsworth, Hopkins, Rilke, and Valery*. New Haven, 1954.

Harington, John. *A New Discourse of a Stale Subject, called the Metamorphosis of Ajax*. Ed. by E. S. Donno. New York, 1962.

Hastings, James. *Encyclopedia of Religion and Ethics*. New York, 1916.

Hawes, Stephen. *The Pastime* [original: *Passetyme*] *of Pleasure*. Ed. by W. E. Mead. London, 1928.

Hawthorne, Nathaniel. *Short Stories*. Ed. by Newton Arvin. New York, 1955.

Hazlitt, William. "On Chaucer and Spenser," in *Lectures on the English Poets*. (*Complete Works*, V) Ed. by A. R. Waller and A. Glover London, 1902.(Also in *Hazlitt on English Literature*, ed. by Jacob Zeitlin, Oxford, 1913.)

Heinle, E. C. "The Eighteenth Century Allegorical Essay." Unpublished Ph.D. dissertation, Columbia University, 1957.

451   Hemmings, F. W. J. *Emile Zola*. Oxford, 1953.

Henryson, Robert. *Poems and Fables*. Ed. by H. H. Wood. Edinburgh and London, 1958.

Hesiod. *The Homeric Hymns and Homerica*. Tr. by H. G. Evelyn-White. Loeb

Classics ed., London, 1929.

Hesse, Hermann. *The Journey to the East.* Tr by Hilda Rosner. New York, 1957.

Hieatt, A. K. "The Daughters of Horus: Order in the Stanzas of *Epithalamion,*" in *Form and Convention in the Poetry of Edmund Spenser.* (English Institute Essays.) Ed. by William Nelson. New York, 1961.

——. *Short Time's Endless Monument: The Symbolism of the Numbers in Edmund Spenser's* Epithalamion. New York, 1960.

Hinks, Roger. *Myth and Allegory in Ancient Art.* London, 1939.

Hirn, Yrio. *The Sacred Shrine.* London, 1958.

Hobsbawm, E. S. *Social Bandits and Primitive Rebels.* Glencoe, Ill, 1959

Holt, E. G. *A Documentary History of Art.* New York, 1957.

Homer. *The Iliad.* Tr. by Richmond Lattimore. Chicago, 1957.

Honig, Edwin. "Calderon's Strange Mercy Play," *Massachusetts Review,* III (Autumn 1961).

——. *Dark Conceit: The Making of Allegory.* Evanston, 1959.

Hopper, V. F. *Medieval Number Symbolism: Its Sources, Meaning and Infuence on Thought and Expression.* New York, 1938.

Hoyle, Fred. *Astronomy.* New York, 1962.

——. *The Black Cloud.* New York, 1957.

Hubbard, L. R. *Dianetics.* New York, 1950.

Hugh of St. Victor. *Soliloguy on the Earnest Money of the Soul.* Tr. with an introduction by Kevin Herbert. Milwaukee, 1956.

Hughes, John. *An Essay on Allegorical Poetry.* London, 1715.

Hugnet, Georges. *Fantastic Art Dada Surrealism.* Ed. by A. H. Barr. New York, 1936.

Huizinga, Johan. *Men and Ideas: History, the Middle Ages, the Renaissance.* Tr. by J. S. Holmes and Hans van Marle, with an introduction by B. F. Hoselitz. New York, 1959.

——. *The Waning of the Middle Ages.* Tr. by F. Hopman. New York, 1954.

Huppe, Bernard. *Doctrine and Poetry.* Albany, 1959.

Hurd, Richard. *An Introduction to the Study of the Prophecies concerning the*

Christian Church, and, in Particular, concerning the Church of Papal Rome, in Twelve Sermons. London, 1772.

452   Ilf and Petrov. *The Twelue Chairs.* Tr by J. H. C. Richardson. Introduction by Maurice Friedberg. New York, 1961.

Inge, W. R. *Mysticism in Religion.* London, 1948.

Isidore of Seville. *Etymologies (Etymologiarum Sive Originum).* Ed. by W. M. Lindsay. Oxford, 1911.

Izutsu, Toshihiko. *Language and Magic: Studies in the Magical Function of Speech.* Tokyo, 1956.

Jacobi, Jolande. *Complex/Archetype/Symbol.* Tr. by Ralph Manheim. New York, 1959.

Jacquot, Jean, ed. *Les Fétes de la Renaissance.* Paris, 1956.

Jakobson, Roman. "The Cardinal Dichotomy in Language," in *Language: An Enquiry into Its Meaning and Function.* Ed. by R. N. Anshen. New York, 1957.

James, Henry. "Emile Zola," in *The Future of the Novel.* Ed. by Leon Edel. New York, 1956.

——. "Flaubert's *Temptation of St. Anthony,*" in *Literary Reviews and Essays.* Ed. By Albert Mordell. New York, 1957.

Jankélevitch, Vladimir. *L'Ironie ou la bonne conscience.* Paris, 1950.

Janson, H. W. *Apes and Ape Lore in the Middle Ages and the Renaissance.* London, 1952.

Jean, Marcel. *The History of Surrealist Painting.* Tr. by S. W. Taylor. New York, 1960.

Jespersen, Otto. *Mankind, Nation and Individual.* London, 1946.

Johnson, F. R. *Astronomical Thought in Renaissance England.* Baltimore, 1937.

Johnson, Samuel. "The Life of Milton," *Works*, II. Ed. by Arthur Murphy. New York, 1843.

Jonas, Hans. *The Gnostic Religion: The Message of the Alien God and the Beginnings of Christianity.* Boston, 1958.

Jones, Ernest. *Hamlet and Oedipus.* New York, 1955.

——. *The Life and Work of Sigmund Freud.* New York, 1957.

——. "The Theory of Symbolism," *British Journal of Psychology*, IX. (Reprinted in *Papers on Psychoanalysis*, 5th ed., London, 1948.)

Jones, H. S. V. "Spenser's Defence of Lord Grey," *University of Illinois Studies in Language and Literature*, V. Urbana, 1919.

Jung, Carl. "The Archetypes of the Collective Unconscious," in *Collected Works*, IX. New York, 1953-1961.

——. "The Paradigm of the Unicorn," in *Collected Works*, XII. New York, 1953-1961, and Karl Kerenyi, *Essays on a Science of Mythology*. Tr. by R. F. C. Hull. New York, 1949.

Juret, A. *Dictionnaire tymologique grec et latin*. Mcon, 1942.

Kafka, Franz. *The Great Wall of China: Stories and Reflections*. Tr. by Willa 453 and Edwin Muir. New York, 1948.

——. *Parables*. Tr. by Willa and Edwin Muir. New York, 1947.

——. "In the Penal Colony," in *The Penal Colony: Stories and Short Pieces*. Tr. by Willand Edwin Muir. New York, 1961.

Kant, Immanuel. *The Critigue of Aesthetic Judgment*. Tr. and ed. By J. C. Meredith. Oxford, 1911.

Kantorowicz, Ernst. *The King's Two Bodies*. Princeton, 1957.

Katzellenbogen, Adolf. *Allegories of the Virtues and Vices in Mediaeval Art*. London, 1939.

Ker, W. P. *Epic and Romance: Essays on Medieval Literature*. London, 1896; reprinted New York, 1957.

Kirkman, Francis. *The Counterfeit Lady Unveiled and Other Criminal Fiction of Seventeenth Century England*. Ed. by Spiro Peterson. New York, 1961.

Kitzinger, Ernst. "The Cult of Images in the Age before Iconoclasm," *Dumbartor Oaks Papers*, Number 8. Cambridge, Mass., 1954.

Knox, Israel. *Aesthetic Theories of Kant, Hegel and Schopenhauer*. London, 1958.

Knox, Ronald. *Enthusiasm: A Chapter in the History of Religion with Special Reference to the XVIIth and XVIIIth Centuries*. Oxford, 1950.

Kolb, G. J. "Johnson's 'Dissertation on Flying' and John Wilkins' *Mathematical Magic*," *Modern Philology*, XLVII (*1949*), *no. 1*.

Korner, Stephan. *Conceptual Thinking: A Logical Analysis*. Cambridge, 1955.

Krappe, A. H. *La Genèse des mythes*. Paris, 1952.

Kroner, Richard. *Speculation in Pre-Christian Philosophy*. Philadelphia, 1956.

Ladner, G. B. "The Concept of the Image in the Greek Fathers and the Byzantine Iconoclastic Controversy," *Dumbarton Oaks Papers*, Number 7. Cambridge, Mass., 1953.

———. *The Idea of Reform: Its Impact on Christian Thought and Action in the Age of the Fathers*. Cambridge, Mass., 1959.

———. "Origin and Significance of the Byzantine Iconoclastic Controversy," *Medieval Studies*. II. New York and London, 1940.

Laistner, M. L. W. *Thought and Letters in Western Europe: A.D. 500 to 900*. Ithaca, 1957.

Lambert, Margaret, and Enid Marx. *English Popular Art*. London, 1951.

Langer, Suzanne. *Philosophy in a New Key*. New York, 1942.

Langland, William. *Piers the Ploughman*.Tr. with an introduction by J. F. Goodridge. Penguin ed., 1959.

Langton, Edward. *Essentials of Demonology*. London, 1949.

Larkin, Oliver W. *Art and Life in America*. New York, 1949.

Legge, M. D. " 'To Speik of Science, Craft, and Sapience' in Medieval Literature," in *Literature and Science*. Oxford, 1955.

Lesser, S. O. *Fiction and the Unconscious*. Boston,1957.

Lethaby, W. R. *Architecture, Nature and Magic*. London, 1956

Levi, Carlo. *Of Fear and Freedom*. Tr. by Adolphe Gourevitch. New York, 1950.

Lévy-Bruhl, Lucien. *L'Ame primitive*. Paris, 1927.

———. *Les Fonctions mentales dans les sociétés inférieures*. Paris, 1910.

Lewin, B. D. "Obsessional Neuroses," in *Psychoanalysis Today*. Ed. by Sandor Lorand. London, 1948.

Lewis, C. S. *The Allegory of Love*. Oxford, 1936.

———. *A Preface to Paradise Lost*. London, 1960.

Lewis, Matthew. *The Monk* (1796). New York, 1952.

Lewis, Wyndham. *Time and Western Man*. New York, 1928.

454

Leyburn, E. D. *Satiric Allegory: Mirror of Man*. New Haven, 1956.

Longinus. *On the Sublime*. Tr. by W. Rhys Roberts. Cambridge, 1907.

Lovejoy, A. O. *Essays in the History of Ideas*. Baltimore, 1948; reprinted New York, 1960.

——. *The Great Chain of Being: A Study of the History of an Idea*. Cambridge, Mass., 1953

Luchins, Abraham and Edith. *Rigidity of Behavior*. Eugene, Ore., 1959.

Lynn, Kenneth. *The Dream of Success*. Boston, 1955.

MacDonald, George. *Phantastes* (1858). Ed. by Greville MacDonald. Everyman ed., 1916.

Mâle, Emile. *The Gothic Image: Religious Art in France of the Thirteenth Century*.Tr. by Dora Nussey. New York, 1958.

Malinowski, Bronislaw. *Magic, Science and Religion*. Boston, 1948.

Mann,Thomas. *Death in Venice and Seven Other Stories*. New York, 1958.

Manuel, F. E. *The Eighteenth Century Confronts the Gods*. Cambridge, Mass., 1959

Mao Tse-tung. *Problems of Art and Literature*. New York, 1953.

Marcuse, Ludwig. "Freuds Aesthetik," *PMLA*, LXXII (June, 1957).

Marignac, Aloys de. *Imagination et dialectique*. Paris, 1951.

Mathewson, R. W. *The Positive Hero in Russian Literature*. New York, 1958.

Maturin, C. R. *Melmoth the Wanderer* (1820). Ed. with an introduction by W. F. Axton. Lincoln, 1961.

Mazzeo, J. A. *Medieval Cultural Tradition in Dantes Comedy Ithaca*, 1960.   455

——. "Metaphysical Poetry and the Poetic of Correspondence," *Journal of the History of Ideas*, XIV (April 1953).

McKellar, Peter. *Imagination and Thinking*. New York, 1957.

Melville, Herman. *Pierre*. Ed. with an introduction by Henry Murray New York, 1949.

[Metropolitan Museum of Art.] *Historical Armor: A Picture Book*. New York, 1957.

Miller, W. M. *A Canticle for Leibowitz*. New York, 1959.

Monk, Samuel. *The Sublime: A Study of Critical Theories in XVIII-Century*

England. Ann Arbor, 1960.

Monnerot, Jules. *The Sociology and Psychology of Communism*.Tr. By Jane Degras and Richard Rees. Boston, 1953.

Moulinier, Louis. *Le Pur et l'impur dans la pensée des Grecs d'Homère a Aristote*. Paris, 1952.

Mourey Gabriel. *Le Liure des fêtes françaises*. Paris, 1930.

Mueller, W. R. *John Donne, Preacher*. Princeton, 1962.

Murray Margaret, ed. *Egyptian Religious Poetry*. London, 1949.

Murry, J. Middleton. *The Problem of Style*. London, 1960.

Neumann, Erich. *The Great Mother: An Analysis of the Archetype*.Tr. by Ralph Manheim. New York, 1955.

———. *The Origins and History of Consciousness*.Tr. by R. F. C. Hull. New York, 1954.

Newdigate, Bernard, ed. *The Phoenix and Turtle: By William Shakespeare, John Marston, George Chapman, Ben Jonson, and Others*. Oxford, 1937.

Nicolson, Marjorie. *The Breaking of the Circle: Studies in the Effect of the "New Science" upon Seventeenth-Century Poetry*. New York, 1960.

———. *Voyages to the Moon*. New York, 1960.

Nilsson, M. P. *Greek Folk Religion*. Ed. by A. D. Nock. New York, 1961.

———. *Greek Piety*. Tr. by H. J. Rose. Oxford, 1948.

Nock, A. D. *Conversion: The Old and the New in Religion from Alexander the Great to Augustine of Hippo*. London, 1933.

Nohl, Johannes. *The Black Death*. Tr. by C. H. Clarke. New York, 1960.

Nygren, Anders. *Agape and Eros*. Tr. by A. G. Hebert and P. S. Wilson. London, 1933.

O'Brien, G. W. *Renaissance Poetics and the Problem of Power*. Chicago, 1956.

Ogden, C. K. *Benthams Theory of Fictions*. London, 1932.

———, and I. A. Richards. *The Meaning of Meaning* (1923). 8th (Harvest) ed., New York, 1959.

456   Olson, Elder. "William Empson, Contemporary Criticism, and Poetic Diction," in *Critics and Criticism*. Ed. by R. S. Crane. Abridged ed., Chicago, 1957.

Origen. *Commentary on* The Song of Songs. Tr. and ed. by R. P. Lawson. Westminster, Md., 1957.

——. *Contra Celsum*. Tr. by Henry Chadwick. Cambridge, 1953.

Otto, Rudolph. *The Idea of the Holy*. Tr. by J. W. Harvey. New York, 1958.

Ovid. *Fasti*. Tr. by H. T. Riley London, 1890.

Owst, G. R. *Literature and Pulpit in Medieval England*. Cambridge, 1933.

Palingenius, Marcellus. *The Zodiacke of Life*. Tr. by Barnabe Googe. Ed. in facsimile by Rosemond Tuve. New York,1947.

Panofsky Erwin. *Albrecht Dürer*. Princeton, 1948.

——. *Galileo as a Critic of the Fine Arts*. The Hague, 1954.

——. *Meaning in the Visual Arts*. New York, 1955.

——. *Studies in Iconology: Humanistic Themes in the Art of the Renaissance*. New York. 1939; reprinted New York, 1962.

Paracelsus. *Selected Writings*. Ed. by Jolande Jacobi. New York, 1951.

Parker, A. A. *The Allegorical Drama of Calderón*. London, 1943.

Patch, H. R. *The Goddess Fortuna in Medieval Literature*. Cambridge, Mass., 1927.

——. *The Tradition of Boethius: A Study of His Importance in Medieval Culture*. New York, 1935.

Paton, Alan. "The South African Treason Trial," *Atlantic Monthly*, CCV (Jan.1960).

Paton, H. J. *The Modern Predicament: A Study in the Philosophy of Religion*. London and New York, 1955.

Peacham, Henry. *The Garden of Eloquence* (London, 1593). Ed. in facsimile by W. G. Crane. Gainesville, Fla.,1954

Pearl. Ed. with an introduction by E. V. Gordon. Oxford, 1953.

Pépin, Jules. *Mythe et allégorie*. Paris, 1958.

Perrow, E. C. "The Last Will and Testament as a Form of Literature," reprinted from *Transactions of the Wisconsin Academy of Sciences, Arts, and Letters*, XVII (Dec 1913) Part I.

Peter, J. D. *Complaint and Satire in Early English Literature*. Oxford, 1956.

Phillips, Edward. *The New World of English Words* (1658). 4th ed, London,

1678.

Philo Judaeus. *Works*. Tr and ed. by F. H. Colson and G. H. Whitaker. Loeb Classics ed.; London, 1929.

"The Phoenix," *Early English Christian Poetry*. Tr. by C. W. Kennedy London, 1952.

Plutarch. "On the Cessation of Oracles," *Plutarch's Morals*. Tr. by C. W. King. London, 1903.

457   ——. *Moralia*. Tr. by W. W. Goodwin. Boston, 1878.

Pohl, Albert, and C. M. Kornbluth. *The Space Merchants*. New York, 1953.

Politzer, Heinz. *Frank Kafka: Parable and Paradox*. Ithaca, 1962.

Porphyrius. *Commentary on Odyssey XIII (Treatise on the Homeric Cave of the Nymphs)*, in *Select Works of Porphyry*. Tr. by Thomas Taylor with an appendix explaining the allegory of the wanderings of Ulysses. London, 1823.

Poulet, Georges. *The Interior Distance*. Tr. by Elliott Coleman. Baltimore, 1959.

——. *Studies in Human Time*. Tr. by Elliott Coleman. Baltimore, 1956.

Pound, Ezra. *Personae*. New York, 1926.

Praz, Mario. *The Flaming Heart: Essays on Crashaw, Machiavelli, and Other Studies in the Relations between Italian and English Literature from Chaucer to T. S. Eliot*. New York, 1958.

——. *Studies in Seventeenth Century Imagery*. London, 1939.

Price, Uvedale. *On the Picturesque*. Ed. by Sir Thomas Dick Lauder. London, 1842.

Priestley Joseph. *A Course of Lectures on Oratory and Criticism*. London, 1777.

Propp, Vladimir. *The Morphology of the Folktale*. Tr. by Laurence Scott. Introduction by Svatava Pirkova-Jacobson. Bloomington, 1958.

Prudentius. *Works*. Tr. and ed. by H. J. Thomson. Loeb Classics ed; London, 1949.

Pseudo-Dionysius the Arcopagite. *On the Divine Names and Mystical Theology*. Tr. By C. E. Rolt. New York, 1940.

——. *Oeuures complètes du Pseudo-Denys L'Arépagite*. Tr. by Maurice de

Gandillac Paris, 1943.

Pulver, M. "The Experience of the Pneuma in Philo," in *Spirit and Nature* ("Eranos Yearbooks," Bollingen Series, XXX). New York, 1954.

Puttenham, George. *The Arte of English Poesie* (London, 1589). Ed. by Gladys Willcock and Alice Walker. Cambridge, 1936.

Quintilian. *The Institutes of Oratory*. Tr. by H. E.Butler. Loeb Classics ed, London and Cambridge, Mass., 1953.

Rado, Sandor. *Psychoanalysis of Behavior: Collected Papers*. New York, 1956.

Raglan, Lord. *The Hero*. London, 1936; reprinted New York, 1956.

Rahner, M. "Earth Spirit and Divine Spirit in Patristic Theology," in *Spirit and Nature* ("Eranos Yearbooks," Bollingen Series, XXX). New York, 1954.

Rank, Otto. *Art and Artist: Creative Urge and Personality Development*. New York, 1932.

——. *The Myth of the Birth of the Hero and Other Writings*. Ed. by Philip Freund New York, 1959.

Rapaport, David, ed. *Organization and Pathology of Thought*. New York, 1951.

Raven, C. E. *Natural Religion and Christian Theology*. Cambridge, 1953.   458

Réau, Louis. *Iconographie de L'art chrétien*. Paris, 1955-1959.

Reich, Wilhelm. *Character Analysis*. New York, 1961.

Richards, I. A. *The Philosophy of Rhetoric*. London, 1936.

——. *Practical Criticism* (1929). New York, 1956.

——. *Principles of Literary Criticism* (1925). New York, 1952

——. *Speculative Instruments*. Chicago, 1955.

Ritchie, A. D. *Studies in the History and Methods of the Sciences*. Edinburgh, 1958.

Ritter, Gerhart. *The Corrupting Influence of Power*. Tr. by F. W. Pick. London, 1952.

Robbins, R. H., ed. *Historical Poems of the XIVth and XVth Centuries*. New York, 1959.

Robertson, D. W., Jr. "The Doctrine of Charity in Mediaeval Literary Gardens. Speculum, XXVI (1951).

——. *A Preface to Chaucer: Studies in Medieval Perspectives*. Princeton, 1962.

Robinson, H. W. *Inspiration and Revelation in the Old Testament*. Oxford, 1946.

Roheim, Géza. *The Eternal Ones of the Dream*. New York, 1945.

Roques, René. *L'Univers dionysien: Structure hiérarchique du monde selon le Pseudo Denys*. Paris, 1954.

Rougemont, Denis de. *Love in the Western World*. Tr. by Montgomery Belgion. New York, 1957.

Runes, Dagobert, ed. *Dictionary of Philosophy*. New York, 1942.

Rynell, Alarik. "Parataxis and Hypotaxis as a Criterion of Syntax and Style," *Lund. Univu. Artskrift*, N. F. Avd.1, XLVIII (1952), no. 3.

Sabbattini, Nicolo. *Manual for Constructing Theatrical Scenes and Machines (Practica di fabricar scene e machine ne'teatri*, Ravenna, 1638), in *The Renaissance Stage: Documents of Serlio, Sabbattini, and Furttenbach*. Tr. by Allardyce Nicoll, J. H. McDowell,and G. R. Kernodle. Ed. by Barnard Hewitt. Coral Gables, Fla., 1958.

Säve-Söderbergh, Torgny. *Pharaohs and Mortals*. Tr. by R. E. Oldenburg. Indianapolis, 1961.

Saintsbury, George. *The Flourishing of Romance and the Rise of Allegory*. New York, 1897.

Sambursky, Samuel. *Physics of the Stoics*. London, 1959.

Saunders, J. W. "The Facade of Morality," in *That Souereign Light: Essavs in Honor of Edmund Spenser 1552-1952*. Ed.by W. R. Mueller and D. C. Allen. Baltimore,1952.

Schiller, Friedrich. "The Sublime," in *Essays Aesthetical and Philosophical*. London, 1882.

——. *Wallenstein: A Historical Drama in Three Parts*. Tr. by C. E. Passage. New York, 1958.

459　　　Schneweis, Emil. *Angels and Demons According to Lactantius*. Washington, 1944.

Schwartz-Metterklume, Ludwig. *Der Weltschmertz und die Frau Potter*.

Leipzig, 1905.

Sciama, D. W. *The Unity of the Universe*. New York, 1961.

Scott, Geoffrey. *The Architecture of Humanism*. 2d ed., 1924; reprinted, Anchor ed.

Seboek, T. A., ed. *Myth: A Symposium*. Bloomington, 1958.

Segal, C. P. "ΥΟΨΣ and the Problem of Cultural Decline in the *De Sublimitate*," *Harvard Studies in Classical Philology*, LXIV (1959).

Seligmann, Kurt. *The Mirror of Magic*. New York, 1948.

Seznec, Jean. *The Survival of the Pagan Gods*. Tr. by Barbara Sessions. New York, 1953.

Shaftesbury, Anthony Ashley Cooper, 3rd Earl of. *Second Characteristics*. Ed. by Benjamin Rand. Cambridge, 1914.

Shakespeare,William. *Coriolanus*, in *Bell's Shakespeare*. London, 1773.

Sheckley, Robert. *Notions Unlimited*. New York, 1950.

——. *The Status Civilization*. New York,1960.

——. *Untouched by Human Hands*. New York, 1960.

Shelley P. B. *Defence of Poetry*. Oxford, 1932.

Sigerist, Henry. *A History of Medicine*. New York, 1951.

Simmons, E. J. *Russian Literature and Soviet Ideology*. New York, 1958.

——. *Through the Glass of Soviet Literature: Views of Russian Society*. New York, 1953.

Simon, Marcel. *Hercule et le Christianisme*. Paris, 1955.

Sinclair, Upton. *The Jungle*. Signet ed; New York, 1960.

Skinner, John. *Prophecy and Religion: Studies in the Life of Jeremiah*. Cambridge, 1961.

Smith, Henry. *Micro-cosmo-graphia: The Little-Worlds Description, or, The Map of Man*. Tr. by Joshua Sylvester. Grosart ed., privately printed,1880.

Soby, James Thrall. *Giorgio de Chirico*. New York, 1955.

Solmsen, Friedrich. *Aristotle's System of the Physical World*. Ithaca, 1960

Soury, Guy. *La Démonologie de Plutarque*. Paris, 1942.

Spink, J. S. "Form and Structure: Cyrano de Bergerac's Atomistic Conception of Metamorphosis," in *Literature and Science*. (Proceedings of the 6th Triennial

Congress, Oxford, of the International Federation for Modern Languages and Literatures.) Oxford, 1955.

Spitzer, Leo. *Classical and Christian Ideas of World Harmony*. New York, 1944-1945.

——. *Linguistics and Literary History*. Princeton, 1948.

Steiner, Franz. *Taboo*. London, 1956.

Stekel, Wilhelm. *Compulsion and Doubt*. Tr. by Emil Gutheil. New York, 1949.

Stevens, Wallace. *Collected Poems*. New York, 1954.

Stravinsky, Igor. *The Poetics of Music*. New York, 1956.

460   Summers, J. H. *George Herbert: His Religion and Art*. Cambridge, Mass., 1954.

Swayze, Harold. *Political Control of Literature in the U.S.S.R. 1946-59*. Cambridge. Mass., 1962.

Temkin, Owsei. "An Historical Analysis of the Concept of Infection," in *Studies in Intellectual History*. Baltimore, 1953.

Tertullian. "On Idolatry," in *The Library of Christian Classics*, V. Tr. and ed. by S. L. Greenslade. London, 1956.

Tertz, Abraham. *On Socialist Realism*. Tr. by George Dennis. New York, 1960.

Thucydides. *The Peloponnesian War*. Tr. by Rex Warner. Penguin ed., 1954.

Tillyard, E. M. W. *Poetry Direct and Oblique*. London, 1945.

Troeltsch, Ernst. *The Social Teaching of the Christian Churches*. Tr. by Olive Wyon. New York, 1960.

Tuve, Rosemond. *Elizabethan and Metaphysical Imagery*. Chicago, 1947.

Tuveson, Ernest. *The Imagination as a Means of Grace: Locke and the Aesthetics of Romanticism*. Berkeley, 1960.

Tylor, E. B. *The Origins of Culture* (1871). New York, 1958.

Tymms, Ralph. *Doubles in Literary Psychology*. Cambridge, 1949.

Tzara, Tristan. *Le Surréalisme et l'après-guerre*. Paris, 1947.

Valency, Maurice. *In Praise of Love: An Introduction to the Love-Poetry of the Renaissance*. New York, 1958.

Vallins, G. H. *The Pattern of English*. Penguin ed., 1957.

Van Ghent, Dorothy. "Clarissa and Emma as Phedre," *Modern Literary Criticism*. Ed. by Irving Howe. Boston, 1958.

———. *The English Novel*. New York, 1953.

Vernon, M. D. *A Further Study of Visual Perception*. Cambridge, 1954.

Virgil. *The Aeneid*. Tr. by Rolfe Humphries. New York, 1951.

Wagman, F. H. *Magic and Natural Science in German Barogue Literature: A Study in the Prose Forms of the Later 17th Century*. New York, 1942.

Waites, M. C. "Some Aspects of the Ancient Allegorical Debate," *Studies in Englishand Comparative Literature*. (Radcliffe College Monographs, No. 15.) London and Boston, 1910.

Walker, D. P. *Spiritual and Demonic Magic from Ficino to Campanella*. London, 1958.

Wallerstein, Ruth. *Richard Crashaw: A Study in Style and Poetic Development*. Madison, 1935.

Warner, Rex. *The Cult of Power*. London, 1946.

Warren, Austin, and René Wellek. *Theory of Literature*. New York, 1949.

Warton, Thomas. "Of the Plan and Conduct of the *Fairy Queen*" (1762), in 461 *Spenser's Critics*. Ed. by William Mueller. Svracuse, 1959.

———. "Of Spenser's Allegorical Character" (1762), in *Spensers Critics*. Ed. by William Mueller. Syracuse, 1959.

Watkins, W. B. C. *Shakespeare and Spenser*. Princeton, 1950.

Watson, C. B. *Shakespeare and the Renaissance Concept of Honor*. Princeton, 1960.

Webber, Joan. *Contrary Music: The Prose Style of John Donne*. Madison, 1962.

Wellek, Rene. *A History of Modern Criticism*. New Haven, 1955.

Wells, Henry. *Poetic Imagery*. New York, 1924.

Werner, Heinz. *Comparative Psychology of Mental Development*. Chicago, 1948.

West, Anthony. *Principles and Persuasions*. New York, 1957.

Weston, Jessie, tr. *Romance, Vision and Satire*. Boston, 1912.

White. R. W. *The Abnormal Personality*. New York, 1948.

Whorf, B. L. "Time, Space and Languagein Culture," in *Crisis: A Study of the Hopi Indians*. Ed. by Laura Thompson. New York, 1950.

Willey Basil. *Darwin and Butler*. New York, 1960.

——. *The Seventeenth Century Background*. New York, 1953.

Willi, W. "The History of the Spirit in Antiquity," in *Spirit and Nature* ("Eranos Yearbooks," Bollingen Series, XXX). New York, 1954.

Williams, Charles. *The Greater Trumps*. New York, 1950.

Wilson, R. McL. *The Gnostic Problem: A Study of the Relations between Hellenistil Judaism and the Gnostic Heresy*. London, 1958.

Wilson, Thomas. *The Arte of Rhetorique* (1585). Ed. in facsimile by G. H. Mair. Oxford, 1909.

Wimsatt, W. K., and Cleanth Brooks. *Literary Criticism: A Short History*. New York, 1957.

Wind, Edgar. *Pagan Mysteries in the Renaissance*. London, 1958.

Windsor, H. R. H. the Duke of. *Winds or Revisited*. Cambridge, Mass., 1960.

Wolfe, Bertram. *Three Who Made a Reolution*. Boston, 1955.

Wolfson, H. A. *Philo*. Cambridge, Mass., 1947.

——. *The Philosophy of the Church Fathers*. Cambridge, Mass., 1956.

Worringer, Wilhelm. *Abstraction and Empathy*. Tr. by Michael Bullock. New York, 1953.

Yeats, W. B., ed. *Edmund Spenser*. Edinburgh, 1906.

Zamiatin, Eugene. *We*. Tr. by Gregory Zilboorg. New York, 1959.

Zhdanov, Andrei. *Essays on Literature, Philosophy and Music*. New York, 1950.

索　引

（所示页码为原书页码，即本书边码）

译后记

　　《讽喻：一种象征模式理论》（以下简称《讽喻》）一书原是安格斯·弗莱彻（Angus Fletscher）1958年在哈佛大学的博士学位论文，修订后于1964年出版，它也成为这位学者最为杰出的智慧结晶之一。在此后四十多年的时间里，弗莱彻对讽喻所做的分析仍旧罕有人及，其全面、精彩、才华横溢的论述更是大大拓展了文学批评的视野。这部讽喻研究的经典之作于2012年重版，作者好友哈罗德·布鲁姆（Harold Bloom）操刀作序，弗莱彻本人也在后记中增添大量内容，呈现了他在漫长学术生涯中积累的新的思考。此次由商务印书馆推出的首个中文译本正是本自2012版，完整地展现了这部著作的风貌。

　　我自2018年开始着手《讽喻》的翻译，过程中屡屡为此书体量之巨、涉猎之广、视角之精妙所震撼叹服，并越来越深切地感到，它有必要被更多的人阅读。对于文学和艺术学科的研究者尤其是专注讽喻领域的研究者而言，《讽喻》展现了一种深入而系统的理论架构，能够从多方面提供启发和助益；而对于更大范围的文学爱好者而言，阅读此书也不啻于一次文学世界的探险，它曲径通幽，一点点展露出文学地图里那些或许已被遗忘、被忽视的风景。

　　"讽喻"可以最简单地理解为"言在此而意在彼"，也就是文本的表层与其意图之间所存在的双重性。这样一种手法可以说无处不在，也几乎是所有艺术共有的意义生成方式。许多人在读完一首诗后会问"这首诗讲了什么"、看完一幅画后会想"这幅画在讲什么"，即使这首诗和这幅画已经明明白白呈现在眼前，我们还是会去探讨表象之下的意图；这说明，对于意义、确切地说对于隐藏意义的心理预设广泛地存在于审美认知之中。甚至也存在于对世界的基本认知中。对于生活在更早时代的人们来说，口中所说的话、笔下写就的文字与图像乃至目之所及的苍穹万物，它们都拥有比其表象更多的意义，它们的背后深藏着人需要从表象所获知的道理。刘勰在《文心雕龙》中说"文之为德也大"，因其"与天地并生"——这一"文"即是"纹"，是天地的表象，而这一表象指示出了天之道，因而文学的力量在于它是一种"道之文"。

　　这样一种"道"是讽喻模式的运作基础，或者说在讽喻模式中，文本表层总是指向另一层的意义世界。我们也对此非常熟悉：就像天平和杠杆之于正义，丘比特和弓箭之于爱情，又或者像中国传统中，岁寒三友之于品行高洁，等等。今天看来，这类修辞都有陈腐之嫌，不过弗莱彻却指出，文学图像的意义更替或者重新赋义并不意味着其意义生成方式也已消失。讽喻要求有双重的世界，表层的图像意义基于另一层宇宙的构建，这也就是弗莱彻所说的"象征模式"。这样一种基本的文学程式从未离开，而且因为它过于普遍，我们几乎没有意识到讽喻如何起作用。

《讽喻》所讲，正是讽喻的作用方式，它如何表达基本的情感和认知驱动力，又如何在审美效用上成立。关于这个问题，现代读者其实所知不多；对于我们的文学认知而言，讽喻显得过时，那种表象和意义的割裂带有过于明显的人为痕迹。它与摹仿的方式相悖，也很难符合现实主义标准，同时还与现代文学中常见的象征手法、神话叙事背道而驰。讽喻似乎是现代以来文学图景中被废弃的一角，这也导致我们可能无法更好地理解一些过去的经典作家，比如弗莱彻所倾心的埃德蒙·斯宾塞。

在弗莱彻眼中，讽喻的运行方式是一种象征模式。不同于摹仿性文本中以"角色"作为行动主体，讽喻文本中的行动主体被称之为"行动体"（agent），它可以是诸如"正义""爱情"等抽象概念，也可以是承载了特定明确目的的角色，比如经受试探的基督徒、追寻圣杯的骑士等。这些行动体在文本中往往固化为特定"图像"（image），图像的排列、图像的进程以及图像的意义，都根源自更大的"宇宙"（cosmo）体系。举个例子，在《神曲》或者《仙后》这样的作品中，若要阐释主人公所遇见的场景、发生的行动、经历的改变，单纯从文本内部事件本身去理解是不够的，它必须借助于天主教体系，而且很可能正是行动和图像所拥有的"宇宙"意义才使得文本被如此编排架构。那么不难发现，在讽喻文学中，行动的构成并不依据摹仿文学中的可能性原则，而是类似于一个仪式的先后次序那样被"展示"出来，这一进程是预先给定的，它的意义也由一个更大的体系所决定，比如在先民诅咒敌人的祝祷、在描绘基督徒灵魂求索的文学中，词语、图像、人物、行动的意义都需要在"宇宙"中获取。经历了浪漫主义带给文学的巨大观念更迭之后，讽喻多少被视为古旧而缺乏创造力，但弗莱彻指出，讽喻模式其实从未远离现代视野，它出现在现代的类型文学里（比如科幻类型、侦探类型），它也出现在像卡夫卡这样的现代寓言作家，以及《一九八四》这样的反乌托邦作品里，它们彼此之间也许毫无相似之处，但是在行动、角色、意义、情感等各方面，无不显示出讽喻模式的特点。在更深层的意义上，讽喻本质上是一种高度受控的模式，它所践行的仪式性进程意味着一种心理和行动上的强迫性，无论它以何种样态表现出来，而这也是弗莱彻有此归纳的原因。

不过弗莱彻研究的重心并非是对讽喻模式进行历史性的展现，正如他在本书甫一开篇就宣称的，他真正关心的只是讽喻如何起作用，从而试图给出一个有关讽喻的一般化理论。虽然他实际上也展现了讽喻传统的丰富性，但演变本身显然不是他的核心关切。广博的例证并不是为了写就一部讽喻历史，而是用讽喻模式展现思想、修辞、心理、传统、现实等各个层面在文学表达中的撞击，它们相互遏制也相互生发。正因如此，哈罗德·布鲁姆会将友人的研究形容为一种"对于思想的再现及其图像学"。

对allegory这一核心术语的翻译自然与弗莱彻的理论观点密切相关。前人曾有"寄喻""托喻""讽寓"等多种译法，但多多少少侧重于allegory在某一方面的运作程式，与弗莱彻此书的主要观点未能完全贴合。思虑之下，一开始我选用了"寓意"这一较为常见的汉语表达，主要就是考虑到弗莱彻论述中的宽泛性和包容度，于是想要使用一种"朴素"（understatement）的翻译策略来避免过于明确的限定，同时也传达了原文所论述的基本含义，即言在此而意在彼。但这一译法的缺陷仍很明显，它过于强调一种最终的阐释意图，淡化了这一修辞手法的实现过程，但其实后者才是居于弗莱彻理论的核心：他将allegory视为一种象征模式。

最后，在深入思考了两位恩师、北京大学中文系比较文学与比较文化研究所张辉教授和张沛教授的建议之后，我决定将allegory译为"讽喻"（当然，这也并非笔者首创）。其原因主要有二：第一，虽然在今天的理解中，"讽"的含义接近于讽刺、反讽，但是在我国传统诗学话语里，"讽"同"风"，《毛诗·大序》中说"风以动之"，这表示出在比兴美刺的传统中，"风／讽"用以激发、激起另外的东西。这一方式与allegory有可供对观之处。从词源上看，allegory与allos有亲缘关系，这个希腊词表示的就是"另一个、其他的"，而allegory最基本的表现也就是其本身指向"另外的"东西。第二，相比于"寓意"一词偏向于单纯强调主题意图的传达，"喻"能更好地展现弗莱彻所强调的修辞意义。在以昆体良为代表的西方古典修辞学视野中，allegory是一种"被延展的"metaphor（隐喻），这一分类虽未被弗莱彻完全认可，但在基本类型上，他确实将allegory视为一种强调类比式象征的修辞手法，本体与喻体的转换是其最基本的作用机制。

总的来说，"讽"倾向于强调allegory的意义结构，"喻"则侧重于其运作方式，与此同时，两者的意义多有交叉重叠处，

"讽"也是一种修辞，"喻"亦有指涉他物之义。"讽喻"一词本身构成了完整的概念，在这一象征模式中，即使"意在彼"，"言在此"也并没有消失；同样，无论"言在此"本身有多么精妙幽微，那一个"意在彼"对于allegory仍然不可或缺。这一意涵正是弗莱彻所着力强调之处。虽然完全贴合的术语翻译是一个几乎不可能完成的任务，但我相信对于译名更深入的探讨有助于廓清理解的迷雾，我也乐于见到"讽喻"的译法被更多的研究者所接受和使用。

《讽喻》一书是我独力完整翻译的第一部学术著作，它不仅"厚"、而且"重"，不免产生一种第一次登山即攀登珠峰之感。我屡屡觉得力有不逮，生怕因自己的粗疏、浅薄，犯下荒唐的大错以及可笑的小错。译事艰难，诚惶诚恐。在一年多的初译过程中，我也有许多次都觉得，自己永远也不可能翻完。如果我是浮士德，也许真的会说出那句"停一停吧"，因为这太难了！如今回想，也甚是感谢自己没有半途而废，这漫长的路程毕竟也在春去秋来的时间累积中跑到了终点：译文初稿得以在2020年初完成，并于2023年修改完毕。

在翻译过程中，我也得到了诸多师友相助，在此致以诚挚谢意。首先是北京大学比较文学与比较文化研究所的诸位老师：我常与导师张辉教授讨论在翻译与理解中遇到的问题，张沛教授修订过引言部分的译文，还提供了许多十分有启发的建议；因书中间或有中古英语引文，张沛教授和秦立彦教授都曾为我细致解读；书中法语部分，感谢高冀助理教授的校译。初译时恰逢比萨高等师范学院古典学系的Glenn Most教授做客北京大学比较所，我因而也有机会请教书中涉及的古典学问题，特此感谢。另外，感谢重庆大学哲学系刘珂舟博士为我解惑了书中涉及的哲学内容。最后的但并非最不重要的感谢，献给商务印书馆孙祎萌编辑和张杰编辑，感谢两位一丝不苟的校稿和订正，感谢两位为《讽喻》一书付出的辛劳。

我也深知，自身才思学力有限，译文中肯定还存在诸多问题，恳请读者诸君指正！

李　茜

2023年9月于南京

图书在版编目（CIP）数据

讽喻：一种象征模式理论 /（美）安格斯·弗莱彻
著；李茜译 . — 北京：商务印书馆，2024
　（文学与思想译丛）
　ISBN 978-7-100-23046-9

Ⅰ . ①讽… Ⅱ . ①安… ②李… Ⅲ . ①文学研究
Ⅳ . ① I0

中国国家版本馆 CIP 数据核字（2023）第 181546 号

文学与思想译丛
讽　喻
一种象征模式理论
〔美〕安格斯·弗莱彻　著
李茜　译

商 务 印 书 馆 出 版
（北京王府井大街 36 号　邮政编码 100710）
商 务 印 书 馆 发 行
北京盛通印刷股份有限公司印刷
ISBN　978-7-100-23046-9

2024 年 7 月第 1 版　　　　开本 880×1240　1/32
2024 年 7 月第 1 次印刷　　印张 20⅛
定价：128.00 元